KARL MAY

Am Stillen Ozean

KARL MAY

Am Stillen Ozean

Verlag
Neues Leben
Berlin

Diese Ausgabe erscheint unter Zugrundelegung der 1893
im Verlag Friedrich Ernst Fehsenfeld, Freiburg i. Br.,
herausgegebenen Originalfassung Karl Mays

ISBN 3-355-01336-6

Einband: Peter Nagengast (Reihengestaltung)
Jörn Hennig (Bildmotiv)
Lichtsatzherstellung: Interpress Verlag Hamburg
Lithographie: Lithoanstalt Liechtenstein
Druck und buchbinderische Weiterverarbeitung:
Chemnitzer Verlag und Druck GmbH, Werk Zwickau

Der Ehri

1. POTOMBA

Ein heiterer, wolkenloser Himmel breitete sich über uns aus; aber das strahlende Licht der Sonne vermochte die finstern Schatten nicht zu verscheuchen, welche auf den Zügen der wackern Seeleute lagen, die mit mir unser Mittagsmahl bereiteten.

Vor uns lag der niedrige Strand, von drei scharfen, gefährlichen Korallenringen umgeben, außerhalb deren die See ihre weiten, glänzenden Wogen wälzte, während zwischen ihnen und der Küste das Wasser so unbewegt lag, als habe nie ein Sturm in diesen sonnendurchglühten Breiten getobt. Hinter uns stieg das Land zur Höhe, hier und da von grünen Eukalyptussträuchern, dichten Melaleuceen (Teebäumen) und Gruppen von Callitrisconiferen bestanden, unter und zwischen denen zahlreiche Akazia- und andere feinstielige Leguminosen-Arten eine dichte Bodenbekleidung bildeten. Auf dem höchsten Punkte der Insel stand Bob, der Zimmermann, denn an ihm war die Reihe, mit dem Fernrohre unausgesetzt den Horizont abzusuchen nach irgendeiner Art von Segel, welches uns Befreiung aus unserer nichts weniger als angenehmen Lage bringen konnte.

Wir hatten mit unserem guten Dreimaster „Poseidon" vor nunmehr sechs Wochen Valparaiso verlassen, um nach Honkong zu segeln, in kurzer Zeit die sehr befahrenen Linien nach Callao, Guanaquill, Panama und Acapulco durchschnitten und waren in schneller, glücklicher Fahrt von einem steifen Südostpassat immer scharf nach West gegangen, bis auf der ungefähren Höhe von Ducir und Elisabeth der Passat in einen Orkan umschlug, wie ich ihn von solcher Stärke und Unwiderstehlichkeit während meiner vielen Fahrten noch niemals erlebt hatte.

Wir waren gezwungen gewesen, alle Leinwand, außer dem Sturmsegel, einzuziehen, und dennoch hatte der „Poseidon" einen Spielball der empörten Wogen gebildet, der durch seine menschliche Einsicht, Kraft und Geschicklichkeit zu regieren gewesen war. Jetzt lag unser Dreimaster gestrandet draußen zwischen den verräterischen Korallenklippen; der Kutter war über Bord gerissen worden; die Schaluppe hatte bei unserer Landung ein unheilbares Leck bekommen, und das Langboot stak auf einem spitzen, haarscharfen Riff, welches sich wie ein malayischer Dolch in seinen Bug gebohrt hatte.

Die Brandung draußen riß Planke um Planke von dem Riff, welches unrettbar verloren war, und wir hatten zwei Tage lang unter Anstrengung aller Kräfte arbeiten müssen, um von der Fracht und dem Proviant so viel zu bergen, als wir der gefräßigen See zu entreißen vermochten.

Nun war es mit der schweren Arbeit zu Ende, und wir saßen, wie bereits gesagt, zwischen großen Warenballen und Fässern um das Feuer und bemühten uns, einer den andern an Düsterheit der Mienen zu übertreffen.

Seitwärts stand Kapitän Roberts und war bemüht, die Länge und Breite zu berechnen. Wir hatten seit früh wieder freien Himmel, und es konnte ihm also jetzt, da sämtliche astronomischen und nautischen Instrumente gerettet worden waren, nicht schwer werden, seine Aufgabe genau zu lösen.

„Nun, Kapt'n, seid Ihr fertig?“ fragte der Steuermann, indem er ein mächtiges Stück Salzfleisch vom Feuer nahm, um die Bratschärfe zu prüfen, die es erlangt hatte.

„Aye, aye Maat; bin fertig!“ lautete die Antwort.

„Wo sind wir?“

„Wir sitzen anderthalb Grad nördlich vom Steinbock auf dem zweihundertneununddreißigsten Grad östlich von Ferro.“

„Wollte, wir säßen daheim in Hobokken bei Mutter Erns und hätten einen festen Stuhl oder Schemel unter uns und ein Glas Steifen vor der Nase. Was meint Ihr wohl zu dieser Insel, Kapt'n? Wird ihr Name ausfindig zu machen sein?“

Der Kapitän neigte bedenklich den Kopf.

„Hier gibt es mehr Inseln als Pockennarben in Eurem Gesichte, und das ist ziemlich viel gesagt, wie Ihr wohl wißt, Maat. Habt Ihr für jede Narbe gleich den richtigen Namen bei der Hand?“

Der Steuermann bemühte sich, das Kompliment, welches der Vergleich für ihn enthielt, mit einem allerdings sehr sauren Lächeln zu erwidern.

„Habe noch nie daran gedacht, meine ehrliche Physiognomie zu benamsen, Kapt'n. Aber wenn dieses unglückselige Stück Koralle hier noch keinen Namen hat, so sind wir wahrhaftig gezwungen, ihm einen zu geben. Ich schlage vor, wir heißen das Eiland Maatepockeninsel!“

Er schien seinen Witz für außerordentlich geistreich zu halten, denn die Gesichtssäure verschwand, und neben dem riesigen

Stück Kautabak, welches er im Munde hatte, drängte sich ein Lachen hervor, das nicht kräftiger und herzlicher gedacht werden konnte.

Die Schiffsdisziplin ist eine außerordentlich exakte, und selbst der „unbefahrenste" Seejunge weiß, daß alle einstimmen müssen, wenn der Kapitän oder der Maat so gnädig ist, zu lachen; nur muß der eine sich leiser und der andere lauter beteiligen, je nach dem Range, den er auf der Schiffsliste einnimmt. Daher öffneten jetzt alle Mannen vom Hochbootsmann an bis herab zum Kajütenhelp die Lippen, um ihre Lachmuskeln pflichtschuldigst in Bewegung zu setzen. Sogar der Kapitän verzog den Mund, als wolle er ein beistimmendes Lächeln versuchen, und meinte dann:

„Ich denke, wir befinden uns so zwischen Holt und Miloradowitsch auf einem weit nach West vorgeschobenen Platze. Was meint Ihr, Master Charley?"

Ich war auf dem Schiffe der einzige Passagier gewesen, mit dem sich der sonst sehr schweigsame Kapitän unterhalten hatte; es war mir vorgekommen, als ob ich mich seiner Zuneigung rühmen dürfe, und er hatte wirklich die Gewohnheit angenommen, mich mehr zu Rate zu ziehen, als es sonst von einem Seemann einem Laien gegenüber zu geschehen pflegt. Daher kam es, daß die Mannschaft einen gewissen Respekt vor mir hegte, der mir in manchen Fällen sehr zustatten kam und sehr oft eine kleine Bevorzugung oder Erleichterung zur Folge hatte.

„Meine Berechnung vorhin stimmt ganz mit der Eurigen, Sir", antwortete ich. „Zwar bin ich in diesen Gegenden noch nie gewesen, aber ich habe mich über sie sehr genau unterrichtet. Sicher ist es jedenfalls, daß wir uns auf einer der Pomatu-Inseln befinden, obgleich dieses Eiland eine andere Form zeigt, als man bei den andern gesehen hat."

„Ich war auch noch nicht hier", gestand der Kapitän. „Wollt Ihr mir wohl sagen, wie Pomatu-Inseln gebaut sind?"

„Sie sind korallischen Ursprungs, meist rundlich gebaut und nicht viel größer als das Niveau des Meeres. Sie haben in ihrer Mitte meist einen kleinen See und tragen gewöhnlich auf dem harten Korallengrund eine fruchtbare Humusdecke. Der Archipel wurde zuerst von dem Spanier Quiros im Jahre 1606 entdeckt und zerfällt in mehr als sechzig Gruppen."

„Wie weit rechnet Ihr von hier bis nach den Gesellschafts-Inseln?"

„Sie liegen, wie Ihr wohl wißt, in der Richtung von Südost nach Nordwest zwischen dem zehnten bis achtzehnten Grad südlicher

Breite und dem zweiundzwanzigsten Grad zu zweihundert östlicher Länge; wir haben also, wenn wir erst genau West nehmen und dann grad nach Nord umlegen, sechzehn Grade, und wenn wir die Meridiane und Breitenlinien im Diagonal nach Nordwest schneiden, vierzehn Grade zu durchmessen."

Roberts sah mich bei dieser Auseinandersetzung etwas von der Seite an. Der gute Kapitän war nämlich auf den ihm gewohnten Kursen ein ganz braver Schiffsführer, schien aber in andern Lagen etwas unsicher zu sein.

„Vierzehn Grade; das ist ein langer Weg, besonders wenn man festsitzt und kein Schiff unter den Füßen hat!" brummte er.

„Hm! Ich gab Euch ja den Rat, so viel Holz wie möglich zu bergen, um ein Fahrzeug zu bauen. Wir haben doch den Zimmermann und könnten alle mit Hand anlegen. Auch aus der Schaluppe, wenn wir sie nicht fahren ließen, und dem Kutter hätte sich vielleicht etwas machen lassen. Ihr aber habt das Gut gerettet, und nun sitzen wir fest, wie Ihr ja selbst sagt."

„Well, Sir, das ist Eure Meinung", antwortete er unmutig. „Ihr wißt aber, daß in solchen Dingen nur die Ansicht des Kapitäns zu gelten hat. Das Gut ist mir anvertraut, und ich muß es zu retten suchen!"

Das Schiff und das Leben seiner Mannen war ihm ebenso anvertraut, und er hätte die Verpflichtung gehabt, daran zu denken, daß wir, wenn sich kein Schiff zeigte, ohne Fahrzeug hier so viel wie verloren waren. Das Menschenleben ist höher anzuschlagen, als Geld und Gut. Doch ich schwieg, denn meine Erinnerung hatte ihn mürrisch gemacht, und es konnte nicht meine Absicht sein, ihn ernstlich zu erzürnen und mir sein Wohlwollen zu verscherzen oder gar mir seine Feindschaft zuzuziehen.

„Zum Essen!", kommandierte jetzt der Maat, und alles rückte näher, um sich an den dicken Erbsen mit Salzfleisch zu vergnügen. Ich hatte keinen Appetit zu dieser derben Seemannskost und nahm mein Gewehr, um am Strande hinzuschlendern, an welchem ich ganze Scharen Seevögel bemerkt hatte, die hier auf den Pomatu-Inseln*) sehr zahlreich vorkommen. Ich kehrte wirklich auch schon nach einer Viertelstunde mit reicher Beute zurück und wurde mit einem fröhlichen Hallo empfangen. Die Vögel waren die Feindschaft des Menschen nicht gewohnt, darum hatte meine Schrote mächtig unter ihnen aufgeräumt. Sie wurden schleunigst gerupft und gebraten und lieferten einen Nachtisch, dessen

* Dieselben werden auch „Flache Inseln, gefährliche Inseln, niedrige Inseln und Perleninseln" genannt.

Schmackhaftigkeit den Kapitän wieder in seine gute Laune versetzte.

„Ihr seid ein famoser Kerl, Charley", meinte er. „Ich könnte so ein Schießinstrument hinhalten, wo ich wollte, ich würde nichts treffen, davon bin ich überzeugt. Ein Ruder führen, ja das bringt man fertig trotz einem, aber einen Braten schießen, hm, das ist doch noch etwas Anderes. Sagt einmal, Charley, ob es hier an Back- oder Steuerbord wohl Menschen gibt?"

„Ich denke es!"

„Von welcher Sorte?"

„Malayen natürlich. Ihr wißt doch, daß viele der Pomatu-Inseln bewohnt sind!"

„Das weiß ich; aber ob es in der Nachbarschaft Leute gibt, das ist ja für uns die Hauptsache."

„Möglich wäre es. Wenigstens sollte ich meinen, daß Holt und Miloradowitch, zwischen denen wir uns wahrscheinlich befinden, Bewohner haben."

„Ist's ein gefährliches Volk?"

„Sie sind meist noch Wilde, und man erzählt sich sogar, daß es unter ihnen noch Menschenfresser geben soll."

„Sehr angenehm, Charley! Wir freilich haben von solchen Leuten nichts zu befürchten, aber... ich glaube, wir könnten mit ihnen gar nicht einmal verhandeln; wenigstens kenne ich keinen unter uns, der ihre Sprache versteht."

Der Steuermann schob sich ein kolossales Stück Salzfleisch zwischen die Zähne und meinte kaltblütig:

„Ich bin es, der sie versteht, Kapt'n."

„Ihr? Wie? Woher wollt Ihr das gelernt haben?"

„Mit Menschenfressern spricht man nur mit diesem da!"

Er hob das Messer in die Höhe, zog die fürchterlichste Miene, die ihm möglich war, und machte eine Bewegung mit dem Arme, als wolle er jemand erstechen.

„Ihr verstehet doch nicht etwa malayisch, Charley?" fragte der Kapitän.

Ich mußte lächeln. Charley war stets der Mann, von dem der gute Roberts glaubte, daß er alles verstehen müsse.

„Die Wahrheit ist, Kapt'n, daß ich während meines Aufenthaltes auf Sumatra und Malacca mir das eigentliche Malayisch, welches durch den ganzen australischen Archipel Verkehrssprache ist, ein wenig angeeignet habe. Das Kawi, die malayische Priester- und Schriftsprache, verstehe ich nicht; dafür aber glaube ich, daß ich mich den Bewohnern der Tahiti- und der

Marquesas-Inseln auch in ihrem Dialekte verständlich machen kann."

„Dann sei Ihr ja gar kein Deutscher mehr, sondern ein richtiger Polynesier!"

„Die Sache ist sehr einfach die, daß man sich leichter in eine fremde Sprache findet, wenn man während seiner Schülerzeit einen guten philologischen Grund gelegt hat. Bei der Bekehrung der westmalayischen Volksstämme zum Mohammedanismus hat ihre Sprache viel von dem Arabischen aufgenommen und wird noch jetzt mit wesentlich arabischen Buchstaben geschrieben. Da ich nun das Arabische verstehe, so ist leicht einzusehen, daß mir eine Orientierung im Malayischen nicht viel Mühe gemacht hat."

„Dann müßt Ihr uns als Dolmetscher dienen, wenn wir ja mit Polynesiern zusammentreffen sollten."

„Ahoi — iiiih!" erscholl es da von der Anhöhe herab.

Bob mußte etwas Auffälliges bemerkt haben und gab uns dies mit dem gewöhnlichen Seemannsrufe zu verstehen.

"Ahoi — iiih!" antwortete der Kapitän. „Was ist's, Zimmermann?"

„Ein Segel in Sicht!"

„Wo aus?"

„Süd nahe bei Ost!"

„Was für eins?"

„Kein Schiff, sondern ein Fahrzeug!"

Der Seemann ist gewohnt, bloß Dreimaster Schiffe zu nennen. Bob hob das Rohr wieder an die Augen und blickte nochmals aufmerksam hindurch. Dann berichtete er, sich wieder zu uns drehend:

„Es ist ein Boot oder so etwas, mit einem Segel, wie ich es in dieser Form noch nicht gesehen habe!"

„Es müßte eine malayische Prawe sein", meinte ich.

„Laßt uns hinaufgehen, um uns zu überzeugen, Kapt'n!"

Die andern mußten zurückbleiben, und wir beide eilten empor. Als wir oben anlangten, war das Segel bereits mit dem bloßen Auge zu erkennen. Ich nahm Bob das Fernrohr ab, blickte hindurch und gab es dann dem Kapitän.

„Da, seht einmal, Kapt'n! Es ist ein Boot von der Art, wie man es auf den Gesellschaftsinseln hat. Seht Ihr den Ausleger an der Seite desselben? Er soll das Kentern (Umwerfen) verhüten, welches sonst leicht möglich wäre, da diese langen, scharfen Fahrzeuge bloß für einen Mann breit genug sind und einen runden Boden haben."

„Ich gebe Euch recht, Charley! Aber da schaut: eins, zwei, drei, vier, fünf, sieben, acht, zehn zwölf, dreizehn, vierzehn Segel hinter ihm!“ zählte Roberts. „Sie liegen ganz draußen am Horizonte und sind nicht größer als ein Dollar zu sehen. Hier, nehmt das Rohr!“

Ich überzeugte mich, daß er richtig gelegen hatte. Die meisten Punkte wurden größer; wir hatten es mit fünfzehn Fahrzeugen zu tun, welche, wie sich nach ihrem Baue vermuten ließ, je mit einem Manne besetzt waren.

„Tretet hinter dieses Riff!“ meinte ich. „Wir wissen nicht, in welcher Absicht sie kommen, und haben also keine Ursache, uns sofort sehen zu lassen.“

„Wird uns der Mann da vorn nicht bereits gesehen haben?“ fragte der Zimmermann.

„Nein,“ antwortete Roberts. „Wir stehen zwar hoch gegen den Horizont zu seinem Auge, aber bevor wir nicht seinen Bord genau erkennen, kann er auch uns nicht bemerken. Übrigens muß er ein sehr gewandter und kräftiger Bursche sein. Schaut, Charley, wie geschickt er den Wind und mit den Rudern jede Woge benutzt! Er kommt wahrhaftig wie mit Dampfkraft näher und arbeitet, meiner Treu, als ob er verfolgt würde.“

„Das scheint auch wirklich der Fall zu sein, Kapt'n. Ich kann ihn mit dem Rohre sehr deutlich erkennen und sehe, daß er sich zuweilen erhebt, um zurückzublicken.“

„Was tun wir, Charley?“

„Wir müssen die Sache untersuchen, ehe die andern in Augenweite kommen. Sie mögen ihn verfolgen oder nicht, sie mögen uns freundlich oder feindlich gesinnt sein: wir müssen uns so vorbereiten, als hätten wir einen Angriff zu erwarten.“

„Hm, ja, Ihr habt ganz recht. Aber... hm! Werde ich an Bord angegriffen, so weiß ich, was ich zu tun habe; hier zu Lande jedoch... hm! Ist es nicht am besten, wenn wir unsere Leute alle hier oben positionieren? Wir wären dann gedeckt und könnten das ganze untere Terrain bestreichen.“

„Sehr richtig! Aber ist es nicht besser, sie zwischen zwei Feuer zu nehmen?“

„Wieso?“

„Wir teilen uns. Während wir bei unsern Effekten für alle Fälle eine Wache zurücklassen, nimmt die eine Hälfte hier oben Position, die andere aber geht längs des Strandes vor, um auf jener Klippenreihe da links den Korallenring zu gewinnen. Sind sie dort angelangt, legen sie sich, um nicht bemerkt zu werden, platt zur

Erde und eilen, wenn es wirklich zum Kampfe kommen sollte, auf ein Zeichen längs des Ringes bis zu der Stelle da grad vor uns, wo die Korallen die Bucht umschließen, in welche die Malayen allem Anscheine nach eindringen werden. Auf diese Weise sind sie eingeschlossen und müssen sich ergeben, wenn sie nicht sterben wollen."

„Richtig, ja, da ist das beste, Charley! Aber wie erfahren wir, was diese Leute herbeiführt und welche Gesinnung sie gegen uns haben werden?"

„Ich werde den Mann empfangen und mit ihm sprechen."

„Wirklich, das wollt Ihr? Wenn er Euch nun tötet?"

„Das wird er nicht tun, Kapt'n; darauf könnt Ihr Euch verlassen. Diese Leute sind entweder nach alter Weise mit Schleudern, Keulen, Pfeilen und Bogen, Lanzen und Wurfspießen bewaffnet und also einer guten Büchse gegenüber vollständig ungefährlich, oder sie besitzen Schießgewehre, und dann sind diese sicherlich nur alte Musketen und Steinschoßflinten von Anno Tobak her, welche gegen unsere Armatur nicht anzukommen vermögen. Wenn Ihr wollt, könnt Ihr mit Bob gleich hier bleiben; ich werde das Nötigste anordnen."

„Tut es, Charley! Ich weiß, daß Ihr sicherlich das Richtige treffen werdet."

Ich eile hinab.

„Was habt Ihr gesehen, Sir?" fragte mich der Steuermann, als ich unten anlangte.

„Fünfzehn Wilde, welche in ebensoviel Booten nach der Südbucht kommen."

„Well, das ist gut, denn dann können wir ja gleich erfahren, welchen Namen diese verwünschte Insel hat. Ihr kommt doch, um uns zu sagen, daß wir uns bewaffnen sollen?"

„Allerdings. Jim und Classen mögen hier bei den Sachen bleiben; Ihr, Maat, geht mit der Hälfte der Leute da hinaus auf den Ring und bewegt Euch auf demselben vorsichtig vorwärts, bis Ihr die Bucht in die Augen bekommt. Da legt Ihr Euch platt nieder, damit Ihr nicht von den Feinden bemerkt werdet. Kommt es zum Kampfe, so erhebt Ihr Euch beim ersten Schusse oder auf ein Zeichen von mir und dem Kapitän und lauft vorwärts, um die Bucht zu umschließen. Habt Ihr mich verstanden?"

„Aye, aye, Sir!"

„Dann vorwärts! Es ist keine Zeit zu verlieren!"

Der Steuermann verteilte schnell Waffen und Munition unter seine Leute und eilte mit ihnen davon.

„Ihr andern geht hinauf zum Kapitän. Nehmt seinen Schiffssäbel und seine Flinte mit, auch für den Zimmermann ein Gewehr."

Sie hatten sich bereits bewaffnet und schritten der Anhöhe zu. Ich selbst steckte das Messer und den Revolver bei, griff zum Stutzen und eilte längs des Hanges hin, um dem Inhaber des ersten Bootes entgegenzugehen. Die Insel war nicht groß: ich bekam ihn bereits nach zehn Minuten zu Gesicht. Er näherte sich schon dem Korallenringe, welcher eine nur so breite Durchfahrt frei ließ, daß man sie mit einem guten Anlaufe überspringen konnte. Sein Segel war jetzt gerafft, und er bediente sich bloß der Ruder, um die keineswegs unschwierige Passage zu überwinden.

Es gelang ihm. Die Brandung trieb ihn durch den engen Kanal in das ruhige Wasser der Bucht. Hier erhob er sich hart hinter den Korallen. Er hatte die Ruder weggelegt und zu Pfeil und Bogen gegriffen. Nach der Insel gewandt, legte er den Pfeil auf den Bogen und schoß ab. Der Pfeil erreichte das Land an einer Stelle, welche etwa zwanzig Schritte von der Küste innerwärts lag.

Jetzt war ich gewiß, daß er von den andern verfolgt wurde. Jedenfalls beabsichtigte er, vom Lande aus die Durchfahrt zu verteidigen, und hatte erproben wollen, ob ihm dies mit dem Pfeile möglich sei. Jetzt griff er wieder zum Ruder und kam herbei.

Diese Seite der Insel zeigte eine dichtere Vegetation als die nördliche, auf welcher wir unser Lager aufgeschlagen hatten; es gab hier sehr hohen, breitwedeligen Farn, der ein unbemerktes Anschleichen außerordentlich begünstigte. Ich pirschte mich so schnell wie möglich näher.

Jetzt stieß sein Boot an das Land. Er zog es halb aus dem Wasser, hing sich den Köcher über, nahm den Boten zur Hand und griff dann auch nach einer Flinte, deren Riemen er über die Schulter legte. Nach der Stelle schreitend, an welcher sein Pfeil lag, hob er denselben auf und marschierte dann in gleich großen Schritten und gerader Linie landeinwärts. Jedenfalls wollte er sich die Distanz abmessen für den Fall, daß seine Verfolger in die Bucht drangen und zu landen versuchten. Sein Benehmen war ganz das eines kühnen und dabei doch vorsichtigen Mannes, der keinen Umstand, welcher ihm nützlich sein kann, unberücksichtigt läßt. Er näherte sich mir dabei so, daß ich ihn deutlich seine Schritte zählen hörte.

„Satu, dua, tiga, ampat, lima, anam, tudschuh, dalapan, sambilan, sapuluh", zählte er von eins bis zehn und fuhr dann fort: „Sapuluh-satu, sapuluh-dua, sapuluhtiga..."

„Horri — halt!“ gebot ich da, mich aus dem Farn erhebend und ihm die Hand auf die Schulter legend. „Was tust du hier?“

Er erschrak allerdings über mein so plötzliches Erscheinen, hatte sich bereits im nächsten Augenblicke gefaßt und zog das Messer aus dem Gürtel. Jetzt erkannte er, daß ich kein Eingeborener sei, und ließ den zum Stoße bereits erhobenen Arm wieder sinken.

„Inglo?“

„Nein, ich bin kein Engländer.“

„Franko?“

„Ja“, antwortete ich, denn ich nahm an, daß er mit dem Worte nicht einen Franzosen bezeichne, sondern dasselbe in dem weiteren Sinne gebrauche, mit dem alle Abendländer gemeint sind.

„O, das ist gut! Bist du allein, Sahib?“

War er in Indien gewesen, daß er mir diesen Titel gab? Ich zog es vor, ihn noch nicht aufzuklären, und fragte:

„Was suchst du hier?“

„Rettung.“ Er wandte sich zurück und deutete mit der Hand auf die Boote, welche jetzt so nahe waren, daß man ihre Borde deutlich erkennen konnte. „Sie verfolgen mich und wollen mich töten.“

„Weshalb?“

„Ich bin reich und ein Christ.“

„Und sie sind Heiden?“

Er nickte bejahend.

„Einige sind noch Heiden, und einige haben sich von dem Inglo-Mitonare taufen lassen.“

Mitonare heißt Missionar, und mit diesem Worte bezeichnet das in seiner Sprache sehr einfache Inselvolk auch alles, was mit der Religion der Christen in Verbindung steht, wie z.B. Kirche, Prediger, Altar, Kreuz, Predigt, Bibel, selig, heilig, fromm u. v. m. immer nur Mitonare oder mitonare genannt wird. Hier war jedenfalls ein protestantischer Missionär der Engländer gemeint.

„So sind diese von dem Inglo-Mitonare Getaufte also dennoch Christen?“

„Eita — nein. Sie glauben noch immer an Atua, den guten Gott, und an Oro, den Gott alles Bösen, aber sie haben sich taufen lassen, weil sie dann mit den Ingli handeln dürfen und schöne Sachen bekommen.“

„Wie heißt du?“

„Potomba.“

„Von welcher Insel bis du?“

„Ich wohne in Papotee, der Hauptstadt von Tahiti. Ich bin ein Christ, ein Fürst des Landes, und werde alle meine Feinde töten!“

Er blickte zurück. Soeben versuchte das erste Boot seiner Verfolger die Einfahrt durch den engen Kanal. Er sprang zurück bis an den Ort, an welchem sein Pfeil niedergefallen war, spannte den Bogen und zielte. Der Pfeil schwirrte von der Sehne, er hätte den Mann sicher getroffen, aber eine sich hereindrängende Woge hob den Kahn empor, und das spitze Geschoß bohrte sich in das Holz desselben. Unwillkürlich hatte der Insasse des Bootes aus Furcht vor dem Pfeil sich niedergebückt und dabei die Ruder außer Tätigkeit gesetzt; dieselbe Woge, welche ihn hereingetrieben hatte, erfaßte im Niedergange sein Fahrzeug und riß dasselbe wieder aus der Einfahrt zurück.

„Hallo — o — oh!“ rief es da von dem Korallenringe aus, und als ich mich seitwärts wandte, sah ich den Steuermann mit den Seinen — herbeispringen.

Der Maate hatte den Pfeilschuß fälschlicherweise für das Signal gehalten und machte jetzt meinen ganzen Plan zunichte. Die Verfolger hatten mich zwar bereits gesehen, ohne deshalb von ihrem Vorhaben abzulassen; als sie aber erkannten, daß die Insel von einer ganzen Truppe europäisch gekleideter Männer besetzt sei, beschlossen sie den Rückzug, zogen schleunigst die Segel wieder auf und ruderten von dannen.

Ich schritt jetzt nach dem Strande, wo Potomba auf die Knie gesunken war.

„Bapa sami iang ada de furga, suduslah tiranja namanu*)“ hörte ich ihn beten nach dem Wortlaute, den die von der Mission Bekehrten anzuwenden pflegen. Dann sprang er freudig auf und rief: „Ich bin gerettet! Sie fliehen, und ich brauche keinen zu töten. Bald hätte mein Pfeil Anoui, den falschen Priester getötet, der doch der Vater meines Weibes ist!“

Nur die Not hatte ihn also zur Gegenwehr genötigt, und ich erkannte in seinem jetzigen Ausrufe und dem vorgehenden Dankgebete eine fromme, wahrhaft christliche Gesinnung, welche unter den Bekehrten in dieser Herzensaufrichtigkeit nicht sehr häufig angetroffen wird und dem jungen Manne sofort mein Wohlwollen erwarb. Jedenfalls war er nicht aus Berechnung, sondern aus wirklicher Überzeugung Christ geworden.

„Wer ist Anoui?“ fragte ich ihn.

* Wörtlich: „Vater unser, welcher ist im Himmel, heilig möge sein Name sein.“

„Der Priester von Tamai."
Ich besann mich.
„Liegt Tamai nicht auf Eimeo, der Nachbarinsel von Tahiti?"
„Ja, Sahib. Tamai liegt nicht weit von der Bai von Opoauho. Pareyma, mein Weib, ist die Tochter des Priesters, denn ich bin ein Christ, und ein Ehri nimmt nur die Tochter eines Fürsten oder Priesters zur Frau. Solange Tahiti steht, hat noch niemals ein Ehri die Tochter eines Meduah (Vasallen) oder eines Towha und Rattirha (geringere Lehnsleute) in sein Haus geholt, und die Töchter der Mahanunen (Bauern) und Tautau (Diener und Sklaven) kennt er nicht."
„Und warum ist jetzt Anoui sein Feind?"
„Weil ich Christ geworden bin. Er hat mir Pareyma, die Perle meines Lebens, abverlangt, aber ich gab sie ihm nicht. Da verklagte er mich bei den Ingli, welche nicht an die mitonare (heilige) Jungfrau Marrya glauben, und sie halfen ihm; ich aber ging zu den Franki, welche viele mitonare Männer und Frauen im Himmel des guten Bapa haben, und sie halfen mir; ich durfte Pareyma in meinem Hause behalten, obgleich sie mir nicht der Mitonare, sondern unser Priester gegeben hat, als ich noch ein Heide war. Dann mußte ich fort nach den Tubai-Inseln, um Kleider, Waffen und Perlen umzutauschen; denn seit die Europäer zu uns gekommen sind, ist alles anders und böser geworden, und selbst wer früher ein Fürst war, muß durch Arbeit oder Handel Geld verdienen. Anoui wußte, wohin ich ging, und folgte mir mit seinen Leuten nach. Als ich die Inseln von Tubuai verließ, lauerte er mir auf, um mich zu töten und mir den Reichtum zu nehmen, den ich bei mir führte."
„Getötet hat der dich nicht, wie ich sehe; aber deine Habe... hast du sie hier im Boot?"
„Nein. Er bekam beides nicht, mein Leben und mein Eigentum, denn meine Hand ist stärker als die seine, und sein Verstand ist dunkler als der Verstand eines Ehri. Als ich ihn mit seinen Booten nahen sah, fuhr ich ihm entgegen und sandte meine Diener mit den Kähnen, auf denen sich meine Habe befand, auf einem Umweg nach Papetee. Ich aber lockte ihn bis hierher, wo ich ihn hätte töten müssen, wenn er nicht geflohen wäre."
Sein Auge leuchtete, und seine dunkle Wange brannte vor Erregung; er war noch sehr jung und wirklich schön, als er so drohend vor mir stand: auf den langen, schwarzen Flechten den federgeschmückten Turban, zwei wertvolle Perlen an jedem Ohr, und die gelbseidene Marra als Gürtel um die rot und weiß ge-

streifte Tebuta geschlungen, welche in reichen Falten von seiner Schulter bis zum Knie reichte und das Ebenmaß seiner schlanken, kräftigen Gestalt vorteilhaft hervorhob.

„Was wirst du jetzt beginnen?“ fragte ich ihn.

„Frage zuvor, was ihr mit mir beginnen werdet, Sahib!“ antwortete er, nach der Höhe deutend, von welcher sich der Kapitän mit den Seinen näherte.

„Ich bin dein Freund, und du hast von uns nichts zu befürchten. Du kannst tun, was dir beliebt. Doch bitte ich dich, daß du auch unser Freund werdest!“

„Ich bin es, Sahib! Sage mir deinen Befehl, und ich werde ihn vollbringen, denn ich sehe es an deinem Auge, daß du nichts Böses von mir fordern wirst!“

„Wir bitten dich um Hilfe.“

Er blickte mich einigermaßen erstaunt an, und ich selbst konnte mich eines leisen Lächelns nicht erwehren. Von ganz anderer Figur als er, war ich einen vollen Kopf größer als er; der Turban mit Schleier, den ich trug, der dichte Vollbart, welcher mir Wangen und Kinn umrahmte, meine Waffen, die aus den Trachten aller Zonen zusammengesetzte abenteuerliche Kleidung, welche sich nach unten in einem Paare riesiger Seemannsstiefel verlief: das alles mochte wohl den Eindruck machen, als sei ich gewohnt, nur auf meine eigene Kraft zu vertrauen, und sei fremder Hilfe und Unterstützung nicht leicht bedürftig.

„Wer bist du, und was tust du hier?“ fragte er.

„Ich bin vom Volke der Germani, und die andern gehören zum Volke der Yanki.“

„Die Germani sind gut; ich habe ihre Schiffe gesehen auf den Inseln von Samoa; was sie verkaufen, ist ehrliche Ware, und was sie sagen, das gilt als ein Schwur. Aber die Yanki sind anders; ihre Zunge ist glatt und untreu, und ihre Waren glänzen und haben den Betrug in sich. Wie kommst du zu ihnen und auf diese Insel, die noch nicht einmal einen Namen hat?“

„Ich fuhr mit ihnen, weil ich in das Land der Chinesen wollte, aber das Wetter trieb uns an dies Eiland, so daß unser Schiff zerbrach und unsere Boote zerschellten. Nun können wir nicht fort und müssen warten, bis ein anderes Schiff kommt, welches uns von dannen holt. Du kehrst nach Papetee zurück?“

„Ja. Mich verlangt, zu Pareyma, meinem Weibe, und zu meiner Mutter zu kommen, die mir lieber sind, als alle meine Habe und mein Leben. Die Stimme meines Herzens sagt mir, daß ihnen Gefahr droht von Anoui, meinem Feinde.“

„Auf Tahiti findet man immer Schiffe der Ingli, Franki, Yanki und der Hollandi; vielleicht ist auch eines der Hispani oder gar der Germani da. Willst du sie aufsuchen, wenn du nach Papetee kommst, und eines von ihnen senden, daß es uns von hier erlöse?"

„Das will ich, Sahib! Aber sie möchten mir nicht glauben, und daher ist es besser, wenn ihr mir einen eurer Männer mitgebt, der selbst für euch reden und bitten kann."

„Faßt dein Boot zwei Männer?"

„Wenn ein anderer rudert, nein; aber wenn ihr einen mutigen Mann wählt, welcher das Wasser nicht fürchtet, so werde ich ihn glücklich nach Tahiti bringen, denn keiner nimmt es im Fahren mit Patompa, dem Ehri, auf.

In diesem Augenblick hatte uns der Kapitän erreicht.

„Nun? Wer ist dieser Mann, Charley?"

„Ein Ehri von Tahiti."

„Ein Ehri? Was ist das?"

„Ein Fürst, Kapt'n."

„Pshaw! Diese Art von Fürsten kennt man! Der Bursche wird uns sein Boot überlassen müssen, damit wir uns von einer der benachbarten Inseln Hilfe holen."

„Das wird er nicht tun."

„Nicht? Ah! Und wenn ich es ihm gebiete?"

„Auch dann nicht, Sir."

„Warum nicht, wenn ich fragen darf, he?"

„Weil ich ihm bereits das Gegenteil geraten habe, Kapt'n."

„Ihr? Ah so, das ist etwas anderes! Ihr habt doch jedenfalls eine gute Meinung dabei gehabt, die auf unsern Vorteil bedacht ist?"

„Das vesteht sich! Keiner von uns ist imstande, ein solches Boot zu regieren, und..."

„Ah, Charley, ist das nicht etwas zu viel behauptet? Sollte ich, Kapitän Roberts aus New York, es nicht fertigbringen, ein solches Ding zu führen, da jedermann weiß, daß ich ganz der Kerl bin, selbst das stärkste Orlogschiff zu kommandieren?"

„Könnt Ihr einen Ochsen erschießen, Kapt'n?"

„Welche Frage! Natürlich erschieße ich ihn trotz allem, was ich vorhin sagte, als Ihr mit Eurem Wildbret kamt, vorausgesetzt nämlich, daß die Verhältnisse so sind, daß mir das Viehzeug nicht zu Leibe kann und ich so lange schießen darf, bis es tot ist!"

„Schön! Aber könnt Ihr auch eine Schwalbe schießen?"

„Bei allen Winden, nein; das ist ja rein menschenunmöglich, Charley. Ihr seid ein feiner Schütze, wie Ihr schon oft bewiesen habt, aber eine Schwalbe, nein, die holt auch Ihr nicht aus der Luft herab!"

„Ich habe es aber doch getan, und zwar nicht nur einmal; ich habe sogar da drüben in der nordamerikanischen Prärie fünfzehnjährige Indianerbuben gekannt, welche das fertigbrachten."

„Ahoi, Charley, ist das nicht eine wilde Ente oder gar eine Seeschlange?"

„Nein, es ist die Wahrheit! Doch dieser Vergleich hat den Zweck, Euch zu beweisen, daß das Große oft leichter ist, als das scheinbar Kleine. Ihr versteht es ganz wacker, einen Dreimaster zu befehligen; doch wagt Euch einmal nur mit Eurem Langboote, welches Euch doch geläufig ist, hinaus auf die offene See, so werdet Ihr finden, daß zwischen beiden ein gewaltiger Unterschied ist. Ich habe mit dem gebrechlichen indianischen Rinden-Kanu den Missouri und Red River, mit dem Haut-Kanu der Brasilianer den Orinoco und Marannon und mit dem fürchterlichen Katamorin der Ostinder den Indus und Ganges befahren, anderer Fahrzeuge, bei denen das Leben an jedem Ruderschlage hing, gar nicht zu bedenken, aber ich sage Euch offen, Kapt'n, daß ich es mir nicht getraue, mit diesem Boote hier eine Entdeckungsreise unter den Pomatu-Inseln zu wagen. Es darf das geringste am Ausleger geschehen, so kentert das Boot, und dann ist man in neunundneunzig von hundert Fällen verloren, da die See hier von Haien wimmelt!"

„Alle Wetter, das ist wahr! Der Hai ist der miserabelste Kerl, den ich kenne, und wer zwischen seine Zähne kommt, dessen Zeit ist ohne Gnade und Barmherzigheit abgelaufen. Aber ein Schiff müssen wir suchen, das werdet Ihr doch zugeben, Charley!"

„Natürlich! Aber nicht hier zwischen den Pomatu-Inseln, die wir ja gar nicht kennen und wohin sich doch wohl selten ein größeres Fahrzeug verlaufen wird. Der Ehri hier wird nach Tahiti segeln. Gebt ihm einen zuverlässigen Mann mit, der uns ein Schiff holt, so ist uns ja geholfen!"

„Hm, das klingt ganz gut! Wie lange wird der Bursche zubringen, ehe er Tahiti erreicht?"

Ich wandte mich an Potomba:

„Wie lange fährst du nach Papetee?"

„Wenn ihr mir einen Mann mitgebt, der ein guter Ruderer ist, so brauche ich zwei Tage", antwortete er.

Ich verdolmetschte diese Worte dem Kapitän.

„Hört, Charley, wie heißt der Bursche?"

„Potomba."

„Das glaube ich nicht; er wird doch wohl Münchhausen heißen. In zwei Tagen von hier nach Papetee; der Mensch lügt ja wie gedruckt! Ich rechne fünf volle Tage, und dann müßte man schon ein scharf auf den Kiel gebautes Schiff mit Schoonertakelage haben. Zwei Tage, das ist Humbug, das ist unmöglich!"

„Seht Euch diese Boot und diesen Mann an, Kapitän! Er sieht nicht wie ein Aufschneider aus, und ich bin sehr geneigt, zu glauben, daß man mit einem so langen, schmalen Wogenschneider unter dem Südostpassat fünfzehn bis sechzehn englische Meilen in der Stunde zurückzulegen vermag."

„Denkt Ihr wirklich? Hm, dann muß ich schon glauben, daß es möglich ist. Ein Kunststück ist es aber doch! Hm, ja; seht die vierzehn Segel da draußen! Es sind noch keine zehn Minuten, seit sie hier wendeten, und ich möchte wetten, daß sie bereits über zwei Meilen zurückgelegt haben. Ihr könnt recht haben, Charley, und nun ist es mir auch einleuchtend, was ich bisher nicht geglaubt habe, nämlich daß sich sogar ein gut ausgerüstetes Kriegsschiff mit wohldressierter Mannschaft vor einer Flottille malayischer Prawen sehr in acht zu nehmen hat. Doch seht, da kommt der Maat! Er macht ein sehr vergnügtes Gesicht, daß es ihm gelungen ist, die Kerls dort in die Flucht zu schlagen."

Wirklich nahte der Steuermann mit einer so selbstgefälligen und triumphierenden Miene, als habe er eine große Seeschlacht gewonnen.

„Nun, Sir, wie habe ich meine Sache gemacht?" fragte er mich.

„Schlecht, sehr schlecht, Maat!"

„Wa-wa-wa-waaas?" fragte er ganz erstaunt.

„Sie haben uns ja kein Haar gekrümmt und sind, als sie mich und diese da erblickten, davongesegelt, als sei ihnen der Klabautermann*) auf den Fersen!"

„Aber ich wollte sie doch eben nicht davonsegeln lassen, sondern sie sollten in der Bucht eingeschlossen werden! Ihr kamt viel zu früh. Sie hatten die Einfahrt noch gar nicht bewerkstelligt, und es war weder von unserer Seite ein Schuß gefallen, noch hattet Ihr von mir oder dem Kapt'n das verabredete Zeichen erhalten. Ich will Euch nicht tadeln, Maat, denn Ihr habt nur den Fehler begangen, daß Ihr ein wenig zu sehr tapfer wart, und vielleicht ist es besser, daß sie heil davongekommen sind; aber denkt Euch, daß wir vierzehn Boote bekommen hätten, wenn mein Plan gelungen wäre!"

* Ein gespenstisches Wesen, von dem sich die meist sehr abergläubischen Seeleute viel Abenteuerliches erzählen.

Der ehrliche Maat guckte mich mit offenem Munde an und schlug sich dann mit der Hand an die Stirn.

„Wißt Ihr, was ich bin, Sir?"

„Nun? Doch wohl ein wackerer See- und Steuermann!"

„Nein, ein Esel bin ich, ein Esel mit so langen Ohren, daß man aus jedem einen Dreimaster bauen könnte! Wir hatten sie beinahe im Sacke, und ich habe sie davongejagt. Man glaubt gar nicht, was so ein alter Seebär für gewaltige Dummheiten begehen kann!"

„Das ist eine edle Selbsterkenntnis, um deretwillen Ihr ganz bedeutend in meiner Achtung steigt, Maat! Aber, wollen wir nicht zum Lager gehen? Wir können ja einen Posten hier lassen für den Fall, daß es den Entkommenen einfallen sollte, zurückzukehren."

„Ihr habt wieder recht, Charley!" nickte der Kapitän. „Wir haben ein sehr berühmtes Treffen gewonnen, und da will ich meine Anerkennung dadurch aussprechen, daß ich die Erlaubnis gebe, einen Grog zu brauen, der so steif ist, wie das Bugspriet einer niederländischen Kohlenbarke!"

Dieser Armeebefehl wurde mit allgemeinem Jubel aufgenommen; die Leute nahmen sich beim Arme, und im Paradeschritte ging es paarweise nach dem Lagerplatz zurück.

Während der Grog gebraut wurde, unterhielt ich mich mit Patomba. Es zeigte sich, da ßer in Indien gewesen war; auch die meisten Inselgruppen des australischen Archipels hatte er befahren, und er war in seinen Aussprüchen so klar und bescheiden, daß ich ihn bereits in kurzer Zeit lieb gewann.

„Jetzt, Charley, mag der Mann gewählt werden, der mit Eurem Fürsten nach Tahiti fahren soll meinte der Kapitän. „Ich muß natürlich hierbleiben, aber der Maat könnte die Sache übernehmen. Was meint Ihr?"

„Ich habe in solchen Dingen nichts zu sagen, denn Ihr seid der Kapitän, aber ich billige Eure Wahl; der Steuermann ist eine Charge und wird mehr Gehör finden als ein Matrose, wenn Ihr einen solchen schicken wollt."

„Ich?" fragte der Maat. „Wo denkt Ihr hin, Kapt'n! Ein braver Steuermann darf sein Schiff und, wenn dieses Wrack gegangen ist, seine Leute nicht verlassen!"

„Wenn der Kapitän fehlt und er also an dessen Stelle getreten ist", entgegnete Roberts. „Jetzt aber bin ich noch da, und Ihr könnt also getrost nach Tahiti gehen, ohne Euch etwas zu Schulden kommen zu lassen, was gegen Eure Pflichten wäre. Übrigens wißt Ihr ja, daß nur mein Befehl Geltung hat? Wen ich fende, der muß gehorchen!"

„Wollt Ihr mir wirklich zumuten, Kapt'n, mich einem Schwimmholze anzuvertrauen, wie das Boot diese Mannes ist? Übrigens kann ich ja nicht ein einziges Wort mit ihm sprechen, und wie leicht ist es, daß ich mit Leuten zusammenkomme, deren Sprache ich nicht verstehe!"

„Hm, das ist wahr! Charley, wie ist es? Ich möchte Euch gern bei mir behalten; aber Ihr sein der einzige, der malayisch und sogar den Dialekt der Gesellschaftsinseln versteht. Möchtet Ihr mit dem Manne gehen?"

„Wenn Ihr es wollt, so tue ich es, Kapt'n!"

„Schön; so bitte ich Euch darum! Doch, alle Wetter, was ist denn das?" fragte er plötzlich, mit der Hand nach dem Binnenwasser deutend, welches sich beinahe bis an unsere Füße zog.

„Ein Hai, wahrhaftig ein Hai, der zwischen den Klippen Eingang gefunden hat!" rief der Maat. „Schnell zu den Harpunen, ihr Mannen!"

Auf der Oberfläche des Wassers zeigte sich die Rückenflosse des Fisches, den unsere Anwesenheit herbeigelockt haben mußte. Der Anblick eines Haies bringt jeden Seemann in die größte Aufregung; er kennt keinen größeren Feind als dieses gefräßige Ungeheuer und sucht es zu töten, selbst wenn er sich vor ihm sicher weiß und der Tod desselben ihm nichts als nur die Befriedigung gewährt, ihn tot zu wissen.

Die Leute waren alle aufgesprungen und griffen nach allen möglichen Waffen. Auch ich langte nach meiner Büchse, um zu versuchen, ob eine Kugel hinreichend sei, das Tier zu erlegen. Da legte Potomba die Hand auf meinem Arm und bat:

„Schieß nicht, Sahib; Potomba ist ein Herr aller Haie und wird auch diesem befehlen, zu sterben!"

Er warf die Tebuta und die Marra ab, so daß er nur den Lendenschutz trug, faßte sein Messer und schnellte sich weit vom Ufer hinaus in das Wasser, welches zischend über ihm zusammenschlug.

Ein allgemeiner Schrei des Entsetzens ließ sich hören.

„Was tut der Mensch?" rief der Kapitän. „Er ist verloren."

„Seht die Flosse!" schrie der Bootsmann, der mit einer Harpune hart am Wasser stand. „Der Hai hat ihn bemerkt und hält auf ihn zu. In zwei Sekunden hat er ihn verschlungen!"

Auch ich war erschrocken, blieb aber äußerlich ruhig.

„Was wird es nun mit Eurer Fahrt nach Tahiti, Charley?" fragte der Kapitän. „Der Bursche da kommt natürlich nicht wieder aus dem Wasser!"

„Wollen wir es abwarten, Kapt'n! Ich habe in Westindien Taucher gekannt, welche sich nicht fürchteten, bloß mit einem Messer bewaffnet, den Haifisch im Wasser anzugreifen. Der Fisch muß sich, um zuzuschnappen, auf den Rücken legen; das gibt dem kühnen Schwimmer Zeit, ihm das Messer in den Leib zu stoßen und, sich mit einem kräftigen Stoße fortschnellend, den Bauch des Tieres aufzuschlitzen. Da seht, Kapt'n, der Kampf beginnt!"

Das Wasser schlug an der Stelle, wo sich der Fisch befand, einen schäumenden Strudel, dann tauchte in einiger Entfernung davon erst der Kopf und dann der Oberleib Potombas empor. Er schwang das Messer hoch in der Luft und stieß einen lauten Siegesruf aus.

„Bei allen Kreuz- und Braamsegeln, er hat das Viehzeug wahrhaftig getötet!" rief der Kapitän. „Seht, Charley, dort schwimmt das Ungeheuer auf dem Wasser. Der Leib ist ihm aufgeschlitzt bis zum Schwanz!"

Die umstehenden Mannen erhoben ein Freudengeschrei, welches nicht geeigneter sein konnte, dem Sieger ihre Anerkennung zu beweisen. Er stieg an das Land und trat, ohne das Lob der Leute, welchen ihn umringen wollten, zu beachten, auf mich zu.

„Der Hai ist tot, Sahib!" meldete er einfach und ruhig.

„Ich wußte es schon, als du in das Wasser sprangst", erwiderte ich, ihm meine Hand entgegenstreckend.

Er erfaßte sie, und ich sah es ihm an, daß diese Anerkennung ihn mehr freute, als das laute und ihm unverständliche Lob der andern.

„So hast du schon vorher geglaubt, daß Potomba einen starken Arm und ein mutiges Herz besitzt?"

„Ich sah es gleich, als du landetest. Du hast dich vor vierzehn Feinden nicht gefürchtet; ich habe dich lieb, Potomba!"

„Und ich bin dein Freund, Sahib! Sage diesen Yanki hier, daß ich keinen von ihnen in mein Boot nehmen werde, um ihn nach Papetee zu bringen. Du allein sollst mit Potomba fahren!"

„Ich habe es ihnen bereits gesagt. Wann segeln wir ab?"

„Wann du es befiehlst."

„So mache dich bald fertig; ich bin schon jetzt bereit. Wir müssen einen Umweg machen, um die Flottille deiner Feinde zu vermeiden, nicht?"

„Ja, Sahib. Hier hätte ich sie nicht gefürchtet, denn sie wären gefallen, ehe sie das Land betraten; auf der offenen See aber würden sie uns umringen, und wir wären verloren. Wollt Ihr den Fisch haben, Sahib?"

„Ja."

„So gib mir eine Schnur!“

Sie wurde gebracht. Er band sie an das Gefieder seines Pfeiles, legte sie sorgfältig entrollt zur Erde und schoß ab. Der Pfeil bohrte sich tief in den Leib des Haies, welcher nun herbeigezogen wurde. Während dies geschah, legte der Ehri die abgeworfenen Kleidungsstücke wieder an.

„Bist du fertig, Sahib? Potomba ist bereit, dich nach Tahiti zu bringen, und lieber wird er sterben, als daß er dir ein Leid geschehen läßt!“

2. PAREYMA

Zwischen den bereits von mir angegebenen Längen- und Breitengraden liegt jene Inselgruppe, welche im Jahre 1606 von Quiros entdeckt und von dem berühmten Cook, der sie 1769 zuerst gründlich erforschte, zu Ehren der königlichen Gesellschaft der Wissenschaft zu London „Gesellschaftsinseln“ genannt wurde.

Sie zerfallen in zwei Abteilungen: die Windwards- und die Lewardsgruppe, welche durch eine breite Straße getrennt werden. Zu der ersteren gehören Tahiti oder Otaheiti, welches die bedeutendste Insel des Archipels ist, Maitea, auch Osnabruc genannt, und Eumeo oder Moörea. Die Leewardsinseln sind Huahine, Raiatea, Taha, Borabora und Maurua oder Maupiti.

Diese ganze Inselgruppe ist vulkanischen Ursprungs, doch arbeiten die kleinen, fast mikroskopischen „Baumeister des Meeres“, die Pflanzentiere der Polypen, unausgesetzt an deren Vergrößerung, umgeben jede einzelne Insel mit scharfen, spitzen Korallenringen, an die sich neues Land ansetzen kann, und machen dadurch die Schiffahrt auf den Wasserstraßen, welche die Eilande trennen, zu einer sehr gefährlichen.

Der Gesamtflächenraum der Gesellschaftsinseln beträgt ungefähr vierunddreißig Quadratmeilen; das Land hat viele schöne Häfen, welche aber wegen der Korallenbarrieren und der dadurch entstehenden Brandung nur sehr schwer zugänglich sind. Der Boden der Inseln ist durchgehend reich und fruchtbar. Die Gebirge sind mit dichten Waldungen bedeckt und die Küstenebenen durch Bäche wohl bewässert, so daß die Vegetation eine außerordentlich üppige genannt werden muß und eine Fülle von Zucker- und Bambusrohr, Brotfruchtbäumen, Palmen, Bananen, Pisang, Platanen, Bataten, Getreide, Yams- und Arumswurzeln und anderen südländischen Gewächsen erzeugt.

Die Bewohner sind malayisch-polynesischen Ursprunges, dunkel kupferfarbig (die Frauen meist etwas heller), gut und kräftig gebaut, gesellig, gastfrei und gutmütig. Sie leben in Monogamie, halten ihre Weiber in ziemlicher Eingezogenheit und lieben Musik, Tanz, Fechten und Wettfahrten auf ihren schnellen Booten leidenschaftlich.

Ursprünglich hingen sie einer polytheistischen Religionsform an, bei deren Ausübung selbst Menschenopfer nichts Ungewöhnliches waren. Ihre Priester, welche zugleich Ärzte und Wahrsager waren, übten einen ungemeinen Einfluß auf sie aus, dem allerdings schon zu Ende des achtzehnten Jahrhunderts die von den Engländern hier gegründeten Missionen entgegen arbeiteten. Später sandte das katholische Frankreich seine Sendboten herüber, die unter Mühen und Beschwerden mit den Vorurteilen rangen, welche der Götzendienst dem sonst hochbegabten Menschenschlage eingeimpft hatte.

Die heilige Religion Christi wird oft unrechterweise angeklagt. Man sagt: „Die Gesittung hat ihren Barbarismus, das Licht seinen Schatten, die Liebe ihren Egoismus, und von dem Ort der ewigen Seligkeit aus kann man, wie das Gleichnis von dem reichen Mann und dem armen Lazarus lehrt, hinunter in die Hölle blicken, um die Qualen der Verdammten zu beobachten. Christi Liebe, Milde und Erbarmung predigende Lehre ist, vom unduldsamen Zelotismus auf die Spitzen die Schwerter gehoben und von einer schlau berechnenden Eroberungslust in das Panier genommen, über den größten Teil des weiten Erdenkreises gegangen; ganze Rassen und Völker sind verschwunden oder liegen noch jetzt in den letzten, milden Todeszuckungen; die Geschichte hat durch solche Verluste für ihre zukünftige Entwicklung eine ganze Reihe wichtiger kulturhistorischer Kräfte und Momente verloren, und der Seelenhirt, welcher in die wilde Fremde geht, um die sogenannten Heiden zu belehren, beachtet nicht, daß die letzteren nach ihren Bedürfnissen glücklicher sind als wir, und daß unter den korrumpierten Schichten der heimatlichen Nationen sein Wirken notwendiger wäre, als unter den Andersgläubigen, die oft in paradiesischen Verhältnissen leben!" — Das ist ein gewaltiger Vorwurf, und es wäre allerdings mehr als beklagenswert, wenn er auf Wahrheit beruhte. Aber ist nicht die Rasse, die Nation, das Volk ebenso ein Individuum wie der einzelne Mensch, welcher geboren wird, sich entwickelt und wieder aus dem Leben tritt, wenn er seine Aufgabe gelöst hat? Schon der Neugeborene trägt die Vorbedingungen des einstigen Todes in allen Teilen seiner Konstitution und seines Organismus. Ebenso die gesellschaftliche Gesamtheit, sie mag heißen, wie sie will. Nicht die Bibel ist schuld, daß der Mensch sterben muß, ebensowenig wie der Koran oder die Veddahs der Indier, und ebenso wenig vermag es das Christentum, die Auflösung der Nationen zu verhindern. Die heilige Lehre von der Liebe und Vergebung wurde uns gegeben, den Tod zu überwinden durch die Vorbereitung und die Zuversicht auf eine bessere, höhere und ewige Zukunft, und gerade darum, weil der Tod und die Auflösung aller warten, die auf Erden wohnen, hat diese Lehre die hohe und berechtigte Aufgabe, „hinaus in alle Welt zu gehen“ und die ganze Erde zu erlösen von der Furcht vor einem Ende, welchem kein neuer Anfang innewohnt. Nicht die Religion hat sich auf die Spitzen der Schwerter gestellt, sondern die Politik der Eroberer ist es gewesen, welche Blut säte, um — stets wieder Blut zu ernten. Die Kirche zählt zu ihren Gläubigen die starken Völker, welche die Vorsehung bestimmt hat, siegreich über den Erdkreis zu schreiten; aber die Kirche veranlaßt sie nicht zu diesem Triumphzug, sondern sie folgt dem Zug mit ihren Tröstungen, um den Haß in Liebe, den Schmerz in Treue zu verwandeln und den Fluch, welchen der Besiegte auf den Lippen trägt, in Segen umzukehren.

Es ist in dieser Beziehung viel über die Gesellschaftsinseln gesprochen und geschrieben worden. Als dieser Archipel entdeckt wurde, fand man in seinen Bewohnern ein kindlich naives und beinahe wunschloses Volk, dem eine reiche Natur alle zu einem zufriedenen und sorgenfreien Leben notwendigen Erfordernisse in verschwenderischer Weise verliehen hatte. Die Fremdlinge wurden mit freudiger Gastlichkeit aufgenommen, fast als Götter verehrt und erhielten alles, was ihr Herz begehrte. Sie brachten die Kunde davon in die Heimat, wo unter den Abenteurern der Wunsch nach gleichen Genüssen rege wurde. Es wurden Schiffe ausgerüstet; die Handelspolitik begann, ihre Pläne zu spinnen — die Tahiter erhielten für ihre Gastfreundlichkeit die Laster und Krankheiten des Abendlandes zugeschickt und haben mehr die schlechten als die guten Eigenschaften derer angenommen, welche sich Christen nannten, ohne es ihrer Herzensgesinnung nach zu sein. Dieser letztere Umstand ist außerordentlich beherzigenswert. Allerdings muß die betrübende Tatsache zugestanden werden, daß die Tugenden der Tahiter seit ihrer Bekanntschaft mit den Europäern schwer gelitten haben; aber das Christentum der Schuld daran zu zeihen, heißt eine der schwersten Sünden begehen. Es ist nicht richtig, die heilige Kirche mit denen zu identifizieren, welche sich Christen nennen; die Christenheit zählt ihre größten Feinde in ihrer eihenen Mitte, und es ist tief zu beklagen, daß die Mission neben ihrer eigentlichen Aufgabe noch die traurige Arbeit zu übernehmen hat, dem unmoralischen Erbe entgegenzuwirken, welches in den Spuren der bloßen Namenchristen zurückzubleiben pflegt.

Tahiti, die Perle der Südsee, lag unter einem herrlichen, tiefblauen Himmel; die Sonne glühte auf die blitzenden Wogen des Meeres und die bewaldeten Spitzen des Orohenaberges nieder oder funkelte in den Bächen und schmalen Kaskaden, welche von den malerisch aufstrebenden Klippen herabsprangen; aber ihre Glut erreichte nicht die freundlichen Ansiedlungen, welche im Schatten der Palmen und zahllosen Fruchtbäume lagen und von der frischen Seebrise angenehme Kühlung zugefächelt erhielten.

In dem linden, milden Luftzug rauschten die langen gefiederten Wedel der Kokospalmen und raschelten die breiten, vom Winde ausgerissenen Blätter der Bananen zur Erde nieder; die abgeblühten Blumen der Orangen, deren Zweige aber trotzdem schon mit goldgelben Früchten bedeckt waren, tropften, wonnige Düfte verbreitend, von dem sich wiegenden Geäste herab. Es war einer jener zauberlich schönen, wunderbaren Tage, wie sie in so reicher Pracht und Herrlichkeit nur in den Tropen zu finden sind.

Und während das Land in all seiner paradiesischen Schönheit so jung und frisch, als sei es eben erst aus der Hand des Schöpfers hervorgegangen, dalag, donnerte draußen an den Korallenriffen die Brandung ihr tiefes, nicht endendes und nicht wechselndes Lied. Die Zeiten sind anders geworden und mit ihnen die Menschen; die unendliche, stets wechselnde und doch sich immer gleich bleibende See ist noch dieselbe und schleudert noch heute wie vor Jahrtausenden ihre bald kristallenen, bald dunkel drohenden und mit weißem Gischt gekrönten Wogenmassen gegen die scharfen Dämme. Die von blitzenden Reflexen durch- und überschossenen Fluten hoben und senkten sich, als blickten Tausende von Najaden hinüber, wo über dem Schaum der Wellen immergrüne, wehende Wipfel sich erheben, unter denen ein dem allmählichen Untergang geweihtes Völkchen die letzten Pulsschläge seines individuellen Lebens zu zählen vermag, ohne die Widerstandskraft zu besitzen, welche die Todeszuckungen der amerikanischen Rasse dem weißen Manne so furchtbar und gefährlich macht.

Dort am Strand lag Papetee, die Hauptstadt Tahitis, und eine bunt bewegte Schar von Menschen wogte in weißen, roten, blauen, gestreiften, karierten oder geblümten langen Gewändern hin und her. Wie prachtvoll hatten sich die jungen, bildhübschen Mädchen das schwarze, lockige und seidenweiche Haar mit Blumen und dem künstlich geflochtenen, schneeweißen wehenden Bast des Arrowroot geschmückt; wie gewandt und stolz waren die Bewegungen der eingeborenen Stutzer, welche den bunten Parau oder die faltige Marra kokett um die Lenden geschlungen und darüber die Tebuta, das Schultertuch, malerisch über die Achsel geworfen hatten und so zwischen den Schönen umherstolzierten! Sie hatten die langen, fettglänzenden Locken mit Streifen ineinander geflochtener weißer Tapa und roten Flanells umwunden, was ihnen zu dem Teint ihrer bronzefarbenen Gesichter gar nicht so übel stand.

Da auf einmal drängte sich alles zu dem Ufer hin. Der Insel näherte sich ein Kanu, in dessen weißes Segel sich die Brise voll gelegt hatt, so daß die beiden Darinsitzenden des Ruders nur bedurften, um das Fahrzeug in dem richtigen Kurs zu erhalten.

Das Kanue war eines der hier gebräuchlichen, einfach aus einem Stamm gehauenen und mit einem runden Boden versehenen Boot. Durch diese Bauart vermag ein solcher Kahn rascher zu segeln, würde aber auch sehr leicht umschlagen, wenn er nicht durch einen sogenannten Outrigger (Ausleger) davor beschützt würde.

Diese Ausleger bestehen aus zwei quer und fest über das Kanue befestigten Stangen oder Hölzern, die nach rechts hinaus einen leichten, kufenartig geschnittenen Balken, welcher parallel mit dem Kanu auf den Hölzern liegt, halten. Dieser schwimmt also, etwa vier Fuß von dem Rechtsbord des Kahnes entfernt, auf dem Wasser und ist mit einer Bastbandage fest an die Querhölzer geschnürt. Ein Umschlagen des Fahrzeuges, ja selbst ein Schaufeln wird dadurch zur Unmöglichkeit gemacht, denn dasselbe kann nicht nach links hinüber, weil es dann den ganzen, nahezu zwei Ellen abstehenden Balken aus dem Wasser heben müßte, und nach rechts ebensowenig, da sich der aus leichtem Holz bestehende Balken mit den Stangen und auf diese Entfernung hin nicht unter Wasser drücken läßt. Diese Kanus fahren daher selbst bei unruhiger See außerordentlich sicher und zuverlässig. Freilich würde man sich ohne die Ausleger nur äußerst vorsichtig darin bewegen müssen, da der runde Boden der geringsten Neigung des Körpers folgt und man bei der kleinsten Schwankung nicht nur Gefahr ließe, umzukentern und ein unfreiwilliges nasses Bad zu erhalten, sondern diesen an und für sich kleinen Unfall mit dem Leben bezahlen könnte, da die Buchten und sonstigen Wasser dieser Inseln von Haien wimmeln, welche zu der gefräßigsten Art dieses unheilvollen Fisches gehören.

Die beiden Männer im Boot waren Potomba und ich.

Der Ehri hatte wirklich Wort gehalten, denn wir langten nach zwei, nicht ganz vollen Tagen in Tahiti an, obgleich wir zu einem nicht unbedeutenden Umwege gezwungen gewesen waren. Der stetig wehende starke Passat hatte uns trefflichen Vorschub geleistet; Potomba verstand es ausgezeichnet, jede einzelne Woge zu benutzen, und da wir nicht ermüdeten, weil wir uns im Rudern ablösen konnten, so war unsere Fahrt eine ungewöhnlich rasche gewesen.

Jetzt nun lag die herrliche Insel vor uns, über welche ich so viel Wahres und so viel Unverständiges gelesen hatte; Papetee hob sich immer mehr hervor, je näher wir kamen, und endlich erkannten wir deutlich jeden einzelnen unter der Menge des Volkes, welches sich an den Strand drängte, um unser Fahrzeug zu beobachten.

Es fiel mir auf, daß eine solche Aufmerksamkeit sich auf unsern kleinen, unbedeutenden Kahn richtete, während es in dem Hafen doch noch ganz andere Objekte des Interesses gab. Ich ließ das Segel fliegen, um von der Prise nicht an die Korallen getrieben zu werden, denen wir uns näherten, und fragte:

„Siehst du die Leute, Potomba?"

„Ja, Sahib", nickte er.

„Wie kommt es, daß man grad uns so beobachtet, während es doch viele Boote gibt, welche die Aufmerksamkeit auf sich ziehen könnten?"

„Die Männer und Frauen kennen mein Boot, und Potomba ist ein Ehri, berühmt unter den Leuten seines Volkes. Sitze still und halte dich fest, Sahib, denn wir stoßen jetzt in die Brandung!"

Wir näherten uns einer Seitenluke des Polypenringes, durch welche nur so kleine und schmale Fahrzeuge, wie das unserige, Eingang finden konnten. Ein Ruderschlag brachte uns in die Brandung; ihr kochender Wall riß uns empor, hielt uns einen Augenblick lang fest, so daß es schien, als schwebten wir in freier Luft, und schnellte uns dann in das ruhige Binnenwasser hinab.

Rechts von uns lag eine Reihe von Seeschiffen, welche durch die breitere Einfahrt Zugang gefunden hatten. Der Bau des einen kam mir bekannt vor, obgleich der Rumpf allein zu sehen und alles Segelwerk beschlagen war. Droben in den Wanten hing ein Mann, der diesen hohen Punkt gewählt zu haben schien, um besser nach der Stadt lugen zu können. Er trug einen mexikanischen Sombrero auf dem Kopf, und dieser Rohrfaserhut hatte eine breite Krempe von so außerordentlicher Breite, als ob eine ganze Familie wimmelnder Peccaris darunter Schutz zu suchen hätte. Eine so ungeheure Krempe wurde sicherlich nur auf besondere Bestellung hergestellt, und zu einer solchen Bestellung war nur ein einziger fähig, nämlich der sehr wackere und ehrenswerte Master Frick Turnerstick, mit dessen Barke ich vor etwelcher Zeit von Galvestone nach Buenos Aires gefahren war.

„Halte hinüber nach diesem Schiff, Potomba!"

„Warum, Sahib?"

„Der Kapitän desselben muß ein Bekannter von mir sein."

„So willst du mich schon jetzt verlassen und zu ihm gehen?"

„Ja, wenn ich den Mann dort nicht etwa verwechsele."

„Sahib, das Schiff gehört den Yanki, die ich nicht liebe. Suche dir lieber ein Schiff der Franki oder der Germani aus!"

„Der Mann ist mein Freund."

„Aber ich werde dich dennoch nicht zu ihm bringen."

„Warum?"

„Du hast zu Potomba gesagt: ‚Ich habe dich lieb!' Hast du die Wahrheit gesprochen?"

„Ich sage dir keine Lüge."

„So bitte ich dich, mit nach Papetee in mein Haus zu gehen, um bis morgen auszuruhen. Du müßtest lange bei mir bleiben, viele Tage, viele Wochen, aber du hast den Deinen versprochen, schnell zurückzukehren, und darum darf ich dich nur bis morgen früh behalten."

„Ich würde bei dir bleiben, so lange es mir meine Zeit erlaubt, Potomba; aber wenn der Kapitän dort sich bereit finden läßt, die Meinen zu holen, und gleich absegeln kann, so muß ich mit ihm gehen."

„Er kann nicht eher fort als morgen. Die Flut hat jetzt begonnen; er muß die Ebbe abwarten, welche erst am Abend kommt, wo es so dunkel es, daß er sich nicht durch die Klippen wagen darf."

„Das ist wahr; er müßte also die zweite Ebbe erwarten, könnte sich aber auch während der Flut von einem Dampfer hinausbringen lassen."

„Du vergissest, daß ein so großes Schiff vieler Zeit und Arbeit bedarf, um für die See fertig zu werden!"

„Und du weißt nicht, wie schnell die Yanki sind, diese Arbeit zu vollbringen!"

„Und doch wird Zeit vorhanden sein, daß du wenigstens nur eine Stunde mit mir kommen kannst!"

„Das ist allerdings wahrscheinlich."

„So versprich mir wenigstens, mich nicht allein nach Papetee zu lassen!“

„Ich verspreche es!“

„Ich danke dir, Sahib! Potai, mein Bruder, wird sich freuen, daß ich einen Freund gefunden habe, der ein Germani ist.“

Wir hielten seitwärts nach dem Stern der Barke zu, und als wir näher kamen, bemerkte ich, daß ich mich allerdings nicht geirrt hatte. Ich erkannte die dort in großen, deutlichen Buchstaben angebrachte Inschrift „The wind“. Der Mann in den Wanten kehrte uns den Rücken zu und bemerkte also unser Nahen nicht. Als wir das Steuerbord des Schiffes beinahe erreicht hatten, legte ich die Hände an den Mund:

„Schiff ahoi — ih!“

Er drehte sich herum und fixierte uns.

„Ahoi — ih! Was... wo... Huzza! Wer ist dann das? Legt an, legt an das Tau!“

Er kletterte zum Deck mit einer Geschwindigkeit nieder, welche mich überzeugte, daß er mich erkannt hatte. Wir befestigten das Boot an das Tau, welches an der Seite des Schiffes niederhing. Ich ergriff dasselbe und schwang mich empor. Kaum hatte ich mich über die Regeling*) geschwungen, so warf der Kapitän seine beiden Arme um mich und drückte mich mit einer Gewalt an seine teerduftende Jacke, daß mir der Atem schwinden wollte.

„Charley, old friend, Ihr hier zwischen diesen Inselklexen? Wie kommt Ihr nach Australien? Wie kommt Ihr nach Tahiti und Papetee? Ich denke, Ihr seid noch immer drüben in Amerika!“

„Zu Schiffe, zu Schiffe komme ich her“, lachte ich; „anders ist es ja nicht gut möglich, mein lieber Master Turnerstick. Aber bitte, nehmt doch einmal Eure Pranken von meinem Leibe, wenn Ihr es nicht geradezu darauf abgesehen habt, mir die Seele aus der Haut zu drücken!“

„Well, ganz wie Ihr wollt, Charley! Der Passat würde sie mit fortnehmen und nach China oder Japan treiben, wo man gar nicht wüßte, was man mit ihr machen sollte. Behaltet sie also lieber und sagt mir nun endlich, was Ihr eigentlich in diesen Breiten wollt!“

„Land und Leute kennenlernen, wie gewöhnlich!“

„Wie gewöhnlich? Hm, mir scheint das doch mehr ungewöhnlich. Da dampft, fährt, reitet, läuft, hetzt und springt dieser Mensch in der Welt herum, weil er Land und Leute kennenlernen

* Schiffsgeländer, auch Reiling genannt.

will! Land und Leute! Eine freie, offene See ist mir lieber als alles Land, was Ihr zu sehen bekommt, und die Leute, na, meine paar Jungens hier sind mehr wert als alle die Schlingels, die Ihr ‚Leute' zu nennen beliebt. Bleibt bei mir an Bord und fahrt mit meinem guten ‚Wind' hinüber nach Hongkong und Kanton!"

„Nach Hongkong geht Ihr? Das ist prächtig! Ich gehe mit!"

„Wirklich? Hier meine Hand; schlagt ein!"

„Topp! Doch mache ich eine Bedingung!"

„Oho! Bei mir an Bord gibt es keine Bedingungen, das wißt Ihr wohl!"

„So steige ich wieder in mein Boot, Kapt'n."

„Das wäre der albernste Streich, den Ihr in Eurem Leben begangen hättet, und vor dem ich Euch bewahren muß. Sagt also Eure Bedingung! Ich hoffe, daß ich sie erfüllen kann."

„Ihr müßt meine Kameraden mitnehmen."

„Welche Kameraden?"

„Den Kapitän Roberts vom ‚Poseidon' mit seinen Mannen."

„Roberts? Poseidon? Ist das Schiff und der Mann nicht von New York?„

„Ja. Wir wollten von Valparaiso nach Hongkong, litten aber auf einer der ‚gefährlichen Inseln' Schiffbruch. Roberts hat mich nach Tahiti geschickt, um einen Kapitän zu suchen, welcher bereit ist, uns an Bord zu nehmen."

„Das wird jeder brave Kapitän tun, Charley, und ich freue mich, daß Ihr zuerst zu mir gekommen seid! Ich kenne diesen Roberts; er ist ein ganz passabler Mann, doch scheint er mir in diesen schwierigen Gewässern nicht sehr befahren zu sein. Ein Sturm hier hat schon etwas mehr zu bedeuten als anderswo, aber wenn er das Steuer mit einem guten Troß fest angesorrt hätte, so wäre es ihm möglich gewesen, etwas weiter nach Nord über die Nukayiha-Inseln zu halten, und von einem Schiffbruche wäre keine Rede gewesen. Wo seid Ihr denn gestrandet?"

„Die Insel ist uns unbekannt. Sie liegt auf dem zweihundertneununddreißigsten Grad im Osten von Ferro und auf dem zweiundzwanzigsten Grad südlicher Breite."

„Schön; wird wohl zu finden sein! Ist das Schiff sehr wrack?"

„Es ist nicht von den Klippen zu bringen. Wenn Ihr hinkommt, hat die Brandung es vielleicht bereits verschlungen."

„Hattet Ihr viele Seegasten?"*)

* Passagiere.

„Ich war der einzige."
„Wie viele Marsgasten**) sind gerettet?"
„Alle."
„Hm, dann wird es notwendig sein, mehr Proviant einzunehmen. Wurde etwas von der Ladung geborgen?"
„Der größte Teil. Es sind meist wollene und baumwollene Zeuge und ein ziemliches Lager von Stahl- und Eisenwaren."
„Dann ist es ein Glück, daß ich hier löschte, ohne bis jetzt etwas Neues einzunehmen. Kapitän Roberts wird es natürlich sehr eilig haben, aber vor der Morgenebbe können wir unmöglich fort. Wer ist der Bursche hier?"
Er deutete auf Potomba, welcher mir bis an Deck gefolgt war und aus der Entfernung unsere Unterredung beobachtete.
„Ein Ehri von Tahiti. Er wohnt in Papetee und heißt Potomba."
„Alle Wetter, ein Fürst! Wie kommt Ihr zu dem Manne?"
„Er kam, verfolgt von einer ganzen feindlichen Flottille nach unserer Insel und gab mir einen Platz in seinem Boote."
„Also ein förmliches Abenteuer! Wer waren seine Feinde?"
„Ihr Anführer ist ein heidnischer Priester und Eimeo; Potomba heiratete dessen Tochter und ließ sich von einem katholischen Missionär taufen."
„Ah! Ihr habt doch die Schlingel tüchtig heimgeleuchtet? Das versteht Ihr ja aus dem Fundament, Charley!"
„Sie sind uns alle entkommen. Mein Feldzugsplan scheiterte an dem Ungeschick des Steuermanns. Also Ihr seid bereit, uns Euern ‚Wind' zur Verfügung zu stellen?"
„Natürlich! Morgen früh mit der Ebbe stechen wir in See. Jetzt aber kommt zur Kajüte; wir müssen doch einmal sehen, wie sich meine Flaschen unter der Linie gehalten haben."
„Einen Trunk zum Willkommen darf ich Euch natürlich nicht abschlagen, aber feststauen kann ich mich noch nicht. Ich habe Potomba versprochen, mit ihm an das Land zu gehen, und er wird ungeduldig sein, sein Weib und seinen Bruder wiederzusehen."
„Dann trinkt er mit, und Ihr erlaubt mir, Euch zu begleiten. Ich habe an Land Geschäfte."
Potomba mußte mit zur Kajüte, wo uns der gute Master Turnerstick mit seiner besten Sorte regalierte. Dann stiegen wir zu dreien in ein Boot der Barke, welches das Kanu des Ehri in das Schlepptau nahm, und ruderten an das Land.

**) Matrosen.

Je näher wir demselben kamen, desto aufmerksamer wurden die Züge Potombas. Er schien etwas zu bemerken, was seine Achtsamkeit im höchsten Grade in Anspruch nahm. Er sah meinen fragenden Blick und streckte den Arm aus.

„Siehst du die Kähne dort, Sahib?"

Grad vor uns lag eine große Anzahl geschmückter Boote, eines neben dem andern, an dem Ufer. Das mittlere von ihnen zeichnete sich durch buntes Wimpelwerk und allerlei Blumen und Blätterzierde vor den übrigen aus.

„Ja", antwortete ich. „Was ist mit ihnen?"

„Siehst du auch das Boot mit den Fahnen und Girlanden?"

„Allerdings. Warum fragst du?"

„Zu beiden Seiten seiner scharfen Brust sind die Worte ‚Mata ori'*) eingeschrieben. So nannte ich Pareyma, als ich sie lieben lernte, und so nannte ich auch das Boot, welches ich ihr zu Tamai auf Eimeo bauen ließ, damit mich Anoui mit demselben abholen könne an dem Tage, an welchem ich sie zum Weibe nahm, um sie in mein Palmenhaus zu führen. Ich kenne das Boot genau; sein Ausleger ist nicht mit Bast, sondern mit eisernen Stocknägeln befestigt, und heut ist es geschmückt grad wie damals, als ich es als Bräutigam betrat. Es muß auf Eimeo eine Hochzeit sein, und Anoui hat es dem Vater des Mädchens geliehen, damit der Bräutigam in demselben abgeholt werde."

Es spiegelte sich in seinen schönen, offenen Zügen eine Unruhe ab, für welche ich kein Verständnis hatte. Die Erinnerung hätte ihn ja beglücken, nicht aber beunruhigen sollen.

„Und siehst du den Mann im Boot?" fuhr er fort.

„Es ist Ombi."

„Wer ist Ombi?"

„Der Diener des Priesters; doch liebt er mich mehr als ihn. Er hat Pareyma auf den Armen getragen, als sie noch ein Kind war, und sie behütet, seit ihre Mutter gestorben ist."

Der Diener, welcher uns beobachtete, schien Potomba zu erkennen, denn er erhob sich mit freudiger Miene, setzte sich aber sofort wieder nieder und legte die Hände vor das Gesicht.

Der Sand des Ufers knirschte unter dem Kiele unseres Bootes, und wir sprangen an das Land. Potomba trat zu der „Mata ori".

„Ombi!" redete er den Diener an.

Der Diener regte sich nicht.

„Ombi!"

* Zu deutsch: „Auge des Tages" (die Sonne).

Als auch jetzt noch keine Antwort erfolgte, sprang er in das Boot und ergriff den greisen Polynesier bei der Schulter.

„Ombi, warum antwortest du nicht?"

Der Diener nahm die Hände vom Gesicht und blickte ihn an. In seinen Augen glänzten zwei Tränen.

„Hat der Schmerz Worte, Potomba?" fragte er.

„Welcher Schmerz?"

„Daß du abgefallen bist von Atua, dem Gott alles Guten, und hingegangen bist zu dem Mitonare."

„Das schmerzt dich jetzt? Hast du mir nicht oft gestanden, wenn ich dir heimlich von dem Messia erzählte, der das Lamm Gottes ist, daß dir der höchste Sahib Jesu lieber sei, als Atua, der Gott von Tahiti, der niemals gekommen ist, um Kranke zu heilen, Tote zu erwecken und für unsere Sünden zu sterben?

„Das habe ich gesagt, Potomba, und das sage ich auch noch jetzt. Aber ich bin der Diener eines Priesters, dem ich gehorchen muß, und darf nicht sagen, was ich denke."

„Du darfst sagen, was du denkst und glaubst. Verlaß den Priester des falschen Gottes, und komme zu mir! Du liebst Jesu, den Nazari; du liebst auch mich und Pareyma. Warum willst du nicht bei uns sein? Warum weinst du, wenn du mich erblickst? Du hast es doch bisher noch nie getan?"

„Ich weine, weil ich gerne bei dir sein möchte und es doch nicht kann."

„Warum kannst du es nicht?"

„Weil ich Pareyma nicht verlassen mag, die meiner bedarf."

„Pareyma? Wenn du zu mir kommst, bist du ja bei ihr!"

„Nein!"

Ich sah den Schreck, der die dunklen Züge Potombas jäh erbleichte. Er stockte und ließ seinen angstvollen Blick über die Umgebung gleiten. Die am Strande Spazierenden waren herbei gekommen und beobachteten ihn mit teilnahmsvollen Augen aus der Ferne. Er mußte dies bemerken und noch mehr ahnen als ich, daß ihn während seiner Abwesenheit etwas Schweres betroffen habe. Unwillkürlich fuhr seine Hand nach dem scharfen Kris*), welcher in seiner Schärpe stak, und zwischen den zusammengepreßten Zähnen hervor fragte er beinahe zischend:

„Wo ist Pareyma?"

„Gehe heim, und frage. Ich darf es dir nicht sagen!"

* Dolch.

Potomba trat einen Schritt zurück. Seine Augen funkelten, und seine Lippen zuckten.

„Ombi, wo ist Pareyma? Hörst du, ich frage dich!"

Der Diener senkte traurig das Haupt und wiederholte:

„Gehe nach Hause und frage!"

„Ombi, du schweigst noch immer? Gut, ich werde gehen, aber wer Pareyma ein Leid getan hat, der ist verloren!"

Er ging. Wir beide folgten ihm. Die versammelte Menge machte ihm ehrerbietig und teilnahmsvoll Platz. Er sprach kein Wort; er blickte sich nur ein einziges Mal um, um zu sehen, ob wir noch bei ihm seien. Der Weg führte eine Strecke um Papetee herum, bis wir ein Gebäude erreichten, welches sich durch seine Größe und den Umfang der zu ihm gehörigen Brotfruchtbaumpflanzungen auszeichnete.

„Kommt!" sagte er kurz und trat ein.

In dem vorderen Raume des Hauses saß auf einer Matte ein junger Mann, welchen wir infolge seiner Ähnlichkeit mit Potomba sofort als dessen Bruder erkannten.

„Potai!"

„Potomba!"

Der Sitzende sprang auf und streckte die Arme aus, als wolle er den Kommenden umfangen, trat aber wieder zurück und ließ die Arme sinken.

„Was ist mir dir, Potai? Bin ich nicht dein Bruder?"

Der Gefragte deutete nieder, wo neben der Matte in der Erde ein Dolch stak.

„Ich habe den Kris in die Erde versenkt, bis du kommst, Potomba; ich habe geschworen, dich nicht zu berühren, bis der Tod der Mutter gerächt ist!"

„Der Tod der Mutter? Sprich, Potai, sprich schnell, schnell! Wo ist Pareyma?"

„Fort."

„Fort! Wohin?"

„Nach Eimeo zu ihrem Vater, dem Priester der Heiden."

„Freiwillig?"

„Freiwillig! Ich fuhr hinüber nach Maitea, und als ich zurückkehrte, war sie fort. Die Mutter hat sie halten wollen und mit ihr gekämpft. Potomba, dein Weib ist zu den Götzen zurückgekehrt und hat deine Mutter getötet!"

„Womit?"

„Mit ihrem Kris. Ich zog ihn aus dem Herzen der Mutter; er war noch blutig; hier steckt er in der Erde!"

Der Ehri bückte sich nieder und zog den Dolch heraus.

„Das ist nicht Pareymas Messer; das ist der Dolch des Priesters Anoui!" stieß er hervor.

„So hat er sie geholt, und er ist der Mörder."

„Und wirklich feiwillig ist sie mit ihm gegangen?"

„Ich habe keine Spur eines Kampfes zwischen ihr und ihrem Vater bemerkt. Sahst du die Kähne und dein mata ori?"

„Ja. Was hat die Flotte zu bedeuten?"

„Und kennst du auch Matemba, deinen Todfeind?"

„Du fragst, als sei ich ein kleiner Knabe!"

„Du kehrst zur rechten Zeit zurück. Anoui, der Priester und Vater deines untreuen Weibes, ist gekommen, um Matemba abzuholen. Es ist Hochzeit in Tamai, und Matemba wird heute der Mann deiner Frau!"

Potomba trat an die Öffnung, welches als Fenster diente. Er mußte Luft haben, wenn er nicht ersticken sollte. Die beiden Brüder hatten sich bisher gar nicht um uns gekümmert. Der Kapitän flüsterte mir zu:

„Ihr scheint die Sprache dieser Leute zu verstehen. Was geht hier vor? Es scheint nichts Gutes zu sein."

„Es ist fürchterlich!" antwortete ich. „Man hat die Mutter des Ehri getötet, und sein Weib wird heute mit einem heidnischen Mann getraut!"

„Zum Henker! Das gibt Mord und Totschlag!"

„Diese beiden Männer sind Christen!"

„Pshaw! Auch unter den christlichen Polynesiern erbt die Blutrache fort. Ihr werdet es erfahren!"

Jetzt wandte sich Potomba wieder zurück. Seine Züge waren wie versteint, und in seinen Augen glühte ein düsteres Feuer.

„Potai, was hast du bisher getan?"

„Ich habe alles verkauft."

Der Ehri nickte zustimmend; er schien den Plan seines Bruders sofort zu erraten.

„Auch die Boote, welche ich dir von den Tubuai-Inseln sandte, als mich Anoui verfolgte?"

„Ja. Wir gehen nach den Ländern Samoa."

„Du hast recht getan. Bist du bereit?"

„Ich wartete nur auf dich!"

Potomba wandte sich zu mir:

„Das Schiff dieses Sahib holt deine Freunde?"

„Ja."

„Wohin fährt es dann?"

„Nach dem Land der Chinesi."

„So geht euer Weg an den Ländern Samoa vorüber, die ihr die Schifferinseln nennt. Dorthin wollen wir. Dürfen wir mit euch fahren?"

Ich verdolmetschte diese Frage dem Kapitän.

„Ich bin bereit, sie mitzunehmen. Also verkauft haben sie alles?" antwortete er. „Es scheint doch, daß Ihr recht habt, Charles; das Christentum hat aus den Tigern Lämmer gemacht, welche die Flucht ergreifen, statt sich zu rächen!"

„Oh, Kapt'n, blickt diese Leute an! Sehen sie aus wie Lämmer? — Ich gab Potomba die erwünschte Auskunft: „Ihr könnt mitfahren."

„Wann geht das Schiff aus dem Hafen?"

„Bei Beginn der Ebbe, nächste Nacht."

„Darf mein Bruder hingehen, um unsere Habe hinzubringen?"

Auch hierzu gab der Kapitän seine Erlaubnis.

„Potai, du bist der Jüngere; du wirst mir gehorchen?" fragte der Ehri.

Der Befragte nickte.

„Dur wirst alles, was unser ist, auf das Schiff bringen, welches ich dir zeige!"

„Drei Matten voll besitzen wir."

„Dur bleibst gleich dort, bis ich zurückkehre!"

„Nein, Potomba. Habe ich nicht auch einen Kris?"

„Erst kommt mein Kris, und nur erst dann, wenn ich sterben sollte, der deinige. Du kannst mich dann rächen, anstatt mit zu sterben!"

„Ich gehorche dir!"

„So komm, Sahib! Ich wollte euch Gastfreuncschaft erweisen, aber ich bin ohne Haus geworden."

Wir kehrten an den Strand zurück. Potomba zeigte seinem Bruder die Barke, und dieser entfernte sich, ohne ein Wort zu sprechen.

„Was willst du tun, Potomba?" fragte ich.

„Glaubst du, daß Pareyma mir untreu ist?"

„Ich weiß es nicht, denn ich habe sie nicht gekannt."

„Aber ich kenne sie. Sei hat ihren Dolch; sie ist mutig und tapfer; sie wird sterben, aber nicht mit Matemba gehen. Ich werde sie von ihm und von dem Tode erretten!"

„Du willst Anoui töten?"

„Ja."

„Er ist der Vater deines Weibes!"

„Er ist der Mörder meiner Mutter!"

„Du bist ein Christ!"

„Er ist ein Heide!"

„Weißt du, was der höchste Sahib Christus befiehlt? Vergebet, auf daß auch euch vergeben werde!"

„Ich gehorche ihm, denn ich werde Anoui vergeben, nachdem ich ihn getötet habe."

„Das ist nicht der rechte Gehorsam, Potomba. Ich meine, daß..."

Er unterbrach mich mit einer ungestümen Handbewegung.

„Du bist Christ, seit du lebst, Sahib, ich aber bin es erst seit kurzer Zeit. Später werde ich auch sein wie du. Wolltest du nicht meine Verfolger töten, wenn sie nicht entflohen wären, sondern mich angegriffen hätten?"

„Ich hätte sie getötet, weil du keine andere Hilfe hattest!"

„Nun wohl! Sie haben den Tod verdient, und ich habe auch hier in Papetee keine Hilfe. Oder soll ein Ehri um Gerechtigkeit bei den Ingli und Frankli bitten? Geh mit deinem Freund; ich komme auf das Schiff, wenn es den Hafen verläßt. Und wenn ich dann noch nicht zurück bin, so mag mein Bruder an das Land zurückkehren und mich rächen!"

„Willst du nicht das Grab deiner Mutter besuchen, ehe du gehst?" fragte ich, vielleicht um Zeit zu gewinnen, vielleicht auch aus Teilnahme für sein Geschick.

„Weißt du nicht, daß das Grab eines Menschen tabu ist? Darf ich ihr Grab sehen, ohne ihrem Geist sagen zu können, daß ihr Mörder zu seinem Oro, den wir Christen Teufel nennen, gegangen ist? Pareyma ist mein Weib; sie wollte sich nicht noch einmal von dem Mitonare mit mir trauen lassen, um ihren Vater nicht zu erzürnen; sie ist seinetwegen eine Heidin geblieben, obgleich sie im Herzen an den guten Papa im Himmel glaubt. Darum hat Anoui noch Macht über sie. Er ist zu ihr gekommen, und sie hat ihm folgen müssen; ich aber werde sie mir wieder holen. Joranna*), Sahib, joranna!"

„Ich sage nicht joranna, sondern ich gehe mit dir!"

„Du willst mich hindern?"

„Nein, ich will deine Gefahr teilen!"

„So hast du mich wirklich lieb, Sahib! Komm!"

Ich gab dem Kapitän die nötige Aufklärung. Der in allen Abenteuern zu Land höchst behutsame und vorsichtige Master Frick Turnerstick riet mir ernstlich ab; mir aber war es unmöglich, Po-

* Lebe wohl.

tomba zu verlassen; meine Nähe konnte ihm doch vielleicht von Nutzen sein. Der Seemann ging zur Stadt, und ich schritt mit dem Ehri am Strand hin. Sein Auge suchte unter den hier befindlichen Booten, bis er eines gefunden hatte, welches größer war als das seinige. Es vermochte wohl vier Personen zu fassen.

Draußen am westlichen Horizont ergänzten die weißen Segel der Hochzeitsflottille, welche seinen Todfeind mach Eimeo trug. Als sie verschwunden waren, stieg er ein, nachdem er in dem Sand ein Zeichen gemacht hatte, welches wohl dem Besitzer des Bootes gelten sollte. Ich sprang ihm nach, legte die Gewehre weg und griff nun zum Ruder. Er hißte das Segel; die Brise legte sich sofort kräftig ein, und wir flogen über das ruhige Wasser des Hafens hin, verfolgt von den Blicken derer, welche an dem Ufer standen.

Wir folgten der Flottille nicht direkt, sondern fuhren, als wir über die Korallen hinaus waren, erst an der Küste von Tahiti hin und nahmen dann geraden Kurs auf Eimeo hin. Ich mußte natürlich Potomba die Leitung des Bootes überlassen. Er landete an einer einsamen Stelle, wo sich ein wildes Pisanggestrüpp bis hart an das Wasser erstreckte. Hier legten wir die Segelstange um und zogen das Boot mit allerdings nicht geringer Anstrengung unter ein Blätterversteck. Dann drang Potomba durch das Gestrüpp vorwärts und ich folgte ihm.

Wir erreichten eine Brotfruchtpflanzung, die uns gute Dekkung gewährte, und bald gelangten wir zu einer Inselhöhe, von welcher aus wir das ganz nahe gelegene Tamai überblicken konnten, Wir bemerkten sogleich, daß sich der Ort in außerordentlicher Bewegung befand. Am Strand des Meeres lagen die Boote der vor uns angekommenen Flottillen; vor einem durch seine Größe sich auszeichnenden Haus, bis an dessen hintere Wand sich ein Bambusfeld zog, bewegte sich eine große Menge Menschen, und nicht weit von uns, grad unter der Berglehne, an welcher wir lagen, stand ein mit Palmenblättern und Blumen geschmückter Altar, dessen Hintergrund zwei Götzenbilder, jedenfalls den Atua und den Oro bedeutend, einnahmen und an welchem die Zeremonie vor sich gehen sollte.

„Was wirst du tun, Potomba?“ fragte ich den Ehri.

„Ich werde warten, bis sie am Altare stehen, und mir dann Pareyma holen.“

„Das wird dir nicht gelingen.“

„So hole ich sie vom Boot, wenn Matemba mit ihr nach Hause fährt.“

„Wann wird dies geschehen?"

„Heut grad um Mitternacht; so gebietet es die Lehre der Götzendiener."

„Wem gehört das große Haus da drüben?"

„Es ist das Eigentum des Priesters."

„Welche Gemächer bewohnen die Frauen?"

„Pareyma war stets hinten nach der See zu."

„Hat sie noch die Mutter oder Schwestern?"

„Nein. Ihre Mutter ist längst tot; sie ist das einzige Kind des Priesters."

„Man wird sie zur Hochzeit schmücken?"

„Ja, und dann läßt man die Braut allein, damit sie mit den Göttern sprechen soll."

„Der Priester weiß, daß du heut zurückgekehrt bist!"

„Wer sagte es dir?"

„Niemand. Siehst du nicht den Mann, welcher zwischen dem Haus und dem Bambus auf und ab geht? Er hat eine Keule in der Hand und soll dein Weib bewachen. Das ist ein Zeichen, daß sie gezwungen worden ist und nicht freiwillig nach Eimeo ging."

„Ich wußte es! Der Ehri von Tahiti fürchtet die Leute von Eimeo nicht; er wird sein Weib öffentlich zurückverlangen!"

Ich kannte die hiesigen Verhältnisse nicht und hielt es also für das beste, ihn seinen eignen Entschlüssen folgen zu lassen, doch nahm ich mir vor, ein wenig zu rekognoszieren. Der Präriejäger regte sich in mir, ich legte meine Gewehre neben Potomba hin, benachrichtigte ihn von meinem Vorhaben und schlich mich an der Seite des Berges hinab bis an das Bambusfeld. Hunde oder andere Vierfüßler hatten schmale Bahnen durch dasselbe getreten. An der Erde fortkriechend, bewegte ich mich auf einem solchen Pfad vorwärts und gelangte so ganz unbemerkt in die nächste Nähe des Hauses. Da ertönte eine halblaute, liebliche Frauenstimme:

„Te uwa to te malema,
Te uwa to hinarro..."*)

Es war jene rührende Liebesklage, welche ich früher von den Frauen und Mädchen der Pelew-Inseln hatte singen hören, und es ahnte mir, daß die Sängerin keine andere sei, als Pareyma. Sofort regte sich das Verlangen in mir, mit ihr zu sprechen. Dieses Wagnis konnte zwar unangenehm für mich ausfallen, aber ich hatte

* Das Wölkchen in dem Monde,
Das Wölkchen liebe ich...

mein Messer und die Revolver bei mir, und für den braven Ehri konnte man sich schon einer kleinen Gefahr aussetzen.

Ich schob mich also vollends bis an den Rand des Feldes. Der Posten kam herbei und ging, ohne mich zu bemerken, obgleich es am hellen Tag war, an mir vorüber. Im Nu stand ich hinter ihm und schlug ihm die Faust auf den unbedeckten Schädel, daß er besinnungslos zur Erde sank. Jetzt trat ich an die Bambuswand des Hauses, hinter welcher die Stimme erscholl. Ich mußte einige Minuten lang suchen, ehe ich eine kleine defekte Stelle bemerkte, durch welche ich in das Gemach blicken konnte.

Wenn das junge Weib, welches ich erblickte, wirklich Pareyma war, so konnte ich die Liebe begreifen, welche Potomba für sie hegte. Sie stand jetzt nach beendetem Gesang mitten in dem Raum, und ein unaufhaltsamer Tränenstrom floß ihr über die Wangen. Sie war eine schlanke, edle Gestalt, noch voll Jugendfrische, wie man trotz des Herzeleides sah, welches ihren Körper erbeben machte. Ihre schönen, dunklen Augen waren umflort, ihre scharf geschnittenen Brauen fest zusammengezogen und ihre feinen Lippen geschlossen. Nicht eine einzige Blume oder irgendein Tand war in ihren Haaren oder an ihrer Gestalt zu bemerken; ja, sie schien sogar die Kleidung und die Stoffe verschmäht zu haben, welche man den Europäern ablauscht und abtauscht, und die äußere Erscheinung vermeintlich zu verschönern. Ein Parau von weicher, gelb-brauner Tapa, der ihr nur wenig über die Knie herabreichte, umschloß ihre Hüften, und ein Tehei von demselben Stoffe verhüllte als Überwurf ihre Schultern samt dem Oberkörper. Ihr rabenschwarzes Haar hing ihr voll, lang und lockig am Nacken hernieder, mit keiner Blüte besteckt und von keiner wehenden Faser Arrow-root gehalten. Sie war ja selbst eine Blume, welche man hinweggerissen hatte von dem Orte, an welchen sie am schönsten hatte blühen dürfen.

Ich bemerkte, daß sie den Eingang durch einen Baststreifen fest verschlossen hatte, trat zwei Schritte von der Wand zurück und rief halblaut:

„Pareyma!“

Das Schluchzen verstummte; sie hatte mich gehört.

„*Mata ori*, erschrick nicht; Potomba ist in der Nähe!“

Ein halb unterdrückter Jubellaut ertönte von innen.

„Wer bist du?“ hörte ich dann fragen.

„Ein Freund des Ehri. Willst du Matembas Weib werden?“

„Nein. Ich habe meinen Dolch und werde mich töten, wenn ich keine Rettung finde.“

„So bist du Potomba treu geblieben?"
„Ja. Der Vater kam und zwang mich, mit ihm zu gehen."
„Wer hat die Mutter des Ehri erstochen?"
„Der Vater; sie wehrte sich gegen ihn."
„Liebst du ihn?"
„Nein. Ich habe ihn geliebt; jetzt liebe ich ihn nicht mehr!"
„Du wirst gerettet werden. Tue alles, was dein Vater von dir verlangt. Wenn es uns nicht eher gelingt, so retten wir dich auf der Heimfahrt nach Tahiti."

Da erscholl auf der andern Seite des Hauses ein Tamtam; ich trat zu dem Bewußtlosen und legte einen Stein neben seinen Kopf. Steine von ähnlicher Größe lagen auf dem Dach, um dasselbe vor dem Wind zu schützen; es konnte einer derselben herabgerollt sein und den Wächter getroffen haben. Dann kehrte ich auf dem angegebenen Weg wieder zu Potomba zurück.

Er hatte von der Anhöhe aus jede meiner Bewegungen beobachten können und erwartete mich mit sichtlichem Verlangen. Ich erstattete ihm ausführlichen Bericht und wurde beinahe selbst hingerissen von dem Entzücken, welches derselbe in ihm hervorrief.

Jetzt mischten sich in den Klang der Trommel die Töne zahlreicher Flöten; jedenfalls sollte die Zeremonie beginnen. Pareyma wurde aus dem Haus gebracht, und hinter ihr setze sich ein langer Zug in Bewegung.

„Siehst du Matemba an ihrer Seite, Sahib?" fragte Potomba.
„Ich sehe ihn."
„Er war mit unter meinen Verfolgern. Ori wird ihn heute nacht verschlingen. Ich werde hier niemandem ein Leid tun, aber während du mit meinem Weibe sprachst, habe ich hier beschlossen, wie ich Pareyma wieder erhalte. Ich bin ein Christ, du hast recht, und dieser Kris soll von keinem andern Blut gerötet sein als von dem Blut meiner Mutter; dennoch sollen sie sterben, aber nicht von meiner Hand!"

Der Zug kam bei dem Altar an, welchen Anoui, der Priester, bestieg, um seine Rede zu beginnen; da verließ mich Potomba und verschwand seitwärts in den Sträuchern. Ich schob mich nun durch dieselben so weit wie möglich vor, um den unter mir liegenden Hang bequem beherrschen zu können. Vor dem Priester standen Matemba und Pareyma; die Tamtams und Pfeifen machten einen ohrenzerreißenden Lärm, welcher auf ein Zeichen des Priestern schwieg. Seine Rede bestand in Schmähungen gegen das Christentum, für welche ich ihm am liebsten eine Kugel durch den Kopf gejagt hätte; dann kamen Verwünschungen des abtrünnig gewordenen Ehri, und endlich griff er hinter sich und nahm von dem Altar einige Schädelknochen, welche er Matemba entgegenhielt.

„Lege deine Hand auf diese Schädel, welche den Köpfen deiner Voreltern angehörten, und schwöre: Eita anei oe a faarue i ta oe vatrina?"*)

Noch hatte Matemba nicht sein „Eita" gesprochen, als sich Potomba durch die Menge der Zuhörer drängte und vor dem Altar erschien.

„Sei gegrüßt, Anoui, du Vater meines Weibes!" rief er aus. „Sie ist, als ich nicht daheim war, zu dir gekommen, und ich folge ihr nach, um sie mir wiederzuholen."

Es entstand eine lautlose Stille. Der Priester streckte abwehrend beide Arme aus und rief:

„Diese Stätte ist heilig; weiche von ihr und uns, Verräter!"

Potomba blieg ruhig. Er legte die Hand auf die Schulter Pareymas und antwortete:

„Ja, diese Stätte ist heilig, weil ich, ein Christ, auf ihr erscheine. Ich werde gehen, doch gib mir vorerst mein Weib!"

„Entweiche, sonst faßt dich der Tod!"

„Der Tod?" erwiderte Potomba lächelnd. „Hat er mich gefaßt, als du mich vorfolgtest, um mir mein Leben und mein Eigentum zu rauben? Ihr Hunderte von Heiden seid nicht stark genug, mir, einem einzigen Christen, den Tod zu geben. Ihr könnt nur Frauen töten. Hier an diesem Dolche klebt das Blut meiner Mutter. Du hast sie getötet, Anoui, und ich fordere noch heut ihr Leben oder das deinige von dir!"

„So stirb du selbst!" antwortete Anoui und griff nach ihm.

Potomba wich einen Schritt zurück und rief so lauf, daß man es weithin hörte:

„Ich sterben, ich, der Ehri von Papetee? Ich stehe unter dem Schutz meines Gottes; ihr aber werdet untergehen, wie ich jetzt eure Götter vernichte!"

Mit einem raschen Sprung stand er auf dem Altar. Er erfaßte erst das eine und dann das andere der beiden aus Ton gebrannten Götzenbilder und schleuderte sie zur Erde herab, daß sie in Stükke zerbarsten. Dann schwang er den Kris hoch in der Luft und rief:

„Und noch heut werde ich mein Weib von euch holen!"

* „Willst du niemals dein Weib verlassen?" Dies ist die heidnische Formel, auf welche der Bräutigam mit „Eita" (nein!) zu antworten hat. Ist dies geschehen, so gilt die Ehe für geschlossen.

Ein einziger, fürchterlicher Schrei der Wut erscholl aus allen Kehlen. Alle stürzten zum Altar, um den Mutigen zu erfassen; er aber war hinter den ersteren herabgesprungen und klimmte so schnell wie möglich zu mir empor. Es war ein Glück, daß kein einziger der Anwesenden eine Waffe zu der friedlichen Zeremonie mitgebracht hatte, sonst wäre er verloren gewesen. Kein einziger? Stand nicht hart am Altar einer, der soeben seinen Bogen spannte, und da drüben unter der Banane ein zweiter? Sie wollten auf Potomba schießen, und es war vorauszusehen, daß sie ihn treffen würden. Das mußte ich verhüten. Ich legte schnell meinen Stutzen an, zielte und drückte zweimal nacheinander ab; die beiden Heiden stürzten zu Boden.

Jetzt hatte mich Potomba erreicht; seine Verfolger kamen schreiend teils den Hang heran, teils suchten sie in eiligem Lauf die Höhe an beiden Seiten zu umgehen.

„Ich danke dir, Sahib, daß du mir halfst; die Pfeile hätten mich getroffen. Nun schnell mit dem Boot! Kannst du gut laufen?“ fragte er eilig.

Ich antwortete nicht, denn dazu war keine Zeit. Eigentlich war es mir nicht konvenient, vor diesen Menschen davonzulaufen, aber ich wußte, daß unsere Rettung nur von unseren Beinen abhing. Trotz meiner schweren Stiefel hielt ich gleichen Schritt mit dem Ehri, der eine ganz respektable Lunge und prachtvolle Sehnen haben mußte, denn unsere Feinde blieben weit hinter uns zurück; als wir das Boot erreichten, blieb uns gerade genug Zeit, es in das Wasser zu reißen, hineinzuspringen und einen genugsamen Vorsprung zu gewinnen, so daß uns kein Pfeil erreichen konnte.

Jetzt erst durchbrachen die Polynesier das Dickicht des Strandes, reckten, als sie uns in Sicherheit sahen, die Arme in die Luft und schnitten uns boshafte Grimassen.

Wir griffen zu den Doppelrudern und arbeiteten uns gegen den Passat nach Tahiti hinüber. Wir ließen uns dann, ohne dort zu landen, von der Strömung und dem Wind wieder nach Eimeo zurücktreiben und landeten in Alfareaita, einem kleinen Ort, welcher Papetee gerade gegenüberliegt.

Hier blieben wir bis zu der bald hereinbrechenden Dunkelheit. Potomba teilte mir nichts mit über das, was er vorhatte, und da diese Schweigsamkeit ihre guten Gründe haben mußte, so unterbrach ich sie mit keiner Frage.

Es war wohl gegen elf Uhr nachts, als wir wieder aufbrachen. Der Ehri hatte sich vorher eine ziemliche Menge großer und kleiner Fische gekauft und diese mit in das Boot gebracht. Was er mit ihnen bezweckte, konnte ich nicht ersehen, mußte es aber ja jedenfalls erfahren. Wir ruderten uns bis zur Mitte der Straße, welche die beiden Inseln trennt, und blieben hier.

Es wurde dunkler über dem Wasser; aber vom Himmel leuchteten Tausende von Sternen, und die Wogen lagen um das Kanu wie flüssiger, durchsichtiger Kristall. Das griff der Ehri nach einem der Fische, band ihn an einen Streifen Bast und hing ihn in das Wasser. Schon nach kurzer Zeit erfolgte ein scharfer Ruck. Ein Haifisch hatte sich die Lockspeise geholt. Nach einiger Zeit warf Potomba einen zweiten, dann einen dritten Fisch aus und fuhr so fort, bis sich mehr als ein halbes Dutzend Haie um unser Boot tummelte.

Ich hatte eine leise Ahnung von dem, was er bezweckte. Jedenfalls versammelte er die Hyänen des Meeres um sein Boot, um sich ihrer gegen seine Feinde zu bedienen, aber in welcher Weise dies geschehen sollte, das war mir sehr unklar. Auf alle Fälle jedoch war mir die Nachbarschaft dieser liebenswürdigen Geschöpfe so ziemlich fatal; er zwar hatte sich auf unserer Insel den „Herrn des Haies" genannt, ich jedoch fühlte, trotzdem ich mich einen leidlichen Schwimmer nennen muß, keineswegs eine besondere Sympathie für seine menschenhungrigen Untertanen; und ich will offen gestehen, daß ich mich auf dem „Wind" meines guten Master Frick Turnerstick behaglicher gefühlt hätte, als in dem schmalen Boot, von dessen niederem Borne aus man die Haie mit der Hand zu berühren vermochte.

Ein Schauspiel, aber ein grausiges, hatte ich allerdings dabei. Das Wasser schien trotz der Dunkelheit der Nacht weißflüssiges Gold zu sein und stieg in immer tieferen, dunkleren Tinten in den Grund hinab. Jede Bewegung in ihm war zu erkennen, und wenn der Ehri einen neuen Fisch auswarf, so nahten sich sechs bis acht fürchterliche Rachen dem Stern des Bootes, um sich die Beute streitig zu machen, und es begann ein Kampf, bei dem sich die Haare während des Gedankens sträuben konnten, daß nur eine dünne Schicht Holzes zwischen ihnen und dem Menschen liege.

Was den Ehri betrifft, so schien er sich um mein unangenehm berührtes Gefühlsleben nicht im mindesten zu kümmern. Er warf von Zeit zu Zeit einen Fisch aus und forschte dann immer wieder nach der Richtung, aus welcher die Hochzeitsflottille mit dem Brautpaar kommen mußte. Mir war es nicht ganz wahrscheinlich, daß die Trauung nach dem durch uns hervorgebrachten Auftritt noch geschehen sei; er jedoch schien seiner Sache sicher zu sein und stand, als sich am Horizont ein nebeliger Lichtschein bemerken ließ, im Boot auf, um besser Ausguck halten zu können.

Der Schein kam näher und wurde mit jeder Sekunde heller. Bald erkannte ich, daß er von der Flottille hervorgebracht wurde, da jeder Kahn an seinem Bug mit einer Fackel versehen war.

„Sie kommen“, bemerkte Potomba kaltblütig, „und jetzt wird Pareyma wieder mein!“

Er warf die rot und weiß gestreifte Tebuta von den Schultern und griff mit der Rechten nach dem Kris, während er mit der Linken wieder einen Fisch auswarf.

„Diene mir nur zwei Minuten, Sahib, so will ich dir gehorchen, so lange als du willst!“

Ich griff zum Ruder.

Er tat dasselbe, und auf seine Anweisung hin beschrieben wir den Kommenden entgegen einen Bogen, lenkten dann auf sie zu und schossen zuletzt, nun mit ihnen parallel, auf das erste Boot der Flotte zu. In demselben saßen drei Personen, die ich deutlich erkennen konnte: Matemba, Anoui und Pareyma. Mit gewaltigem Ruderdruck an der rechten Seite des Zuges hinstreichend, erreichten wir das Boot, so daß unser linker Bord hart mit dem Ausleger zusammentraf. Die Haie waren uns bis hierher gefolgt. Ich saß an den Rudern, und Potomba stand jetzt wieder aufrecht im Boot, den Kris in der Faust.

„Pareyma, herüber!“ rief er.

Die Gerufene erhob sich und schnellte über den Ausleger zu uns in das Boot. Der Ehri empfing sie mit dem linken Arm und ließ sie niedergleiten, dann bog er sich über Bord und zerschnitt mit zwei raschen Zügen die Baststricke, welche den Ausleger des Hochzeitsbootes mit den Querstangen verband.

Ein fürchterlicher Doppelschrei erschallte; das Boot kenterte; Matemba und der Priester stürzten in das Wasser und wurden augenblicklich von den Haien verschlungen.

Pareyma schlug die Hände vor das Gesicht, Potomba aber ergriff das andere Ruderpaar und legte sich ein. Wir flogen wie vom Bogen geschnellt davon, während die Flottille einen wirren Knäuel bildete, aus welchem sich nur ein einziges Boot löste, um uns zu folgen. Ich griff zur Büchse und sagte:

Ich werde dem Mann eine Kugel geben!“

„Halt, Sahib! Es ist kein Feind, der uns folgt, sondern ein Feund. So rudert nur Ombi, der Diener meines Weibes; ihm und Potomba, dem Ehri, kommt keiner gleich. Laß ihn herbei; er wird mit uns gehen!“

Hinter uns heulten jetzt die wütenden Insassen der Flottille und versuchten, uns einzuholen. Es gelang ihnen nicht; in fünf Minuten hatten wir den „Wind" erreicht, welcher sein Fallreep herniederließ, um uns aufzunehmen.

Jetzt erst nahm Pareyma die Hände von dem Angesicht.

„Potomba, du hast den Vater getötet!" stöhnte sie.

Ombi, der alte Graukopf, sprang aus seinem Boote in das unserige herüber.

„Sage deinem Herzen, daß es ruhig sei, Pareyma", bat er. „Dein Leid sei mein Leid, und dein Glück auch mein Glück. Die Götzen sind heute gefallen, und nun wird bei uns sein der gute Bapa des Himmels mit seinem Sohn, der auf die Erde kam, um alles Unglück in Freude zu verkehren."

Wir stiegen empor.

„Schnell, Charley!" rief der Kapitän. „Dort kommen die Kerls mit ihren Fackelbooten, um euch zu suchen. Herauf, herauf! Löscht die Lichter aus, Jungens!" gebot er seinen Leuten, „und holt rasch die beiden Boote an das Deck, daß dort die Schlingels nichts merken. Sie müssen denken, daß auf unserm guten ‚Winde' alles im Schlafe liegt. So, so, die Taue nieder! Zieht, Jungens, zieht! Stopp! Herein mit den Nußschalen! Prächtig, so ist's gut! Nun nehmt die Handspeichen, und wenn es jemand wagen sollte, die Nase herauszustecken, dem gebt einen tüchtigen Klaps!"

Eine solche Maßregel war nicht notwendig. Die Verfolger schienen anzunehmen, daß wir auf das Land zugehalten hätten und ruderten der Küste entgegen, wo noch lange Zeit der Schein ihrer Fackeln zu bemerken war.

Potai empfing seinen Bruder und die Schwägerin mit Jubel. Dem Kapitän mußte, als wir in der Kajüte versammelt waren, natürlich alles ausführlich erzählt werden. Als ich damit zu Ende war, reichte mir Pareyma ihr zartes, braunes Händchen entgegen.

„Ich danke dir, Sahib! Du hast mich vom Tode errettet, denn ich wäre an meinem Messer gestorben, ehe ich mit Matemba das Haus verlassen hätte."

Am Morgen stachen wir in See. Fünf Tage später befand sich Kapitän Roberts mit seinen Marsgasten und allem geretteten Gut bei uns an Bord; dann segelte der „Wind" nach Nord bei West, um den Samoa-Archipel zu erreichen.

Dort, auf der Insel Upolu, und zwar in Saluafata, wohnt noch heut ein reicher, polynesischer Handelsmann, der sich Potomba nennt.

Zuweilen, wenn die Sonne ihr glühendes Gewand in den Fluten badet, um zur Ruhe zu gehen, rudert der Greis Ombi ein Ausleger-Kanu hinaus auf die Höhe. Darin sitzt Potomba mit Pareyma, und wenn Ombi lauschen möchte, so würde er hören, wie der dunkelfarbige Mann seinem Weib zerflüstert: „Mata ori, du Auge des Tages, du Licht meines Lebens!“

Vielleicht daß in solchen einsamen Stunden das schöne Paar auch der Vergangenheit gedenkt, des Glückes und der darauf folgenden Trübsal auf Tahiti, des Hochzeitstages auf Eimeo, der Fahrt nach den Pomotu- und Samoa-Inseln, des alten, braven Master Frick Turnerstick und — vielleicht auch des Germani mit den großen Seemannsstiefeln, dem heute, wo er dieses niederschreibt, noch die klagenden Worte im Ohre nachtönen:

„Te uwa to te malema,
Te uwa to hinarro…“

Der Kiang-lu

1. IM „KUANG-TI-MIAO"

China!

Wunderbarstes Land des Ostens riesiger Erdendrache, der seinen Zackenschwanz im tiefen Weltmeer badet, den einen Flügel in die Eisregionen Sibieriens und den anderen in die dampfenden Dschungel Indiens schlägt, und der, vom rasenden Taifun an das Gestade getrieben, über rauschende Flüsse, weite Seen, über Berge und Täler auf nach Westen steigt, um seinen Kopf über die höchsten Giganten der Gebirge zu heben, die schreckliche Wjuga*) der Gobi zu atmen und aus den Wassern des Manasarowar**) zu trinken, werde ich es wagen dürfen, dir zu nahen, und werde ich deinen feindseligen Basiliskenblick mit meinem Barbarenauge ertragen können?

Größtes Volk der Erde, welches die ‚Tschunga-hoa'***) sein Eigen nennt, darf ich nichtiges Würmchen auf einem Blatt dieser Blume ruhen, um die Seligkeiten ihres Duftes zu erforschen? Heiliger und allmächtiger Tien-dse†) zu dessen Füßen mehr als vierhundet Millionen Menschen anbetend im Staub liegen, gestattest du mir, meinen schmutzigen Fuß auf die Erde deines Teppichs zu setzen? Ich bin nicht aus dem Land der Franka und Ingli, welche mit Schwert und Pulver zu dir kommen, um deinen Kindern das Gift des Opiums aufzuzwingen, deine Städte zu verheeren und deinen Pings****) zu sagen, daß sie Memmen sind. Ich stamme vielmehr aus dem Land der Tao-dse*****), die deine Herrlichkeit bewundern, deine Größe preisen und nichts anderes wünschen, als daß der Glanz deiner Weisheit strahle in Frieden auch über ihrem Haupt!

* Der Schneesturm der Schamo.

** Der höchste bekannte See der Erde, 16 000 Fuß über dem Meer.

*** „Blume der Mitte", wie die Chinesen ihr Reich nennen.

† Deutsch: „Sohn des Himmels"; so nennt sich der Kaiser von China.

**** Soldaten. Sie tragen auf der Brust und Rücken ein Stück Leinwand, welches diese Inschrift zeigt.

***** Deutsch: „Söhne der Vernunft", wie wir Deutschen gern von den Chinesen bezeichnet werden.

Nachdem wir Potomba, den Ehri von Tahiti, seine liebliche Pareyma, seinen Bruder Potai und den Diener Ombi auf der Samoa-Insel Opolu abgesetzt und den Kapitän Roberts von „Poseidon" mit seinen Marsgasten da gelandet hatten, waren wir einige Tag da vor Anker geblieben und dann über die Ellice-, Tarawa-, Radack- und Ralick-Gruppe nach den Marianen gegangen, von wo aus wir nach den Bonininseln segelten.

Kennt der freundliche Leser vielleicht aus Reisebeschreibungen oder auch nur aus der Karte diese liebliche Inselgruppe, welche aus dem Seeverkehr zwischen Kalifornien und China eine bedeutende Zukunft erblühen wird? Die einsame, verborgen im großen Weltmeer gelegenen Wasserfee wird berührt werden von einer der großen See- und Handelsstraßen und von ihr Bevölkerung, Reichtum und Berühmtheit erlangen, dafür aber auch leider den poetischen Zauber ihrer einsamen Ruhe verlieren, der einen Anziehungspunkt für manche Schiffer bildete, welcher den Wal im Norden jagte und sich nach dem gesunden Grün eines festen Landes sehnte.

Wer den weiten Ozean durchschifft hat, welcher seine Fluten zwischen Amerika und Asien wogen läßt; wer die Beschwerlichkeiten, Anstrenungen und Entbehrungen einer solchen Reise aus eigener Erfahrung kennen gelernt hat und — ringsum nichts als Wasser schauend — sich Tag für Tag sehnte nach einem Fleckchen Grün, an welchem das müde Auge sich ausruhen und der an den bekannten Schaukelschritt der Seefahrer gewöhnte Fuß eine feste Stütze finden mochte, der wird die unendliche Freude ermessen können, welche der russische Weltumsegeler Lütke mit seinen Mannen empfand, als er am 1. Mai 1828 die Bonin-Inseln erblickte, deren Aufsuchung und nähere geographische Bestimmung mit zu den Aufgaben der Expedition gehörte.

Er sah vier aus steilen Gebirgsmassen bestehende Gruppen, deren einzelne Inseln so nahe beieinander lagen, daß man sie von weitem schwer zu zählen vermochte. Man steuerte auf die nächste zu, die mit Ausnahme der nackten Felsen des Ufers überall schön bewaldet erschien. Da bemerkte man eine dünne Rauchsäule, die aus den Laubmassen eines nahen Vorgebirges emporstieg, welches von den dahinterliegenen Höhen weit überragt wurde.

Lütke wußte, daß diese Inseln bisher unbewohnt gewesen waren; es konnten daher nur Schiffbrüchige sein, von deren Feuer dieser Rauch abstammte. Da wurde neben dem Feuer eine kleine englische Flagge aufgehißt, und Lütke sandte ein Boot mit Lebensmitteln ab, um die jedenfalls halb Verschmachteten sofort erquicken zu können.

Den Leuten im Boot zeigte sich ein reizendes Landschaftsgemälde. Steile, wild zerklüftete Felsen, in phantastischen Formen zerrissen und oft von natürlichen Tunnels durchbrochen, sprangen kühn in Meer hinaus, und weiter hinein bedeckte eine prachtvolle Palmenwaldung die schroff aufsteigenden Höhen.

Das Boot wurde natürlich nach der Rauchsäule hingesteuert, und als es dem Ufer so nahe gekommen war, daß dessen Felswände den Leuten die Aussicht auf den Hintergrund benahmen, zeigte sich der Eingang zu einer schmalen, tiefen Bucht, ganz umschlossen von senkrechten Basaltmauern, reich an Höhlen und Riffen, von Farbe teils gelblichgrau, teils braunschwarz, doch oben und an allen Vorsprüngen mild und heiter verziert und behangen von grünendem Strauchwerk und schönblumigen Rankengewächsen. Bei einer aus kolossalen, rundlichen Blöcken sehr auffallend zusammengesetzten Felsenwand krümmte sich die schmale Durchfahrt nach Norden hin, und bald darauf zeigte sich eine schmale Bucht mit sandigen Ufern, deren Hintergrund dicht mit Wald bewachsen war.

Hier warteten am Strand bereits zwei Männer in englischen Matrosenkleidern, aber sie waren barfuß. Sie hatten bei der Annäherung des Bootes die Höhe verlassen und bezeichneten durch Winke den Ort, an welchem man landen sollte. Wie staunten die Insassen des Fahrzeuges, als sie von dem älteren der beiden Männer in deutscher Sprache angeredet wurden! Ein langer, blonder Bart gab ihm ein außerordentlich stattliches und ernstes Aussehen, und er empfing die Landenden nicht mit der Miene eines Notleidenden, sondern mit der eines Mannes, der von keinem Menschen etwas zu erbitten hat. Er war ein deutscher Landsmann aus Pillau, der schon seit dreißig Jahren als Seemann das Meer unter englischer Flagge gepflügt hatte. Dieser, wie man wohl sagen darf, weit verschlagene Mann, und sein Begleiter, welcher ein junger Norweger war, hatten zur Mannschaft des Walfängers „Williams“ gehört, der vor zwei Jahren in dieser Bucht während eines fürchterlichen Orkanes von seinen Ankern gerissen worden und an den benachbarten Felswänden im Innern der Bai gescheitert war. Damals rettete sich die ganze Mannschaft an das Land, ward aber bald darauf von einem für das nämliche Haus fahrenden Walfänger an Bord genommen, wobei Wittrin und Petersen (so hießen die beiden) sich die Erlaubnis erwirkten, auf dem romantischen Eiland zu bleiben und bis zur Ankunft eines anderen Schiffes eine gemütliche Robinsonade in das Werk zu setzen.

Das ungefähr war der Inhalt des ersten sehr lebhaften Gespräches der Einsiedler mit den fremden Ankömmlingen, und die ersten führten die letzteren nach ihrer Wohnung, um sie dort zu bewirten.

Unter prachtvoll aufstrebenden Bäumen, deren Kronen einander erst in beträchtlicher Höhe berührten, während weiter unten der auffallende Mangel an größeren Ästen einen ziemlich freien Durchblick ermöglichte, so daß das Ganze einer riesigen, mit herrlichen Laubgewinden gezierten Säulenhallte glich, lag sehr anmutig das kleine aus den Trümmern des „Willimas" gezimmerte Haus, vor welchem ein artig angelegter Ziehbrunnen, aus einer eingegrabenen Tonne bestehend, viel zu dem wohnlichen Aussehen der kleinen Ansiedlung beitrug.

Die Schiffer hatten in menschenfreundlicher Absicht Lebensmittel herbeigebracht, um vermeintlich Notleidenden beizustehen, doch sie waren selbst in den Schoß des Überflusses geraten, und statt mit mittelmäßigem Schiffsproviant Hungrigen beizuspringen, wurden sie nun mit dem delikatesten Abendessen bewirtet. Von den mehr oder weniger zahmen Schweinen, welche die ländliche Szene belebten, ward von den freundlichen Wirten folglich eines der fettesten geschossen; man lichtete den wohl versorgten Taubenschlag, und als Zuspeise gab es mehlige Kartoffeln, erfrischende Wassermelonen, welche der kleine Garten liefern mußte, Holundersuppe, frische Feigen und Maulbeeren, Pfannkuchen, Schildkröteneier und verschieden zubereitete Fische. Den Abschluß machte ein aromatischer Tee, welcher aus den Blättern des hier wild wachsenden Sassafras (Laurus Sassafras) bereitet worden war. Die beiden Einsiedler hatten sich sehr an ihn gewöhnt, und auch von den Gästen wurde er als ganz köstlich befunden.

Die Sorgfalt der Gastgeber ging sogar so weit, daß sie, weil ihr Tischgerät nicht für alle ausreichte, schnell einige Löffel improvisierten; es waren dies Muschelhälften, welche man an Stielen von Fächerpalmen befestigte. So schön weiß ein Robionsonleben den Erfindungsgeist zu wecken. Auch die innere Einrichtung der Hütte machte einen wohltuenden Einduck und zeugte von dem Ordnungssinn und den nicht ganz ungünstigen Verhältnissen ihrer Bewohner. Das Hausgerät, welches häuptsächlich aus Schiffskisten und den beiden Hängematten bestand, nahm sich ganz artig aus; auch bemerkte man einige vom Schiff gerettete Bücher, die namentlich in langen Winterabenden die Abgeschiedenheit versüßt hatten. Auch für die zur Abendlektüre so notwendige Beleuchtung war gesorgt, denn es fehlte nicht an Walrat, womit das verunglückte Schiff hauptsächlich beladen gewesen war.

Den größten Teil der nächsten Nacht brachte die heitere Gesellschaft unter den herrlichen Bäumen von der Klause zu, der köstlichen Szene sich erfreuend und Genüsse durch alle Sinne in sich aufnehmend; denn bald gesellte sich zur Lieblichkeit des Ortes und des Klimas bei völlig heiterem Himmel der Vollmondsglanz in feiner ganzen stillen Pracht. Solche Stunden sind unvergeßlich und werfen einen Lichtschein durch das ganze Leben.

Man benützte diese magische Beleuchtung, um nach dem sandigen Ufer zu wandern, wo man eierlegende Schildkröten in Menge fand, denn es war grad die günstige Gelegenheit, die Jahreszei, in welcher diese Tiere von einem wunderbaren Instinkt angetrieben werden, die sandigen Ufer der abgelegenen Inseln zum Eierlegen aufzusuchen. Sie verweilen dann an diesen Stellen den ganzen Sommer durch die Menge, um das Auschlüpfen der Jungen abzuwarten und mit diesen dann im Herbst das offene Meer zu suchen.

Die Geräumigkeit der Löcher, welche diese Tiere in den Sand graben, ist staunenswert. Ein solches unteriridsches Nest nimmt eine ganz beträchtliche Menge von Eiern auf, die rasch nacheinander hineingelegt und dann sorgfältig wieder mit Sand bedeckt werden, bis der ebene Boden vollständig wieder hergestellt ist. Hierdurch werden die Eier vollkommen gegen die Angriffe der dort so häufigen und sehr lüsternen Roben geschützt, nicht aber gegen die aufwühlenden Schweine, welche nicht minder auf solch ein leckeres Mahl erpicht sind. Vor ihren Rüsseln ist kein Nest sicher, und obgleich sie erst mit dem „Williams“ auf das Eiland gekommen waren, drohte durch ihre Vermehrung der ganze Schildkrötenkolonie der Untergang.

Es ist unberechenbar, welche Störungen und Umwälzungen die Einführung eines neue Tieres in der unsprünglichen Tierwelt eines Ortes hervorbringen kann. So hat z. B. in Neu-Seeland der flügellose Kiwi der Übersiedlung der europäischen Hundes nicht widerstehen können, und ebenso droht die dort eingeführte Katze dem Kalapo, einem dortigen Kuckuck, der auf niederen Zweigen zu nißten pflegt, mit dem vollständigen Untergang. Nicht allein die wilden Völkerstämme sind es, die bei der Ankunft des weißen Mannes ihr Todesurteil empfangen, auch die Haustriere, welche ihn begleiten, bringen den freien tierischen Bewohnern der Wildnis Verderben und Vernichtung.

Merkwürdig ist die Wehrlosigkeit jener großen Schildkröten, deren durschnittliche Körperlänge wenig unter fünf Fuß beträgt, und die bei der Langsamkeit ihrer Bewegungen am Lande ihren Verfolgern sehr leicht zur Beute werden, obgleich sie im Wasser außerordentlich behend sind und schwimmend ihren Verfolgern leicht zu entgehen vermögen. Zwei Menschen müssen gewöhnlich ihre Kräfte vereinigen, um ein so schweres, im Sande fortkriedendes Tier umzuwälzen; einmal auf dem Rücken liegend, kann es sich nicht wieder umwenden, und nichts ist dann leichter, als es durch einen starken Hieb in die Kehle zu töten. Seine ganze Verteidigung besteht dann in eine kraftlosen, unbeholfenen Umherschlagen mit den flossenartigen Ruderfüßen; die scharfen Kinnladen, sein natürliches Gebiß, versteht es nicht zu gebrauchen.

Die beiden Ansiedler hatten den Platz Port Lloyd genannt, und da Lütke hier alles vereinigt fand, was er brauchte, so beschloß er, einige Zeit zur Ausbesserung seines Schiffes hier zu verweilen. Währenddessen hatte er volle Zeit, sich mit der belebten Welt der romantischen Insel bekannt zu machen.

Außer den mannigfaltigen Vöglen, vom Falken des Gebirges bis zum Pelikan des Strandfelsens, beschäftigte ihn besonders die Tierwelt der unterseeischen Gefilde. Reizend waren namentlich die Uferstellen, von welchen man auf die seichten Korallenbänke hinabschauen konnte, deren weißgelber Sand durch den flüssigen Kristall des Seewassers emporschimmerte. Zwischen den einzelnen mit lebenden Polipen versehenen Korallenstämmen sah man im bunten Gemisch Seesterne, Holoturien und Seeigel von wunderbarer Größe und Schönheit sich am Boden bewegen, während das beinahe zwanzig Fuß tiefe Küstenwasser, vollkommen durchsichtig wie Glas, in allen seinen Schichten von den prachtvollsten Fischen und Doriden, deren schönes Scharlachkleid mit einem glänzenden weißen Mantelsaum verbrämt war, durchkreuzt wurde.

Das fortwährende Kommen und Gehen, die ewig wechselnde Szenerie dieser submarinen, in allen Prismafarben glänzend, metallischschimmernden Lebensformen, das unermüdliche Auf- und Abfluten dieser sich stets neu gestaltenden Wasserwelt gab ein Schauspiel, wie es nur der Küstenbewohner der Tropen zu sehen bekommt. Die meisten der Fische wurden als höchst schmackhaft befunden und ebenso die Krebse und Krabben der mannigfaltigsten Arten, welche nicht allein in den unterseeischen Klüften der Felsenufer sich versteckten oder auf Korallenbänken auf Raub ausgingen. sondern auch alle durch die Waldtäler rieselnden Bäche belebten.

Die Formen der Eidechsen und Schlangen fehlten dagegen gänzlich, und auch die Säugetiere waren nur widerwärtig oder unheimlich durch die Ratte und einen ziemlich großen Flatterer vertreten, welcher wegen der Ähnlichkeit der Gestalt der fliegende Bär (Ptropus ursinus) genannt wurde. Das Klima war ganz vortrefflich, und die beiden Einsiedler erzählten, daß sie selbst im Winter nie das Befürfnis nach einer Fußbekleidung empfunden hätten, und die Hitze des Sommers wurde durch die frische Seeluft gemildert.

Die Natur hätte hier also alles vereinigt, um diesen Ort zu einem höchst wünschenswerten Aufenthalt für den Menschen zu machen, wenn sie ihn nicht bisweilen durch Erdbeben und furchtbare Stürme erschreckte. Die Orkane entfalten bekanntlich in den chinesischen und japanischen Meeren eine furchtbare Wut und rasen in ihrer ganzen entsetzlichen Stärke auch über die nahe liegenden Bonin-Inseln. Sogar im Innern der Bai geraten dann die Gewässer in einen so furchtbaren Aufruhr, daß sie den Anblick einer einzigen Masse weißen Schaumes darbieten. Und findet eines der hier nicht seltenen Erdbeben statt, so wird das Land bis in seine tiefsten Grundfesten erschüttert, und die Sturmflut steigt dabei zu einer solchen Höhe, daß sie alle Flächen und Täler weithin unter Wasser setzt.

Wittrin und Petersen verließen mit der russischen Expediton ihre Einsiedelei, und Bonin bleib auf kurze Zeit den verwilderten Schweinen und fliegenden Bären überlassen. Dann gründeten zwei unternehmende Männer, Richad Willichamp aus Devonshire in Engald und Mateo Mozaro aus Ragusa, mit einem Dänen, zwei Amerikanern und einer Anzahl Sandwichs-Insulanern (fünf Männern und zehn Frauen) hier eine Kolonie, welche sich bald durch Matrosen, die von ihren Schiffen ausrissen, weiter vermehrten. Die Leute bauten süße Kartoffeln, Mais, Kürbisse, Tarowurzeln, Bananen, Ananas und eine Menge anderer Früchte so reichlich an, daß sie die hier nur oft anlegenden Schiffe vollauf damit zu versehen vermochten. Auch der Tabak war von außerordentlicher Güte und erreichte oft eine Höhe von über fünf Fuß. Später gab die einstweilen sich selbst regierende Kolonie sich eine Konstitution. Die Regierung liegt in den Händen eines Chefs und zweier Ratsherren, welche auf zwei Jahre gewählt werden.

Also diese Inselgruppe wollten wir ansegeln, hatten sie aber noch nicht erreicht, als der Kapitän plötzlich einige Striche mehr nach Südwest abfallen ließ, eine Maßregel, welche sofort meine Bewunderung erregte.

„Wollt Ihr vielleicht an den Bonin-Inseln vorbei, Kapt'n?" fragte ich ihn.

Er sog die Luft mit der Bedachtsamkeit eines nach Champignons suchenden Wachtelhundes ein und machte ein sehr bedenkliches Gesicht.

„Vorbeigehen? Hm, fällt mir gar nicht ein! Aber Ihr gebt doch zu, daß es gut sein wird, uns für jetzt ein wenig seewärts vom Land zu halten."

„Warum?"

„Riecht Euch doch einmal diese Luft an! Merkt Ihr etwas?"

Ich konnte trotz aller Aufmerksamkeit weder einen Veilchen-, noch einen anderen Duft als den gewöhnlichen Seegeruch wahrnehmen, und antwortete darum:

„Ich merke nichts."

„Und seht auch nichts?"

Ich musterte den ganzen Gesichtskreis. Im Nordosten war es, als sei der Himmel da, wo er den Horizont berührte, mit glänzenden und maschenartig gekreuzten Nachsommerfäden überzogen, an deren oberem Rand sich eine kleine, helle und kaum einen Fuß im scheinbaren Durchmesser haltende Öffnung befand. Das alles war so seidenartig, so zart und weich gezeichnet, als hätte der Mundhauch einer Fee den sonst so freundlichen und lichten Horizont berührt, und ich konnte mir nicht denken, daß diese kaum bemerkbaren Linien in einem Zusammenhang mit der plötzlichen Veränderung unseres Kurses stehen könnten.

„Ich sehe nur jene unverfänglichen Striche dort zwischen Ost und Mitternacht."

„Unverfänglich? Ja, so kann bloß einer sagen, der kein Seemann ist, oder vielmehr, ich glaube sogar, daß dies auch ein sonst wohlbefahrener Wasserbär meinen könnte, falls er zum erstenmale in diese Meere kommt. Aber traut nur diesem Himmel nicht; er macht ein Sirenengesicht, und was darauf folgt, werden wir bald merken."

„Sturm?"

„Sturm? Pah! Wollt Ihr einen Bären mit einer Spitzmaus vergleichen? Beide Tiere gehören, wie ich mir einmal habe sagen lassen, zu derselben Klasse von Raubtieren, aber ich glaube doch nicht, daß Ihr Meister Petz in einer Mausefalle fangen werdet. So ist es auch hier. Der Sturm und das, was wir zu erwarten haben, beides gehört ganz zu derselben Sorte von aeronautischen Belästigungen, aber zwischen einem regelrechten Strum und dem Taifun ist ganz derselbe Unterschied, wie zwischen der Maus und dem Bären.

„Einen Taifun erwartet Ihr?“ fragte ich, halb erschrocken und halb befriedigt, daß es mir vergönnt sein sollte, diese fürchterlichste Lufterscheinung kennen zu lernen.

„Ja, einen Taifun. In zehn Minuten haben wir ihn. Es wird der elfte oder zwölflte sein, den ich in diesen Gewässern erlebe, und ich kenne also diese Sorte von Mailüftchen recht gut. Es gibt verschiedene Anzeichen, keines von ihnen aber ist so gefährlich, wie dieses verteufelte Netz da hinten. Ich sage Euch, Charley, in fünf Minuten werden die Fäden den ganzen Himmel umsponnen haben. Die weiße Öffnung dort wird bleiben, denn der Taifun muß doch eine Tür haben, durch welche er herunterblasen kann. Es ist ein Sturmloch. Macht, daß Ihr in Eure Kajüte kommt, und guckt nicht eher wieder heraus, als bis ich Euch entweder rufe oder unser guter „Wind“ unten auf dem Meeresgrund für immer vor Anker geht.“

„Paßt mir schlecht, Kapt'n! Darf ich nicht an Deck bleiben?“

„Es ist meine Pflicht, jeden Passagier hinabzuschaffen, und doch würde ich bei Euch eine Ausnahme machen, aber ich gebe Euch mein Wort, daß Euch schon die erste oder zweite See über Bord nehmen wird.“

„Möchte es glauben! Ich bin nicht zum erstenmale in See, und wenn Ihr wirklich Sorge habt, so nehmt ein Tau und sorrt mich fest an den Mast oder sonst irgendwo!“

„Unter dieser Bedingung mag es gehen; aber wenn der Mast über Bord geht, so seid auch Ihr verloren!“

„Wahrscheinlich! Aber dann wird ja überhaupt von dem Schiff nicht viel übrig bleiben.“

„Well! Wenn Ihr es einmal auf den Mast abgesehen habt, so kommt her; ich selbst werde Euch mit ihm zusammensplissen.

Er nahm ein strakes Tau zur Hand und band mich fest.

Unterdessen herrschte eine fieberhafte Geschäftigkeit am Deck. Die Gallantmasten und Raaen wurden heruntergenommen und alles Bewegliche so viel wie möglich befestigt oder durch die Luke in den Raum geschafft. Jedes Stück Leinwand wurde gerefft, und nur oben am Spenker blieb ein Sturmtopsegel, um dem Steuer so viel wie möglich zu Hilfe zu kommen. Auch an die Radspeichen des Steuers wurden Taue befestigt, für den Fall, daß bloße Armeskraft nicht zulänglich sei, das von den Wogen ergriffene Ruder zu regieren. Schließlich wurde jede in den Raum führende Luke oder Öffnung so fest als möglich luftdicht verschlossen, daß das Wasser keinen Zutritt finden konnte.

Und nun, als das alles mit der angestrengtesten Tätigkeit beendet war, brach, genau nach zehn Minuten, wie der Kapitän vorhergesagt hatte, das Wetter los. Der ganze Himmel hatte sich mit einer schwarzen Decke umzogen, und die Wogen besaßen jetzt eine tief dunkle, fast möchte ich sagen infernalisch drohende Farbe. Sie hatten keine schleunigere Bewegung als bisher, aber jede einzelne der Wellen glich einem schwarzen Panther oder dem zottigen Bison, welcher ruhig hält, um seine Kraft zu einem plötzlichen Sprung oder Stoß zu sammeln.

Das Sturmloch hatte sich erweitert; es besaß das Aussehen eines runden Fensters, durch welches ein feiner, rötlichgelber Rauch hereingetrieben wird. Da strich ein leises Säuseln über die Wasser, und es ließ sich aus weiter Ferne her ein Ton vernehmen, ähnlich dem einer überblasenen Baßposaune.

„Aufgepaßt, Boys, er kommt!" ließ sich die laute Stimme des Kapitäns vernehmen. „Steht nicht frei, sondern nehmt das stehende Tau in die Hand!"

Der Posaunenton ertönte stärker und näher, und — da kam es heran, eine schwarze, hohe, beinahe senkrecht aufsteigende Wogenmauer, und hinter ihr der Orkan, der sie emporgerissen hatte und vor sich hertrieb. Im nächsten Augenblick wäre selbst der Schuß eines Kruppschen Belagerungsgeschützes nicht zu hören gewesen; die Mauer hatte uns erreicht, stürzte über uns her und begrub uns vollständig unter ihrer bergesschweren Flut.

„Halte aus, mein guter ‚Wind', halte aus!" waren meine Gedanken, und das brave Schiff gehorchte augenblicklich diesem Wunsch. Es erhob den vorn tief niedergestoßenen Bug und stieg aus der schwarzen, brüllenden Tiefe empor. Aber dieser eine Moment hatte der See ein vollständig verändertes Aussehen gegeben. Die Wogen wälzten sich scheinbar bergehoch und von allen Seiten auf uns ein und schlugen haushoch über das Deck; noch rollte der Schwanz der einen über mich hinweg, so hatte mich bereits der Rachen der anderen erreicht, und kaum blieb mir die Zeit, den nötigen Atem zu erlangen. Das brüllte und heulte, das rauschte und sprudelte, das gurgelte und schäumte, das gellte und pfiff, das ächzte und stöhnte, das knarrte und prasselte rund um mich her, über mir, unter mir und — in mir, denn es war mir ganz so, als habe der fürchterliche Taifun auch mich selbst, meine Knochen und Musklen, meine Sehnen und Flechsen und jede Faser und Fiber meines Innerns gepackt.

Der Kapitän hielt sich an einem der laufenden Taue und hatte die Seetrompete ergriffen. Nur ihr scharfer, schneidigschriller

Ton vermochte es, das entsetzliche Chaos des uns umtobenden Stimmengewirres zu durchdringen. Seine Kommandos wurden verstanden und trotz der herkulischen Anstrengung, welche dabei erforderlich war, schnell vollzogen. Eine Handvoll braver Topgasten oder Borkastellmänner warf sich immer auf einen der bedrohten Punkte, und man mußte in solchen Augenblicken diese starken, todesmutigen Leute gesehen haben, um zu begreifen, welchen Wert ein jeder einzige von ihnen besitzt. Drei Männer standen am Steuer und vermochten trotz aller ihrer Anstrengung nicht, dasselbe zu regieren; sie mußten die Taue zu Hilfe nehmen.

Die Wogen gingen so schwer, daß sie unter ihrer Wucht das Schiff zu zermalmen drohten; von Minute zu Minute brach eine hohe See über uns her, und der Hauptmast, an dem ich befestigt war, bog sich wie eine Schilf- oder Weidengerte. Das Sturmloch hatte sich verschlossen, und wir befanden uns in vollständiger Nacht, durch deren Finsternis nur der sprühende Schaum der Wogenkämme gespenstig leuchtete. So wütete der Orkan zwei, drei, vier Stundenlang. Ich hatte mich bisher keinem noch so fürchterlichen Präriebrand, keinem noch so gefährlichen Tier der Wildnis, keiner noch so drohenden Naturerscheinung gegenüber hilflos gefühlt; jetzt aber durchbebte mich die ganze Erkenntnis menschlicher Schwäche, die uns zu den Füßen des Allmächtigen in den Staub darniederwirft. Ich dachte an jenen Sturm auf dem See Genezareth und an den Hilferuf des gläubig vertrauenden Jünger: „Herr, hilf uns; wir verderben!“ Und ist das Schiff noch so fest und sicher gebaut, Klopft in der Brust des Kapitäns ein noch so mutiges und erfahrenes Herz, und tuen die Mannen alle ihre Schuldigkeit, es bleibt doch jedem Augenblick die Macht vorbehalten, das Fahrzeug mit allem darauf wohnenden Leben zu verderben. Und dann —

„Dann sitzet an dem frühen Morgen
Das Wrack am ödern, fernen Stand;
Dann ruhet alles, tief geboren,
Dort unten in des Meeres Land;
Da liegt der Mensch mit seinem Hoffen,
Mit all dem Glück, das ihm gelacht,
In seiner besten Kraft getroffen
Von einer einz'gen Wettersnacht.“

Ich hatte noch niemals einen solchen Aufruhr der Elemente erlebt und erwartete alle Sekunden von meinem Haltepunkt losgerissen und in die kochende See geschleudert zu werden. Eine Regeling um den Bord herum gab es bereits nicht mehr, sie war zerschmettert worden von denjenigen Gegenständen, welche der wütende Sturm von ihren Plätzen gelöst und in das Meer geworfen hatte. Da trat mit einemmale eine minutenlange, lautlose Stille ein, während welcher man das laute, angestrengte Klopfen des Pulses zu hören vermocht hätte.

„Achtung, Jungens; jetzt kommt es doppelt!"

Kaum waren diese Worte der Kapitäns verklungen, so zuckte ein belebender Blitzstrahl hernieder, es erfolgte ein Donnerschlag, unter dem die ganze See erkrachte und die Erde zu bersten schien, und dann wühlte sich der Taifun in das Wasser, daß dieses die Spitzen unserer Masten zu überspringen schien; wir wurden von dem Wogenstrudel gepackt und um unsre eigne Achse gedreht — ein allgemeiner Schrei der Todesangst, ein entsetzliches Krachen und Prallen und Schmettern, dann schwiegen die Lüfte so plötzlich wie auf den Taktschlag eines allmächtigen Dirigenten, und nur das Branden der Wogen gegen unsere Planken ließ sich vernehmen.

„Der Fock über Bord!" schrie der Kapitän mit Donnerstimme. „Kappt die Taue, schnell, kappt, kappt um Gottes willen!"

Alle Hände bewaffneten sich mit den Beilen. Das Schiff lag nach Starbord hinüber; eine Reihe von kräfitgen, dumpfen Schlägen erfolgte — es rauchte und stürzte in den Fluten; das Schiff wankte und bog sich vorn tiefer, während eine Sturzsee nach der anderen über das Deck rollte und uns in ihrem Wasser völlig begrub.

„Rascher, rascher, Jungens, sonst geht's hinab mit uns!" schrie Turnerstick.

„Ahoi, Kapt'n!" rief der Bootsmann. „Spriet auch vom Bug — hängt am Fock!"

„Kappt, kappt auch dieses!" klang die Antwort.

Zu gleicher Zeit griff er sich an mir vorüber nach vorn, um sich selbst vom Stand der Dinge zu überzeugen. Wieder ertönten die Schläge, dann spritzte es vor uns hoch empor, und der Bug hob sich in die Höhe.

„Ahoi, Maate, steht's hinten gut?"

„Aye, aye, Sir!"

„Well! Zieht ein Reff auf, Jungens! Wir brauchen es, denn der Taifun ist vorüber."

Er kam zu mir zurück.

„Ah, Charley, lebt Ihr noch?"

„Ein wenig!"

„Also ganz nicht? Glaube es. Werdet ein gutes Teil Salzwasser verschluckt haben, und das ist nicht jedermanns Sache. Wollt Ihr los?"

„Denke es, Sir. Ist diese Luft wirklich vorüber?“

„Natürlich. Der Taifun kommt plötzlich und nimmt ebenso rasch Abschied.“ Hat uns noch einen tüchtigen Fußtritt gegeben! Die See wird noch einige Stunden hoch gehen; Fock und Spriet samt Klüver sind fort, aber wenn wir unten noch heil sind, so will ich Gott danken, so gut davongekommen zu sein.“

Er band mich los, und ich hatte bei dem aufgeregten Wogengang, der nach und nach in eine erst schwere und dann leichte Deining überwechselte, alle Mühe, mich auf den Füßen zu erhalten. Die Wolkenhülle öffnete sich an mehreren Stellen; es wurde wieder Tag, und endlich rang sich auch der erste Sonnenstrahl wieder zu uns herab.

Auf dem Deck sah es fürchterlich aus, doch ging mich das jetzt nicht an, sondern ich stieg mit dem Kapitän hinab in den Raum, um dort nachzusehen. Im Frachtenraum herrschte eine wahrhaft heillose Verwirrung. Fässer, Ballen, Pakete und Kisten lagen wirr und ordnungslos durcheinander, und wir konnten uns erst nach langer Anstrengung eine Bahn durch dieses Chaos erzwingen. Kaum aber war dies geschehen, so schob mich der voransteigende Kapitän beiseite und eilte wieder empor.

„Was gibt’s, Kapt’n?“

„Wasser im Raum. Wir haben ein großes, ein gefährliches Leck!“

Er stieg an Deck, um die Leute an die Pumpen zu kommandieren, und ich gab mir Mühe, so schnell wie möglich das Schlauchwerk in Ordnung zu bringen. Bereits nach zwei Minuten begann die Arbeit, während der Schiffszimmermann das Leck aufzufinden und zu verstopfen suchte. Dies war eine harte Arbeit, gelang aber doch wenigstens so weit, daß wir uns für den Augenblick in Sicherheit befanden.

Die anderen waren beschäftigt, das Berdeck von Splittern und Tauschlissen zu säubern, und dann wurde ein Interimsspriet vorgeschoben und auch einstweilen ein Hilfsmast an dem Fockstumpf aufgerichtet. Auch die Reiling wurde so viel wie möglich wieder hergestellt, und dann hieß der Kapitän den Maat, grad nach Nord abzufallen.

„Jetzt wird es gehen bis Port Lloyd,“ meinte er.

„Wie weit ist es noch bis hin?“

„Habe bereits nachgesehen“, antwortete er. „Dieser Taifun hat uns im Kriese herumgetrieben.Ihr müßt nämlich wissen, Charley, daß dieser Kerl nicht etwa ein ehrlicher Sturm ist, der aus einer Richtung bläst, wie manche Seeleute und Gelehrten annehmen, sondern meist beschränkt er sich auf ein sehr kleines, scharf abgegrenztes Gebiet und bläst dann aus allen möglichen Himmelsbakken auf einmal hernieder. Es ist leich möglich, daß wir uns im Taifun befinden, während einige Meilen davon ein anderes Schiff bei kleinem Wind vorübergeht, ohne etwas von dem Orkan zubemerken, höchsten daß es sich über die an seinem Bug auslaufende Deining wundert, die es sich nicht erklären kann. Allso der Orkan hat uns beinahe im Kreise herumgeführt, und wir können trotzt unsers schlechten Segelwerkes noch heut vor Nacht in Port Lolyd sein."

„Das ist herrlich, obgleich diese Bonin-Eilande im Taifun eine sehr gefährliche Nähe für uns bildeten."

„Deshalb schlug ich andern Kurs ein, bin aber froh, daß wir nicht weiter weg sind. Das Leck ist nur einstweilen verflochten, die Masten sind fort, und wie es da unten ausschaut, nämlich im Raum, ist es leicht möglich, das wir einige Zeit in Port Lloyd bleiben müssen, um uns wieder seetüchtig zu machen. Bin nur froh, daß ich mein eigner Reeder bin und dergleichen Dinge nur vor mir selbst zu verantworten habe! Aber Euch wird die Zeit lang werden, Charley?"

„Meine es nicht, Master Turnerstick."

„O doch! Es giebt dort keine Konzerts und Theater, keine Zeitungen und Bibliotheken, wie Ihr sie als Büchermacher gern habt. Und als Nimrod haben wir dort auch kein Pläsir, denn es gibt weder wilde Rinder noch Leoparden und...

„Aber wilde Ziegen und wild gewordenen Schweine, Schildkröten und Wasservögel gibt es in Mengen, Kapt'n."

„Ist's wahr?"

„Natürlich; ich sage es ja!"

„Huzza, das ist prächige! Dann werde ich einige Dutzend Ziegen, einige Mandel Schweine, einige Schock Schildgröten und einige Hundert von Pinguinen totschießen!"

Ich lachte.

„Wollt Ihr in diesen Breiten wirklich Pinguine schießen?"

„Warum nicht, wenn sie da sind? Die Kerls sind außerordentlich fett und dabei so dumm, daß man sie mit Knüppeln totschlagen muß, ehe sie zu der Einsicht kommen, daß es ihnen an den Kragen geht."

Der gute und ehrenwerte Jäger; er fürchtete sich weder vor irgend einem Menschen noch vor irgend einer wildern Kreatur; aber er litt an der sehr störenden Eigentümlichkeit, daß seine Faustschläge stets dahin trafen, wohin sie gerichtet waren, seine Kugeln aber stets nach West bei Süd hinüberschwenkten, wenn er auf Ost bei Nord gezielt hatte. Eine Pinguinjagd, bei welcher man lieber nach dem Knüppel, statt nach der Flinte greift, schien ihm also die interessanteste Jagdbeschäftigung zu sein, und darum bedauerte ich es, daß die Bonin-Inseln nicht das Einsehen gehabt haben, sich etwas näher hinauf, nach dem Pol zu, zu plazieren.

Gegen Abend sahen wir Pee-Island, die südlichste der drei größten Bonin-Inseln, auf welcher auch der Haupthafen liegt, vor uns auftauchen, und eine halbe Stunde später gingen wir in Port Lloyd vor Anker. Hier war die See vollständig ruhig, und man hatte, wie wir später erfuhren, keine Spur von dem für uns so furchtbar gewesenen Taifun bemerkt. Der Kapitän schien mit seiner Erklärung, daß dieser Orkan sich oft auf einen streng abgschlossenen Kreis beschränkt, also doch das Richtige getroffen zu haben. Wir hatten einen echten, richtigen Taifun gehabt und konnten natürlich nicht dagegen sein, wenn man andere in diesen Gengenden auftretende Orkane oder Stürme mit ganz demselben Namen bezeichnet.

Der anderswo beim Landen üblichen Formalitäten bedurfte es nicht. Wir hielten so weit wie möglich an das Land und ließen dann die Anker fallen. Ein aderes Schiff gab es nicht, und so zogen wir nur den Unions-Jack*) auf und gaben einen Schuß ab, um unsere Ankunft und Nationalität zu melden.

Wir hatten während des Sturms zwei Boote verloren. Der Kapitän ging in der kleinen Jolle an das Land, und es verstand sich ganz von selbst, daß ich ihn dabei begleitete. Wir wurden von den Ansiedlern mit vieler Herzlichkeit aufgenommen und hatten Vergnügen, auf dem festen Boden ein frisch bereitetes und ganz vorzügliches Nachtmahl einzunehmen. Während desselben konnten Turnerstick sich nicht enthalten, eine höchst wichtige und notwendige Frage auszusprechen:

„Sagt doch einmal, Gentlemen, wie steht es denn hier eigentlich mit der Jagd?“

„Sehr gut,“ lautete die tröstliche Antwort.

„Was gibt es hier für Wild? Pinguine?“

„Nein.“

„Seehunde?“

„Nein“

„Seelöwen?“

„Auch nicht.“

* Eine kleine Flagge mit den Sternen der Vereinigten Staaten. Wenn das Schiff in Parade in den Hafen läuft, muß auch die große Flagge aufgezogen werden.

Der gute Kapitän schien es wirklich ganz besonders auf eine Knüppelarbeit abgesehen zu haben. Leider hatte er seine Rechnung ohne — das Wild gemacht und fragte also weiter:

„Was gibt es sonst?"

„Schweine, Ziegen, Schildkröten, Wasservögel und fliegende Bären"

„Alle Wetter! Ist das richtig? Habe all' mein Lebtag noch nichts davon gehört, daß die Bären auch in der Luft herumflattern! Oder ist diese Art von Viehzeug vielleicht ein ganz anders Gschöpf als dasjenige, welches man sonst einen Bären zu nennen pflegt? Kenne nur den Eisbären, den grauen, braunen und schwarzen Bären, den Waschbären und die Sorte von Bären, die man anbindet oder einem andern aufheftet. Heraus, Charley, Ihr seid ja der Naturforscher unsrer berühmten ‚The wind'-Expedition!"

„Perotus ursinus", antwortete ich mit einer höchst wichtigen Miene.

„Perotus purgilus! Was ist das für eine Rede? Sprecht doch, wie Euch der Schnabel gewachsen ist!"

„Well, so will ich sagen ‚Fledermaus', wenn Ihr es besser versteht."

„Fledermaus? Hm, komische Mode, eine Fledermaus zu einem Bären zu machen! Wie groß ist denn dieses Riesentier?"

„Acht bis neun Zoll lang und mit ausgebreiteten Flughäuten etwas drei Fuß breit. Es lebt vorzugsweise auf den Fächerpalmen und ist einer von denjenigen wenigen Flatterern, welche bei Nacht schlafen und während der hellen Mittagsstunden ihrer Nahrung nachgehen."

„Ist auch meine Art und Weise, gehöre also auch mit zu den Peroques purgatus, oder wie Ihr die Sippe vorhin genannt habt. Mag ihnen also nichts zu leibe tun, und werde mich mehr an die andern halten, Ziegen, Schweine und Schildkröten. Aber eine Ziege zu schießen ist keine Heldentat, nicht wahr, Charley?"

„Hm, eine Heldentat eben nicht, oft aber sehr gefährlich. Denkt einmal an die Gemsen! Und die hiesigen Ziegen sind wild, während die Berge sehr schroff und steil aufsteigen."

„Bind kein Freund vom Klettern und kentere dabei immer nach Starbord herüber oder nach Larbord hinüber. Bin ich dreißzig Faden hinaufgesegelt, so rutsche ich ganz sicher fünfzig Faden wieder herunter. Wie steht es mit den Schildkröten? Kann man hier zu einer echten Mock-Turtle-Suppe kommen?"

„Wird schwer sein, Kapt'n", lächelte ich.

„Warum? Sagtet Ihr nicht, daß es hier Schildkröten die schwere Menge gebe!"

„Allerdings, und daher könnte Ihr wohl Turtle-Suppe, aber keine Mock-Turtle-Suppe haben."

„Das verstehe der Kuckuk! Erklärt es einmal deutlicher!"

„Mock-Turtle wir im gewöhnlichen Sprachgebrauch falsch angewandt. Turtle-Suppe heißt Schildkrötensuppe, Mock-Turtle-Suppe aber heißt nachgemachte Schildkrötensuppe."

„Well, Charley, ich gebe Euch das Zeugnis, daß Ihr ein sehr gelehrter Natur- und Suppenforscher seid. Wenn man sich nur gleich noch heut eine echte Turtle fangen könnte!"

Rasch erklärte sich einer der Ansiedler, ein früherer Bewohner der Marquesas-Inseln, bereit, uns an einen Ort zu führen, wo wir vielleicht eines der Tiere finden könnten. Der Mond schien hell, der Abend war wirklich paradiesisch zu nennen, und so folgten wir ihm auf einem Weg, der durch einen prächtigen Palmenwald nach einer kleinen, einsam gelegenen Bucht führte.

Hier gab es ein Gebüsch von tahitischen Tamanus*), Catappen und Feigenbäumen, vor welchem ein breiter, weißglänzender Sandstreifen langsam nach der Küste abfiel. Gleich als wir unter den Maulbeeren hervortraten, bemerkten wir zwei der Tiere, welche langsam vom Wasser her herbeigekrochen kamen. Wir hatten uns jeder mit einem Stock versehen und wendeten sie um. so daß sie auf den Rücken zu liegen kamen und sich also nun vollständig in unserer Gewalt befanden. Diese war allerdings keine sehr leichte Arbeit, denn das größere Tier mochte wohl über dreihundert Pfund und das kleinere nicht viel weniger wiegen.

„Was nun?" fragte Frick Turnerstick.

Der Insulaner, welcher sich ganz leidlich englisch auszudrükken vermochte, meinte:

„Laßt sie liegen bis morgen früh. Sie können nicht fliehen und Ihre werdet sie dann holen lassen."

„Fällt mir gar nicht ein!" antwortete der Kapitän, der trotz seiner rauhen Außenseite ein sehr weiches Gefühl besaß. „Dann müßten ja diese armen Kreaturen die ganze Nacht hindurch eine Todesangst ausstehen, die ich selbst so einem Tier nicht wünschen mag. Schade, daß Ihr Eure Büchsen nicht mithabt, sonst könntet Ihr ihnen eine Kugel geben!"

„Wäre sehr mutig von mir gehandelt," meinte ich. Gibt es kein Messer hier?"

Der Ansiedler zog das seinige hervor, und mit zwei kräftigen Streichen hatt er den Schildkröten die Köpfe abgetrennt.

* Maulbeerbäume, welche auf Tahiti oft einen Umfang von 14 Fuß bekommen.

„Jetzt trage wir sie nach Hause!“ bestimmte der Kapitän.

Er faßte die größere an und brachte sie auch wirklich empor; nach zwei Schritten aber warf er sie wieder in den Sand.

„Bei allen Masten und Stengen, das Ding hat ja ein Gewicht wie unser Stoppanker! Wir müssen sie wahrhaftig liegen lassen!“

Der Insulaner schien nun anderer Meinung zu sein. Er schnitt einige Feigenstangen ab, verband sie mit Schlingranken und bildete auf diese Weise eine Schleife, auf welche wir die schweren Tiere wälzten. Wir spannten uns dann zu dritt vor und brachten sie auf diese Weise ganz gut nach der Ansiedlung.

Hier sollte sie in unsere Jolle geschafft werden. Das Licht einer Fackel fiel dabei auf den Rücken des größeren Tieres.

„Stop!“ kommandierte der Kapitän. „Was ist denn das? Diese Turtle-Suppe hat ja den Suppenteller bereits auf dem Rücken!“

Ich bog mich nieder und ließ mir leuchten. Wirklich war der harten Schale des Tieres eine elliptisch runde Platte aufgeschlagen, welche durch das Wachstum der Schildkröte am Rande emporgerichtet worden war und infolgedessen die Gestalt einer kleinen, ovalen Schüssel angenommen hatte.

„Und hier ist eine Inschrift,“ meinte Turnerstick. „Aber wer soll das Zeug lesen! Das ist weder englisch noch sonst etwas. Charley, beißt Ihr Euch einmal die Zähne aus!“

Die Platte war von jener Bronze gefertigt, welche nie vom Wasser angegriffen wird und deren Fabrikation nur die Chinesen und Japanesen verstehen. Ich versuchte, die Inschrift zu lesen. Sie bestand aus zwei japanischen Namen, welche untereinander standen.

„Sen-to und Tsifourisima.“

„Was ist das, Charley?“

„Tsifourisima ist eine Insel, welche zu dem eigentlichen Japan gehört. Zuweilen wird auch die ganze siebenundsiebenzig Inseln und Inselchen zählende Oki-Gruppe so genannt.“

„Horribel, wer so viel Zeit hat, sich solche Dinge zu merken!“

„Sen-to ist der hundertundzwanzigste Dairi von Japan; er regierte von 1780 bis 1817, wenn ich mich nicht irre.“

„Und was hat dieser Kerl mit meiner Mock... wollte sagen, mit meiner Turtle-Suppe zu tun?“

„Die Schildkröten haben ein sehr langes Leben, dessen Dauer man oft dadurch zu erforschen gesucht hat, daß man einer Gefangenen ein gewissen Zeichen gibt und sie dann wieder frei läßt. Sie scheinen ganz merkwürdig genaue und regelmäßige Wanderungen vorzunehmen und stets ein und denselben Ort wieder zu besuchen. Diese Turtle hier ist jedenfalls einmal auf Tsifourisima gefangen und, um eine Zeitangabe zu gewinnen, mit dem Namen des damals regierenden Dairi versehen worden. Wie alt sie ist, könnt Ihr Euch also wenigstens annähernd ausrechnen."

„Fällt mir gar nicht ein, denn ich könnte dabei zu der unappetitlichen Erkenntnis kommen, daß ich mir eine siebzigjährige Turtle-Suppe gefangen habe, und Ihr werdet zugeben, Charley, daß dies keine sehr erfreuliche Ansicht eröffnet. Werft sie in das Boot! Sie wird geschlachtet und verzehrt, und wenn ich einmal hier oder da mit diesem sogenannten Dairio oder Domino zusammenkommen,so soll er in den Besitz seiner tschifirigimilikischen Schüssel kommen!"

„Wollt Ihr nicht lieber mir die Platte überlassen, Sir? Ich möchte sie gern als Andenken mit nach Hause nehmen."

„Als Andenken? Absonderlicher Kauz! An wen denn? An den Diarius oder an die Kröte?"

„An beide zugleich."

„So nehmt sie immerhin! Ihr könnt meinetwegen die ganze Schildkrotschale mit samt diesem Diarius bekommen, denn mir ist es nur um die Suppe zu tun."

Am andern Morgen gab es sehr viel auf unserem braven ‚The wind' zuschaffen. Das Leck konnte nur von außen vollständig beseitigt werden, und da auf Peel-Island von einem Dock keine Rede war, so waren Taucherarbeiten erforderlich, denen ich mich größtenteils unterzog, weil sich von den Mannen keiner lang genug unter Wasser halten konnte. Es ist eine beinahe unglaubliche Tatsache, daß die meisten Seeleute, natürlich diejenigen, welche eine Seemannsschule besucht haben, ausgenommen, sehr schlechte oder wohl auch gar keine Schwimmer sind. Man trifft Hunderte von Matrosen, welche sich auf einem alten, halb wracken Dreimaster vollständig sicher fühlen, von einer flotten Boots- oder Kahnfahrt aber nicht das Mindeste wissen wollen.

Am Mittag, als wir uns die Turtle-Suppe schmecken ließen, wurde ich für meine Anstrengung von dem Kapitän belohnt, indem er mir einen sehr akzeptablen Vorschlag machte:

„Was meint Ihr, Charley; werden diese wilden Ziegen gut zuverdauen sein?"

„Jedenfalls."

„So nehmt Eure Büchse und macht mit! Wir wollen uns eine holen."

„Ich bin dabei, schlage aber vor, nicht hier, sondern drüben auf Stapleton-Island zu jagen."

„Warum?"
„Ich ließ mir gestern abend sagen, daß dort mehr und besseres Wild zu finden ist."
„Well, so rudern wir uns da hinüber!"
„Nehmen wir noch jemand mit?"
„Ist nicht notwendig. Was verstehen diese Kerls von der Jagd? Sie würden uns nur das Wild vertreiben. Kommt in die Jolle!"
Ich hatte einmal gelesen, daß dieses Stapleton-Island sehr felsig sei, und wußte aus meinen Alpenwanderungen, welche Dienste bei Besteigung steiler Höhen ein Strick und ein Bergstock zu leisten vermögen. Mein Lasso war auf alle Fälle besser als jeder Strick; ich suchte ihn hervor, fand auch eine Bambusstange, die ich mit Hilfe des Schiffsschmiedes schnell in einen Bergstock verwandelte- oben ward ein alter Eisenhaken angenagelt und unten ein Stift eingeschlagen. Master Frick sah mich erstaunt an, als ich mit dieser Ausrüstung erschien.
„Was sind denn das für Kinderlitzen, Charley, he? Will der Kerl mit einem Bambusstock und einem Lederriemen Ziegen schießen!"
„Pshaw! Ich bin Alpenjäger, Sir!" antwortete ich stolz.
„Alpenjä... macht Euch nicht lächerlich und werft die Geschichte über Bord!"
„Abwarten!"
Ich stieg voran in die Jolle, und er folgte mir. Dann ergriffen wir die Ruder. Wir hatten allerdings eine Strecke von vier Stunden zurückzulegen, doch war die See ruhig und der Wind günstig. Wir passierten mehrere pittoresk geformte Felsen westlich von Peel-und Buckland-Island, hielten immer gerade nach Nord und erreichten Stapleton-Island bei einer Bucht, welche sich tief in steil emporstrebenden Felsen hineinzog. Der Kapitän lachte mit dem ganzen Gesicht, deutete nach oben und meinte:
„Schaut, Charley, auf jeden Schuß wenigstens zwei!"
Wirklich sah ich die Spitzen und Vorsprünge der Berge förmlich mit wilden Ziegen bedeckt. Das mußte eine höchst ergiebige Jagd geben. Wir stiegen aus und zogen die Jolle so weit an den Strand herauf, daß sie von der Flut, welche übrigens dort nur drei Fuß hoch zusteigen pflegt, nicht erreicht werden konnte. Dann ging es vorwärts, immer die steilen Höhen hinan.

Es war wirklich eine vollständige Alpenlandschaft mit spitzen Zinnen, schroffen Zacken und scharfen Graten. Der Bambus leistete mir treffliche Dienste, während der hinter mir keuchende Kapitän oft auf allen vieren kroch, um die Schwierigkeiten des

Bodens zu überwinden. Endlich blieb er hustend und pustend stehen.

„Charley, haltet an! Wollt Ihr etwa bis zum Mond hinauf? Seht dieses Tal da drüben, es wimmelt von Ziegen. Wenn wir hinübergehen, so schießen wir mit vier Schüssen wenigstens zwanzig nieder."

„Eben da hinüber will ich ja!"

Er sah mich mit offenem Mund und unsäglich erstaunter Miene an.

„Da — hi — nüber — ? Hört, Charley, einer von uns beiden ist verrückt, entweder Ihr oder ich; doch will ich Euch offen gestehen, daß ich meine Sinne vollständig im Kurs habe. Will der Mensch da nach Backbord hinab und segelt geradewegs nach Steuerbord hinauf!"

Ich mußte lachen.

„Sagt einmal, Kapt'n, was Ihr da unten im Backbord wollt?"

„Ziegen schießen, was denn anderes?"

„Well! So versucht es einmal. Ich zahle Euch zehn Dollars für jede, die sich von Euch schießen läßt!"

„Ihr wollt doch nicht etwa sagen, daß ich nicht zu schießen verstehe!"

„Nein, aber ich will sagen, daß sie Euch direkt im Wind haben."

„Im Wind? Charley, nehmt's mit nicht übel, aber hier hört Eure Natur- und Suppenforscherei vollständig auf! Was soll eine Ziege vom Wind verstehen? Ihr könnt Euch darauf verlassen, daß ich diese Mauer hier nicht empor klettere. Macht, was Ihr wollt; ich aber werde nicht mit zerbrochenem Hals an Bord zurückkehren!"

Er wandte sich wirklich nach Backbord und stampfte und dampfte hustend und pustend davon. Ich mußte mich sputen, wenn ich mir die Jagd nicht verderben lassen wollte. Übrigens hätte ich ihn gar nicht von mir gelassen, wenn ich nicht gemeint hätte, aus seinem Verhalten Nutzen zu ziehen.

Ich klimmte schnell empor und erreichte den Grat, hinter welchem die Höhe schroff in ein Seitental abfiel. Den Stock als Stütze und Balancier gebrauchend, rutschte und fuhr ich mehr, als ich ging, hinab und eilte dann links weiter, bis wo die Schlucht in das Talmündete, nach welchem sich mein guter Freund Frick Turnerstick gewandt hatte. Hier lehnte ich mich hinter einen Felsen und wartete, den Henry stutzen in der Hand, welchen ich statt der Büchse mitgenommen hatte.

Ich brauchte nicht lange zu warten, denn kaum stand ich zwei Minuten hier, so kamen sie angaloppiert in eiliger Flucht, alle die

Ziegen, von denen der tapfere Kapitän auf jeden Schuß zwei hatte treffen wollen. Das Haupttal machte kurz vor mir eine Biegung: die Tiere konnten mich nicht sehen und liefen mir gerade in das Feuer. Zwei, drei, fünf, sechs Schüsse, dann waren sie vorüber, und sechs Tiere lagen am Boden. Eben wollte ich vortreten, als ich etwas heftig ächzen und schnauben hörte. Es kam förmlich wie eine Lokomotive angepufft und blieb erstaunt vor den getroffenen Ziegen halten. Es war der Kapitän.

„Tausend Geißen! Was ist das? Wer hat diese Gemsen geschossen?“ rief er.

Ich trat, herzlich lachend, hervor.

„Ich, wenn Ihr nichts dagegen habt, Sir!“

„Ihr? Charley, Ihr? Wie kommt Ihr hierher?“

Der gute Frick riß vor Erstaunen den Mund auf, als wenn er alle seine „tausend Geißen“ auf einmal verschlingen wolle.

„Da oben von der Mauer herunter. Ich versprach Euch für jede Ziege, die sich von Euch schießen lassen würde, zehn Dollars. Wieviel habe ich zu bezahlen?“

Er machte ein höchst verlegenes und verdrießliches Gesicht.

„Ja, Charley, dieses Viehzeug ist mir wahrhaftig durchbegrannt, ehe ich nur dazu kommen konnte, die Piratenflagge aufzuhissen. Da habe ich alle Leinwand aufgezogen und bin ihnen nachgesegelt, daß meine Lunge bläßt, wie der Taifun gestern. Wie will ich da vor Anker gehen, Atem holen, das Gewehr vom Rücken bringen, zielen, losdrücken, schießen und treffen können! Ihr dürft von einem wackeren Seemann nicht sechsmal mehr verlangen als ein anderer zu leisten vermag!“

„Habe ich verlangt, daß Ihr sechsunddreißig Ziegen schießen sollt?“

„Sechsunddreißig?“ Wie kommt Ihr auf diese Nummer?“

„Hier liegen meine sechs; ‚Sechsmal mehr‘ habt Ihr gesagt, und sechsmal sechs ist sechsunddreißig.“

„Hm, die Rechnung stimmt,“ antwortete er, erst sein Gewehr und dann meine Ziegen ansehend. „Hört, Charley, sollten diese Kreaturen wirklich etwas vom Wind verstehen?“

„Natürlich. Sie haben einen ausgezeichneten Geruchssinn, und außerdem werden sie Euch wohl gehört und gesehen haben, denn groß und breit genug seid Ihr ja, und Eure Lunge hörte ich schon achtzig Schritte weit.“

„Hört, Charley, soll ich etwa wegen einer Ziege ersticken? Fällt mir gar nicht ein! Wer meine Lunge nicht vertragen kann, der... der...“

Er war so ärgerlich, daß er einen Nebensatz anfgefangen hatte, ohne den Hauptsatz finden zu könne. Ich lachte herzlich und reichte ihm die Hand hinüber.

„Grämt Euch nicht, Sir! Wir haben hier sechs feiste Tiere, und mehr brauchen wir nicht für heute."

„So? Meint Ihr?" funkelte er mich an. „Und was werden sie auf dem Schiff dazu sagen? Master Charley hat alles geschossen, und der Kapt'n nichts, gar nichts. Ich will will auf der Stelle gekielholt sein, wenn ich eher gehe, als bis ich auch meine sechs geschossen habe, hört Ihr's? Sechs, wenigstens sechs! Ich weiß nun, daß diese Tiere den Wind verstehen, und werde mich danach verhalten. Geht Ihr mit, oder bleibt Ihr da?"

„Natürlich gehe ich mit, doch werde ich Euch bitten, vorher noch ein wenig zu warten."

„Warum? Ich habe keine Zeit, sonst läuft das Viehzeug immer weiter fort, und ich komme ihm all mein" Lebtage nicht nach!"

Ich konnte nicht umhin, ich mußte wieder laut auflachen.

„Glaubt Ihr denn wirklich, daß Ihr diese Ziegen einholen könnt? Helft mir, diese sechs unter die Zweige zu bringen und mit einigen Steinen zu beschweren, und dann werden wir ja einen Ort finden, wo Ihr zum Schuß kommen konnet!"

Wir brachten auf diese Weise die Beute einstweilen in Sicherheit und wandten uns dann einer anderen Höhe zu, von welcher aus wir das unter uns liegende Terrain beobachten konnten. Dieser Weg wurde Kapitän wieder außerordentlich schwer. Er stöhnte mich an:

„Halt, Charley! Ich laviere in die Kreuz und Quere und komme doch nicht weiter. Gebt mir Euern Bambus!"

„Sollte ich ihn nicht über Bord werfen?"

„Habe ich micht etwa, so wie Ihr, auf allen Breiten herumgedrückt, um Land und Leute kennenzulernen, he? Kann ich also wissen, wie alles gemacht werden muß? Wie man eine Dreimaster in einen Hafen bugsiert, das kenne ich ganz genau; auf welche Weise aber ein Kapitän zur See diesen unkultivierten Felsen in die Zähne zu beißen hat, das habe ich nicht gesehen. Also, alle Mann an Deck und weiter mit der Fahrt!"

Jetzt ging es mit Hilfe des Bergstockes leichter und schneller vorwärts. Wir kamen oben an und bemerkten jenseits unter im Tal eine zahlreiche Herde, welche ruhig graste. Der Kapitän wolle, wie vorhin, gerade auf die Tiere zu. Ich hielt in zurück.

„Halt, Mr. Turnerstick; auf diese Weise vertreibt Ihr sie wieder. Steigt hier rechts hinab; da ist der Weg sehr leicht, und stellt Euch dort unter jenen Kiri-Holzbaum. Ich gehe links hinunter und treib Euch die Ziegen gerade in den Schuß."

„Well, so lasse ich es mir gefallen. Macht, daß Ihr hinunter kommt, ich muß in fünf Minuten sechs haben!"

„Mit zwei Kugeln?"

„Pshaw! Ich schieße allemal ihrer drei durch und durch!"

„Wird schwierig sein! Wollt Ihr nicht lieber meinen Henry-Stutzen nehmen? Ich habe ihn wieder geladen, und er hat fünfundzwanzig Schüsse, welche Ihr abgeben könnet, ohne laden zu müssen."

„Das ist ja ganz außerordentlich profitabel! Gebt her, und zeigt mir, wie mit dem Ding umzugehen ist!"

Ich erklärte ihm die Konstruktion; dann eilte er, nachdem er mir die Sonntagsbüchse eingehändigt hatte, von dannen. Es war wirklich urkomisch, seine breite Gestalt an dem Bergstock mit weit gespreizten Seemannsschritten hinabwiegen und balancieren zu sehen.

Ich war viel eher zur Stelle, als er. Sobald ich ihn unter dem Kiri wußte, pirschte ich mich auf die Tiere zu und drückte auf etwa achtzig Schritte zweimal los. Beim ersten Schuss stürzte das Tier zum Feuer, der zweite aber hatte, da ich des Gewehres nicht sicher war weniger gut getroffen; die Ziege sprang seitwärts ab und floh die Höhe hinan, welche derjenigen gegenüber lag, von der wir herabgekommen waren.

Die übrigen Tiere galoppierten grad auf meinen wackern Frick Turnerstick lost. Dieser leiß sie bis auf vierzig Schritte herankommen, trat dann hinter den Baum hervor und hob das Gewehr. Zu meiner größten Verwunderung bemerkte ich, daß er nicht Schoß. Er schnitt mir, der ich, hinter den Ziegen herrennend, ihm dieselben entgegentrieb, allerlei wunderliche Grimassen, strampelte ungeduldig mit den Füßten, hielt das Gewerh zum Abdrücken fertig und Schoß doch nicht. Die Ziegen eilten an ihm vorbei; er drehte sich um, zielte und — arbeitete mit der Rechten in heftiger Aufregung an dem Stutzen herum.

Unterdessen entkamen die Tiere, und ich erreichte ihn.

„Warum schießt Ihr nicht, Sir?" fragte ich höchlich verwundert.

Er wandte sich zu mir herum. Sein sonst so gutmütiges Gesicht glänzte vor Wut wie Zinnober, und seine Stimme donnerte förmlich, als er mir antwortete:

„Was soll ich? Schießen soll ich? Wen denn? Doch wohl Euch? Schämt Euch, Charley, daß Ihr weniger Umsicht habt, als so ein Tier! Diese braven Ziegen waren so verständig, mir grad in das Rohr zu segeln, und Ihr seid so unverständig, hinter ihnen dreinzuspringen. Und dabei mutet mir der Mensch zu, daß ich losdrücken soll. Wenn ich Euch nun erschossen hätte, he!"

„Mich erschossen?“ fragte ich, beinahe steif vor Erstaunen bei diesem Vorwurf. „Das ist ja ganz unmöglich, denn ich war ja volle zweihundertfünfzig Schritte hinter den Tieren.“

„Tut nichts! Das muß ich verstehen! Ich bin ein alter erfahrener Mann, und Ihr seid noch jung. Laßt Euch ein Beispiel erzählen. Master Cornpush, den ich nicht leiden kann, kommt zu mir und sagt mir Dinge, die mich wütend machen. Ich nehme ihn und werfe ihn die obere Treppe hinab, oder vielmehr, will ihn nur die obere Treppe hinabwerfen; er aber ist so ungeschickt und stürzt alle beide Treppen hinunter, und ich mußte eine schwere Menge Strafgelder zahlen. So ist es mir mit diesem unglücklichen Master Cornpush ergangen; warum kann es mit der Kugel nicht ganz dasselbe sein? Ich will bloß die Ziegen treffen, aber die Kugel will partout zu Euch hinüber, fliegt über die Ziegen hinweg und Euch in den Kopf — nun, was dann, he? Und Ihr fragt, warum ich nicht geschossen haben, statt daß Ihr mir dafür dankt, daß ich so geistesgegenwärtig war, Euch das Leben zu retten? Charley, das hätte ich nicht von Euch erwartet!

Ich gestehe, ich war vollständig verblüfft über diesen Vorwurf, welcher mit solchem Ernst und solcher Überzeugung vorgetragen wurde; auch wollte ich den Mann nicht noch mehr in Harnisch bringen und darum antwortete ich nur:

„Aber warum schoßt Ihr denn nicht hinter den Ziegen her?“

„Konnte ich, wenn dieser Henry- oder Harry- oder Parrystutzen nicht losgehen will? Ich habe gedrückt und gekniffen, gezogen und geschoben aus Leibeskräften — pshaw, er wollte einmal nicht! Hier habt Ihr Eure Schießröhre wieder! Wenn ich wieder einmal auf Ziegen gehe, so nehme ich mir eine Feuerwaffe mit; von der weiß ich doch wenigstens, daß sie losgeht! Wo nehme ich nun meine sechs Tiere her, he?“

„Hm, leider,“ lachte ich; „Sechs Ziegen auf zwei Schüsse!“

„Chaley, bringt micht nich in Krawall! Her mit meiner Büchse! Habt Ihr etwas damit geschossen?

„Ja, zwei. Die eine ist tot, und die andere ging dort hinauf; sie ist verwundet und hat stark geschweißt.“

„Ist das etwa zu verwundern?“ fragte er ingrimmig.

„Wenn so ein armes Tier verwundet ist und einen solchen Berg hinauf muß, wird es doch wohl schwitzen dürfen!“

Jetzt wurde aus meinem Lachen ein frömliches Gelächter. Das aber brachte ihn so in Harnisch, daß er mir die Büches aus der Hand riß.

„Charley, Ihr seid ein Barbar, ein vollständig gefühlloser Mensch; ich habe mit Euch nichts mehr zu schaffen. Segelt von

Port Lloyd nach Canton, mit wem Ihr wollt, nur aber mit mir nicht!“

Er warf mir den Bergstock vor die Füße und Schritt mit einer Gebärde der höchsten Indignation fort. Ich ließ ihn laufen, denn ich wußte sehr genau, daß er wiederkommen werde. Ich nahm also meine Stock auf und stieg den Spuren der verwundeten Ziege nach. Gleich hinter der zu erglimmenden Höhe mußte die See liegen, wie ich von dem gegenüberliegenden Punkte der Talwand gesehen hatte. Fährte und Schweiß waren deutlich zu erkennen und führten mich nach einem schmalen Plateau, welches sich senkrecht nach der See abzustürzen schien. Hart am Rand desselben lag die Ziege. Sie war schwer getroffen und versuchte, sich zu erheben, als sie mich erblickte. Ich machte durch einen sichern Schuß ihrer Qual ein Ende.

Kaum war der Knall verhallt, so war es mir, als ob ich tief unten eine Ruf vernähme. Ich legte mich nieder, bog den Kopf über den scharfen Rand des Felsens hinaus und blickte hinab. Ganz wie ich vermutet hatte, fiel die Felsenwand beinahe senkrecht zur Tiefe und bildete eine kleinen Halbkessel, welcher in seinem Hinterteil höchstens dreißig Fuß breit war, nach vorn, wo er von den Wogen der See bespült wurde, sich allmählich erweiterte und sich ringsum so streng abgeschlossen zeigte, daß ihn wohl noch nie ein lebendes Wesen betreten hatte. Von oben war wohl kaum hinanzukommen, und an der Wasserseite verwehrte eine scharfe Korallenbarre, über welche sich die See in hohen Wogen brach, den Zugang. Und doch stand ein Mensch da unten, der mich bemerkt hatte und mir durch Gestikulation zu verstehen gab, daß er sich in einer verzweifelten Lage befinde.

Ich konnte die Laute hören, die Worte aber nicht verstehen, seine Kleidung jedoch sagte mir, daß er ein Chinese sei. Wie kam der Mann nach Stapleton-Island und noch dazu in diese unzugängliche Bucht? Freiwillig jedenfalls nicht. Ich überlegte noch, wie dies möglich sei, als ich hinter mir Schritte hörte. Ich drehte mich gar nicht um, denn ich vernahm aus dem lauten Schnaufen, daß es mein reuig zurückkehrender Frick Turnerstick sei.

„Alle Wetter, war die geklettert! Ich will lieber an tausend Mastbäumen hinauf, als diesen Berg wieder hinunter! seufzte er.

„Der gute Mann ließ ganz außer acht, daß er dennoch und auf jeden Fall wieder hinab müsse.

„Wollt Ihr vielleicht auf diese Seite hinab, Sir?“ fragte ich, auf den Abgrund deutend.

Es steckte alle zehn Finger abwechselnd aus.

„Fällt mir niemals ein! Ich glaube, ich käme so unmäßig schnell in die Tiefe, daß der Kapitän Frick Turnerstick als ein Wrack unten läge, an welchem man weder Rumpf noch Masten oder Spieren oder Stengen zu erkennen vermöchte."

„Und doch müßt Ihr hinab!"

„Ich? Müssen? Warum? Charley, ich komme in ganz guter und rechtschaffener Absicht wieder, und Ihr wollt mich dafür geradezu in den Tod jagen. Ist das recht von Euch?"

„Ja, was soll denn aus dem Mann da unten werden, wenn Ihr ihn nicht heraufholt?"

„Ein Mann? Wo?"

„Macht es wie ich: Legt Euch nieder und seht ihn Euch an!"

Er folgte dieser Aufforderung mit sehr bedeutender Vorsicht und fragte dann.

„Ein Chinese, nicht, Charley?"

„Ja."

„Wie kommt der Kerl in diesen Käfig?"

„Das wird er uns wohl sagen. Zur See können wir nicht zu ihm; das ist wegen der fürchterlichen Barre dort unmöglich; also müssen wir hier hinunter."

Der Kapitän machte ein ganz verzweifeltes Gesicht.

„Hört, Charley, ich möchte dem Kerl von Herzen gern helfen, aber was kann es ihm nutzen, wenn ich seinetwegen Hals und Bein breche?"

„Das ist richtig. Also werde ich versuchen, hinabzukommen."

„Wird Euch nicht anders gehen," meinte er ängstlich.

„Wollen sehen! Ganz hinunter kann ich allerdings unmöglich, aber es ist gut, daß ich meinen Lasso bei mir habe. Seht dort den Feyé*) am Rand stehen! Von da aus lasse ich mich auf den schmalen Vorsprung, den Ihr unter ihm seht, hinab, und ist Eure Aufgabe, den Lasso, welchen ich bei meiner Rückkehr werfen werde, aufzufangen und den Stamm zu binden. Ihr haltet natürlich mit, wenn ich emporsteige."

Wir schritten bis zu dem Feyé hin, an welchen ich, tief an der Erde, den Lasso befestiegte. Dann warf ich Jacke und Mütze ab und ließ mich auf den erwähnten Vorsprung, welcher vielleicht fünfzehn Fuß unter uns lag, hinab.

„Den Lasso los, Kapt'n!"

Aye, aye! Aber nehmt Euch in acht, Charley; wenn Ihr stürzt, so kann Euch niemand helfen!"

* Bergbanane.

Ich legte mir den Lasso um den Leib und stieg weiter. Die ganze Höhe des Felsens mochte vielleicht zweihundert Fuß betragen. Von dem vier Fuß breiten Absatz, zu welchem ich mich niedergelassen hatte, war es für einen geübten und schwindelfreien Bergsteiger nicht schwer, bergab zu kommen, und nun ungefähr zwanzig und etliche Fuß über der Sohle des Kessels hörte diese Möglichkeit vollständig auf. Ich langte glücklich dort an.

Der Chinese war meinen Bewegungen mit gespanntem Auge gefolt. Jetzt aber stieß er einen Ruf der Enttäuschung aus. Ich drehte mich ihm zu und fragte im Kuan-hoa*), da ich vermutete, daß er micht da jedenfalls verstehen werde:

„Wie heißt du?"

„Wo bist du her?"

„Aus Tien-hia**), dort im Si, im Westen, über dem Meer."

„Aus welcher Provinz oder Stadt?"

„Aus Kuang-Tscheu-fu***) in der Provinz Kuang-tong."

„Wie kommst du hierher?"

„Ich war auf einem Lung-yen****), welche gestern im Taifun zu Grunde ging. Die Wogen haben mich hereingeschleudert, und ich mußte sterben, wenn du mich nicht rettest."

„Kanns du gut steigen?"

„Ich war in allen Bergen des Westens; mein Auge ist gut, und mein Fuß zittert nicht. Aber mein Kopf ist an die Felsen geschlagen, so daß mir schwindelt, und mein linker Arm ist verwundet, so daß ich große Schmerzen habe."

„Wenn du deine Schmerzen beherrschen willst, so kann ich dich retten."

„Ich werde es!"

Ich schlang den Lasso los und ließ das Schlingende hinab.

„Lege dir diesen Riemen unter den Armen hindurch um den Leib; ich werde dich emporziehen!"

Wegen seiner weiten Kleidung und seines verwundeten Armes dauerte es lange, ehe er damit fertig wurde.

„Wirst du ich nicht fallen lassen?" fragt er empor.

* Die Sprache der gebildeten Chinesen.

** Deutsch: „Unter dem Himmel" oder auch „Welt" wie die Chinesen ihr Reich nennen.

*** Canton.

**** Wörtlich „Drachenauge". So nennen die Chinesen eine Art ihrer Dschunken, deren aufgerichtetes Vorderteil einem Drachenkopf mit außerordentlich großen Augen nachgebildet ist.

„Nein. Halte dich mit dem rechten Arm vom Felsen ab, und hilf mit den Füßen nach!“

Er gehorchte dieser Weisung, und nach wenigen Minuten stand er vor mir, bleich und im höchsten Grade angegriffen. Er war noch ein sehr junger Mann von höchstens vierundzwanzig Jahren. Er mußte große Schmerzen haben, denn er hatte sich während meines Emporziehens die Lippe blutig gebissen.

„Gib mir deinen Arm; ich will sehen, was ihm fehlt.“

„Bist du ein Arzt? Kennst du das Tschang-schi-yi-thuny*) und das Wan-ping-tsui-tschün**)?“ fragte er mich.

„Ich kenne beide, und auch den Yü-tsuan-i-tsung-kin-kian***),“ antwortet ich, um ihm Vertrauen einzuflößen. „Zeige her!“

Er gab mir den Arm. Die Untersuchung mußte ihm höchst schmerzhaft sein, denn ich fand, daß er den Arm oberhalb des Ellbogens gebrochen hatte. Kannst du hier emporklettern?

„Ich könnte es leicht, aber ich bin matt. Stütze mich.“

Ich tat dies, mußte aber halb einsehen, daß es in dieser Weise nicht gehen werde. Ich versuchte, sein Gewicht zu taxieren. Er war zwar kräftig, aber nicht zu stark gebaut.“

„Wirst du dich mit den Beinen festhalten können, wenn ich dich auf meine Achseln nehme?“

„Wolltest du das wirklich tun?“

„Ja.“

„Aber ich weiß nicht, wer du bist, und ich mag nicht das Gesetz verletzten, welches mir vorschreibt, höflich zu sein.“

„Du wirst dieses Gesetz nicht verletzen, denn ich bin kein Dse-tschung-kuo†), sondern ein Tao-dse††), der dir helfen will. Komm, wollen es versuchen!“

Ich nahm ihn empor, daß er wie ein Reiter auf meinen Schultern saß und die Füße auf meinem Rücken ineinander schlang. Während er sich mit der Rechten an meinem Kopf und ich mit der einen Hand seine Beine festhielt, versuchte ich, mit ihm bergan zu kommen. Es ging, obgleich ich höchst langsam und vorsichtig steigen mußte, um jeden Fehltritt zu vermeiden.

* Deutsch: „Die ganze Heilkunde von Tschang-schi“, von Tschang-lu-yil, dem Sohn jenes berühmten Arztes, im Jahre 1705 herausgegeben.

** „Der zurückkehrende Frühling aller Krankheiten.“ Beide Bücher gehören zu den vorzüglichsten klassisch-medizinischen Werken der Chinesen.

*** Wörtlich: „Goldener Spiegel der Arzneiskunst“, auch eines der klassischen Lehrbücher.

† „Sohn aus dem Reiche der Mitte“, also Chinese.

†† „Sohn der Vernunft, ein Deutscher.

Es verging wohl eine halbe Stunde, ehe wir den oberen Vorsprung erreichten. Dieser war, wie bereits erwähnt, nur vier Fuß breit, und daher bereitete uns das Abseigen bedeutende Schwierigkeiten. Wir konnten beide leicht hinabstürzen. Ich befahl ihm daher, die Augen zu schließen, kniete nieder und ließ ihn langsam von mir gleiten. Dann rief ich nach oben:

„Hallo, Master Turnerstick!"

„Hallo, bin schon da!"

„Fangt den Lasso auf!"

Es war nicht leicht, den Riemen empor zu bringen, aber es gelang. Der Kapitän band ihn oben fest, und ich schlang das andere Ende um den Leib des Chinesen.

„Bleib stehen, bis ich oben bin", mahnte ich diesen.

„Ahoi, Kapt'n! Ich komme. Ist der Riemen fest?"

„Well! Wenn er nicht reißt, so mag es gehen, denn ich halte fest."

Ich griff micht empor und kam auch glücklich oben an. Turnerstick drückte mir feudig die Hand und sagte.

„Willkommen, Charley! Das war ein fürchterlicher Kurs, den Ihr gesegelt seid; eine solche Passage, und dabei diesen China-Mann auf dem Halse, das ist keine Kleinigkeit. Wer ist der Kerl, wie heißt er, wo kommt er her, was will er hier, und was hat er Euch berichtet?"

„Das ist ja eine ganze Schiffsladung von Fragen! Werde sie später beantworten, wenn er oben ist. Wir dürfen ihn nicht warten lassen; er hat den Arm gebrochen und leidet große Schmerzen."

„Den Arm gebrochen? Armer Teufel! Herauf mit ihm, daß Ihr ihn wieder zusammensplissen könnt.!"

Wir waren jetzt zu zweien; darum ging es besser und leichter als das vorige Mal. Trotzdem sank er, als wir ihn oben hatten, sofort vollständig zu Boden. Die Kraft eines festen Willens hatte ihn bisher aufrecht erhalten, jetzt aber nahm ihn eine wohltätige Ohnmacht in ihre Arme.

„Mit dem steht's schlimm, Charley. Er wird uns doch nicht etwa unter den Händen sterben?" meinte der Kapitän.

„Nein. Er hat Schiffbruch erlitten und ist von den Wellen in die Bucht geschleudert wurden. Das ist natürlich nicht ohne Stöße und Büffe abgelaufen; der Arm ist entzweit; er hat seit gestern und vielleicht wohl noch seit länger weder gegessen, noch getrunken, so daß es gar kein Wunder ist, wenn er nach der jetzigen Anstrengung die Besinnung verliert. Aber ich muß diese Ohnmacht nutzen um ihn hinunter in das Tal und an das Wasser schaffen. Was Euch betrifft, so bleibt Ihr doch wohl hier?"

„Ich? Warum?“

„Diese Höhe blickt gar nicht weit in die See hinaus, und ich denke, daß Ihr sie als Leuchttum schmücken wollt.“ „Ich? Wer hat Euch das weisgemacht?

„Ihr selbst, Sir. Oder sagtet Ihr vorhin nicht, daß Ihr lieber an tausend Masten hinauf als hier wieder herunter wollt?“

„Redensart, Carley, nichts als Redensart! Wenn einem Menschen die Rakete in den Kopf fährt, so ist er im stande, Dinge zu sagen, an die er selber niemals glaubt. Aber auf welche Weise werden wir diesen Mann hinunterbringen? Ich habe mit mir selbst gerade genug zu schaffen, wenn ich nicht wie eine Bombe wieder in das Tal platzen will.“

„Ich werde Eure Hilfe gar nicht brauchen; nur bitte ich Euch, mein Gewehr zu tragen.“

„Eigentlich wollte ich das unglückselige Ding gar nicht wieder anrühren, aber wenn es nicht anders sein kann, so werde ich Euch den Gefallen tun. Gebt es her!“

Er war mir behilflich, den Ohnmächtigen aufzunehmen; dann stiegen wir die Höhe hinab. Unten angekommen, fragte er:

„Wo legt Ihr ihn nieder?“

„Hier nicht, da es hier kein Wasser gibt. Wir müssen bis zu dem Bach, den wir vorhin passierten.“

„Aber unsere Ziegen?“

„Um diese können wir uns jetzt nicht kümmern. Wir werdn sie morgen holen oder holen lassen!“

„Meintewegen. Also vorwärts!“

Wir hatten's bis zu dem erwähntenBach gar nicht weit. Ich legte den Chinesen dort nieder und entfernte die Kleidung von dem Arm, um die Geschwulst mit Hilfe des Wassers zu kühlen. Er erwachte dabei und bat:

„Gebt mir zu trinken!“

Dies geschah, und auch von unserm mitgenommenen Proviant aß er mit einer Gier, welche sehr deutlich zeigte, daß er gehungert hatte.

„Sage mir deinen Namen“, bat er dann, „damit ich weiß, wie ich dich nenne, wenn ich dir danken will.“

Ich nannte ihm denselben. Er schüttelte den Kopf.

„Wenn man ein Wort sagt, muß man sich dabei etwas denken können, aber dein Name hat keine Seele. Erlaube mir, daß ich dich in der Sprache rufe, welche im Schin-tan*) gesprochen wird! Du bist ein Tao-dse; welchen Rang hat dir dein Kaiser gegeben?“

* Schin-tan wird China von den Buddhisten genannt.

„Ich reise in allen Ländern der Erde und schreibe dann Bücher über das, was ich gesehen habe.“

„So bist du nicht bloß ein Hieu-tsai*) oder ein Kieu-jin**), sondern ein Tsin-sse†) und hast Recht zu den höchsten Ehrenstellen deines Landes. Du bist groß und stark und klug; ich werde dich Kuang-si-ta-sse††) nennen, denn dein Land im Ti-si, in der westlichen Erde. Wirst du es mir erlauben?“

Kein Volk ist so höflich wie die Chinesen, und es ist eine beinahe tödliche Beleidigung, einen Bewohner der Mitte grob zu nennen. Der Name, welcher mir erteilt wurde, war ein sprechender Beweis, daß Kong-ni keine Ausnahme bildete. Dieser Name war zwar beinahme mehr als hochtrabend, aber was konnte es schaden, wenn ich ihn akzeptierte? Darum antwortete ich:

„Ich erlaube es dir. Wie hieß die Dschunke, mit welcher du Schiffburch littest?“

„Tu-schin-hai, ‚Königin der Meere‘. Der Taifun hat sie mit allen Leuten getöten, und ich bin ganz allein entkommen.“

„Willst du mit uns nach Ruang-tscheu-fu gehen?“

„Hast du ein Schiff, welches dorthin fährt?“

„Es gehört diesem Mann, welcher mit demselben bereits durch alle Meere gefahren ist.“

Er wandte sich zum Kapitän herüber.

„So bist du ein Ti-tu***)! Wie ist dein Namen?“

Ich antwortete an Stelle des Kapitäns:

„Er spricht noch nicht die Sprache deines Landes, und ich werde also zwischen ihm und dir den Tun-sse****) machen. Kapt'n, dieser Mann heißt Kong-ni und möchte auch Euern Namen wissen!“

„Turnerstick,“ antowrtete der Angeredete.

„Tu-re-ne-Si-ki? Wirst du die Gnade haben, Ti-tu Tu-re-ne-si-ki Kuon-gan, mich mit nach Kuang-tscheu-fu zu nehmen?“ fragte der Chinese.

Ich übersetze dem ‚Admiral Tu-re-ne-si-ki, Exzellenz‘ diese höfliche Erkundigung. Er lachte im ganzen Gesicht und fragte mich:

* „Blühendes Talent“, wie der Baccalaureusgrab genannt wird.

** „Beförderter Menschen“, ungefähr Lizentiat.

† „Vorgerückter Mann“, so viel wie Doktor. Auf diesen drei Graben beruht die Anstellungsfähigkeit in China, und nur einem Tsin-sse werden vornehmere Ämter übertragen.

†† Wörtlich: „Großer Glanz, Doktor aus dem Westen.“

*** Ein Ti-tu ist ein Admiral. Der Chinese versetzte in gewohnter Höflichkeit den Kapitän in diesen hohen Rang.

**** Dolmetscher, wörtlich: „Doktor der Sprache“.

„Was heißt ‚Ja' auf Chinesisch?"
„Das kommt auf die Mundart an; entweder tsche oder ssche."
Er wandte sich zu Kong-ni un nickt mit dem Kopfe.
„Tsche und meintewegen auch ssche, alter Junge! Haben wir dich aus der eine Patsche herausgefischt, so werden wir dich doch nicht etwa in eine andere stecken. Wißt Ihr etwas, Charley? Dieser Mann hat sich einigermaßen erholt und wird wohl bis zum Strand laufen können. Es wird abend, und wir wollen machen, daß wir hier fortkommen!"
Das war mir recht. Kong-ni erklärte, daß er genug Kraft besitze, selbst zu gehen. Ich gab ihm mein Taschentuch als Bandage, in welcher sein Arm ruhen konnte, und dann brachen wir auf. Der kurze Weg bis zur Jolle war bald zurückgelegt. Wir schoben sie in das Wasser, stiegen ein und griffen zu den Rudern. Kong-ni hielt sich wacker, und wir brachten ihn, der ohne unsere Jagdexpedition auf dem einsamen Stapelton-Island elend hätte verschmachten müssen, glücklich auf unser Schiff, wo ich seine Arm sofort in die Behandlung nahm.
Die Reparaturen, deren unser „The wind" bedurfte, stellten sich leider als sehr umfangreich und langwierig heraus. Der Taifun hatte das ganze Gebäude des Schiffes arg zusammengerüttelt, dessen Fugen durch das Zerbrechen des Fock- und Bugmastes arg erschüttert worden waren. Zudem fehlten die beiden Boote, und um nur das Hauptsächliche herzustellen, bedurften wir eines Auftenthaltes von zwei Wochen in Port Lloyd. Dann endlich gingen wir in See nach Canton, wo die Hauptreparaturen bewerkstellig werden sollten.
Der Arm Kong-nins machte mir keine Sorge, denn die Heilung schien einen ganz guten, regelrechten Verlauf zu nehmen. Überhaupt war mir die Anwesenehit des Chinesen sehr vorteilhaft; er sprach den weicheren, wohllautenden südlichen Dialekt, ich aber hatte meine Übungen im Dialekt von Peking gemacht. Deshalb behielt ich ihn fast während des ganzen Tages bei mir, um, ohne daß er es merkte, sein Schüler zu sien.
Darauf war der Kapitän aufmerksam geworben.
„Charley, sagt einmal, ist denn dieser Chinese gar so ein prachtvoller Mensch, daß Ihr keine Minute von ihm lassen könnt?" fragte er micht. „Ich muß Euch offen sagen, daß ich höchst unzufrieden mit Euch bin, denn Ihr vernachlässigt mich auf eine wahrhaft schauderhafte und unverzeihliche Weise.
„Ihr habt einigermaßen recht, Kapt'n, aber Ihr werdet mir verzeihen, wenn ich Euch gestehe, daß ich mich meist der Sprache

wegen zu Kong-ni halte. Ihr glaubt nicht, wieviel man schon in einer einzigen Woche zu lernen vermag, wenn man Gelegenheit hat, seine Studien in dieser Weise vorzunehmen."

„Ah, das ist es also, Ihr Schlaukopf! Ich bin ein wenig weit in der Welt herumgekommen und könnte es sehr gut gebrauchen, wenn ich mir hier und da einiges von anderen Sprachen zusammengelesen hätte; aber einesteils kommt man mit unserem Englischen an jedem Ort durch, andernteils habe ich ein ganz außerordentliches Talent, in fremden Sprachen weniger als nichts zu lernen. Ich habe einst sechs Monate lang Französisch getrieben und weiß nur noch, daß vaisseau Schiff heißt, und auch das werde ich in acht Tagen vergessen haben. Aber eine Schande ist und bleibt es doch, daß ich nach Canton will und kein Wort Chinesisch verstehe. Wollt Ihr mir nicht einiges lehren, Charley?"

„Sehr gern, wenn es Euch Spaß macht!"

„Spaß weniger, aber Arbeit wird es mir machen. Jedoch, ich habe mir sagen lassen, daß diese Leute nur einsilbige Wörter haben, und da denke ich, daß die Geschichte nicht gar so schwierig sein wird."

Diese Ansicht war allerdings belustigend, aber ich begann doch mit dem Unterricht und muß gestehen, daß er reißende Fortschritte machte im — Vergessen. Drei Worte, welche er mir heute fünfzigmal hersagen mußte, hatte er bereits morgen schon wieder vergessen oder gebrauchte sie in einer Weise, welche mir die Lachtränen in die Augen trieb, und als wir Canton erreichten, war er imstande, eine englisch-chinesische Rede zu halten, von der kein Mensch ein Wort verstehen konnte, weil sie aus Redeteilen bestand, welche er für den Augenblick extemportierte.

Die Granitfelsen der Insel, auf welchen Hong-Kong erbaut ist, fliegen vor uns empor; die uns begenenden Fahrzeuge waren immer zahlreicher geworden, und als wir die Landspitze douplierten, hinter welcher Victoria liegt, wie die Engländer die Stadt benannt haben, sahen wir im wahrsten Sinne des Wortes Tausende von Dschunken um uns her, teils mit Fischerei und teil mit Transport und Küstenhandel beschäftigt.

Ich stand mit dem Kapitän auf dem Hinterdeck. Er beobachtete mit großem Interesse das uns umflutende Treiben und meinte:

„Wißt Ihr, Charley, daß ich einen sehr außerordentlichen Entschluß gefaßt habe!"

„Welchen?"

„Ich habe Euch bisher nicht begreifen könne, daß Ihr in der Welt herumstöbert, bloß um Land und Leute kennenzulernen;

jetzt aber ist mir die Sache einleuchtender geworden. Ich hänge von keinem Menschen ab, muß mein Schiff hier wieder seetüchtig machen, woraus ein längerer Aufenthalt entsteht, und da ich mir unter Eurer vortrefflichen Leitung eine so ganz unerwartete Fertigkeit im Chinesischen angeeignet habe, so bin ich entschlossen, mich Euch hier anzuschließen, um auch einmal in Eurer Weise ‚Land und Leute kennenzulernen'. Ihr nehmt mich doch mit, Charley?"

„Mit Vergnügen, denn ich hoffe, daß Ihr mit Eurem Sprachschatz auskommen werdet!"

„Habt keine Sorge, alter Junge! Das Chinesische ist tausendmal leichter, als man glauben sollte. Kan-tong, Nan-King, Hon-kong, Pe-king, Gin-seng; habt Ihr aufgepaßt? Alles lautet auf ong, ing, eng, ung und so weiter; das ist doch kinderleicht."

„Schön! Wie würdet Ihr also zum Beispiel einen Chinesen grüßen?"

„Wollt Ihr mich etwa verblüffen? Im Englischen grüße ich ‚good day', im Chinesischen also ‚goodeng daying'. Wer das nicht versteht, ist so dumm, daß ihm kein Doktor helfen kann. Nun, Charley, wollt Ihr mich noch weiter examinieren?"

„Nein, ich habe zur Genüge!" lachte ich. „Laßt Euch ganz aufrichtig sagen, daß ich noch niemals einen so geistesgegenwärtigen Schüler gehabt haben!"

„Ist das ein Wunder? Geistegegenwart ist ja die erste Erfordernis bei einem tüchtigen Seemann, und Master Frick Turnerstick ist nicht ein Kapitän, der sich unter die schlechten rechnen läßt. Aber jetzt müßt Ihr micht entschuldigen; ich habe keine Lootsen und muß mich deshalb selbst um das Einlaufen bekümmern."

Wir gingen in Parade vor Anker, und die üblichen Salutschüsse wurden gewechselt. Kong-ni stand dabei neben mir. So bekannt er mir geworden war, in einer Beziehung war er mir doch ein Rätsel geblieben: ich hatte nie erfahren könne, welchem Gewerbe oder Beruf er angehöre und in welchem familiären Verhältnissen er sich befinde. Zwar hätte ich sehr leicht eine direke Frage aussprechen können, da er aber meine Andeutung nicht verstehen wollte, so hatte ich dies unterlassen.

Der junge Mann hatte nicht jenes nichtsagende und nur schlau blickende Gesicht, welches bei den Chinesen stereotyp zu sein scheint; er besaß vielmehr recht intelligente Züge, und die eingehenden Unterhaltungen, welche wir gepflogen hatten, waren mir oft Beweisführer geworden, daß er eine unter seinen Landsleuten nicht gewöhnliche Bildung besaß.

„Wie lange wirst du in Hong-Kong bleiben?" fragte er mich.

„Das ist noch unbestimmt."

„Willst du bloß nach Kuang-tscheu-fu gehen?"

„Nein. Ich werde weiter gehen."

„Das werden dir die Kuang-fu*) nicht erlauben."

„So werde ich selbst es mir erlauben."

„Ich habe dich „Kuang-si-ta-sse" genannt und weiß, daß du klug und mutig bist; aber du wirst dennoch nicht weiter als bis Kuang-tscheu-fu kommen. Ihr nennt diese Stadt Canton und dürft sie besuchen; aber wer von euch hat sie schon einmal richtig gesehen? Es ist euch nur erlaubt, die Straßen zu betreten, die nicht zur chinesischen Stadt gehören. Wie willst du noch weiter kommen, wenn du kein Chinese bist?"

„So werde ich einer!"

„Das ist schwer. Du hast mir das Leben gerettet, und ich möchte dir gern dankbar sein. Erlaube mir, dir einen Rat zu geben!"

„Sprich!"

„Willst du der Sohn eines Fu-yuen**) werden?

Ich erstaunte bei dieser Frage, welche grad ebenso klang, als wenn mir daheim ein einfacher Bürger angeboten hätte, der Adoptivsohn des Königs von Bayern oder Sachsen zu werden. Kong-ni konnte nicht wagen, eine Scherz mit mir zu treiben, und ich besaß ja kaum irgendwo eine nähere Kenntnis des rätselhaften Landes, welches zu betreten ich im Begriff stand. Deshalb fragte ich einfach:

„Ist das möglich?"

„Ich mache es möglich, dir zuliebe."

„Diese Antwort wurde in einem Ton gegeben, der wie die vollständige Überzeugung klang. Ein Fu-juen ist der erste Beamte des Tsung-tu, den wir in Europa Vizekönig zu nenne pflegen, und hat die ganze Zivilverwaltung einer Provinz in der Hand. Wer war dieser Kong-ni, daß er mir einen solchen Vorschlag machen konnte? Ich hatte hier mit unbekannten Verhältnissen zu rechnen und mußte mich also so passiv wie möglich verhalten.

„Ich habe bereits einen Vater," antwortete ich.

* Kuang-fu sind diejenigen Beamten, welche wir gewöhnlich Mandarine nennen. Dieses letztere Wort kennen die Chinesen gar nicht; es wird nur von den Europäern gebraucht und darf villeicht von dem portugiesischen mandar. d. i. befehlen, hergeleitet werden.

** Unterstatthalter.

„Dein Vater ist nicht hier. Du bist kein Diener des Jo und auch nicht des Buddha, sondern ein Tien-tschu-kiao*). Verbietet dir dein Glaube, hier eine zweiten Vater zu haben, so lange du in Tai-tsing-kun**) bist?"

„Nein."

„So tue, was ich dir vorschlage, denn dann wirst du ein Tschindse, ein Chinese, und kannst gehen und reisen, wohin es dir gefällt!"

Das Anerbieten, welches er mir machte, konnte nicht vorteilhafter sein. Wie mancher, der sein Leben an die Erforschung Chinas gewagt hatte, wäre glücklich gewesen, einen solchen Vorschlag hören zu dürfen; aber er war mir unbegreiflich, ich möchte sogar sagen, ungeheuerlich, so daß ich beinahem Lust hatte, ihn zurückzuweisen. Dennoch meinte ich nach einigem Überlegen:

„Wird ein Diener des Jo oder Buddha einen Kiao-ju***) zum Sohne nehmen?

„Ja. Warum sollte er nicht können oder nicht wollen? Euer Gott sagt: „ich bin nur der Eurige," unser Tien-wen aber lehrt uns, daß es einen Vater gibt, und wir alle sind seine Kinder. Es gibt drei große Religonen; die unsrige, die eurige und diejenige der Hoei-hoeï†). Sie haben Li-pai-see††) und sagen: „unsere Religion ist die beste"; ihr habt Ting-sin-lo†††) und sagt: „unser Gott ist der einzige," und wir haben Pagoden und Tempel und sagen: San-kiao-y-kiao, die drei Religionen sind nur eine. Warum solltest du also nicht der Sohn eines Mannes werden, der deinen Glauben ebenso sehr schätzt, wie du den seinigen?"

Es hätte keine Zweck gehabt, mich in diesem Augenblick mit ihm in eine religiösen Disput einzulassen. Seine Worte klangen außerordentlich tolerant und bestechlich, aber sie zeigten mir das Haupthindernis, welches in China der christlichen Mission entgegengebracht wird — die Gleichgültigkeit. Den Worten (San-kiao-y-kiao) begegnet man allüberall im großen Reich der Mitte, aber

* Wörtlich: „Religion des Himmelsherrn"; so wird von den Chinesen die christliche Religion und so wird von ihnen auch jeder einzelne Christ genannt.

** Wörtlich: „Reich der sehr reinen Herrscherfamilie" — China.

*** Wörtlich: „Freund der Religion"; so nennen die chinesischen Christen sich selbst.

† „Muskelmänner." Im engen Sinne bezeichnet dieser Ausdruck die Bewohner von Kaschgar.

†† So werden die Moscheen genannt.

††† Wörtlich: „Stadt der ehrerbietigen Glaubens", wie der Chinese unsere Kirchen bezeichnet.

dieser Ausspruch: „die drei Religionen sind nur eine," ist nicht etwa das Ergebnis eines eingehenden Studium oder einer sorgfältigen Vergleichung der betreffenden Dogmen, sondern das Produkt einer religiösen Gleichgültigkeit, wie man sie kaum sonst irgendwo zu finden vermag. Die christliche Propaganda hat ihren Weg rund um die Erde beinahe vollendet; das islamische „Allah il allah, Muhammed rahsul allah" wurde den Horden wilder asiatischer Eroberer vorangetragen; das berühmte „Omm, mani padme hum!" aber kennt nicht die Aufgabe unseres gewaltigen „Gehet hin in alle Welt!" Nicht aus Rücksicht der Religion, sondern aus politischen Gründen wurde China den andern Nationen verschlossen; die Religion läßt den Chinesen vollständig kalt, und wenn man ihm einen noch so langen Vortrag über Herrlichkeit der christlichen Lehre hält, so hört er geduldig und scheinbar höchst aufmerksam zu, wie es ja die bekannte chinesische Höflichkeit erfordert, und meint dann sehr freundlich: „Das ist gut, das ist schön, und ich lobe dich, daß du das alles glaubst; warum sollte ich mich also mit dir streiten? Deine Religion ist gut, die Religion der Hoei-hoei ist gut, und die meinige ist auch gut; San-kiao-y-kiao, die drei Religionen sind ja eine, und wir alle sind Brüder!" Nach diesen Worten würde es eine große Verletzung des Anstandes sein, wenn man den Gegenstand noch einmal aufnehmen wollte, und tut man es dennoch, so lächelt er überlegen und entgegnet: „Du hast wohl noch nie das Li-king gelesen, daß Buch der Anweisung zum Benehmen für alle Klassen, an allen Orten und bei allen Gelegenheiten und in allen Erfahrungen des Lebens? „Komm zu mir, und hole es dir! Ober soll ich es dir lieber schicken?"

Diese Passivität ist schwerer zu besiegen, als selbst ein aktiver Widerstand, wie jeder erfahrene chinesische Missionär bestätigen wird. Ich war nicht als ein solcher nach Hong-Kong gekommen und daher durfte ich mir wohl erlauben, von einem religiösen Streit mit Kong-ni abzusehen. Ich antwortete deshalb:

„Und dieser Vater ist ein Fu-yuen?"

„Ein Fu-yuen," nickte er.

„Also einer der höchsten Beamten des Landes!"

„Er ist ein Kuang-su (Mandarin) mit dem roten Knopf. Er ist sehr möchtig, aber bereits sehr alt. Der Hoang-schan*) hat ihm die Erlaubnis gegeben, zwei Pfauenfedern zu tragen und von seinem Amt auszuruhen."

* „Erhabene Hoheit" — der Kaiser.

Also ein pensionierter Beamter! Einflußreich aber mußte er sein, da er ein Mandarin des ersten Ranges war und zwei Pfauenfedern tragen durfte, während nur die vonehmsten Ko-lao*) deren drei die Ta-hia-su**) deren gewöhnlich aber nur eine tragen dürfen.

„Hat er keinen Sohne?" erkundigte ich mich weiter.

„Er hat einen."

„Aber darf er denn nach eurem Gesetz einen zweiten nehmen?"

„Das Gesetz erlaubt es nicht, aber der Kaiser erlaubt es."

„Ist dieser Sohn bei ihm?"

„Nein; er ist bei dir."

Ich blickte überrascht auf.

„So sprichst du von d e i n e m Vater und bist der Sohn eines Unterstatthalters?"

„Ja. Willst du mein Bruder werden?"

Das war nun allerdings beinahe abenteuerlich. Wollte er mich durch dieses Angebot dafür belohnen, daß ich ihm das Leben gerettet habe? Ich war nicht gewillt, einen solchen Vorteil zurückzuweisen.

„Ja," antwortete ich daher.

„Du sprichts unsere Sprache. Kannst du sie auch schreiben?"

„Nur die Siang-hing***), und das ist wenig genung."

„So wirst du mir diktieren, und ich werde schreiben."

„Was?"

„Du wirst eine Schrift verfassen, welche wir dem Ly-pu†) einsenden. Der Sohn eines Fu-yuen muß ein Gelehrter sein, um Ran, Phy, Hèu oder Kung****) werden zu können."

Das war frappant! Faßt kam es mir vor, als ob dieser Chinese Komödie mit mir spiele. Ein deutscher „Wettläufer" sollte sich in China um einen akademischen Grad bewerben! Ich ging auf den Spaß sofort ein:

„Was soll ich werden? Ein Sieu-tsai, ein Keu-jin oder vielleicht gar ein Tsin-sse?"

„Du bist sehr weise und kannst ein Tsin-sse werden. Um das gleich zu können, wirst du drei Schriften verfassen, für jeden

* Erste Klasse des Dienstadels, aus welcher allein die Minister gewählt werden.

** Zweite Klasse des Dienstadels, aus welcher die Vizekönige, Präsidenten: c. ernannt werden.

*** „Rohe Bilder", aus denen die Schriftsprache zusammengesetzt wird.

**** Diese fünf Worte könnte man mit Ritter, Baron, Graf, Marquis und Herzog übersetzen.

† „Kollegium der Prüfungen und Zeremonien."

Grad eine. Diese werden dem Ly-pu übergeben, und du kannst dann gleich durch eine einzige Prüfung den höchsten Rang erwerben."

„Ich werde es tun. Wann kannst du schreiben?"

„Wann es dir gefällt."

„So werden wir sofort das Schiff verlassen, um Papier, Tusche und Pinsel zu bekomen."

„Willst du mir eine Bitte erfüllen?"

„Welche?"

„Laß mich allein aussteigen; ich werde dir schnell bringen, was du brauchst!"

„Ist mir auch recht," lächelte ich, denn ich bekam den guten Kong-ni in Verdacht, daß er mir so fulminante Anträge gemacht habe, um mir mit seinem Dank nur auf gute Weise durchbrennen zu können. „Wie heitß dein Vater?"

„Phy-ming-tsu."

Also nach unsern europäischen Begriffen ungefähr ein Graf!

„Wo wohnt er?"

„Das wirst du bald erfahren!"

„Ich wollte mich weite erkundigen, wurde aber von meinem alten Frick Turnerstick durch eine Ruf unterbrochen, der so eigentümlich war, daß ich mich sofort umwandte.

Wir waren während meines Gespräches mit Kong-ni zwischen einem Engländer und einem Holländer vor Anker gegangen und wurden von zahlreichen Booten umschwärmt, deren Insassen der Bemannungn unseres Schiffes alles mögliche zum Verkaufe anbieten wollten. Ein Fruchthändler hatte sich bereits an das hinabgeworfene Tau gelgt, und er war es, dem der possierliche Zuruf des Kapitäns galt:

„Guteng Taging! Was hasteng dung zung verkaufang?"

Der Chinese hatte ihn natürlich nicht verstanden, ahnte aber, was er meinte.

„Li-chy, Li-chy!" rief er herauf, indem er seinen Fächer als Schallrecher an den Mund hielt. „Li-chy"*), Li-chy! Si-kua**), Si-kua!"

Der Kapitän winkte mir.

„Charley, kommt doch einmal her! Was brüllt denn eigentlich der Kerl herauf? Was ist Li-chy?"

„Er meint die Nüsse, wleche im Boote liegen. Sie sind sehr gut und schmecken fast wie Melonen."

* Eine Art Nüsse mit sehr dünner Schale.

** Wassermelonen.

„Und diese Si-kua?"
„Wassermelonen."
„Alle Wetter, kann er das nicht gleich sagen!"
„Wir werding kaufang! Kommung zumong Fellreeping heraufeng!"
Er gab Befehl, das Fallreep niederzulassen, und der Chinese brachte an einem über die Achsel gelegten Bambusstabe eine ziemliche Menge feiner in Matten gewickelten Früchte herauf.
„Seht, Charley, der mann hat mich verstanden!
Freilich, es ist etwas außerordentlich Erhebendes, zu wissen, daß man die Sprache fremder Nationen spricht. Das habe ich Euch zu verdanken, Charley, Euch und meinem ungemeinen Talent für fremde Sprachen, an dem ich bisher unbegreiflicherweise so sehr gezweifelt habe. Ich werde dem Kerl den ganzen Kram abkaufen"
Der Hänlder hatte seine Matten ausgebreitet. Turnerstick trat zu ihm, zeigte auf die Li-chy und klopfte ihm sehr herabfallend auf die Achsel.
„Was kosteng die Nüssang.?"
Der Gefragte hob, da er die Pantomime wohl verstanden hatte, eine Handvoll der Li-chy empor und antwortete:
„Y tsien!"
„Seht Ihr's, Charley, daß er mich schon wieder verstanden hat? Aber er scheint das Chinesische schwerer zu sprechen, als er es versteht! Was meint er mit seinem Y tsien?"
„Das heißt: ein Tsien."
„Was ist ein Tsien?"
„Die kleine Münze, welche Ihr hier an seinem Hals an die Schnur gefädelt seht. In Europa nennt man sie Sapeke, der Mongole sagt Dehos und die englisch sprechenden Völker heißen sie Cash. Sie unterliegt einem nicht ganz unbedeutenden Kurs, und es gehen zweihundertfünfzig bis dreihundert auf eine deutsche Mark."
„So bekomme ich also eine Handvoll Nüsse für einen Drittelpfennig?"
„Allerdings. Es ist hier alles ungeheuer billig."
„Well; so werde ich weiter fragen!"
„Tut es, Sir!" antwortete ich in lustiger Neugierde auf sein weiteres Chinesisch.
Er zeigte auf die Melonen.
„Der Preising von disong Meloneng?"
Der Chinese hob zwei der schönsten hervor.
„San tsien!"

„San tsien?“ meinte Turnerstick. „Der Kerl spricht ein schauderhaftes Chinesisch. Was meint er, Charley?“

„Drei Sapeken.“

„Zwei solche riesigen Melonen für drei Sapeken, also für einen Pfennig? Der Mensch muß seine Ware gestohlen haben! Ich werde alles behalten!“

Er macht eine Armbewegung um den ganze Vorrat herum

„Ich bahaltong die ganzung Nussang und Meloneng!“

Der Händler zählte ab und schob alles zusammen.

„Was habing zu bezahleng?“

„Y tschung!“

„Was meint der, Charley?“

„Einen Tschun oder Tsian; das sind hundert Sapeken, also höchstens dreißig bis fünfunddreißig Pfennige. Ich weiß noch nicht, wie der Kurs heute ist.“

„Für einen solchen haufen Früchte? Warte, er hat noch welche im Boot; ich nehme sie alle, weil dieser Mann mich so prächtig versteht!“

Er zeigte hinunter auf das Boot.

„Heraufing mit dem ganzen Kramong. Ich werdeng ihn kaufing!“

Der Chinese machte ein höchst vergnügtes Gesicht und holte alles herbei.

„Nun, was kosting das alles zusammong?“

„Sde Tschun!“

„Schauderhaftes Chinesisch! Was meint er, Charely?“

„Vier Tschun oder vierhundert Sapeken.“

„Schrecklich billig! Aber wo nehme ich Sapeken her?“

„Ich habe auch keine. Gebt ihm englisches oder amerikanisches Kleingeld; er wird es schon kennen.“

Er gab einen ganzen Dollar hin und bekam beinahe die ganze Sapekenschnur, welche der Chinese um den Hals angen hatte, als Rückgeld ausgezahlt. Diese Tsien sind die einzige in China kursierende Münze; Gold und Silber gelten nur als Ware und werden in Barrenform nach dem Gewicht als Zahlung genommen. Die Sapekten sind von Kupfer und rund; sie haben in der Mitte ein viereckiges Loch, damit man sie auf Schnüren reihen kann. Für fünf Dollars Sapeken zu tragen, ist schon eine Last, zu der man Kräfte besitzen muß.

Jetzt kamen auch Mietgondeln herbei, und Kong-ni machte sich bereits, in eine derselben zu steigen. Er war natürlich von allen Mitteln entblößt, und ich bot ihm meine Hilfe an.

„Du bist gut; aber ich brauche nichts," war seine Antwort.

Er stieg nun in die Gondel und fuhr davon. Ich erwartete nicht, ihn jemals wiederzusehen, und wandte mich beobachtend dem Leben zu, welches infolge der Ankunft der Hafenbeamten und anderer Leute auf unserm Verdeck sich entwickelte. Da wurde ich einen Kahn gewahr, welcher, von zwei Ruderern getrieben, sich uns näherte. In demselben saß ein Mandarin fünfter Klasse mit dem kristallenen Knopf. Der Kahn legte an, und der Mandarin kam an Bord; es war — Kong-ni.

Ich erstaunte, weniger über die Umwandlung, welche in so kurzer Zeit mit ihm vorgegangen war, als vielmehr über den Umsand, daß er die Abzeichen eines Kuang-su trug, ohne das dazu nötige gesetzlihce Alter erreicht zu haben. Er kam auf mich zu und begrüßte mich lächelnd.

„Jetzt wirst du wissen, wer Kong-ni ißt. Hast du Zeit, mir zu diktieren?"

„Ja. Komm herab in die Kajüte!"

Er folgte mir und zog unten aus den weiten Ärmeln seines Kaftans die erforderlichen Schreibutensilien. Dann setzte er sich und fragte:

„Worüber willst du schreiben, um ein Sieu-tseu zu werden?

Ich besann mich ein wenig und wählte ein geographisches Thema, weil ich durch dasselbe mein „blühendes Talent", wie ja Sieu-tseu zu deutsch lautet, am besten in das Licht zu stellen hoffte.

„Ich wähle den Titel, ‚Rian-yan-kui-dse'*). Bist du einverstanden?"

„Ja, denn das ist ein Stoff, der dich sehr berühmt machen wird."

Die Arbeit begann. Ich diktierte, und er schrieb. Trotz der Schwierigkeiten der chinesischen Schriftzeichen ging es ihm so schnell von der Hand, als ob er stenographiere. Natürlich langten meine Stprachkenntnisse bei weitem nicht zu; er mußte daher gehörig nachhelfen, und nach zwei Stunden hatte ich meine kurze Abhandlung zum Abschluß gebracht. Den beiden foldenden Arbeiten gab ich den Titel „Pen-tsao-y-jin"**) und „Hio thianti"***). Sie waren beendet, noch ehe der Abend hereinbrach, und sogar der brave Kong-ni staunte über die „außerordentlich unbeschreiblichen Kenntnisse", die ich nach seiner Meinung in ihnen niedergelegt hatte. Ich aber will offen und ehrlich gestehen, daß

* „Geschichte der Teufel aus den westlichen Meeren" (Engländer).
** „Naturgeschichte der Fremdlinge" — so nennen die Chinesen alle andern Wölker.
*** „Studium des Himmels und der Erde."

ich mich bemüht hatte, mir die ungereimtesten Dinge zu ersinnen und sie in ein Gewand zu kleiden, welches gar nicht bombastischer gedacht werden konnte. Ein Europäer hätte ganz sicher schon beim zwanzigsten Wort erkannt, daß es sich entweder hier um eine ungeheure Aufschneiderei handele oder daß der Autor zu den unheilbar Wahnsinnigen gehöre.

Wir waren eben damit beschäftigt, die Blätter, welche nach chinesischer Weise nur auf einer Seite beschrieben waren, zusammenzulegen, als der Kapitän eintrat.

„Charley, Ihr habt mich gebeten, Euch nicht zu stören, aber ich muß dennoch kommen, denn der Kerl macht es mir zu heiß."

„Welcher Kerl?"

„Da legt vor einer Stunde ein Kahn mit verschiedenen Paketen bei uns an, und ein Mensch steigt an Deck, der mir wahrhaftig ganz heiß gemacht hat. Sein Chinesisch ist noch viel schlechter, als es da oben bei den Finnen und Lappen gesprochen würde, und ich bringe nichts weiter heraus, als ‚krank pfui' und ‚komm ja!' Jedenfalls ist einer krank, der den schönen Namen Pfui hat, und man denkt, daß ich einen Arzt an Bort habe, der ja kommen soll."

„Werde einmal sehen!"

Ich vermutete wieder einen sprachlichen Geniestreich des Master Frick Turnerstick und hatte mich auch nicht geirrt. Als wir an Deck kamen, lauerte der Mann an der Kajütentreppe auf uns.

„Paßt einmal auf", meinte der Kapitän. „Ich werde ihn noch einmal ganz langsam und deutlich fragen, und Ihr werdet nichts als sein ‚Krank pfui' und ‚Komm ja' zu hören bekommen."

Er hob mit bedächtiger Miene den Zeigefinger der rechten Hand empor, wie man es zu tun pflegte, wenn man jemand pantomimisch zur Aufmerksamkeit ermuntern will, und fragte:

„Was willingst du auf meineng Schiffang?"

„Kuang-fu", antwortete der Gefragte:

„Krank pfui! Da habt Ihr es, Charley!"

Er deutet hinunter nach dem Boote und fragte:

„Wohing willst du fahreng?"

„Kom-tscha!"

„Kommm ja! Habe ich recht oder nicht, Charely?"

Ich bemühte mich, ein ernsthaftes Lächeln zu behalten.

„Der Mann spricht allerdings ein Chinesisch, wie es Euch noch nicht vorgekommen sein mag; aber ich werde mich bemühen, seine Sprache verständlicher zu machen. Kuang-fu heißt Mandarin; er meint damit jedenfalls unsern Kong-ni, der gleich aus der Kajüte kommen wird."

„Ach so! Und dises ‚Komm ja'?"

„Der Mann sollte Kom-tscha sagen. Kom-tscha hat eine vielfältige Bedeutung. Es heißt erstens so viel wie Frei-Tee, grad in dem Sinne, wie es bei uns Freikonzerts, Frei-Bier und dergleichen giebt; sodann heißt es soviel wie Tribut, wie Reukauf, wie Angeld oder Draufgeld, wie Schwanzgeld beim Viehhandel und endlich auch soviel wie das arabische Bakschisch, also Geschenk, Trinkgeld."

„Fertig? Das ist ja ein Wort, welches einen geradezu zur Verzweiflung bringen kann, denn da möchte man einen Kopf haben wie ein Fregattenrumpf, um sich das alles merken zu können! Aber wie kommt er denn da zu uns? Ich habe ihm weder ein Freikonzert, noch einen Reukauf, noch einen arabischen Bakschisch abverlangt."

„Kong-ni wird uns die Sache erklären können. Da kommt er."

Der Genannte trat eben aus der Kajüte; er erblickte den Bootsführer und gab ihm eine Wink, worauf dieser in den Kahn stieg und die Pakete heraufbrachte.

„Kuang-si-ta-see", wandte sich der jugendlichen Mandarin zunächst zu mir, „du hast mir das Leben gerettet und mir den Arm so weit geheilt, daß ich heute bereits wieder schreiben konnte. Dafür bin ich die Dank schulidg. Tue mir den Gefallen und nimm diesen Kom-tscha*) von mir an!"

„Tu-re-ne-si-ki, du hast mich auf dein Schiff genommen und hierher gebracht, hast mir Speise und Trank gegeben, ohne mich zu fragen, ob ich dich bezahlen kann. Du bist edelmütig, und ich bin dankbar. Nimm diesen Kom-tscha für das, was du an mir getan hast!"

„Gut! Eine Liebe ist der andern wert, und ich will dich nicht beleidigen", antwortete Turnerstick; „ich werde also das Freibier und den Reukauf annehmen. Aber tu mir den Gefallen und nenne mich doch ordentlich Frick Trunerstick und nicht Tu-ru-nu-ku-su-mu-lu, oder wie das Ding geklungen hat. Und willst du mir mit Gewalt einen fremden Namen aufzwingen, so sprich wenigstens chinesisch; da heißte ich Turningsticking. Verstanden, alter Chinesisch-verderber?"

Diese Ermahnung wa so ernstlich gemeint, daß ich die größte Mühe hatte, ein lautes Lachen zu unterdrücken. Der gute Master Turnerstick hatte vom Leichtmatrosen auf gedient, verstand sein Fach aus dem Fundament und hatte sich niemals Mühe gegeben,

* Hier soviel wie Geschenk.

sein Wissen über das Seewesen hinaus zu erweitern. Andernfalls wäre es ja vollständig unbegreiflich gewesen, einen Seekapitän, und wenn derselbe auch nur eine einfachen Kauffahrer befehligte, sich in einen so wahrhaft chinesischen Irrtum hineinarbeiten zu sehen. Mir allerdings gab seine edle sprachliche Selbterkenntnis so viel Spaß, daß ich mir keine Mühe nahm, dieser Unerschrokkenheit ein Ende zu machen.

Es wäre in hoher Grad von Unhöflichkeit gewesen, wenn wir die Geschenke abgelehnt hätten; darum nahm auch ich die meinigen an und bedankte ich bei Kong-ni. Dieser griff unter seine Kleidung und brachte eine seidene Schnur hervor, an welcher ein kleiner Gegenstand hing, den ich für ein Medaillon hielt.

„Ich werde jetzt diese Schiff verlassen; aber ich kehre zurück, um dich abzuholen," sagte er zu mir. „Wist du bis dahin hierbleiben?"

„Wann wirst du kommen?"

„In sechs Tagen."

„Diese ganze Zeit kann ich nicht an Bord verweilen. Ich werde flußaufwärts gehen und mir Canton ansehen."

„Gehst du allein?"

„Nein; der Kapitän wird mich begleiten."

„So befolge den Rat, welchen ich dir gebe: Wenn du deine jetzige Kleidung behältst, so besuche nur die jenigen Orte, welche die D-jin*) betreten dürfen."

„Läuft man Gefahr, wenn man weiter geht?"

„Ja; denn die Polizei hat jeden Fremdling zu fassen und vor das Gericht zu bringen."

„So werde ich mir chinesische Kleider kaufen."

„Tue das," antwortete er lächelnd; „dann kannst du gehen, wohin du willst; denn du sprichts die Sprache der Sse-hai-dse**) und niemand wird dich für eine Fremden halten, wenn du einen Pen-tse***) trägst."

„Sind Pen-tses zu bekommen?"

„So viele, wie du brauchst, und so lang du sie haben willst," antwortete er mit demselben Lächeln. „Aber hüte dich vor den Lung-yin****) und vor den Kuang-ti-miao*****), sie sind dem Fremden gefährlich.

* „Fremdlinge, Barbaren".

** Sse-hai = „Vier Meere" nennen die Chinesen ihr Land und sich selbst Sse-hai-dse d. i. „Söhne der Vier Meere."

*** Zopf.

**** „Drachenmänner; so werden die Flußpiraten genannt.

***** Tempel des Kriegsgottes.

„Vor den Lung-yin werde ich mich in acht nehmen, aber warum auch vor den Kuang-ti-miao?“

„Das wirst du noch erfahren. Kommst du aber in Gefahr, bevor ich wiederkehre, so nimm hier diesen Talisman, den du um den Hals zu tragen hast. Zeige ihn den Lung-yin, und sie werden dich als Freund behandeln.“

Er gab mir die Kette. Es war eine wahrhaft bewundernswerte chinesische Schnitzarbeit. Jedes einzelen Glieb derselben bestand aus einem Apfelkern, welcher mit mikroskopischer Genauigkeit zu einem Kahn ausgeschnitzt war, in welchem ein Mann mit zwei Rudern saß. Das Medaillon war ein Aprikosenkern; er bildete eine Kriegs- oder Mandarinendschunke mit Baldachin, acht Ruderern und dem Befehlshaber, welcher in der Mitte des Fahrzeuges saß und in der Rechten einen offenen Sonnenschirm und in der Linken den unvermeidlichen Fächer trug. Das war eine jener unvergleichlichen chinesischen Arbeiten, welche uns die Minutiosität, den Fleiß und die ungeheuere Ausdauer ihrer Verfertiger lebhaft bewundern lassen und dennoch einen wahrhaft lächerlich niedrigen Preis besitzen. Die Kette, welche ich in meiner hand hielt, kostete hierzulande wohl kaum zwei Dollars, während sie in meiner Heimat von dem Liebhaber gern mit mehreren hundert Mark bezahlt worden wäre.

Und diese Kette sollte ein Talisman gegen die Drachenmänner sein? Das klang ja gerade so, als ob Kong-ni mit diesen fürchterlichen Leuten in irgend einer freundlichen Beziehung stehe! Ich nahm das Geschenk und fragte:

„Wo werden wir uns treffen, wenn du zurückkehrst?“

„Bis du hier auf dem Schiff?“„Ja; ich werde mich danach einzurichten wissen.“

„So hole ich dich von hier ab. Deine gelehrten Arbeiten werde ich im Kao-pan*) nierdlegen.

„Ich denke, du schickst sie dem Ly-pu ein?“

„Weiß du nicht,daß die Prüfung im Kao-pan stattfinden? Die Ausarbeitungen werden dann mit dem Bericht an das Ly-pu nach Peking gesandt und kommen zurück, um im Wen-tschang-kun**) niedergelegt zu werden.“

„Ich habe gehört, daß die Prüfungen im Kao-pan mündlich vorgenommen werden.“

Er lächelte überlegen.

* „Schauplatz der Prüfungen“, eine Art Universitätsgebäude.
** „Palast der wissenschaftlichen Ausarbeitungen.“

„Geht der Wind, wie er soll? Mein Vater ist Vorsteher der Provinzialbehörde für Staatsprüfungen; er wird tun, was gut und vorteilhaft für dich ist. Lebe wohl, bis ich wiederkehre!"

„Tsing leao!" antwortete ich, ihm die Hand reichend.

Auf Frick Turnerstick gab ihm die Rechte:

„Lebing wohl, alter Jungang, und wenn dung wiederkommst, so bis dung uns willkommang!"

Das Boot, welches den jungen Mandarin von dannen trug, verschwand bald im Gewimmel der anderen Fahrzeuge und wir machten uns nun daran, unsere Pakete zu öffnen. Sie enthielten allerlei Lack- und solche Waren, welcher der Chinese Ku-tung*) nennt und die sowohl in China selbst als auch im Ausland sehr teuer bezahlt werden. Für mich war außerem ein vollständiger Anzug beigelet, bei dessen Besichtigung ich mit Erstaunen bemerkte, daß es eine Mandarinenkleidung sei, an welcher nur der Hut mit dem Knopf fehlte. Und dabei lag ein künstlicher Zopf, welche so lang war, daß er mir beinahe vom Kopf bis nieder zu zur Ferse reichte. Jetzt verstand ich das zweideutige Lächeln, welches ich im Gesicht Kong-nis bemerkt hatte, als ich davon sprach, daß ich mir eine chinesische Kleidung nebst Zopf kaufen werde.

Als Turnerstick dieses Symbol der Mitte erblickte, lachte er, daß ihm die Tränen über die Wangen liefen.

„Gratuliere, Charley, gratuliere! Von dieser Länge hat ihn nicht einmal ein preußischer Grenadier gehabt. Aber sagt einmal, wollt Ihr diesen famosen Schwanz wirklich ins Schlepptau nehmen?"

„Natürlich! Wenn ich als Chinese gelten will, muß ich mich auch als solcher kleiden. Nicht?"

„Well! Aber wenn ich mit Euch laufe, werde ich am Ende auch so ein Ding haben müssen!"

„Natürlich! Als Kong-ni seine Einkäufe machte,hat er nicht gewußt, daß Ihr Euch mir anschließen werdet, sonst hätte er wohl in derselben Weise auch für Euch gesorgt. Unseren ersten Ausflug aber machen wir in unserer gewöhnlichen Kleidung."

„Einverstanden! Paßt es Euch vielleicht gleich morgen früh?"

„Ist mir recht. Wir werden also heute abend nicht vom Schiff gehen, um beizeiten munter zu sein."

„Nemen wir unsere Büchsen mit?"

„Wozu?"

„Gibt er hier keine Jagd?"

* Wörtlich „Altes Gefäß" = Altertümer.

„Nein, im besten Fall können wir einige Enten schießen, wenn wir weit in das Land gehen. Zunächst aber möchte ich mir Canton ansehen. Geraten allerdings ist es, ein Messer und einen Revolver mitzunehmen, da man in einem fremden Land nie wiessen kann, was einem begegnet.

„Well; ich werde mich bewaffnen, obgleich ich denke, daß es keine Gefahr geben wird, da wir ja beide der Sprache vollständig mächtig sind.

„Scheint mir auch so, obgleich es mich befremdet, daß diese Bewohner von Hong-Kong ein Chinesisch sprechen, welches man bei aller Mühe und Aufmerksamkeit kaum verstehen kann."

„Wird wohl stomaufwärts besser werden!"

Als ich mich schlafen legte, verscheuchten mir die fleißigen Gedankenk lange Zeit die Ruhe. Die Geschenke Kong-nis schienen zu beweisne, daß es ihm mit allem, war er mir gesagt und versprochen hatte, wirklicher Ernst gewesen sei. Auf den ersten Augenblick schien die Bewerbung um einen akademischen Grad ein fast mehr als bizarres Unternehmen zu sein, schien aber bei näherer Prüfung einen etwas andern Augenschein zu bekommen.

Der chinesische Kaiser regiert dem Namen nach vollständig despotisch, doch findet seine Gewalt das stärkste Gegengewicht in der ‚Körperschaft der Gelehrten'. Diese Körperschaft ist eine Oligarchi, von welcher die gesamte Staatsverwaltung alle wirklichen und unmittelbaren Einflüsse empfängt. Der Kaister ist gezwungen, alle seine Beamten aus dem Gelehrtenstand zu nehmen, und muß sich dabei an diejenigen Klassen und Grade binden, welche infolge der Prüfungen vorhanden sind. Die Körperschaft der Gelehrten ist im elften Jahrhundert vor der christlichen Zeitrechnung, also in den letzten Regierungsjahren der Schangs gegründet worden, doch das jetzt übliche System der Prüfungen, welche jeder bestehen muß, der in den Staatsdienstn treten will, datiert aus dem achten Jahrhundert nach Christus, also von der zeit der Dynastie Tang her. Jeder Chinese, der ein Zeugnis des Wohlverhaltens aufweisen kann, hat das Recht, nach Zurücklegung des gesetzlichen Alters sich zu diesen Prüfungen zu melden. Diese letzteren zeichneten sich früher duch Ernst und Würde aus und waren bekannt wegen der Unparteilichkeit, mit welcher sie vorgenommen wurden. Jetzt aber ist dies anders — sie sind ausgeartet. Die Korruption hat in China nichts verschont und auch die Examina, die Examinatoren und — die Kandidaten ergriffen. Die Gesetze und Vorschriften sind allerdings sehr streng, und jede Willkur soll unmöglich gemacht werden, damit es sich herausstelle, was der zu Prüfende wirklich gelernt hat; aber das Geld ist mächtiger als alle Verbote und Vorkehrungen. Dem Reichen ist es sehr leicht möglich, bei den mündlichen Prüfungen die Themata im voraus zu erfahren, und, was das allerschlimmste ist, die Stimmen der Examinatoren sind dem Meistbietenden feil. Und noch weiter: ist es dem Reichen ja nicht möglich, sein Thema vor dem Examen zu erfahrn, so mietet er sich irendeinen armen Gelehrten, der dann seinen Namen annimmt, an seiner Statt das Examen macht und sich für ihn das Zeugnis ausstellen läßt. Und dies geschieht so offen, daß die Chinesen für eine auf solche Weise Graduierten die Bezeichnung ‚Baccalaureus, der hinter dem Reiter sitzt', erfunden haben. Sogar Abwesende können das Examen, welches in diesem Fall ein schriftiches ist, bestehen, wenn sie gehöriges Geld oder nachhaltige Protektion besitzen; sie schicken eine Dissertation ein, deren Thema sie sogar selbst wählen dürfen.

Vielleicht hatte Kong-ni seine Würde auch in dieser letzteren Weise erlangt, und warum sollte ganz dasselbe nicht auch mir möglich sein?

Außer den obigen Betrachtungen drängte sich mir seine Warnung auf. Daß ich mich vor den Flußpiraten hüten sollte, konnte ich sehr leicht begreifen; warum aber auch vor den Kuang-ti-miao, vor den Thempeln des Kriegsgottes? Er hatte mir auf diese Frage nur geantwortet: „Das wirst du erfahren".

Dieser Kuang-ti ist, sozusagen, der chinesische Mars. Er stammt aus der Provinz Sse-tschuen, deren Bewohner auf diese Landsmannschaft außerordentlich stolz sind, und lebte im dritten Jahrhundert unserer Zeitrechnung. Er war einausgezeichneter Krieger, erfocht zahlreiche Siege und machte seinen Namen so berühmt, daß derselbe noch heute im ganzen Reich eine außerordentliche Popularität besitzt. Die Chinesen erzählen von ihm viele Sagen; sie behaupten, er sei gar nicht gestorben, sondern zum Himmel gefahren und dort unter die Götter versetzt worden. Nun sei er Gott des Krieges.

Die Mandschu-Dynastie hat ihn bei ihrer Thronbesteigung in feierlicher Weise zum Gott erklärt und zum Schutzgeiste ihres Herrscherstammes erhoben. Die Regierung ließ ihm in allen Provinzen Tempel erbauen, in denen er sitzend abgebildet ist: zur Linken sein Sohn Kuang-pin, vom Kopf bis zum Fuß bewaffnet, und zur Rechten sein getreuer Stallmeister, der sich auf ein breites Schwert stützt und eine möglichst fürchterliche Miene macht, um aller Welt Angst und Schrecken einzuflößen.

Der Kultus dieser Kuang-ti gehört zur amtlichen Staatsreligion. Das indifferente Volk bekümmert sich ebensowenig um diesen Mars, wie um die buddistischen Gottheiten. Seine Tempel werden, gerade wie die ihrigen, zwar von dem gewöhnlichen Mann besucht, aber nicht etwa zum Zweck der Anbetung, sondern aus ganz anderen Gründen. Man übernachtet da; man hält feil; arrangiert da Familien- und andere Feste und mach es sich so bequem wie in jedem andern Haus. Aber die Beamten, besonders die Militärmandarinen, müssen an bestimmten Tagen diese Miao*) besuchen, dort vor dem Bild des Götzen auf die Knie fallen und dabei duftende Tsan-hiang**) verbrennen. Die Mandschu haben wohl, als sie diesen Kultus einführten, dabei politische Zwecke verfolgt: er ist ihnen ein Mittel, um Einfluß auf die Soldaten zu üben, und darum haben sie auch die Sage verbreitet, daß Kaung-ti in allen Kriegen, welche die Dynastie geführt hat, sich leiblich habe blicken lassen. Er hat da über ihrem Heer in den Lüften geschwebt und ihnen stets den Sieg verliehen.

Und jetzt sollte mir dieser brave Götze gefährlich werden? Vielleicht weil ich ein Tao-dse und kein Mandschu war!

Was die Lung-yin, die „Drachenmänner", betrifft, so hatte ich über dieselben bereits sehr viel gehört und gesehen. Chinesische Seeräuberdschunken hat es zu allen Zeiten gegeben und gibt es auch noch heute. Diese Räuber auf offener See sind ein mutiges Volk, noch verwegener aber sind die Flußpiraten, welche in denjenigen fließenden Gewässern Chinas, an denen bedeutende Städte liegen, ihr verbrecherisches Wesen treiben. Sie vollführen ihre blitzschnellen Überfälle sowohl bei Tage als bei Nacht, mitten in einer Bevölkerung, die nach Millionen zählt, und haben Verbindungen von den untersten Schichten bis hinauf in die höchsten Mandarinenkreise. Sie bilden weitverzweigete und dennoch enggeschlossene Huis***), die nach sehr strengen Gesetzen regiert werden, fürchterliche Parasiten im Volkskörper, Raubstaaten im Staate, der sich ihrer nicht erwehren kann. Wenn in einer Stadt von der Bevölkerung Pekins, Nankings oder Cantons täglich eine Anzahl von Menschen spurlos verschwindet, so erregt das keinerlei öffentliche Aufmerksamkeit; wagen sich jedoch die Piraten,

* „Tempel."

** Wörtlich: „Räucherwerk aus Tibet", in Stäbchenform. Man verfertigt die ächten nur in Tibet aus wohlriechenden Hölzern, die man zu Pulver zerstößt und mit Moschus und Goldstaub vermischt. Sie werden vor den Götzenbildern verbrannt und geben einen herrlichen Wohlgeruch.

*** „Körper- oder Genossenschaft."

was allerdings auch nicht selten geschieht, an einen Ausländer, so treten die Konsuln ein, und es beginnt eine Untersuchung, welche gewöhnlich den Erfolg hat, daß die Verbrecher — straflos entrinnen. Hierzu gibt es Gründe, unter denen jedenfalls enige sind, welche gewisse Mandarinen nicht gern besprechen möchten.

Endlich schlief ich ein; aber noch im Traum verfolgten mich die Gedanken weiter. Mein Kopf nahm die Gestalt einer Boa constrictor an und schlang sich um meinen Leib, um mich zu erwürgen; der gute Frick Turnerstick saß als oberster Götze in einer Pagode, spie mir Feuer entgegen und schrie: ‚Rieß aus, Charley, sonst werdang ich dich fresseng!‘ Ich floh; aber die Pagode verwandelte sich in einen riesigen Drachen, welcher mich einholte, mich erfaßte, mit mir in die Lüfte stieg und mich dann herunterwarf in einen Haufen von Wassermelonen und Nüssen, die alle lebendig wurden und von mit verspeißt sein wollten. Ich tat ihnen diesen Gefallen, und als ich die letzte verschluckt hatte, erschien der chinesische Kriegsgott, schnitt mir ein zorniges Gesicht, faßte mich beim Arme, schüttelte mich drohend und rief:

„Alle Wetter, Charley, wach doch endlich einmal auf, wenn Ihr nicht tot seid? Oder soll ich Euch etwas den Arm auszerren?“

Ich Schlug die Augen auf und sah mich sehr angenehm enttäuscht: der Furcht erweckende Kriegsgott hatte sich in meinen guten Frick Turnerstick verwandelt.

„Was gibt es, Kapt'n?“ fragte ich ihn.

„Was es gibt? Hm, Tag gibt es breits seit zwei Stunden, und Ihr liegt noch da, ächzt, stöhnt und wimmert, daß es einen Stein erbarmen möchte. Was für ein Unglück ist Euch denn widerfahren, he?“

„Mir träumte, Ihr säßet als Götze in einer Pagode und wolltet mich verschlingen.“

„Ich — Euch? Könnte mir allerdings nur dann einfallen, wenn ich ein Götze wäre! Aber macht Euch reisefertig. Das Frühstück steht für Euch bereit; ich bin schon fertig damit, und dann kann es fortgehen.“

Ich war bald an Deck, um meinen Tee zu trinken. Unterdessen suchte sich der Kapitän unter den Lohnbooten eines aus und winkte es herbei. Der Führer desselben gehorchte dem Wink und legte am Fallreep an.

„Kommang heraufing!“ rief Turnerstick hinab

Die Handbewegung, welche diese Worte begleitete, war so deutlich, daß sie der Mann verstehen mußte. Er kam herauf.

„Wir wollang nach Canton. Wolling stu uns faheng?“

„Canton? Kaung-tscheu-fu?“ fragte der Angeredete.

„Tsche!“

„Tsche! Horribles Chinesisch! Was meinte der Mensch, Charley?“

„Wißt Ihr nicht mehr, daß Tsche ‚Ja‘ heißt?“

„Ah so! Hm, das hatte ich beinahe aus der Acht gelassen. Aber Ihr seht doch ein, daß ich ein ganz famoses Chinesisch spreche, denn der Mann hat mich Wort für Wort verstanden, sonst hätte er nicht Ja geantwortet. Wollen wir ihn mieten, Charley?“

„Habe nichts dagegen, Kapt'n. Macht die Sache mit ihm ab!“

Der Kapitän folgte dieser Aufforderung:

„Wir fahren zwei Manning. Was verlangt stu für deng Taging?“

Der Gefragte nickte mit dem Kopf. Turnerstick trat ihm näher und erkärte:

„Wieviel du haben willingst?“

Er hatte denselben Erfolg wie vorher und wandte sich zur mir:

„Dieser Mensch versteht nicht einmal seine Muttersprache. Versucht Ihr einmal Euer Heil, Charley!“

„Ganz wie Ihr wollt, Kapt'n. Vorher muß ich Euch aber doch fragen, ob wir mit dem Boot dieses Mannes wirklich den weiten-Weg bis Canton zurücklegen wollen. Von hier bis Wam-poa braucht ein Dampfer beinahe einen vollen Tag, und von dort aus haben wir noch volle zwölf englische Meilen bis Canton.“

„Weiß das alles auch, Charley, aber ich will Land und Leute kennenlernen; versteht Ihr mich? Daher nehme ich einen solchen Bambuskahn, um beliebig hüben oder drüben anlegen zu können, so oft es mir einfällt, an das Land zu gehen. Wie weit es bis Canton ist und wann wir dort ankommen, daß ist mir sehr egal, denn wir haben Zeit. Der Steuermann hat seine Instruktion und wird mich vertreten, so lange ich abwesend bin. Übrigens können wir uns ja von einem Dampfer ist Schlepptau nehmen lassen, wenn wir rasch vorwärts kommen wollen. Verstanden, Charley?“

„Vollständig. Aber wenn wir wirklich Land und Leute miteinander kennen lernen wollen, so möchte ich am liebsten gleich hier in Hongkong anfangen, das uns doch am nächsten liegt.“

„Habt recht, vollständig recht. Und so mag uns dieser Mann zunächst da hinüberfahren.“

Ich mietete den Chinesen für drei Tschuns, also ungefähr eine Mark täglich; dann stiegen wir ein und ließen uns in die Stadt fahren.

Hongkong wurde von den Engländern als Ort ihrer Niederlassung mit jenem praktischen Scharfblick gewählt, welcher dem britischen Inselvok so sehr zu eigen ist. Die Insel, auf deren Nordseite es liegt, ist sehr gebirgig und hat ungefährt achtzehn bis zwanzig englische Meilen im Umfang. Die Lage dieser Insel gewährt dem geräumigen Hafen den Vorteil zweier Eingänge, die sich gegenüberliegen, so daß also beinahe bei jedem Wind gefahrlos eingelaufen werden kann. Das Wasser des Hafens ist so tief, daß Schiffe von fünfzehn Fuß Tiefgang in ganz geringer Entfernung vom Land ankern können. Ein weicher, zäher Lehmboden gibt ausgezeichneten Ankergrund bis dicht an die Klüfte, und die hohen Berge, welche das Hafenbassin umgeben, gewähren guten Schutz gegen die hier so häufigen Herbst- und Winterstürme.

Wir spazierten miteinander durch die Straßen der chinesischen Stadt. Sie waren meist schmutzig, stinkend und kloackenhaft. Wir fanden enge, dunkle Gassen und Gäßchen, in denen sich eine nicht sehr appetitlich aussehende Bevölkerung hin und her drängte, kleine Bambushäuschen, deren unteres, offenes Stockwerk meist als Verkaufsloka dienst, dahinter ein paar finstere Gemächer und eine schmale Treppe, die nach oben führt, wo die etwas vorspringenden Schlafgemächer sind. Die Läden sind nach ihrer ganzen Breite hin offen und gestatten einen Blick in das innere Familienleben.

Hier sieht man einen Schuster jene Seidenzeugschuhe verfertigen, deren Sohle aus einem sehr starken Filz bestehen; dort gibt es einen Lackierer, welcher Täßchen fertigt, deren mehrfacher Lacküberzug ein ganzes Jahr zu trocknen hat. Daneben ist der Laden eines Geldwechslers, der mit seinem Guan-pan*) so schlau umzugehen versteht, daß er großer Aufmerksamkeit bedarf, nicht von ihm betrogen zu werden. Ihm gegenüber arbeitet ein Schneider, grad so auf seinen untergeschlagenen Beinen hockend wie unsere einheimischen ‚Tailleurs'; dieses Genus besitzt ja überhaupt in allen Erdteilen einen unleugbare Familien-Ähnlichkeit. In seiner Nähe gibt es eine Garküche, deren Speisezettel nach den zur Schau liegenden Früchten, Gemüsen, und Fleischsorten ein sehr reichhaltiger sein muß, und in der Nähe dieses verführerischen Ortes treibt sich eine ganze Menge jener geflügelten, pfiffigen Spitzbuben herum, welche in der alten Welt allüberall und seit einiger Zeit auch bereits in der neuen Welt zu finden sind. Der Türke nennt sie Muhassil-Baschi**), der Chinese ruft sie Kia-niao-eul***), und der Deutsche kennt sie als Herr Spatz und Madame Sperlingin. Ich gestehe offen, daß ich mich über den Anblick dieser laut zirpenden und räsonnierenden Wegelagerersippe herzlich freute; es waren ja „Heimatklänge", wenn auch nicht — von Gungl.

* Rechenmaschine.

** Oberzolleinnehmer.

*** „Familienvogel."

Vor dem Laden des Geldwechslers machte der Kapitän halt.

„Was meint Ihr, Charley; werden wir einzelnes Geld bauchen?"

„Allerdings."

„So wollen wir uns jeder einen Dollar umwechseln lassen?"

„Mir recht. Kommt herein!"

„Laßt mir den Vortritt!"

Er trat ein,musterte den Laden mit einer höchst unternehmenden Miene und fragte dann:

„Guteng Taging! Könnung mir wechsang-eln einang Dollering?"

Er griff dabei in die Tasche und zog das genannte Geldstück hervor.

„Sie wünschen Cash für einen Dollar, Sir?" fragte der Wechsler in einem sehr geläufigen Englisch.

Frick Turnerstick trat überrascht eine Schritt zurück.

„Englisch! Ein Chinese und Englisch! Alle Wetter, wozu lernt man denn eigentlich Chinesisch! Habe ich etwa dieses Kang-keng-ting-kung-kong studiert, nur um mich hier englisch anreden zu lasen? Gebt Eure Scheidemünze her, und dann sind wir miteinander fertig!

Der Wechsler wußte wahrhaftig nicht, wie ihm geschah, denn ihm mußte der Grimm, den Turnerstick darüber hegte, daß er seine Sprachkenntnisse nicht zeigen durfte, vollständig unverständlich sein. Er gab uns für die beiden Dollars seine Tsiens, und dann gingen wir. Draußen blieb der Kapitän stehen.

„Charley, ist Euch schon einmal so etwas vorgekommen?"

„Was?"

„Daß Ihr Chinesisch gelernt habt und könnt es nicht gebrauchen?"

„Nein! das ist mir allerdings noch nicht vorgekommen."

„Na, also! Weshalb gehe ich denn eigentlich an das Land, um Land und Leute kennen zu lernen, he? Doch wohl nur, weil ich die Sprache verstehe und diesen Leuten zeigen will, daß hinter dem Berg auch noch Fricking Turnerstickings wohnen. Und da schreit mich dieser Kerl gar englisch an! Ich mag von diesem Hongkong nichts mehr wissen. Wir müssen tiefer in das Land hinein, wo man gebrauchen kann, was man gelernt hat!"

Eine Viertelstunde später trieben wir in unserem Bambuskahn mit der Flut stromauf. Die Ufer des Stromes waren felsig und zwar so pittoresk, wie ich es gar nicht erwartet hatte; nach und nach aber wurden sie niedriger. Flüsse und Kanäle durchschneiden in allen Richtungen die weiten Ebenen, und an mehreren derselben liegen Dörfer und Ortschaften, entweder auf erhöhtem Terrain und dann von soliderem Material erbaut, oder in der Niederung, nur von Bambus und auf Pfählen errichtet. Wenn dann die steigende Flut die Felder unter Wasser setzt, liegen diese Ortschaften wie kleine Inseln darin.

Schwerfällige Dschunken glitten den Fluß entlang, und kleine Fischerboote druchkreuzten denselben nach allen Richtungen. die ganz großen Handelsdschunken sind ungeschlachte Dinger von bedeutender Größe, sehr hochbordig und ragen wie Elefanten oder Nilpferde aus dem Wasser. Sie haben einen sehr breiten Stern gleich demjenigen eines altholländischen Linienschiffes, der bunt bemalt und vergoldet ist, und das Verdeck ist mit einem ungeheuren Strohdach versehen, welches das Fahrzeug noch viel schwerfälliger erscheinen läßt. Die Masten, welche ungemein dick sind und aus einem einzigen Stück bestehen, haben an der Spitze eine Rolle, durch welche ein schweres, drei Zoll im Durchmesser haltendes Tau läuft, mit Hilfe dessen das schwere Mattensegel aufgehißt wird. Das Vorderteil eines solchen Fahrzeuges ist meist rot bemalt und hat rechts und links vom Bug je ein oft fünf Fuß im Durchmesser haltendes Glotzauge, von welchem diese Dschunken den Namen Lung-yen*) erhalten haben, und die dem Schiff jenen drohenden Ausdruck geben, durch welchen böse Geister und andere Ungetüme, welche nach chinesischem Glauben das Wasser bevölkern, hinweggetrieben werden sollen. Wegen der so gefürchteten Flußpiraterie haben diese großen Handelsdschunken gewöhnlich eine Kanone oder auch zwei dieser Geschütze an Bord.

Die Kriegsdschunken sind etwas schärfer gebaut und auch nicht so übermäßig hochbordig. Sie führen gewöhnlich vier bis sechs Drei-oder Vierpfünger im Vorderteil und zuweilen auch im Stern einige kleine Kanonen. Einige Gingals oder Wallbüchsen mit sechs bis acht Fuß langem Lauf und einer zwei Zoll im Durchmesser haltenden Mündung drehen sich in Zapfen auf ihrem Gestell, welches an den Schiffsseiten befestigt ist. Die Mannschaft ist mit Luntenflinten, Lanzen, Schilden und Säbeln bewaffnet; doch tragen viele auch noch Bogen und Pfeile. Die Segel werden duch fünfundzwanzig bis dreißig Ruder unterstützt. Die Disziplin ist auf einem solchen Kriegsfahrzeug eine echt chinesische. Täglich wird dreimal ein Gebet zu dem Kriegsgott gehalten, wobei ein wahrhaft ohrenzerreißendes Klingeln, Pauken und Schreiben nebst Abbrennen von Schwärmern und Raketen stattfindet.

* „Drachenauge."

Unser Bott strich vor der Flut und der guten Brise, welche sich fest in unser Bastsegel legte, recht munter durch die Wogen. Ich wußte, daß von der Mündung des Flusses aus bis hinauf nach Canton vier Pagoden zu finden seien, und wir beschlossen, eine derselben zu besuchen. Die erste hatten wir bereits hinter uns; als die zweite vor uns auftrauchte, hielten wir auf das Ufter zu, legten an und stiegen aus.

Pagoden sind in fast unglaublicher Menge über ganz China zertreut, und man findet wohl kein Dorf, welches nicht wenigstens eines dieser Gebäude aufzuweilen hätte. Die Chinesen erzählen, daß es in Peking mit Umgebung zehntausend Pagoden gebe, doch soll diese Zahl wohl nur ‚sehr viele' bedeuten. Man findet sie an den Landstraßen und Flüssen ebensowohl, wie mitten in den Städten, Ortschaften und Feldern. Ihre Architektur ist eine sehr verschiedene. Meist unterscheiden sie sich nicht sehr von den gewöhnlichen Wohnhäusern, und viele derselben sind nur kleine Kapellen oder gar Nischen, in welchen ein Götzenbild steht, vor dem sich die Gefäßte für das Rauchopfer befinden.

Oft aber besitzen diese Bauwerke bedeutende Dimensionen, und zu diesen gehörte auch die Pagode, welche wir besuche wollten.

Unser Bootsführer blieb am Ufer zurück; wir aber schritten in das frei Feld hinein und auf ein Dorf zu, hinter welchem sich das Gebäude erhob. Ich hatte erwartet, daß die Bewohner des Dorfes uns mit großer Neugierde emfpangen würden, sah mich aber enttäuscht — der Ort mußte öfters von Fremden besucht werden. Man betrachtete uns zwar mit einiger Aufmerksamkeit, sonst aber erregten wir weiter kein Aufsehen, als daß einige Frauen unter die Türen traten und eine kleine Schar hoffnungsvoller Jungens hinter uns hertrabte und in allen Tonarten und Modulationen ihr ‚Bief-ftä, Bief-ftä!' riefen.

„Was wollen diese Rangen, was meinen sie, Charley?" fragte Turnerstick.

„Sie halten uns für Engländer, die ja durch die ganze Welt den Ehrentitel „Beefteaks" tragen. Ihr macht hier also die höchst interessante ethnographische Beobachtung, daß zwischen den Gassenjungen aller Länder eine sehr erfreuliche Übereinstimmung herrscht."

Jetzt lag das Dorf hinter uns, und zur Höhe führte ein sehr gut unterhaltener Weg, welcher zu beiden Seiten von Ziersträuchern eingefaßt war. Wir folgten seinen Schlangenwindungen und standen endlich vor der Pagode. Der Kapitän betrachtete sich das aus braunen, mit weißem Kitt verbundenen Ziegelsteinen ausgeführte Gebäude.

„Acht Stockwerke! Wozu das, Charley?“

„Eine indische Überlieferung erzählt, daß man Buddhas Leiche verbrannt und seine Asche in acht Teile gesondert und in ebenso viele Urnen verschlossen habe. Zur Aufbewahrung der Asche baute man nun einen achteckigen und achtstöckigen Turm und verwahrte in jedem Stockwerk eine der Urnen, so daß die Asche der Füße in das Parterre, diejenige des Kopfes aber in die höchste Etage kam. Dieser Turm nun hat den späteren Bauwerken als Muster gedient.“

„Well, so laßt uns zunächst einmal die Fußpartie betrachten!“

Vor dem Eingang der Pagode hielt ein alter Mann mit Früchten und jenen chinesischen Strohzigaretten feil, von denen man tausend für eine deutsche Mark bekommt. Die Kinder waren uns bis hierher gefolgt; ich kaufte den ganzen Korb voll Früchten für einen staunenswert billigen Preis und gebot dem Mann, den Vorrat unter die Jungens zu verteilen. Diese milde Stiftung erregte ungeheuern Jubel, und als ein jeder der „Junges aus der Blume der Mitte“ noch eine Zigarette bekam, da hatte es mit dem „Brief-ftä“ vollständig aufgehört, und alles eilte in das Dorf zurück, um dort die Kunde von unserer Freigebigkeit zu verbreiten.

Jetzt traten wir ein. Der achteckige Raum erhielt sein Licht durch einige den Schießscharten ähnliche Öffnungen. Rechts führte eine schmale Treppe empor; in der Mitte des Hintergrundes saß Buddha, außerordentlich wohlbeleibt, was ja nach chinesischer Anschauung die erste Erfordernis der Schönheit ist, mit dicken Hängebacken und kleinen, schief geschlitzten Augen. Der Ausdruck seines Gesichtes war ein höchst jovialer; die Statue schien mir weniger einen Gott als vielmehr einen Gastronomen vorzustellen, der soeben ein feines Mahl beendet hat und nun vergnügten Sinnes und mit fröhlich blinzelnden Augen sich anschickt, ein Mittagsschläfchen zu halten. Von Bedeutung aber war mir der Umstand, daß die Nase ganz nach kaukasischem Schnitt geformt war, und ich mußte dabei an die weit verbreitete Anschauung denken, daß die Tienhio*) aus dem Westen gekommen sei.

Zu beiden Seiten des Götzen saßen zwei kleinere Figuren, deren Gesichtsausdruck ein außerordentlich grimmiger war. Vor allen dreien standen eherne Gefäßte zu Aufnahme der Räucher-

* „Heilige oder himmlische Lehre.“

stäbchen, und vor Budda lagen außerdem mehrere Blumensträuße, während seine zornigen Gefährten auf diesen Schmuck verzichten mußten.

Da ließen sich Schritte auf der Treppe vernehmen. aus dem oberen Stockwerk kam ein Mann herabgestigen, der gemütlich eine Zigarette schmauchte.

„Wer ist das?" fragte der Kapitän.

„Der Ho-schang," antwortete ich.

„Ho-schang! Was ist das?"

„Der Priester und Wächter dieser Pagode. Die Ausläner nennen sie Bonzen, der Chinese aber kennt dieses Wort gar nicht, sondern sagt Ho-schang oder Sing."

Jetzt erblickte uns der Bonze und neigte grüßend seinen Papierfächer.

„Tshcing-tsching!*) grüßte er uns kordial, indem er jedem eine seiner Hände reichte.

„Ihr seid der Sing von dieseng Pagodang?" fragte Turnerstick.

„Sing, tsche!" nickte der Gefragte.

„Seht Ihr es, Charley, daß er mich versteht! Dieser Priester ist ein gebildeter Mann, und ich werde mich sehr angenehm mit ihm unterhalten."

Er deutete auf das mittlere Götzenbild und fragte:

„Wer ist der alting, guteng Herrang hier?"

„Fo!" lautet die Antwort.

„Fo? Wer ist das, Charley?"

„Buddha, welcher in China Fo genannt wird."

„Und wer sind die beideng andern Leuting?" fragte er weiter, auf die beiden Nebenfiguren deutend.

Der Bonze erklärte sich die Frage aus der Pantomine und antwortete, erst auf das eine und dann auf das andere Götzenbild deutend:

„Phu-sa und O-mi-to."

„Hört, Charley, ich sehe zu meiner Verwunderung, daß sogar die Gebildeten in China ein so schlechtes Chinesisch reden, daß man sie ganz unmöglich verstehen kann. Was meint er?"

„Er spricht chinesisch und japanisch. Phu-sa nennen die Chinesen den berühmten buddhistischen Patriarchen Bodhisatwa, dessen Bild diese Figur sein soll. Und O-mi-to**) ist janapnisch, denn diesen Namen hat Buddha in Japan erhalten."

* Soviel wie „Guten Tag."

** Dieses Wort bedeutet eigentlich „unendlich".

„Buddha ist ein Wort aus dem Sanskrit und bedeutet eigentlich ‚Weiser‘. Buddha war ein berühmter Religionslehrer, lebte tausend Jahre vor Christus und hatte zum Vater Sudhodana, König von Mogadha, welches jetzt Behar heißt. Sein eigentlicher Name war Sramana Gautama; doch wurde er auch Sockja Muni genannt und…

„Stop, stop, stop, Charley!“ rief Turnerstick, sich die Ohren zuhaltend. „Wenn Ihr noch eine Minute lang mit solchen Namen um Euch werft, so schnappe ich über. Ich will doch lieber im stärksten Taifun segeln, als mich von so einem Fremdwörterorkan anblasen zu lassen. Wir wollen uns lieber dieses alte Gemäuer einmal betrachten.“

Und sich zu den Bonzen wendent, fuhr er fort, auf die Treppe deutend:

„Dürfang wir aufsteiging?“

Dies wurde uns ohne Widerrede erlaubt, aber bereits im zweiten Stockwerk blieb der Kapitän halten.

„Charley, klettert Ihr allein weiter. Das ist hier ja schlimmer als auf unserer Ziegenjagd! Ich werde mich verschnaufen und Euch hier erwarten.“

Ich stieg mit unserem Führer weiter; hätte ich eine großartige Tempeleinrichtung erwartet gehabt, so wäre ich vollständig enttäuscht worden, denn all diese Räume enthielten gar nichts und zeigten nur die nackten Wände. Das einzige, was mich für das mühselige Aufsteigen belohnte, war die weite Rundschau, welche mir auf dem sicher zweihundertfünfzig Fuß hohen Turm geboten wurde.

Der Bonze war — eben ein Bonze, und damit ist alles gesagt. Seine ganze Bildung bestand in der Kenntnis der rein mechanischen Opfergebräuche, und ich fühlte die Meinung bestätigt, welche ich mir vorhin über ihn gebildet hatte, als er die beiden Nebengötter für Phu-sa und O-mi-to erklärte. Er kannte nicht einmal die richtigen Namen der Figuren, welche er anbetete. Die Bonzen sind im allgemeinen höchst unwissende Menschen; sie leben teils von der Mildtätigkeit anderer und teils von den Gaben, welche sie erhalten, um die Sünden anderer auf sich zu nehmen und durch ein frommes Leben abzubüßen. Da sie jedoch im Zölibate leben, sind sie kinderlos, kaufen sich aber gewöhnlich ein Kind, einen Sohn armer Eltern, den sie sich zum Nachfolger erziehen, indem sie ihm die wenigen Handgriffe und die kurzen Gebete lehren, die ihr ganzes Können und Wissen ausmachen.

„Du bist kein Fo-dse?“ fragte mich der Bonze.

„Nein; ich bin ein Kiao-yu, ein Christ.“

„So wunderst du dich wohl, daß du diesen Tempel betreten darfst?“

„Nein, denn die Tempel meines Gottes darf auch ein jeder, also auch jeder Fo-dse betreten.“

„Betet und räuchert ihr auch zu eurem Himmelherrn?“

„Ja.“

„Beter ihr ihn auch an mit Glocken und Gongs?“

„Wir bringen ihm schöneres Glockengeläut und besere Musik als ihr.“

„Wie ist das möglich? Ihr seid ja Barbaren und habt gar keine Musik!“

„Die Tien-Tschu haben schönere Musik als die Fo-dse, die Hoeï-hoeï; die Tsang*), die Dschi-pen**) und die Tung-dadse***). Eure Musik ist sehr leicht, die unserige aber ist so schwer, daß sie kein Chinese spielen kann.“

„Soll ich dir glauben?“

„Tue es, oder auch nicht, mir ist es ganz gleich!“

„Wie ist dein Name?“

„Kuang-si-ta-sse.“

„Das ist ein großer Name. Kennst du die Instrumente, welche wir spielen?“

„Ich kenne sie.“

„Aber du kannst sie nicht spielen!“

„Ich habe noch kein einziges in der Hand gehabt, aber ich würde jedes sofort spielen.“

Er lächelte überlegen.

„Den Gong?“

„Ja.“

„Den Gamelang†)?“

„Ja.“

„Den Anklong††)?

„Ja. Aber du fragst mehr, als du darfst, denn der Anklong und der Gamelang sind keine chinesischen, sondern malayische Instrumente.“

* Tibetaner.

** „Östliche Tartaren“ (Mandschu).

*** „Westliche Tartaren“ (Mongolen).

† Es gibt zwei Arten des Gamelang, welche man Glocken- und Metallharmonika nennen könnte; die erstere hat Glocken, die andere Metallplatten, und beide klingen unserer Glasharmonika sehr ähnlich.

†† Ein aus hohlen Bambusstücken bestehendes Instrument von einer Schwere bis zu fünfzig Pfund.

Mein Einwurf schien ihn verlegen zu machen. Er fragte weiter: „Kennt du auch die Pi-pa*) und die Kiü†)? Sie sind sehr schwer zu spielen, schwerer als jede andere Musik in der Welt."

„Ich habe sie gesehen, als sie noch nicht gespielt, doch ist die Musik für einen Christen so leicht, daß er die Kiü und die Pi-pa sofort spielen würde. Die Christen haben Instrumente, welche ein geschickter Mann nur dann richtig spielen kann, wenn er sich zehn bis zwanzig Jahre alle Tage fleißig geübt hat. Solche Instrumente habt ihr nicht."

„Du willst, daß ich dies glauben soll, und darum will ich nicht zweifeln, aber du bist sehr kühn, die Kiü und die Pi-pa sofort spielen zu wollen! Ich habe beide in meiner Wohnung. Willst du mitgehen?"

„Ja."

Er machte eine siegesgewisse Miene und schritt voran. Turnerstick hatte mit Ungeduld auf uns gewartet. Er fragte:

„Wie war es da oben auf dem Top dieses Turmes, Charley?"

„Hoch, Kapt'n."

„Hoch? Well, das konntet Ihr Euch hier unten denken! Was tun wir jetzt?

„Wir gehen mit in die Wohnung dieses Mannes."

„Was wollen wir dort?"

„Spielen."

„Monte, Whist, Tarok oder Skat?"

„Nichts von alledem. Wir sollen die Kiü und Pi-pa spielen."

„Die Kühe und die Pipen? Ihr seid verrückt!"

„Nicht ganz. Die Kiü ist eine Geige und die Pi-Pa eine Gitarre."

„Ah so; das muß man eben nur gesagt bekommen! Aber ich..."

„Ich geige also die Kiü, und Ihr klimpert auf der Pi-pa!" „Ich? Auf der Pipa? Bleibt mir mit Eurer Pi-pa-pum vom Halse! Dies von mir zu verlangen, wäre ja grad so viel, als wenn ein Walfisch Filet stricken sollte! Ich habe in meinem ganzen Leben noch keine solche Wimmerei in der Hand gehabt."

„So werde ich es allein machen müssen."

„Ja, könnt Ihr den das?"

„Ich denke es!"

„Charley, ich will Euch einmal unter vier Augen etwas fragen: Blamiert Euch nicht etwa vor diesen Chinesen! Einem Bären oder einem Tiger eine Kugel druch den Kopf zu jagen oder ein paar

* Gitarre.
† Eine Art Geige.

wilde Ziegen zu schießen, dazu gehört nicht viel, denn man braucht nur zu zielen und loszudrücken; aber eine solche Pi-pa ist ein ganz gefährliches Ding; so gefährlich, daß nicht einmal ich mich hinwagen möchte."

„Wollen sehen!"

Unterdessen hatte der Bonze einige Worte mit dem Früchtehändler gesprochen, welcher eiligst nach dem Dorf schirtt. Ich dachte mir, daß er ein Publikum herbeiholen solle, um meine mutmaßliche Niederlage zu einer öffentlichen zu machen.

Von der Pagode schlängelte sich ein schmaler Pfad auf der Höhe hin nach einem Häuschen, welches die Wohnung des Bonzen bildete. Es war ganz aus Bambus gebaut und mit grauen Dachziegeln gedeckt. Es bestand nur aus einem Erdgeschoß, vor welchem ein Pfeilerdach einen schattigen und luftigen Aufenthalt bot.

Bei unserer Ankunft kam ein Knabe aus der Tür und begrüßte uns, jedenfalls war er der Schüler des Bonzen. Dieser flüsterte ihm einige Worte zu, und darauf hin wurde uns Tee gebracht, den wir nach chinesischer Weise aus winzigen Täßchen und ohne Zucker und Milch genossen.

„Herrliche Mode!" brummte der Kapitän, der allerdings ganz andere Trinkgefäßte gewohnt war. „Wenn ich da meinen Jungens einen Tee geben wollte, so würde ein jeder seine zwölfhundert von diesen Fingerhüten austrinken und dann gemütlich fragen, wann eigentlich der Tee kommen werde. Aber wann wird dieser Mann eigentlich seinen Pa-pum bringen?"

„Wird uns nicht mehr lange warten lassen, Kapt'n, denn seht das Publikum wird sich gleich einfinden!"

Vom Dorf her bewegte sich eine stattliche Schlange von Männern, Frauen und Kindern auf uns zu, und alle hatten Blumen und Sträuße in der Hand. Als sie das Haus erreichten, wurden wir begrüßt und erhielten die Blumen als Gegengabe für die Früchte und Zigartten, welche ihre Jungens erhalten hatten. In China wird auch das kleinste Geschenk mit hoher Dankbarkeit geehrt, und meine Gabe hatte mir die Herzen des ganzen Dorfes gewonnen.

„Was werden wir mit diesen Sträußen tun, die wir doch unmöglich fortbringen können?" fragte Turnerstick.

„Wir nehmen einiges mit uns und lassen das andere dem Bonzen hier."

„Aber bedanken müssen wir uns doch?"

„Allerdings; ich werde es sofort tun."

„Stop, Charley! Ich bitte um die Freundlichkeit, das einmal mir zu überlassen."

„Meinetwegen! Macht's nur schön und rührend!"
„Soll nicht fehlen!"
Er erhob sich, wandte sich an die Leute und stellte sich in Positur.
„Chineseng, Manning, Weibing und Kinding! Wir sind gekommeng, um Landing und Leutang kennung zu lernang, und bei euch macheng wir den Anfang. Da habeng wir es sehr gut getroffung, denn ihr bringt uns Blumang und Sträußig für Früchtung und Zigarettang. Wir statteng euch unsere Danksagung ab und hoffeng, daß ihr uns allzeiting in gutong Andenkung behaltend werdet!"
Dieser „Speech", welcher mit begeisterter Beredsamkeit vorgebracht worden war, wurde mit großem Beifall aufgenommen, obgleich kein Mensch ein Wort davon verstanden hatte. Die Leute merkten die Absicht und waren mit dieser zufrieden, ohne weitere, sprachliche Anforderungen zu stellen.
„Seht Ihr's, Charley, daß sie mich Wort für Wort verstanden haben? Ich will wünschen, daß Ihr mit Eurer Pu-po ebenso besteht, wie ich mit meiner Rede! Hier bringt der Mann bereits seine Klimperei!"
Allerdings brachte der Bonze die beiden Instrumente aus dem Innern des Hauses und reichte sie mir dar. Ich wies ihn noch zurück.
„Ich habe weder die Kiü noch die Pi-pa spielen hören. Willst du mir nicht einmal zeigen, wie es gemacht wird, damit ich es nachmachen kann?"
Er lächelte überlegen, wie einer, der nichts anderes erwartet hat, und meinte:
„Du wirst es nicht bringen, obgleich ich dir es zeige!"
Dann griff er zunächst zur Violine. Sie besaß eine von den unserigen etwas abweichende Form, hatte aber auch einen Steg und vier Saiten, die allerdings in einer anderen Stimmung standen. Der Bogen war schwer und hatte die sägeähnliche Form unserer Violinenbogen. Nachdem er denselben mit gewöhnlichem Pech bestrichen hatte, begann er.
Die Chinesen lauschten mit Entzücken seinen Tönen; er schien bei ihnen als ein Meister zu gelten, spielte aber weder ein erkennbare Melodie, noch hörte er irgend eine Harmonie heraus. Eine Takteinteilung war auch nicht zu erkennen, und das ganze Spiel bestand aus dem Anstriche immer derselben vier Töne, die er in sehr abwechselnden Metrum erklingen ließ.
Als er den Bogen absetze, blickte er mich mit einer Miene an, in welcher sich die deutliche Erwartung meiner ganz besonderen

Anerkennung aussprach. Als diese nicht erfolgte und ich bloß leise winkte, meinte er:

„So wird ein Christ nie spielen lernen!"

„Hast du noch nie die Musik der Ban-kui-dse*) oder Fu-len**) in Hong-kong oder Macao gehört?" fragte ich.

„Nein. Sie sind Barbaren, und ich mag sie weder sehen noch hören."

„Du hast mir das Spiel auf der Kiü gezeig; lehre mich auch das auf der Pi-pa!"

Er nahm die Gitarre zur Hand. Sie hatte die Form unserer altmodischen Zithern, besaß einen ziemlich langen Hals mit halbtönigen Griffdrähten und hatte sieben Saiten.

Sein Spiel war ein ebenso monotones wie vorher. Zwar griff er mit den Fingern der Linken zuweilen in die Saiten ein, doch bekamen wir weder eine Melodie noch irgend zwei harmonierende Töne zu hören, und es war mir vollständig unbegreiflich, wie jemand ein so vollkommen angelegtes Instrument besitzen könne, ohne es auch ohne Lehrer zu einer bessern Geschicklichkeit zu bringen. Das Muster zu diesen Instrumenten mußte von den Europäern eingeführt worden sein, ohne daß auch die richtige Technik mit importiert worden war.

Als er geendet hatte und von den Zuhörern mit einem beinahe demütigen Beifall belohnt worden war, reichte er mir die Gitarre hin.

„Nun versuche, ob du das zustande bringst!"

Ich gab den sieben Saiten eine deutsche Stimmung nach H E A d g h e, versuchte kurz einige Griffe und spielte dann einen schnellen Walzer, bei welchem die linke Hand so viel zu tun hatte, daß meine Zuhörerschaft in sichtliches Erstaunen geriet.

„All devils!" rief Turnerstick. als ich geendet hatte, und versetzte mir eine kräftigen Schlag auf die Achsel. „Ihr seid ja ein wahrer Virtuos auf der Pupa oder Dingsda oder wie der Kasten heißen mag! Und davon habt Ihr mir nichts gesagt?"

Ich lachte.

„Ihr seht wenigstens, daß ich mehr kann als Bären und wilde Ziegen schießen, wobei man nur zu zielen und loszudrücken braucht."

Dann stimmte ich das Instrument nach spanischer Weise auf H D G d g h d, gab zunächst das bekannte „Glockengeläut" zu

* Engländer.

** Franzosen.

hören und spielte dann einen Fandango. Die Chinesen ließen, als ich geendet hatte, keine Bewegung sehen und keinen Laut hören, und der Bonze war unwillkürlich bis unter die Türe zurückgetreten, von wo aus er mich anstarrte wie einer, der vollständig aus dem Sattel geworfen ist.

Der Kapitän hatte sich auf einen niedrigen Mattensessel niedergelassen und schlug vor Vergnügen ein Rad mit seinen beiden Beinen.

„Charley, hier bleiben wir noch länger; hier ist es schön, hier ist es gemütlich, hier gefällt es mir, denn Ihr macht Eure Sache beinahe so gut, wie ich vorhin mit meiner Rede. Spielt weiter!"

Jetzt nahm ich die Geige und stimmte sie nach unserer Weise in Quinten. Erst spielte ich einen dreistimmigen Choral, dann ein Brinkmannsches Lied ohne Worte, nachher einen amerikanischen Reel und dann einen lauten, kräftigen Hopfer, der so nach dem Geschmacke Master Turnersticks war, daß dieser, sich auf dem Sessel wiegend, mit den Armen und Beinen in der Luft herumgestikulierte und sich redlich bemühte, mit allen zehn Fingern schnalzend, den Takt zu markieren.

„Hurra, bravo, exzellent, köstlich, unvergleichlich!" rief er, als ich den letzten Strich getan hatte. „Das war mir aus der Seele gegeigt, Charley, denn bei so einer Musik wird es einem, als wenn man mit voller Leinwand geradewegs in alle türkischen Himmel hineinsegeln müsse. So eine Musik kann mich auf die Beine bringen, obgleich ich nichts davon verstehe. Ich gäbe sehr viel darum, wenn ich bei diesem famosen Konzert auch eine Nummer übernehmen könnte!"

„Das könnt Ihr."

„Ich? Wie — was — wo! Wie meint Ihr das? Soll ich vielleicht das Brummeisen blasen?"

„Könnt Ihr nicht singen, Kapt'n?"

„Singen? Hm, o ja; aber nur ein einziges Lied. Aber das singe ich auch so ausgezeichnet, daß die Fugen krachen und die Masten splittern, wenn ich einmal damit anfange."

„Welches ist es?"

„Welches? Kuriose Frage! Natürlich den Yankeedoodle!"

„So macht los! Ich singe mit."

„Well, das ist prächtig. Fangt an!"

Ich nahm die Gitarre wieder zur Hand, präludierte kurz und hatte kaum mit dem Lied bekonnen, so fiel Turnerstick mit einer Stimme ein, welche allerdings die Masten erkrachen machen konnte. Von musikalischem Gehör war keine Rede und infolgedessen von reinen Tönen noch weniger; er brüllte den Text mit einer Bärenstimme, welche zwischen fis und g lag und hier und da einen sehr fühnen Sprung hinauf zwischen es und d hinein machte; aber der ganze Text wurde zu Ende gebracht, und als wir aufhörten, erdröhnte rund um uns ein Beifall, welcher wenigstens ebenso ohrenzerreißend war, wie der Gesang des begeisterten Seekapitäns.

Dieser war vor Anstrengung krebsrot im Gesicht geworden, aber seine Augen funkelten vor Vergnügen, und er befand sich in einer Stimmung, als habe er in einem berühmten „paddle"-Klub den ersten Preis gewonnen. Er rief entzückt:

„Blitz und Donner, das war gesungen! Nicht, Charley?"

„Sehr!"

„Wollen wir nicht noch einmal anfangen?"

„Es wird genug sein, Kapt'n; der Mensch darf seine Vorzüge nicht verschwenden."

„Richtig!" Diese Leute wissen nun sicher, woran sie mit uns sind; darum wollen wir dieses famose Lied für später aufheben, damit auch andere erfahren, was es heißt, wenn Kapitän Frick Turnerstick den Yankee-doodle losläßt."

Ich gab dem Bonzen seine beiden Instrumente zurück.

„Glaubst du nun, daß die Christen Musik machen können?"

„Deine Musik ist viel schöner und auch viel schwerer als die unserige. Aber, hast du die Pi-pa und die Kiü wirklich noch niemals gespielt?"

„Nein; doch wir haben in unserm Land Instrumente, welche den deinigen sehr ähnlich sind, und daher kommt es, daß ich auch diese zu behandeln weiß."

„Sagtest du nicht, daß du ein Fu-lan seist?"

„Nein. Ich bin ein Tao-dse."

„Das ist gut, denn wir hassen die Fu-lan und die Yankui-dse, die unsere Städte niederschießen und uns mit ihren Kanonen zwingen, sie reich zu machen, indem wir ihnen ihr Gift*) abkaufen müssen. Von Dao-dse-kue**) aber habe ich gehört, daß seine Bewohner friedfertige Menschen sind und alles wissen und verstehen, wonach man sie nur fragen kann. Und das ist wahr, denn ich habe es jetzt gesehen. Wollt Ihr nach Kuang-tscheu-fu?"

„Ja. Wir sind nur ausgestiegen, um deine Miao***) anzusehen,

* Ist Opium gemeint.

** Deutschland.

*** Pagode; doch heißt Miao auch Tempel.

und du hast uns dies erlaubt. Willst du die Gefälligkeit haben, ein Kom-tscha von uns anzunehmen?"

„Ich bin arm und lebe von den Gaben derer, welche barmherzig sind. Dein Kom-tscha wird mir willkommen sein."

Natürlich hatte Turnerstick diese Worte nicht verstanden, als ich aber in die Tasche griff, merkte er, wovon die Rede gewesen war.

„Halt, Charley, Ihr wollt dem Mann ein Trinkgeld geben?"

„Ja."

„Das überlaßt mir! Ich habe zwar den Turm nicht so weit erklettert wie Ihr, aber ich habe dafür Eure Musik auf seiner Pum-po gehört und werde sie bezahlen."

Er zog seinen langen Zugbeutel hervor und wandte sich an den Bonzen:

„Hast mir sehr gefalleng, mein Junging; darum werdang ich dir gebung zwei Dolling und deinen Kanbeng hier einen Dolling. Kannst dir Tabangk, Zigaretting oder ein paar Flascheng Rumang dafür kaufing. Lebung wohl, alter Pagodangwächter, und denke zuweilen an den Kapitän Turningsticking und an sein famoses Yanking-doodling!"

Der Bonze machte ein höchst erstauntes Gesicht. Für seine Bedürfnisse und die hiesigen Preise waren zwei Dollars ein kleines Vermögen. Es war ihm unmöglich, die Freude über ein so reiches Geschenk für sich zu behalten; er sprang unter die anwesenden Chinesen hinein, zeigte ihnen die beiden Geldstücke und pries in den kräftigsten Ausdrücken die Mildtätigkeit der fremden Tao-dse. Dann faßte er mich bei der Hand und zog mich zur Seite.

„Du willst nach Kunag-tscheu-fu. Darf ich dir einen Rat geben, weil du so gütig gegen uns bist?"

„Du darfts."

„Ich bitte dich, keinen Menschen hören zu lassen, was ich dir jetzt sage: hüte dich vor den Lung-yin und vor den Kuang-ti-miao!"

Diese Warnung überraschte, ja, sie frappierte mich; es war beinahe wörtlich ganz dieselbe, welche ich bereits aus dem Mund von Kong-ni gehört hatte. Darum fragte ich:

„Warum darf ich dir nicht sagen. Hast du nicht gehört, daß die Lung-yin gern Fremdlinge gefangennehmen, um ein Lösegeld zu erhalten?"

„Ich weiß es. Erst vorgestern ist die Frau eines portugiesischen Kaufmanns in Macao verschwunden, und allen Vermutungen nach von den Drachenmännern gefangen genommen. Doch, ich fürchte mich nicht vor ihnen."

„Du kennst sie nicht, sonst würdest du dich vor ihnen fürchten. Es gibt nichts Schlimmeres, als in ihren Händen zu sein und sie zu erzürnen. Hätte ich die Macht, so würde ich dir einen Talisman geben, der dich vor ihnen schützt."

„Gibt es einen solchen Talisman?"

„Ja."

„Hast du ihn gesehen?"

„Ich habe selbst..., ja ich habe ihn gesehen."

„Wie ist er?"

„Das darf ich dir nicht sagen."

Ich griff an den Hals und zog das Medaillon hervor.

„War es ein solcher?"

Kaum hatte er den Gegenstand erblickt, so verschränkte er die Arme über die Brust und verbeugte sich beinahe bis zur Erde.

„Herr, verzeihe mir. Ich wußte nicht, daß du ein Yeu-ki*) der Lung-yin bist!"

„Woher siehst du dies?"

Er schien sich über diese Frage zu wundern.

„Du hast den Talisman und mußt also wissen, daß es für jeden Grad eine besondere Art desselben gibt. Oder hättest du ihn nicht verdient, sondern nun gefunden? Das könnte dein Tod sein!"

Ich hielt es für nötig, ihn aufzuklären. Aber dieser buddhistische Bonze schien die Organisation des Flußpiratentums zu kennen; es war mir von Interesse, zu erfahren, ob er vielleicht gar ein Mitglieid der Drachenmänner sei.

„Ich habe ihn nicht gefunden. Zeige mir den deinen!"

„Ich habe ihn im Hause, aber du mußt ja an meiner Tasse gesehen haben, daß ich zu euch gehöre!"

Also das war es! Ich hatte zufälligerweise seine eigentümliche Handstellung beim Teetrinken bemerkt; er faßte die Tasse mit den Spitzen des Daumes, Zeige- und Goldfingers an, während er die beiden andern steif ausstreckte. Ich mußte mehr zu erfahren suchen.

„Kennst du auch die andern Zeichen?"

„Es sind ja nur die beiden Grüße, und die kennt jeder: „Tsching-tschi-ng und Tsching-lea-o". Nun weißt du auch ohne den Talisman, daß ich zu euch gehörte. Aber du hast mir nicht die Wahrheit gesagt; du bist kein Y-jin**), sonst hättest du nie Mitglied oder gar ein Oberster werden können."

* „Oberst."
** „Fremder."

Also der Gruß war auch ein Erkennungszeichen; er wurde so ausgesprochen, daß die letzte Silbe eine Dehnung erhielt, also Tsching-tschi-ng statt Ttsching-tsching und Tsching-lea-o statt Ttsching-leao. Dies erfahren zu haben, konnte mir von großem Vorteil sein.

„Ich habe dich nicht belogen, aber trotzdem ist der Talisman mein rechtmäßiges Eigentum. Dir aber muß ich sagen, daß du sehr unvorsichtig bist!"

„Warum? Wir beide gehören zu der großen Lung-hui*) und können also über dieselbe reden!"

„Hast du gewußt, daß ich dazu gehöre? Ich habe dir das Zeichen gegeben, und dennoch warntest du mich vor den Drachenmännern. Weißt du, was für eine Strafe darauf folgt?"

„Der Tod, wenn ich kein Ho-schang**) wäre. Aber einem Diener des großen Fo darf niemand als nur der Hoang-schan***) das Leben nehmen, denn nur er allein ist der Oberste aller Priester. Du warst gut und wohltätig, und da ich dich für einen Fremden hielt, habe ich dich warnen wollen."

„Warum auch vor den Kuang-ti-miao?"

„Das kann ich nun nicht sagen, denn du mußt es selbst wissen."

„So lebe wohl! Aber eins muß ich dir noch sagen: Weißt du nicht, daß im Licking†) zu lesen ist: ‚Die Höflichkeit verbietet streng, das Angesicht eines Mannes schamrot zu machen?'"

„Ich weiß es. Warum fragst du mich?"

„Hast du mich nicht beschämen wollen? Hast du nicht gezweifelt an dem, was ich dir sagte? Und doch habe ich dir bewiesen, daß es die Wahrheit gewesen ist. Nun ist dein Gesicht rot vor Scham. Sei in Zukunft höflicher mit den Fremden, denn sie sind weiser und klüger als ihr. Tsching-lea-o!"

„I lu fu fing****)! Und vergib mir, was ich Unrecht getan habe."

Der Kapitän war mir schon vorausgegangen. Als wir an das Ufer des Stromes kamen, fuhr eben eine kleine Gondel ab, welche neben der unsrigen gelegen hatte.

„Wer war dieser Mann?" fragte ich den Schiffer.

„Ein Fischer, welcher hier ausruhen wollte."

Wir stiegen ein und nahmen unser Segel wieder empor. Der Kapitän legte sich selbst in die Ruder; der Bootsmann nahm das

* „Genossenschaft der Drachen."
** „Bonze"
*** „Erhabene Hoheit", der Kaiser.
† Der chinesische Ritual-Kanon.
**** „Möge dich der Glücksstern auf deiner Reise begleiten!"

Steuer, und ich betrachtete das auf dem Fluß herrschende rege Treiben. Wir hatten uns bei der Pagode länger verweilt, als es erst unsere Absicht gewesen war; der Abend schien nicht mehr fern zu sein, und die geschäftige Flußbevölkerung suchte die kurze Helle noch zu benutzen, um mit dem Tagewerk zu Ende zu kommen.

Es fiel mir auf, daß die Gondel, welche neben unserm Boot gelegen hatte, in grader Richtung auf das jenseitige Ufer zuhielt. Es konnte unmöglich die Absicht des Mannes gewesen sein, bloß auszuruhen. Dies hätte vorausgesetzt, daß er entweder eine längere Fahrt zurückgelegt oder noch vor sich habe; im ersten Fall hätte er sicher gleich nach drüben eingelenkt, und im letzteren wäre er stromauf- oder stromabwärts gegangen, anstatt nach jenseits hinüber zu steuern."

„Kanntest du den Fischer?" fragte ich unsern Bootsmann.

„Nein."

„Was habt ihr gesprochen?"

„Nichts."

Hätte mir ein schweigsamer Araber diese Antwort gegeben, so wäre es mir nicht eingefallen, an der Wahrheit seiner Worte zu zweifeln; der Chinese ist im höchstens Grade rührig und geschwätzig, und es war nicht anzunehmen, daß die beiden Männer so nahe nebeneinander gelegen hatten, ohne sich zu unterhalten. Warum aber belog mich der Chinese? Ich konnte mir keinen Grund denken. Ich erkundigte mich weiter:

„Nach Wam-poa können wir heute nun nicht kommen?"

„Nein."

„So müssen wir uns einen Ort suchen, an welchem wir diese Nacht bleiben können. Weißt du einen solchen?"

„Es gibt überall Kung-kuan*) oder Tien. Die beste ist die Scheu-kuang-tien**), weiter oben am rechten Ufer."

„Wie weit ist es bis dorthin?"

„Fünfzehn Li***). Wir sind in einer Stunde dort, wenn der Wind sich so hält wie jetzt."

„Bis dahin ist es vollständig Abend."

„Das ist gut, denn dann wirst du sehen, wie schön der Fluß des Nachts für Fremde ist. Willst du in dieser Herberge einkehren oder soll ich dir eine andere nennen?"

* Gemeinde-Haus oder Gemeinde-Palast, wo vornehme Reisende auf Staatskosten verpflegt werden.

** „Herberge zum glänzenden Fächer."

*** Der Li ist eine chinesische Meile, deren zehn auf eine starke deutsche Wegstunde gehen.

„Wir werden dort einkehren.“

Je weiter wir kamen, desto dunkler wurde es. Unser Bootsmann steckte eine bunte Papierlaterne auf; jedes, auch das kleinste Boot war mit einer derselben versehen, und die größeren Fahrzeuge wimmelten förmlich von ihnen. Diese Beleuchtung war außerordentlich notwendig; zwar war keine größere Stadt in der Nähe, aber so weit sich die Lichter erkennen ließen, schien der Fluß von Fahrzeugen förmlich bedeckt zu sein.

Da kam ein sehr hochmastiges Boot hinter uns her, welches, so viel man beim Schein der Laterne sehen konnte, von zehn Ruderern getrieben wurde. Es schien hart an uns vorübergehen zu wollen, noch aber hatte seine Spitze unsern Stern kaum erreicht, so erscholl es von derselben zu uns herüber:

„Kiang!“*)

„Lu!“**) antwortete unser Bootsmann.

Im Nu verlöschten drüben die Laternen; es kam etwas herübergeflogen, was wie ein Topf auf den Boden unseres Bootes aufschlug und sofort einen so lähmenden, so erstickenden Geruch verbreitete, daß ich auf der Stelle meiner Sinne beraubt wurde. Ich sah nur noch, daß unser Bootsmann unter das Wasser tauchte. Er war schleunigst über Bord gegangen, als drüben die Laternen verlöschten.

Als ich wieder zur Besinnung kam und die Augen öffnete, lag ich gebunden in demselben Boot, welches uns überfallen hatte; neben mir lag mein guter Master Turnerstick. Ich hatte ebenso wie er einen Knebel im Mund, welcher uns verhinderte, ein Wort zu sprechen.

Der Mann am Steuer war mir bekannt. Der Schein der Laterne fiehl ihm in das Gesicht, und ich sah sehr deutlich, daß es der Fischer war, welcher mit seiner Gondel neben der unsrigen gelegen hatte. Es war ein Lung-yin, und ich vermutete vielleicht mit Recht, daß unser Bootsmann mit den Drachenmännern im Einvernehmen gestanden hatte.

„King-lu“ war also die Losung dieser Leute. Und „King-Lu“, das heißt „Flußdrache“, wurde allüberall der Anführer der Piraten genannt, welcher also, diesem Worte zufolge, von mongolischer Abstammung sein mußte. Es hat Flußpiraten gegeben, so lange eine chinesische Geschichte existiert; doch nie aber hatten

* „Fluß.“

** „Drache.“ Dieses mongolische Wort hat also dieselbe Bedeutung wie das chinesische „Lung“.

sie eine solche Organisation besessen, wie gerade in der gegenwärtigen Zeit, und es herrschte eine Panik vor ihnen, welche selbst die Beamtenkreise erfaßt hatte, so daß es schwer hielt, staatliche Hilfe gegen die Streiche zu erlangen. Jetzt befand ich mich in ihren Händen. Furcht hatte ich nicht, wie ich aufrichtig gestehen muß. Ich hatte mich mit der afrikanischen ‚Gum'*), mit noramerikanischen Bushheaders und ähnlichen Leuten herumgeschlagen und war jetzt, sozusagen, neugierig, wie ich diese Drachenmännser finden würde.

Es saßen dreizehn Mann im Boot, zehn Ruderer, ein Steuerführer, und zwei am Bug, die sich miteinander unterhielten. Sie wußten, daß wir Fremde seien, und schienen anzunehmen, daß wir nicht Chinesisch verständen, sonst würden sie leiser gesprochen haben, da wir ganz in ihrer Nähe lagen und jedes Wort deutlich verstehen konnten.

Neben ihnen standen einige Tongefäßte von ganz derselben Form wie die indischen Tschatties**). Diese festverschlossenen Gefäße waren jedenfalls „Stinktöpfe", welche die chinesischen und malayischen Seeräuber gebrauchen, um ihre Opfer zu betäuben, wie ich und der Kapitän es ja soeben auch erfahren hatten.

„Wer sind die beiden Männer?" fragte der eine der beiden Sprecher.

„Dieser Ta***) ist ein Tao-dse, und der Dicke muß ein Tungyin****) sein, wie uns sein Bootsmann verraten hat. Beide sind reich, denn sie waren die Herren ihres Schiffes."

„Und du wirst sie dem Dschiahur*****) übergeben?"

„Ja. Wir werden die Hälfte ihres Lösegeldes erhalten, und die andere Hälfte wird er mit dem Kiang-lu teilen."

„Wieviel müssen sie zahlen?"

„Das wird der Dschiahur bestimmen."

„Wo wirst du sie ihm übergeben?"

„Im Kuang-ti-miao."

„Ist dort Platz für sie?"

„Ja, denn es befindet sich dort nur das Weib des Por-tu-ki†), welches wir wegnahmen, weil diese Barbaren so dumm sind, daß sie glauben, ein Weib habe auch eine Seele. Sie lieben ihre Frauen

* „Raubkarawane".
** Wasserkrüge.
*** „Ta", ein großer hochgewachsener Mann.
**** „Mann aus dem Osten" = Yankee.
***** Die Dschiahurs bilden einen mongolischen Stamm.
† Portugiese.

gerade so wie sich selbst und bezahlen gern ein hohes Lösegeld, um sie wiederzubekommen. Ihr Mann wird Nachricht erhalten durch denselben Boten, welchen wir auf das Schiff dieser zwei Barbaren senden werden."

Das waren für uns recht tröstliche Aussichten! Wir sollten gefangen gehalten werden, bis einer dieser Biedermänner das Lösegeld von unserer Barke geholt haben würde. Ich hätte diesem Bootsmann, welche die Güte gehabt hatte, uns an die Piraten zu verraten, alles mögliche Schlimme anwünschen können, wenn ich es vermocht hätte, mein lebhaftes Interesse für das gegenwärtige Abenteuer zu überwinden. Ich besaß nicht einmal die Mittel, ein Lösegeld zu bezahlen, und wenn ich mich nicht auf die Kasse des Kapitäns verlassen wollte, so mußte ich mein stets bewährtes gutes Glück und vielleicht auch — den Talisman in Rechnung ziehen, welchen ich von Kong-ni erhalten hatte.

Wir sollten nach einem Tempel des Kriegsgottes Kuang-ti geschafft werden — darum also die wiederholte Warnung vor den Kuang-ti-miao. Es schien, als ob die Drachenmänner gar in den öffentlichen Tempeln ihre Geschäftsbüros aufzuschlagen gewohnt seien, eine Tatsache, die allerdings nur in dem Reich der Mitte denkbar sein kann. Und was dabei meine höchste Teilnahme erregte, war der Umstand, daß die Portugiesin, von welcher ich zu dem Bonzen gesprochen hatte, in demselben Miao gefangen gehalten wurde. Es schien wahrhaftig mein „Kismét" zu sein, auf allen meinen Reisen mit Personen in Berührung zu kommen, die ihrer Freiheit beraubt worden waren.

Wir waren seit meinem Erwachen wohl über eine Wegstunde stromaufwärts gekommen, als das Boot nach links hinüber lenkte und in einen jener vielen Kanäle eingob, welche in Form engmaschiger Netze die chinesischen Niederungen durchziehen. Das rege, bunte Leben, welches auf dem Fluß geherrscht hatte, hörte auf, und die Laternen verschwanden. Es wurde finster um uns her; nur die Sterne leucheten zu unserer nächtlichen Fahrt, und einsam klangen die Schläge unserer Ruderer in die still und wellenlos dahingleitenden Wasser. Es wurde öfters in einen Seitenkanal eingebogen, so daß ich über unsere Richtung immer unklarer wurde, zumal ich am Boden des Bootes lag und der Bord desselben mir jede Aussicht verwehrte.

Endlich tauchte eine dunkle Masse vor uns auf, vor welcher wir hielten. Es war ein umfangreiches Mauerwerk, welches aber nicht lange zu betrachten vermochte, da uns beide jetzt die Augen verbunden wurden. Dann löste man die Stricke, welche unsere Füße gefesselt hielten, und wir mußten uns erheben. Wir stiegen aus dem Boot und wurden an beiden Armen ergriffen.

Zunächst führte man uns eine, wie es schien, ziemlich breite Stufenreihe empor, dann durch mehrere schmale Eingänge über einige Höfe hinweg, bis wir endlich in einen geschlossenen Raum traten wie ich an dem Widerhall unserer Schritte hörte. Hier nahm man uns die Binde wieder von den Augen, und ich erkannte nun, daß wir uns im Innern eines Tempel befanden.

Das Gebäude war aus sehr dicken Backsteinmauern errichtet, schien nur aus diesem einen Raum zu bestehen und zeigte die bekannten Figuren des Kriegsgottes, seines Sohnes Kuang-ping und seines martialischen Stallmeisters, welche von dem Licht mehrerer Lampen hell erleuchtet wurden. Auf den bloßen Steinen des Fußbodens saßen oder lagen in allen möglichen Stellungen wohl an die zwanzig Männer, welches mit Pfeil und Bambusknüppeln, unmöglichen Pistolen und allen Sorten von Messern, Dolchen und Degen bewaffnet waren. Einer von ihnen trug sogar eine beinahe löcherig gerostete Luntenflinte mit einem so langen und wie einen Korkenzieher gebogenen Lauf, daß man hätte glauben sollen, das sonderbare Ding sei bloß gefertigt worden, um Röhren damit auszubohren.

Sie alle gaben sich übrigens die Mühe, eine wenigstens ebenso abschreckende Miene zustande zu bringen, wie der Stallmeister ihres dicken Kriegsgötzen. Ich verspürte aber nicht die mindeste Empfänglichkeit, mich ins Bockhorn jagen zu lassen; die Männer machten vielmehr infolge ihrer antediluvianischen Bewaffnung, ihrer langen Zöpfe, ihrer schiefen Augen, ihrer Stumpfnäschen und ihrer schlafrockähnlichen Bekleidung einen grade entgegengesetzten Eindruck, und es war mir ungefährt zu Mute, als sei ich auf einer Dilettantenbühne als gefangener Heldenspieler unter Räuberstatisten geraten.

Mein guter Frick Turnerstick schien ganz dieselbe Ansicht zu hegen; wenigsten zwinkerte er mir mit dem Augen in einer Weise zu, als habe er die größte Lust, seine riesigen Seemannsfäuste zu gebrauchen, sobald die selben von ihren Banden befreit worden sein, und ich wußte,daß er allerdings der Mann sei, es mit einer Anzahl von ihnen aufzunehmen. Der Chinese zeichnet sich mehr durch die List und Verschlagenheit als durch Körperkraft aus; er bramarbasiert gern, läßt sich aber durch Energie und Charakter sofort einschüchtern, und selbst wenn sich hier und da ein körperlicher Riese findet, so wohnt grad oft in einem großen Gehäuse eine desto kleinere und verzagtere Seele. Wenn es ja zum

Kampfe kam so waren wir allerdings nur auf unsere Arme angewiesen, da man uns die Waffen nebst allem, was sich in unseren Taschen befand, abgenommen hatte.

Endlich zog man uns die Knebel aus dem Mund, so daß wir nun wenigstens vollständig zu atmen vermochten; dann gab man uns pantomimisch zu verstehen, daß wir uns setzen sollten. Ich nahm grad zwischen den Knien des Kriegsgottes Platz, da ich dort die möglichste Bequemlichkeit erwartete und nur von vorn angegriffen werden konnte. Der Kapitän setzte sich neben den grimmigen Stallmeister, dessen Figur er sehr aufmerksam betrachtete.

„Was meint Ihr wohl, Charley," fragte er mich, „ob das fürchterliche Schwert, auf welches sich dieser Götze stützt, wirklich von gutem Stahl ist?"

„Ob von Stahl, das ist zweifelhaft, von Eisen aber jedenfalls, wie Ihr sehr leicht erkennen könnt."

„Well! Da steht der Kerl so eine lange Zeit, ohne einen guten Hieb zu versuchen. Ich denke, daß ich ihm einmal zeigen werde, wozu man eigentlich einen Säbel in die Hand bekommt. Oder wollt Ihr vielleicht in dieser Mausefalle stecken bleiben?"

„So lange es Euch gefällt, bleibe ich auch. Gute Kameraden dürfen einander nicht verlassen."

„So wollen wir machen, daß wir fortkommen!"

„Bringt Ihr den Strick entzwei?"

„All devils, ja, daran habe ich nicht gedacht! Aber könnten wir uns nicht mir einer Anzahl guter Fußtritte hindurchzwingen."

„Geht nicht, Kapt'n! Denkt einmal: zwanzig Mann waren vor uns da; dreizehn kamen mit uns, macht dreiunddreißig. Es ist unmöglich, uns ohne Waffen durchzuschlagen, selbst wenn wir nicht gefesselt wären. Jeder zwei Revolver, das wären vierundzwanzig Schüsse — vielleicht der einzige Weg, uns frei zu machen; aber erstens habenwir unsere Drehpistolen nicht, und zweitens sehe ich keinen Grund, ein Blutbad anzurichten. Übrigens ist es sehr leicht möglich,daß sie unsere Revolver zu gebrauchen verstehen, und dann wäre der Ausgang des Kampfes für uns ein jedenfalls unglücklicher. Ihr wißt ja: viele Hunde sind des Hasen Tod!"

„Wenn man nämlich ein Hase ist, Charley; versteht Ihr mich?"

„In diesem Fall verstehe ich Euch allerdings nicht, zumal Ihr sehr genau wißt,daß ich kein Hasenfuß bin. Man kann Entschlossenheit besitzen, ohne gerade tollkühn zu sein."

„Well; so tut, was Ihr wollt! Ich werde Euch gehorchen."

„Wir werden ja mit diesen Leuten sprechen, und wenn sie keinen Bestand zeigen, ist es auch noch Zeit, an Gewaltmaßregeln zu denken."

„Richtig; gesprochen muß mit ihnen werden! Aber das werdet Ihr nicht tun, sondern ich werde sie selbst vornehmen, und zwar so, daß sie ganz genau erfahren sollen, woran sie mit uns sind. Soll ich anfangen?"

„Wartet noch ein wenig! Wie ich sehe, stehen sie eben im Begriff, die Unterhaltung zu eröffnen."

„Sollen merken, in welcher Weise sich ein Seemann mit solchen Schlang-, Schleng-, Schlong-, Schlung; Schlingels zu unterhalten hat!"

Während unsers Gesprächs hatte man eine kurze Beratung gehalten. Jetzt trat einer der Männer näher und redete uns in gebrochenem Englisch an. Er mochte der einzige sein, welcher dieser Sprache in etwas mächtig war.

„Wer seid ihr?"

„Wer wir sind? Hm, Leute sind wir natürlich!" antwortete Turnerstick mit sehr verheißungsvoll knurrender Stimme.

„Was seid ihr?"

„Was wir sind? Hm, immer noch Leute, natürlich!"

„Wie heißt Ihr?"

„Tut nichts zur Sache, mein Junge."

„Du wirst antworten, wenn ich dich frage; sonst werden wir dir das Reden lernen!"

„Müßte nicht übel klingen, old blunt-nose!"

Sich (alte Stumpfnase) von seinem Gefangenen titulieren zu lassen, schien sehr gegen die Absicht des Chinesen zu sein. Er trat hart an den Kapitän heran und erhob drohend die Faust.

„Soll ich dich niederschlagen, Mensch?"

Die Brauen des Kapitäns zogen sich zusammen, und mit dem lautesten Schalle seiner Stimme donnerte er:

„Away — fffffforrrrrt!"

Der Chinese erschrak bei diesem Ton so, als hätte der Blitz vor ihm niedergeschlagen und sprang mehrere Schritte zurück.

„Komm noch einmal so weit heran," drohte Turnerstick, „so blase ich dich in die Luft, du Flaumfedersperling!"

Er befand sich ganz in der Stimmung, ein ganzes Register von Drohungen loszulassen, hielt aber bereits nach dem letzen Kraftwort inne, denn hart hinter uns erhob sich eine weibliche Stimme:

„Help, per todos los santos! Help, Mesch'schurs!"

Die halb spanischen und halb amerikanischen Worte wurden jedenfalls hinter der Mauer gerufen, vor welcher sich die drei Götterbilder befanden; die Hilfesuchende war sicher keine andere als die gefangene Portugiesin welche das Gespräch vernommen und daraus auf die Anwesenheit von Leuten geschlossen hatte, von denen sie vielleicht Beistand erwarten konnte.

„Hört Ihr's, Charley? Wer mag das sein?"

„Die portugiesische Kaufmannsfrau, von welcher wir gestern gehört haben."

„Steckt die denn hier in dieser Götzenbude?"

„Ja."

„Wißt Ihr es genau?"

„Ganz genau. Die Drachenmänner sprachen vorhin davon."

„So muß sie heraus! Ich breche diesem tönernen Bohomoth oder Leviathan, oder wen der Kerl eigentlich vorstellen soll, den Säbel heraus und schlage damit die ganze Bande zu Hackfleisch!"

„Habt Ihr die Hände frei?"

„Holla, es ist ja wahr! Was werden wir tun?"

„Abwarten!"

„Ja, bis wir auch in irgend einem Loch stecken!"

„Das werden sie wohl nicht so schnell fertig bringen. Diese Leute scheinen es nicht richtig zu verstehen, einen Gefangenen auf ordentliche Weise zu fesseln. Sie haben uns nur die Oberarme an den Leib gebunden, so daß wir die Hände recht gut bewegen können. Wie ich sehe, ist der Knoten Eures Strickes nicht schwer zu lösen, und wenn Ihr nur eine Minute hier grad vor mir zu halten vermöchtet, würde ich die Fessel öffnen können."

„Eine Minute? Pshaw! Ich sage Euch, Charley, zehn Minuten, eine halbe Stunde, einen ganzen Tag werde ich mich halten. Soll ich kommen und dann auch Euch losbinden?"

„Wartet noch, sie scheinen einen Entschluß gefaßt zu haben."

Die Chinesen hatten jetzt wieder miteinander beraten und schienen zu einem für uns keineswegs angenehmen Resultat gekommen zu sein, denn der Dolmetscher trat wieder herbei, ihm zur Seite zwei andere, mit starken Bambusstöcken in der Hand. Ich hatte zunächst die Macht meines Talisman erproben wollen; fiel es aber diesen Leuten ein, per Prügel mit uns zu sprechen, so war ich entschlossen, auf diese Art der Konversation einzugehen. Nachdem sich je einer der beiden anderen vor den Kapitän und mich hingestellt hatte, begann der Dolmetscher:

„Ich werde euch jetzt wieder fragen; antwortet ihr nicht, so erhaltet ihr den Stock!"

Er wandte sich zunächst wieder an den Kapitän:
„Du bist ein Yankee?“
„Mache dich hinweg, Boy, das sage ich dir! So lange wir diese Stricke am Leibe haben, ist mit uns nicht sehr gut zu reden.“
„Die Stricke behaltet ihr daran, bis ihr ausgelöst seid. Und werdet ihr nicht ausgelöst, so werfen wir euch in das Wasser. Also, du bist ein Yankee?“
Der Kapitän antwortete nicht; der Dolmetscher winkte seinem Gefährten, zuzuschlagen, aber es kam nicht dazu, denn Turnerstick fuhr blitzschnell von seinem Sitz auf, sprang auf ihn ein, rannte ihn zu Boden und versetzte dann dem anderen einen so kräftigen Fußtritt in die Magengegend, daß er sich überstürzte. Der dritte, welcher vor mir stand, hatte einen malayischen Kris in seinem Baumwollengürtel stecken, und auf diese Masse war natürlich mein Augenmerk gerichtet. Da ich die Unterarme ein wenig erheben konnte, war es mir leicht, dem Überraschten, der sich keines so schnellen Angriffes versehen hatte, den Dolch zu entreißen, und dann flog er, von dem Absatze meines schweren Seemannstiefels außer Halt gebracht, um einige Schritte weit zurück.
„Niedergebückt, Kapt'n!“ rief ich diesem zu.
„Well; aber macht rasch!“
Turnerstick folgte augeblicklich meinem Gebot und brachte auf diese Weise mir seinen Strick vor den Dolch. Ein Schnitt, und er war frei. Sofort ergriff er den Kris und zerschnitt auch meine Bande. Das ging so schnell, wie einstudiert, so daß wir fessellos waren, noch ehe uns einer der Gegner wieder nahe kommen konnte.
„Jetzt drauf! Come on, Charley!“ rief der Kapitän.
Mit beiden Fäusten zugleich ausholend, schlug er den Arm des Stallmeisterbildes entzwei und erfaßte das wohl fünf Fuß lange und vier Zoll breite zweischneidige Schwert. Für mich gab es außer dem Dolch, der mir nicht viel nützen konnte, keine andere Waffen, als die ehernen Räucherbecken, welche vor den Bildern standen. Ich hatte kaum Zeit, eines derselben emporzunehmen, so sah ich mich auch schon angegriffen.

Die guten Chinamänner schienen vor dem riesigen Schwert weit mehr Respekt zu haben, als vor meinem Becken, denn während sie den Kapitän nur umzingelt hielten, drangen sie auf mich in hellen Haufen ein. Ich trat zwischen die Beine des in imponierender Korpulenz dasitzenden Kriegsgottes zurück und verteidigte mich. Das Becken war so schwer, daß jeder Schlag mit demselben den Getroffenen besinnungslos zu Boden werfen mußte —

schon beim vierten Hieb zogen sich die Angreifer zurück, trotz der Luntenflinte, alias Röhrenbohrer, mit welcher der Träger derselben mit fürchterlicher Miene auf mich gezielt hatte, ohne im glücklichen Besitz einer Lunte zu sein. Selbst wenn er imstande gewesen wäre, zu schießen, hatte ich seine Spiralkanone nicht zu fürchten gebraucht, da diese für ihn weit gefährlicher sein mußte, als für jeden andern.„Abgeblitzt, Kapt'n," lachte ich, „aber noch immer im Belagerungszusand. Wollen wir einen Ausfall riskieren?"

„Was wollen diese Nußschalen gegen zwei solche Dreimaster ausrichten, wie wir sind? Vorwärts, wir segeln sie in den Grund!"

„Wird Euer Schwert nicht zu lang sein?"

„Je länger, desto besser. Ich wollte, es wäre so lang wie der Hauptmast einer Fregatte!"

Er faßte den Griff seiner Waffe mit zwei Händen und rückte zur Attacke vor. Ich unterstütze diesen Angriff zunächst durch eine Kanonade, welche ich mit den übrigen Becken eröffnete und die von sehr günstigem Erfolg begleitet war, und dann setzte auch ich mich als Zentrum in Bewegung. Der andere Flügel fehlte, da wir nur zu zweien waren.

Die feindliche Linie zog sich um einige Schritte zurück; dies verdoppelte den Mut der Kapitäns. Wie der vorige Inhaber des Riesenschwertes, stürzte jetzt er sich auf dasselbe, war ihm aber wegen der Länge der Waffe nicht vollständig gelang, und begann, nach dem Vorbild der Helden und Recken des Altertums, eine herausfordernde Rede zu sprechen.

„Chineseng, Räuber, Drachenmanning, Mörder und Spitzbuben! Hier steht der Kapitän Turningsticking und dort sein Freund Charleng, der die Indianer totgeschlagung und die Löwang totgeschossing hat. Was seid ihr gegeng uns! Es wird euch zwei Minutang Zeit gegebong; habt ihr bis dahing die Waffeng nicht gestreckt, so seid ihr verlorung und weret von uns ing deng Grund geborang!"

Diese in dem zuversichtlichsten Ton gehaltene Ansprache schien, allerdings nur infolge eben dieses Tones, nicht ganz ohne Wirkung zu sein, doch wurde dieser Eindruck durch den Dolmetscher vollständig vernichtet, denn dieser brach in ein lautes Gelächter aus und rief:

„Dieser Yeng-kie-li*) ist wahnsinnig; er will die Sprache der Mitte reden und versteht sie nicht. Schlagt ihn nieder!"

* „Yankee, Amerikaner."

Doch auch wir erhielten eine Aufmunterung, mutig zu sein, denn hinter der Mauer hervor ertönte es:

„Maten à los Carajos!"*)

„Was sagt die Portugiesin?" fragte Turnerstick.

„Sie spricht spanisch. Wir sollen die Kerls niederschlagen."

„Well, so tun wir es auch. Wir sind die beiden Ritter dieser Dame und müssen sie unbedingt herausholen!"

Der Vorschlag des „ritterlichen" Kapitäns war doch nicht ganz nach meinem Geschmack. Diese Chinesen hätten uns bereits förmlich ersticken müssen, wenn ihre Feigheit nicht eine so beispielslose, eine beinahe unmögliche gewesen wäre. Es war mir wirklich unbegreiflich, wie solche Leute Flußpiraten sein konnten. Doch war jetzt ihre Überzahl gegen uns zwei so bedeutend, daß ich wirlich vorzog, zunächst meinen Talisman zu erproben. Schon langte ich nach der Schnur, da öffnete sich der Eingang, und es erschien ein Mann, der eine solche Länge besaß, daß er mich ganz sicher um einen vollen Kopf überragte. Der Bau seiner Glieder war dieser Länge vollständig proportionabel, so daß er den Eindruck einer mehr als ungewöhnlichen Körperschaft machte.

„Der Dschiahur!"

So hörte ich es aus dem Wunde einiger der Chinesen erklingen, und unwillkürlich zogen sie sich noch weiter von uns zurück, wie um anzudeuten, daß nur er der Herr unsers Schicksales sei.

Das also war der Unteranführer des berüchtigten Kiang-lu! Bei ihm gab es sicherlich keine Spur von Feigheit, das war aus seiner Nationalität zu schließen. Die Dschiahurs bilden nächst den Kolos, welche von den Chinesen Si-fan genannt werden, denjenigen mongolischen Völkerstamm, welcher von der Kultur noch am wenigsten berührt worden ist. Sie sind stark, tapfer, genügsam, aber auch rachsüchtig und roh, und allgemein ist von ihnen bekannt, daß der Raub als eine Art Sport von ihnen ausgeübt wird. Dieser Dschiahur war sehr gut bewaffnet; er hatte, was in dieser Gegend eine Seltenheit ist, hohe mongolische Stiefeln, und die wenigen, aber wohlgepflegten Haare seines dünnen Schnurrbartes hingen ihm beinahe bis zum Gürtel hernieder.

Er überflog die sogenannte Versammlung mit einem raschen, stechenden Blick seiner kleinen, listig kalten Augen und trat dann zu den beiden Männern, die das Boot befehligt hatten, von welchem wir überfallen worden waren. Sie statteten ihm halblaut

* „Macht die Schurken nieder!"

einen kurzen Bericht ab, im Laufe dessen sich seine Stirn mehr und mehr verfinsterte. Am Schluß desselben überblitzte er die Seinigen mit einem drohenden Blick und Schritt dann grad auf den Kapitän zu, der ihm am nächsten stand.

„Weg mit dem Schwert!" gebot er in chinesischer Sprache.

Auch wer dieselbe nicht verstand, mußte sich über den Sinn seiner Worte im klaren sein, da die begleitende Handbewegung eine sehr deutliche war; dennoch behielt Turnerstick die Waffe in der Hand und öffnete den Mund zu einer Antwort. Er kam aber zu keinem Laut, denn die mächtige Faust der Dschiahur traf ihn so an die Stirne, daß er lautlos zusammenbrach.

Das war ja mein eigener Jagdhieb, der mir zu dem Beinamen ‚Old Shatterhand' verholfen hatte! Es zuckte mir in der Faust, aber ich blieb ruhig, denn mein Schlag sollte ihn nicht so unerwartet und heimtückisch treffen, wie der seinige meinen armen Kapitän. Für den Fall eines Faust- oder Ringkampfes war mir nicht bange; es war sehr leicht zu sehen, daß ich hier einer sehr hohen Kraft gegenüberstand, der ich physisch wohl nicht gewachsen, in anderer Beziehung aber vielleicht überlege war.

Er trat jetzt zu mir heran.

„Weg mit dem Becken!"

Ich regte kein Glied. Sein Arm zuckte blitzschnell empor und gegen mich hernieder; fast zur gleichen Zeit aber auch stieß er einen Schrei aus und wich einen Schritt zurück. Er hatte sich die Rechte verstaucht, da ich mit der Faust den Hieb gegen seine Handwurzel pariert hatte. Unter einem zweiten Schrei der Wut riß er mit der Linken sein Messer hervor und holte gegen meinen Hals aus — ein Schlag von unten und mit der Linken gegen sein Kinn, fast in demselben Moment ein zweiter mit der Rechten gegen seine Schläfe, und er krachte neben Turnerstick auf den Boden nieder.

Das war den andern denn doch zu viel; sie drangen laut heulend auf mich ein. Ich riß den Talisman hervor, denn jetzt war der Augenblick gekommen, an welchem ich seiner am notwendigsten bedurfte.

„Halt — sao-sao!*)" rief ich ihnen entgegen. „Wer will es wagen, gegen diese Zeichen zu kämpfen!"

Die vorderen blieben halten, und schon nach dem ersten Augenblick war ich überzeugt, daß ich das Erkennungszeichen bewähren werde.

* „Sachte, langsam!"

„Ein Yeu-ki*)", ertönte es. „Er steht eine Stufe höher als der Dschiahur, der nur Tü-ßü**) ist!"

Diese Worte belehrten mich, daß die Drachenmännser für ihre Oiffiziere ganz genau die militärische Gradation in Anwendung brachten. Das Geschenk Kong-nis war kein Talisman, sondern ein geheimes Rangabzeichen. Wie aber war Kong-ni zu demselben gekommen? War vielleicht auch er ein Oberst der Flußpiraten? Er hatte auf mich nicht den Eindruck eines solchen Mannes gemacht. Das Bewußtsein, für einen hervorragenden Unteranführer der Lung-yin zu gelten, gab mir die nötige Sicherheit.

„Ja, einen eurer Yeu-ki habt ihr gefangen genommen, gefesselt und geknebelt, so daß er sich euch nicht einmal zu erkennen geben konnte. Ihr habt mir alles genommen, aber er war eure Pflicht, mich vollständig auszusuchen; dann hättet ihr das Zeichen gefunden."

„Verzeihe uns, o Herr!" meinte einer. „Nur die sind schuld, welche dich gefangen nahmen."

Da trat einer der beiden Bootsanführer hervor.

„Nein, Herr, wir sind auch nicht schuld. Dein Ruderer sagte, du seist ein Tao-dse und dein Begleiter ein Yeng-ki-li. Du fuhrst auf einem gewöhnlichen Tschuan***), so daß wir nicht wissen konnten, daß du zu den Unsrigen gehörst. Hättest du einen Lung-tschuan†) oder einen Lung-yen††) benutzt und unsere Laterne aufgezogen, so würden wir dir deine Ehre erwiesen haben."

„Willst du mir gebieten, was ich zu tun habe?"

Der Dschiahur hat nach mir geschlagen, ohne mich zuvor zu hören. Bindet ihn!"

„Dürfen wir es?"

„Ihr müßt es!"

Während sie meinen Befehl Folge leisteten, begann der Kapitän, sich zu regen.

„Charley!" seufzte er, indem er die Augen öffnete.

„Kapt'n!"

„Alle Wetter! Wo bin ich? Warum brummt und summt es mir in den Ohren, als hätte ich mich mit einer Handpeitsche einen Hieb... ah, Charles, jetzt weiß ich es!"

* Oberst.
** Oberstleutnant.
*** Barke.
† Drachenbarke.
†† Drachenauge.

Er sprang auf. Der Hieb des Dschiahur hätte einen andern getötet, Turnersticks Schädel aber besaß eine so gediegene Bauart, daß ihm eine bloße Faust nichts anzuhaben vermochte. Mit der Besinnung war ihm auch sofort das Bewußtsein alles Geschehenen zurückgekehrt.

„Potz Blitz, da liegt ja der Halunke! Habt Ihr ihn in den Grund gebohrt?"

„Ja." Und leiser fügte ich hinzu: „Ich gelte für einen Obersten der Strompiraten. Verhaltet Euch darnach!"

„Wie — wa — was? Ah, gut; da hissen wir alle Segel, ziehen alle Flaggen und Wimpel und machen uns in großer Parade schleunigst aus de Staub."

„Ohne die Portugiesin?"

„Well, Charley, die hätte ich in der Eile vergessen. Die nehmen wir natürlich in das Schlepptau!"

„So tut mir vorher den Gefallen, und dreht diesem Riesen hier einmal Euer Taschentuch in den Mund."

„Warum? Er ist ja gebunden."

„Er wird bald erwachen, und wenn er zu sprechen vermag, weiß man nicht, was für Hindernisse er uns bereiten kann."

„Richtig; er soll das Sacktuch bekommen!"

Während er dem Gebundenen den Knebel gab, wandte ich mich zu den übrigen:

„Zurück mit dem, was ihr uns abgenommen habt!"

Es geschah, und sobald ich mich im Besitz des Messers und der Revolver wußte, fühlte ich mich so sicher, als ob ich mich an Bord unseres „The wind" befände.

„Ihr habt eine Gefangene hier?"

„Ja. Es ist eine Por-tu-ki."

„Bringt sie herbei!"

Der, welcher für alle antwortete, verschwand hinter den Götzenbildern. Ich hörte eine Tür knarren, und dann erschien er mit der Gefangenen.

„Goeden avond — good evening, Mesch'schurs!" grüßte sie niederländisch und englisch, indem sie rechts und links die Seitenfalsten ihres Rockes erfaßte und einen sehr tiefen, respektvollen Kniks machte.

„Goeden avond, Mejuffrouw*)," antwortete ich, und indem ich meine holländischen Sprachbrocken zusammensuchte, fragte ich: „Gij zijt uit Nederland"**)

* „Guten Abend, Fräulein."

** „Seid Ihr aus Niederland?"

Der Kapitän blickte mich ganz erstaunt an, daß ich eine Portugiesin holländisch anredete; ich aber hatte auf den ersten Blick gesehen, daß wir es mit einer Niederländerin zu tun hatten. Dieses breite, kräftig gerötete Gesicht, diese mehr als volle Gestalt, das schlichtblonde Haar, die blauen Augen, die großen Hände und Füße — es wäre unmöglich gewesen, diese Person für eine Portugiesin zu halten, selbst wenn ihr Tracht nicht eine echt und spezifisch niederländische gewesen wäre. Ich hätte sofort jede Summe gewettet, daß sie der dienenden Klasse angehöre; die Frau eines reichen portugiesischen Kaufmanns war sie auf keinen Fall, und hier mußte also auf irgend einer Seite ein Irrtum vorliegen.

Sie machte ein höchst freudiges Gesicht, als sie ihre Muttersprache hörte, und fragte, mit die Hand zum Willkommen entgegenstreckend:

„Zijt gij ook een Nederlander?"

„Neen; ik ben een Duitscher."

„Eeen Duitscher? O, ik kann ook deusch spreken; ik war in Berlin twee Jahre und drie Weeken Köchin."

„Wie kommen Sie von Berlin nach China?"

„Ik kam von Berlinnach Hertogenbosch und Amsterdam, wo ik bei eenen reichen Koopmann Köchin wurde. Er zog nach dem Kap, wo de Mann eenen Naastbestaanden*) hatte, dessen Wisselbank er übernehmen sollte. De Huisgezin, die Familie, starb aus, und ik fand de Brouw van eenen Koopmann aus Lissabon, die mij met nach Macao nahm."

„Alle Tausend! Da sind Sie ja recht weit in der Welt herumgekommen! Waren sie bis jetzt bei dieser Frau?"

„Ja, bis voor dire Dagen."

„Wie kamen Sie von ihr weg und hierher?"

„Wij waren spazieren; da kamen deze Räuber und hebben mij gefangen genommen."

„Was geschah mit Ihrer Herrin?"

„Zij is ausgerissen."

Jetzt war mir der Fall klar. Die Drachenmänner hatten es auf die reiche Kaufmannsfrau abgesehen gehabt, die als Portugiesin jedenfalls weit schmächtiger gebaut war, als unsere dicke Holländerin. Da nun bei den Chinesen die Korpulenz als die höchste weibliche Schönheit gilt und aus diesem Grund jede vornehme Frau sich Mühe gibt, wohlbeleibt zu werden, so hatte man die

* Anverwandten.

Dienerin für die Herrin gehalten, die erstere entführt und die letztere entkommen lassen.

„Wie heißt Ihr Herr?" fragte ich weiter.

„Petro Gonjuis."

„Wie konnte man Euch mitten in der Stadt anfallen?"

„Het war am späten Namiddag und bald dunkel geworden."

„Was tat man mit Ihnen?"

„Zij hebben mij in een Doeck*) gewickelt und in een Kahn getragen, und dann hebben zij mij hierher gefahren."

„Und von da an haben Sie da hinten gesteckt?"

„Ja. Und da is het mij voorbeeldelos**) slecht gegangen. Niemand heest mij besucht; niemand heest mij een Maaltdnd***) gebracht; ik konnte niet flapen, weil es rondam an een immrwährendes Roepen und Loopen****) gin, so daß ik ganz zwak und dor*****) geworden bin. Sobald ik wider in Macao ben, werde ik die ondeugende Gezelschap†) bestrafen laten!"

Ich hätte beinahe darüber lachen müssen, daß sie glaubte, vor Hunger, Durst und Ruhelosigkeit „schwach und dürr" geworden zu sein. Aber dazu tat sie mir doch zu leid. Ich fragte noch:

„Haben Sie Verwandte, und waren Sie vielleicht verheiratet?"

„Ik ben een Meisje††); ik ben nooit†††) eene Vrouw gewesen. Mijn Vader und mijne Moeder zien tot, und die anderen hebben mij vergeten."

„So werde ich mich Ihrer annehmen und Sie zu Ihrer Herrschaft zurückbringen oder wenigstens zurückbringen lassen!"

Während dieses Gespräches war der Dschiahur erwacht. Er konnte weder reden noch sich bewegen, aber er funkelte mich mit grimmigen Augen an, und es stand zu erwarten, daß ich in ihm einen sehr zu beachtenden Feind gewonnen hatte. Ich wandte mich an seine Leute:

„Dieses Weib ist nicht die Frau des Por-tu-ki, sondern nur ihre Dienerin. Der Por-tu-ki wird für sie keinen Li bezahlen, und ich nehme sie mit mir, um ihr die Freiheit wiederzugeben."

* Ein Tuch.

** Beispiellos.

*** Mahlzeit.

**** Rufen und Laufen.

***** Schwach und dürr.

† Die nichtsnutzige Gesellschaft.

†† Mädchen.

††† Niemals.

„Es entstand ein leises Murren, und einer wagte sogar den Widerspruch:

„Das Weib gehört uns, und niemand darf sie uns nehmen. Sie ist die Frau des Por-tu-ki, denn sie ist schöner als diejenige, welche mit ihr ging!"

Wenn ich ihnen glücklich entkommen wollte, durfte ich mir das nicht bieten lassen. Ich trat daher hart an ihn heran.

„Ich sehe an deinem Gesicht und an deinen krummen Beinen, daß du kein Tschia-des*), sondern ein Tatar bist. Glaubst du, daß ich als euer Yeu-ki es leide, wenn mich ein Tsao-ta-dse**) für einen Lügner erklärt? Oder meinst du, daß er mir schwerer wird, dich niederzuschlagen, als den Dschiahur, welcher um zwei Köpfe größer ist, als du?"

Ich faßte ihn bei der Kehle und am Oberschenkel, hob ihn empor und war ihn gegen die Mauer, daß er sicher nur unschädlich war.

„Richtig, Charley!" meinte Turnerstick. „Soll ich Euch bei diesem Ballspiel helfen? Der Hieb dieses Menschen hat mich in eine ganz besondere Leidenschaft für solche Zerstreuungen gebracht."

„Ist nicht notwendig, Kapt'n, denn ich denke, daß diese guten Leute uns parieren werden."

Es war ihnen wirklich anzusehen, daß ich ihnen imponiert hatte.

„Tretet einmal näher!" gebot ich den beiden Männern, welche das Boot befehligt hatten. „Euer Boot liegt noch draußen vor dem Kuang-ti-miao?"

„Ja, Herr."

„Wie lange seid ihr bereits an diesem Ort?"

„Drei Tage."

„Wie lange werdet ihr noch bleiben?"

„Du willst uns versuchen, denn du weißt, daß wir in jedem Kuang-ti-miao nur vier Tage bleiben dürfen."

„Gut! Macht euch fertig, uns nach dem Strom zu bringen!"

„Befiehlst du einen Angriff auf ein Fahrzeug?"

„Nein. Ihr habt unsere Fahrt unterbrochen und werdet uns daher nach Kuang-tscheu-fu bringen."

„Wir gehorchen!"

Jetzt nahm ich eines der Lichter und trat hinter die drei Staturen. Im Rücken des Kuang-ti führte eine Tür in einen engen,

* Chinese.

** „Stinktataren". So lautet bei den Chinesen der Schimpfname für die nomadisierenden Mongolen.

dunklen Raum, welcher zur Aufbewahrung des Tempelinventars zu dienen schien, denn ich erblickte neben künstlichen Kränzen und Girlanden eine Menge geölter Papierlaternen, mehrere Räucherbekken, Tamtams und sogar eine Pauke von chinesischer Konstruktion.Das war das Gefängnis der Niederländerin gewesen. Die Tür hatte ein Schraubenschloß, ähnlich den alten deutschen Mutterschlössern, bei denen der Drücker zugleich als Schlüssel dient, indem er abgedreht und wieder angeleiert werden kann.

„Kapt'n, bringt einmal den Gefangenen herbei!" sagte ich.

„Well! Wollt ihn wohl in diese Koje stauen?"

„Aus Vorsicht. Mitnehmen können wir ihn nicht, und ihn so wie jetzt liegen zu lassen, ist nicht ratsam, wie Ihr leicht begreifen werdet."

Er nahm den Dschiahur beim Kragen und schleifte ihn herbei. Wir brachten ihn in den Raum, und dann verschloß ich denselben und steckte den Schlüssel zu mir.

Die Drachenmänner hatten dies ruhig mit angesehen; jetzt aber fragte mich einer derselben:

„Was befiehlst du, daß mit dem Dschiahur geschieht? Wer soll seine Gefanennahme dem Kiang-lu melden, du selbst oder wir? Ich bin der Yng-pa-tschung, der Leutnant unserer Abteilung und müßte ihn nach Li-ting bringen, wenn du nicht selbst hingehst."

„Li-ting*) ist eine Stadt am Pe-kiang**) und wegen ihrer Goldkarpfenzucht berühmt. Dort also war der Kiang-lu zu suchen.

„Ich habe Wichtigeres zu tun," antwortete ich. „Der Dschiahur bleibt bis zum Morgen hier, und dann schaffst du ihn gebunden zum Kiang-lu."

„Wird dein Bericht dann bei ihm angekommen sein? Der Tsiang-ki-um***) sieht streng auf Pünktlichkeit."

„Du hast mir keine Lehren zu geben, sondern nur zu tun, was ich dir befehle!"

„So gib mir den Schlüssel!"

Diese Forderung, so einfach und selbstverständlich sie war, harmonierte nicht mir meinen Absichten, doch war ich, um alles Mißtrauen zu vermeiden, gezwungen, ihr zu entsprechen.

„Hier ist der Drücker; aber ich gebiete dir, diese Tür nicht eher zu öffnen, als bis der Tag angebrochen ist."

* Zu Deutsch „Karpfenstadt".

** Zu Deutsch „Nordstrom".

*** Oberstkommandierende.

„Welchen Namen soll ich dem Tsiang-ki-um nennen, wenn ich von dir spreche?"
Ich konnte keinen andern nennen als denjenigen, welchen mir Kong-ni gegeben hatte.
„Ich heiße Kuang-si-ta-sse."
„Dein Name ist schöner und höher als der meinige; ich werde dir in allen Stücken gehorchen!"
„So sorge darfür, daß die Dienerin der Por-tu-ki Speise in dem Boot finde! Ihr habt sie hungern und dürsten lassen. Wurde euch das vom Tsiang-ki-um geboten?"
„Herr, du weißt ja selbst, wie die Gefangenen behandelt werden müssen. Wenn sie hungern und dürsten, gehen sie leichter auf das alles ein, was wir von ihnen verlangen."
„Zounds, Charley, seid Ihr bald fertig mit Eurer Verhandlung?" ließ sich jetzt der Kapitän vernehmen. „Ihr sprecht ja ein so schauderhaftes Chinesisch miteinander, daß es ganz unmöglich ist, auch nur ein einziges Wort zu verstehen!"
„Ich bin zu Ende, und wir können also aufbrechen."
„Well! Vorher aber muß ich diesen Leuten erst noch meine Meinung zu verstehen geben."
„Tut das, Kapt'n! Es kann ihnen nicht schaden wenn wir mit der gehörigen Malice abtreten."
„Sagt mir vorher noch, was Adieu auf Chinesisch heißt?"
„Tsing leao."
„Tsing leao, tsing leao! Ich werde das doch nicht etwa bis zum Schlusse meiner Rede vergessen!"
Er stellte sich in Positur.
„Mesch'schurs Pirateng, Robbers und Galgengstricklings! Ihr habt einseheng müssang, daß wir zwei von eureng höchsting Anführers sind. Ihr werdet zu gesteheng..."
„Tsing leao!" wiederholte er leise, sich zur Seite drehend; dann fuhr er laut fort:
„Daß wir diejenigeng Kerls sind, die sich vor dem Teufel und euch nicht fürchteng. Dieser Charling hier hat eureng Hauptmann niedergeschlagong..."
„Tsing leao!" flüsterte er wieder abseits...
„Und ich, der Kapitän Turninsticking, werde jedeng massakrierang, der es wagt, zu emeutireng..."
„Tsing leao!" klang es leise zum drittenmal.
„Oder sich gegen uns zu empörang. Jetzt geheng wir fort. Leimt dieseng Beel zu Babel wieder zusammung, und haltet uns in guteng Andenking! Tsing leao, lebing wohleng, gutung Nacht!"

Sie hatten diese Musterrede mit schuldiger Aufmerksamkeit angehört, und sogar dem Dolmetscher war diesesmal kein Lächeln beigekommen. Darüber mußte auch ich einige Worte hören lassen; ich machte es kurz:

„Wir gehen. Yng-pa-tsung, du weißt, was ich dir befohlen habe. Grüße mir den Kiang-lu!"

Jetzt verließen wir den Tempel, welcher für uns so verhängnisvoll hätte werden können. Einige Papierlaternen leuchteten uns auf dem Wege nach dem Wasser; ihr Licht war nich intensiv genug, daß ich de Bauart des Gebäudes hätte betrachten können. Am Landeplatz lagen mehrere Boote, deren eines wir bestiegen; es war dasselbe, in welchem wir angekommen waren, und dieselbe Mannschaft, welche uns gebracht hatte, stieg ein, um uns fort zu rudern.

Der Leutnant hatte für Trinkwasser und Früchte gesorgt, so daß die Niederländerin ihren Hunger und Durst stillen konnte.

„God sei Dank," meinte sie, „dat ik armes Schepsel*) een Avondeten**) finde! Het is kein Wildbraad und kein Ham***) oder gebraden Bleesch, abe rhet stiltl den Hunger und den Schmerz, den ik im Maagen heb."

Das gute „Meisje", wie sie sich selbst bezeichnet hatte, schien nicht bloß in einer Beziehung von sehr substantieller Gewähnung zu sein; in zehn Minuten war der ganze beträchtliche Vorrat, der zur Sättigung mehrerer Personen gelangt hätte, ein Opfer ihres (Magenschmerzes) geworden, und es war wirklich drollig, die verwunderten Ausrufe zu hören, zu welchen dieser Appetit die sehr genügsam gewöhnten Chinesen veranlaßte.

Jetzt wurde sie redselig; ich erfuhr, daß sie Hanje Kelder heiße, und bekam eine ausführliche Biographie von ihr zu hören. Sie zeigte sich sehr erstaunt darüber, daß sie nicht nur von den Drachenmännern, sondern auch vo dem allgemeinen Gerücht mir ihrer Herrin verwechselt worden war, und gab die sehr energische Absicht kund, die Räubers alle (ophangen te laaten).

Dies brachte auch mich zu der stillen Frage, in welcher Weise ich mich zu den Strompiraten verhalten würde. In gewisser Beziehung war es ganz sicher meine Pflicht, meine Erfahrungen bei der Polizei zur Anzeige zu bringen; aber welche Unannehmlichkeiten, Plackereien und Zeitversäumnisse konnten daraus entste-

* Geschöpf.
** Abendessen.
*** Schinken.

hen! Dabei durfte ich auch der Gefahren nicht vergessen, in welche ich mich dadruch bringen konnte; den Umstand gar nicht gerechnet, daß diese Anzeige ein Verrat gegen Kong-ni war, der sich mir so ungewöhnlich dankbar gezeigt hatte.

In diesen Betrachtungen wurde ich durch einen Ausruf des Kapitäns gestört:

„Horcht, Charley! War das nicht Ruderschlag hinter uns?"

Ich lauschte und vernahm allerdings jenes unverkennbare Geräusch, welches durch das Eintauchen der Ruder entsteht.

„Es kommt ein Boot hinter uns her, Kapt'n!"

„Yes! Aber was für eines? Ich denke, daß wir ein wenig Ursache haben, vorsichtig zu sein."

„Allerdings. Es ist sehr leicht möglich, daß dieser Leutnant den Dschiahur befreit hat, der in diesem Fall höchst wahrscheinlich auf den Gedanken gekommen ist, uns zu verfolgen."

„Was tun, Charley? Die Drachenmänner hier werden ihm natürlich helfen."

„Wir müssen einen Vorsprung zu gewinnen suchen und sie dann unschädlich machen. Legt Euch mit in die Riemen; wir sind kräftiger als die Chinesen!"

„Well, wollen ihnen einmal zeigen, daß wir ein Boot fliegen lassen können!"

Ich gebot den Leuten, sich kräftiger in das Zeug zu legen; wir griffen selbst mit zu und verdoppelten die Schnelligkeit des Fahrzeuges. Nach einiger Zeit erreichten wir den Einfluß eines Seitenkanals, in welchen ich einbiegen ließ; dann gebot ich, die Laternen auszulöschen. Die Bootsleute gehorchten mir, obgleich sie meine Absicht nicht begreifen konnten.

„Legt an!" befahl ich, als wir eine Strecke einwärts gekommen waren.

Das Boot begrührte das ufer.

„Alle aussteigen!"

„Warum, Herr?" fragte der Mann am Steuer.

„Du hast nur zu gehorchen. Vorwärtst!"

Sie stiegen, allerdings zögernd, aus.

„Bleibt hier, und verhaltet euch ruhig, bis ich euch wieder einsteigen lasse!"

Ich stemmte das Ruder ein, stieß das Boot vom Ufer ab und ließ es hinüber an das jenseitige Ufer gehen.

„Well done, daß ist richtig, Charley," meinte Turnerstick; „jetzt sind wir diese Kerls los. Aber horcht!"

„Kiang!" rief es vom Hauptkanal her.

„Lu!“ antworteten unsere Bootsleute trotz meines Befehls, sich ruhig zu verhalten.

Das Boot, welches mir gehört hatte, war an die Kreuzungsstelle der beiden Kanäle gekommen, und die Insassen desselben hatten durch die Losung erfahren wollen, nach welcher Richtung wir gegangen waren.

„Wir sind verraten, Charley. Was tun?“ fragte der Kapitän.

„Schnell an das Land alle drei, und dan abwarten, mit wem wir es zu tun haben!“

Wir befestigten das Boot an einem Baumwollenstrauch, welcher am Wasser stand, und stiegen aus.

„Wird deze Gefahr grott sein, Mynheer?“ fragte die Holländerin leise.

„Das wird sich bald zeigen,“ antwortete ich.

„Ik vrees mij niet*). Geest mij een Stock oder een Ruder, und ik werde es den Kerls um die Hoofdeen**) slaan, dat ihnen die Ohren wie eene Baßgeige rummen!“

Das war ja ein recht beherztes „Meisje“! Eine andere wäre in dieser Lage vor Angst in Ohnmacht gefallen.

„Bravo, Fräulein Kelder! Die Ruder liegen schon bereit. Greifen Sie zu, und wenn sie wirklich Ernst machen, so versuchen Sie, nur immer auf die Köpfe zu treffen.“

„Hebt niet Angst! Ik word dezen Menschen schon zeigen, wat eene Holanderin für kräftige Armen und Buiste hat!“

Jetzt ertönte der Ruderschlag ganz in der Nähe.

„Kiang!“ rief es noch einmal.

„Lu!“ antwortete es drüben.

Das Boot legte ei unsern Leuten an.

„Wo ist euer Tschuan***)?“ fragte eine Stimme, in welcher ich sofort diejenige des Dschiahur erkannte.

„Drüben am andern Ufer.“

„Wo ist der Tan-yin****) mit dem Weibe und seinem Gefährten?“

„Auch drüben.“

„Warum habt ihr euern Tschuan verlassen?“

„Der Yeu-ki befahl es.“

„Er ist kein Yeu-ki, kein Oberst der Drachenmänner. Er hat das Zeichen gestohlen. Er wird es herausgeben und dann sterben. Wartet hier!“

* Ich fürchte mich nicht.

** Köpfe.

*** Barke.

**** Große Mensch.

Das Boot lenke zu uns herüber. Eine Flucht war nicht geraten, da wir das von vielen Wassern durchschnittenen Terrain nicht kannten; wir mußten uns wehren. Dabei konnte es meine Absicht nicht sein, sie ungehindert das Ufer erreichen zu lassen.

„Halt!“ rief ich ihnen entgegen. „Hier wird nicht gelandet!“

„Das ist er. Drauf; stecht ihn nieder!“

Ich sah die Riesengestalt des Dschiahur inmitten des Bootes stehen. Dieses stieg an, und mehrere der Leute sprangen an das Land. Wir hatten das Ruder erhoben; zwei Schläge und noch zwie — wir waren von ihnen befreit.

„Nehmt euch die Ruder,“ gebot der Mongole. „Schlagt die Yeng-kie-li-sten*) nieder!“

Er blieb im Boot stehen, die übrigen sprangen heraus. Drei davon warfen sich auf mich. Sie holten zu gleicher Zeit aus. Den vordersten traf mein Hieb, die beiden anderen vermochte ich nicht zu gleicher Zeit zu parieren; ich erhielt einen Schlag auf die linke Achsel; dann wurde ich von vor und von hinten gepackt.

„Haltet ihn fest!“ rief der Dschiahur.

Ein rascher Sprung brachte ihn an das Land. Ich schüttelte die beiden kleinen Männer von mir ab, bracht es aber nicht schnell genug fertig. Er konnte seine verstauchte Rechte nicht gebrauchen, doch in seiner Linken blitzte das Messer. Ich bog mich zur Seite, und die Kinge fuhr mir an das Ohr. Ich packte ihn bei der Kehle und beim Arme, wurde aber zu gleicher Zeit von den beiden anderen wieder gefaßt, strauchelte über eines der Ruder, welche wir weggeworfen hatten, und wurde zu Boden gerissen. Schon sah ich das Messer des Mongolen über mir.

„Stirb, Yen-dschi**)!“ rief er.

In demselben Augenblick aber erhielt er einen wuchtigen Schlag auf seinen Arm, und ich bekam Zeit, mich aufzuraffen. Die Holländerin hatte den Hieb geführt.

„Believen de Heeren niet auszureißen?“ rief sie. „Oder soll ik euch Beene maken!“

„Hilfe, Charley!“ rief in diesem Augenblick der Kapitän.

Ich sah mich um und bemerkte, daß er am Boden lag und sichnur mir Mühe seiner Angreifer erwehrte. Mit beiden Fäusten zugleich rannte ich gegen den Dschiahur. Er überstürzte sich und flog in das Wasser. Ich warf die beiden Chinesen zur Seite und sprang Turnerstick zu Hilfe.

* „Amerikanischen Räuber“.

** Ist mongolisch und heißt „feiger Hund“.

„Gebt acht, Mynheer!“ rief da die mutige Köchin. „Da in het Water kommen zif wie de Fische gezwommen!“

Ich machte dem Kapitän Luft, so daß er aufspringen konnte, und wollte mich nun nach dem Kanale wenden, als ich eine Ruderschlag auf den Kopf erhielt, daß mir Hören und Sehen verging. Ich fühlte mich in einen Zustand halber Betäubung versetzt, so daß ich von jetzt an wie im Traum handeltet. Ich sah Gestalten aus dem Wasser springen und sich der Ruder bemächtigen; es waren jedenfalls die Leute unseres Bootes, welche schwimmend den ihrigen zu Hilfe kamen; ich sah den Kapitän wie einen Wütenden um sich schlagen; auch die Köchin gebrauchte das Ruder. Der Schlag auf den Hinterkopf schien mir die Nerven für den Augenblick gelähmt zu haben. Das Ruder wurde mir zu schwer, und ich griff nach den beiden Revolvern.

Als ich die ersten Schüssel abgab, hörte ich die Stimme Turnersticks:

„Blitz und Knall, an diese Dinger hab ich gar nicht gedacht! Heraus damit! Zwölf Schüsse, das gibt zwölf Spitzbuben!“

Seine Schüsse krachten. Ich sah die Feinde in die Boote springen und sandte ihnen so viele Kugeln nach, als ich noch geladen hatte; doch glaube ich nicht, daß eine einzige getroffen hat, da mir in eigentümlicher Schwäche die Hände zitterten. Auch der brave Turnerstick wird kein großes Blutbad angerichtet haben, da er es von jeher besser verstand, um die Ecke als geradeaus zu schießen.

Dennoch aber hatten die schnell aufeinander folgenden Schüsse ihre Schuldigkeit getan — die Drachenmänner waren verschwunden; leider aber auch die Boote mit ihnen.

„Wohin denn so schnell?“ rief ihnen Turnerstick nach. „Feige Memming, elende Hafeng, furchtsamong Pack! Kommung doch her, du Mongolin! Der Kapitang Turningsticking will dir das Lebung-wohl in die Physiognoming schlageng!“

„Zij zihn verschwunden!“ meinte die Köchin, welche sich so außerordentlich musterhaft benommen hatte. „Hoe vaart gij*), Mynheer?“

„Nicht sehr wohl, Mejuffrouw Hanje,“ antwortete ich, indem ich mir Mühe geben mußte, deutlich zu sprechen. „Ich habe... einen sehr... unbequemen Schlag... auf den Kopf erhalten.“

„Was ist denn das, Charley?“ fragte Turnerstick besorgt. „Ihr lallt ja wie ein Betrunkener! Traf Euch der unglückselige Hieb vielleicht auf den Hinterkopf?“

* Wie fahren Sie? Das heißt auf Deutsch: Wie geht es Ihnen?

„Allerdings!"

„Das ist bös! An die Stirn oder auf den oberen Schädel könnt Ihr mich klopfen, soviel und sosher Ihr wollt; aber da hinten, da liegt das Leben, grad wie bei einem Schiff das Steuer, und wenn dieses beschädigt ist, so ist es mit der guten Fahrt vorbei. Was ist zu machen?"

„Nicht viel. Ich brauche Ruhe und Kühlung."

„Das könnt Ihr ja beides haben. Hier ist Wasser die Menge, und vor Tages-Anbruch werden wir diesen unglückseligen Ort doch nicht verlassen können, so daß Ihr also Zeit habt, Euch zu erholen."

Das Wasser stand bis an den Rand des Kanales; ich grub mit dem Messer eine kleine Vertiefung, welche sich, sofort mit Wasser füllte, und legte, mich auf dem Rücken austreckend, den Hinterkopf hinein.

„Was der Kerl praktisch ist! Auf diese Weise braucht er weder Umschläge noch eine Krankenwärter."

„Zal ik Euch helpen, Mynheer?" fragte die Niederländerin.

„Danke! Sie haben leider selbst Mangel an jeder Bequemlichkeit."

„Het is te ertragen. Ik word mij auf die AAarde legen und sehen, ob ik slapen kann."

Der Kapitän war ihr behilflich, aus Lieuzweigen*) ein Kopfkissen anzufertigen, welches allerdings die Zartheit eines Daunenbettes nicht haben konnte; sie streckte sich aus, und bald bewies ein kräftiges Schnarchen, daß er unserer Gefährtin gar nicht schwer falle, hier im Freien, woh allerdings eine sehr milde Luft herrschte, ein gemütliches Slapje zu halten.

„Wäre es nicht besser, wir hätten einen andern Ort aufgesucht, Charley?" fragte der Kapitän.

„Warum?"

„Weil ich denke, daß die Kerle wieder kommen können."

„Werden sich hüten!"

„Meint Ihr? Dann könnte ich wohl nichts Besseres tun, als mir auch ein Kopfkissen machen; denn ich glaube nicht, daß hier jemand so freundlich sein wird, uns eine Hängematte zu bringen."

„Tut es. Ich werde wachen."

„Aber habt Ihr auch den gehörigen Verstand dazu? Ich denke, Ihr seid beträubt, und da schläft man ja eher leicht ein."

„Habt keine Sorge. Das Wasser hält mich munter!"

„Well! So; da ist das Bett fertig. Weckt mich in einer Stunde, damit ich Euch ablösen kann. Good night, Charley!"

* Chinesische Weide.

„Gute Nacht, Kapt'n!"

In zwei Minuten war aus dem Schnarchmonologe der Köchin ein Duett geworden, welches mir geeignet erschien, die Strompiraten zu verscheuchen, wenn es ihnen ja einfallen sollte, zurückzukommen. Über mir aber leuchteten die Sterne des Reiches der Mitte. Ich blickte zu ihnen empor lange, lange Zeit, und ein wunderbarer Frieden senkte sich in mein Inneres bei dem Gedanken, daß ein allgütiger und allmächtiger Vater über uns wacht, auf welchem Punkt der Erde wir uns auch befinden mögen. Mein ganzes Denken und Fühlen floß da in einem stummen Gebet zusammen, bis mir die Augen schwer wurden. Turnerstick hatte recht — ich schlief ein.

2. IM „LUNG-KEU-FIANG"

Als ich erwachte, war es bereits Morgen. Ich hätte aber wohl noch länger geschlafen, wenn mir nicht bei einer Drehung des Kopfes das Gesicht in das Wasser geraten wäre. Alle Müdigkeit und jede Folge des Ruderschlages war verschwunden. Ich erhob mich. Tiefe Fußtritte in dem weichen Boden waren die einzigen Überreste, welche von dem nächtlichen Kampf zu bemerken waren, und trotz aller Aufmerksamkeit konnte ich keinen Tropfen Blutes entdecken, welcher mir verraten hätte, daß eine unserer Kugeln getroffen habe.

Drüben am nördlichen Horizont sah ich die Mauern des Kuang-ti-miao liegen, und auf der entgegengesetzten Seite zeigte eine langgedehnte Nebelschicht, wie weit wir vom Flusse entfernt waren. Wir hatten höchstens eine halbe Stunde zu gehen, um ihn zu erreichen.

Ich weckte den Kapitän:

„Schiff, ahoi — ihhh!"

Er sprang mit gleichen Beinen empor.

„Ahoi...! Barke ‚The wind' aus... alle Wetter, Ihr seid es, Charley? Ich will doch nicht hoffen, daß Ihr mich zum Narren... hm, in welchen Breiten liegen wir hier denn eigentlich vor Anker?"

„Bitte, Kapt'n, legt Euern Kopf ein wenig hier in mein Wasserloch, dann wird die nötige Besinnung sofort eintreten!"

„Ah, richtig! Da drüben liegt der Götzentempel, dort der Fluß und hier — hier die niederländsiche Lady, welche zwei Scheffel Melonen, Oliven und Nüsse verzehren kann."

„Dafür aber auch ihr Ruder brav zu führen versteht, Kapt'n."

„Weiß es! Ist ein prächtiges Weibsbild; hat ja zugeschlagen wie ein Hochbootsmann. Wollen wir sie wecken?"

„Wird wohl notwendig sein."

„Schön; werde es selber machen."

Er trat zu der Schlafenden.

„Pßt; Mylady, Miss! Wollt Ihr nicht so gut sein und die Augen aufmachen? Die Sonne hat schon längst die Anker gelichtet."

Sie erhob sich.

„Goeden Morgen, mijne Heeren! Hebt ik zu lang geslapen?"

„Good morning! Nein, denn ich bin auch gleich erst unter Segel. Aber der da ist schon länger auf."

„Mynheer, hoe gaat het mit Ihrem Kopf?" fragte sie besorgt.

„Danke, Mejeffrouw; er ist vollständig hergestellt. Wollen wir aufbrechen, Kapt'n?"

„Ich denke nicht, daß wir hier noch etwas zu tun haben. Wir können mit Ehren abziehen, denn wir haben das Schlachtfeld behauptet."

„Aber eine unangenehme Affäre war es doch, und von allzu großem Ruhm ist keine Rede, denn wir haben unsere ganze Bagage und auch das eroberte Boot eingebüßt."

„So ganz unrichtig ist dies allerdings nicht, aber wir haben eine Lady befreit, Charley, grad so, wie es in Romanen zu lesen oder im Theater zu sehen ist. Das haben Tausende in ihrem ganzen Leben nicht fertiggebracht, und das ist also etwas, wovon man sprechen kann, wenn man zu Hause ist. Seht, Charley, es ist doch richtig, was Ihr sagt: Man muß in die weite Welt gehen, um Land und Leute kennen zu lernen, und wenn man nun gar eine so schwere Sprache gelernt hat, wie die chinesische ist, so gehört gar nicht viel dazu, solche Bücher und Geschichten zu schreiben, wie Ihr sie macht."

„Irrt Euch nicht, Kapt'n! Die chinesische Sprache ist auch nicht schwieriger als jede andere; daß sie so ungemein schwer sein soll, ist nur eine Annahme, die einer von dem andern überkommen hat, ohne den Gegenstand näher zu kennen."

„Well! Aber wir beide kennen ihn durch und durch, nicht wahr? Es soll mich verlangen, was sie in Hoboken bei Mutter Thick in der Kapitänsstube sagen werden, wenn der alte Frick Turnerstick anfängt, geläufig chinesisch zu reden. Das ist ganz sicher das Absonderlichste, was seit langen Jahren dort passiert sein wird. Meint Ihr nicht auch, Charley?"

„Ich bin vollständig überzeugt, daß sie alle staunen werden. Doch vorwärts; denn ein längeres Bleiben hat keinen Zweck."

„Am liebsten möchte ich jetzt noch nicht nach dem Fluß, sondern zurück nach dem Tempel, um noch einmal mit diesen Drachenmännern zu reden."

„Kann vielleicht geschehen, denn wir werden das erste europäische oder amerikanische Fahrzeug, welches wir treffen, um Hilfe bitten"

„So wollt Ihr bei den Chinesen selbst keine Anzeige machen?"

„Muß sich erst finden."

Wir schritten nach dem Hauptkanal zu und folgten ihm, den Fuß entgegen. Grad als wir diesen erreichten, kam eine holländische Pinasse herbei, welche stromabwärts segelte. Das traf sehr glücklich. Wir riefen sie an, und sie folgten unserm Ruf.

„Wohin das Fahrzeug?" fragte der Kapitän, als sie anlegte.

„Nach Macao, Schiff ‚De valk' aus Amsterdam."

„Wollt Ihr uns einen Gefallen tun?"

„Welchen?"

„Hier ist eine Lady aus Macao, welche die Strompiraten in die Gefangenschaft schleppten. Wir habe sie frei gemacht. Wollt Ihr sie mitnehmen?"

„Eine Holländerin, nicht wahr?"

„Yes; ein sehr braves Weibsbild; das kann ich Euch versichern."

„Herein mit ihr!"

„Und die Passage? Werde sie abmachen."

„Wer seid Ihr?"

„Kapitän Turnerstick vom ‚The wind'; New-York."

„Seid ein Ehrenmann, Mynheer. Die Passage soll Euch nichts kosten; es ist ja eine Landsmännin, die wir einnehmen."

„Well; seid ebenso brav, ihr Leute. Grüßt mir euren Kapt'n!

„Danke! Wollt Ihr nicht mit?"

„Nein; wir gehen stromauf."

„Habt auch sonst keine Besorgung?"

„Keine."

„Dann met God, Kapitein!"

„God bye!"

Unser „Meisje" konnte sich gar nicht so schnell von uns trennen; es dauerte noch einige Minuten, bis sie uns den tausendsten Teil von dem gesagt hatte, was sie uns unbedingt noch sagen mußte, und die Pinasse befand sich beinahe auf der Mitte des Stromes, als uns die tapfere Köchin noch immer lauten Dank für ihre Rettung herüber rief. Die letzte Versicherung, welche ich vernahm, endete damit, „de slechte Gezelschap hängen laten!"

Jetzt konnten wir nichts anderes tun, als ruhig am Ufer warten, bis sich ein passend bemanntes Fahrzeug sehen ließ. Bei dem regen Verkehr, welcher auf dem Strom herrscht, konnte unsere Geduld voraussichtlich gar nicht lange auf die Probe gestellt werden, und wirklich kam auch bereits nach kurzer Zeit eine kleine englische Privatyacht den Fluß heraufgedampft und hielt auf unser Zeichen auf das Ufer zu und legte an.

„Was gibt's?" fragte der Kapitän vom Deck herab.

„Wollt ihr mitfahren?"

„Wohin der Kurs, Kapt'n?"

„Nach Mampoa und Canton."

„Gehen mit, wenn Ihr eine Stunde hier halten wollt."

„Weshalb?"

„Werdet es hören. Laßt uns ein Tau herab!"

In der nächsten Minute standen wir oben vor dem Kapitän.

„Seid ein Amerikaner der Sprache nach?"

„Yes, Sir. Kapitän Turnerstick vom ‚The wind' aus New York, vor Anker in Hongkong."

„Ah! Habe das Schiff gesehen. Und dieser Mann?"

„Mein Freund, ein Kerl, der in aller Welt umherläuft, um Land und Leute kennenzulernen. Habe das bisher für eine riesige Dummheit gehalten; bin aber jetzt dahinter gekommen, daß diese Sache gar nicht zu verwerfen ist."

„Und wollt jetzt hinauf, um Euch Canton anzusehen?"

„Yes, Sir. Vorher aber wollten wir Euch bitten, uns einige Mannen mitzugeben, um eine Gesellschaft von Flußpiraten aufzuheben, welche ganz hier in der Nähe sind."

„Drachenmänner vielleicht?"

„Richtig, Sir. Sie haben uns gestern überfallen, mit Stinktöpfen betäubt und nach einem Tempel geschafft, wo sie jetzt wohl noch zu finden sind."

„Ist's so, dann sollt Ihr meine Jungens haben und mich dazu. Allerdings kann ich den Steamer nicht unbewacht lassen, aber zwölf Mann stehen zur Verfügung."

„Ist mehr als genug, Kapt'n."

„Wie weit ist der Ort von hier?"

„Nicht viel über drei Meilen."

„Wird in einer halben Stunde gemacht. Meine Boys verstehen zu rudern. Wie viele Drachenmänner sind es wohl?"

„Hm, so zwanzig oder dreißig; hat aber nichts zu sagen, denn ein guter Englishman wiegt zehn von ihnen auf."

„Weiß es bereits. Kommt in die Kajüte und nehmt zwei Bissen und einen Schluck, denn ich glaube nicht, daß Ihr Euch bei diesem Gesindel den Magen verdorben habt. Muß Euch übrigens meinen Namen auch sagen: heiße Tom Halverstone aus Greenock am Clyde; wißt's schon, wo die schärfsten und adrettesten Dampfer gebaut werden."

„Kenne den Ort und muß ihm seine Ehre lassen. Also vorwärts, Kapt'n, denn ein Frühstück ist für den Menschen das, was eine gute Maschinenkohle für den Dampfer ist: ohne beides ist von einer sauberen Fahrt gar niemals die Rede."

Während wir unten tüchtig zulangten, traf der Kapitän an Deck seine Vorbereitungen, und nach einer Viertelsunde saßen unser fünfzehn wohl bewaffnete Männer in einem langen, schmalen Cuttingboot, welches über das Wasser des Kanales flog, als ob es aus einer Kanone geschossen worden sei.

„Was war der Anführer der Drachenmänner für ein Kerl?" fragte Halverstone.

„Ein Mongole vom Stamm der Dschiahurs."

„Dachte, die Leute gehörten vielleicht zur Bande des Kiang-lu, der soviel von sich reden macht."

„So ist es auch, denn dieser Dschiahur ist nur ein Unteranführer von ihm."

„Well, so ist mir die kleine Expedition desto interessanter. Ich hoffe, daß wir sie treffen werden!"

„Ich bezweifle und bin nicht der Meinung meines Freundes Turnerstick. Nach dem, was heute in der Nacht vorgefallen ist, werden die Piraten jedenfalls so klug gewesen sein, den Kiang-ti-miao zu verlassen."

„Erzählt doch einmal die Geschichte ausführlicher, wenn ich Euch darum bitten darf."

Ich erstattete ihm so weit Bericht, wie es mir nötig schien. Tat aber meines Talismans und auch einiger anderer Umstände keine Erwähnung. Turnerstick war so klug, es dabei bewenden zu lassen.

„Das ist ja nicht nur ein Ereignis, sondern ein förmliches Abendteuer gewesen," meinte Halverstone. „Nun glaube ich auch, daß sich diese Schlingel aus dem Staube gemacht haben. Aber ganz umsonst wird unsere Fahrt doch nicht sein, denn ich werde wenigstens Gelegenheit haben, einen dieser chinesischen Tempel in Augenschein zu nehmen."

Es war kaum eine halbe Stunde vergangen, so legten wir an derselben Stelle an an welcher wir gestern ausgestiegen waren.

Gestern war es mir im Dunkel des Abends schwierig erschienen, die Richtung zu merken, heut aber war es uns sehr leicht geworden, den Tempel zu finden, den wir am Morgen ja bereits gesehen hatten.

Zu meiner Überraschung hielten am Eingang zwei Männer Blumen und Räucherstäbchen feil. Wir stiegen eine breite Steintreppe zu ihnen empor.

„Tsing-tsing!“ grüßte ich. „Ist hier der Zutritt erlaubt?“

„Hier kann jeder eintreten, der dem Diener des Gottes ein Kom-tscha gibt“, lautete die Antwort.

„Ist dieser Diener zugegen?“

„Er ist im Innern des Miao; du wirst ihn sehen, wenn du hineingehst. Doch mußt du dem Gott auch ein Opfer bringen.“

„Worin besteht dies?“

„In Blumen und Tsan-hiang*), welch due anbrennst.“

Der Mann wollte natürlich etwas verdienen. Ich ließ ihm seine Blumen und Tsan-hiang und gab ihm lieber ein kleines Komtscha, welches er mit großem Dank annahm und sofort mit seinem Gefährten teilte.

„Sind viele Kuang-ti-dse**) in diesem Miao?“ fragte ich.

„Es ist noch keiner hier.“

„Seit wann steht ihr heute hier?“

„Seit die Sonne aufgegangen ist.“

„Wird auch des Nachts der Gott von seinen Gläubigen angebetet?“

„Ja.“

„Da seid ihr auch hier?“

„Nein. Des Nachts kommen nur diejenigen Gläubigen, welche sich nicht vor den bösen Geistern fürchten, mit denen der mächtige Kuang-ti kämpft, sobald es dunkel geworden ist.“

„Kommen diese bösen Geister alle Nächte herbei?“

„Ich weiß es nichts; aber heut sind sie hier gewesen, denn sie haben dem Stallmeister des Gottes das Schwert entrissen. Kuang-ti aber ist stark und mächtig; er hat sie vertrieben.“

„Was sagt der Mensch?“ fragte Turnerstick. „Er spricht ja ein ganz armseliges Chinesisch?“

„Er sagt, daß wir chinesische Kriegsgötter sind.“

„Er hat wohl einige Speichen zu viel oder zu wenig im Steuerrad?“

* Räucherstäbchen.

** Kriegsmandarinen, wörtlich „Söhne des Kuang-ti.“

„Möglich. Er meint, daß diese Nacht böße Geister hier gewesen seien, welche dem Götzen das Schwert entrissen haben; aber der mächtige Kuang-ti hat sie vertrieben. Folglich sind wir Kuang-tis oder Kriegsgötter."

„Diese beiden Männer wissen vielleicht ebenso gut wie wir, was vorgegangen ist, werden sich aber hüten, es zu sagen."

„Kann sein."

„Sind die Drachenmänner noch hier?"

„Nein."

„Well, so werden wir diese Rinaldinibude einmal genau untersuchen!"

Wir traten durch den Eingang in einen Hof, welcher ein Rechteck bildete und nichts zeigte, als zwei kleine achteckige Pagoden, welche je im Mittelpunkt seiner beiden schmalen Seiten standen. Durch ein zweites Tor gelangten wir in einen anderen Hof, wo wir rechts und links zwei kleine offene Nebentempel erblickten, in denen die dicke Figur des Kuang-ti nebst der gewöhnlichen Gesellschaft seines Sohnes und Stallmeisters saß. Durch ein drittes Tor traten wir sofort in den Haupttempel, den wir gestern abend bereits betrachtet hatten. Hinter der Bildsäule des Götzen befand sich die auch schon erwähnte Rumpelkammer, an den beiden hintersten Ecken des Raumes aber führte je eine Tür in eine Hof, in welchem nichts als ein viereckiges Wasserloch zu erblicken war. Das Ganze wurde von einer starken, vielleicht fünfzehn Fuß hohen Backsteinmauer umgeben und bildete ein Rechteck, dessen Riß nebenstehend beigefügt ist, weil der Plan eines chinesischen Götzentempels vielleicht von Interesse sein dürfte.

Erst als wir aus dem Haupttempel in den letzten Hof traten, erblickten wir den gesuchten „Diener des Gottes", und zu meiner lebhaften Überraschung erkannte ich in ihm den Mann, welcher gestern mit der berühmten Luntenflinte so ausgezeichnet manövriert hatte. Er trug jetzt einen Bonzenanzug.

„Erkennt Ihr den Menschen, Kapt'n?" fragte ich Turnerstick.

„Blitz und Knall, ist das nicht der famose Artillerist, der die fürchterlich krumme Feldschlange hatte?"

„Also irre ich mich nicht, denn Ihr erkennt ihn auch."

„Dieser Priester ist einer der Drachenmänner?" fragte Halverstone.

„Ja."

„Nicht übel! An Anerkennung soll es nicht fehlen. Ihr müßt nämlich bedenken, daß Ihr bei keinerlei chinesischer Gerichtsbarkeit Hilfe und Unterstützung oder gar Gerechtigkeit findet. Wir müssen den Mann selbst bei den Ohren nehmen."

„Einen Priester? An einem Ort, der hier für ein Heiligtum gilt?" fragte ich.

„Pshaw!" antwortete Turnerstick. „Habt Ihr gestern abend etwas Heiliges bemerkt? Hiebe, ganz gewaltige Hiebe soll der Kerl haben. Sein Kriegsgott mag ihm dann den Rücken salben!"

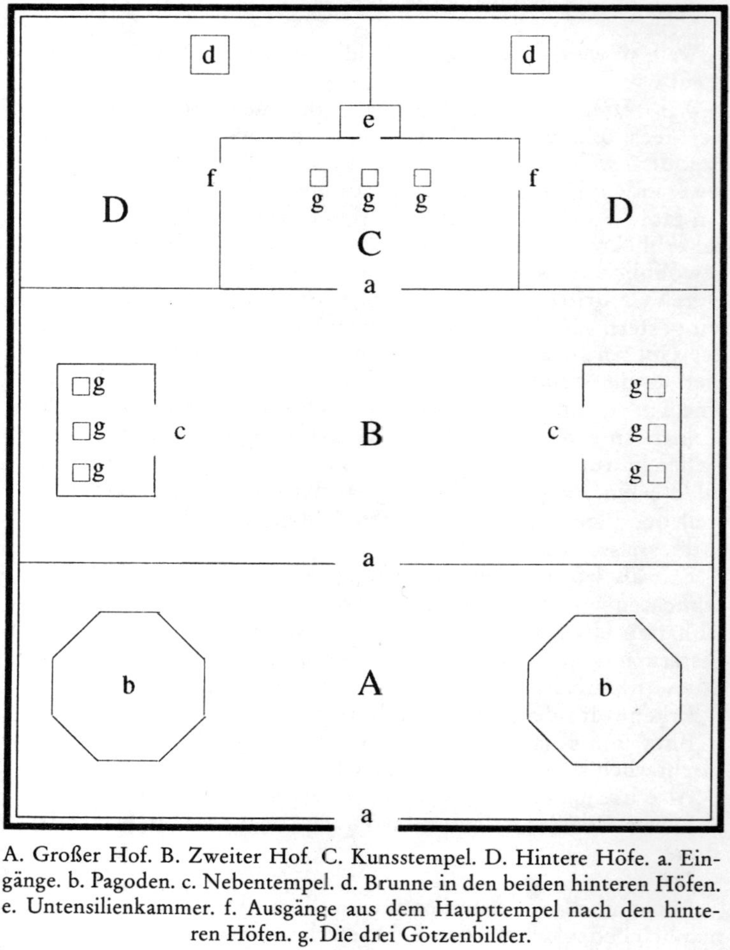

A. Großer Hof. B. Zweiter Hof. C. Kunsstempel. D. Hintere Höfe. a. Eingänge. b. Pagoden. c. Nebentempel. d. Brunne in den beiden hinteren Höfen. e. Untensilienkammer. f. Ausgänge aus dem Haupttempel nach den hinteren Höfen. g. Die drei Götzenbilder.

In jedem anderen Land wäre ein solcher Vorsatz lebensgefährlich gewesen, bei den hiesigen korrumpierten Zuständen schien auch mir keinerlei Gefahr aus einer solchen Lynchjustiz hervorzugehen.

Der Diener des Kriegsgottes hatte uns noch gar nicht bemerkt; er stand an dem Wasserloch und fütterte die Schildkröten, welche sich in demselben befanden. Wir gingen auf ihn zu. Beim Schall unserer Schritte drehte er sich um, und es war deutlich zu sehen, wie sehr er bei unserem Anblick erschrak. Doch faßte es sich sofort wieder, und in seinen listigen Zügen war nicht die mindeste Unruhe zu erkennen.

„Bist du der Sing*) dieses Kuang-ti-miao?“ fragte ich ihn.

„Nein,“ antwortete er stolz.

„Ah, so bist du wohl gar ein Ho-schang**)?“

„Ja.“

„Schön! Man darf doch diesen Tempel besuchen?“

„Es darf jeder kommen, welcher dem Gott opfert und seinen Diener nicht vergißt.

„Wir werden dich nicht vergessen! Aber, du scheinst auch Männer herbeizulassen, welche dem Gott nicht opfern, sondern seine Feinde sind!“

„Weshalb denkst du dies?“

„Ich sah, daß deinem Gott das Schwert entrissen worden ist.“

„Das hat der Tschüt-gur***) getan.“

„Der Tschüt-gur? Was hat der in diesem Kuang-ti-miao zu suchen?“

„Weißt du nicht, daß er ein Feind der Götter ist und sie überfällt, um mit ihnen zu kämpfen? Aber sie sind mächtiger als er; er kann ihnen wohl das Schwert entreißen, aber sie besiegen ihn dennoch und jagen ihn in den Ta-kang†) zurück.“

„Hast du einmal einem solchen Kampf zugesehen?“

„Nein; selbst ein Priester würde getötet, wenn er dies wagen wollte.“

„So hast du auch den Tschüt-gur noch nicht erblickt?“

„Nein.“

„Ich habe ihn gesehen. Soll ich ihn dir zeigen?“

* Niedere Klasse der Bonzen.

** Höhere Klasse derselben.

*** Dieses Wort heißt „Teufel“. Es ist aus der mongolischen Sprache in die chinesische übergegangen.

† Wörtlich „Riesenofen“, heißt Hölle, ein Begriff, den die Chinesen aus dem Christentum herübergenommen haben.

„Das vermagst du nicht!"
„Ich vermag es, sogar jetzt gleich."
„Wo ist er?"
Ich deutete auf Turnerstick.
„Hier! Blicke ihn genau an, und du wirst finden, daß du den Teufel bereits einmal gesehen hast."
„Du sprichst so, daß ich dich nicht verstehe!"
„Ich rede sehr deutlich. Du sagst, der Tschüt-gur habe deinem Gott das Schwert entrissen, folglich ist dieser der Tschüt-gur, denn er ist es gewesen, der es ihm genommen hat."
„Ich verstehe dich wieder nicht!"
„Und bist doch selbst dabeigewesen! Dein Gedächtnis ist sehr kurz; es reicht nicht von der Nacht bis zum Morgen; ich muß ihm zu Hilfe kommen: Wo ist der Dschiahur?"
„Ich kenne ihn nichts. Was ist ein Dschiahur?"
„Du fühlst dich beleidigt, wenn ich dich einen Sing statt einen Ho-schang nenne; du willst ein Meister, ein Priester, ein Schriftgelehrter sein und weiß nicht, was ein Dschiahur ist?"
„Nur Fo ist allwissend, der Mensch aber kann nicht alles erfahren."
„Du bist als Ho-schang in einem Kloster gewesen und hast dort das Schan-hai-king*) und das Hoan-yü-ki**) studieren müssen; auch das Fo-kue-ki muß dir bekannt sein, und du willst nicht wissen, was ein Dschiahur ist? Ich bin ein Si-yin***) und in den Si-ti****) hat man ein sehr gutes Mittel, das Gedächtnis zu stärken."
„So gibt mir es!" lächelte er verschmitzt.
„Du sollst es haben!"
Ich wandte mich an einen der Matrosen: „Drin in der Kammer liegen Bambusrohre, die als Laternenstöcke gebraucht werden. Hole einen oder zwei herbei; dieser Mann bekommt zehn Hiebe."
„Aye, Sir; wird schleunigst besorgt!"
Er sprang davon und kehrte sehr schnell mit einigen Bambusrohren zurück.
„Haltet ihn, und schlagt zu zweien, je fünf gute Hiebe auf seinen Rücken!" gebot ich.

* „Buch der Berge und Meere".
** „Beschreibung der ganzen Erde", eines der besten geographischen Werke Chinas.
*** „Mann aus Westen."
**** „Westlichen Gegenden."

Dieses kleine Intermezzo war allerdings sehr nach dem Geschmack der kräftigen Matrosen. Sie erfaßten den Bonzen und legten ihn auf die Erde nieder. Er wehrte sich aus vollen Kräften, und als dieses nichts half, griff er zu seinem letzten Mittel.

„Ihr wollt es wagen, einen Priester zu schlagen! Der große Fo wird den Tschüt-gur senden, der euch in die Hölle bringt."

„Der Tschüt-gur ist ja bereits hier und hat nichts dagegen, daß du Streiche bekommst", anwortete ich ihm.

„So werde ich euch beim Hing-pu*) verklagen!"

„Tue es, aber bedenke, daß wir keine Tschia-dse, keine Chinesen sind und deinen Hing-pu nicht zu fürchten brauchen! Kennst du den Dschiahur?"

„Nein."

„Schlagt los!"

Beim ersten Hieb stieß der Zopfmann einen lauten Schrei aus; beim zweiten war seine Widerstandskraft bereits gebrochen.

„Halt, ich kenne ihn!"

Ich winkte, einzuhalten.

„Siehst du, wie prächtig mein Mittel das Gedächtnis sträkt? Wo ist der Dschiahur?"

„Fort."

„Wann?"

„Gleich nachdem er vom Kanal zurückkehrte."

„Wo ist er hin?"

„Ich weiß es nicht."

„Wo sind die andern?"

„Sie sind mit ihm."

„Wohin?"

„Ich weiß es nicht."

„Du lügst!"

„Ich lüge nicht. Sie kommen und sagen nicht woher; sie gehen und sagen nicht wohin."

„Dein Gedächtnis ist noch nicht lang genug; ich werde es dir verlängern lassen."

„Du wirst es nicht tun, denn ich bin ein Priester!"

„Ich werde es tun, denn du bist ein Lung-yin!"

„Ich kenne die Lung-yin nicht."

„Dein Gedächtnis wird immer kleiner. — Macht weiter!"

Gleich beim nächsten Hieb brüllte er:

„Halt, ich weiß, wo er ist!"

*** Justizministerium.

„Wo?“
„Beim Tsiang-ki-um.“
„Wo wohnt dieser?“
“In Li-ting.“
„Wie heißt es?“
„Das weiß ich nicht.“
„Ich sehe, daß mein Mittel noch immer nicht vollständig geholfen hat.“
„Es kann nicht weiterhelfen, Herr. Alle Lung-yin wissen, daß der Tsiang-ki-um in Li-ting wohnt, aber kennen dürfen ihn nur die obersten Anführer.“
Das leuchtete mir ein, und übrigens merkte ich es dem Bonzen an, daß er jetzt nicht die Unwahrheit sagte. Ich fragte ihn daher weiter:
„Aber die andern sind nicht mir ihm nach Li-ting?“
„Nein.“
„Wohin sonst?“
„Nach Kuang-tscheu-fu.“
„Unter Anführung des Leutnants?“
„Ja.“
„Wo sind sie da zu finden?“
„Im Scham-pan-fu*).“
„Gibt den Ort genauer an!“
„In der Nähe der Schi-fan-hang**) der Ing-kie-li liegt ein Herbergs-Schampan, welcher Wan-ho-tien***) heißt. Dort sind die Drachenmänner stets zu finden.“
„Halten sie in allen Kuang-ti-miao ihre Zusammenkünfte?“
„Nicht in allen, sondern nur in denen, welche nahe am Strom liegen.“
„Du kennt die, welche gestern hier waren, alle beim Namen?“
„Nicht einen einzigen. Es dürfen nur solche kommen, welche unbekannt sind. Sie zeigen ihre Erkennungszeichen vor, und man muß ihnen gehorchen, wenn man nicht getötet sein will.“
„Ich werde die Wahrheit deiner Worte prüfen. Hast du mich belogen, so komme ich wieder und fordere Rechenschaft von dir!“
„Nun, Charley, wie ist es?“ fragte Turnerstick, als er bemerkte, daß ich mit dem Mann zu Ende war.

* „Große Stadt der Schampans“. Schampans sind schwimmende Wohnungen, auf Flößen, Booten aber auch alten Dschunken errichtet.

** Faktorei.

*** Herberge zu den zehntausend Herrschern.

„Die ganze Gesellschaft ist fort."
„Alle Wetter; das ist unangenehm! Wohin?
„Teils nach Canton, teils auch noch weiter."
„Das konnte man sich denken," bemerkte Halverstone. „Diese Leute werden sich nicht hierher setzen und warten, bis wir kommen. An diesem alten Mauerwerk ist auch nicht viel zu sehen. Laßt uns wieder aufbrechen!"
„Ich denke, dieser Feldschlangenmann soll vorher erst seine volle Portion bekommen!" meinte Turnerstick.
„Kann uns nichts nutzen, Kapt'n!"
„Well, so werde ich mir wenigstens dadurch Genugtuung verschaffen, daß ich das Schwert dieses Götzen als Andenken mitnehme."
„Das würde Diebstahl oder gar Tempelraub sein, und da die Verehrung des Kriegsgottes direkt vom Kaiser befohlen wurde, so können wir durch eine solche Tat in die ärgste Verlegenheit geraten."
„Ganz wie Ihr wollt, Charley! Aber Rache muß ich haben. Ich werde jeden Drachenmann, der mir begegnet, auf der Stelle erschlagen; darauf könnt Ihr Euch verlassen!"
Was konnte ich gegen Bonzen tun? Ihn anzeigen? Das wäre sicher ganz erfolglos gewesen. Persönliche Rache an ihm nehmen? Das war nicht nach meinem Geschmack. Und so stand es auch mit den Lung-yin überhaupt. Eine Anzeige hätte mir nichts gefruchtet, davon war ich überzeugt. Mich an die Gesandtschaft zu wenden, dazu hatte ich auch keine Lust; ich kannte die mit diesem Rechtsweg verbundenen Weitläufigkeiten zu genau, und grad hier in China hatten damals die Vertreter fremder Mächte eine so schwierige Stellung, daß es mir gar nicht einfiel, ihnen oder wenigstens einem von ihnen diese noch mehr zu erschweren. Mein Abenteuer hatte mir bis jetzt keinen andern Schaden gebracht, als den Verlust einer Decke und eines kaum erbsengroßen Stückchens aus dem Ohrläppchen, und beides war nicht schwer zu verschmerzen. Halverstone fragte:
„Was gedenkt Ihr weiter zu tun in dieser Angelegenheit?"
Ich antwortete:
„Nichts, Sir, gar nichts. Ich habe die Überzeugung, daß bei dem Geschäfte der Lung-yin hochgestellte Mandarine mit beteiligt sind. Was kann da ein Ausländer tun?"
„Das ist richtig. Aber sollen sich zwei Männer wie ihr von diesen Menschen um die Freiheit und noch um anderes bringen lassen, ohne wenigstens bei den Vertretern ihrer Nationalitäten eine Schritt zu tun?"

„Diese Vertreter sind so recht froh, wenn ihnen die Macht bleibt, nur sich selbst zu vertreten. China ist auf dem Papier und in den Grundzügen seines Regierungssystems ein außerordentlich despotisch beherrschtes Land; aber in keinem Staat ist der Demokratismus in dieser Weise so ausgebildet, wie hier. Sozialdemokraten gab es in China schon vor vielen Jahrhunderten, und in keinem Staat haben so viele revolutionäre Umwälzungen, die stets mit einem Thronwechsel verbunden waren, stattgefunden, wie in dem Reiche der Mitte. Das korrumpierte Beamtentum regiert das Land, und das Geld ist mächtiger, als der vielbeneidete ‚Sohn des Himmels', der sogar drei Tage lang fasten mußt, ehe er das Todesurteil eines Mörders oder Majestätenverbrechers unterschreibt. Welche Macht soll da der Konsul eines fernen, fremden Landes besitzen! Oder soll wegen Kapitän Turnerstick und meiner Wenigkeit ein Seekrieg zwischen den Vereinigten Staaten und China hervorgerufen werden?"

Halverstone lachte.

„Ihr habt nicht so ganz unrecht; aber ärgerlich ist es doch, gegen diese Kerls nichts tun zu können!"

„Nichts tun? Ich denke, wir beide haben getan, was zu tun möglich war und was wohl kein Konsul fertig gebracht hääte: wir haben die Strompiraten gezwungen, eine Gefangene und auch uns selbst wieder frei zu geben, und zwar ohne Lösegeld. Ich bin der angenehmen Hoffnung, noch einmal mit ihnen zusammen zu kommen, und dann wird es mir vielleicht gelingen, noch weiter mit ihnen abzurechnen."

„Begebt Euch nicht mutwillig in Gefahr, Sir. Wo jährlich Tausende von Menschen spurlos verschwinden, da ist es sehr geraten, nur immer vorsichtig zu sein!"

„Zounds," rief Turnerstick; „sehen wir etwa aus, als ob wir verschwinden wollten oder verschwinden könnten?"

„Nein!"

„Also! Ich wünsche nur, diesen Kerls nochmals zu begegnen, um vollständig quitt zu werden. Aber laßt uns aufbrechen, da wir hier doch nun fertig sind!"

Ich wandte mich zu dem Bonzen.

„Ich sagte dir, daß ich dich nicht vergessen werde, und habe Wort gehalten: dein Kom-tscha hast du, wenn auch in anderer Weise, als du dachtest. Ich gehe, ohne dich weiter zu züchtigen. Hast du mich aber belogen, so komme ich wieder!"

Er verbeugte sich so tief, als er konnte.

„Ich sagte die Wahrheit, und du wirst also nicht wiederkehren. Tsing lea-o, Herr!“

Das Boot trug uns ebenso schnell nach dem Fluß zurück, als es uns hergebracht hatte. Wir bestiegen die Yacht und dampften stromabwärts nach Wampoa zu, welches nicht mehr weit entfernt war und sich zu Canton ebenso verhält, wie Bremerhaven zu Bremen oder Cuxhaven zu Hamburg. Das seichte Wasser des Flusses gestattet nämlich größeren Schiffen nicht, den Fluß weiter hinaufzugehen, sondern die Güter müssen hier in Boote und Dschunken umgeladen werden.

Von hier bis nach Canton sind es zwölf englische Meilen, welche die Yacht zurücklegen konnte, da ihr Tiefgang nur ein sehr geringer war. Sie legte in der Nähe der englischen Faktorei an, deren Banner weithin zu sehen war.

Von der Stadt selbst hatte man bisher wenig zu sehen bekommen, als am Ufer hin eine zahllose Menge von Bambushütten und auf dem Wasser jene verankerten Wohnungen, welche die Chinesen Sam-pan nennen. Der Fluß wimmelte förmlich von kleineren Fahrzeugen jeder Bauart. Von hervorragenden Gebäuden, wie sie ja sonst in größeren Städten zu finden sind, war kein einziges zu sehen, außer einer alten Pagode und einigen hinter der Stadt auf Hügeln gelegenen Baulichkeiten, die entweder Tempel oder Befestigungen zu sein schienen.

Die Sam-pans sind in Straßen oder Reihen geordnet und stehen unter einer sehr ordnungsliebenden Platzpolizei, welche jede entstandene Lücke sofort wieder schließen läßt. Sie sind an Pfähle befestigt, und der Besitzer darf ohne vorhergehende Meldung oder Erlaubnis seinen Platz nicht verlassen, um einen neuen aufzusuchen.

Die ärmlichsten bestehen aus einem Floß, auf welchem die Wohnung errichtet ist. Diese Wohnung ist aus Bambus gebaut und mit Bambus gedeckt, wie überhaupt der Chinese ohne seinen Bambus gar nicht bestehen könnte. Die Fugen sind mit einer Art von Zement verstrichen, und als Bindemittel dient gespaltenes Roht, womit alle Teile, sozusagen, zusammengenäht sind.

Andere Wohnungen von derselben Bauart sind auf richtigen Booten errichtet und gehören gewöhnlich armen Fischerfamilien, welche des Erwerbes wegen öfters ihre Stelle wechseln. Man sieht diese Sam-pas sehr oft mit dem Strom treiben, quer über denselben gehen oder auch gegen das Wasser halten. Im Stern des Fahrzeuges steht gewöhnlich die Frau und steuert dasselbe mit einem langen Ruder, welches sie nach Art eines Fischschwanzes hin und her bewegt. Im Vorderteil hilft der Mann mit einem ähnlichen Ruder, welches er gelegentlich beiseite legt, um sein Netz auszuwerfen, welches entweder aus dünnen Rohrfäden oder aus Kokosnußfaser geflochten ist. In der Mitte befindet sich das Bambushäuschen mit der Küche. Dort halten sich auch die entwickelteren Kinder auf, während das jüngste gewöhnlich auf dem Rükken der Mutter oder einer älteren Schwester festgebunden ist.

Auf keinem dieser Boote fehlt ein kleiner Hausaltar, vor welchem sich eine stets brennende Lampe befindet.

Die wohlhabenden Klassen der Sampanbevölkerung bewohnen alte, unbrauchbar gewordenen Dschunken, die oft mehrere Stockwerke besitzen und einen geräumigen Landungsplatz haben, dem einige Zierpflanzen in Töpfen das Aussehen einre Veranda geben.

Die Schi-fan-hang oder Faktoreien sind auf einem den Chinesen abgekauften Stück Landes im modern europäischen Baustil aufgeführt und von einer starken Mauer umgeben. Dort gibt es geschmackvoll angelegte und gut unterhaltene Gartenanlagen, inmitten deren eine kleine recht hübsche Kirche steht. Diese Anlagen bilden den einzigen Spaziergang für Fremde, wo sie sich unbelästigt bewegen können.

Vom Quai der Faktoreien erstrecken sich Reihen von Palisaden vierzig bis fünfzig Fuß weit in den Fluß hinaus und bilden eine Art von geschlossenem Hafen mit einer schmalen, für Boote berechneten Einfahrt. Dies ist halb als eine kriegerische Maßregel, halb aber auch aus dem Grund geschehen, um die Zudringlichkeit sowohl der chinesischen Beamten als auch des Publikums abzuwehren. Aus demselben Grund sind auch überall, wohin man blickt, starke Türme angebracht, die ein deutliches Zeugnis geben, daß die Europäer die Erfahrung gemacht haben müssen, dem Volke der Mitte sei nicht zu trauen.

Halverstone entschuldigte sich, daß er jetzt uns nicht Gesellschaft leisten könne, da er von geschäftlichen Rücksichten in Anspruch genommen sei. Wir beruhigten ihn, indem wir ihm unseren Entschluß zu erkennen gaben, ihm überhaupt keine weitere Störungen bereiten, sondern die Yacht sofort verlassen zu wollen. Der brave Mann nahm für Passage keine Bezahlung, dafür aber war Turnerstick so „gentlemanlike“, der Mannschaft für ihre Begleitung nach dem Kuang-ti-miao seine Dankbarkeit durch die milde Stiftung eines Extragrogs und einiger blanken Dollars zu beweisen.

Dann verließen wir den kleinen Dampfer und ließen uns an das Ufer rudern. Sofort fielen eine Menge Agenten und sonstige böse

Geister über uns her. Der eine brüllte uns an, als wollte er uns das Trommelfell zersprengen; der andere faßte uns beim Arm; der dritte versuchte, uns durch einen kräftigen Stoß nach der Richtung zu dirigieren, welche in seiner Absicht lag; ein vierter hielt einen mehrere Quadratellen großen Zettel empor, auf welchem in riesigen Buchstaben stand, was er nicht sagen konnte; ein fünfter schlüpfte gewandt wie ein Aal zwischen all den vielen Armen und Beinen hindurch und überreichte uns eine gelbseidene Khata, um uns durch diese in Tibet und der Mongolei begräuchliche Höflichkeit zu veranlassen, sein Opfer zu werden; ein sechster reckte die Arme empor, spreizte die zehn Finger auseinander und zog mit seinen schiefen Augen, seiner Stumpfnase und dem breiten, zahnlosen Mund die undenklichsten Grimassen, um uns aus seinen Pantomimen erraten zu lassen, was er uns mitzuteilen habe.

Ich stand inmitten dieser Rotte Korah, Dathan und Abiram und ließ die Brandung geduldig über mich ergehen; die Flut mußte sich ja legen, sobald die Leute merkten, daß wir nichts von ihnen wissen wollten. Diese Geduld aber entging dem heißblütigen Turnerstick gänzlich. Er schob und stieß, puffte und schlug auf die Zudringlichen ein, als gelte es, sein Leben zu verteidigen, und versuchte dabei, mit seiner gewaltigen Kommandeurstimme ihr Geschrei zu übertönen:

„Fort vong mir! Zurück, Jungens! Wir könneng euch nicht gebraucheng; wir wisseng selbst, war wir zu machung habeng! Weg, sage ich, sonst werdang wir euch lehrung, den Kurs fei zu gebing!"

Durch die Bewegungen, welche ich machen mußte, um die verschiedenen Stöße zu parieren, geriet mir die Kleidung in Unordnung und das Lung-yin-Zeichen kam zwischen zwei Knopflöchern zum Vorscheine. Der Mann mit der Khata sah es.

„Kiang!" raunte er mir zu.

Ich konnte in dem Lärm das Wort nich hören; ich las es ihm mehr von den Lippen ab.

„Lu!" antwortete ich, auch mehr durch die Stellung der Lippen als mit der Stimme.

Er winkte, drängte sich durch die Umstehenden und wartete von fern auf uns.

„Vorwärts, Kapt'n. Wollen sehen, ob wir diese Blockade zu brechen vermögen!" sagte ich da.

„Well, das Zeug dazu haben wir ja!"

Er schien bis jetzt bloß mit „halbem Dampf" gearbeitet zu haben, denn als er nun die muskulösen Arme ausstreckte, flogen die

Dränger wie die Fliegen auseinander, wir bekamen wieder freie Bahn und schritten in die nächste Gasse hinein. Der Chinese folge uns und trat zu mir heran.

„Herr, warum trägst du die Kleidung eines Fremden?" fragt er.

„Weil ich fern von Tschina*) war," antwortete ich.

„Für unsere Hui**)?"

„Hast du einen Yeu-ki zu fragen?"

„Verzeih, Herr! Ich sah noch keinen Lung-yin in einem fremden Gewand."

„Warum winktest du mir?"

„Ich habe allen Hui-dse***), welche ich treffe, eine Botschaft zu geben."

„Welche?"

„Sie sollen in die Wan-ho-tien kommen."

„Wann?"

„Heute um Mitternacht."

„Weshalb?"

„Es kommen heute oder morgen zwei Feinde an, welche gefangen werden sollen."

„Was für Männer sind es?"

„Ich weiß es nicht. Du weißt ja selbst, daß die Anführer nicht alles sagen."

„Wer gab dir den Auftrag?"

„Du weißt, daß ich das nicht sagen darf, obgleich du höher steht als es."

„Es ist ein Tü-ßü?"

„Ja."

„So ist's der Dschiahur, der heute in der Wan-ho-tien eingekehrt ist."

„Herr, jetzt glaube ich erst, daß du ein Yeu-ki bist, denn du weißt, wo sich dein Untergebener befindet."

„Warum glaubtest du es vorher nicht?"

Du trägst fremde Kleidung; du trägst keinen Pen-ste****), und es sind unsere vorigen Zeichen oft nachgemacht oder entwendet worden, was jetzt wieder der Fall sein könnte."

„Du weißt, daß du deinen Offizieren unbedingt zu gehorchen hast?"

* China, wie ja überhaupt das Wort China nur Tschina ausgesprochen wird.

** Verbrüderung.

*** Genossen.

**** Zopf.

„Ich weiß es.“
„Ich gebe dir einen Befehl, eine strengen Befehl: Der Dschiahur darf nicht wissen, daß ich bereits in Tschina angekommen bin; du wirst ihm verschweigen, daß du mich getroffen hast.“
„Ich werde gehorchen.“
„So sehen wir uns um Mitternacht wieder. Hast du mir noch etwas zu sagen?“
„Nein.“
„So sind wir fertig. Tsching lea-o!“
„Lea-o!“
Er entfernte sich. Der Kapitän machte mir verwunderte Augen und fragte mich:„Charley; seid Ihr etwas schon früher einmal in China gewesen?“
„Nein. Warum diese Frage?“
„Weil Ihr mit dem ersten besten Zopfmann, der uns begegnet, so vertraut tut, als ob Ihr ihn bereits getroffen hättet.“
„Wir gehören zueinander.“
„Ihr und der? Inwiefern?“
„Habe ich Euch nicht gestern abend gesagt, daß ich für einen Obersten der Lung-yin gelte?“
„Das stimmt.“
„Und dies war ein Lung-yin.“
„Ein Drachenmann? All devils, da habt Ihr mir einen ganz verteufelten Streich gespielt!“
„Warum?“
„Ihr hättet mir sagen solle, daß er ein Pirat ist.“
„Ah!“
„Natürlich! Oder habt Ihr vergessen, daß ich jeden Drachenmann, der mit begegnet, totschlagen will?“
„Schlagt dafür bei der nächsten Begegnung zwei tot!“
„Das werde ich aus! Was wollte denn der Kerl?“
„Er hat mir gesagt, wo ich den Dschiahur treffen kann.“
„Wo?“
„Hier in der Nähe, in der Herberge zu den zehntausend Herrschern.“
„Wann?“
„Heute um Mitternacht.“
„Da gehen wir hin! Ich habe mit diesem Mongolen noch ein Wort zu reden.“
„Er ist nicht allein; er werden viele Lung-yin da sein.“
„Und wenn alle zehntausend Herrscher zugegen sind, ich gehe hin. Fürchtet Ihr Euch etwa vor diesen Zopfmännern?“

„Ihr wißt ganz genau, ob ich furchsamer Natur bin; aber bedenkt einmal erstens, daß wir uns in einem fremden Land befinden, in welchem ganz eigentümliche Verhältnisse herrschern, und bedenkt zweitens, daß viele Hunde des Hasen Tod sind, was ich Euch bereits einmal sagte. Was würde aus unserm guten ‚the Wind' werden, wenn Kapitän Frick Turnerstick hier in irgend einer Spelunke kaltgemacht würde?"

Die Erinnerung an sein Schiff wirkte.

„Das ist wahr, Charley. Was habt denn Ihr für eine Ansicht in dieser Sache?"

„Noch keine. Wir haben noch lange Zeit bis Mitternacht, und bis dahin wird wohl ein Entschluß zu fassen sein, was wir tun und war wir lassen werden."

„Darüber könnte es eigentlich gar keine Zweifel geben. Erstens haben sie sich an uns vergriffen und müssen ihre Strafe leiden, und zweitens ist es allgemeine Menschenpflicht, die Welt vor solchem Gesindel zu schützen."

„Sehr richtig, Kapt'n. Aber daß sie sich an uns vergriffen haben, haben wir ihnen mit unsern Rudern mit Zinsen wieder heimgezahlt, und der andere Punkt hat auch seine zwei Seiten. Was geht uns China an? Warum sollen gerad wir beide unser Leben riskieren, um eine Bande von Räubern zu vernichten, welche den guten Chinesen ganz willkommen zu sein scheint? Wenden wir uns an den Konsul, so wird er die Achseln zucken; er hat sich gar nicht in die Angelegenheiten des Reiches zu mischen und darf nur dann einschreiten, wenn die Angehörigen seines Staates beeinträchtig werden, und auch in diesem Fall wird seine Bemühung so ziemlich aussichtslos sein. Und wenden wir uns an einen Mandarin, so müssen wir gewärtig sein, daß er auch zu den Lung-yin gehört und uns danach behandelt."

„Das klingt ganz verzweifelt vernünftig. Aber es wäre mir ein Gaudium gewesen, dieser Gesellschaft eine Klippe in das Fahrwasser zu wälzen!"

„Ich bin dabei, wenn ich sehe, daß es überhaupt geschehen kann und uns keine unverhältnismäßigen Schaden bringt."

„Well, so wollen wir uns die Sache erst noch überlegen. Was aber tun wir zunächst jetzt?"

„Die Stadt ansehen, und zwar erst von außen, denn der Zutritt in das Innere ist fremden Barbaren streng untersagt."

„So können wir nicht hinein?"

„Eigentlich nicht, doch wollen wir sehen, ob es möglich zu machen ist. In diesem Falle werden wir, wenn sich auch nicht gerade die Polizei um uns kümmert, doch mit dem lieben Pöbel zu tun haben."

„Da helfen Nasenstüber."

„Möchte nicht dazu raten, Kapt'n, wegen des Aufruhres, der dadurch entstehen könnte."

Wir wanderten Arm in Arm weiter. Wenn man die Zahl der Sam-pan in den Wasserstätten Cantons auf sechzigtausend schätzt, so finde ich diese Zahl noch keineswegs zu hoch gegriffen. Sie waren so zahlreich, daß sie von der Vogelschau aus das Aussehen von Wasserlinsen haben mußten, welche Flüsse, Weiher und Kanäle förmlich bedeckten.

Die Straßen, durch welche wir gingen, waren sehr eng gebaut, und was mir auffiel, war der Hundetrab, mit welchem sich sämtliche Passanten vorwärts bewegten. Besonders zahlreich vertreten waren die Lastträger, welche durch ihr lautes O-he, o-he die Begegnenden vor einem Zusammenstoß warnten. Wie in den muselmännischen Basars waren die einzelnen Gewerbe je in besondere Straßen und Gassen vereinigt, ein Umstand, welcher die Konkurrenz belebt und dem Publikum sehr zustatten kommt.

Vor einem Geflügelladen blieb Turnerstick stehen.

„Was sind das für Vögel, Charley?"

„Schnepfen und Reiher."

„Fein herausgeputzt, wahrhaftig! Das macht Appetit. Wollen wir uns nicht eine Tabagie oder Restauration aussuchen, um etwas zu genießen?"

„Bin dabei."

„Ihr seid natürlich mein Gast."

„Werde Euch durch eine abschlägige Antwort nicht unglücklich machen. Aber wie wollen wir speisen, billig oder wie vornehme Chinesen?"

„Vornehm, vornehm, das versteht sich ganz von selbst! Bestellen werdet Ihr, aber nur nicht etwa Igelbraten, eingelegte Regenwürmer, schwarze Wegschnecken, Käferragout und so ähnliches Zeug, wie es die Chinesen gewöhnt sind!„

„Habt keine Sorge, Kapt'n! Daß die Chinesen solches Zeug essen, ist bloß Fabel. Nur die Zubereitungsweise ihrer Speisen ist eine von der unserigen verschiedene."

„Habe aber doch davon gelesen!"

„Glaube es! Aber Schwarz auf Weiß ist auch nicht immer wahr. Zunächst hat wohl die Zubereitungsart ihrer Speisen zu dem Glauben Veranlassung gegeben, daß sie Dinge verspeisen, die unserem Gaumen nicht geläufig sind, und wenn nun einmal ein lustiger Chinese veranlaßte gewesen ist, irgend einen befangenen Ausländer zu Gast zu laden, hat er sich den Spaß gemacht, ihm allerlei seltsame Sachen vorzusetzen, um den Mann ein wenig zu foppen. Das ist das Ganze."

„Aber solche Sachen wie Schwalbennester und Seetang essen sie doch ganz gewiß!"

„Allerding. Aber der Seetang ist auch wirklich ein sehr nahrhaftes Gewächs, und ein Schwalbennest in obligater Sauce würdet Ihr auch nicht verachten."

„Junge Hunde!"

„Auch! Aber warum sollen sie das nicht? Ist das Fleisch eines jugen Hundes nicht ebenso appetitlich wie das einer jungen Ziege oder eines Kaninchens? Und wenn die Chinesen Haifischflossen essen, so ist dies nicht so widerwärtig wie zum Beispiel ein Käfer, der eigentlich doch nur aus in Fäulnis übergegangener Milch besteht. Denkt an unsere Austern und Weinbergschnecken, an das beliebte Kalbsgekröse, an die ‚sauern Flecke', an Froschschenkel und vieles andere, so werdet Ihr sicher zu der Ansicht kommen, daß der Chinese nichts Schlimmeres verspeist, als wir."

„Well, das klingt tröstlich. Sucht also ein Gasthaus!"

„Dort ist ja gleich eins und zwar mit englischer Aufschrift: ‚Hotel zu allen guten Sachen'. Gehen wir hinein?"

„Yes!"

Bereits an der Tür wurden wir von einem chinesischen Kellner empfangen, und in der Restauration stand ein zweiter am Eingang, welcher in ausgsuchte Höflichkeit nach unseren Namen fragte. Als wir ihm geantwortet hatten, rief er die beiden Namen in englischer und chinesischer Aussprache laut über das Zimmer hin. Dann wurden wir an einen separaten Tisch geführt, welcher mit einem seidenen Tuch behangen war. Auch die Stühle waren mit Seide überzogen. Dann erhielten wir, ohne gefragt zu werden, jeder ein Gläschen echten, süßen, aber außerordenltich starken Reisbranntwein.

Jetzt erst trat der Oberkellner zu uns und präsentierte den Speisezettel, welcher aus dem feinsten roten Seidenpapier bestand und so groß war, daß ich mich hätte hineinwickeln können. Die Speisen waren numeriert, und so oft ich ihm eine bezeichnete, rief er die Nummer, so daß man es in der Küche zu hören bekam.

Messer, Gabel und Löffel gab es nicht. Es wurde alles in so zerkleinertem Zustande präsentiert, daß man ein Messer gar nicht bedurfte, und statt Gabel und Löffel dienten elfenbeinerne Speisestäbchen, von den Engländern und Amerikanern Chopsticks genannt.

Ein immerwährendes, unmutiges Brummen des Kapitäns verursachte mir ein Lächeln.

„Was lacht Ihr?“ fragte er mich daher.

„Was brummt Ihr?“ frage ich dagegen.

„Soll ich etwas nicht brummen, he? Wer kann denn mit diesen zwei Filetnadeln etwas Gescheites zum Munde bringen? Ich fische in der Brühe herum wie ein Storch, der keine Frösche findet, und Ihr hantiert mit den Dingern grad so, als ob sie mit Euch auf die Welt gekommen wären!“

„Ich habe mich geübt, Kapt'n.“

„Geübt? Wo?“

„Auf Eurem Schiff. Der Koch mußte mir täglich einen Teller Reis machen; ich schnitzte mir zwei Stäbchen, und wenn ich allen war, versuchte ich, chinesisch speisen zu lernen.“

„Das ist Verrat, das ist die größte Hinterlist und Heimtücke, welche ich mir denken kann! Hättet Ihr mir etwas gesagt, so hätte ich mich an dieser Übung beteiligt.“

„Oder mir die Chopsticks an den Kopf geworfen. Jetzt aber müßt Ihr daran glauben.“

„Fällt mir nicht ein, sonst sitze ich übermorgen noch da und fische in den Schüsseln herum. Verlangt doch einmal ein tüchtiges Stück Brot!“

Ich tat dies. Als er es erhalten hatte, zo er sein Messer hervor und schnitt sich daraus einen Löffel, mit Hilfe dessen er nun gleichen Schritt mit mir hielt.

Als wir das wirklich delikate Mahl, welches aus zwölf allerdings kleinen Gängen bestand, beendet hatten, erhielten wir Tee, und dann wurden wir gefragt, ob wir Yen*) haben wollten. Ich verdolmetsche Turnerstick diese Frage.

„Gibt es Zigaretten hier, Charley?“

Auf meine an den Kellner gerichtete Erkundigung brachte dieser einige echte Manila, welche der Kapitän ausgezeichnet fand. Was mich betraf, so zog ich es vor, eine chinesische Wasserpfeife zu versuchen. Der Kopf derselben hatte etwa die Größe eines Fingerhutes und mußte daher öfters gefüllt werden; der Tabak aber war gut, stark und etwas süßlich.

„Fragt einmal, was wir schuldig sind, Charley! Oder wartet; ich werde selbst fragen. Garcon!“

* Wörtlich „Rauch“, soviel wie Tabak.

Er blickte mich bei diesem französischen Worte triumphierend an.

„Ja, Ihr meint wohl, daß ich gar nichts verstehe? Seit ich chinesisch spreche, fällt mir die ganze französische Sprache wieder ein. He, Garcon!"

Der Kellner merkte, daß er gemeint sei, und trat herbei.

„Wir Habeng sehr gut gegessang, und ich bin mit Euch recht zufrieding. Was muß ich bezahleng?"

Der Mann schüttelte den Kopf.

„Was sagt dieser Herr?" fragt er mich.

„Er wünscht zu zahlen."

Er trat an ein Tischchen, auf welchem ein Suan-pan*) stand, rechnete den Betrag zusammen und schrieb dann mittels Tusche und Pinsel die Rechnung, welche er dem Kapitän präsentierte.

„Was bedeuten die Kratzfüße, Charley?"

Ich nannte ihm die Summe; sie war so bescheiden, daß sich der Kapitän darüber wunderte.

„Hier werden wir speisen, so lange wir in Canton sind," meinte er. „Aber einen Löffel muß ich mir mitbringen. Gibt es Trinkgelder?"

„Sehr, Kapt'n."

„Well, sollen mit mir zufrieden sein. He, Garcon, alle Kellner her!"

Ich mußte auch dies übersetzen. Sämtliche dienstbare Geister des „Hotel zu allen guten Sachen" kamen herbei und erhielten ein Kom-tscha. Den Reverenzen nach, welche sie machten, schienen sie sehr zufrieden mit demselben zu sein.

Wir erhoben uns.

„Bleibt noch einen Augenblick, Herr!" bat der Oberkellner.

Er nahm den Speisezettel zur Hand und wandte sich gegen die übrigen Gäste. Nachdem er unsere Namen nochmals genannt hatte, verlas er alles, was wir genossen hatten, gab die Bezahlung an und veröffentlichte auch die Trinkgelder, welche der Kapitän verabreicht hatte. Dann wurden wir von dem ganzen Personal unter tiefen Bücklingen und mit der Bitte, wiederzukommen, nach dem Ausgang gleitet.

Der Kapitän schien sich durch diese Höflichkeit außerordentlich geschmeichelt zu fühlen.

„Feine und anständige Leute, diese Chinesen!" sagte er. „Sie haben nur gewöhnlich den Fehler, daß sie in ihrer eigenen Mutter-

* Rechenmaschine.

sprache nicht recht zu Hause sind. Wo bleiben wir heute nacht?“

„In irgend einem Gasthaus, deren es in der Nähe des Flusses mehrere gibt.“

Wir setzten unsern Spaziergang fort. Derselbe erstreckte sich durch die äußeren Stadtteile, welche durch eine hohe starke Mauer von der eigentlichen Chinesenstadt, zu welcher der Zugang erschwert ist, getrennt werden. Durch diese Mauer, welche in gewissen Zwischenräumen von Türmen gekrönt wird, führt hie und da ein Tor.

Die Straßen, Gassen und Plätze waren so belebt, als ob wir uns auf einem Jahrmarkt befänden. Da wir nicht stehen bleiben durften, um den Verkehr nicht zu unterbrechen, und weil sich dann sofort ein Haufe Neugieriger um uns versammelte, so wurden wir endlich müde.

„Wollen wir nicht ein wenig ausruhen, Charley?“

„Wo?“

„In einer Restauration natürlich, aber nicht hier außen.Ich muß auch die innere Stadt zu sehen bekommen.“

„Wollen wir das nicht für später aufheben? Wenn wir chinesische Anzüge tragen, werden wir keine Belästigung erleiden.“

„Später? Fällt mir gar nicht ein!“ Wenn ein Chinese nach New-York oder New-Orleans kommt, kann er hingehen, wo es ihm beliebt, und dasselbe Recht nehme ich als amerikanischer Staatsbürger hier auch für mich in Anspruch. Da ist ein Tor. Kommt!“

„Ich stehe für nichts, Kapt'n!“

„Ich aber für alles. Vorwärts!“

Er schritt rasch voran, und ich war gezwungen, zu folgen. Gleich in der ersten Gasse sammelten sich die Straßenjungen hinter uns und liefen hinter uns her. In der zweiten Straße begegnete uns ein Leichenzug.

Voran schritten mehrere Männer mit bunten Fahnen und Standarten; dann folgten drei Bahren, auf denen Götterbilder getragen wurden. Hinter diesen kam eine Musikbande, welche auf Flöten, Gongs und Kesselpauken einen bedeutenden Lärm erzeugte. Andere Personen trugen Räucherpfannen, Schwärmer und allerhand kleines Feuerwerk, welches trotz der Enge der Straßen und der Feuergefährlichkeit der Bambushäuser abgebrannt wurde. Dann folgte die Totenbahre, an welcher der Sarg, an Seilen schwebend, befestigt war. Hinter dem Sarg schritt ein Bonze, und ein bunt durcheinander gewürfelter Haufe von Leidtragenden bildet den Schluß.

Wir traten zur Seite und drückten uns hart an die Wand des nächststehenden Gebäudes. Dennoch wurden uns finstere Blicke zugeworfen. Der Bonze blieb sogar vor uns stehen. Sein Gesicht hatte einen stumpfen, nichtssagenden Ausdruck.

„Ihr seid Y-jin*). Was wollt ihr hier?" fragte er.

Er hatte diese Frage an den Kapitän gerichtet, welcher ihm am nächsten stand.

„Was sagt er?" fragte mich dieser.

„Er fragt, was wir hier wollen."

„Schön, mein Junge! „Er zog einige von den Zigaretten, welche er noch von der Pagode her in der Tasche hatte, hervor und reichte sie ihm entgegen. „Wir sind gekommen, um dir diese Zigarettang zu gebing."

Der Mann griff zu.

„Tsing!"

Damit beeilte er sich, seinen Zug wieder einzuholen.

Einige Straßen weiter schallte Musik aus einem Haus.

„Was ist das, Charley? Leset doch einmal diese Überschrift!"

„Jo-schi-Fiang."

„Was heißt das?"

„Musik- und Liederpavillon."

„Hier wird also gespielt und gesungen. Gehen wir hinein!"

„Ich habe mehr Lust, vorüberzugehen. Man weiß nicht, was für ein Publikum wir finden."

„Publikum? Das Publikum ist mir ganz egal; vor dem Publikum habe ich mich niemals gefürchtet. Vorwärts!"

Der Unvorsichtige ließ sich nicht halten und schritt dem Eingang zu. Dort strömte uns ein nichts weniger als einladender Geruch entgegen, der ganz allein genügt hätte, uns zur Umkehr zu bewegen. Turnerstick aber dachte nicht daran.

Als wir in die Stube traten, sah ich, daß wir in eines der niedrigsten Etablissements geraten waren. Auf schmutzigen und zerrissenen Matten und primitiven Bänken hockte und lag da eine Menge verkommener Gestalten an den Wänden hin und hörte der ohrenzerreißenden Musik zu, welche von einem alten, wackeligen Podium herunterscholl. Sie hatten in kleinen Täßchen Tee vor sich stehen; ein bezeichnender Duft aber, welcher bei einem gelegentlichen Öffnen der Tür aus dem Nebenraum drang, sagte mir, daß dort eine Opiumbutike sei.

Als wir eintraten, verstummte die Musik sofort, und alle Blicke richteten sich auf uns. Turnerstick nahm auf einem der Bänke mit

* Barbaren.

einer Miene Platz, als ob er er hier Stammgast sei, und ich setzte mich neben ihn. Ein verkommenes Subjekt nahte sich uns.

„Was wollt ihr hier?“ wurden wir gefragt.

„Trinken“, antwortete ich.

„Was befehlt ihr?“

„Was hast du?“

„Tscha*), weiter nichts.“

„So gib uns Tscha.“

„Wollt ihr dazu rauchen?“

„Nein.“

Es wurden uns zwei Täßchen gebracht, welche mehr Schmutz als Tee enthielten; es graute mir, das Zeug nur anzuriechen.

„Soll dies Tee sein, Charley?“ erkundigte sich Turnerstick.

„Ja.“

„Dann ist Schiffsraumwasser der feinste Jamaica-Rum. Seht ihr die Gesichter, welche das Volk uns schneidet?“

„Laßt uns bezahlen und gehen!“

„Fällt mir nicht ein! Sollen diese Kerls etwa denken, daß wir aus Angst vor ihnen davonlaufen?“

Mehrere der Gäste hatten sich erhoben und waren zu dem Wirt getreten. Ich konnte von dem, was gesprochen wurde, nur weniges verstehen:

„Du darfst keine Ing-kie-li, keine Meerteufel, bei dir leiden!“

„Mein Haus steht jedem offen, der mich bezahlt. Man hat die Ing-kie-li in die Stadt gelassen; warum soll ich sie nicht dulden?“

„Man wird dich und uns bestrafen, wenn man sie hier findet. Jage sie fort, oder wir gehen!“

„Seht ihr nicht, daß es starke Männer sind? Sie werden sich wehren und mir viel Schaden machen.“

„Wir helfen dir. Gehe hin und jage sie fort.“

„Tut ihr es. Mich gehen die Fremdlinge nichts an.“

„Wohlan, so werden sie hinausgeworfen!“

Turnerstick mußte natürlich merken, daß wir der Gegenstand dieses bedrohlichen Gespräches waren. Er fragte mich:

„Was redet das Volk, Charley?“

„Sie wollen uns hinauswerfen.“

„Blitz und Knall, den Kapitän Frick Turnerstick hinauswerfen! Diese dürren Kröten! Pshaw, sie mögen kommen!“

„Laßt uns lieber gehen, Kapt'n!“

* Tee.

„Charley, ich bin einmal versessen darauf, hier Musik und einige Lieder zu hören, und will den sehen, der mir dies verwehrt. Wenn Ihr Euch fürchet, könnt Ihr gehen.“

„Ohne Euch nicht.“

„Well, so bleiben wir! Wenn wir einmal Land und Leute kennenlernen wollen, so müssen wir doch auch erfahren, wie es in diesen Teekneipen zugeht. Ah, da kommen sie!“

Sämtliche Gäste hatten sich erhoben. Einer schob den andern näher, bis die vordersten hart vor uns standen. Derjenige, welcher vorhin zum Wirte gesprochen hatte, ergriff auch jetzt das Wort:

„Ihr seid Ing-kie-li?“

„Nein, sondern Yeng-kie-li,“ antwortete ich, da Reden jedenfalls besser war, als Schweigen.

„Das ist gleich; das ist eines so schlimm wie das andere. Kein Ing-kie-li und kein Yeng-kie-li gehört nach Tschung-kuo*). Dieser Jo-schi-fiang ist nur für uns und nicht für euch. Geht fort, sonst werden wir euch hinaus!“

Wäre mir dies in einem anderen Land gesagt worden, so hätte ich den Menschen einfach durch das Fenster geworfen; unter den gegenwärtigen Verhältnissen aber war dies nicht geraten.

„Wer sagt dir, daß wir nicht nach Tschung-kuo gehören? Die Chinesen kommen zu Tausenden an das Land der Yeng-kie-li und haben dort die Erlaubnis, zu tun, als ob sie im Tien-tschao**) wären. Wir sind gut, freundlich und höflich mit ihnen, und daher werdet auch ihr mit uns so sein.“

„Die Yeng-kie-li sind Verräter, welche die Tschia-dse***) auf ihre Schiffe und in ihr Land locken, damit sie Tscha-no****) graben und von den Gräbern fern ihrer Ahnen sterben. Wir locken euch nicht zu uns; wir wollen euch nicht haben. Geht fort!“

Leider hatte dieser Mann nicht ganz unrecht. Es sind einigemale von gewissenslosen, spekulativen Amerikanern Chinesen unter der Vorspiegelung, daß sie zu Bahnbauten oder Farmarbeiten benutzt werden sollten, über das Meer gelockt und nach den verrufenen Guanoinseln geschafft worden, wo sie nach wenigen Monaten elend hinsterben mußten, ohne daß ihre Leichen zurück nach China kamen, was doch das höchste Bestreben eines jeden ausgewanderten Chinesen ist. Dennoch antwortete ich:

* „Reich der Mitte“.
** „Himmlisches Reich“.
*** Chinesen.
**** Guano.

„Kannst du dies beweisen? Und wenn es wahr wäre, bin ich es gewesen oder dieser Mann?“

„Ihr seid es gewesen, denn ihr gehört zu ihrem Volk. Erhebt euch, und geht, sonst werdet ihr unsere Arme fühlen!“

„Eure Arme fürchten wir nicht. Wenn ihr Zank und Streit begehrt, so werdet ihr bald sehen, daß unsere Arme stärker sind, als die eurigen. Geht ihr aber wieder an eure Plätze zurück, so werden wir nur eine kurze Zeit warten und dann dieses Haus verlassen.“

„Ihr werdet keinen Augenblick mehr warten dürfen. Hinaus mit euch!“

Er griff nach Turnerstick, der nicht so lang war wie ich. Freilich kam er auch hier an den Unrechten. Der Kapitän packte ihn bei der Brust und fragte:

„Machen Sie Ernst, Charley?

„Ja.“

„Well, so hat auch bei uns der Spaß ein Ende!“

Er hob ihn empor und warf ihn unter die andern hinein, daß sie auseinander flogen.

„Was fällt euch ein, ihr dummeng Menschang! Wollt ihr euch gleich niedersetzing, sonst werdet ihr vong uns zu Mehl und Pulver geriebeng!“

Im Nu waren mehrere der Bänke auseinander gerissen, welche aus Bambusstangen bestanden, mit denen sich die Angreifer bewaffneten, und es begann ein Handgemenge, aus welchem wir nach einigen Püffen und Schlägen, welche wir erhielten, als Sieger hervorgingen.

Die acht bis zehn schmächtigen, schlecht genährten Gestalten waren uns nicht gewachsen, zumal sie von dem Wirt und den Seinen nicht unterstützt wurden.

Der kurze Kampf aber war nicht ohne Lärm und Geschrei abgegangen, und was ich erwartet hatte, geschah: es traten einige Polizisten ein, bei deren Erscheinen die Ruhe sofort zurückkehrte. Es waren Soldaten. Ihre Uniform bestand aus einem kurzen, roten Kittel mit weißem Besatz, blauen, kurzen, baumwollenen Hosen, groben Tuchschuhen mit Filzsohlen und einem geflochtenen Bambushut. Bewaffnet waren sie mit einem Rohschild, auf welchen der kaiserliche Drache gemalt war, mit Pfeil und Bogen und einem kurzen Knüttel. Auf der Brust und dem Rücken trugen sie die weithin leuchtende Inschrift „Ping“*) und ihre dün-

* „Soldat“.

nen, lang herabhängenden Schnurrbärte bemühten sich vergebens, ihnen ein kriegerisches Aussehen zu erteilen.

Sie schnitten bei unserem Anblick außerordentlich grimmige Gesichter und nahmen ihre Knüppel zur Hand.

„Wer seid ihr?“ frage der Anführer, indem er sich an den Kapitän wandte.

„Was will er?“ fragte dieser mich.

„Er fragt, wer wir sind.“

„Sagt es ihm, Charley! Aber sagt ihm zugleich, daß er auch seine Prügel haben kann, wenn er nicht höflich ist!“

Der „Ping“ wiederholte seine Frage mit erhöhter Stimme.

„Dieser Mann ist ein Yeng-kie-li, und ich bin ein Tao-dse,“ antwortete ich.

„Ihr seid Fremdlinge und Barbaren und wagt es, nach Kuangtscheu-fu zu kommen?“

„Sei vorsichtig mit deinen Worten! In unserem Land ist das Wort Barbar eine große Beleidigung, die sich niemand gefallen läßt.“

„Ihr seid Barbaren, sonst hättet ihr keine Schlägerei begonnen.“

„Dann sind die Chinesen die Barbaren, denn sie haben den Streit angefangen.“

„Das ist eine Lüge! Diese Männer sind gut und friedfertig; sie haben euch nichts getan.“

Da legte ich dem Menschen die Hände auf die Schultern, daß er zusammenzuckte.

„Wenn du noch einmal von Lügen sprichst, streiche ich dir den Barbar über den Rücken, daß dieser die Farbe des Himmels bekommt!“

Er trat zurück.

„Du drohest mir! Weißt du, was dies zu bedeuten hat?“

„Nichts hat es zu bedeuten! Was willst du von uns?“

„Ich werde euch arretieren und zum Tscha-juan führen.“

„Dagegen haber wir nichts einzuwenden, wenn du diese Leute gleichfalls arretierst.“

„Sie sind unschuldig.“

„Das wird der Tscha-juan untersuchen. Wie kannst du wissen, wer schuldig oder unschuldig ist? Du hast ja noch keinen Menschen nach dem Hergang des Streites gefragt.“

„Das geht euch nichts an. Bezahlt, was ihr getrunken habt, und geht voran!“

Der Kapitän sah an der Bewegung des Polizisten, um was es sich handelte.

„Was ist dieser Mensch, Charley?“

„Soldat und Polizist."
„Er will und wohl gar arretieren?"
„Allerdings."
„Tretet einmal auf die Seite; ich will ihm ein Weniges auf den Hut hämmern, damit ihm der Verstand in Bewegung gerät!"
„Das würde uns nur Schaden machen. Wir sind einmal so unvorsichtig gewesen, in das Wasser zu gehen, und müssen nun auch mit dem Strom schwimmen."
„Soll das ein Vorwurf sein?"
„Nein. Ich bin ja mitgegangen und habe gewußt, daß ich mitgefangen werde. Mithangen aber lasse ich mich nicht. Tut mir den Gefallen und laßt Euch ruhig arretieren."
„Ich muß ja wohl, wenn Ihr nicht anders woll!" brummte er."
„Wieviel kostet unser Tscha?" fragte ich den Wirt.
„Zusammen einen Fen."
„Hier habt Ihr!"
Ich gab ihm zehn Fen*) und wandte mich an den Polizisten:
„Wir sind bereit, verlangen aber, daß du uns zwei Palankins besorgst, denn gehen werden wir nicht. Hier hast du Geld, sie zu bezahlen."
Ich legte einen Dollar in seine Hand.
„Willst du etwas wiederhaben?" fragte er naiv.
„Nein."
„Du sollst die Palankins erhalten."
„Aber ich verlange nochmals, daß auch diese Männer hier arretiert werden. Sie haben den Streit angefangen."
„Wenn sie ihn angefangen haben, so müssen sie mit."
„Und der Wirt als Zeuge!"
„Auch dies sei dir gestattet!"
Der Dollar hatte dem Mann also bewiesen, daß wir keine Barbaren waren. Er schickte einen seiner Leute fort, welcher die Palankins herbeibrachte. Wir stiegen ein, und sämtliche Gäste nebst dem Wirt folgten unter Begleitung der „Pings" durch die Menschenmenge, welche sich versammelt hatte.
Wir wurden nach dem Kuang-kuan**) gebracht.
Dies war ein stattliches Gebäude, dessen Front mit hölzernen Säulen verziert war. In dem Vorhof lungerte eine Menge Soldaten umher, welche ganz dieselbe Uniform wie unsere Begleiter tru-

* Ein Fun oder Fen hat zehn Tsien, also ungefähr drei Pfennige.
** Gemeindepalast.

gen. Hier stiegen wir aus, wobei ich dem Ping noch einen Dollar überreichte. Er schnitt ein ganz verklärtes Gesicht und meinte:

„Ihr seid keine gewöhnlichen Leute. Ich werde euch nicht mit den andern zusammentun, sondern dafür sorgen,daß ihr in das Zimmer der Vornehmen kommt."

Er übergab uns einem Yng-pa-tsung*), dem er einige Wort zuflüsterte, welche eine Empfehlung zu enthalten schienen. Von diesem wurden wir eine Treppe emporgeführt und gelangten in ein Gemach, welches recht angenehm mit hübschen Teppichen und Rohrmöbeln ausgestattet war.

„Wartet hier!" sagte der Fähnrich.

Er verließ uns und kehrte nach kurzer Zeit mit Tee zurück. Turnerstick merkte natürlich, daß es auf ein Kom-tscha abgesehen war, und überreichte ihm einen Dollar.

Er steckte denselben schmunzelnd zu sich und tröstete uns:

„Fürchtet euch nicht! Der Tscha-juan ist zwar ein mächtiger Mann, aber er liebt die Gerechtigkeit und das Silber. Ihr seid sehr höfliche Leute und werdet euren Prozeß gewinnen."

Damit ging er ab.

Das war allerdings sehr deutlich gesprochen, so deutlich, daß für uns kein Zweifel übrig blieb, wie wir uns zu verhalten hatten. Ich teilte dies dem Kapitän mit.

„So also, dieser Richter liebt die Gerchtigkeit und das Silber, das heißt, die Gerechtigkeit durch das Silber! Von mir soll der Mensch keinen Half-Penny erhalten. Gebt Ihr ihm etwas?"

„Keinen Heller."

„Übrigens kann er gar nicht über uns urteilen; wir gehören vor unser Konsulatsgericht."

„Das werde ich ihm natürlich begreiflich machen."

„Seid Ihr bös, daß ich euch in diese Tinte gebracht habe?"

„Nein, Kapt'n. Die Sache ist mehr lustig als gefährlich."

Jetzt trat der Ping herein, welcher uns arretiert hatte.

„Ihr seid unschuldig. Ich habe die andern verhört und alles entdeckt. Ich werde die Angelegenheit jetzt dem Tscha-juan melden."

Er trat durch eine Nebentür in ein Zimmer, in welchem sich der Richter zu befinden schien. Wir hörten zwei Stimmen. Nach einiger Zeit kehrte er zurück und sagte uns, daß wir eintreten sollten.

* Fähnrich, Standartenträger.

Wir taten dies und fanden einen Chinesen, dessen nichtssagende, verschwommene Züge kein besonderes Vertrauen erwecken konnten. Wir verbeugten uns. Er nickte gnädig und fragt:

„Ihr seid ein Yeng-kie-li und ein Tao-dse. Welcher ist der Yengkie-li?"

„Dieser", antwortete ich, auf den Kapitän deutend.

„So bist du der Tao-dse, nicht wahr?"

„Es ist nicht gut anders möglich."

„Du sprichst chinesisch und er nicht?"

„So ist es."

„Das wundert mich nicht. Die Ing-kie-li und die Yeng-kie-li haben eine Sprache und geben sich nicht die Mühe, eine zweite zu lernen. Die Tao-dse aber sind verständige Leute; sie lernen sehr viel und betrüben nicht gern einen andern. Ich habe sie lieb. Zu welcher Religion gehörst du?"

„Ich bin ein Kiao-yu*) und bete den Himmelsherrn an."

„Das ist gut von dir, und wir sind Brüder, denn ich bin ein Tadse, ein Mongole, und die Ta-dse und Kitat*) haben auch einen Tien-tsch, einen Himmelsherrn?"

„Ja. Gott schuf den Menschen gut, aber der Mensch ward ungehorsam."

„Das lehren wir auch, denn unsere Religion ist eure Religion."

„Das ist vielleicht doch nicht ganz der Fall. Eure Religon sagt zwar: ‚Jen dse thu, sin pen schan,'**) doch wie der Mensch die verlorene Heiligkeit wieder erlangen kann, das sagt sie nicht."

„Das vermag sie auch gar nicht zu sagen, denn der Mensch kann seine frühere Vollkommenheit ja niemals wieder erlangen."

„Grad darum ist deine Religion nicht die meine, denn die meinige sagt, daß der Mensch fromm, heilig und selig werden könne."

„Das sagt sie? Nun ja, so ist es die Meinung deiner Religion, und wegen einer Meinung soll man eine Religion nicht verwerfen. ‚San kiao, y kiao'***), das hast du wohl schon gehört, und ‚Put tun kiao tun li'†), das ist ganz dasselbe."

„Ich muß dir widersprechen. Das größte Unglück für den Menschen war, daß er seine Heiligkeit, seine Vollkommenheit verlor. Gibst du dieses zu?"

„Ja."

* So werden die Chinesen von den Mongolen genannt.

** „Der Mensch war bei seinem Ursprung vollständig heilig".

*** „Die drei Religionen sind nur eine".

† „Die Religionen sind verschieden; die Vernunft ist nur eine; wir alle sind Brüder."

„Dann muß es für ihn ja auch das größte Glück sein, sie wieder erlangen zu können. Nicht?“

„Das ist richtig.“

„Deine Religion spricht ihm dieses Glück ab, die meinige gewährt es ihm aber. Welche ist da vorzuziehen?“

„Du willst sagen, daß deine Religion besser sei, als die meinige? Du bist nich höflich, und doch glaubte ich bisher, daß die Tao-dse sehr höfliche Leute seien. Aber wir wollen uns deshalb nicht zanken. Du sagst, daß deine Religion besser sei, als die meinige, und ich sage nun auch, daß die meinige besser sei, als die deinige; also sind wir vollständig einig, denn wir haben von unsern zwei Religionen ganz dieselbe Ansicht. Sage mir lieber, was du bist!“

„Ich bin ein Moa-sse*).“

„Ein Moa-sse? Und warum kommst du nach Tien-hia?“**)

„Weil ich dieses Land und seine Bewohner kennenlernen will.“

„Und warum willst du sie kennenlernen?“

„Um ein Buch über Tien-hia schreiben zu können.“

„So mußt du ein reicher Mann sein.“

„Ich bin im Gegenteil sehr arm. Aber du mußt wissen, daß in meinem Land die Schriftsteller bezahlt werden, während bei euch die Mao-sse umsonst schreiben.“

„Dann seid ihr Tao-dse ganz unbegreifliche Leute! Was ist der Yeng-kie-li hier?“

„Ein Yang-scheu-pi***).“

„Hat er ein Schiff?“

„Ja; es liegt in Hong-kong.“

„Warum kommt er nach Kuang-tscheu-fu?“

„Weil er mein Freund ist und mich nicht allein gehen lassen wollte.“

„Ist sein Schiff ein Kriegsschiff?“

„Nein, sondern ein Handeslfahrzeug.“

„Das ist ein Glück für ihn, sonst müßte ich strenger gegen euch sein. Seid wann seid ihr in Kuang-tscheu-fu?“

„Erst seit heute.“

„Weshalb seid ihr nicht in der Vorstadt geblieben, sondern in die innere Stadt eingedrungen?“

„Weil wir nicht glaubten, daß wir dort so ungezogene Menschen finden würden.“

* Schriftsteller, wörtlich „Doktor der Feder“.
** „Unter dem Himmel“, China gemeint.
*** „Seekapitän“, eigentlich „Meerhauptmann“.

„Schreibst du in deinem Buch auch von ihnen?"
Ja."
„Und auch, daß du bei mir gewesen bist?"
„Ja."
„Und wie ich euch aufgenommen und behandelt habe?"
„Ja."
„Und das werden alle Tao-dse lesen?"
„Nicht bloß diese, sondern auch die Yeng-kie-li, die Ing-kie-li, die Fampa*), die O-ro**), die Por-tu-ki, die Hi-pan-si***), denn das Buch wird auch in ihren Sprachen gedruckt."
Ich mußte die Sache ein wenig größer machen, als sie war; dies konnte mir nur Nutzen bringen.
„So setzt euch nieder. Ihr sollt sehen, wie ich Gerechtigkeit übe!"
Wir nahmen auf einem Diwan Platz. Er klingelte und der Ping erschien.
„Bringe die Männer herbei!"
„Dieser Kerl spricht wirklich ein schauderhaftes Chinesisch," flüsterte Turnerstick. „Ich habe kein Wort verstanden. Was wird mit uns geschehen?"
„Nichts. Ich glaube im Gegenteil, daß die andern bestraft werden."
„Wie käme das?"
„Weil ich ihm gesagt habe, daß ich über China ein Buch schreiben werde und ihn mit darin erwähnen will."
„Sehr politisch, Charley, sehr klug. Bin neugierig!"
Unsere Gegner wurden gebracht. Das Gesicht des Richters war ein ganz anderes geworden. Seine Stirn lag in schweren Falten, und seine Augen blitzten zornig auf sie nieder, die nach chinesischer Etikette vor ihm auf den Knieen lagen.
„Ihr wagt es, bloß zu knieen, ihr Hunde?" donnerte er sie an. „Auf den Bauch mit euch, und die Strin an die Erde! Welcher von euch ist der Wirt, bei dem die Untat geschah?"
„Ich Siao-ti!"****)antwortete dieser, ohne das Gesicht vom Boden zu erheben.
„Haben diese Herren den Streit begonnen?"
„Nein. Sie sind ganz ruhig gewesen."

* Franzosen.
** Russen.
*** Spanier.
**** „Der ganz kleine", so muß sich jeder niedrig stehende Chinese einem Mandarin gegenüber nennen.

„Und dennoch habt ihr sie geschlagen! Wenn sie zu ihrem Konsul gehen und Strafe verlangen, so werdet ihr getötet. Sie sind aber gnädig und haben es in meine Hand gelegt. Ihr geht, jeder drei Jahre lang in Verbannung und tragt vorher zehn Tage lang den Block!"

„Ich bin unschuldig, Tschin-kuang-fu!"*)wagte der Wirt zu bemerken. „Ich Siao-ti habe diese Leute gewarnt und ihnen verboten, die Tschu-kuo-ngan**) zu schlagen!"

„Du hättest es verhindern sollen. Bitte die Y-tschu***); vielleicht erlassen sie dir den Block!"

Er kam auf dem Bauch zu uns herbeigerutscht.

„Ihr seid Ti-ta-tschu****), und ich bin Siao-ti. Ihr wißt, daß ich unschuldig bin. Habt Erbarmen!"

Ich wandte mich an den Richter:

„Deine Weisheit ist groß, und deine Gerechtigkeit glänzt wie die Sonne. Laß uns nun auch deine Gnade sehen! Dieser Mann ist wirklich unschuldig, und wir bitten dich, ihm die Strafe zu erlassen!"

„Ein Kitat würde anders sein," antwortete er; „ich aber bin ein Ta-dse und erfülle eure bitte. Stehe auf, du Hund; gehe heim, und preise meine Gerechtigkeit und die Gnade dieser Y-tschu! Du aber," sprach er zu dem Ping, welcher im Zimmer geblieben war, führe diese Menschen fort und schreibe mir ihre Namen auf!"

Sie krochen auf dem Bauch zur Tür hinaus.

Die Strafe war sehr hoch bemessen; aber einesteils war es ganz gut, einmal Ausländer gehörig in Respekt gesetzt zu sehen und andernteils traute ich dem Mandarinen nicht; vielmehr glaubte ich, er spiele ein wenig Komödie und werde die Leute nach unserer Entfernung wieder entlassen. Diese beiden Gründe hielten mich ab, für sie zu bitten.

„Seid ihr mit mir zufrieden?" fragte er jetzt.

„Vollkommen! Darum sagen wir dir Dank und werden deinen Namen zu rühmen wissen überall, wohin wir kommen."

„So werdet ihr auch mir den Wunsch erfüllen, nicht wieder das Innere der Stadt zu betreten. Der Schang-ti*****) hat es den Fremdlingen verboten, und seine Diener müssem darauf sehen, daß sein Wille erfüllt werde. Wie lange gedenkt Ihr in Kuangtscheu-fu zu bleiben?"

* „Erhabener Mandarin".
** Die „Herren Erzellenzen".
*** Die „fremden Herren".
**** „Ganz große Herren".
***** Kaiser.

„Vielleicht nur heute oder morgen."

„Seid ihr Gäste eines Freundes oder Bekannten?"

„Nein. Wir bleiben in einem Y-fan*)."

„Das werde ich nicht zugeben. Kommt, und folget mir!"

Er verließ das Zimmer und führte uns nach einer andern Seite des Hauses, wo er zwei Türen öffnete.

„Dies sind zwei Stuben, in denen meine Feunde wohnen, wenn sie mich besuchen. Ihr seid meine Gäste und bleibt bei mir!"

Dies war ein sehr schmeichelhaftes Anerbieten, aber nach chinesischer Sitte durfen wir es nicht annehmen, sondern mußten alle möglichen Einwendungen machen. Eine geschriebene oder gedruckte Einladung ist stets ernst gemeint, ein bloß gesprochenes Anerbieten aber ist meist nur eine Höflichkeitsformel, und wer darauf eingeht, der macht sich des allergröbsten Verstoßes gegen die gute Lebensart schuldig. Setzt der Chinese jemandem eine Tasse Tee vor, so muß sie angenommen werden; spricht er aber: ‚Bleibe bei mir, und trinke den Tscha mit mir'! so muß man unbedingt ablehnen, selbst wenn es einen Kampf mit Redensarten kostet; das erfordert die Etikette. Geht man aber darauf ein, so wird er mit lauter Stimme den Tee bestellen, doch es wird keiner kommen. Man wartet lange und noch länger; man wird endlich ungeduldig und bittet, den Tee zu erhalten oder gehen zu dürfen. Dann erhält man die sehr beleidigte Antwort: ‚Was soll ich von dir denken? Ich war so höflich, dir Tee anzubieten, und du hattest nicht genug Höflichkeit, ihn abzulehnen! Bist du ein Barbar, ein Kirgise, ein Tunguse oder gar ein Russe, der seinen Verstand im Schnaps vertrunken hat?'"

Hier jedoch half uns all unser höfliches Widerstreben nichts. Er eilte schließlich sogar in sein Büro zurück, schrieb in der Schnelligkeit zwei Einladungen und brachte sie herbei.

„Hier, nehmt und seht, daß es mein Ernst ist! Oder wollt ihr mich wirklich beleidigen?

„Wenn du zuletzt befielst, so müssen wir gehorchen."

„Gut, so befehle ich es. Tretet ein, und denkt, daß ihr Herren meines Hauses seid. Ich werde euch sofort einen Diener senden, der euch in allem zu gehorchen hat."

Die beiden Zimmer waren, nach chinesischem Begriff, sehr fein ausstaffiert und augenscheinlich nur für vornehme Gäste berechnet.

„Das lasse ich mir gefallen, Charley," meinte Turnerstick. „Es ist doch gut, wenn man in Gesellschaft eines Büchermachers Land

* Fremdenhaus.

und Leute kennenlernt, denn diese Büchermacher sind höchst gefährliche Leute. Ich kann mir nichts Unangenehmeres denken, als wenn man gedruckt blamiert wird; darum muß man höchst zuvorkommend gegen euch Schriftsteller sein, und darum werden wir auch von diesem Mandarinen in einer Weise aufgenommen, als ob wir zu den Gästen des himmlischen Reiches gehören. Weiß er denn auch, was ich bin?"

„Ja; aber wie wir heißen, weiß er noch nicht. Er hat aus reiner Höflichkeit gar nicht nach unsern Namen gefragt."

„Womit hat er die Kerls bestraft?"

„Mit zehn Tagen Block und drei Jahren Verbannung."

„Blitz und Knall, das ist streng!"

„Wenn er Ernst macht, ja. Zehn Tage Block ist sehr hart, die Verbannung jedoch ist nicht so schwer als wie man vielleicht denkt. In China gibt es keine Gefängnisstrafe; statt ihrer wird aber die Deportation nach einer der inneren Provinzen in Anwendung gebracht. Jeder Verbannte hat das Recht, seine Familie mitzunehmen."

„Er macht Ernst. Guckt einmal hinunter in den Hof, Charley!"

Die Fenster des Zimmers führten nach dem Außenhof, und dort standen die Verurteilten bereits, ein jeder mit dem Block belastet. Die Blöcke waren aus dem ungemein schweren Agilaholz gefertigt und lagen auf den Schultern der Delinquenten, deren Köpfe durch ein in der Mitte gelassenes Loch hervorblickten.

Jetzt kam der Diener, welcher sich uns zur Verfügung stellte und kunstvoll gearbeitete Laternen brachte, um die Zimmer zu erleuchten, da es bereits zu dämmern begann. Er führte uns in ein Bad und stellte uns nach demselben eine leichte und bequeme chinesische Hauskleidung zur Verfügung, deren wir uns auch bedienten.

Dann wurden wir, um uns die Zeit zu kürzen, in die Bibliothek des Richtes geführt. Sie war sehr reichhaltig. Ich beschäftigte mich mit den Büchern und Handschriften, Turnerstick aber mehr mit den Holzschnitten, deren viele vorhanden waren. Sie hatten alle die Eigentümlichkeit, daß ihnen die Perspektive fehlte. Ein Mann, welcher auf einer Landschaft weit im Hintergrunde einen Berg bestieg, war noch einmal so groß als der Knabe, welcher sich ganz im Vordergrunde mit Angeln beschäftigte.

Später erhielten wie die Einladung zum Abendessen und begaben uns nach dem Speisezimmer. Unser Wirt erschien allein; entweder wollte er uns unbeeinträchtigt genießen oder er scheute sich, wissen zu lassen, daß er zwei Barbaren mit seiner Gastfreundschaft beehre.

Wir hatten sechzehn Gänge, welche ich der Absonderlichkeit wegen hier aufzählen will.

Die Einleitung bildeten ein ausgezeichneter Tee und eine Schale exzellenter Mandelmilch, welche der Chinese überhaupt außerordentlich liebt. Dann kam als erster Gang ein Frikasse von Hühnerkehlen. Hierauf folgten gefüllte Krabben, welche meinem braven Turnerstick ungemein zu munden schienen. Dann Schinken, Austern und Pickles. Nachher gebratene Ente und gesalzene Schweineschwarte mit Pilzen und gekochtem Seetang aus Wanghien. Jetzt eine Suppe von Schwalbennestern mit Ei und Schinken. Nun ein Ragout von Haifischflossen und Hähnekämmen. Hierauf Entenzungen mit Bambussprossen und Schinken. Dann allerliebste Hammelfleischpasteten. Dann junge Wasserschnecken aus dem Poyang-See. Nachher geräucherter Schweinebraten in Honigseim. Danach gebeizte Ente in einer delikaten Sauce. Dann Fadennudeln aus Peking mit Eichhornkeulchen, ein ausgezeichnetes Essen. Ferner eine Roulade von Fasan. Nun rote Grütze von Hung-fa*). Hierauf Hammelbraten in süßer Sauce mit japanischen Sago-Klößchen. Und endlich junge Stör mit Reis, Melonen, gegorenem Ingwer und Salzgurken aus der Mandschurei.

Getränke gab es außer der Einleitung von Tee und Mandelmilch noch Sam-schon**), frischen Tee, angesüßtes Wasser und zum Schluß einen Champagner, welcher zwar nicht echt, aber doch recht trinkbar war.

Das war nun allerdings ein Souper, wie wir es nicht erwartet hatten und mit welchem unser Wirt, die Wasserschnecken, wleche er selbst verzehren mußte, ausgenommen, bei meinem Turnerstick alle Ehre einlegte.

Der Kapitän war mit unserem Wirt auch ganz besonders deshalb zufrieden, weil dieser so rücksichtsvoll gewesen war, uns außer den chinesischen Speisestäbchen auch Messer, Gabel und Löffel beilegen zu lassen.

„Ist dies nicht ein prächtiger Mann?“ fragte er mich. „Ich lerne hier Land und Leute als ganz vorzüglich kennen und habe nur auszusetzen, daß sie ihre Sprache vernachlässigen. Sie reden chi-

* Hung-fa ist eine unserer Quitte ähnliche Frucht.

** Das chinesische Nationalgetränk aus Reis; es ist sehr stark, für unseren Gaumen aber nicht angenehm schmeckend.

nesisch ungefähr so, wie ein Indianer englisch spricht; man kann sie nicht verstehen."

„Aber ich verstehe sie doch!"

„Ja, wie Ihr das fertig bringt, das ist mir ein Rätsel! Es müßte denn sein, daß Ihr den Fehler begangen hättet, mich das Chinesische nicht verstehen, sondern bloß sprechen zu lehren."

Bei jedem neuen Gang sagte mir der Tscha-juan, was es sei, und fragte mich, wie es uns schmecke. Ich mußte ihm erklären, wie dieselbe Speise in unserer Heimat zubereitet wird, und fand überhaupt, daß er ein sehr wohl unterrichteter und wißbegieriger Mann sei. Ich mußte ihm von meinen Reisen erzählen; er war in der Länder- und Völkerkunde bewanderter, als man von Chinesen gewöhnlich anzunehmen pflegt, und interessierte sich lebhaft für alles, was ich ihm berichtete, und gestand schließlich:

„Du hast so viel gesehen und erlebt, wie in unsern ganzen King und Schuh*) nicht steht, aber in Schin-ton**) wird dir kein Abendteuer passieren. Das Land und Volk ist zu nüchtern dazu."

„Und doch habe ich bereits ein solches erlebt, und zwar ein ganz und gar großes und interessantes."

„Willst du es mir erzählen? Du bist erst so kurze Zeit hier und willst schon etwas erlebt haben, war mir selbst vielleicht noch nicht vorgekommen ist!"

„Du sagst, dieses Land sei zu nüchtern für ein Abendteuer. Denke nur an die Lung-yin, und du wirst zugeben, daß er hier genug Gelegenheit zu interessanten Erlebnissen gibt."

„Die Lung-yin? Bist du vielleicht bereits mit einem von ihnen zusammengekommen?"

Sein Gesicht hatte einen eigentümlichen, mehr als gespannten, ich möchte sagen, aushorchenden Ausdruck angenommen.

„Allerdings."

„Wann?"

„Gestern."

„Und wo?"

„Auf dem Fluß."

„Wie geschah dies?"

„Sie nahmen mich und meinen Freund gefangen und schafften uns nach einem Kuang-ti-miao."

„Und haben euch wieder freigegeben?"

„Freiwillig nicht; wir haben sie dazu gezwungen."

* Bücher und Anweisungen.

** So wird China von den Buddhisten genannt.

„Das ist unmöglich!“

„Es ist möglich, denn du siehst mich hier bei dir.“

„Das ist viel; das ist stark; das ist außerordentlich! Die Lung-yin haben noch niemals einen Gefangenen ohne Lösegeld freigegeben.“

„Ich habe ihnen sogar eine gefangene Holländerin mitgenommen, welche ich in dem Kuang-ti-miao fand.“

„Wie viele waren es ihrer?“

„Dreißig ungefähr.“

„Dann hast du sie nicht durch bloße Gewalt zu zwingen vermocht, sondern dich noch eines besonderen Mittels bedient. Ich schenke dir immer mehr Teilnahme. Willst du die Güte haben, mir deinen Namen zu nennen?“

„Ich wurde hier Kuang-si-ta-sse genannt.“

Er sprang überrascht vom Sessel empor.

„Kuang-si-ta-sse! Kennst du ein Nian-yan-kui-dse?“

Ich erstaunte. Er kannte meine Ausarbeitung: „Geschichte der Teufel aus den westlichen Meeren.“

„Ja.“

„Und ein Pen-tsao-y-jin?“

„Ja.“

„Und ein Hio-thian-ti?“

„Ja.“

„Und du bist es, der diese drei Werke geschrieben hat?“

„Ich ben es.“

„Jetzt weiß ich ganz genau, warum du den Lung-yin entkommen bist!“

„Sage es!“

„Das Zeichen, welches dir Kong-ni gegeben hat, hat dich aus der Gefangenschaft errettet.“

Mein Erstaunen wuchs.

„Kennst du Kong-ni?“ fragte ich.

„Ich kenne ihn. Du hast ihm das Leben gerettet, und er hat es mir erzählt, denn er besuchte micht, sobald er nach Kuang-tscheu-fu zurückkehrte. Auch deine Arbeiten gab er mir zu lesen. Ich mußte sie sehen, denn ich gehöre zu den Koa-pan-sse*)und habe sie mit zu prüfen.“

Das war mir außerordentlich. Ich erkundigte mich:

„Sind sie bereits geprüft?“

„Von mir und noch einem.“

* Doktoren des Schauplatzes der Prüfungen.

„Was wird der Erfolg sein?“

Er lächelte leise.

„Ganz derselbe, den dir Kong-ni gesagt hat. Sein Vater ist mächtig im Reich, obgleich er vom Kaiser die Erlaubnis erhalten hat, sich auszuruhen. Er ist in unserer Provinz der Oberste der Prüfungen und kann den Grad erteilen, ohne vorher beim Ly-pu*) anzufragen. Er wird aus deinen Arbeiten sehen, daß du ein großer Gelehrter bist, und dich zum Tfis-sse, zum Doktor machen, wenn du ihm gehorchest.“

„Ihm gehorchen? In welcher Angelegenheit?“

„Das wird er dir selbst sagen. Er schickt dann deine Schriften dem Ly-pu nur zur Ansicht, und dann werden sie im Mentschang-kun**) niedergelegt. Du bist ein Fremder, aber es kommt ganz auf dich an, ob du ein Ta-kueng-fu***) werden willst. Dann wirst du mächtig sein und brauchst nicht in dein Land zurückkehren, wo du Bücher schreiben mußt, wenn du nicht hungern willst.“

Eine solche Wendung unserer Unterhaltung hatte ich allerdings nicht erwartet. Diese Ausarbeitungen waren von mir mehr des Abenteuerlichen wegen gefertigt worden; es war mir kaum eingefallen, an einen Erfolg zu glauben, und nun sagte mir dieser Tschajuan, der doch ein hochgestellter und einflußreicher Mann war und zur Mandarinenklasse mit dem blauen Knopf gehörte, daß ich wirklich einen akademischen Grad erhalten werde. Hier mußten ganz besondere Verhältnisse obwalten, ganz besondere Gründe vorliegen, zumal die Angelegenheit mit einer Eile betrieben wurde, welche in China sonst wohl nicht in Anwendung kam. Neugierig war ich dabei auf die Beziehungen, in denen ich dem Vater Kongnis zu gehorchen hatte. Ich vermutete, daß dieser letztere nicht bloß bekannt, sondern sogar verwandt mit dem Richter sei.

„Kong-i ist nicht mehr bei dir?“ fragte ich daher.

„Nein. Er ist zu Ming-tsu, seinem Vater, gegangen.“

„Du kennst auch diesen?“

„Ja. Er ist mein Bruder, und wenn du seinen Willen tust, wirst du sein Sohn werden.“

„Wo wohnt er?“

„In Li-ting. Hat dir Kong-ni dies nicht gesagt?“

„Nein.“

* Kollegien der Zeremonien oder Reichskanzlei.

** Palast der wissenschaftlichen Ausarbeitungen.

*** Ein „großer Mandarin“.

Also der Vater Kong-nis wohnte in demselben Li-ting, wo sich auf der Kiang-lu, der Oberste der Drachenmänner, aufhielt! Das gab mir natürlich Stoff zum Nachdenken. Ich kam auf den Gedanken, daß beide in einer gewissen Beziehung zueinander stehen müßten, und versuchte, darüber einen Anhaltspunkt zu gewinnen, indem ich mich erkundigte:

„Ist es erlaubt, daß ein chinesischer Phy,, ein Graf, der ein Fuyuen*) war, einen Ausländer, einen Christen adoptiert?"

„Alles was man tun kann, ist erlaubt."

Das war ein höchst eigentümlicher Grundsatz.

„Dann wäre es ja auch den Lung-yin erlaubt, Stromräuber zu sein!"

„Sie erlauben es sich selbst, folglich ist es ihnen erlaubt."

„Aber das Gesetz, die Gerechtigkeit!"

„Wird sie bestrafen, wenn sie nicht klug genug sind, ihre Vorkehrungen zu treffen."

„Du bist ein Richter, ein Vertreter des Gesetzes, und dieses gebietet dir, die Lung-yin zu vertilgen."

„Das werde ich auch tun, wenn das Gesetz es verlangt. Aber es ist noch keiner gekommen und hat es mir befohlen."

„So will ich dir Gelegenheit geben!"

„Du?"

„Ja. Im Wan-ho-tien versammeln sich heute um Mitternacht viele Drachenmänner, um die Maßregeln zu besprechen, mich und meinen Freund zu fangen und vielleicht sogar zu töten. Du hast da die beste Gelegenheit, sie aufzugreifen und zu bestrafen."

Er lächelte sehr eigentümlich und nickte dann.

„Ich werde es tun; ich werde sie überraschen, weil du es so willst. Also euch wollen sie fangen?"

„Ja."

„Weil ihr ihnen entkommen seid?"

„Ja."

„War ein großer Mann, ein Dschiahur, ihr Anführer?"

„Allerdings," antwortete ich erstaunt. „Kennst du ihn auch?"

„Ich bin ein Richter, und es ist meine Pflicht, alle Leute zu kennen, über welche ich einst zu urteilen haben werde. Sind die Richter deines Landes nicht so klug?"

„O, ja. Sie kennen ihre Leute ebenso gut, aber sie warten nicht, bis eine Anzeige gemacht wir, sondern sie handeln selbstāndig und freiwilig, wenn es gilt, ein Verbrechen zu verhüten."

* Unterstatthalter.

„Dann müssen sie sehr wenig Arbeit haben, wenn ihnen Zeit für solche Dinge bleibt. Der Richter hat zu warten, bis man ihm den Verbrecher bringt. Aber weil du es so willst, werde ich den Dschiahur im Wan-ho-tien aufsuchen."

„Darf ich dich begleiten?"

„Nein. Mein Amt verbietet mir, einen Ausländer anzunehmen, und überdies bist du mein Gast, den ich nicht in Gefahr bringen darf. Ich werde so für dich sorgen, daß dir die Lung-yin nicht wieder feindlich begegnen."

„Steht dies in deiner Macht?"

„Ja. Wie lange habt Ihr Zeit, von eurem Schiff fort zu bleiben?"

„So lange es uns beliebt. Nur wenn Kong-Ni zurückkehrt, möchte ich dort anwesend sein."

„Das ist nicht notwendig, denn ihr werdet morgen früh zu Kong-Ni gehen."

„Wohin?"

„Nach Li-ting. Ihr sollt Palankins haben und eine Begleitung. Oder zieht ihr vor, auf einer Mandarinendschunke zu fahren?"

„Wir ziehen vor, selbst zu bestimmen, war wir tun und wohin wir gehen werden."

„Das steht euch frei; ihr könnt gehen, wohin es euch beliebt. Aber du mußt doch erkennen, daß ich es gut mit euch meine. Ihr wollt China kennenlernen und könnt dies am besten, wenn ihr tut, was ich euch anbiete. Mein Bruder und Kong-ni schulden euch Dank; sie werden für euch sorgen und alles für euch tun, was ihnen möglich ist. Du hast die Kleidung, welche dir geschenkt wurde, nicht mit. Ich werde euch chinesische Gewänder geben und Mandarinenhüte, so daß man euch überall, wohin ihr kommt, mit Achtung begegnen wird."

„Darfst du uns die Abzeichen von Mandarinen geben?"

„Ich erlaube es mir. Übrigens sprichts du chinesisch, so daß du dich nicht verraten wirst."

Das klang sehr verlockend, und darum ging ich, obgleich verschiedene Bedenken in mir aufsteigen wollten, auf den Vorschlag ein, doch nicht, ohne vorher mit dem Kapitän darüber zu sprechen.

„Wollt Ihr ein Mandarin werden, Kapt'n?"

„Warum nicht, falls es uns Spaß macht und nicht allzu sehr gefährlich ist."

„Unser Wirt will uns chinesisch kleiden und zu Kong-ni schikken, der sich bei seinem Vater, welcher ein Graf ist, aufhält."

„Well! ich bin dabei, wenn der Ausflug nicht viel Zeit in Anspruch nimmt. Wenn der Mann ein Graf ist, so hat man alle Hoffnung, daß der jetzige Speisezettel hier und da eine Wiederholung findet!"

Das war also abgemacht, und ich teilte dem Tscha-juan unsern Entschluß mit.

„Ihr tut wohl daran, und ich werde so für euch sorgen, als ob ihr meine Brüder wäret."

Er erhob sich. Ich danke ihm für seine Gastlichkeit, und auch der Kapitän konnte nicht unterlassen, einen Dankversuch zu machen:

„Richter, Freund und Gastgeber! Ich muß saging, daß mir noch niemals ein Essong so geschmeckt hat, wie das gegenwärtigeng. Wenn Ihr einmal auf meinang Schiffeng kommung wolltet, so würde ich mir Mühe gebeng, Revanche zu nehmang."

Der Richter lächelte und nickte ihm für diese Worte, deren Sinn er erriet, sehr freundlich zu und entfernte sich dann. Hierauf brachte uns der Diener Tabak, Pfeifen, Zigarren und Zigaretten, und da es noch nicht spät war, so beschlossen wir, noch gemütlich zu schmauchen.

Noch waren nicht zehn Minuten vergangen, so wurde uns ein Mann gemeldet, welcher uns zu sehen wünschte. Es war der Besitzer eines Kleiderladens. Er prägte unsere Körperverhältnisse seinem Gedächtnis ein und brachte bereits nach einer Viertelstunde zwei Anzüge, zu denen der Diener dann noch Zopf, Fächer und zwei Mandarinengüte gesellte, von denen der eine einen vergoldeten und der andere einen Knopf von Kristall hatte. Der erstere war für den Kapitän und der letztere für mich bestimmt. Ich sollte als Mandarin fünfter und Turnerstick als ein solcher neunter Klasse gelten.

„Wollen wir anprobieren, Charley?" fragte letzterer.

„Zeit haben wir."

„Well; greift zu!"

Wir legten die Gewänder an und steckten einander die langen, falschen Zöpfe an den Kopf. Als ich vor den Spiegel trat, mußte ich hellauf lachen, und auch der Kapitän kam vor Lachen kaum wieder zu Atem.

„Charley, sagt einmal aufrichtig, sehe ich auch so abenteuerlich aus, wie Ihr?"

„Natürlich! Ihr kommt mir vor wie eine Marionette, wie ein Kasperl oder Harlekin, den man chinesisch angezogen hat."

„Ganz dasselbe ist auch bei Euch der Fall. Aber unsere Bärte passen nicht."

„Hier ist ja alles, was wir bauchen, auch Bartwichse, wie es scheint. Wir können uns also helfen."

„Was tun wir nun mit unsern Kleidern? Der Tausch würde mir denn doch nicht ganz behagen."

„Wir übergeben sie dem Tscha-juan, der sie uns nach Hongkong besorgen muß."

„Well, das ist das Beste. Nun aber wollen wir schlafen, damit wir morgen beizeiten fertig sind!"

Wir gingen zur Ruhe, und wie während der ersten Nacht in Hong-kon hatte ich wieder im Schlaf mit allerlei wunderlichen Gestalten zu tun. Eine Menge von Lung-yin in Krokodilsgestalt und mit Mandarinenhüten auf den Köpfen sperrten die Rachen auf, um mich zu verschlingen; Kong-Ni hatte Pferdehufe, Hörner und einen Schwanz bekommen und streckte seine teuflischen Krallen nach mir aus; der Kiang-lu war ein riesiger Haifisch mit Drachenflügeln; er kam auf mich zugeschossen und verschlang mich, und als ich durch seinen Rachen glitt, sah ich unsern Wirt die Hände freudig zusammenschlagen, und neben ihm stand Mejuffrow Hanje Kelder und schrie: ‚Hebt niet Angst, Mynheer, de Haai wird gij niet in de Gorgel behalten!'.

Als ich erwachte, war es noch früh am Morgen, und aus dem Nebenzimmer ertönte das laute Schnarchen des Kapitäns. Vom Fenster aus bemerkte ich, daß die beiden Palankins bereits im Hofe standen. Ich weckte den Kapitän, und wir zogen unsere Mandarinengewänder an.

Da wir die Fenster öffneten, bemerkte man, daß wir erwacht seien, und so kam der Diener, um uns zum Frühstück zu rufen, welches der Tscha-juan mit uns einnehmen wolle. Dieser hatte bereits auf uns gewartet. Er meinte, daß uns die Gewänder gut kleideten, und überreichte mir ein Empfehlungsschreiben, welches ich seinem Bruder Phy-ming-tsu übergeben sollte.

Bis nach Li-ting war es per Palankin eine Tagesreise, und zur Bestreitung der dabei entstehenden Kosten gab er mir zwei Silberbarren, zu deren Annahme er mich förmlich nötigte.

Dann nahmen wir Abschied. Auch Turnerstick erfaßte die Hand des Richters und sprach:

„Geliebter Freund und Bruder! Es will mir scheineng, daß du ein braver und gemütlicher Kerling bist. Habe Dank für alles, war wir gegessang und getrunking habong. Auf der Rückfahrt kommang wir wieder. Adieu, lebing wohl, alter Jungeng!"

Wir wurden von ihm bis hinab in den Hof begleitet. Ich gab mir Mühe, Fächer und Regenschirm mit möglichster Bravour und Grandezza zu handhaben; Turnerstick aber schulterte seinen

Schirm sehr einfach wie eine Flinte und trug den Fächer in der Faust, als ob er eine Eisenholzkeule zu schleppen habe.

Das Gefolge bestand aus mehr als dreißig Menschen, die sich bei unserem Erscheinen alle zur Erde warfen. Wir nahmen noch einen letzten, kurzen Abschied, stiegen ein, und dann ging es fort, und zwar in eiligem Trab, wie es die Palankinträger gewohnt sind.

Voran liefen vier Läufer, bewaffnet mit Bambusstäben, um jedem Begegnenden womöglich durch kräftige Streiche begreiflich zu machen, daß er anzuhalten, auszuweichen, abzusteigen und demütig zu grüßen habe, da ihm die ganz unverdiente Gnade zuteil werde, zwei Tragsessel zu sehen, in denen sich sehr vornehme Kuang-fu befänden. Dann folgten acht Soldaten, bewaffnet mit Luntenflinten, aus denen wohl seit zwanzig Sommern und Wintern kein Schuß getan worden war; sie hatten vorn auf der Brust den Drachen und auf dem Rücken die Inschrift „Ping". Nun kamen vier ledige Träger, welche die andern abzulösen hatten; dann folgte mein Palankin vor demjenigen des Kapitäns, hinter dem unser Reisemarschall keuchte. Ihm folgten wieder vier ledige Träger, da jeder Palankin von vier Mann getragen wurde. Hinter ihnen liefen wieder acht Soldaten, diese aber mit Lanzen, Pfeil und Bogen bewaffnet. Zu guterletzt folgte in lang gezogener Schwanz von Straßenjungen, welche aus allen Kräften schrieen und nur immer die beiden Worte ‚Tsien' und ‚Kom-tscha' brüllten. Zuweilen blieb einer der Läufer zurück und zog ihnen einen kräftigen Tsien oder ein klatschendes Kom-tscha über den Rücken herüber, was aber nur zur Folge hatte, daß sich das Geschrei verdreifachte. Und wenn ja einmal einer dieser Schlingel zurückblieb, waren mittlerweile bereits zwei andre für ihn eingetreten.

Erst als wir nach anderthalb Stunden die Stadt nebst ihren Vororten im Rücken hatten, löste sich dieser Schweif allmählich vom Kometen ab, und es begann ruhiger hinter uns zu werden.

Die Palankinträger sind die volkstümlichsten Gestalten des ganzen himmlischen Reiches. Sie leisten beinahe Übermenschliches. Immer im Geschwindschritt rennen und laufen sie vorwärts; sie keuchen unter ihrer Last, der Schweiß rinnt ihnen aus allen Poren, aber sie scheinen niemals zu ermüden. Ihnen ist es gleich, ob der Weg gut oder schlecht ist, bergauf oder begab geht und durch heiße Sandstrecken oder breite Wasserläufe führt. Und dafür bekommen sie einen Tsien für die Meile, also etwas über drei Pfennige die Wegstunde. Gekleidet sind sie in ein sehr kurzes Beinkleid und eine ebenso kurze Jacke, und an den nackten Füßen tragen sie Sandalen aus Reisstroh.

Ich konnte mich für die Reise im Tragsessel nicht begeistern. Man lag wie in einem Sarg, und lieber hätte ich ein gutes Pferd unter mir gehabt; die Pferde aber sind in China, besonders in dem südlichen Teile, außerordentlich selten.

Erst zu Mittag machten wir Halt. Wir befanden uns in einem Dorf, dessen Sang-yo*) uns den Kuang-kuan**) öffnete un dalles Nötige, was wir brauchten, herbeischaffen mußte. Wir hielten eine mittelmäßige Mahlzeit und ruhten noch eine Weile aus.

„Charley, sagt einmal, wie Euch so ein Palankin gefällt?“ fragte Turnerstick.

„Nicht sehr“.

„Und mir noch weniger. Das Dings ist aus den köstlichsten Stoffen gemacht, aber man reist ganz niederträchtig darin. Ich lobe mir meine Barke!“

„Und ich mir ein Pferd.“

„Heig-ho, fällt mir gar nicht ein! Ein Pferd, von dem ich alle zehn Schritte zwanzigmal herabrutsche? Das ist noch viel schlimmer als ein Palankin. Sagt einmal, ob es hier am Pe-kiang auch Drachenmänner gibt?“

„Natürlich. Ich habe Euch doch bereits gesagt, daß der Oberdrache in Li-ting wohnt, wohin wir gehen!“

„Well, so werden wir uns den Kerl einmal ansehen!“

„Auch der Dschiahur wird kommen, der sich nur unsertwegen in Kanton länger verweilt hat.“

„Werden auch ihn ansehen, aber nicht allein ansehen, sondern auch noch etwas ganz anderes. Unsere Revolver haben wir ja hier in diesen ewig weiten Ärmeln stecken und…, à propos, Charley, weshalb hat man uns denn diesen Regenschirm und diesen Fächer aufgehängt?“

„Mit dem Fächer sollt Ihr Euch Kühlung zuwehen, wenn es Euch zu heiß wird, und dieser Schirm ist ein En-tout-cas; er schützt gegen den Regen und den Sonnenstrahlt, dient als Stock beim Gehen, wird gebraucht zum Kokettieren und mag wohl auch den löblichen Zweck haben, jemanden einen guten Hieb zu verehren.“

„Von dem allem leuchtet mir das letztere ein. Wozu der Fächer? Wenn ich schwitze, so knüpfe ich diesen Schlafrock auf, nehme den Zopf mit dem Hut vom Kopf und puste mich einmal richtig aus. Und wenn es regnet — dumme Erfindung, so ein Schirm! Es

* Schultheiß.

** Gemeindehaus.

ist doch ganz gleich, ob der Rock oder der Schirm naß wird; eines von beiden muß doch daran glauben und wieder getrocknet werden. Kann es jemals tiefer gehen als bis auf die Haut?"

„Nein, Kapt'n, ist aber auch tief genug! Dennoch müßt Ihr Euch an den Fächer und den Schirm gewöhnen, wenn Ihr als Mandarin gelten wollt!"

„Well! So nennt mich aber auch nicht mehr Kapt'n, sondern Master Mandarinung, Turnersticking!"

Geht nicht, denn das Wort Mandarin gibt es im Chinesischen gar nicht. Der Chinese sagt Kuang-fu statt Mandarin. Ich müßte Euch daher Kuang-fu Tur-ning-stik-king nennen."

„Und ich Euch?"

„Kong-ni hat mich Kuang-fi-ta-sse getauft; ich bin also Kuang-fu- Kuang-fi-ta-sse."

„Zweimal Kuang, das ist schwer einzuteilen. Schreibt mir diesen Namen auf ein Stück Papier; ich werde ihn auswendig lernen, wenn ich wieder im Palankin bin!"

Ich tat es mit Vergnügen, denn ich wußte vorher, daß seine Anstrengung verbeglich sein werde. Dann bezahlte ich den Schultheiß und gab befehl, aufzubrechen.

Der Reisezug setzte sich in derselben Reihenfolge wieder in Bewegung und ging immer am Ufer des Pe-kiang aufwärts. Am Nachmittag hielten wir eine kurze Rast, um eine Tasse Tee zu trinken, und eben, als die Sonne den Horizont erreichte, sahen wir Li-ting vor uns liegen.

Es war eine kleine Stadt, deren Häuser aber sehr weit auseinander lagen, weil die meisten von ihnen von Gärten umgeben sind, in denen ich zahlreiche größere oder kleinere Weiher bemerkte. In disen werden die Goldfische gepflegt, mit denen Li-ting einen sehr ausgedehnten Handelt treibt.

Vor dem Ort sah ich ein sehr stattliches Gebäude liegen, dem man es sofort anmerkte, daß es der Sommersitz eines chinesischen Großen sei. Und hinter der Stadt erhob sich ein schloßähnliches Bauwer aus mehreren Gebäuden bestehend und von einer hohen Mauer umgeben. Weiter im Hintergrund sah ich steile, nackte und zackige Felsen, deren Zinnen die untergehende Sonne verdolgete, weit auf zum Himmel ragen. Ringsum sah man nichts als Reis, Zuckerrohr und Bambuspflanzen; doch bot das auf dem Fluß herrschende Leben einen hübschen Anziehungspunkt für das Auge dar.

Unser Zug trabte durch die Stadt dem burgänlichen Gebäude, vor dessen Tor er anhielt. Es öffnete sich sofort, und ein alter

Chinese trat heraus, der beim Anblick der beiden Sänften verwundert die Hände zusamenschlug.

„Der Tscha-juan! Herbei, ihr Männer; helft dem Tschin-tschu*) aussteigen!"

Turnerstick hatte sich seinen Palankin gleich selbst geöffnet, stieg aus und schritt, den Sonnenschirm wie einen Turnierspeer unter dem Arme, durch das Tor in den Hof. Ich aber blieb, selbst als unser Reisemarschall die Sänfte geöffnet hatte, ruhig sitzen. Ich war ein Mandarin mit dem Kristallknopf und wollte standesgemäß empfangen sein.

Der Alte mochte die Tragsessel kennen; er hatte uns für den Richter, den Herrn seines Bruders, gehalten. Während ich dem Marschall die Reisekosten zur Auszahlung an die anderen entrichtete und für jeden ein Komt-scha hinzufügte, hörte ich im Hofe die laute Stimme des Kapitäns:

„Blitz und Knall, das ist ja dieser Kong-ni, den wir zwischen den wildang Zieging herausgelesung habong! Welcome, alter Junge!"

„Ihr hier, Kapitän! Wo ist Euer Freund, und wie kommt Ihr nach Li-ting?"

„Dieser Charley oder vielmehr dieser Kung-fu-kung-hu-kunglu sitzt wahrhaftig noch drin in der Portechaise, als hätte er Gänse auszubrüten!"

Kong-ni stand sofort bei mir uns begrüßte mich mit der lebhaftesten Freude. Er war sichtlich über unsere Umwandlung erstaunt, fragte aber nicht, sondern führte uns nach dem Portal und eine breite Empfangstreppe empor, auf deren oberster Stufe ein Mann stand, welcher dem Richter so ähnlich sah, wie ein Ei dem andern. Es war jedenfalls Kong-nis Vater.

„Kuang-ti-ta-sse! rief ihm der Sohn entgegen.

Der Vater machte ein überraschtes Gesicht, ließ mich aber nicht zu der gehörigen Reverenz kommen, sondern bewillkommte mich in einer Weise, als ob wir alte Bekanne seien. Dann geleitete er uns in ein großes Zimmer, in welchem er mich erst richtig in Augenschein nahm. Dann begrüßte er mich abermals:

„Sei mit willkommen, du Retter meines Sohnes. Mein Haus ist dein Haus; befiehl, und alles wird dir gehorchen!"

Ich zog das Schreiben seines Bruders hervor und übergab es ihm. Er öffnete und las es, während wir Platz nahmen; dann winkte er uns, ihm zu folgen. Wir traten in einen Korridor.

* „Erhabene Herren."

„Hier, teilt euch in die Räume. Die Zimmer rechts sind dein, und die links deinem Freund. Tretet ein; ihr werdet erhalten, was ihr braucht, und dann erlaubt mir, mit euch zu sprechen!“

Ich sah eine ganze Enfilade von kostbar ausgestatteten Zimmern vor mir und hatte mich kaum darin umgesehen, als ein Diener kam und frische Leibwäsche und Kleidung brachte. Ich zog mich um und blickte dann durch das Fenster hinab in einen Garten, der wirklich prachtvoll genannt werden mußte und seine erquickenden Düfte mir entgegenschickte.

Bald erschien ein Diener mit einer sehr künstlichen Lampe aus gegossenem Horn, in welcher ein köstliches Hinag-yu*) brannte.

„Beliebt es dir, beim Herrn zu erscheinen?“ fragt er sehr höflich.

„Ja. Wo ist er?“

„Er wird dich in demselben Zimmer empfangen, in welchem du vorhin gewesen bist.“

Ich ging. Draußen auf dem Korridor brannten mehrere Lampen ganz derselben Art und verbreiteten ein frappantes Licht über den mit allerlei fremdartigem Schnitzwerk verzierten Gang. In dem Zimmer erwartete mich der Phy mit seinem Sohn. Ein Mahl war aufgetragen, welches sicher hinter dem gestrigen Souper nicht zurückstand.

Gleich hinter mir trat Turnerstick ein. Beinahe hätte ich laut aufgelacht. Er hatte den langen Zopf ganz auf der Seite und den Regenschirm unter dem Arm. Den Fächer aber hatte er ausgebreitet und handhabte ihn während der Verbeugung mit einer Kraft, als wollte er mit demselben einen Stier erschlagen.

Die beiden Chinsesn blieben sehr ernst. Wir gingen zur Tafel. Turnerstick machte ein höchst vergnügtes Gesicht und lehnte seinen Regenschirm in die Ecke.

„Tsing**)!“ bat einfach der Wirt, und dann setzten wir uns.

Der Kapitän schlug die ungewohnt weiten Ärmel zurück und griff nach den Konfitüren, welche ihm Kong-ni darreichte. Der Chinese beginnt nämlich, umgekehrt wie wir, mit dem Nachtisch und hört meist mit der Suppe auf. Nur einem Europäer zuliebe wird einmal diese Reihenfolge umgeändert. Auch trinkt er den Wein nicht kalt aus Gläsern, sondern warm aus kugelrunden Porzellanbechern. In den Pausen zwischen den einzelnen Gängen erhebt man sich, raucht eine Pfeife oder zerstreut sich auf irgend eine andere Weise. Frauen sind nie dabei; höchsten schauen sie

* „Wohlriechendes Öl.“ Hauptingredienz desselben ist Sesamöl.

** Hier soviel wie „ich lade euch ein“, oder „greift zu!“

durch die Tür eines Nebengemaches, welche durch ein Bambusgitter ersetzt wird, zu.

Das Mahl wurde, außer den nötigen Höflichkeiten, schweigend eingenommen. Wir hatten zuviel auf dem Herzen, als daß eine lebhafte Unterhaltung hätte stattfinden können. Aber dann, als der Hausherr die Eßstäbchen an die Stirn gehalten und dann auf die Tasse gelegt hatte, zum Zeichen, daß das Souper beendet sei, griff Kong-ni unter die Tafel und brachte einen bisher versteckten echten Tintio*) hervor. Der Diener servierte Gläser, und es dauerte nun gar nicht lange, so waren die Zungen gelöst.

„Charley, was macht Ihr nur für Fehler!" tadelte Turnerstick.„Welche?"

„Vergeßt Euern Regenschirm!"

„Im Zimmer? Haben die beiden andern den ihrigen mitgebracht?"

„Nein. Als Wirte brauchen sie das nicht. Wir aber als Gäste sind verbunden, als vollständige Chinesen zu erscheinen. Dieser Fehler ist nicht zu verzeihen!"

„Der Eurige auch nicht."

„Welcher?"

„Daß Ihr mich wieder Charley nennt."

„Well, habt recht, Master Kang-fu-king-wu-kung-tu. Sol aber nicht wieder geschehen.

Aus Höflichkeit hatte man bisher vermieden, uns nach unsern Erlebnissen zu fragen. Jetzt aber bekann Kong-ni:

„Wie uns der Tscha-juan schreibt, hat euch mein Talisman Nutzen gebracht?"

„Allerdings."

„Dürfen wir den Hergang erfahren?"

Ich gab ihm einen ganz ausführlichen Bericht über alles, was uns vorgekommen war. Sie hörten ihn ohne eine einzige Unterbrechung bis zu Ende.

„So vermutest du also, daß der Kiang-lu hier in Li-ting zu finden ist?"

„Nach dem, was ich hörte, ja."

„Dann mußt du Anzeige machen."

„Werde mich hüten. Ich bin kein Diener des Hiu-po*) in Peking."

* Ein feuriger, roter portugiesischer Wein.

** Oberkriminalgericht.

„Du sprichts weise; denn es könnte leicht kommen, daß eine solche Anzeige dein Tod wäre. Wie lange willst du in China bleiben?"

„So lange es mir gefällt."

„Es wird dir gefallen, und du wirst bei uns bleiben," meinte der Phy. „Deine Ausarbeitungen öffen dir die Blume der Mitte, und es wird dir hier so gefallen, daß du nie wieder gehen willst."

„Wann wird über meine Ausarbeitung entschieden?"

Er lächelte.

„Wann es mir beliebt. Es kommt nur auf dich an, und wenn du es wünschest, kannt du die Entscheidung bereits morgen früh in den Händen halten."

„So bitte ich dich darum!"

„Der Wunsch sei dir gewährt. Aber siehe, welch einen herrlichen Abend wir haben! Ich pflege diese Stunde im Garten zu verbringen. Werdert ihr mit uns gehen?"

„Gern."

Wir erhoben uns, und der Kapitän griff, als ich ihm unsere Absicht mitgeteilt hatte, nach dem Regenschirm.

Es war kein Garten, es war ein wundervoll angelegter, weitläufiger Park, durch welchen wir spazierten. Kong-ni hatte sich Turnersticks bemächtigt und war mit ihm zurückgeblieben; der Phy aber schritt mit mir immer vorwärts, bis wir auf einem künstlichen Felsen halt machten und uns niederließen. Ich hatte ihm von dem Vaterland erzählen müssen; jetzt begann er mit einer Frage, die ich nicht erwartet hatte:

„Du hast also kein Weib daheim?"

„Nein."

„Kennst du kein Weib, welches du lieb hast?"

„Nein."

„Hast du Kong-ni gern?"

„Ja."

„Er hat dir gesagt, daß er dich zum Bruder haben will?"

„Ja."

„Willst du mein Sohn sein?"

„Dem Namen nach oder in Wirklichkeit?"

„In Wirklichkeit, mit allen Rechten und — Pflichten."

„Sage mir deine Gründe!"

„Diese liegen nicht fern. Kong-ni hat dich lieb; er will seinem Lebensretter dankbar sein, und ich stimme ihm bei. Ich werde dich öffentlich adoptieren."

„Darfst du das?"

„Glaubst du, daß einem Phy und Fu-yuen etwas unmöglich ist, was er will?"

„Ich habe Eltern in der Heimat."

„Du sollst ihr Sohn bleiben. Entscheide dich, denn du gefällst mir!"

„Ein Barbar, der keinen Rang und keinen Grad aufzuweisen hat, kann nicht ja sagen. Entscheide über meine Ausarbeitung, dann werde ich auch über deinen Antrag entscheiden."

„Du bist stolz, und das gefällt mir. Du wirst morgen früh erfahren, was ich tue. Wo hast du unsere Sprache gelernt?"

„Lesen und verstehen lernte ich sie in meiner Heimat, sprechen aber im Lande der Yeng-kie-li, wo viele chinesische Kuli sind, mit denen ich verkehrte, um ihre Sprache zu studieren."

„Bist du ein Freund vom Studium?"

„Ein großer."

„So laß dir meine Bibliothek zeigen!"

Wir schritten durch den Garten zurück. Selbst beim Mondschein bemerkte ich, wie reizend er angelegt war und wir sorgsam er gepflegt wurde. Ich machte dem Phy eine Bemerkung darüber.

„Wenn du diesen Garten im Licht der Tages betrachtst, so wirst du sehen, daß seinesgleichen nicht wieder ist. Hast du von Sse-ma-kuang gehört?"

„Ja. Er war Minister und Gerichstschreiber. Sein Vermögen soll ungeheuer gewesen sein."

„Hast du auch seine Schriften gelesen?"

„Nein."

„Ich besitze sie und werde dir seine Beschreibung des Gartens geben, den er sich angelegt, um von den Arbeiten seines Amtes ausruhen zu können. Ganz nach diesem wunderbaren Muster habe ich den meinigen geschaffen."

Als wir in das Wohnhaus gelangte, führte er mich in einen großen Saal, welcher von vielen Lampen und Laternen erleutet war. Hier waren viele Tausende von Büchern und Schriften aufbewahrt. Ich brauchte lange Zeit, um nur eine Übersicht zu gewinnen.Er nahm eines der Bücher herabt und reichte es mir.

„Das ist das Buch des Sse-ma-kuang. Du wirst die Beschreibung gern lesen, um meinen Garten zu verstehen. Bleibe hier, so lange es dir beliebt, und erlaube mir, zu gehen, denn ich habe noch zu schreiben."

Er ging.

Ich setzte mich an eine Lampe und schlug das Buch auf. Die Stelle war balb gefunden, und ich las. Sie erregte mein lebhaftes

Interesse, einesteils wegen des warmen Stiles, in welchem sie geschrieben war, und anderenteils auch infolge der Anschauung, da sie von einem chinesischen Staatsmann offenbarte und welche mit dem Bild, das wir uns gewöhnlich von einem Chinesen zu machen pflegen, wenig harmonierte. In meiner Nähe stand ein Tisch mit Reispapier, Tusche und Pinsel. Ich nahm von dem Papier, griff zum Bleistift und übersetzte den Text zum Andenken an den Aufenthalt bei einem chinesischen Grafen. Er lautete:

„Andere Menschen mögen Paläste bauen, in denen sie ihre Sorgen einschließen oder ihren Eitelkeiten fröhnen; ich aber habe mir eine liebliche Einsamkeit geschaffen, um meine Mußezeit angenehm zu verbringen und meine Freunde bei mir zu sehen.

Dazu habe ich nicht mehr als zwanzig Morgen Landes gebraucht.

In der Mitte desselben liegt ein sehr großer Saal, in welchem ich fünftausend Bücher verwahre, um mit der Weisheit reden und mit den altern Gelehrten verkehren zu können. Gegen Mittag liegt, umgeben von Wasser, ein kleiner Saal, ummurmelt von einem Bach, der von den westlichen Hügeln herabspringt. Er bildet eintiefes Bassin, aus welchem fünf Wasser fließen, auf denen unzählige Schwäne segeln.

Am Ufer des ersten Baches, welcher schäumende Kaskaden bildet, liegt ein steiler Fels mit einem Gipfel, welcher gekrümmt ist wie der Rüssel eines Elefanten und einem scheinbar in der Luft schwebenden Kabinett zur Stütze dient. Dieses ist unverschlossen, damit man die frische Luft einatmen und die Edelsteine sehen könne, mit welchen die Morgenröte die emporsteigende Sonne krönt.

Der zweite Bach teilte sich nach wenigen Schritten in zwei Kanäle, welche sich um eine Galerie winden, die mit einer doppelten Terrasse eingefaßt ist, die von Blumen duftet und Rosen- und Granatbäume als Pfeiler hat.

Der dritte Bach schlägt einen Bogen um einen einsamen Portikus herum und bildet dort eine niedliche Insel, deren Ufer mit Sand, Muschlen und glänzenden Kieselsteinen verziert sind. Ein Teil dieser Insel ist mit immergrünen Bäumen bepflanzt, und auf dem andern steht eine Hütte von Rotang*), wie sie unsere Fischer haben.

Die beiden letzten Bäche scheinen einander zu suchen und dennoch zu fliehen. Sie plätzschern am Rande einer blumenreichen

* Rotang ist unser spanisches Rohr.

Wiese dain, welcher sie Labung spenden. Zuweilen treten sie aus ihrem Bett und bilden kleine Weiher, welche von grünendem Rasen umschlossen werden. Dann verlassen sie die Wiese, bilden schmale Rinnen, brechen sich durch ein Labyrinth von Felsen, welche ihnen den Weg streitig machen. Dann entfliehen sie, tief rauschend oder silberne Wellen bildend, in engen Windungen durch den Ausgang.

Nördlich von dem Büchersaal liegen mehrere einzelne kleine Häuser teils auf Hügeln, von denen einer über den andern blickt wie die Mütter über ihre Kinder, tiels sich an Bergabhänge anlehnend. Mehrere von ihnen blicken auch versteckt aus kleine Talschluchten hervor.

Überall spendet Bambusgebüsch kühlen Schatten, und kein Sonnenstrahlt fällt auf die mit Sand bestreuten Wege.

Nach Sonnenaufgang hin bereitet sich eine kleine Ebenen aus, welche teils in viereckige und teils in längliche runde Beete geteilt ist und durch einen uralten Zedernwald vor dem kalten Nordwind geschütz wird. Die Beete tragen wohlriechende Kräuter, Arzneipflanzen, Blumen und Gesträuche.

An diesem herrlichen Ort gibt es stets Frühling; ein Wäldchen von Granatbäumen, Zitronen und Orangen, welche ohne Unterlaß Blumen und Früchte tragen, zieht sich bis hin zum Horizont, Inmitten des Planes steht ein grünes Kabinett, zu welchem man, wie in den Windungen einer Muschel, allmählich emporsteigt. An den Seiten zieht sich Rasen hin, welcher an mehreren Stellen Bänke bildet. Sie bieten Erholung und den Genuß der schönsten Aussicht.

Nach Sonnenuntergang führt eine Alle von Hängeweiden in das Gestade eines breiten Wassers, das sich in einiger Entfernung über einen Felsen hinabstürzt, welcher mit Efeu und wildem Grün überzogen ist. Rundum sieht man schroffes, wirr durcheinander geworfenes Gestein, welches sich in einfacher, natürlicher Weise amphitheatralisch übereinander baut.

Tief unten liegt eine Grotte, welche nach und nach weiter wird und dann einen ausgewölbten Saal von unregelmäßiger Gestalt bildet und das Licht durch eine breite, mit Geißblatt und wilden Reben umsäumten Öffnung erhält. Hier findet man erquickenden Schutz gegen die drückende Sonnenwämre. Einzelne Felsblöcke und Bänke, welche in den Stein gehauen sind, dienen als Sitze. Aus einer der Wände springt ein Quell hervor in die Höhlung eines großen Steines, fließt in silbernen Fäden aus derselben ab, windet sich durch zahlreiche Spalten und sammelt sich in einem

Bassin, welches zum Baden einladet. Dann verliert es sich unter einem Gewölbe, macht dort eine Wendung und fließ dann einem Teich zu, der sich am Fuß der Grotten befindet. Zwischen ihm und dem Felsengewirr führt ein schmaler Pfad dahin. Dort gieb es wilde Kaninchen, und im Teich spielen Fische.

Ist diese Einöde nicht bezaubernd? Der Teich ist mit kleine, rohrbewachsenen Inseln übersäet, auf denen verschiedene Arten von Vögeln wohnen. Man gelangt sehr leicht von einer Insel zur andern, indem man über Steine schreitet oder über kleine Brükken geht, welche ganz nach Zufall und dem gegebenen Raume im Zickzack oder in gerader Linie verteilt sind.

Wenn die Wasserlilien blühen, bilden sie einen Kranz von Purpur und Scharlach, wie der Horizont am mittägigen Meer, wenn ihn die Sonne beleuchtet.

Um aus dieser Einöde zu gelangen, muß man denselben Pfad öfters betreten oder die Kante steiler Felsen überschreiten, welche ihn von allen Seiten umgeben. Man steigt von diesem Steinwall vermittelst einer steilen Treppe hinab, die in das Gestein gehauen werden mußte, in welchem man noch die Spuren der spitzigen Hacken bemerkt. Dort steht ein sehr einfaches Häuschen, welches genug geschützt ist durch die Aussicht über eine weite Ebene, in der sich der Fluß durch Dörfer und Reisplantagen windet. Das Auge folgt mit Lust den zahlreichen Schiffen auf dem großen Strom; die Landschaft wird belebt duch die vielen Reisenden auf den Straßen und die auf den Feldern arbeitenden Menschen, und der Blick fühlt sich erquickt, wenn er an den blauen Bergen haftet, welche den Horizont bilden.

Wenn ich in meiner Bibliothek genug gedacht und geschrieben habe, steige ich in einen Kahn, welchen ich selber rudere, und genieße das Vergnügen, welches mir mein Garten bietet. Oft lege ich, während ein breiter Strohhut mir vor den Sonnenstrahlen schützt, bei der Fischerinsel an. Ich locke die Fische, welche im Wasser spielen, und denke an die Leidenschaften der Menschen, wenn ich bemerke, daß ein Fischer vergeblich nach dem Köder schießt.

Oder ich nehme den Bogen in die Hand, hänge den Köcher über die Schulter, steige die Felsen hinan, spähe nach den Kaninchen und durchbohre sie mit dem Pfeil sobald sie aus ihrem Bau kommen. Doch sie sind besonnener als wir; sie fürchten die Gefahr und suchen sie zu vermeiden, denn keines von ihnen erscheint, wenn ich von ihnen bemerkt worden bin.

In dem Garten pflücke ich heilsame Pflanzen, die ich aufbewahre. Ich nehme eine Lieblingsblume und freue mich herzlich über ihren Duft. Wenn eine Blüte Wasser braucht, so begieße ich sie, und das kommt auch ihren Nachbarinnen zugute. Wenn ich meine satt gereiften Früchte erblickte, so habe ich oft die Lust zum Essen wieder erhalten, welche ich beim Anblick des Fleisches verloren hatte.

Meine Granaten und Pfirsiche gefallen auch meinen Freunden, wenn ich ihnen welche schenke. Ich beschneide einen jungen Bambus, welcher stehen bleiben und wachsen soll, oder bieg seine Zweige Zusammen, damit sie den Weg nicht versperren. Es ist mir gleich, ob ich mich am Ufer des Wassers befinde, ob tief im Gehölz oder auf einer Felsenspitze; sie sind alle gut zum Ruhen.

Ich betrete ein Häuschen, um zu beobachten, wie der Stroch den Fischen nachstellt. Bald aber habe ich vergessen, weshalb ich gekommen bin, denn ich habe die Geige ergriffen und bewege die Vögel, mit einzustimmen.

Oft überrascht mich der scheidende Sonnenstrahlt wenn ich noch eine Schwalbe beobachte, welche in zärtlicher Fürsorge für ihr Kinder umherflattert; dazu sehe ich, welche Listen der Raubvogel aufbiete, um seine Beute zu erlangen. Der Mond ging bereits auf, und ich sitze noch immer da; das ist ein Genuß mehr. Wenn der Bach murmelt, wenn die vom Winde bewegten Zweige rauschen, versinke ich im Anblick des Firmamentes in süßte Träume. Die ganze Natur redet mir meiner Seele; das Gefühl befliegt mich, und erst die Zeit der Mitternacht bringt mich zu meiner Wohnung zurück.

Zuweile kommen Freunde, um meine Einsamkeit zu unterbrechen. Sie lesen mir ihre Arbeiten vor oder hören die meinigen an. Sie beteiligen sich an meinen Erholungen. Unser frugales Mahl wird erheitert vom Wein und gewürzt von der Philosophie. Am Hof werden die Leidenschaften erregt; man verleumdet dort einander, schmiedet Waffen und legt Schlingen. Wir dagegen verkehren mit der Weisheit und weihen ihr unsere Herzen. Mein Auge ist ihr immer zugewandt, leider aber werden ihre Strahlen durch zu vieles Gewölk getrübt.

Wenn ein Strum diese Wolken verjagt, dann wird die Einsamkeit für mich ein Tempel des Glückes werden. Doch, was rede ich! Ich habe ja als Vater, Gatte, Untertan und Mann der Wissenschaft tausend Pflichten, und mein Leben ist nicht mein alleiniges Eigentum. Lebe wohl, lieber Garten, lebe wohl! Die Liebe zu den Meinen und zum Vaterland ruft mich nach der Stadt zurück. Deine Reize mögen dir treu bleiben, um mir die Sorge zu verscheuchen und meine Tugend zu bewahren!“ —

Als ich hiermit fertig war, kehrte ich nach meinen Zimmern zurück. Eben wollte ich eintreten, als sich mir gegenüber eine Tür öffnete und der Kapitän aus derselben trat.

„Charley!“ winkte er gheimnisvoll.

„Schon wieder Charley!“

„Schön, alter Fu-kung-bu-kung-zu-kung! Aber sagt einmal, wollen wir ihn fangen?“

„Wen?“

„Diesen Mongolen.“

„Welchen Mongolen?“

„Nun, diesen Dschi — Dscha —, der uns im Götzentempel gefangen hielt!“

„Den Dschiahur?“

„Ja, so heißt der Kerl!“

„Ist er da? Wo ist er?“

„Ich hatte mein Licht ausgelöscht und hielt noch ein wenig Ausguck nach der Stadt hinüber. Da kam er; ich kannte ihn genau. Er ging um die Ecke herum, nach dem Garten zu. Hier habe ich den Revolver; soll ich den Räuber über den Haufen schießen?“

„Wartet noch ein wenig, bis ich Euch abhole!“

„Was wollt Ihr noch vorher tun?“

„Rekognoszieren.“

„Well! Hier sind wir im Lande, wo Ihr mehr zu Hause seid, als ich es bin. Und im Schleichen seid Ihr ja ein Hauptkerl.“

„Stellt Euch an das Fenster und paßt auf, ob er zurückkommt!“.

„Wird besorgt, Master King-fu-kang-fi-kung-fe!“

Er trat in seine Wohnung zurück. Ich verließ den Korridor und stieg die Treppe hinab. Der Ausgang war verschlossen. Ich öffnete ein Fenster, welches im Dunkeln lag, und stieg hinaus. Ich hatte den Kapitän nicht mitnehmen können, denn er war für dergleichen Affären zu ungeübt.

Wohin sollte ich mich jetzt wenden? Der Park war so groß und umfangreich, daß sich eine Halbe Kompanie Soldaten darin zu verbergen vermochten, ohne entdeckt zu werden. Ich konnte beim Suchen selbst bemerkt werden. Wenn der Mann wirklich nach dem Garten gegangen war, so verließ er ihn vermutlich an demselben Ort, an welchem er ihn betreten hatte. Ich schwang mich hinaus, um diesen Ort zu suchen.

Der Schein des Mondes fiel hell auf diese Seite der Mauer, und ich hatte es hier nicht mit einem Indianer zu tun, welcher gewohnt ist, keine Spuren zurückzulassen. Die Spuren eines großen, weichsohligen Stiefels waren ziemlich deutlich zu erkennen und führten nach einem Punkt der Mauer, wo auf der innern Seite derselben ein Bambusgesträuch stand. Hier war er übergestiegen.

Ich kehrte zurück und schwang mich im Schatten des Gebäudes wieder hinüber. Nun pirschte ich mich unter Anwendung aller Vorsicht bis hin zu dem Bambusgebüsch; er war nicht da, sondern jedenfalls weiter in den Garten vorgedrungen. Ich legte mich auf die Lauer und zwar so, daß ich nicht bemerkt werden konnte.

Lange hatte ich hier gewartet, als ich endlich meine Voraussetzung als richtig erwies: ich hörte Schritte, aber nicht von einem Mann, sondern von zweien. Sie kamen herbei und blieben hat vor mir stehen. Der eine war der Phy, der andere hatte ganz die Länge und Breite des Dschiahur, war aber ein anderer. Von weitem und besonders nachts waren beide leicht zu verwechseln.

„Wird es dir gelingen?" fragte der andere.

„Ich hoffe es."

„Schreibe ihm noch heute nacht das Dekret. Wenn es dir nicht gelingt, muß Kong-ni meine Tochter heiraten. Ein Sohn von dir muß mein Eidam werden, sonst bist du verloren."

„Also dir ist es gleich, ob Kong-ni oder dieser?"

„Ganz gleich. Du hattest nur den einen Sohn, darum konnte ich nur ihn verlangen. Er kam auf die Idee, dir einen zweiten Sohn zu bringen, nun wohl, adoptiert diesen, so mag es mir gleich sein, welcher es wird. Dieser Tao-dse soll ein starker und mutiger Mann sein; er ist mir villeicht lieber als Kong-ni. Aber warum kam Kong-ni gar auf diesen Fremdling?"

„Er liebt ihn und will ihn gern festhalten. Darf er deine Tochter sehen, ehe ich mit ihm spreche?"

„Ich bin ein Si-fan*), und kein Si-fan schließt sein Weib oder seine Töchter ein. Es kann ein jeder mit ihnen sprechen. Bringe ihn mir morgen, oder soll ich euch eine Einladung senden?"

„Sende sie, damit er nichts ahnt."

„Du sollst sie haben. Also tue, was ich dir geboten habe. Der Kiang-lu scherzt mit seinen Plänen nie!"

„Aber wenn er nicht will?"

„Dann tritt Kong-ni ein."

„Ist dies dann der letzte Weg?"

„Der letzte, wenn du nicht Gewalt anwenden willst."

„Gewalt? Inwiefern?"

* Osttibetaner, auch Rolo genannt, wegen ihres hanges zu Räubereien bekannt.

„Ist nicht im Lung-keu-fiang*) schon mancher auf bessere Gedanken gekommen?"

„Allerdings. Aber wie ihn da hinaufbringen?"

„Nicht leichter als das, und dann tut der Hunger wehe, und der Durst schmerzt noch mehr. Ich gehe!"

Mit zwei Sprüngen stand er draußen vor der Mauer, und dann hörte ich seine Schritte verklingen. Der Phy blieb noch eine Weile unbeweglich stehen und schritt dann dem hinteren Eingang des Hauses zu, wo ich bald das Schloß leise klirren hörte. Ich wartete jetzt noch einige Minuten und stieg dann wieder in das Fenster ein.

Turnerstick hatte mit Ungeduld auf mich gewartet.

„Wo steckt ihr denn so ewig? Er ist bereits wieder fort!"

„Ich weiß es."

„Und hat ihn forgelassen!"

„Es war der Dschiahur nicht."

„Wer sonst?"

„Ratet einmal!"

„Raten? Fällt mir gar nicht ein, wo ich viel billiger und schneller wegkomme, wenn Ihr es mir gleich sagt."

„Der Kiang-lu."

„Der — der Oberste der Strompiraten?"

„Ja."

„Niederträchtig, daß ich nicht dabei gewesen bin; den hätte ich fassen wollen!"

„Pshaw, hättet es auch nicht getan! In einem so fremden Land und mitten unter Feinden und Verrätern ist es besser, man handelt mit Vorsicht, als daß man die Mauer mit dem Kopf einrennen will."

„Feinde — Verräter? Mit solchen haben doch nicht etwa wir zu tun!"

„Doch!"

„Wer zum Beispiel?"

„Alle!"

„Erklärung"

„Ich muß die Tochter des Oberdrachen heiraten, sonst..."

„Dem seine Tochter? Char — seid Ihr bei Sinnen?"

„Sehr bin ich bei Sinnen! Also ich muß sie heiraten, sonst werden wir an einen Ort gesteckt, den sie Lung-keu-fiang nennen und wo wir verhungern und verdursten sollen."

* Pavillon der Drachenschlucht.

„Was heißt dieses Wort?“

„Pavillon der Drachenschlucht.“

„Schöner Pavillon! Aber warum sollt Ihr sie heiraten?“

„Weiße es auch nicht, werde es aber wohl erfahren. So viel aber habe ich wenigstens gehört, daß Kong-ni gezwungen werden solllte, daß Mädchen zur Frau zu nehmen. Dieser aber hat aus irgend einem Grunde keine Lust und schiebt mich als Stellvertreter vor.“

„Zounds!“

„Ich kann ihm nicht ernstlich bös sein, trotzdem er ein klein wenig Verrat mit mir gespielt hat. Ich glaube nicht, daß er es wirklich schlecht mit mir meint. Es muß ein Grund vorhanden sein, welcher den Kiang-lu zwingt, sich mit dem Phy auch familiär zu verbinden; er muß die Macht in den Händen haben, dies nötigenfalls zu erzwingen. Ferner muß Kong-ni Ursache haben, sich gegen diese Verbindugn zu sträuben und grad mich als Stellvertreter zu wünschen.“

„Ich habe keine Lust, mir damit den Kopf zu zerbrechen. Was werdet Ihr tun?“

„Zunächst abwarten, was man mit mir verhandeln wird.“

„Schön; ich werde also mit abzuwarten haben!“

„Allerdings. Übrigens werden wir morgen zu dem Kiang-lu eingeladen werden.“

„Wirklich? Freut mich! Es ist doch wundervoll, Land und Leute kennenzulernen!“

„Nicht wahr? Es ist manchmal ein klein wenig Gefahr dabei, aber die darf man nicht fürchten. Für heute wollen wir zur Ruhe gehen; der morgende Tag mag für sich selbst sorgen. Gute Nacht, Kunag-Fu Turning-stik-king!“

„Good neight, Sir Kung-fu-Kung-fo-Kung-mo-lo!“

In meinem Zimmer angekommen, verlöschte ich die Lichter und legte mich schlafen. Es war eigentümlich: heute, wo ich einer gewissen Gefahr bewußt entgegen ging, schlief ich ganz prächtig und ohne allen Traum, und als ich am Morgen aufwachte, trat der Kapitän eben bei mir ein.

„Wacht auf, alter Freund! Unser Wirt hat bereits bei mir anfragen lassen, ob Ihr munter seid. Es gilt, den Morgenstee einzunehmen.“

„Komme gleich!“

„Well! Werde also hier warten.“

Einige Minuten später traten wir in das Speisezimmer, wo wir Kong-ni und seinen Vater bereits anwesend fanden.

Es gab bloß Tee mit Kuamien*), was der Phy damit entschuldigte, daß er geladen sei und auch uns mitbringen solle.

„Zu wem? fragte ich.

„Zu einem mächtigen und einflußreichen Freund, einen Mandarinen mit dem ziselierten roten Korallenknopf. Er hat deine Ausarbeitung mitgeprüft, und du bis ihm Dank schuldig, denn meist durch ihn ist es mir möglich, dir jetzt bereits dies hier einzuhändigen."

Ich ahnte, daß es das Dekret sei, von welchem beide gestern abend gesprochen hatten, und irrte mich nicht. Es enthielt wirklich eine Ernennung zum Tsin-sse.

„Ich danke dir und werde auch ihm zu danken wissen", antwortete ich einfach. „Dieses mit dem kaisterlichen Spiegel versehene Dokument hat also unbedingte Gültigkeit?"

„Durch das ganze Reich. Es bedarf nicht der Bestätigung, und daß wir deine Ausarbeitung einsenden, geschieht nur der Form wegen."

„Wie heißt der hohe Mandarin, zu dem ich mitkommen werde?"

„Er ist ein Kuan-kiun-ßü**) und heißt Kin-tsu-fo."

„Wann geht Ihr?"

„Sobald es dir beliebt."

„Es ist noch lange nicht Mittage."

„Ihm ist es zu jeder Zeit genehm. Sage, wann du gehen willst!"

„Eine Stunde vor Mittag, bis dahin habe ich zu tun."

Damit war deutlich gesagt, daß ich auf ihre Gesellschaft jetzt verzichten wolle. Es war dies jedenfalls eine Unhöflichkeit, aber ich mußte ungestört sei, um mich einmal richtig umblicken zu können.

Im Garten, den ich allerdings ganz nach der gestern abend gelesenen Beschreibung fand, traf ich einen Arbeiter, mit welchem ich ein Gespräch anknüpfte. Während desselben fragte ich ihn auch, ob es hier in der Umgebung einen Ort gebe, welcher Lungkeu-fiang genannt werde. Er schüttelte mit dem Kopf und verneinte, aber ich sah es ihm an, daß er mehr wußte, als er mir sagen wollte. Und als ich von ihm ging, sandte er mir eine Blick nach, welcher mit beinahe drohend erschien. Hatte ich vielleicht einen Fehler begannen, nach dem Ort zu fragen?

Im hinteren Teil des Gartens führte eine Pforte hinaus in das Freie. Ich trat hinaus und wanderte zwischen den grünen Pflan-

* Runde oder viereckige Stücke getrockneten Teiges, am Schnüre gereiht.

** Ein hoher militärischer Grad; soviel wie Brigadier.

zungen den Bergen zu, welche ich bereits gestern bemerkt hatte. Wenn es hier eine Drachenschlucht gab, so konnte sie natürlich nur zwischen diesen Höhen liegen, welche sich ungefähr eine Viertelstunde von der Stadt erheben.

Sie stiegen scharf, steil und jäh empor und schienen nur schwer zugängig zu sein. An der Drachenschlucht hing vielleicht mein Schicksal; ich mußte sie finden. Eben begegnete mir ein Knabe, welcher eine Ziege am Bande führte. Ich sprach zu ihm:

„Sage mir, ob es her eine Drachenschlucht gibt?"

Bei dem Anblick meiner äußeren Abzeichen warf er sich zu Erde.

„Verzeih mir, Herr, ich kenne keine Drachenschlucht."

„So kennst du wohl diese Berge nicht?"

„Ich kenne sie sehr wohl, denn ich bin mit meinen Ziegen den ganzen Tag da oben."

Die Bezeichnung Drachenschlucht schien mir eine nur den Drachenmännern bekannte zu sein.

„So sage mir, ob es in den Bergen einen Ort, einen Felsen gibt, der wie ein Pavillon, ein Erker, aussieht!"

„Was ist ein Pavillon — ein Erker — o Herr?"

„Ein Pavillon ist ein kleines, hübsches Gartenhaus, und ein Erker ist ein Vorsprung an einem Haus, der in der Höhe angebracht ist und Ähnlichkeit mit einem kleinen Turm hat."

„Einen solchen Ort kenne ich, Herr. Willst du ihn sehen?"

„Ja. Wie weit ist es bis dahin?"

„Um ihn zu sehen, brauchts du nur fünf Minuten. Aber hinauf gelangen kannst du nicht."

„So führe mich!"

Er band seine Ziege an einen Bambusstamm und führte mich.

„Kennst du den Phy-ming-tsu?" fragte ich weiter.

„Ja."

„Und auch den Kin-tsu-fo?"

„Ja. Es sind die beiden mächtigsten Leute in unserer Stadt."

„Wohnen sie schon lange hier?"

„Schon der Vater des Phy-ming-tsu hat hier gewohnt; der Kin-tsu-fo aber ist erst vor einiger Zeit hergezogen und hat sich sein Haus gekauft."

„Hast du schon mit ihnen gesprochen?"

„Nein. Das sind vornehme Männer, o Herr, die einen armen Knaben gar nicht sehen."

„Oder bist du bekannt mit einem von ihren Dienern?"

„Nein. Ich habe sie gesehen und auch ihre Namen gehört, aber gesprochen hat noch keiner mit mir."

„Aber mit deinem Vater?"

„Ich habe keinen Vater mehr, sondern nur eine Mutter."

Ich war beruhigt, denn es stand zu erwarten, daß weder der Phy noch der Kiang-lu erfahren würde, daß ich den Pavillon gesehen habe.

Vor uns schnitten drei enge Schluchten in den Berg ein. Der Knabe führte mich auf die mittlere zu. Nachdem wir eine Strecke in ihrer emporgestiegen waren, deutete er nach oben.

„Schau da empor. Das ist der Fels, der wie ein Pavillon aussieht; aber du kannst nicht ganz empor."

Im Hintergrund der Schlucht stieg eine Bergkante ziemlich steil an, doch war sie für einen geübten Berggänger immer noch ziemlich gut ersteigbar. Sie wurde von einem großen, kubischen Felsblock gekrönt, an dessen Wänden Jahre und Witterung so gearbeitet hatten, daß er beinahe das Aussehen eines chinesischen Gartenpavillon hatte.

„Wenn ich nicht hinauf kann, muß ich allerdings wieder umkehren," meinte ich vorsichtig. „Auch du kannst gehen."

Ich gab ihm von meiner Schnur zwanzig Sapeken, also ungefähr sieben Pfennige. Das aber war ein solcher Reichtum für den Waisenknaben, daß er vor Erstaunen beinahe starr wurde. Dann aber warf er sich nieder, küßte den Saum meines Gewandes, sprang wieder auf und eilte davon.

Ich folgte der Schlucht weiter und gelangte nach einer Viertelstunde mühevollen Steigens auf der Kante an. Auf der andern Seite derselben gähnte ein tiefer Abgrund, rechts und links von hohen Felsen eingeschlossen, die sich zu keinem Ausgang zu erweitern schienen. Es war ein tiefes, schauerliches Loch, welches wohl schon viele Opfer der Drachenmänner verschlungen hatte.

Ich besah den Pavillon von allen Seiten und fand endlich neben einer säulenartigen Anschwellung des Felsens in doppelter Manneshöhe zwei Haken, die ganz das Aussehen und die Entfernung voneinander hatten, als ob sie angebracht sein, um einer Leiter als Anlege- und Haltepunkte zu dienen.

Wenn das wirklich der Fall war, so war diese Leiter ganz sicher in der Nähe zu finden. Ich suchte — lange Zeit vergebens, endlich aber war ich doch so glücklich, sie zu finden. Sie war aus Bambus gefertigt und so konstruiert, daß sie zusammengeklappt werden konnte, und lag unter einem Haufen von Steinen und Geröll versteckt.

Es war am hellen Tag, und ich konnte also, wenn zufälligerweise jemand die Schlucht betrat, leicht bemerkt werden. Das konnte mich aber nicht abhalten. Unmittelbar über den Haken hatte der Fels einen Absatz, einen breiten Sims, auf welchem man leicht zu stehen vermochte, und weiter oben, wieder in doppelter Manneshöhe, bemerkte ich noch zwei Haken. Ich legte die Leiter an und stieg empor. Auf dem Sims angekommen, zog ich sie nach und legte sie von neuen an. Jetzt kam ich auf das platte Dach des Pavillon und bemerkte, daß derselbe ausgehöhlt sei. Ein brunnenähnliches Loch, etwas über zwei Ellen im Durchmesser, führte hinab.

Wie tief mochte es wohl sein? Ich ließ einen Stein hinabgleiten und horchte. Stat des erwarteten Aufschlages aber tönte einlauter, menschlicher Schrei empor.

„Kommst du schon wieder?“ klang es dumpft herauf.

„Ich bin noch nicht tot, aber ich sterbe.“

„Wer ist da unten?“ rief ich hinab.

Meine Worte konnten unten natürlich nicht so gut verstanden werden.

„Nein,“ antwortete es. „Ich fluche einem Fo und deinem Buddha; ich will lieber verhungern, als meinem Tien tschu*) untreu werden. Ich bete,Tsei thian ago-teng fu tsche, ago -teng yuan örl ming kian-tschiny‘!**) und er ist mächtig; er wird mich erretten, wenn es ihm gefällt!“

Ich rief zum zweiten und drittenmal hinab, aber es ertönte keine Antwort. Die Gefangene — denn es war ein weibliche Stimme, welche ich wahrgenommen hatte — hatte mit ihren Worten wohl ihre letzten Kräfte erschöpft.

Was war zu tun? Ich mußte sie retten, aber konnte ich jetzt? Das Loch mußte wohl gegen zwanzig Ellen tief sein. Ursprünglich mochte es aber der Regen ausgebohrt haben; später hatten vielleicht menschliche Hände nachgeholfen.

Dieses Loch war auch für uns bestimmt. Wie war es unten beschaffen? Ich wickelte mein Messer in mein Taschentuch und warf es hinab. Die Gefangene hatte sich wohl von der Öffnung zurückgezogen, denn es ertönte dieses Mal kein Laut. Sie war entweder abgemattet oder so resigniert, daß sie nicht sprechen wollte.

Ich konnte nicht eher etwas tun, als bis der Abend hereingebochen war, stieg also wieder abwärts und verbarg die Leiter an demselben Ort, an welchem ich sie gefunden hatte. Denn stieg ich

* „Herren des Himmels.“

** Wörtlich: „Bist- im Himmel unser Vater welcher; wir wünschen Deinen Namen heilig- sein.“

die Kante wieder hinab und kehrte nach Hause zurück. Im Garten traf ich den Kapitän mit Kong-ni.

„All devils, wo treibt Ihr Euch denn herum? Seid wohl am Fluß gewesen?"

„Warum sollte ich nicht?"

„Well, so konntet Ihr mich mitnehmen! Ihr wißt ja, daß ich ohne Wasser nicht gut sein kann. Macht, daß wir fortkomen! Wir sind eingeladen, und ich bin schon längst bereit!"

Er hielt allerdings seinen Regenschirm bereits unter dem Arm.

„Willst du einen Schen*) holen? fragte mich Kong-ni.

„Die Palankins stehen bereits vor der Tür."

„Gibt es keinen Diener, der ihn holen kann?"

„Ja. So komm! Der Vater ist bereits fort."

In seinem Wesen lag etwas Fremdes, Gedrücktes. Was war mit ihm? Er war noch jung; er konnte es nicht verbergen. Beim letzten Gebüsch blieb er stehen, während Turnerstick weiter schritt.

„Du hast heute morgen im Garten mit einem Mann gesprochen?" fragte er.

„Ja," antwortete ich aufrichtig.

„Du hast nach einem Lung-keu-fiang gefragt?"

„Ja."

„Was ist dieser Lung-keu-fiang?"

„Weißt du es nicht?"

„Nein"

Sein Auge strafte ihn Lügen.

„Du mußte es wissen, denn du hast mir ja das Zeichen gegeben. Du mußt die Geheimnisse der Lung-yin kennen."

„Ich kenne sie nicht; ich erhielt das Zeichen von einem Freund gerade so, wie du von mir. Wer hat dir von dem Lung-keu-fiang erzählt?"

„Wenn du die Geheimnisse der Lung-yin nicht kennst, so darf ich es nicht sagen; das würde ja sonst ein Verrat sein."

Er schien von dieser Antwort sehr befriedigt zu sein.

Wir bestiegen die Tragsessel und gelangten druch die Stadt nach dem Landhause, welches wir bei unserer Ankunft zuerst bemerkt hatten. Als wir dort ausstiegen, kam uns der Riese von gestern abend entgegen.

„Willkommen im Hause eures besten Freundes und Verehrers! Wollt ihr nicht eintreten?" grüßte er.

* Fächer.

„Wir kommen, dir, dem großen Kuan-kiun-ßü, unsere Achtung zu erweisen, und werden glücklich sein, die Schwelle deines Hauses betreten zu dürfen!“ antwortet ich.

„Gewährt mir die Gande, euch leiten zu dürfen!“

„Erlaube mir, dir vorher zu sagen, daß dies mein Freund Turning-stik-king-kuang-fu ist!“

Der Kapitän merkte, daß ich ihn vorstellte. Er setze mir die Spizte seines Regenschirmes auf die Brust und meinte, indem er mit den zwei Fingern der rechten Hand militärisch salutierte:

„Und ich werde vorstellang my olding Master Kuang-ki-fung-ki-lung-ki-mung-ki!“

Der Si-fan verstand ihn nicht, und Kong-ni vermochte seine ernsthafte Miene zu bewahren. Wir wurden in das Empfangszimmer geleitet, wo der Phy zwischen einem jungen Mächen und einem andern Gast saß.

Das Mädchen war hoch und schlank gewachsen und hatte, wenn man vom Nationaltypus absah, recht angenehme, aber traurig überhauchte Gesichtszüge und besaß unverkrüppelte Füße, was sie wohl dem Umstand zu verdanken hatte, daß sie die Tochter eines Mongolen war.

Der andere Gast war — unser Dschiahur. Doch tat er bei unserem Erscheinen nicht im mindesten, als ob er uns bereits einmal gesehen habe.

All drei erhoben sich, um uns zu begrüßen; dabei wurden die Namen genannt. Das Mädchen hieß Kiung; ein mongolisches Wort, welches „die Reiche“ bedeutet und in demselben Sinn auch im Chinesischen gebraucht wird. Dem Dschiahur wurde der Name Laktoeul gegeben.

Kiung bediente uns selbst. Wir erhielten einen köstlichen schwarzen Tee vorgesetzt mit dünnen Stücken von Pan-tan*), aber nicht so einfach gebacken, wie es in der hohen Mongolei geschieht. Dann forderte uns der Si-fan auf, seinen Hof und Garten zu besehen.

Der Garten hatte bei weitem nicht die Größe dessen, welchen der Phy besaß, aber es war mit gutem Verstädnis jedes Plätzchen benutzt, um nach chinesischen Begriffen ein Paradies zu schaffen. Der Hof war im Verhältnis zum Hause außerordentlich geräumig, was mich wunderte, da man in China nicht gern Haustiere hält; doch ich wurde bald aufgeklärt, denn der Si-fan öffnete eine Tür, weche in einen Pferdestall führte, und damit war mein ganzes Interesse erregt.

* Ein Teig von Hafermehl, bei den Mongolen sehr beliebt.

Man hat in China die schlechtesten Pferde der Welt; ich was also neugierig, was der „Brigadier“ uns zeigen werde. Es wurden von einem Stallknecht zwei Pferde herausgelassen, welche man bereits gesattelt hatte. Sie gehörten jener kleine, langzottigen Mongolenrasse an, welche trotz ihrer Unansehnlichkeit eine außerordentliche Kraft und Ausdauer besitzt und daher hoch im Preis steht, in einem besseren Klima leider aber sehr bald ausartet.

„Könnt Ihr reiten, Tur-ning-stik-king-kuang-fu?“ fragte der Si-Fan den Kapitän.

„Was will er?“ meinte dieser zu mir.

„Er fragt, ob Ihr reiten könnt.“

„All devils, soche kleine Kreatur allemal!“

„Ich möchte Euch dennoch warnen!“

„Pshaw! Ihr wißt, daß ich nicht gern so ein Viehzeug unter mit habe, denn es ist, als ob ein Vulkan mit einem in der Welt herumsause, aber diese Bologneserhündchen werde schon zahm machen. Sagt nur immer hin ja.“

Ich tat es.

„Mag er eines der Pferde versuchen.“

Ich verdolmetschte diese Frge, und sofort stieg Turnerstick auf. Er bildete mit seinem chinesischen Gewand, dem Zopf, dem Regenschir, den er nicht wegelegt hatte, und dem Fächer eine wunderliche Figur, ritt zweimal rund im Hof herum, aber sehr vorsichtig und langsam und stieg dann ab.

„Nun, wie habe ich meine Sache gemacht?“

„Sehr gut,“ lobte ich ihn.

Die anderen waren zu höflich, als daß sie sich nicht lobend hätten aussprechen sollen; dann aber stiegen der Si-fan ud der Dschiahur auf und ritten die mongolische Schule durch, daß die Pferde dampften. Der erstere stieg gerade vor mir ab.

„Du hast die ganze Welt bereist, wie ich hörte. Sage, welches Volk die besten Reiter hat.“

„Die Si-fan,“ antwortete ich ruhig, obgleich ich anders dachte.

„Das wußte ich,“ meinte er stolz, „Kein Si-fan kann übertroffen werden. Willst du auch einmal aufsteigen?“

„Deine Pferde sind zu schwach; sie können mich nicht tragen und kommen mit mir nicht von der Stelle.“

Er lachte.

„Bin ich nicht schwerer als du? Versuche es!“

Ich legte die Hand auf den Sattel und sprang frei auf. Wer wilde Mustangs duch den einfachen Schenkeldruck gefügig gemacht hat, der reitet recht gut mit einem Mongolen um die Wette. Ich machte mich schwer und legte die Kniee an. Das Pferd war bereits ermattet; es keuchte und schnaubte, ging vorn und hinten empor, wehrte sich vielleicht fünf Minuten lang, kam aber nicht von der Stelle und knickte dann unter mir zusammen.

„Sieht du, daß es micht nicht tragen kann? Du bist ein besserer Reite als ich, aber ich bin schwerer als du."

Er war als Mongole ein leidenschaftlicher Reiter. Sein Auge leuchtete.

„Ich will dir ein Pferd zeigen, welchem du nicht zu schwer bist. Ich habe es mir über die Berge kommen lassen, aber kein Mensch darf es besteigen. Es wirst mich und alle ab, die es versuchen wollten."

„Zeige es mir!"

„Tretet zuvor weg! Aber wenn dir ein Unglück geschieht, tage ich nicht die Schuld!"

Ich nickte. Wir traten unter das Tor, um geschützt zu sein. Der Stallknecht öffnete eine zweite Tur und sprang sofort hinter dieselbe. Ein Knappe kam hervorgeschossen, ein Rappe wie der Teufel. Ich sah es auf der Stelle: es war eines der hochvortrefflichen kaschgaraner Rasaepferde. Seine Augen glühten; seine Nüstern schienen Feuer zu sprühen; ich hätte es für den besten Mustang eingetauscht.

„Lasse es nur austoben, so kommst du hinauf, aber sofort wieder herunter," meinte der Si-fan.

„Und wenn ich dennoch oben bleibe, wenn es sich gar nicht weigert, micht zu tragen?"

„So ist des dein!"

„Dann ist es bereits jetzt mein Eigentum."

Ich trat vor in den Hof.

„Halt, wartet! Die Gefahr ist zu groß!" warnte er.

Ich beachtete den Ruf nicht, sondern nahm mein kostbares Obergewand ab und legte es zu einem Tuch zusammen. Der Rappe fegte einigemale an mir vorüber und schnellte dann jedesmal die hinteren Hufe nach mir. Als er wieder heranstrümte, warf ich ihm das Gewand über den Kopf; er tat noch einige Sätze und hielt dann, um das Tuch abzuschütteln. Sofort hatte ich ihn mit der Linken bei der Mähne und schlug ihm den Zeige- und Mittelfinger der Rechten tief in die Nüstern. Er wollte empor, ich hielt ihn nieder; er hätte sich sonst die Nüstern zerreißen müssen . Da stieß ich ihm den Kopf empor und trat ein Schritt zurück; ein Ruck, und er lag auf den Hinterfüßen; ein zweiter half ihm wieder auf; ein dritter warf ihn wieder nieder und so fort. Es war ein ernsthaftes Stück Arbeit, denn hier rang nur rohe physische Kraft gegen ganz dieselbe rohe Kraft, nur das ich den Vorteil hatte, das Tier bei den Nüstern zu halten, ein Griff, der es in meine Gewalt geben mußte. Das Pferd dampfte, und ich schwitzte; endlich blieb es stehen, zitterte an allen Gliedern und stöhnte. Jetzt strich ich ihm Kopf, Brust und Vorderbeine und sprach ihm dabei mit kräftiger Stimme zu; dann schnellte ich mich auf seinen Rücken. Es wollte emporsteigen, aber ein scharfer Ruf genügte, es am Platze zu halten. Dann gehorchte es dem Druck meiner Schenkel und ging im langsamen Schritt, noch immer zitternd und schnaubend, im Hof herum.

Jetzt stieg ich ab und erklärte lachend:

„Das Mori-mori ist mein!"

„Du kennst diese Rasse?" fragte der Besitzer erstaunt.

„Ich bin ein Reiter."

„Ja, wahrscheinlich, das sehe ich! Aber noch ist es nicht dein."

„Warum?"

„Ich habe gesagt, daß es dein sein soll, aber wann es dein sein soll, das ist noch nicht bestimmt."

„So bestimme es!"

„Der Phy wird mit dir darüber sprechen!"

Ich beruhigte mich dabei, denn ich wußte, daß das vortreffliche Pferd auf diese oder jene Weise mein Eigentum sein werde.

„Blitz und Knall, war das ein Theater!" meinte der Kapitän. „Ihr habt Euch bei diesen Leute ganz verteufelt in Respekt gesetzt; ich habe die Augen gesehen, die sie bei der Geschichte machten."

„Das Pferd gehorcht mir, aber einen andern läßt es nicht auf."

Ich nahm einen Zaum vom Pflocke und legte ihn dem Tier über, indem ich es streichelte und ihm sanft zusprach; dann führte ich es in den Stall, band es an und gab ihm Hafer in die Krippe. Ich wußte nun, daß es mir gehorchen werde, und besichtigte zu gleicher Zeit die Schließvorrichtung der Stalltür. Sie war leicht zu öffnen, da sie nur aus einem Kreuzöhre mit Vorstecker bestand. Ebenso war es auch mit der Tür des andern Stalles und dem Hoftor, welches nach außen führte.

Jetzt wurde auch das Wohnhaus besichtigt, welches, nach chinesischen Begriffen, sehr praktisch erbaut und sehr vornehm eingerichtet war. Bei dieser Gelegenheit wußte man es dahin zu bringen, daß ich mit Kiung allein in einem Zimmer zurückblieb. Ich sah ihr an, daß sie von den Absichten ihres Vaters unterrichtet war.

„Du darfst fei umhergehen und mit Männern verkehren?" fragte ich sie.

„Ja." „Auch in der Stadt?"
„Ja, denn ich bin keine Chinesin."
„Du hast einen Bekannten, den du liebst?"
Sie schwieg.
„Sage es mir, damit du glücklich wirst."
„Der Vater leidet es nicht!"
„Wer ist es?"
„Der Sohn unsers Pao-tsching."*)
„Er wird dein Mann sein, denn ich werde euch nicht trennen. Hast du noch deine Mutter?"
Sofort füllten sich ihre Augen mit Tränen.
„Nein."
„Wie lange ist sie tot?"
„Sie ist nicht tot; sie ist nur verschwunden. Sie war eine Kiao-yu**) geworden, und der Vater wollte das nicht leiden; darum ist sie entflohen."
„Gräßlich! Also sein eigenes Weib hatte dieser Unmensch in den Lung-keu-fiang eingesperrt, um sie verhungern zu lassen. Das durfte ich dem armen Mädchen nicht sagen.
„Du wirt sie wiedersehen. Der Gott der Christen ist mächtig; er wird dir und ihr seine Hilfe senden."
„Ich sah es an dir, wie stark und mächtig du bist; darum wird dein Gott auch mächtiger sein, als Fo und und Buddah. Wenn er mir die Mutter wiedergibt, so werde ich ihm dienen. Wirst du dem Vater sagen, daß du micht nicht zum Weib willst?"
„Ja. Du weißt nicht, weshalb ich mit ihm nichts zu schaffen haben will, ich aber weiß es und er auch."
„Ja, ich weiß es!" klang es hinter mir.
Der Kiang-lu hatte gehorcht und stellte sich zwischen mich und das Mädchen.
„Du hast heute nacht dem Lung-keu-fiang gefragt?"
„Ja."
„Warum?"
Ich blickte mich um, um rückenfei zu sein, und antwortete:
„Weil ich gestern abend deine Unterhaltung mit dem Phy-ming-tsu belauscht habe."
„Ah! Verlasse mein Haus. Wir sind geschieden. Geh!"
„Geh du voran!"
„Fürchtest du dich? So folge mir!

* Bürgermeisters.
** Christin.

Er verließ das Zimmer und Schritt vor mir der Treppe zu. Kein Mensch befand sich auf dem Gang, so daß ich sicher schien. Schon hatte ich die Treppe beinahe erreicht, so knarrte eine Tür hinter mir, zwei Arme legten sich mir um die Kehle, und auch der Si-fan drehte sich um, mich zu erfassen. Ich machte eine konvulsivische Anstrengung, mich zu befreien — die Überrumpelung war zu schnell gekommen, ich verlor die Besinnung.

Als ich wieder zu mir kam, war es vollständig dunkel um mich. Arme und Beine waren mir festgeschnürt, und ein Knebel verschloß mir den Mund. Neben mir hörte ich ein röchelndes Atmen. Lag vielleicht der Kapitän da? Wahrscheinlich hatten sie auch ihn überrumpelt. Ich grunzte, der einzige Laut, den ich von mir geben konnte, und sofort antwortet er mit denselben Tönen.

„Also wieder einmal gefangen! Doch hatte ich keine Sorge.

Die Zeit verging, eine schrecklich lange, lange Zeit! Es mußte längst Abend und längst Nacht geworden sein. Da endlich öffnete sich eine Tür, und beim Schein der Laterne sah ich den King-lu und den Dschiahur eintreten. Der letztere grinste und höhnisch an.

„Ihr seid mir im Kuang-ti-miao und in Kuang-tscheu-fu entkommen, jetzt aber entflieht ihr mir nicht wieder!“ versichterte der Dschiahur.

Der Oberste der Drachenmänner bog sich zu mir nieder.

„Du hast uns belauscht und weißt daher alles, und ich brauche dir nichts zu sagen. Willst du tun, was ich von dir fordere?“

Ich schüttelte mit dem Kopf.

„So kommt ihr jetzt in den Lung-keu-fiang und werdet elend verhungern. Entscheide dich. Seid ihr einmal in dem Pavillon, so ist alles vorüber. Der Kiang-lu weiß dafür zu sorgen, daß ihn niemand verraten kann.“

Ich schüttelte abermals mit dem Kopf.

„Gut, so mögen dich die Kuei*) zum Tschütgur**) bringen!“

Er stieß einen Pfiff aus, und es erschienen vier Personen, welche uns erfaßten und hinauf in den Hof schafften. Dort wurden wir in zwei Palankins geschoben und fortgetragen.

Der Weg führte um das Städtchen herum nach der Schlucht zu, welche ich heute früh erstiegen hatte. Wir wurden dieselbe emporgetragen; droben aber, wo die Felsenkante begann, hob man uns heraus und zog uns Seile unter den Armen hindurch. Unter-

* Böse Geister.

** Teufel.

dessen stieg der Kiang-lu voraus. Jedenfalls war der Ort, an welchem die Leiter verborgen lag, sein Geheimnis, welches es nicht entdeckt wissen wollte. Jetzt, da ich mich nicht mehr im Tragsessel befand, sah ich, daß außer dem Dschiahur noch sechs Männer bei uns waren.

Wir wurden von diesen sechs an den Seilen emporgeschleppt. Als wir an den Fuß des Pavillon gelangten, hatte der Kiang-lu die Leiter bereits angelegt. Während er mit den andern emporstieg, blieb der Dschiahur bei uns; er sagte:

„Ihr seid verloren; hier habt ihr euern Abschied!“

Er versetzte jedem von uns einige sehr unzweideutige Fußtritte. dann ließ man Stricke herab, an denen wir emporgezogen wurden.

Als wir oben angelanten, nahm mir der Kiang-lu den Knebel aus dem Mund.

„Jetzt sage zum letztenmal, ob du mir gehorchen willst!“

„Nein. Ich werde nicht gehorchen, sondern dich bestrafen!“

„Mich bestrafen? Du bist bereits tot. Du wirst da unten Gesellschaft finden, von welcher du erfährst, war es heißt, den Kiang-lu verraten zu wollen. Fahre hin!“

Ich wurde zuert hinabgelassen; dann zog man das Seil unter meinen Armen weg wieder empor.

„Wer kommt?“ fragte eine weibliche Stimme.

„Ein Opfer des Kin-tsu-so. Ich soll verhungern wie du. Willst du dich, mich und deine Tochter retten?“

„Vermag ich es?“

„Ja. Ich habe dir heute ein Messer herabgeworfen. Bist du gefesselt?“

„Das warst du? Nein, ich bin nicht gefesselt.“

„Schnell, nimm das Messer und schneide meine Stricke entzwei!“

Sie tat es, mit zitternden Händen, wie ich bemerkte, und noch ehe der Kapitän unten angelangt war, fühlte ich mich frei. Sofort untersuchte ich den Raum. Er war so niedrig, daß ich nur kniene konnte, und faßte ungefähr vier Personen. Der Eingang stieg grad empor, war aber zu weit, als das ein Mann nach Schornsteinfegerart hätte emporklettern können. Dieser Umstand mochte den Kiang-lu zu der Überzeugung gebracht haben, daß niemand entfliehen könne.

Meine Hände und Füße waren in völlständig handlungsfähigem Zustand, was ganz sicher nicht der Fall gewesen wäre, wenn ich von Indianern gebunden worden wäre.

„Gib mir das Messe!“ bat ich die Frau.
Ich nahm es aus ihrer Hand, und noch während der Kapitän niederschwebte, war ich imstande, seine Fesseln zu zerschneiden. Man zog den Strick hinauf.
„Schnell wieder empor, Kapt'n!“ flüsterte ich ihm zu.
„Blitz und Knall, wie kommt ihr zu dem Messer? Laßt mich nur erst verschnaufen? Wie wollen wir empor?“
„Für einen ist der Schacht zu weit, zu zweien aber geht es. Wir stemmen uns mit den Rücken aneinander und schieben uns mit den Händen und Füßen empor.“
„Das geht besser als Bergsteigen, denn das ist die reine Mastauffahrt. Jetzt habe ich Atem. Kommt, Charley, schnell, ehe sie uns entwischen! Jetzt ist's vorbei mit der Komödie; jetzt wird Ernst gemacht.“
„Ihr wollt empor? Werdet ihr micht retten?“ fragte das Weib ängstlich, als sie bemerkte, daß wir so schnell wieder fort wollten.
„Habe keine Sorge, wir holen dich!“ beruhigte ich sie.
Die Rücken fest gegeneinander stemmend, krochen wir in die Höhe. Man hatte uns die Waffen genommen, aber ich besaß meinMesser wieder. Wir kamen rascher hinauf, als ich's dem Kapitän zugetraut hatte.
„Jetzt so leise wie möglich!“ bemerkte ich, als wir nur noch drei Fuß bis zum Freien hatten.
Geräuschlos erreichten wir den Rand. Der Kiang-lu stand ganz allein noch oben auf der Plattform. In stolzer, aufrechter Haltung stand er, mit dem Rücken gegen uns, und betrachtete die jenseits des Abgrundes gelegene helle Mondscheinlandschaft.
„Hinunter mit ihm!“ flüsterte der Kapitän.
„Nein, das wäre hinterlistiger Mord. Hier liegt noch das Seil. Wir binden ihn und schaffen ihn hinunter, nachdem wir sein Weib heraufgeholt haben. Dann machen wir Anzeige.“
„Sein Weib? War es sein Weib?“
„Allerdings?“
„Hört, Charley, der Kerl verdient mehr als die Anzeige, denn man wird ihn vielleicht gar laufen lassen. Wir sind ja Ausländer. Diesen Menschen sollte man...“
Er stampfte in unvorsichtigem Zorn mit dem Fuß; der Kiang-lu fuhr herum und erblickte uns.
„Wer...?“
Das Wort blieb ihm vor Erstaunen und Schreck im Mund stekken.

„Habe ich dir nicht gesagt, daß ich dich bestrafen werde!“ antworte ich.

„Wie kommt ihr hinauf? Seid ihr Geister oder Menschen?“

„Menschen, aber bessere Menschen und klügere als du. Gibst du dich gefangen?“

Statt der Antwort legte er die Hände an den Mund und stieg einen gellenden Ruf aus. Ein mehrstimmiger Schrei antwortete aus der Tiefe.

„Gefangen?“ rief er jetzt. „Ihr seid noch ebenso verloren wie vorher. Hört ihr, daß sie zurückkehren?“

Jetzt gat es allerdings zu handeln.

„Bis sie kommen, bist du mein!“

Mit diesen Worten trat ich auf ihn zu. Es stand am Rand der Plattform; dorthin durfte er den Kampf nicht kommen lassen; deshalb sprang er mir mit einem gewaltigen Satz entgegen. Er rannte mit der Brust gegen meine vorgestreckten Fäuste und taumelte zurück. In diesem Augenblick holte Turnerstick aus und versetzte ihm mit seiner eisernen Faust vor den Kopf einen Schlag, der ihn noch mehr aus dem Gleichgewicht brachte — ein gelender, gräßlicher Schrei, und er stürzte rückwärts über die Felsenkante hinunter in den Abgrund.

Wir horchten atemlos. Ein dumpfer Ton drang empor — der Körper des gefürchteten Stompiraten war unten aufgeschlafen und sicherlich zerschnellt.

„Charley!“

„Kapt'n!“

„Er ist hinunter!“

Der Kapitän war so erschrocken, als hätte er die schreckliche Tat begannen.

„Ja hinunter zu seinen Opfern, wo er hingehört. Macht Euch kein Gewissen darauf, Kapt'n! Erstens habt Ihr ihn nichts mit Absicht hinuntergeschlagen, und zweitens hat er den Tod schon oft verdient!“

„Well, das ist richtig; aber ich hatte doch vorher die Absicht, ihn hinunter zu werfen, und sodann ist es ein eigentümliches Gefühl, einen Menschen... brrr!“

„Seid vernünftig, und denkt daran, daß die Notwehr durch das göttliche und menschliche Gesetzt gestattet ist. Wir wollen lieber auf die Gegenwart achten. Seht, da unten stehen die sechs mit dem Dschiahur. Sie können nicht herauf, wie sich der Kiang-lu die Leiter wieder emporgezogen hatte.“

„Nun sind wir blockiert und belagert!“

„Tut nichts! Wir wollen vor allen Dingen die Frau herausschaffen."

„Wie bringen wir dies fertig?"

„Sehr leicht. Ich lasse Euch hinunter. Ihr bindet ihr den Stick unter den Armen um den Leib, aber so, daß sie atmen kann. Dann ziehe ich erst sie und nachher Euch herauf."

„Das geht — come on!"

Der Strick war fest. Wir konnten ihm vertrauen. In einigen Minuten war es getan, und die vor Hunger und Durst abgemattete Frau lag oben auf der Plattvorm.

„Wer seid Ihr?" fragte sie uns.

„Wir sind Christen, wie du."

„Wo ist mein Mann?"

„Er ist nicht hier; er ist auch nicht daheim; er ist weit fort, und du wirst ihn sehr lange Zeit nicht wiedersehen.

Die Luft wirkte so auf sie, daß sie in Ohnmacht fiel.

Jetzt konnten wir unsere Aufmerksamkeit ganz auf unsere Belagerer richten. Sie waren sich unklar über das, was der Schrei bedeutet hatte, denn die Plattform war so breit,daß sie uns nicht sehen konnten.

„Kiang!" tönte die Stimme des Dschiahur von unten herauf.

„Lu!" antwortete ich hinab.

„Was willst du, Herr?"

Es war klar, daß er mich für den Kiang-lu hielt. Ich versuchte meine Stimme derjenigen des Toten ähnlich zu machen.

„Ich? Nichts! Wer schrie da drüben auf dem Berg?"

„Da drüben? Warst du es nicht?"

„Es muß ein Lung-yin gewesen sein. Seht hinüber, was es ist!"

„Es gibt keine Gefahr, sonst würde er wieder geschrien haben."

„Hast du meinen Befehl gehört?"

„Ich gehorche!"

Er ging. Die andern mit ihm.

„Sie machen sich fort, Charley. Wie habt Ihr das fertiggebracht?" fragte Turnerstick.

Ich erzählte es ihm. Wir ließen sie unten in der Schlucht verschwinden und machten uns daran, hinabzuklimmen.

Ich nahm die Frau in den Arm und trug sie auf der Leiter bis zum Sims hinab. Turnerstick folgte und hing die Leiter an die untern Haken ein. So kamen wir hinab, wo ich die Leiter wieder unter dem Geröllhäufen versteckte.

„Wo bringt ihr mich hin?" fragte die Frau, welche wieder zu sich gekommen war.

„In deine Wohnung, zu Kiung, deiner Tocher“, antwortete ich.
„Kennst du sie?“
„Ja. Sie hat viel um dich geweint und wird dich mit Entzücken in ihre Arme schließen. Kannst du gehen?“
„Nein.“
„So erlaube, daß ich dich trage!“
„Dein Gott, der auch der meinige ist, mag dir vergelten, was du an mit tust!“
Als wir weiter hinab gelangten, fanden wir die zwei Palankins, in denen wir herbeitransportiert worden waren. Die Träger hatten sie niedergesetzt, als der Schrei ihres Anführers ertönt war.
„Kommt, Kapt'n; wir wollen die Arme in einen Tragsessel tun. Da haben wir es bequemer!“
„Well, kommt, Mistreß! Wir werding Euch in dieser Hängematton nach Haus schaffeng!“
Sie tieg ein, Tunerstick faßte vorn und ich hinten an, und so kamen wir bedeutend schneller von der Stelle. Wir gingen um die Stadt herum und standen eben im Begriff, nach dem Landhaus einzubigen, als uns ein Mann entgegen kam.
„Wer sei...?“
Er sprach die Frage nicht vollständig aus. Es war der Phyming-tsu, der uns erkannte und augenblicklich zwischen den Bamubssträucher verschwand.
„Setzt nieder, Charley, wir müssen ihm nach!“ rief der Kapitän.
„Laßt ihn jetzt laufen, Kapt'n! Wir rechnen schon noch mit ihm ab!“ antwortete ich.
Wir gingen also weiter und kamen vor dem Garten des Landhauses vorüber. Es war mir, als ob eine Gestalt über den Zaun gestiegen komme und sich bei unserem Anblick schnell in das Gezweig ducke.
„Halt!“ gebot ich, als wir die Stelle erreichten.
Turnerstick setzte mit nieder. Ich trat näher zum Zaun und richtig, da kochte ein junge Mann, der sich jetzt notwendigerweise emporrichten mußte.
„Was tust du hier?“
„Ich gehe spazieren.“
„Daran tust du wohl, denn die Nacht ist schön und warm. Wer bist du?“
„Warum fragst du?“
Da kam mir ein Gedanke.
„Wenn du der Sohn des Pao-tsching bist, so sage es. Ich bin ein Feund von dir!“

„Von mir? Ich bin es."
„Ist Kiung noch in dem Garten?"
„Was willst du von ihr?"
„Eile zu ihr und sage ihr, sie soll öffnen. Wir bringen ihre Mutter."
„Ihre Mutter? Sagst du die Wahrheit?"
„Ja, ich bin da!" ertönte es im Innern des Palankin.

Schnell sprang er über den Zaun zurück. Er war der Geliebte von Kiung und hatte ein Stelldichein mit ihr gesucht.

Wir nahmen den Tragsessel wieder auf und bogen um das Haus herum. Dort vor dem Eingang brauchten wir nicht lange zu warten. Er wurde geöffnet; die Mutter war ausgesteigen und wurden von der Tochter mit lautem Jubel empfangen.

Ich nahm den Geliebten des Mädchen zur Seite.

„Es droht Kiung und ihrer Mutter vielleicht Gefahr, doch dein Vater ist mächtig. Beschütze sie!"

„Wo hast du sie gefunden?" fragte mich das Mädchen, vor Wonne strahlend.

„Habe ich dir nicht gesagt, daß der Gott deiner Mutter mächtig ist und sie dir wiedergeben werde? Nun diene ihm so, wie du versprochen hast! Das andere wird sie dir selbst erzählen."

„Warum seid ihr heute mit dem Vater so bös gewesen und so schnell fortgegangen?"

„Auch das wirt du noch erfahren. Gib nun der Mutter Speise und Trank, und führe uns in das Zimmer deines Vaters!"

„Geht selbst hinauf; es liegt neben dem Zimmer, in welchem wir am Mittag waren, und ist erleuchtet. Wo ist der Vater?"

„Du wirst es später hören!"

Wir stiegen die Treppe empor und gelangen in das Kabinett. Auf dem Tisch lagen unsere Revoler, unsere Uhren und alles, was wir bei uns getragen hatten Noch waren wir damit beschäftigt, diese Gegenstände wieder an uns zu nehmen, als wir untern eine laute Stimme vernahmen.

„Wer kam in diesem Palankin?"
„Die Mutter," antwortete Kiung.
„Wer brachte sie?"
„Die beiden Kuang-fu, welche heute eingeladen waren."
„Sie haben deinen Vater getötet; sie haben sich und deine Mutter befreit und ihn in den Lung-keu geworfen. Sie müssen sterben. Wo sind sie?"
„Droben."

Wir hörten viele Leute in den Flur treten. Draußen wurde es laut, und als ich das Licht verlöschte und an das Fenster trat, sah in einen ganzen Haufen von Menschen aus der Stadt her sich dem Haus nahen. An ihrer Spitze erkannte ich den Phy-ming-tsu.

Derjenige aber, welcher unten gesprochen hatte, war der Dschiahur. Darum sagte ich zu Turnerstick:

„Wir müssen fliehen, Kapt'n; schnell! Hier scheint es mehr Lung-yin als ehrliche Leute zu geben, und auf Gerechtigkeit können wir nicht rechnen!"

„Fliehen? Vor diesen Menschen?" fragte er verächtlich.

„Vor diesen vielen Menschen, müßt Ihr sagen. Vorwärts, ehe es zu spät ist!"

Ich schob ihn hinaus in den Korridor und riß ein langes Gewand vom Nagel. Wir eilten nach der Hofseite des Gebäudes, wo sich kein Mensch sehen ließ.

„Hier durch das Fenster hinab!"

„Ich kann nicht springen, Charley."

„Steigt nur hinaus. Ihr erfaßt dieses Gewand statt eines Taues; ich halte fest."

Klettern konnte Turnerstick als Seemann sehr gut. In einer Minute stand er schon im Hof. Ich sprang ihm nach.

„Wohin nun?" fragte er.

„Die Pferde heraus. Wir reiten! Da holt uns niemand ein."

„Well; aber nehmt für mich das kleine, welches ich heute bereits geritten habe!"

Ich öffnete den Stall und zog es heraus. Zum Satteln war keine Zeit. Dann holte ich das gebändigte Mori-mori. Es erkannte meine Stimme sofort, aber es wollte wegen der Dunkelheit nicht aus dem Stall. Endlich hatte ich es im Hof; da wurde die hintere Tür des Gebäudes aufgestoßen, und die Verfolger drängten sich heraus.

„Hier sind sie! Ergreift sie!" rief der Dschiahur und warf sich auf den Kapitän.

Da aber blitze es in der Hand Turnersticks auf, und der Mongole stürzte nieder. Die Menge stocke, und das gab mir Zeit, das Tor zu öffnen und auf das Pferd zu springen.

„Vorwärts, Kapt'n! Mir nach — links am Fluß entlang!

„Well, Charley. Jetzt sollt Ihr mich auch als Reiter kennenlernen!"

Bereits am Nachmittag ritten wir in Kanton ein, und am andern Abend befanden wir uns mit unsern zwei Pferden am Bord des guten Schiffes ‚The wind'.

Da gab es allerdings zu erzählen, und noch als wir uns zur Koje begaben, meinte Turnerstick:

„Das war Land und Leute richtig kennengelernt, Charley! Aber was nun? Machen wir Anzeige?"

„Das beste ist, wir erkundigen uns beim Konsul und richten uns ganz nach dem, war er uns rät."

„So mag es sein, my old King-lu-kang-li-kong-la-lo! Und dann geht's sofort nach Macao; das könnt Ihr Euch denken!"

„Was wollt Ihr dort?"

„Was ich dort will? Sonderbare Frage! Natürlich unserm Meisje einen Besuch machen."

„Um ihr dafür zu danken, daß sie uns so tapfer bei der Verteidigung geholfen hat? Das soll ein Wort sein, ich gehe mit! Sie hat auch mit darüber zu reden, ob wir Anzeige machen oder nicht."

Der Brodnik

1. GEFÄHRLICHE BEKANNTSCHAFTEN

Wenn ich in stillen Stunden die Erlebnisse meines vielbewegten Lebens an mir vorüberziehen lasse, so drängt sich meinem Geiste vor allen Dingen die Mannigfaltikeit der Erscheinungen auf, welche die Erinnerung mir vor die Augen führt. Die Erscheinungen des kalten, starren Nordens und des glühenden Sündens, des jungen Westens und altergrauen Ostens haben sich meinem Gedächtnisse eingeprägt, und es bedarf oft einer gewissen Anstrengung, diese an Form und Farbe so verschiedenartigen Bilder genau auseinander zu halten. Ich habe mir überall Früchte gepflückt, materielle für den Körper und geistige für die Seele. Von diesen Früchten gleicht keine der andern an Gestalt, Farbe und Geschmack, an Art und Tiefe ihrer geistigen Wirkung, denn jedes Land hat seine eigenen Boden und infolgedessen auch seine eigenartigen Entwicklungsformen, seine eigenartigen physikalischen und physischen Erscheinungen. Eine einzige Frucht ist es, welche ich in allen Ländern, bei allen Völkern pflückte, eine Frucht, welche mir an den norwegischen Fjords ebenso wie in der wasseleeren Sahara, am Marannon ebenso wie am Jang-dse-kiang reifte: die Erkenntnis nämlich, daß ein großer, allmächtiger, allgütiger und allweiser Schöpfer waltet, der nicht bloß die Sonnen um die Welten wirbelt, sondern den Wurm im Staub bewacht, die Tiefen des Meeres und die Höhen der Berge bestimmt, mit seinem Odem den Halm des Grases und die Wedel der Palme bewegt, im Brausen des Kataraktes, im Heulen des Sturmes und im Brand des Vulkanes zu uns spricht, im Tropfen ebenso waltet wie im Ozean, im Zweige wie im Urwald, im einzelnen Menschen wie im ganzen Volk, und ohne dessen Willen kein Sonnenstäubchen fliegt, kein Blättchen fällt und kein Haar unseres Hauptes verloren geht.

Ein großer, Staunen erregender, Ehrfucht erweckender Zusammenhang, der unserm Auge nur zuweilen für eine kurzen Augenblick entschwindet, geht durch die ganze Reihe der kreatürlichen Erscheinungen.Keiner kann sich ihm entziehen: Alle sind untertan. er macht sich bemerkbar ebensowohl in der äußeren Wesenfolge wie in der inneren Entwicklung des einzelnen Menschen und seines Geschlechtes. Er verbindet die einzelnen Räume ebenso wie die Stunden und Jahrhunderte und bringt eine Gerechtigkeit zur Offenbarung, in deren Tiefen unsere schwache Erkenntnis nicht zu dringen vermag. Eine jede Pflanze zeitigt ihr Frucht; eine jede Tat, mag sie nun von dem einzelnen oder von der Nation geschehen, trägt den Keim ihrer Vergeltung in sich.

Wie oft bin ich grad dieser Gerechtigkeit begegnet, den ganz natürlich und doch so erstaunlich entwickelten Folgen einer Tat, die von Menschen nicht beachtet oder längst vergessen worden war und deren Urheber noch in seinen Zeiten oder in fernen Ländern ganz plötzlich von dem Getroffen wurde, von dem der Psalmist singt: „Wo soll ich hingehen vor Deinem Geiste, und wo soll ich hinfliehen vor deinem Angesichte? Führe ich gen Himmel, siehe, so bist du da; bettete ich mir in die Hölle, siehe, so bist Du auch da; nähme ich mir die Flügel der Morgenröte und flöge ans fernste Meer, so würde doch Deine Hand daselbst mich führen und Deine Rechte mich halten!"

„Längst vor den im Kiang-lu erzählten Erlebnissen befand ich mich wieder einmal in der Heimat, und eine Rundreise führte mich an einen berühmten Zentralpunkt des westfälischen Kohlne- und Eisenwerkbetriebs, wo ich einige Tage verweilte. Zur Abreise gerüstet, fuhr ich dann in einer Droschke nach dem Bahnhof, welcher eine ziemliche Strecke von der Stadt entfernt war. Eben als ich ausstieg, verließ ein Zug den Perron, und als ich die Expeditionshalle betrat, wurde einer der Billetschalter geschlossen.

„Zug nach Düsseldorf?" fragte ich den Portier.

„Ist soeben abgefahren."

„Ah! Wann geht der nächste?"

„Sehr spät. In drei Stunden fünfzig Minuten."

„Also vier Uhr fünfzig. Bewahren Sie bis dahin meinen Koffer auf."

Ich begab mich nach dem Wartezimmer, unentschlossen, ob ich nach der Stadt zurückkehren oder die Zeit bis zur Abfahrt des betreffenden Zuges auf dem Bahnhof verbringen solle. Kaum hatte ich Platz genommen, so trat der Portier ein, um mir die Marke zu übergeben.

„Soll ich vielleicht für ein Billet nach Düsseldorf sorgen, mein Herr?"

„Danke. Werde mich nicht wieder verspäten!"

Er ging. Im Salon befand sich außer mir nur eine Dame, welche so sehr in die Lektüre einer Zeitung vertieft war, daß sie meinen

Eintritt gar nicht bemerkt zu haben schien. Nach einiger Zeit legte sie die Blätter fort und blickte nach der Uhr. Sie erhob sich wie erschrocken und bemerkte mich jetzt.

„Pardon, mein Herr! Ist es Ihnen vielleicht gegenwärtig, wann der Zug nach Düsseldort abgelassen wird?"

„Vier Uhr fünfzig, Mademoiselle."

„Quel horreur! Da habe ich mit dieser fesselnden Lektüre die Zeit versäumt! Was tun!"

Halb ratlos und halb forschend ließ sie ihr Auge über mich gleiten. Dann fragte sie:

„Kann man nicht eher fort? Vielleicht auf einem Umweg?"

„Das Bahnnetz ist hier so eng gelegt, daß sie unter mehreren Umwegen die Wahl haben, doch erreichen Sie Düsseldorf auf einem solchen sicherlich nicht eher, als wenn Sie hier drei Stunden warten."

„Fatal!"

„Allerdings, wie ich an mir selbst erfahre."

„Wieso?"

„Ich habe ganz denselben Zug versäumt."

Ein halbes Lächeln überflog ihr Gesicht.

„Ich kondoliere! Aber meinen Sie vielleicht, daß in der Gleichheit unsers Schicksales eine Beruhigung für mich liegen könne?"

„Vielleicht; doch kommt es hierbei auf den Charakter oder vielmehr auf die Beschaffenheit des Gemütes an. Gleichheit des Schicksals erzeugt Teilnahme, und Teilnahme mildert ja bekanntlich den Druck der Verhältnisse."

„Ah, Sie wollen zu erkennen geben, daß Sie Teilnahme für mich empfingen?"

„Dieses Gefühl zu hegen, ist sicherlich jedermann erlaubt, dasselbe aber durch Worte auszudrücken, kann unter Umständen kühn genannt werden."

„Wissen Sie, daß wir Damen die Kühnheit lieben und uns von derselben imponieren lassen?"

„Grad so, wie wir die Schönheit bewundern und uns gern unter ihre Herrschaft begeben."

„Wirklich? Dann mögen sie mich für schön und ich will sie für kühn halten, damit wir uns durch gegenseitige Bewunderung die Zeit bis zum Abgang des Zuges zu verkürzen vermögen!"

„Angenommen. Hier meine Karte!"

„Danke! Und hier die meinige!"

Wir verbeugten uns gegenseitig, und ich schob ihr einen Sessel in meine Nähe. Sie nahm Platz.

„Adele Treskow, Sängerin, Berlin“ stand in feinen Zügen auf ihrer Karte, und allerdings nur eine „Künstlerin“ konnte sich in so selbständiger, beinahe emanzipierter Weise einem fremden, ihr vollständig unbekannten Herrn beigesellen. Ich brauchte sie nicht für schön zu „halten“, sondern sie war wirklich eine Schönheit und zwar eine jener selbstbewußten, scheinbar natürlich und doch mit seiner Berechnung sich gebenden Schönheiten, wie sie von der Bühne gebildet und entwickelt werden. Der Name Treskow war mir sehr wohl bekannt; er wurde von einem altadeligen Geschlecht getragen. Sollte sie vielleicht diesem letzteren entstammen und unter dem Druck der Verhältnisse oder aus innerem Trieb zur Bühne gegangen sein? Nur fiel mir dabei der leise, polnische Akzent auf, mit welchem sie sprach.

Unsere nun beginnende Unterhaltung war eine sehr animierte und ließ mir die Sängerin als eine höchst interessante Persönlichkeit erscheinen. Bald voll tiefen, warmen Gefühles, bald naiv kokett, bald voll liebenswürdigen Humors, dann gleich ein wenig sentimental, duldete sie während des Gespräches nicht die kleinste Pause, und ich beobachtete an ihr eine wahrhafte Virtuosität in jenem innigen, gemütvollen und eigentümlich verständnisreichen Augenaufschlag, welcher, selbst wo nichts vorhanden ist, eine Schatz echter, reiner Weiblichkeit, ein tiefes Wissen und die Fähigkeit der Anschmiegung, der Accommodation, erraten läßt und wohl manchen ernsten Mann betört und ihm bittere Täuschung bereitet hat.

„Auch sie sind musikalisch, wie ich höre?“ fragte sie mich, als unsere Unterhlatung auf diesen Gegenstand gekommen war.

„Nur so viel, als man für das Haus braucht.“

„Spielen Sie Piano?“

„Auch ein wenig, C-dur, G-dur, F-dur. Viele Kreuze und B's liebe ich nicht.“

Sie nickte lachend.

„Das kennt man! Soll ich Ihnen beweisen, daß Sie ebenso gut Cis wie C oder Ges wie G und Fis wie F spielen?“

„Wie sollen Sie diesen Beweis führen?“

„Durch einen Vorschlag, den ich Ihnen mache.“

„Dann bitte!“

„Wir haben noch volle zwei Stunden Zeit?“

„Allerdings.“

„Sie geben zu, daß es hier auf dem Bahnhof höchst langweilig ist. Ich besuchte gestern abend das Cafè N. und bemerkte in einem der hinteren Zimmer dort ein prachtvolles Instrument. Wollen wir zur Stadt gehen und ein wenig musizieren? Oder werden Sie mir Ihren Arm versagen?"

Ich akzeptierte natürlich diesen Vorschlag, der mit einen Kunstgenuß versprach, und verließ mit ihr den Bahnhof. Wenige Minuten später saßen wir in dem betreffenden Zimmer des Kaffehauses und lösten einander am Piano ab. Ich gestehe gern, daß sie sich mir überlegen zeigte; doch schien es mir, als gehöre sie zu jenen Pianistinnen, welche nur einige eingeübte Stücke ausgezeichnet vorzutragen wissen und dann auch gleich am Ende ihrer Fertigkeiten stehen.

Während unserer Vorträge war ein Herr eingetreten und hatte um die Erlaubnis gebeten, Platz nehmen zu dürfen. Er war von hoher, starker Gestalt, sehr anständig gekleidet, hatte eine recht Vertrauen erregende, joviale Physiognomie und schien sich in nicht ganz schlimmen Verhältnissen zu befinden, denn unter seinem Überrock bemerkte ich eine respektable, wohlgenährte Geldkatze, welche er sich um den Leib geschlungen hatte.

Eben hatte die Sängerin eine ihrer Pièecen beendet, als ein Ruf vond er Tür her erscholl:

„Fräulein von Treskow!"

Sie blickte sich um, ich mich auch. Am Eingang stand ein junger Herr, der vielleicht achtundzwanzig bis dreißig Jahre zählen mochte. Sein Äußeres war ganz dasjenige eines Mannes, der den „besseren" Ständen angehört. Er schien von der Anwesenheit der Dame sehr überrascht zu sein, und sie über die seinige in gleichem Maße.

„Herr Assessor!"

„Welch ein Zufall, Sie hier zu sehen!"

„Und auch Sie! Was tun Sie hier?"

„So ist es Ihnen unbekannt, daß ich von Berlin nach hier versetzt wurde?"

„Vollständig! Ich mußte mir Urlaub erbitten, um eine Tante in Dorsten zu besuchen. Ich befinde mich auf der Rückreise und gehe mit dem nächsten Zug nach Düsseldorf. Doch, gestatten die Herren, Sie miteinander bekannt zu machen."

Der Assessor hieß Max Launerfeld und war, wie er mir sagte, ein eifriger Bewunderer der Sängerin gewesen. Auch der dicke Herr erhob sich. Er meinte, da er einmal anwesen sei, halte er es für seine Pflicht, auch sich uns vorzustellen, besonders da er gleichfalls mit unserm Zuge nach Düsseldorf fahren werde. Seinen Namen habe ich vergessen. Er war ein reicher Viehhändler aus Köln und kam von Holland, wo er bedeutende Geschäfte gemacht hatte. Er schien ein heiterer Gesellschafter zu sein und wurde in unserm Bund gern aufgenommen.

Auf dem Tisch lag ein aufgeschlagenes Journal, mit welchem die seinen, rosigen Fingern der Sängerin spielten. Sie warf wie unwillkürlich einen Blick auf das Blatt und rief dann aus:

„Ah, Assessor, was sehe ich da!"

„Was?"

„Pankert ist in Hannover erwischt und eingezogen worden."

„Panker, der berüchtigte Kümmelblättler?"

„Derselbe. Da, lesen Sie!"

Der Assessor nahm das Blatt und überflog die betreffende Stelle.

„Wahrhaftig! Seine Ergreifung interessiert mich außerordentlich, da ich ihn früher einige Male zu vernehmen hatte; doch der Mann war so schlau, so gewandt und raffiniert, daß es mir unmöglich ward, ihn zu überweisen. Er wurde stets wieder entlassen."

„Ein Kümmelblättler?" fragte der Viehhändler. „Ich habe von dieser Sorte der Bauernfänger so viel gehört und gelesen, ohne dieses Spiel zu kennen. Ist es schwierig zu erlernen?"

„Ja und nein; es kommt auf das Geschick an," antwortete der Assessor.

„Benutzt man französische oder deutsche Karten dazu?"

„Ganz gleichgültig. Es werden drei, vielleicht auch vier Blätter dazu genommen, je nach der Weise des betreffenden Künstlers. Er zeigt eine der drei Karten vor, wirft sie mit den übrigen beiden untereinander und läßt dann sagen, wo sie liegt. Wer sie trifft, hat gewonnen, im anderen Fall verloren."

„Dann möchte ich behaupten, sie stets zu treffen; es ist ja keine Schwierigkeit dabei."

„Sie irren. Ich behaupte vielmehr, daß Sie nicht treffen."

„Pah! Ich getraue mir sogar, eine Wette einzugehen. Gut aufpassen; weiter ist nichts nötig."

„Hätte ich Übung, so wollte ich auf Ihre Wette ohne Zögern eingehen; leider aber kan ich dies nicht, da ich mir das Spiel nur zeigen ließ, um es oberflächlich kennenzulernen."

„Nur nicht zu bescheiden, Assessor!" meinte die Sängerin. „Sie haben ja auch uns das Kunststück gezeigt — es war eines Abends nach der Vorstellung, unter uns Künstlern — und besitzen eine ganz hübsche Fertigkeit darin."

„Wirklich?" fragte der Händler. „Unsereiner kann sehr leicht in die Lage kommen, von solchen Gaunern attrappiert zu werden, und dann ist es gut, wenn man einen Begriff von der Sache hat. Kennen Sie das Spiel, mein Herr?“ fragte er, zu mir sich wendend.

„Nein.“

„Dann wollen wir doch den Herrn Assessor ersuchen, es uns zu erklären. Karten sind ja wohl zu haben.“

Er verließ, da kein Kellner zugegen war, das Zimmer und kehrte bald mit einem Spiel Karten zurück, welches er dem Assessor überreichte.

„Ich darf nicht,“ weigerte sich dieser. „Das Spiel ist verboten, und in meiner Stellung...“

„Pah, Stellung!“ fiel ihm die Sängerin ins Wort. „Wir sind ja unter uns, wollen das Spiel nur kennenlernen, ohne einander etwas zu übervorteilen. Und was Ihre Stellung betrifft, so können Sie sich ja sichern.“

Sie erhob sich und öffnete die Tür.

„Garcon, wir wünschen, ungestört zu bleiben. Wenn wir etwas brauchen, werden wir Sie rufen.“

Sie machte die Tür zu und schob den Riegel vor.

„Gut, Ihnen zu Gefallen, Fräulein!“ meinte der Assessor und griff zu den Karten.

Das hatte sich alles so natürlich, so unauffällig gemacht, daß jedes Mißtrauen ausgeschlossen schien. Ich aber wußte sofort, woran ich war: ich hatte es mir Gaunern zu tun. Die Dame, welche sich eine Sängerin nannte, war die Zubringerin; sie hatte den Zug nach Düsseldorf nicht versäumt, sondern war durch die Worte des Portiers auf meine Verspätung aufmerksam gemacht worden und hatte das benutzt, mich in ihre Schlinge zu bekommen. Der eingetliche „Macher“ war der sogenannte Assessor, während der Pseudo-Viehhändler den Unwissenden spielte, um das Geschäft in Gang zu bringen.

Die Fertigkeit des Assessors schien wirklich eine sehr schülerhafte zu sein, denn die beiden andern errieten regelmäßig seine Karte. Der Viehhändler begann zu setzen, und die Sängerin folgte ihm.

Beide gewannen.

„Wollen Sie es nicht auch versuchen?“ frage mich die Holde.

„Warum nicht?“

Ich setzte fünf Groschen, gewann einigemal und verlor dann einmal. Die beiden andern begannen leidenschafltich zu werden; sie setzen höher und mokierten sich scherzend über meinen niedrigen Einsatz.

Ich setzte einen Taler und gewann; ich ließ stehen und gewann; ich ließ wieder stehen bis auf acht Taler und gewann.

„Dieses Spiel ist allerdings höchst interessant," meinte ich.

„Sie haben Glück," ermunterte mich der Assersor. „Versuchen Sie es doch weiter!"

„Versteht sich!"

Ich setzte einen Fünftalerschein und gewann: ich ließ wieder stehen und gewann. So hielt ich fest, bis vierzig Taler lagen. Da aber griff ich in die Tasche und zog drei Fünfzigtalernoten heraus. Das war mein Reisegeld, mein ganzes augenblickliches Vermögen.

„Gewinne ich jetzt, so sezte ich diese hunterfünfzig Taler!" versicherte ich, um den sogenannten Assessor zu fangen.

Ich wußte, daß ich verloren hätte; bei diesenWorten aber zuckte es höhnisch und blitzschnell über sein Gesicht.

„Sie parieren also diese vierzig?" fragte er.

„Ja."

„Gut; so stehen also achtzig."

Er legte seine vierzig hinzu und nahm die Karten.

„Coeur-Aß. Aufgepaßt. Wo liegt es?"

„Hier!" antwortete ich, auf das betreffende Blatt zeigend.

Er wendete es um; ich hatte gewonnen.

„Riesiges Glück!" meinten die andern. „Nun die hundert und fünfzig drauf!"

Ich aber zog die Achtzig an mich und schob sie mit dem übrigen in die Tasche.

„Man muß dem Glück Atem gönnen, meine Herren, es mag ausruhen. Spielen Sie unterdessen weiter!" bat ich in ruhigem Tone.

„Wie meinen Sie das? Sie wollen zurücktreten? Sie haben versprochen, die hundertfünfzig zu setzen, und ein Ehrenmann hält sein Wort!"

„Das werde ich auch, Herr Assesor; aber habe ich vielleicht gesagt, w a n n ich sie setzen werde?"

„Das versteht sich ganz von selbst; jetzt, natürlich!"

„Darüber sind wir leider verschiedener Meinung. ich werde setzen, und zwar, wann es mir beliebt, vielleicht in Düsseldorf, vielleicht in Köln, wenn Sie uns bis dahin folgen wollen."

„Ich verlange den Einsatz unbedingt jetzt!"

„Sie verlangen? Das soll wohl heißen, Sie befehlen?"

„Nichts anderes!"

„Sie machen sich lächerlich!"

„Und wie machen Sie sich denn? Aber wir werden Sie zu zwingen wissen, Wort zu halten!"

„Wir? meinen Sie damit vielleicht auch diesen Herrn und diese Dame?"

„Allerding meint es uns," antwortete der Kölner. „Wir können nicht dulden, daß der Bankier durch Versprechungen, welche dann nicht gehalten werden, veranlaßt wird..."

Er hatte sich verfahren; er hielt inne.

„Fahren Sie fort! Sie wollten sagen: ,veranlaßt wird, ehrlich u spielen, bis so viel steht, daß eine Volte an der Zeit ist': Sie haben sich damit selbst verraten, und ich bin dadurch gezwungen, mein Wort zurückzunehmen. Ich werde weder hier, noch in Düsseldorf, noch in Köln einen Pfennig wieder setzen."

„Schurke!" meinte der Kölner, indem er auf mich eindrang. „Willst du setzen oder nicht!"

Ich tat einen Schritt gegen die Tür, riß den Riegel zurück und zog sie auf. Im nächsten Augenblick stand ich im Gastzimmer und hatte die Tür von außen verschlossen.

„Herr Wirt!"

Der Gerufene trat von einem der vorderen Tisch herbei.

„Kennen Sie die Leute, welche sich mit mir in diesem Zimmer befanden?"

„Nein."

„Es sind Kümmelblättler, welche mich rasieren wollten."

„Ah, wollen doch einmal sehen?"

Er rief mehrere Kellner herbei und schloß dann die Tür auf — das Zimmer war leer; aber die beiden Flügel des breiten Fenstern, welches auf eine enge Seitenfasse führte, standen offen.

„Ausgeflogen?" lachte er und trat an das Fenster.

Draußen war kein Mensch zu sehen.

„Haben sie mitgespielt?"

„Ja."

„Verloren?"

„Nein, gewonnen."

„Prächtig? Das war nur die Lockung; später hätte man Sie gerupft. Sie sind nicht von hier, wie es scheint?"

„Nein. Ich fahre in einer Viertelstunde von hier ab."

„So ist es gut für Sie, daß die Vögel fort sind. Sie wären als Zeuge vernommen worden und hätten eine Menge Weitläufigkeiten und Zeitversäumnisse zu erleiden gehabt. Reisen Sie ab! Ich werde sofort die Polizei benachteiligen, ohne Sie in die Sache zu verwickeln, und Sie können sich darauf verlassen, daß wir die saubere Gesellschaft sicher fangen werden."

Ich folgte diesem Rat und reiste ab. Erst später ist mir der Gedanke gekommen, daß der Wirt mit den Entflohenen im Einvernehmen gestande hat und mich zu entfernen suchte, damit ich weder ihnen noch vielleicht auch ihm gefährlich werden konnte.

Es war einige Monate später. Ich war wieder daheim in Dresden und war so beschäftigt, daß ich mir nur selten eine freie Stunde gestatten konnte. Das griff natürlich auch die Gesundheit an, und der Artz gebot mir, wenigsten einige Tage Vakanz zu machen. Ich unternahm infolgedessen einen Ausflug in die sächsiche Schweiz.

Es waren mir vier TAge vergönnt worden; meine Arbeiten aber lagen mir so am Herzen, daß ich bereits am dritten Abend zurückkehrte. Ich muß bemerken, daß ich mich für kurze Zeit aus literarischen Gründen als Redakteur hatte anstellen lassen.

Ich hatte den letzten Zug benutzt, und es war bereits nach Mitternacht, als ich in mein Zimmer trat. Ich war gewohnt, vor dem Schlafengehen einen Rundgang durch sämtliche Arbeitsräume zu machen, und tat dies trotz meiner Ermüdung auch heute.

Ich nahm den Hauptschlüssel und trat durch die Hintertür des Vorderhauses in den Hof, welcher von den hohne Nebengebäuden, welche die Arbeitsräume enthielten, umgeben wurde.

Zunächst öffnete ich das Kesselhaus, wo ich alles in Ordnung fand. Von hier aus führte vis-à-vis der Feuerrung eine Tür in den Raum, welcher dem Stereotypeur angewiesen war. Hinter dieser Tür glaubte ich ein leichtes Geräusch zu vernehmen.

Ich öffnete.

Hier hatte bis jetzt eine Lampe gebrannt; ich sah den Docht noch glimmen. Das enge, dunstige Souterraingemach wurde beinahe hell erleuchtet von einem Feuer, welches im Ofen brannte, und meine Windlaterne vermehrte die Helle. Es war hier gearbeitet worden, wie das Feuer erwies; aber wo war der Stereotypeur?

Dieser besaß nicht die Erlaubnis, über die Arbeitszeit hier zu bleiben. Vielleicht hatte er notwendig gehabt und in meiner Abwesenheit, wo er annehmen durfte, daß niemand revidieren würde, doch gegen die Hausordnung gehandelt. Mein plötzliches Erscheinen im Kesselraum hatte ihn veranlaßt, das Licht auszulöschen. Mit dem Ofenfeuer war ihm dies nicht gelungen. Aber er selbst, wo war er hingekommen? Die Tür, welche zu dem Lagerraum nebenan führte, von wo aus sich auch der Fahrstuhl erhob, war verschlossen und ihm überhaupt unzugänglich, und der einzige Weg durch das Kesselhaus war ihm ja durch mich unmöglich gewesen.

Ich suchte. In einer der Ecken standen einige Gipsfässer. Zwischen ihnen und der Wand sah ich zwei Stiefel, in denen unbedingt ein Paar Füßte stecken mußten. Aber diese Füße waren zu klein, als daß sie diejenigen des Schriftgießers hätten sein können.

„Wer liegt hier?“ fragte ich.

Keine Antwort.

„Heraus!“

Wieder keine Antwort. Ich nahm einen dastehenden vollen Wassereimer und goß seinen Inhalt hinter die Fässer.

„A — uhhh!“

Jetzt regte es sich und kroch hervor. Es war eine meiner älteren Setzerlehrlinge.

„Sie?! Was tun Sie hier?“

Er troff von Wasser und Schnitt ein höchst jammervolles Gesicht.

„Ich — will das Stereotypieren lernen.“

„So! Zu dieser Zeit? Wie kommen Sie herein?“

„Ich habe den Schlüssel vom Hausmann.“

„Hat er Ihnen denselben freiwillig gegeben?“

„Nein; ich habe ihn weggenommen,“ gestand er zögernd.

Der junge Mensch war ein Neffe des Hausmannes, bei dem er wohnte. Auf diese Weise war es ihm möglich gewesen, sich den Schlüssel anzueignen.

„Sie haben von innen wieder verschlossen und den Schlüssel also bei sich. Geben Sie ihn her!“

Er gab ihn heraus.

„Wie kommt es, daß Sie sich nicht an mich wenden, wenn Sie etwas Nützliches lernen wollen?“

„Ich dachte, Sie würden es mir nicht erlauben.“

„Warum nicht?“

„Weil — weil Sie so streng mit mir zu sein pflegen.“

Da hatte er recht; aber er verdiente diese Strenge, denn er war träge und unzuverlässig; auch trieb er sich trozt seiner Jugend und Mittellosigkeit bereits auf Tanzsälen und mit Menschen herum, die ihm nur schaden konnten.

„Sagen auch die andern, daß ich streng bin? Sie sind der einzige, der mich nicht liebt; aber ich hätte mich gefreut, wenn ich aus Ihrer Bitte gesehen hätte, daß Sie ein brauchbarter Mann werden wollen. Ihr heutiger Streich ist jedoch nicht danach angetan, daß ich Sie loben kann. Wie wollen Sie ohne Anleitung stereotypieren lernen?“

„Ich habe öfters zugesehen, und wollte es einmal versuchen.“

„Das genügt nicht und führt nur zu einer Verschwendung des Arbeitsmaterials. Bringen Sie Ihre Bitte an der geeigneten Stelle vor, und man wird Sie nicht zurückweisen. Jetzt löschen Sie das Feuer aus!"

Er tat es, und ich fragte unterdessen:

„Haben Sie bereits hier etwas gearbeitet?"

„Nein. Ich wollte eben anfangen."

„Womit?"

„Mit dieser Titelkolumne."

Ich sah, daß er log, und rollte die Fässer, hinter denen er gesteckt hatte, auf die Seite und fand, was ich suchte. Er hatte mehrere Visitenkarten, sowohl auf männliche als auch auf weibliche Namen lautend, gesetzt und nur diese jedenfalls stereotypeiren wollen. Was aber gab es für einen Grund, dies zu verheimlichen? Fürchtete er den Verweis wegen verschwendeter Arbeitszeit? Das schien mir nicht hinreichend. Ich schlug, wie man sich auszudrükken pflegte, auf den Busch:

„Diese Arbeiten wurden bestellt?"

Er schwieg.

„Sie haben micht bereits vorhin belogen. Reden Sie die Wahrheit. Wer hat sie bestellt?"

„Ein Fremder."

„Wie heißt es?"

„Emil Willmers, wie hier steht."

„Für wen sind die andern Karten?"

„Für Bekannte von ihm."

„Wo wohnt er?"

„Auf der R.'schen Gasse."

„Haben Sie sonst noch etwas für ihn gesetzt?"

„Nein."

Dieses „Nein" klang so eigentümlich, daß ich annahm, es enthalte eine Unwahrheit. Ich suchte also weiter, ohne Ergebnis.

„Kommen Sie mit nach dem Setzersaal!"

Er erbleichte. Dies gab mir Grund, auf einen weiteren Fund zu rechnen.

Wir verließen den Raum und das Kesselahus, und als wir die Treppe emporstiegen, hustete er so laut und eigentümlich, daß es mir auffallen mußte. Hatte er einen Mitschuldigen oben, den er warnen wollte?

„Wenn Sie noch einmal husten, passiert etwas! Sie haben sich ganz ruhig zu verhalten und die Treppe ganz leise zu ersteigen!" drohte ich ihm.

Die Fenster des Setzersaales gingen nach dem Garten; ich hatte vom Hofe aus also nicht sehen können, ob sie erleuchtet seien; aber bereits auf dem Korridor vernahm ich ein Geräusch, welches ich sehr gut kannte. Es kam von der Handpresse, auf welcher die Setzer ihre Korrekturabzüge zu machen pflegten. Durch das Schlüsselloch schimmerte Licht. Ich versuchte zu öffnen, erst am Drücker, dann leiste mit dem Hauptschlüssel. Es ging nicht, denn die Tür war von innen verriegelt.

„Sie haben also auch diesen Schlüssel bei sich?" fragte ich den Lehrling.

„Ja." hauchte er leise und zitternd.

„Sie haben mit dem Burschen da drin ein Zeichen verabredet, auf welches hin er öffnet?"

„Ja."

„Welches?"

„Erst ein-, dann zwei- und dann dreimal klopfn."

„Haben Sie mit ihm schon vorher hier gearbeitet?"

„Nur gestern."

Ich gab das Zeichen, indem ich in der angegebenen Weise klopfte. Es wurde geöffnet, und ich trat ein. Der Mann stieß einen Ruf aus und taumelte zurück. Es war keiner meiner Setzer, wie ich vermutet hatte; es war vielmehr ein Bekannter von meiner Reise her, nämlich — der Herr Assessor Max Lannerfeld.

„Ah, guten Abend, Herr Assessor! Sind Sie gekommen, mich an meinen Einsatz zu erinnern?" fragte ich.

Er gab keine Antwort, aber er ergrff einen Hammer und drang auf mich ein. Ich wolle ihn fassen und strauchelte über einen Kasten, der im Wege stand. Dies benützte er, mir einen Hieb auf den Kopf zu versetzen. Zur Tür aber gelangte er nicht; ich packte ihn und rang ihn zu Boden. Ich war ihm an Kraft überlegen, aber er besaß eine wahrhaft bewunderungswerte Geschmeidigkeit, und ich bewältigte ihn nicht eher, als bis ich ihm durch Zusammenpressen der Kehle den Atem benahm.

Schnüre und Stricke langen genug umher;ich band ihn und trat dann zur Presse. Er hatte sich — Paßformulare gedruckt, welche trotz der Unzulänglichkeit der alten Presse ganz scharf und gut ausgefallen waren.

Ich rief den Setzer, von dem ich glaubte, daß er den Ausgang des Kampfes vor der Tür abgewartet habe, erhielt aber keine Antwort. Ich suchte ihn auf der Treppe und auf dem Flur, fand ihn aber nicht. Jetzt bemerkte ich, daß mir der Hauptschlüssel fehlte. Ich hatte ihn in der Hand gehabt, als ich in den Setzersall trat, und ihn warhscheinlich dort fallen lassen. Er lag nicht da. Jedenfalls hatte ihn der Lehrling aufgehoben, während ich mit dem andern rang, und mittels des Schlüssel davongemacht.

Das war fatal, denn ich war nun gezwungen, Lärm zu schlagen, was ich gern so lange wie möglich vermieden hätte. Ich rief und rief sehr lange, ehe sich die Hintertür des Vorderhauses öffnete und der Hausmann in den Hof trat.

„Wer ruft?"

Ich nannte mich ihm und fragte dann, ob er seinen Neffen gesehen habe.

„Der Schlingel ist wieder ausgegangen, ohne es mir zu sagen, und noch nicht heimgekehrt."

„Sehen Sie einmal nach dem vorderen Tor, und machen Sie dann hier unten auf!"

Schon nach wenigen Augenblicken kehrte er zurück.

„Was ist denn das? Das Tor ist offen und Ihr Hauptschlüssel steckt darin."

„Öffnen Sie nur zunächst hier!"

Er kam herauf und staunte nicht wenig, einen Gefangenen zu sehen. Ich erzählte ihm alles, und ohne sich weiter um mich zu bekümmern, sprang er davon. Ich folge ihm, nachdem ich den Pseudo-Assessor eingeschlossen hatte. Der Lehrling war in seine Wohnung geeilt, hatte sich seiner Kleider, einiger Wäsche und der Barschaft des Oheims bemächtigt und war dann entwichen.

Der Hausmann war so ergrimmt, daß er selbst zur Polzeit rannte, trotzdem es sich um einen Anverwandten handelten, den er allerdings von jeher gar nicht zu tief im Herzen getragen hatte.

Die Polizei erschien und bemächtigte sich des Gefangenen.

Die Untersuchung ergab, daß der Herr Assessor ein polnischer Schriftsetzer sei, der längere Zeit in Berlin gearbeitet hatte. Später war er mit seiner Freundin, einer geborenen Polin, auf Reisen gegangen.

Die „Schauspielerin" ward nicht aufgefunden. Jedenfalls hatte der Setzerlehrling, welcher auch spurlos verschwunden blieb, sie gewarnt und mit ihr beizeiten die Stadt verlassen.

Der Herr Assessor wurde zu einer längeren Haft verurteilt.

2. NACH SIBIRIEN

Das feundliche, an der Wolga liegende Subzow lag hinter mir, und die Troika*), deren ich mich bediente, flog auf der Straße nach Moskau dahin. Der Jämschtschik**) sang in seiner ewig

* Dreigespann.

** Kutscher.

guten Laune das alte, druch ganz Rußland bekannte und beliebte Lied vom Dreigespann:

Das Licht war flackernd im Berglimmen;
Das Feuer im Kamin verglüht –
Da klang's in mir wie fremde Stimmen:
Ein Traum bezaubert mein Gemüt.

Fern kommt ein Dreigespann gezogen,
Rollt laut vom Knüppeldamm herbei,
Doch trüb und klagend unterm Bogen
Erklingt das Glöckchen von Waldai.

Früh hat's den Fuhrmann fortgetrieben,
So schwül ward's ihm um Mitternacht.
Er sang ein Lied von seiner Lieben,
Vor ihrer blauen Augen Pracht:

Ach, blaue Augen, warum brennt ihr
So tief in meine Seele mir!
Ach, böse Menschen, warum trennt ihr
Zwei Herzen, wie so eins wie wir!

Leb', Moskau, wohl. so lieb und treu;
Leb' wohl, leb' wohl, du süßte Maid!
Ich sterbe wie ein rauchend Feuer,
Vergessen in der Einsamkeit!

Die Pferde liefen, was sie konnten, dennoch suchte der Kutscher ihren Lauf teils durch Schnalzen und Klatschen mit der Peitsche, teils durch die feundlichsten Ausrufe noch zu beschleunigen.

„Schneller, mein Schimmel, mein weißes Täubchen! Ich gebe dir auch süßes Zuckerchen. Willst du? Nicht? Nun, da hast du eins mit der Nogaika*)! Lauf, mein herrlicher Morana**)! Ich gebe dir auch Tabakrauch in das Näschen und Haferchen in die Krippe. Springe, mein Fuchs, du Seelchen, du feines Liebchen! Ich werde dich abtrocknen mit einem Tuch von Seide, und du darfst trinken vom besten Wässerchen im heiligen Rußland. Eilt, ihr drei Herrlichen, eilt! Ihr sei meine Kinder, meine Engel, meine Lieblinge!"

** Peitsche.

** Rappe.

Dann wandte er sich zu mir.

„Brüderchen, siehst du dort die Gostinnitza*)? Du bist ein guter Herr, ein gnädiger Gebieter und wirst mich dort halten lassen, um einen kleinen Wodki zu trinken!"

„So halte! Auch ich steige aus.!

„Wirst du so lange warten, bis meine Pferde ein Gräschen oder ein Haferchen gefressen haben?

„Ja."

„Herr, du bist gut; ich liebe dich über alles, denn nun kann ich zwei oder drei Schnäpschen trinken statt nur einem!"

Man merkte dem Gasthaus an, daß man sich in der Nähe von Moskau befand, denn es hatte nicht das Dach auf dem Parterre, sondern war überbaut. Der Kutscher hielt an, und der Wirt kam herbeigesprungen. Er riß die Pelzmütze, welche er trotz der sommerlichen Hitze auf dem Kopf trug, herunter und fragte:

„Was befiehlst du, gnädiger Herr?"

„Gib mir ein Glas Moloko**), wenn du solche hast!"

„Ein Milchlein ist immer da, Herr, denn die vornehmen Leute trinken es lieber als den Wodki."

Er ging und brachte mir das Verlangte.

Neben der Tür stand ein kräftiger Ukrainer, welcher militärisch gesattelt war.

„Wem gehört diese Pferd? fragte ich.

„Einem noblen Herrn, dem Romisto***) von Semenoff."

Semenoff? Der Name war mir sehr bekannt. Ich hatte in Dresden die Bekanntschaft eines russischen Offizers gemacht, welcher sich Iwan Semenoff nannte. wir hatten uns am Billard getroffen; er war ein ausgezeichneter Spieler und höchst ehrenwerter Charkter; wir waren Freunde geworden, und ich hatte versprechen müssen, ihn oder wenigstens seine Mutter zu besuchen, wenn ich einmal nach Moskau kommen sollte. Jetzt nur kam ich nach der „heiligen Stadt" und hatte mir vorgenommen, mein Versprechen zu erfüllen. War er es oder ein Anverwandter von ihm?

„Wo ist der Rittmeister?" fragte ich.

„Er ist nach dem Flüßchen gegangen. Es ist so heißt, und er wollte baden."

„Kenndt du die Richtung, in welcher er sich entfernte?"

* Gast- oder Einkehrhaus.

** Milch.

*** Rittmeister — aus dem Deutschen in das Russische übergegangen.

„Er ging diesen Pfad, und ich sah ihn hinter jenen Büschen verschwinden."

Am Fluß gab es jedenfalls eine kühlere Luft als hier. Ich folgte dem schmalen Pfad, welcher sich durch die Wiese schängelte, bis in die Büsche, zwischen denen er sich bald verlief. In dem hohen Gras war sehr leicht eine frische Spur zu merken, welche jedenfalls von Semenoff herrührte. Ich feute mich auf das Zusammentreffen und schritt ziemlich schnell dahin.

Da plötzlich vernahm ich vor mir ein kurzes, höhnisches Lachen. Ich blieb stehen. Es mußten zwei Personen beisammen sein, welche höchstens zwanzig Schritte vor mir standen. Ich beschloß, nicht grad auf sie zuzugehen, sondern erst zu sehen, ob ich es auch wirklich mit dem Gesuchten zu tun habe.

Auf einem kleinen Umweg durch die Sträucher gelange ich in ihren Rücken. Ein Dragoneroffizier stand mir grad gegenüber. Er war hoch und schlank gewachsen, hatte scharfe Gesichtszüge und ein auffällig stechendes Auge. Vor ihm, den Rücken nach mir gewendet, stand ein Mann in der Kleidung eines gewöhnlichen Bürgers; seine Gesichtszüge konnte ich nicht erkennen. Beide sprachen polnisch miteinander, der Offizier so, daß er bei dem S mit der Zunge anstieß.

„Lüge nicht, Bursche!" hörte ich diesen reden. „Nur mir allein hast du es zu danken, daß du frei bist. Ich habe dem Dozorca*) zweihundert Rubel zahlen müssen."

„Möglich, aber von mir verlangte er extra noch hundert, und da ich diese nicht beschaffen konnte, war ich auf mich selbst angewiesen."

„Und wie hast du es angefangen, aus dem Gefängnis zu entkommen?"

„Das sind Geheimnisse, Herr, die Ihnen nichts nutzen können. Oder glauben Sie vielleicht, einmal in die Lage zu kommen, meine Handgriffe gebrauchen zu müssen?"

„Schweig, Chlopsiko!**) Ich rate dir, nicht zu vergessen, wen du vor dir hast, und wer du bist!"

„Jedenfalls ein Mann, der schon sehr viel für Sie gewagt hat und vielleicht auch noch länger für Sie arbeiten wird.

„Aber ein Mann, den ich sofort verderben kann!"

„Auch ohne sich selbst zu schaden? Doch, streiten wir uns nicht! Daß ich Ihnen ergeben bin, sehen Sie daraus, daß ich hier

* Schließer, Gefängniswärter.

** Kerl.

volle drei Tage auf Sie gewartet habe, obgleich ich in Gefahr lief, ergriffen zu werden. Das will ich nicht umsonst getan haben; sprechen wir also von unserm Geschäft! Sie wünschen, daß Wanda in Ihren Dienst trete?"

„Nur auf ein Jahr als Beraterin bei meine Plänen."

„Ein Jahr ist eine lange Zeit, und Sie wissen, daß ich Wanda selbst sehr notwendig brauche, denn ich finde keine Verbündete, welche so gewandt, scharfsinnig und kühn ist, wie sie. Was bieten Sie?"

„Fünfhundert Rubel für dich, ausgezahlt auf der Stelle."

„Haha, zu wenig, viel zu wenig!"

„Und eine Anstellung in meinem Dienst."

„Offiziell? Als Lakai, Reitknecht oder ähnlich?"

„Nein, denn das wäre zu gefährlich. Als Agent."

„Gut; aber fünfhundert Rubel sind trotzdem zu wenig."

„Bedenke, was mich Wanda kosten wird, um sie ihre Rolle spielen zu lassen."

„Bedenken Sie, was wir beide Ihnen nützen werden!"

„So gebe ich sechshundert."

„Immer noch zu wenig. Geben Sie tausend!"

„Ich gebe dir freiwillig sechshundert. Gehst du nicht darauf ein, so werde ich andere Mittel anwenden, ohne daß du einen einzigen Rubel bekommst."

Ein kurzes Lachen erklang.

„Wir haben einander gegenseitig in den Händen, Herr."

„Wem wird man glauben, dir oder mir?"

„Mir, denn ich bin im Besitz der Beweise: ich habe alle Ihre Zuschriften aufbewahrt."

„Lajdak!*) Habe ich dir nicht befohlen, sie stets zu vernichten?"

„Der Mensch ist schwach, Herr, und ihr sind gütig; Sie werden mir sicher den kleinen Ungehorsam verzeihen!"

Der Hohn, mit welchem diese Worte gesprohcen wurden, war nicht zu verkennen. Wo hatte ich diese Stimme nur schon einmal gehört? Auch die schlanke, kräftig geschmeidige Gestalt kam mir so vor, als ob ich sie bereits einmal gesehen hätte, aber als ich jetzt bei einer Wendung des Mannes sein Profil erblickte, kam mir das vollbärtige Gesicht mit dem dunklen Zigeunerteint, welches von langen, schwarzen Korkenzieherlocken umwallt wurde, vollständig unbekannt vor."

„Du wirst sie nachträglich vernichten!" verlangte der Offizier.

* Schurke.

„Vielleicht. Vielleicht auch verkaufe ich sie!"
„An wen?"
„An denjenigen, der am meisten dafür bezahlt."
„Kerl, nimm dich in acht, daß ich dich nicht fasse!"
„Das würde zu nichts klugem führen, Herr. Verständigen wir uns lieber! Wenn Sie für Wandas Engagement tausend Rubel zahlen, verbrenne ich die Papiere."
„Gut, ich zahle sie; aber ich will die Papiere selbst verbrennen."
„Zugestanden. Also tausend, jetzt gleich!"
„Ich habe sechshundert mit. Hier sind sie. Hole dir heut abend das übrige."
„Danke, Herr! Das gibt mir die Mittel in die Hand, dafür zu sorgen, daß ich nicht erkannt werde. Wohin werden Sie Wanda schicken?"
„Sie bleibt in ihrer gegenwärtigen Stellung, wo sie am besten für mich arbeiten kann. Jetzt gehe. Hier ist der Schlüssel zur Gartenpforte. Bei den Eichen treffen wir uns um ein Uhr."
„Ich komme, wenn es mir gelingt, in die Stadt zu gelangen, ohne daß ich angehalten werde."
„Man erkennt dich nicht. Hätte doch sogar ich dich beinahe für einen Fremden gehalten. Du konntest sofort in die Stadt gehen und hattest nicht nötig, mich erst hierher zu bestellen."
„Ich mußte vorher wissen, ob mir die Entstellung gelungen ist. Daß Sie mich nicht erkannten, gibt mir die Gewißheit, daß ich mich nicht zu sorgen brauche."

Er ging. Er mußte hart an mir vorüber und wendete mir dabei das volle Gesicht zu. Jetzt war es mir allerdings, als hätte ich dieses Gesicht mir der scharfen, so wenig russischen Nase und den großen, dunklen Augen bereits einmal gesehen. Wo und wann es aber gewesen war, das wollte mir nicht einfallen.

Auch der Rittmeister ging; er wandte sich dem Flüßchen zu, dessen Wellen ich unweit meines Standortes durch die Büsche schimmern sah. Ich kehrte unbemerkt nach der Gostinnitza zurück, wo ich dem Wirte bedeutete, daß er dem Offizier nicht sagen solle, es sei ein Fremder dagewesen. Ein Na-Wodki*) machte ihn geneigt, mir diesen Wunsch zu erfüllen, und noch ehe der Rittmeister zurückgekehrt war, sauste unsere Troika wieder auf der Straße dahin.

Das Gehörte gab mir viel zu denken. Ich hatte zwei Verbrecher belauscht, Verbrecher sehr schlimmer Sorte, obgleich der eine

* Trinkgeld, wörtlich „für Schnaps".

den höheren Ständen angehörte. Ein Menschenschacher im eigentlichen Sinn des Wortes war es nicht gewesen, was sie getrieben hatte, denn nur die Schlauheit und Gewandheit dieser Wanda sollten dem Rittmeister auf ein Jahr gehören. Wazu? Ging mich diese Angelegenheit etwas an? Ja oder nein, sie mußte mich doch lebhaft interessieren, da der Offizier den Namen meines Freundes trug.

Inzwischen sang der Kutscher eines seiner Lieder nach dem anderen, und ich konnte nicht umhin, ihnen meine Aufmerksamkeit zuzuwenden. Das Volkslied hat für Rußland eine größere, eine tiefere Bedeutung als für andere Länder. In Rußland ist das Lied das einzige Moment der geistigen Entwickling. Es besteht in dem „heiligen Reiche" eine gewisse traditionelle Poesie, welche die Vergangenheit, die Sitten, die Leidenschaften, die Anschauungen des Volkes in treuen Zügen wiederspiegelt. Ohne diese reiche und belebende Quelle würde die Geschichte des Volkes zu einer trokkenen Aufzählung seiner kriegerischen Erfolge und Unfälle zusammenschrumpfen und uns über die eigentlichen und wesentlichen Triebfedern seiner Kraftäußerungen im Dunkeln lassen.

Nun erhob sich Moskau vor uns mit seinen sechshundert Türmen und sechzehntausend Häusern. Ich führ nach der Maraseka*) und stieg im „Hotel Petersburg" ab. Die Familie Semenoff wohnte in derselben Straße. Ich schickte meine Karte hin, und kaum war der Bote wieder zurück, so hörte ich eilige Schritte, die Tür wurde rasch geöffnet, und Iwan trat ein. Ich sah es ihm an, daß er sich über meine Anwesenheit freute.

„Ist möglich! Sie hier in Moskau? Willkommen, herzlich willkommen! Aber warum sind Sie im Gasthof abgestiegen?"

„Nehmen Sie mir das übel?"

„Gewiß! Sie gehören doch nicht in das Hotel, sondern zu mir. Kommen Sie; ich werde sie sofort meinem Mütterchen vorstellen!"

Ich mußte mit. Im Gegensatz zu Petersburg, wo in den schnurgeraden Straßen die Häuser militärisch gleichmäßig in Reih und Glied aufgestellt sind, als ob sie jeden Augenblick bereit sein müßten, eine Schwenkung nach links oder rechts zu machen, ziehen sich in Moskau fast alle Paläste und Häuser, welche etwas für sich bedeuten wollen, aus der ohnehin unregelmäßigen Straßenlinie möglichst weit zurück und schieben aus dieser Entfernung ein Gitter oder eine Verzäunung vor, durch welcher der Vorplatz von der Straße abgeschoben wird.

* Eine der inneren Hauptstraßen Moskaus.

Etwa der vierte Teil aller Häuser in Moskau besteht aus solchen Rückzugsgebäuden, und auch dasjenige der Semenoff war ein solches. Es war die Nachahmung eines venezianischen Palastes, die allerdings nicht recht gelungen erschien.

Iwan führte mich ohne Umstände in das Zimmer der Baroneska. Diese war sehr einfach in Schwarz gekleidet und empfing mich mit jener freundlichen Ungezwungenheit, welche von der oft beleidigenden Herablassung sich möglichst fern zu halten weiß. Sie stammte aus einem alten polnischen Geschlecht und gehörte nicht der griechischen, sondern der römischen Kirche an, wie ich bereits wußte. Der klare, offenen Blick ihres blauen Auges harmonierte ganz mit der milden Würde, in der sie sich zu geben wußte, und als ich ihre kleine weiße Hand mit den Lippen berührte, wußte ich bereits, daß sich sie lieb haben würde.

„Matjuschka*), hier bringe ich ihn," meinte Iwan. „Bestrafe du ihn, daß er nicht sofort bei uns vorgefahren ist!"

„Die Strafe wird sehr hart sein," sagte sie lächelnd. „Ich bin gezwungen, Sie zu einer sehr langen Haft zu verurteilen. Was wählen Sie Isolier- oder Kollektivsystem?"

„Ich möchte mich für das letztere entscheiden, meine Gnädige."

„Gut! Dann werden Sie diese Haft hier in unserem Hause verbringen und so lange gefangen bleiben, bis Sie gebessert sind."

„Also Besserungssystem mit bedingter Beurlaubung?"

„Allerdings. Iwan mag die Aufsicht führen, er hat Zeit dazu, da er für einige Wochen aus Petersburg entlassen ist."

„Ja," meinte er, „Sie sind zur glücklichen Stunde gekommen. Zur anderen Zeit hätte ich die Karambolage versäumt, mit denen Sie sich Ihre Gefangenschaft jedenfalls erleichtern werden."

Er war noch der Alte — als leidenschaftlicher Billardspieler mußte er im ersten Augenblick von der Karambolage sprechen, und wirklich hatte ich mich kaum fünf Minuten mit der Dame des Hauses unterhalten, so entführte er mich nach dem Billardzimmer.

„Ich muß sehen, ob Sie ebenso in Übung geblieben sind, wie ich. Wir standen uns stets gleich, jetzt aber möchte ich wetten, daß ich über Sie hausgewachsen bin. Hier die die Queues; oder wollen wir eine Partei zu drei versuchen?"

„Wer ist der dritte?" fragte ich.

„Eine Dame."

„Ah!"

* Mütterchen

„Ja, die Gesellschafterin meiner Mutter, ein sehr anständiges, ich möchte sogar sagen, feines Mädchen, ernst, fromm, still, sehr unterrichtet, spricht russisch, polnisch, französisch und deutsch und — spielt ausgezeichnet Karambolage und Dreikegelpartie. Mutter hält große Stücke auf sie, und auch ich achte sie sehr. Ich begehe also wohl keinen faux pas, wenn ich sie Ihnen vorstelle."

Er ging zur Klingel und schellte. Ein Diener erschien.

„Ich lasse Fräulein Wanda fragen, ob ihr eine Partie gefällig ist!"

Wanda? Dieser Name berührte mich eigentümlich. Ich stand am Fenster. Unten lenkte ein Reiter nach dem Tor. Es war der Dragonerrittmeister, den ich belauscht hatte.

„Wer ist dieser Offizier?" fragte ich Iwan.

„Cousin Kasimir," antwortete er in auffällig kaltem Ton.

„So wird wohl eine Partei zu vieren fertig?"

„Nein. Ich verkehre so wenig wie möglich mit ihm, obgleich er einige Appartements unseres Hauses bewohnt. Wir sind einander gegenseitig fast mehr als unsympatisch. Aber hier ist Fräulein Wanda!"

Ich drehte mich um. Iwan beeilte sich, uns vorzustellen.

„Fräulein Wanda Smirnoff" nante er sie, nachdem er ihr meinen Namen gesagt hatte. „Wir werden eine..., aber Fräulein, was ist Ihnen?" unterbrach er sich. „Sind Sie unwohl?"

„Nein. Pardon, meine Herren! Ein kleiner Schwindel, weiter nichts!"

Es war kein Schwindel, es war Schreck gewesen, der sie so fürchterlich erbleichen ließ, als sie mich erblickte. Die „stille, ernste, fromme" Gesellschafterin war — Adele von Treskow, meine Sängerin und Kümmelblatt-Amazone.

Ich verriet durch keine Miene, daß ich sie erkannt hatte, und das Spiel begann. Daß sie eine wirkliche gute Spielerin sei, sah ich an ihrem Dessin; heut aber gelang ihr nur selten ein vorzüglicher Stoß. Sie befand sich augenscheinlich in Aufregung und trat bereits nach der ersten Partie wieder zurück.

Später bekam ich drei Zimmer angewiesen und hatte mich kaum in denselben umgesehen, als es klopfte.

„Wojti!"*)

Ich hätte das deutche Wort gebrauchen können, denn nicht einer der Domestiken, sondern Wanda trat ein. Ich blieb stehen und erblickte ihr ohne irgend eine einladende Bewegung kalt entgegen.

* Herein!

„Mein Herr..."

Sie stockte; da ich aber nicht antwortete, fuhr sie fort:

„Wir haben einander bereits einmal gesehen..."

„Weiter!"

„Meine jetzige Stellung hat mich veranlaßt, meinen damaligen deutschen Namen in das russische zu übertragen, und..."

„Heißt Adele Treskow auf russisch Wanda Smirnoff? Die Übersetzung scheint mir etwas mehr als frei zu sein! Auch Ihr Haar hat eine Übertragung in das Russische erlitten, wie ich vermute, denn es hat eine ganz andere Farbe erhalten."

Sie schlug die Augen nieder, beantwortete meine Rede nicht und meinte in einem sehr demütigen Ton:

„Ich gestatte mir, Sie aufzusuchen, um Sie zu fragen, ob Sie unserer ersten Begegnung Erwähnung tun werden."

„Ich sehr mich nicht in der Lage, diese Frage schon jetzt entscheiden zu können; denn ich kenne die Umstände nicht, welche maßgebend sein werden. Adieu!"

Es war, als wolle sie noch ein Wort sagen, aber in diesem Augenblick trat Iwan ein.

Er war sichtlich über die Anwesenheit der Gesellschafterin verwundert. Sie erglühte in Verlegenheit und entfernte sich. Als Mann von Bildung ignorierte er den Vorfall und gedachte auch im Verlauf der Unterhaltung desselben mit keinem Worte. Später führte er mich in den Garten.

Dieser Gang war mir sehr erwünscht, da er mit Gelegenheit gab, mich zu orientieren, ob der Rittmeister heute bei der Bestimmung des Stelldichein diesen oder einen anderen Garten gemeint habe. Er lag hinter dem Haus, nahm eine nicht ganz unbedeutende Grundfläche ein und wurde von einer Mauer umschlossen, in welcher ich allerdings ein kleines Pförtchen bemerkte.

Unweit dieses Pförtchens befand sich ein Eichengebüsch, die einzigen Eichen, welche im Garten standne. Das Gebüsch bildete einen kleinen Halbzirkel, innerhalb dessen eine Ruhebank stand. Es leuchtete mir ein, daß dieser Ort gemeint sei, und ich beschloß, heut nacht um ein Uhr hier zu sein.

In einer entlegenen Ecke des Gartens stand eine Laube, in welcher ich den Rittmeister erblickte.

„Wollen Sie mich Ihrem Cousin vorstellen?" fragte ich Iwan.

„Wünschen Sie es?"

„Weder ja noch nein; ich richte mich nach Ihrem Wunsch."

„Dann vermeiden wir ihn jetzt."

Es lag mehr als Feindseligkeit, es lag Verachtung in dem Blick, mit welchem er diese Worte begleitete. Auf dem Rückweg aus dem Garten begegnete uns die Gesellschafterin, welcher es augenscheinlich nicht lieb war, daß wir sie hier trafen.

„Das ist das einzige, was ich an ihr auszusetzen habe," meinte Iwan.

„Was?"

„Das sie in dieser Weise mit ihm sympathisiert. Sie musiziert mit ihm, liest mit ihm, promeniert mit ihm im Garten, obgleich sie sehr genau weiß, daß weder ich noch die Mutter es wünschen. Übrigens haben wir es nachträglich erfahren, daß wir diese Gesellschafterin nur seiner Empfehlung verdanken, die er uns durch die dritte Person vermitteln ließ. Es kommt mir vor, als hätten sie sich bereits früher gekannt."

„Haben Sie ihr zu wissen getan, daß Sie eine solche Sympathie nicht für wünschenswert halten?"

„Direkt natürlich nicht. Doch kommen Sie; man wird mit dem Souper bereits auf uns warten, und dann gehen wir ins Theater."

„Würden Sie mich für heute vielleicht dispensieren? Ich habe Briefe zu schreiben und allerlei kleine Beschäftigungen vorzunehmen, die ich nicht gern verzögern möchte."

„Ganz wie Sie wollen. Mama wünscht, daß Ihre Gefangenschaft keinerlei Einfluß auf Ihre Selbständigkeit äußert."

Ich hatte wirklich Briefe zu schreiben, welches meine Zeit bis Mitternacht in Anspruch nahm; dann begab ich mich leise in den Garten, was mir nicht schwer wurde, da man mich in den Besitz des Hauptschlüssels gesetzt hatte, mit welchem ich die Türen zu öffnen vermochte.

Es war eine sehr dunkle Nacht. Im Kalender stand Neumond, und der Himmel war von dichten Wolken verhüllt, so daß man kaum zwei Schritte weit zu sehen vermochte. Ich schlich mich sehr vorsichtig bis an die Eichen und fand die Bank noch unbesetzt. Dies machte es mir leicht, mich unmittelbar hinter derselben in die Büsche zu verstecken.

Es mochte drei Viertel nach zwölf Uhr sein, als ich leichte Schritte vernahm. Sie schienen von einem weiblichen Fuß zu stammen, und wirklich erkannte ich in der Nahenden die Gesellschafterin, welche auf der Bank Platz nahm.

Kaum eine Minute später knarrte das Pförtchen leise, und es erschien eine männliche Gestalt. Es war derselbe Mensch, den ich mit dem Rittmeister belauscht hatte. Seit ich diese Wanda erkannt hatte, wußte ich auch, wer er war, obgleich er sein Äußeres verstellt hatte. Es war der frühere angebliche Herr Assessor.

„Wanda?“ fragte er leise.

„Ja.“

„Wo ist der Rittmeister?“

„Er wird heute noch kommen.“

„Hast du heute bereits mit ihm gesprochen?“

„Ja; ich weiß alles.“

„Und bist du einverstanden?“

„Mit deiner Erlaubnis, ja. Kannst du gut in die Stadt?“

„Besser als aus dem Gefängnis. Wieviel zahlt er dir für das ausbedungene Jahr?“

„So viel wie dir: tausend Rubel. Doch wird es kein Jahr werden. Er steht im Begriff, bereits morgen einen Streich auszuführen, welcher ihm und auch uns so viel einbringt, daß wir uns zur Ruhe setzen können.“

„Ah, was ist es?“

„Ein Diamantengeschäft.“

„Mit wem?“

„Laß dich von ihm selbst unterrichten. Es ist nämlich ein Umstand eingetreten, welcher mich bestimmt, Moskau und Rußland schleunigst zu verlassen, natürlich, nachdem ich vorher für die nötigen Reisemittel gesorgt habe.“

„Mir lieb, denn auch meines Bleibens kann hier nicht lange sein. Welcher Umstand ist es?“

„Ich bin erkannt worden. Erinnerst du dich jenes Kümmelblattes in Westfalen, bei welchem uns der Vogel mit unsern eigenen Federn entschlüpfte?“

„Ja. Es war ein Schreiber, ein Schriftsteller oder etws Derartiges.“

„Nun, dieser Mensch ist heute als Bekannter des jungen Herrn hier eingetroffen, hat mich gesehen und wird mich verraten.“

„Dann entweder weg mit ihm oder fort mit uns!“

„Ich ziehe das letztere vor, und der Rittmeister ist einverstanden. Er wird uns trotzdem die tausend Rubel zahlen und jedem noch dreitausend dazu, wenn wir ihm morgen bei der Ausführung seines Planes helfen.“

Sie konnte nicht weiter sprechen, denn wieder waren Schritte zu hören. Der Rittmeister kam.

„Eingetroffen?“ fragte er, als er das Paar erblickte. „Gut kommt mit zur Laube!“

Sie entfernten sich. Was sollte ich tun? Ihnen folgen? Das konnte mich sehr leicht verraten. Der Pseudo-Assessor verließ den Garten jedenfalls durch das Pförtchen, dabei waren vielleicht noch einige Worte zu erlauschen. Ich trat daher hinzu und lehnte mich hinter einen nahen Holunderstrauch.

Es war nahe zwei Uhr, als der Erwartete endlich kam; Wanda begleitete ihn.

„Also vor allen Dingen pünktlich!" mahnte sie. „Um neun Uhr wird der Herr mit seinem Gast zur Parade gehen; das machten sie heut schon beim Billard aus. Das ist also die günstige Zeit. Die Baronin befindet sich zu derselben Zeit in der Kirche, und ich habe in ihrem Auftrag Kranken- und Armenbesuche zu machen. Ich kehre durch diese Pforte unbemerkt zurück und treffe dich auf der Seitentreppe, auf welcher wir in die Zimmer der Gnädigen gelangen. Der Rittmeister beschäftigt die Dienerschaft, bis wir mit dem Juwelier fertig sind."

„Der Streich ist fein erdacht und beinahe ungefährlich. Aber wäre es nicht besser für uns, sofort zu verschwinden?"

„Das geht nicht, da uns der Rittmeister erst bezahlen kann, wenn er die Diamanen versilbert hat. Gute Nacht!"

Sie nahmen Abschied und entfernten sich: er durch die Pforte und sie nach dem Haus zu.

Ich wartete noch längere Zeit, ehe ich ihr folgte, gelangte aber unbemerkt wieder in meine Zimmer. Das Gehörte war so wertvoll und aufregend für mich, daß ich während der ganzen Nacht nicht schlafen konnte. Am Morgen war es natürlich mein erstes, Iwan davon Mitteilung zu machen. Er erstarrte beinahe vor Erstaunen und bat mich, seine Mutter nichts wissen zu lassen.

„Können Sie aus dem Erlauschten einen Plan erraten, den die Elenden geschmiedet haben?" fragte ich ihn.

„Ich meine es, will mich aber weniger auf meine Vermutung, als vielmehr auf das Urteil eines gewandten Polizisten verlassen. Wir tun, als gingen wir wirklich zur Parade, gehen aber statt dessen auf das Polizeiamt."

So geschah es. Unterwegs machte mir Iwan einige Mitteilungen über seinen Cousin, und ich erfuhr, daß dieser sein ganzes Vermögen im Spiel verloren habe und durch diesen Umstand schon öfters zu Handlungen verleitet worden sei, die ihn verderben mußten, wenn Iwan und seine Mutter nicht Rücksicht auf den Umstand genommen hätten, daß er ihren Namen trug. Zu einem Streich, wie es der geplante war, hatten sie ihn aber nicht für fähig gehalten.

Iwan kannte einen der höheren Polizeibeamten, zu welchem ich ihn begleitete. Dieser hörte unseren Bericht aufmerksam zu und nickte dann.

„Wollen Sie mir das Innere Ihres Hauses genau beschreiben?"

Dies geschah.

„Ich bin Ihnen dankbar für die vertrauensvolle Offenheit, mit welcher Sie mich über die sonderbaren Passionen des Herrn Rittmeister unterrichten. Ist er nicht Adjutant des Generals von Melikoff?"

„Allerdings."

„Melikoff ist allmächtig. Wie wünschen Sie den Rittmeister behandelt zu haben?"

„Dürfen wir ihn schonen?"

„Ich rate dazu. Sein Plan ist wohl folgender: Der, welchen dieser Herr hier Pseudo-Assessor nennt, ist ein Pole namens Mieloslaw, ein höchst gefährlicher Mensch, der kürzlich entsprungen ist. Er wird irgend einen Juwelier zu Ihrer Frau Mutter zu bestellen haben. Diese ist nicht zu Hause, und so wird die Gesellschafterin die Baroneska vertreten. Es wird eine sehr interessante Szene geben, bei welcher ich unbedingt zugegen sein muß. Erlauben Sie mir, einige Vorbereitungen zu treffen; dann werde ich Sie bitte, sich mir anzuschließen."

Er entfernte sich für einige Augenblicke und kehrte dann in Zivilkleidernn zurück.

„Jetzt kommen Sie!"

Unter wartete eine verschlossene Delega. Wir stiegen ein und fuhren langsam der Maraseka zu. Der Iswoschtschik*) schien sehr wohl unterrichtet zu sein; vielleicht war er auch ein Polizist. Er ließ seine Pferde schlendern, als ob er leer fahre und sich nach einem Passagier umsehe, hielt in der Nähe des Semenoffschen Palastes endlich an, stieg vom Bock und griff nach dem Heu, um gemächlich abzufüttern.

Da trat die Baronin mit der Gesellschafterin aus der Tür. Beide trennten sich; die erstere ging nach der Kirche, und die letztere machte scheinbar ihre Krankenbesuche. Nach einiger Zeit erblickten wir sie wieder. Zwischen dem Palais und dem nachbarlichen Gegäude fürhte ein enger Gang dahin, auf welchen auch das Mauerpförtchen mündete. Unsere Delega hielt grad diesem Gang gegenüber, so daß wir ihn bis da, wo er hinter den Gärten endete, überblicken konnten. Die Gesellschafterin tauchte dort hinten auf, eilte durch den Gang und verschwand hinter dem Pförtchen.

„Mieloslaw muß sich bereits vor unserer Ankunft eingeschlichen haben," bemerkte der Kommissär. „Sehen Sie den Rittmei-

* Kutscher.

ster droben an seinem Fenster? Er beobachtet den Vorgang ebenso wie wir."

Eine Viertelstunde verging; da kam eine Droschke herbei und hielt vor dem Gittertor. Ein einzelner Herr stieg aus; er trug einen winzigen Handkoffer.

„Ah, der Juwelier Schikawiersky! Die Gauner hatten sich den reichtesten und geschicktesten ausgelesen. Er kommt selbst; daß ist ein Zeichen, daß ihm eine sehr bedeutende Offerte gemacht worden ist. Iswoschtschik!"

Der angerufene Kutscher griff gleichmütig nach der Peitsche und klatschte einmal leichthin, worauf er sie wieder von sich legte, da kam ein Briefträger aus der Nachbarschaft herbei, einige Augenblicke nach ihm mit feierlichem Schritt ein Pope, dann ein Holzhacker mit Axt und Säge, nun ein breitschultriger Fischhändler. Diese verschwanden sämtlich im Eingange des Palais, und endlich sahen wir zwei Polizisten, welche in das Gäßchen traten und vor dem Pförtchen Posto faßten.

„Was jetzt?" fragte Iwan.

„Der Rittmeister ist vom Fenster weg. Schnell heraus und drüben hinein!"

Der Fischhändler stand inmitten der weiten Flur, von wo aus er den vorderen und auch den hinteren Ausgang im Auge hatte.

„Es passiert niemand aus!" gebot der Kommissär.

„Dobro!"*) erklang es ruhig. Der Mann sah nicht aus, als ob jemand ohne seinen Willen entkommen könne.

Wir stiegen die Treppe empor.

Da stand der Pope.

„Wo?" fragte der Beamte.

Er zeigte lautlos nach einer Tür, welche halb offen war. Wir traten ein. Vor der anderen Tür, welche in das Nebenzimmer führte, standen der Briefträger und der Holzhacker. Sie horchten scharf auf die Stimmen, welche da draußen ertönten. Da plötzlich riß der Briefträger einen Revolver hervor, stieß die Tür haftig auf und trat ein.

Der Holzhacker kam sofort hinter ihm, und wir drei folgten gleichfalls. Im Zimmer stand der frühere Schriftsetzer in der Livree des Hauses; etwas weiter vor ihm befand sich — die Baroneska. Die Vorhänge waren herabgelassen, so daß ein Halbdunkel herrschte, welches es ermöglichte, die raffinierten Toilettenkunststücke zu übersehen, mit Hilfe deren sich die Gesellschafterin in

* Sehr wohl.

ihre Herrin umgewandelt hatte. In der Hand hielt sie bereits den kleinen Koffer. Auf einem Stuhl lag mehr, als er saß, der Juwelier; seine Kleidung war in Unordnung – Kragen und Halsbinde waren zerrissen. Er war gewürgt worden.

„Guten Morgen, meine Kinderchen!" grüßte der Kommissär.

„Herr Kommissär!" rief der Juwelier, indem er aufsprang. „Gott sei Dank, ich bin gerettet!"

„Ja, mein Väterchen, du hast jetzt nichts mehr zu befürchten. Weshalb bist du denn eigentlich hierhergekommen?"

„Dieser Mensch kam zu mir und brachte mir von seiner Herrin, der Baroneska von Seminoff, ein Billet, in welchem sie mich bat, sie mit meinen wertvollsten Diamanten zu besuchen; sie müsse für eine Verwandte einen Brautschmuck bestellen und sei durch Unwohlsein verhindert, zu mir zu kommen. Hier legte ich meine Steine vor und ward dabei überfallen."

„Welchen Wert haben deine Steine?"

„Mehrere hunderttausend Rubel."

„Das ist sehr schlimm für euch, meine Kinder!" wandte er sich an die Überraschten. „Das wird euch viele Jahre Sibirien einbringen. Mein Sohn Mieloslaw, du bist ein sehr kluger Brodnik*) und hast alle Anlagen, auch ein Burlak**) zu werden. Gib uns deine Hände, daß wir sie drücken können!"

Er wurde gefesselt. Ebenso erging es seiner Gehilfin. Ich mochte der Szene nicht beiwohnen und ging auf mein Zimmer. Als ich beim Diner erschien, saß die Baronin zwar bleich und angegriffen aus, hatte sich aber von dem erlittenen Schreck wieder erholt. Nach der Tafel ließ sich der Rittmeister melden. Er kam, um zu kondolieren, und sprach in einer sehr wohl gesetzten Rede seine Verwunderung aus, wie sehr man sich selbst im scheinbar besten Menschen irren könne. Iwans Blut kochte; das war ihm anzusehen. Er erhob sich.

„Mein Herr, ich bin leider gezwungen, Ihnen eine Antwort zu geben. Ihre gestrige Zusammenkunft am Fluß wurde belauscht und ebenso das Rendevous der heutigen Nacht. Wir wissen jedes Wort, welches gesprochen wurde. Gehen Sie!"

Der Rittmeister erbleichte; das hatte er nicht erwartet. Ohne ein Wort der Verteidigung schwankte er zur Tür hinaus.

Am Nachmittag kam die Kunde von einem Unglück, das ihm widerfahren sei. Er war ausgeritten; sein Pferd hatte vor einer Droschke gescheut und war mit ihm in die gerade hochflutige

* Landstreicher.
** Räuber.

Moskwa gesprungen. Er war tot. Ob sein eigener Wille diesen Unfall herbeigeführt hatte? Vielleicht.

Der „Brodnik“ wurde mit seiner Gehilfin auf Lebenszeit nach Sibirien verbannt. Ich dachte nicht, ihn jemals wiederzusehen.

3. „OM, MANI, PADME HUM!“

Seit jener Arretur in Moskau waren Jahre vergangen. Mein stets nur für kurze Zeit schlummernder Wandertrieb hatte mich wieder einmal nach Amerika geführt, wo ich südwärts bis nach Valparaiso gekommen war, von wo aus ich mit dem Dreimaster ‹Poseidon›, Kapitän Roberts, das stille Weltmeer durchpflügt hatte, um auf einem der Pomatu-Riffe Schiffbruch zu leiden. Was von da aus bis Canton und Li-ting, der Karpfenstadt, geschah, wissen meine lieben Leser. Es ist ihnen auch bekannt, wie ich mich dort mit Turnerstick rettete, und daß ich mit ihm glücklich auf seinem ‹The wind› wieder ankam.

Wir besuchten darauf in Macao das „tapfere Meisje“, deren Herrschaft uns mit guten Gründen überzeugte, daß es für uns geraten sei, von einer Anzeige abzusehen. Der Konsul, an welchen wir uns dann wendeten, war ganz derselben Ansicht. Wir verzichteten also darauf, über Kong-ni, seine Verhältnisse und Absichten etwas Näheres zu erfahren, und lichteten die Anker, sobald „The wind“ vollständig ausgebessert worden war und neue Ladung eingenommen hatte. Turnerstick segelte als sein eigener Reeder nordwärts die den Ausländern offenen Hafenplätze an, bis wir in der Bai von I-mo-tung Anker warfen. Von hier aus wollte Turnerstick hinüber nach den Lin-kin und Japan, wozu ich keine Lust hatte, denn ich wollte gern ein wenig landeinwärts gehen. Bis über den Khing-gan hinauf nach der Gobi ist es nicht sehr weit, und da ich im Besitz von Papieren war, mit deren Hilfe ich für einen Chinesen gelten konnte, so entschloß ich mich am Ende doch, mich von dem alten, wackern Freund zu trennen, um wenigstens für einige Tage Wüstenluft zu atmen. Ich brachte also meine wenigen Habseligkeiten in Tien-thin unter, nahm Abschied und fuhr per Boot nach Keng-ting, wo eine Bucht tief in das Land einschneidet und man durch einen scharfen Ritt innerhalb eines Tages die berühmte chinesische Mauer erreicht, jenseits welcher bereits die offene Steppe beginnt.

Ich bezahlte in Keng-ting den Bootsmann und begab mich zunächst nach einer Herberge. Vor derselben waren vier Pferde angebunden. Als ich eintrat, sah ich auf dem mächtigen Kang*) zwei

Männer sitzen, welche Ziegeltee mit Butter tranken. Der eine trug die Kleidung der westlichen Tataren, und den anderen erkannte ich an seiner gelben Mütze als einen Lama.

„Men-du!" grüßte ich

„A-mor!" dankten beide.

„Du bist ein Fremdling," sprach dann der Lama freundlich. „Steige herauf, und trinke den Tee mit uns!"

„Ich danke euch! Euer Tee geht zur Neige. Wollt ihr nicht lieber mit mir von dem meinen trinken?"

„Wo hast du ihn?"

„Wo ist der Besitzer dieser Herberge, der mir ihn bereiten soll?"

„Er sah dich kommen und ging, sein Weib zu rufen. Setze dich zu uns und trink; dann trinken wir auch mit dir!"

Ich folgte dieser Einladung und stieg auf den Ofen. Ich mußte zwischen den beiden Platz nehmen; sie griffen in den Gürtel und brachten ihre Tabakfläschchen hervor, aus denen mir jeder ein wenig auf die Hand schüttete, was ich schnupfen mußte. Ich hatte mich auf diese Art der Begrüßung vorbereitet, griff auch nach meinem Fläschchen und erwiderte die Höflichkeit. Dann zog ich mein Holznäpfchen aus der Busentasche, wo es jeder Mongole trägt, hervor und erhielt es voll Tee geschenkt.

Der Trank mundete nicht eben sehr. Der Ziegeltee ist die gewöhnlichste Sorte des Tees, und da er hier obendrein mit ranziger Butter übergossen war, so hatte ich Mühe, ihn zu verschlucken.

Nun kam der Wirt mit seinem Weib. Beide machten nicht den Eindruck allzu großer Reinlichkeit, begrüßten mich aber mit gewinnender, aufrichtiger Herzlichkeit. Ohne daß ich etwas bestellte, wurde ein kleines, niedriges Tischchen vor meine Füße geschoben, auf welchem mehrere lackierte Kästchen mit Hafermehl, gerösteter Hirse, Butter und Käseschnitten standen. Dann kam ein ziemlich großes Gefäß mit kochendem Tee dazu, aus welchem wir mit unseren Näpfen schöpften.

„Woher saht ihr, daß ich ein Fremdling bin?" fragte ich.

Ich trug Lederhosen, hohe Stiefel, Pelzmütze und einen weiten mantelähnlichen Rock, wie ein Mongole, und hatte nicht gedacht, so schnell als Ausländer erkannt zu weden. Der Mongole lächelte und zeigte auf meine Gewehre und die Revolver.

„Kein Ta-dze**) hat solche Waffen."

Der Lama nickte und fügte hinzu:

* Ofen.

** Tatar

„Du hast dasselbe Gesicht, welches Hü-ik hatte, und er kam aus dem Westen."

„Wer ist Hü-ik?"

„Hü-ik war ein großer Lama. Er kam, uns einen sehr schönen Glauben zu lehren. Er erzählte uns von dem Himmelsherrn und seinem Sohne, von einer heiligen Jungfrau, welche die Mutter Gottes ist, und von einem Geist, welcher fromm und selig macht. Der Sohn des Himmelsherrn kam auf die Erde, um die Sünde wegzunehmen, und kehrte in den Himmel zurück, nachdem er Tote erweckt, Kranke geheilt und noch sehr viel andere große Taten und Wunder verrichtet hatte."

Dieser Mann sprach jedenfalls von einem Missionär. Ich suchte zu erfahren, wen er meinte.

„Wo ist dieser gelehrte Lama jetzt?"

„Er kam aus dem Land der Framba*) und hatte eine Gefährten bei sich, der Scha-pe genannt wurde. Ich traf sie in dem großen Lamakloster Run-bum. Sie gingen dann nach Lha Sfa, durften aber nicht dort verweilen, sondern wurden von dem Kin-Tschai**) des Kaisers fortgeschickt."

„Hieß dieser Kin-Tschai Ki-schan?"

„Ja."

„So kenne ich diese beiden frommen und sehr weisen Lamas. Ihr Diener, den sie bei sich hatten, hieß Sandadschiemba."

Der Lama machte eine Bewegung der Freude.

„Wahrhaftig, du kennst sie, denn so hieß ihr Begleiter. Bist du auch ein Framba?"

„Nein; ich bin ein Germa; aber unser Reich liegt neben dem Land der Framba, und wir haben ganz denselben Glauben wie sie."

„Dann mußt du mir von dem mächtigen Sohn des Himmelsherrn erzählen, von seiner Mutter, welch Ma-ri heißt und im Himmel für uns bittet, von Pe-tre und Jo-an***), die er lieb gehabt hat, und von La-sa-ra****), die er vom Tod erweckte! Was ist das Ziel deiner Reise?"

„Ich will hinauf nach dem Khin-gan und der Wüste.

„Auf welchem Weg?"

„Ich kenne keinen. Ich werde mir hier ein Pferd kaufen und einen Führer nehmen."

* Franzosen.

** Gesandten.

*** Der heilige Petrus und Johannes.

**** Lazarus.

Ich hatte nämlich das aus Li-ting entführte Morimori-Pferd, welches ich mit Recht als gute Beute betrachtete, schon im nächsten Hafen verkauft, weil der Transport desselben per Schiff zu schwierig war. Turnerstick hatte ganz dasselbe auch mit demjenigen getan, auf welchem er mit mir entflohen war.

Er schlug vor Freude die Hände zusammen.

„Das wirst du nicht tun, denn du wirst auf einem Pferd dieses Mannes reiten und mit uns reisen. Du mußt nämlich wissen, daß ich ein Schabi, ein Schüler, des (großen Heiligen) von Kuren bin, wo über dreißigtausend Lamas wohnen. Ich bin durch die große Wüste gereist, um das heilige Mukden zu besuchen, und kehre nun zurück. Ich werde nach dem Bokte-vola*) gehen, wo ein großer Heiliger in einer Höhle wohnt. Das ist ganz nahe an dem Gebirge, über welches du gelangen willst."

„Wie heißt dieser Heilige?"

„Er hat keinen Namen; aber er ist berühmt, dieseits und jenseits der Berge, denn er sendet seine Boten aus, welche für ihn sammeln, weil er ein Kloster für zehntausend Lamas bauen will und ihnen Schriften offenbaren, welche Buddha ihm des Nachts verkündet. Auch er kam aus dem Westen, wo die Lehren schöner, weiser und reiner sind als im Osten. Reitest du mit uns?"

„Ja, wenn du mir eines deiner Pferde verkaufest," wandte ich mich an den Mongolen.

„Du bist ein großer Lama," antwortete dieser, „Ich werde es dir nicht verkaufen, sondern ich schenke es dir, so lange du es brauchest."

Eine so günstige Gelegenheit bot sich mir jedenfalls nicht gleich wieder, und ich griff daher schleunigst zu. Besonders interessierte es mich, daß der Lama mit den beiden Missionären Huc und Gabet zusammengetroffen war und die von diesen überkommenden christlichen Anschauungen so fest im Herzen bewahrt hatte.

„Wie heißest du?" fragte ich ihn.

„Nenne mich Schangü."

„Und du?" fragte ich den Mongolen.

„Ich heiße eigentlich ganz anders, aber man nennt mich Bara**)."

„So mußt du sehr stark und mutig sein."

„Ich habe sehr viel mit den Kolo und mit wilden Tieren gekämpft und bin nie geflohen," antwortete er stolz. „Wie sollen wir dich nennen?"

* Heiliger Berg.

** Tiger.

Ich nannte ihnen meinen Namen. Der Lama sann ein wenig nach. Dann meinte er:

„Das ist ein fremder Name, bei dem man sich nichts zu denken vermag. Erlaube, daß wir dich Baturu, der Tapfere heißen!“

„Warum gibst du mir gerade diesen Namen?“

„Hast du nicht so viele Waffen bei dir? Mußt du da nicht tapfer sein?“

Das war allerdings ein echt mongolischer Schluß.

Die Lamas sind gelehrt, weil jeder von ihnen einige Bücher abgeschrieben hat, und ich mußte tapfer sein, weil ich einige Waffen bei mir trug.

Ich versah mich in dem Ort noch mit einigem, was mir fehlte, besonders mit Rhatas und Ziegeltee, der als Zahlmittel gebraucht wird, las mir dann eines der Pferde aus und war nun zum Aufbruche bereit.

Die Rhata oder das Glückstuch spielt im gesellschaftlichen Berlehre der Mongolen und Tibetaner ein sehr wichtige Rolle. Sie ist dreimal so lang als breit, hat eine bläulich angehauchte weiße Farbe, ist an den Enden gewöhnlich gefranst und besteht entweder aus Seide oder wenigstens aus einem seideähnlichen Gewebe. Man hat — je nach den Mittel — große oder kleine, teuere oder billige Rhatas, und jedermann muß solche bei sich tragen, da sie bei jeder Gelegenheit gebraucht werden. Macht man einen Besuch, spricht man eine Bitte aus, will man sich für etwas bedanken, feiert man ein Wiedersehen, will man seine Freude oder sein Beileid ausdrücken, in allen diesen und noch andern Fällen faltet man eine Rhata auseinander und bietet sie den Betreffenden an. Dieser ist natürlich gehalten, die Höflichkeit zu erwidern. Ohne Rhata hat das kostbare Geschenk keinen Wert, liegt aber eine Rhata dabei, so gewinnt die einfachste Sache, der geringfügigste Gegenstand an Bedeutung. Einem Bittenden seinen Wunsch abschlagen, wenn er eine Rhata beifügt, würde gegen alle Güte und Höflichkeit verstoßen.

Wir brachen auf. Gegenwärtig befanden wir uns auf mandschurischem Gebiete; hinter der Mauer aber hören die Ortschaften auf, und obgleich die Steppe zur Mandschurei gerechnet wird, durchstreift sie der Mongole ebenso frei wie der Mandschu.

Ich hatte bereits in meinen Knabenjahren von dem Wunderwerke der chinisischen Mauer Schilderungen gelesen; ich sah mich aber leider enttäuscht, als wir sie am andern Tage erreichten, denn was ich von ihr erblickte, war ein wüster Schuthaufen, von welchen aus einzelne Steinbrocken nach hier und dort in die Ferne verliefen. Ich lernte sie gerade an einer Stelle kennen, wo sie aufgehört hat, als Mauer zu existieren. Meine beiden Begleiter ließen ihre Pferde über die Trümmer stolpern, ohne ein Wort über das berühmte Bauwerk zu verlieren.

Gegen Abend machten wir bei einer Herde halt, welche aus Pferden, Ochsen, Eseln und Schafen bestand und von Hirten getrieben wurde, die unter dem Befehl eines Lama standen. Dieser war soeben im Begriffe, die Herde lagern zu lassen.

„Men-du, mein Herr Lama," grüßte ihn Schangu.

„U-mor, mein Herr Bruder," antwortete der andere.

„Beliebt es euch nicht, Rast zu machen und diese Nacht bei mir zu bleiben?"

„Wenn du es uns erlaubst, so tun wir es."

„Ihr seid mir willkommen!"

Er ließ uns schunpfen, wir ihn ebenfalls; somit war allen Formalitäten genüge getan, und wir konnten absteigen.

Die Herde bot einen wunderlichen Anblick dar.

Zwischen den Hörnern der Stiere, auf dem Rücken der Pferde und an den Schwänzen der Schafe waren papierene Windmühlen angebracht, welche die buddhistische Formel (Om, mani padme hum) trugen und entweder vom Wind oder dem Gang der Tiere in immerwährender Bewegung erhalten werden. Diese Tschü-kor*) oder Gebetmühlen findet man in den buddhistischen Ländern allenthalben, besonders an Flüssen und Bächen in großer Menge. Vom Wasser in Bewegung gesetzt, beten sie zu Gunsten ihres Errichters Tag und Nacht. Auch in der Luft und auf dem Ofen werden sie angebracht; im letzteren Fall treibt sie die Wärme. Ihr Besitzer braucht nie selbst zu beten und kann sie sogar zu Gunsten eines anderen beten lassen.

Diese Tschü-kor mußten den Tieren abgenommen werden, ehe sie sich lagerten, was eine zeitraubende und schwierige Arbeit verursachte. Endlich saßen wir vereint am Feuer, welches mittels gesammelter Argols**) genährt wurde, und tranken unsern Ziegeltee. Jetzt erst hatte der fremde Lama Zeit, sich um unsere Verhältnisse zu bekümmern.

„Wo kommst du her?"fragte er Schangü.

„Aus Mukden."

„Das ist weise von dir, daß du diese heilige Stadt besucht hast! Und wo willst du hin?"

„Nach Bokte-vola."

„Und diese Männer auch?"

* Wörtlich „Gebet welches sich dreht."

** Getrocknete Tierexkremente.

„Ja."

„So wollt ihr den großen Heiligen sehen, dessen Diener und Schabi ich bin?"

„Du bist sein Schabi?"

„Sein Schabi und sein Gesandter. Ich habe die Länder diesseits der Berge bereist, um für ihn und das neue Kloster einzusammeln. Das ist die fünfte Herde, welche ich beisammen habe, und ich führe sie nach Ki-rin, um mir Barren für die Tiere geben zu lassen. Ihre Gebete kommen dann ihrem Käufer zu gute."

„Wer bekommt die Barren?" fragte ich.

„Der Heilige. Er verwahrt sie in seiner Padma, und wenn er genug hat, wird der Bau des Klosters beginnen."

„Was ist diese Padma?"

„Die Höhle, welche er bewohnt, und seit dreißig Jahren ist er aus derselben nicht weggekommen."

„Bist du der einzige, der für ihn sammelt?"

„Nein. Es wird für ihn gesammelt unter den Kitat, in der Wüste und in allen Ländern der Erde, wo man Buddha verehrt. Der Bau kann nun bald beginnen."

„Wie weit hat man von hier nach Bokte-vola?"

„In drei Tagen werdet ihr dort sein und den Heiligen verehren und seine Schüler sein. "

„Ich bin Schüler des Heiligen von Kuren," meinte der Schangü stolz. „Ich bedarf keines zweiten Lehrers."

„So werde du sein Schüler!" wandte sich der Sammler an mich."

„Auch ich habe bereits einen Lehrer. Er ist größer als alle die Heiligen und Schaberonen, zu denen ihr betet."

„Wie heißt er?"

„Jesus."

„Jesus? Den kenne ich nicht und habe doch alle Bücher gelesen."

„Hast du das Meer ausgetrunken, wenn du einen Tropfen genossen hast? Es gibt viele Millionen, welche Jesus anbeten, und von diesen Millionen hat wieder gar macher viele Tausende von Büchern, von denen du noch gar nichts vernommen hast. Ihr habt Mühlen, und viele Gebete zu fertigen, und wir haben Mühlen, welche an einen einzigen Tag Tausende von Büchern schreiben."

Er machte ein sehr erstauntes Gesicht.

„Dann sind die Schabi von Jesus sehr kluge Leute. Wie heißt das Kloster, in welchem er wohnt?"

„Er wohnt im Himmel hoch über den Sternen und hat hier auf Erden Millionen von Klöstern und Tempeln, in denen man ihn anbetet."

„Es ist der Sohn des Himmelsherrn," fiel Schangü ein und teilte nun mit großer Genugtuung die wenigen Kenntnisse mit, welche er sich über die christliche Lehre angeeignet hatte.

Die anderen hörten sehr aufmerksam zu, und ich gelangte zu der Überzeugung, daß die heilige Mission bei den einfachen, arglosen Mongolen ein viel fruchtbareres Feld finden würde, als bei den arglistigen impassablen Chinesen.

„Habt ihr auch ein Om, mani padme hum?" fragte schließlich der Schabi des Heiligen.

„Wir haben viele Gebete. Soll ich euch einige sagen und einige Sprüche aus unserem heiligen Buch?"

„Sage sie."

Ich betete ihnen das Vaterunser und den englischen Gruß vor und erzählte ihnen den Ursprung dieser Gebete. Ich erzählte weiter und weiter; die Sterne stiegen höher und höher; das Feuer verlöschte, es wurde kalt, endlich graute der Morgen. Da erhob sich der Schabi, indem er sagte:

„Du sprichst die Sprache der Ta-dze*) nicht gut, aber deinem Mund ist die Rede gegeben, wie dem Bach das Wasser, und deine Relegion ist so hoch wie die Sterne da oben und so tief wie die Sterne, wenn sie gesunken sind. Ich habe den Schlaf versäumt, aber ich habe den Herrn des Himmels und der Erde kennengelernt. Bleibe in Bokte-vola, bis ich wiederkehre; dann werde ich dir zuhören und alles niederschreiben, damit ich es meinen Brüdern sagen kann!"

Er ließ seinen Tieren die Gebetsmühlen wieder anhängen und brach dann mit seiner Herde auf. Beim Abschied bat er mich:

„Gib mit ein Wort aus dem heiligen Buch mit auf die Reise, damit meine Seele davon speisen kann!"

„Du sollst es haben: Gott ist die Liebe, und wer in der Liebe bleibet, der bleibet in Gott und Gott in ihm!"

„Das ist ein sehr schöner, tiefer Spruch. Gib mir noch einen!"

„Gott ist ein Geist, und die ihn anbeten, dürfen ihn nicht durch Tschü-kor, sondern im Geist und in der Wahrheit anbeten!"

„Über diesen Spruch werde ich besonders nachdenken. Lebe wohl!"

Er ritt davon, kam uns aber bereits nach fünf Minuten nachgesprengt.

„Mein Bruder, erlaube mir jetzt noch eines: Du glaubst, daß der Himmelsherr die Tschü-kor nicht dulden mag?"

* Tataren, Mongolen.

„Ich glaube es."
„Warum?"
„Er hat gesagt: (Wenn du betest, so gehe in dein Kämmerlein und bete zu deinem Vater im Verborgenen.) Ein Vater hatte zwei Söhne. Der eine saß stets zu seinen Füßen und sprach gern und oft mit ihm; der andere aber war dazu zu bequem; er baute eine Mühle und schreib darauf alles, was er vom Vater haben wollte. Welchem der beiden wird das Herz des Vaters gehören, und wessen Bitten wird er lieber erfüllen?"

„Ich werde darüber nachdenken. Lebe wohl und verlaß Boktevola nicht, bis ich komme!"

Er sprengte seiner Herde im Galopp nach. Ich wußte, daß ein Funken in sein Herz gefallen sei, welcher zur hellen Flamme werden konnte.

Je mehr wir uns dem Wohnort des großen Heiligen näherten, desto reger wurde der Vekehr. Reiter auf Pferden, zuweilen auch bereits auf baktrischen Kamelen, begegneten uns oder eilten von rechts und links derselben Richtung entgegen. Auf allen höher gelegenen Punkten waren Gebetsmühlen angebracht, und allüberall fand ich das Om, mani padme hum in den Boden gegraben, in den Felsen geschnitten oden en relief aus zusammengelegten Steinen gebildet. Dieses fromme Suchen nach dem rechten Gott auf dem falschen Weg hatte für mich etwas tief Ergreifendes; ich hätte am liebsten gleich Missionar sein mögen und gestehe gern, daß ich noch niemals so viel über Religion gesprochen habe, als in dieser kurzen Zeit mit Schangü.

„Hast du nicht gehört, daß der Schabi erzählte, daß acht Oro*) bereits seit langer Zeit Schüler des großen Heiligen sind? Welche Lehre ist nun die richtige?" fragte er.

„Diese Oro muß ich erst sehen. Ein echter und richtiger Anbeter des Himmelsherrn verehrt keinen Bokte-Lama."

Der Schabi hatte dies wirklich erzählt, und ich muß sagen, daß ich sehr begierig war, sie zu sehen. Es war mir denn doch ganz unmöglich, zu glauben, daß acht Christen, obgleich vom griechischen Bekenntniß, eine solche Sünde auf sich laden könnten.

Endlich erreichten wir Bokte-vola. Es war nichts als ein großes und sehr weitläufiges Zeltlager. Kein Zelt war ohne Tschü-kor, und der ganze „heilige Berg", von welchem der Ort den Namen hatte, war von diesen Gebetsmühlen bedeckt.

* Ein feuriger, roter portugiesischer Wein.

Schon von weitem konnte ich die „Padma", die Lotusblume des Heiligen, erkennen. Der Berg stieg nach der Ebene zu fast senkrecht aus derselben empor und hatte hoch oben in der Nähe seines Gipfels eine offene Höhle, deren Öffnung die Form einer Lotusblume zeigte. Von der Höhle hingen zwei Seile herab, welche die einzige Art und Weise bildeten, zum Heiligen zu gelangen. An dem einen kletterte man empor; droben wurde jedem, dem es gelang, sich in die fürchterliche Höhe hinaufzuarbeiten, von dem Heiligen die Hand aufs Haupt gelegt, und dann mußte er hinüber zum anderen Seil langen, um sich an demselben wieder hinabfallen zu lassen. In die Höhle selbst durfte keiner. Unten stand ein Lama, welcher die Opfergabe in Empfang nahm, die jeder zu entrichten hatte, der empor wollte. Rund um den Eingang der Höhle hatte man mit wahrhaft halsbrecherischer Kühnheit die Formel Om, mani padme hum angebracht.

Eigentlich war es komisch anzusehen, wenn einen sehr hoch Gelangten die Kräfte verließen, so daß er mit rapider Geschwindigkeit niederfuhr und alle hinter ihm am Seile Hängenden mit zur Erde riß, so daß nun alle unter erneuter Opfergabe von neuem beginnen mußten.

Zwischen dem Zeltlager und dem Berg war die Formel in weiten Zügen auf den Boden gezeichnet, und Hunderte von Pilgern verrichteten ihre Andacht in der Weise, daß sie sich auf dieser Linie fortbewegten und, einer eng hinter dem andern, sich bei jedem Schritt zu Boden warfen. Viele von ihnen hatten sich von den Lamas große Lasten von Büchern aufbürden lassen, welche sie keuchend mit sich schleppten. Sie nahmen an, daß sie, wenn der Weg zurückgelegt war, alle Gebote hergesagt hatte, welche sie auf dem Rücken trugen.

Übrigens war das Leben und Treiben des Ortes nicht bloß ein rein religiöses. Es hatten sich chinesische Krämer und Geldwechsler eingefunden, und ich erblickte auch einige Teezelte, von denen ich eines sofort in Verdacht nahm, daß man da auch für gutes Geld eine Pfeife Opium haben könne.

Ich war nicht im Besitz eines Zeltes, da mein Ausflug kein langer sein sollte; ich wohnte vielmehr mit Schangü zusammen. Nachdem wir uns von dem Ritt ein wenig ausgeruht und dann die Andachtsübungen zunächst von weitem beobachtet hatten, traten wir in eines der Teezelte, welches so überfüllt von Menschen war, wie man es auf deutschen Jahrmärkten und Vogelschießen zu sehen bekommt. Wir setzten uns auf eine der erhöhten Matten und tranken einen Tscha, der allerdings besser, aber auch teurer war, als Ziegeltee.

Da drangen Laute an mein Ohr, die mich vor Überraschung beinahe zusammenzucken ließen. Es waren russische Worte, grad hinter meinem Rücken gesprochen, wo sich zwei Männer niedergesetzt hatte, die erst nach uns angekommen waren

„Sprich polnisch! Es gibt Chinesen und Mongolen, welche droben an er Grenze gewesen sind und daher ein wenig Russisch verstehen. Wer aus den Bergwerken entsprungen ist, kann nicht vorsichtig genug sein."

„Das wird bald sein Ende haben. Was wir ausstanden, ist geradezu unmenschlich, aber der Gedanke, auf den dieser Mieloslaw geriet, ist wirklich großartig. Die Not wird ein Ende haben, und sind wir einmal in Kai-tscheu oder Kin-tscheu, so sind wir geborgen und kommen dann leicht nach Australien oder Amerika."

„Wo hat er denn das Mongolische her, welches er beinahe fließend spricht?"

„Er gab den Kindern des Aufsehers Unterricht und fand da eine Grammatik, die er benutzte. Weißt du, daß gestern der Alte da oben wieder wenigstens acht blanke Barren hinaufbekommen hat? Für uns grade ein Stück pro Mann. Beim ersten völlig dunklen Abend wird das Geschäft gemacht. Um Pferde brauchen wir uns nicht zu sorgen; Lebensmittel gibt es auch genug, und so müßte es geradezu eine Unmöglichkeit geben, wenn wir nicht als reiche Leute den See erreichen sollten."

„Schangü wollte das Zelt verlassen, und ich widersetzte mich dem nicht, denn ich hatte genug gehört. Blieb ich länger, so war es möglich, daß sie mir in das Gesicht sehen und erraten konnten, daß ich kein Mongole sei. Daher erhob ich mich und verließ mit dem Lama das Zelt, warf aber vorhr noch einen halben Blick auf die beiden Männer, um mit ihre Physiognomie einzuprägen.

Draußen fragte ich den ersten uns Begegnenden, wo das Zelt der Oro sei.

„Dort steht es. Sie kamen arm hierher. Sie hatten kein Zelt, und der Heilige hat es ihnen geschenkt, weil sie seine Schabi geworden sind."

Ich hatte nach dem Zelt nur gefragt, um es umgehen zu können, damit ich von den Bewohnern desselben nicht bemerkt würde, und ging nun mit dem Lama vor das Lager, um mir das Treiben der Gläubigen in der Nähe zu besehen.

Wir gelangten zu der Formel, auf welcher sich die Leute Schritt um Schritt zu Erde warfen. Einer von ihnen fiel mir durch die ungemeine Last der Bücher auf, welche er mit sich schleppte. Er drehte mir den Rücken zu, hatte aber jetzt eine enge Krümmung zu beschreiben und wandte mir nun sein Gesicht zu. Es war — der Schriftsetzer alias Herr Assessor.

Auch er hatte aufgeblickt. Sein Blick streifte mein Gesicht und leuchtete erschrocken auf. Denn auch er erkannte mich und tat vor Schreck unwillkürlich einen Schritt aus der Formel heraus.

Dies machte nach der buddhistischen Ordnung seine ganze bisherige Mühe erfolglos. Er mußte austreten, ging zu einem der Aufsicht führenden Lamas und gab seine Bücher ab. Dann verbarg er sich schleunigst in der Menge der umherstehenden Menschen.

Wären wir an einem Ort gewesen, an welchem sich ein russischer oder wenigstens europäischer Konsul befunden hätte, so hätte ich sofort Anzeige gemacht. Was aber sollte ich hier tun? Die Entsprungenen galten als Gläubige; bei den Lamas eine Anzeige ohne Beweise vorzubringen, hätte mir jedenfalls nur geschadet, und so beschloß ich, zu warten, bis mir diese Beweise in die Hände kommen würden. Aber Schangü durfte ich eine Mitteilung machen:

„Ich habe die Oro gesehen," sagte ich ihm.

„Wo?"

„Vorhin zwei in dem Zelt, und jetzt einen hier. Es war jener, welcher die Bücher abgeben mußte. Sie glauben nicht an den Heiligen."

„Woher weißt du das?"

„Ich hörte sie sprechen. Sie wollten in einer dunklen Nacht hinaufklettern und ihm seine Schätze nehmen."

Er erschrak und fragte schnell:

„Sagten sie dies?"

„Ja. Es sind Diebe und Mörder, die aus den Bergwerken der Oro entsprungen sind."

„So müssen wir es schnell den Lamas melden!"

„Kannst du ihnen die Wahrheit dessen, was ich sage, beweisen?"

„Nein."

„So warte, bis du es kannst."

„Nein; ich werde es tun. Komm!"

„Du wirst warten!"

„Ich warte nicht, denn sie würden den Heiligen ermorden. Sie diesen Kuang-fu! Es ist der Beamte, welchen der Kaiser gesandt hat, die Ordnung zu überwachen und für die Sicherheit zu sorgen, das erkennst du an seinem Knopf. Ich wußte nicht, daß ein solcher da ist; nun aber können die Lamas ohne ihn nichts tun."

Er ließ sich nicht halten und eilte auf den Mandarin zu. Dieser hörte ihn ruhig an und winkte mich dann zu sich. Zwei Pings, die ihm gefolgt waren, standen in der Nähe.

„Du bist ein Oro?“ fragte er mich mit strenger Miene.

„Nein,“ antwortete ich erstaunt.

„Folgt mir beide!“

Er wandte sich; die beiden Polizeisoldaten nahmen uns in die Mitte und führten uns hinter ihm her nach einem Zelt, an dessen Tür der Kaiserliche Drache gemalt war. Dort winkte er, uns zu setzen.

„Du bist ein Oro, der aus den Bergwerken entsprungen ist, und du bist ein verkleideter Lama, der ihm geholfen hat. Soeben wurde mir diese Anzeige gemacht. Ich werde diese Sache untersuchen, sobald ich zurückkehre. Ihr aber bleibt hier sitzen, denn diese beiden Soldaten werden euch töten, wenn ihr versucht, euch zu entfernen.“

Er verließ das Zelt, ohne uns Zeit zu einem Einwand zu geben. Ich ahnte natürlich sofort, daß dieser Schahzug von Mieloslaw getan worden sei, und beschloß, mich in Geduld zu fassen.

Wir warteten wohl zwei Stunden vergeblich, dann erfuhren wir, daß der Kuang-fu von den Oro eingeladen sei und erst spät zurückkehren werden.

Ihr Entschluß war sehr leicht zu erraten. Es war längst Abend geworden, und die Gläubigen hatten sich jedenfalls von dem Berg zurückgezogen.

„Wann kommt der Kuang-fu?“ fragte ich.

„Wer weiß es!“ antworteten die Soldaten.

„So...“ Ich hielt mit einer beabsichtigten Drohung inne, denn es erscholl ein schriller Schrei wie hoch aus der Luft, den man im ganzen Lager hören konnte. Nach einer Weile folgte ihm ein zweiter, und draußen erhob sich ein Rennen, Laufen und Schreien, daß die beiden Soldaten nachsahen, was es gäbe. Sie kamen nicht wieder herein.

Nun traten auch wir hinaus und sahen, daß sie fort waren.

Vom heiligen Berg her ertönte ein entsetzlicher Lärm. Schangü eilte davon, ich aber lief zunächst nach dem Zelt der Russen.

Im Innern desselben war es ganz dunkel; ein menschlicher Körper lag hier schnarchend am Boden, und ein unverkennbarer, scharfer Geruch sagte mir, daß der Mann im Opiumrausch liege. Es war der Mandarin.

Jetzt ging auch ich hinaus nach dem Berg. Ich konnte nicht bis an die Seile kommen, aber ich hörte, daß der Heilige einen Menschen aus der Höhle gestürzt habe, welcher ihn berauben wollten.

Andere Männer hätten auch an den Seilen gehangen, wären aber auf seinen Schrei entflohen.

Ein anderer wußte bereits, daß der Herabgestürzte einer der Oro sei. Der Sturz aus solcher Höhe hatte seinen Leib völlig zerschmettert.

Kaum ene Minute später kam eine neue Kunde. Es waren sieben Pferde gestohlen, und es fehlten die sieben anderen Russen. Im Nu zerteilte sich die Menge. Der Mongole kennt kein größeres Gaudium, als einem Pferdedieb nachzujagen. Alles eilte daher nach den Pferden, und während einige emporkletternde Lamas sich um ihren Heiligen bekümmerten, nahm ich mir Zeit, den Toten zu betrachten.

Ich erkannte ihn beim Schein der kleinen Argolflamme, welche angezündet wurde. Es war der Assessor. Er hatte Gott gespottet und sich zum Om, mani padme hum bekannt. Die Höhle da oben führte den Namen Padma, die Lotosblume — er ging vom Kreuz zur Padma und von der Padma in den Tod. Es gibt eine Gerechtigkeit, die über alles menschliche Wollen und Können erhaben ist.!

Am andern Tag kehrten nach und nach die Reiter zurück. Hie und da brachte einer eines der geraubten Pferde; von den Räubern aber sprach keiner ein Wort; ich wenigstens konnte nicht erfahren, was mit ihnen geschehen ist.

Der Girl-Robber

1. EINE MENSCHENJAGD

Ich war mit einem Steamer der Peninsular- and Oriental-Company von Suez nach Ceylon gekommen und in Point de Galle gelandet. Mein Aufenthalt hier sollte ein nur kurzer sein, denn das Ziel meiner Reise war Bombay, von wo aus ich dann Vorderindien kennen lernen wollte. Verschiedene Umstände jedoch bewirkten, daß ich länger bleib, was ich sehr wohl tun konnte, da ich vollständig Herr meiner Zeit und Bestimmung war.

Wer — ausgedorrt durch die glühende Hitze des arabischen Meeres — ein Land von der Beschaffenheit der Insel Ceylon betritt, fühlt sich von körperlichen und geistigen Rücksichten so gefesselt, daß es ihm schwer wird, es in Kürze wieder zu verlassen. Die großartige Natur der Insel fordert unbedingt den Wissensdurst heraus, und ihre ethnographischen Verhältnisse sind so interessant, daß man sich unwillkürlich zu längeren Studien veranlaßt fühlt.

Jetzt stand ich auf dem Leuchtturm von Point de Galle, versunken in dem Genuß des herrlichen Panoramas, welches sich unten zu meinen Füßen ausbreitete.

In dem Hafen lag eine Menge Fahrzeuge vor Anker; ein und auslaufende Schiffe belebten die Szene; es waren unter ihnen alle Gattungen und Größen vom prachtvollsten, gigantischen europäischen Dampfer bis herunter zur erbärmlichen chinesischen Dschunke und zu dem eigentümlich gebauten singhalesischen Landungsboot vertreten. Schwedische und dänische Transchiffe, vom Walfischfang aus dem südlichen Polarmeer kommend, schwere holländische Dreimaster mit hoher, altmodischer Gallione, engliche Marinefahrzeuge und Kauffahrer, leichte französische Vaisseaux und schlanke Amerikaner, scharf auf den Kiel gebaut und mit einer Takelage versehen, die eine Gewandtheit in der Manövrierkunst erfordert, welche dem kühnen und dabei kaltblütigen Yankee eigentümlich ist, kamen und gingen oder ritten, sich leicht von Bord zu Bord neigend, auf ihren aus unzerbrechlichem englichen Stahl gefertigten Ankerketten. Daran schloß sich ein reich belebtes Ufer, dessen Szenerie allerdings geeignet war, die Aufmerksamkeit in Anspruch zu nehmen.

Kleine Felseninseln, von Kokospalmen und Pandanen bestanden, ragten aus den schimmernden, in ewiger Bewegung wallenden Fluten empor. Zwischen ihnen zogen sich zahlreiche Korallengärten hin, von schmalen Wasserarmen getrennt, in deren durchsichtigen Wellen rote und blaue Fische schwammen; gefräßige Haie zerrten nahe am Ufer an dem Kadaver eines toten Hundes; aufgebrochene Muscheln glänzten im nassen Sand, und vielgliedrige Krabben krochen die Steilung der Felsen hinan.

Die Häuser und Hütten der Stadt hatten sich schalkhaft unter den Kronen der Palmen und Fruchtbäume versteckt, und wo die reinlichen Straßen offen vor dem Blick lagen, da war eine reiche Menge von Lebenserscheinungen zu erkennen: weidende Zebuochsen, am Kanalbau beschäftigte Elefanten, deren Klugheit und Stärke zwanzig menschliche Arme ersetzte, schwarze Schildwachen, prominierende Ladies, durchsichtig weiße Kinder englischer Eltern mit kleinen, beweglichen französischen Bonnen oder hageren Londoner Governessen und braunen, eingeborenen Ammen, tabakrauchende singhalesische Mädchen und Knaben, behäbig und stolz daherschreitende Muskelmänner, schachernde Juden, mit allen denkbaren und scheinbar wertlosen Kleinigkeiten behangen, bezopfte Malylas, Betel kauende Ratschputen, Buddhapriester in ihrem langen, schwefelgelben Gewand mit nackt abgeschorenem Kopf und Bart, englische Midshipmen in roter Jacke, laut mit dem schweren Säbel rasselnd, malerisch schöne Hindumädchen: Nase, Stirn, Ohren, Arme und Beine mit Korallen oder Gold und Edelsteinen behangen.

Über dem allen lag der bezaubernde Duft des Südens ausgegossen. Die Sonne schickte sich an, in die Wogen des Meeres zu steigen, und warf ihre Reflexe von tiefsten, gesättigten Purpur bis zum leuchtendsten Flammengold über die rastlos sich neu gestaltende Fläche der wogenden See. Es war ein Anblick, in den man sich stundenlang versenken konnte, ohne seiner müde zu werden.

Neben mir lehnte Sie John Rassley. Er bemerkte von alledem, was ich sah, nicht das Geringste. Die herrlichen Tinten, in denen der Himmel flimmerte und glühte, das strahlendurchblitzte Kristall der See, der erquickende Balsam der sich abkühlenden Lüfte und die bunte, interessante Bewegung auf dem vor uns liegenden Fleckchen der schönen Gotteswelt, sie gingen ihm verloren; sie waren ihm im höchsten Grad gleichgültig; Sie durften es nicht wagen, seine Sinne auch nur einen Augenblick lang in Anspruch nehmen. Und warum? Wunderbare und ganz überflüssige Frage! Was war denn eigentlich dieses Ceylon in seinen Augen? Ein Eiland, eine Insel mit einigen Menschen, einigen Tieren und einigen Pflanzen darauf und rund herum von Wasser umgeben, welches nicht einmal zum Waschen oder zur Bereitung einer Tasse Tees geeignet ist. Was ist das weiter! Etwas sehenswertes oder gar Wunderbares gewiß nicht! Was ist Point de Galle gegen Hull, Plymouth, Portsmouth, Southhampton oder gar London; was ist der Gouverneur zu Colombo gegen die Königin Viktoria von Altengland, Irland oder Schottland; was ist Ceylon gegen Großbritannien und seine Kolonien; was ist überhaupt die ganze Welt gegen Rassley-Castle, wo Sir John geboren worden ist?!

Der gute, ehrenswerte Sir John war ein Engländer im Superlativ. Besitzer eines unermeßlichen Vermögens, hatte er noch nie daran gedacht, sich zu verehelichen, und war einer jener zugeknöpften, schweigsamen Englishmen, welche alle Winkel der Erde durchstöbern, selbst die entferntesten Länder unsicher machen, die größten Gefahren und gewagtesten Abenteuer mit unendlichem Gleichmut bestehen und endlich müde und übersättigt die Heimat wieder aufsuchen, um als Mitglied irgend eines berühmten Reiseklubs einsilbige Bemerkungen über die gehabten Erlebnisse machen zu dürfen. Er hatte den Spleen in der Weise, daß seine lange, knochige Gestalt nur in seltenen Augenblicken einen Anflug von Genießbarkeit zeigte, besaß aber doch ein gutes Herz, welches immer bereit war, die großen und kleinen Seltsamkeiten, in denen er sich zu gefallen pflegte, wieder auszugleichen. Eine innere Erregung schien bei ihm gar nicht denkbar, und er zeigte nur dann eine lebhaftere Beweglichkeit, wenn er auf eine Gelegenheit stieß, eine Wette einzugehen. Die Wettsucht nämlich war seine einzige Leidenschaft, wenn bei ihm von Leidenschaft überhaupt die Rede sein konnte, und es wäre wirklich gradzu ein Wunder gewesen, hätte er eine solche Gelegenheit versäumt. Meine Leser werden sich errinnern, daß ich noch andere Englishmen kennen gelernt habe, welche ebeso wie er an dieser Wettsucht litten.

Nachdem er aller Herren Länder kennen gelernt hatte, war er zuletzt nach Indien gekommen, dessen General-Gouverneur ein Verwandter von ihm war, hatte es in den verschiedensten Richtungen durchstreift, war auch schon einige Male auf Ceylon gewesen und im Auftrag des Gouverneurs jetzt wieder hergekommen, um sich wichtiger Botschaften an den Statthalter zu entledigen. Ich hatte ihn im Hotel Madras kennengelernt und mich ihm angeschlossen, weil seine Erfahrungen und Konnexionen mir von großem Nutzen sein konnten. Die Vertretung Deutschlands war damals keine so kräftige und imponierende wie jetzt, besonders in jenen fernen Ländern, und der Anschluß an einen Engländer, dessen Regierung die ihr Angehörigen allerorts zu schützen wußte, also nur vorteilhaft zu nennen. Wir hatten uns nach und nach auch geistig zusammengefunden, und obgleich er mich niemals auch nur zur kleinsten Wette zu verleiten vermocht hatte, war ich ihm doch lieb und befreundet geworden, daß er trotz seiner sonstigen Unnahbarkeit eine wahrhaft brüderliche Zuneigung für mich an den Tag legte.

Also jetzt lehnte er, völlig unberührt von den uns umgebenden Naturreizen, in denen ich sozusagen schwelgte, neben mir und beschielte den goldenen Klemmer, welcher ihm vorn auf der äußersten Nasenspitze saß, mit einer Beharrlichkeit, als wolle er an dem Sehinstrument irgend eine wichtige welterschütternde Entdeckung machen. Neben ihm lehnte sein Regen- und Sonnenschirm, welcher so kunstvoll zusammengesetzt war, daß er ihn als Stock, Degen, Sessel, Tabakspfeife und Fernrohr benutzen konnte. Dieses Unikum war ihm von dem Traveller-Club, London, Near-Street 47, als Souvenier verehrt worden; er trennte sich niemals, weder bei Tage noch bei Nacht, von demselben und hätte es um alle Schätze der Welt nicht von sich gegeben. Diese Chair-and-umbrella-pipe, wie er es nannte, war ihm beinahe so lieb wie seine prachtvoll eingerichtete und üpfeilschnelle kleine Dampfjacht, welche unten im Hafen vor Anker lag, und die er sich für seinen persönlichen Gebrauch auf den Werften von Greenock am Clyde, den in aller Welt berühmten Schiffsbauwerkstätten, hatte bauen lassen, weil er stets auf eigenen Füßen stehen und von dem Befehl eines Kapitäns nicht abhängig sein wollte.

Während mein Auge nach unten schweifte, fiel mir ein Zug eingeborener Soldaten auf, welcher sich einem weit in die See hinausragenden Felsen näherte. Voran schritt, von zwei Bewaffneten sorgfältig bewacht, ein an den Händen gefesselter Mann, welcher seiner Kleidung nach ein Singhalese sein mußte. Jedenfalls lag hier eine Exekution vor, und da ich das lebhafte Interesse, welches mein Gefährte für dergleichen Vorkommnisse hegte, gar wohl kannte, so machte ich den Versuch, ihn aus seiner welterschütternden Betrachtung aufzustören.

„Sir John Rassley!“

Er antwortete nicht.

„Sie John Rassley!“ rief ich mit erhöhter Stimme.

„Yes!“ antwortete er jetzt, natürlich ohne von dem goldenen Gestell seiner Brille aufzublicken.

„Wollt Ihr nicht einmal dort hinüberschauen, Sir?"
„Warum?"
„Ich glaube, es wird einer in das Wasser geworfen!"
„Einer? Was für einer? Ein Hund? Ein Pferd? Ein Mensch?"
„Ein Mensch, Sir John!"
„Well. So laßt ihn ruhig ersaufen, Charley!"
Er studierte mit unverändertem Eifer an seinem Klemmer weiter. Der Zug war auf der Höhe des Felsens angekommen und machte dort Halt. Die Soldaten schlossen einen Kreis um den Gefesselten.
„Ich möchte doch wissen, was der arme Teufel verbrochen hat," bemerkte ich, um seine Aufmerksamkeit zu erregen.
„Hat er Euch etwas getan?"
„Nein."
„Good God, so laßt ihn also doch ersaufen, Charley?"
„Aber es sind ihm die beiden Arme zusammengeschnürt!"
Jetzt hatte ich das Richtige getroffen, um seine Teilnahme zu erregen. Jeder, auch der kleinste unnötige Eingriff in die persönliche Freiheit eines Menschen war ihm verhaßt.
„Gefesselt ist er? Zounds, das ist grausam, das ist feig, das ist gemein, das ist elend! Das würde man in Altengland nicht tun!"
„Ihr habt sehr recht. Der Brite ist in jeder Beziehung nobel. Wenn er einen hängt, so läßt er ihn wenigstens mit freien Gliedern sterben. Die Barbarei freilich kennt solche menschlichen Rücksichten nicht. Seht nur, welche Menge von Wächtern den armen Kerl begleitet!"
„Wo ist es, Charley?"
„Da drüben auf der Felsenzunge."
Er warf jetzt wirklich eine Blick hinüber nach dem Ort, den ihm meine ausgestreckte Hand bezeichnete. Ich erwartete immer noch eine seiner gleichgültigen Bemerkungen, hatte mich aber dieses Mal getäuscht, denn seine Recht fuhr empor, um den Klemmer näher an das Auge zu bringen und durch diese Manipulation dem Gesicht die nötige Schärfe zu geben.
„Heigh-ho, ist's möglich!"
„Was?"
„Daß es Kaladi ist!"
„Kaladi? Wer ist das, Sir John!"
„Das sollt Ihr später erfahren. Ich muß mich überzeugen!"
Er ergriff seinen Schirm, spannte dessen weißgraues Dach auf, drehte an einigen Schrauben des hohlen Doppelstockes und suchte durch das jetzt entstandene Fernrohr den Punkt, auf welchem die Exekution vor sich gehen sollte.

„Wollen wir wetten, Charley?" fragte er nach einer Pause, während welcher seine Mienen eine immer größer werdende Spannung angenommen hatten.

„Worüber?"

„Daß sich dieser Mann nicht ertränken läßt?"

„Ah!"

„Nicht wahr, das klingt unmöglich? Und doch setze ich hundert Sovereigns!"

„Gegen wen?"

„Gegen Euch natürlich!"

„Ihr wißt, Sir, daß ich nicht wette."

„Well, das ist wahr. Ihr seid ein prächtiger Kerl, Charley, aber bis zum vollkommenen Gentleman habt Ihr es noch nicht gebracht, sonst würdet Ihr Euch nicht beständig weigern, einmal einen guten Einsatz anzunehmen. Dennoch aber werde ich Euch beweisen, daß ich die Wette gewinnen würde!"

Er steckte zwei Finger in den Mund und ließ einen scharfen, durchdringenden Pfiff erschallen, welcher weithin zu vernehmen war. Auch der Verurteilte hörte ihn. Kannte er dieses Signal des Engländers? Mit einer raschen Bewegung hob er den tief gefesselten Kopf und blickte zum Leuchtturm empor. Rassley stieß einen zweiten Pfiff aus und schwenkte den Schirm in der Luft.

Die Wirkung war eine augenblickliche und überraschende. Der zu dem Tod des Ertrinkens Verurteilte schnellte sich ganz unerwartet durch den Kreis der ihn umstehenden Soldaten bis an den Rand der Klippe und stürzte sich kopfüber in die Fluten des Meeres hinab.

„Seht Ihr es, Charley," sagte John Rassley, „daß ich gewinnen würde?"

„Ich sehe es noch nicht; der Mann hat sich ja selbst ertränkt!"

„Sich ertränkt? Seid Ihr bei Sinnen?"

„Nun, was anders?"

„Was anders? Well, Ihr werdet es gleich sehen! Behold, da taucht er aus den Wogen auf. Nun Charley, was sagt Ihr jetzt?"

„Bei Gott, er lebt! Der Kerl schwimmt ja trotz seiner gefesselten Hände wie ein Fisch!"

„Wie ein Fisch? Pshaw, das ist noch zu wenig; wie ein Hummer wollt Ihr sagen! Es ist Kaladi, mein früherer Diener, der beste Taucher und Schwimmer im ganzen Bereich dieser tristen und langweiligen Insel, was aber der brave Mudellier, der ihn verurteilt hat, nicht zu wissen scheint."

„Der Mann war Euer Diener? Drum kennt er Euren Pfiff!"

„So ist es. Er muß übrigens etwas verteufelt Schlimmes begangen haben, denn diese Distriktsverwalter lassen jeden Eingeborenen durchschlüpfen, wenn es nur irgend möglich ist; sie sind ja selbst ausschließlich Singhalesen. Seht, die gebundenen Arme genieren ihn nicht im geringsten, weil er auf dem Rücken schwimmt. Er kommt grad auf den Leuchtturm zu!"

Der sonst so wortkarge Mann war mit einemal ganz außerordentlich lebendig geworden. Er verfolgte jede Bewegung des Schwimmenden mit ungewöhnlicher Spannung, focht mit den Händen hin und her, als könne er ihm dadurch behilflich sein, und machte mir dabei die notwenig erscheinenden Erklärungen.

„Wie er stößt; wie schnell er vorwärts kommt! Er wird von dem Wolf verfolgt, der Teufel hole es! Aber ehe die Soldaten den Umweg von der Klippe nach dem Leuchtturm gemacht haben, ist er längst hier angekommen. Ich kenne ihn. Wir sind im vorigen Frühjahr miteinander über den Kalina-Ganga, über den Kalu-Ganga und sogar über den reißenden, hoch angeschwollenen Mehavella-Ganga geschwommen."

„Was war er denn, bevor er in Eure Dienste trat?"

„Er war der geschickteste Perlfischer auf den Bänken von Negombo und ist nur mir zuliebe mit in das Innere des Landes gegangen. Ich erkannte ihn gleich und werde ihn retten."

„Auf welche Weise? Wenn er wirklich ein schweres Verbrechen begangen hat, wird das unmöglich sein."

„Unmöglich? Ihr kennt dieses verrückte Volk noch nicht, Charley. Ich bin Sir John Rassley auf Rassley-Castle in Altengland und will den Mudellier sehen, der es wagt, mit mir zu rechten! Da, jetzt hat er das Ufer erreicht. Es ist ein Glück, daß kein Haifisch mehr in der Nähe war, sonst hätte er wegen der gefesselten Arme einen schweren Stand gehabt. Kommt, Charley, wir gehen ihm entgegen! Er hat mich erkannt und kommt herbeigelaufen."

Es war so. Kaladi war an das Land gestiegen und kam zu der Plattform, auf welcher sich die schlanke Säule des eisernen Turmes erhob, eiligen Laufs heraufgesprungen. Wir stiegen schnell die Treppe hinab und stießen unten an der Tür mit ihm zusammen.

„Wischnu segne Euch, Sihdi," grüßte er atemlos. „Ich war dem Tode nahe. Sie wollten mir noch die Beine fesseln und die Augen verbinden. Ihr aber seid in Radscha, ein Herr, ein Maharadscha, ein großer und gewaltiger Herr, und werdet Kaladi, Euren treuen Diener, retten?"

„Well, das werde ich tun,“ antwortete Rassley, indem er sein Messer hervorzog und die Baststricke, mit denen der Singhalese gebunden war, durchschnitt. „Was hast du verbrochen?“

„O nichts, nichts, Sihdi, fast gar nichts. Mein Kris war scharf und spitz, sehr scharf und spitz, und ist einem ein wenig zu tief in das Herz gefahren.“

„Murderer! Alle Wetter, Mensch, das ist schon etwas mehr als nichts! Hast du Ihn getötet?“

„Ja, ein wenig.“

„Was war er?“

„Ein Chinese.“

„Ein Chinese nur? Das ist gut! Was hat er dir denn getan, daß du nach dem Dolch griffest?“

„Er kam und wollte mir Molama, die Blume und das Glück meines Lebens rauben.“

„Fudge! Das Glück deines Lebens! Dummheit! Unter hundert Albernheiten, welche ihr Menschen begeht, sind neunundneunzig Male diese verwünschten Frauenzimmer schuld. Die Liebe ist die ärgste Monomanie, welche ich kenne, und hat schon Millionen um den Verstand gebracht. Aber ich hoffe, daß dich das Bad abgekühlt hat. Du kennst das Hotel Madras?“

„Wie sollte ich nicht, Sihdi! Ihr habt ja zweimal daselbst gewohnt, wo ich mit Euch gewesen bin!“

„Ich wohne jetzt wieder da. Hier kommen schon deine Verfolger. Verbirg dich jetzt; in einer Stunde suchst du mich wieder auf!“

„O gütiger Herr, wie soll ich Euch danken? Ich habe mein Leben wieder und darf Molama, den Trost meiner Augen, sehen. Wischnu, der Allgütige, möge Euch dafür belohnen!“

„Cheer up, Schlingel, sonst fangen sie dich noch!“

Kaladi sprang auf der andern Seite der Plattform hinab und war im nächsten Augenblick hinter dem dort wuchernden Bambusdickicht verschwunden.

Es war die höchste Zeit gewesen, denn die Soldaten befanden sich bereits in der Nähe und eine Menge Volkes, welches auf den ungewöhnlichen Vorgang aufmerksam geworden war, kam herbeigelaufen. Ich war einigermaßen besorgt über den Verlauf, den die Sache nehmen werde. Rassley aber trat den Verfolgern, deren Anführer uns erreicht hatte, mit seinem gewöhnlichen Gleichmut entgegen.

„Wo ist Kaladi, der uns entlaufen ist?“ fragte der Erwähnte.

„Was willst du von ihm?“

Der Mann stutzte bei dem barschen, befehlshaberischen Ton dieser Gegenfrage, die er, der in seinem Recht zu sein glaubte, jedenfalls nicht erwartet hatte.

„Ich will ihn wiederhaben."

„So suche ihn!"

„Ihr wißt, wo er sich befindet."

„Ah, meinst du?"

Der Klemmer ritt wieder vorn auf seiner Nasenspitze; John Rassley zupfte sich an den beiden Bartkoteletten und lachte in einer Weise, aus welcher sich deutlich ersehen ließ, daß ihm der Vorgang großes Vergügen machte.

„Ja, Ihr wißt es, denn Ihr habt ihm gepfiffen und gewinkt und ihn zur Flucht verleitet."

„Das ist wahr! Hast du etwas dagegen?"

„Ich muß Euch arretieren!"

Der gute John Rassley riß vor Vergnügen den Mund samt den Augen so weit auf, als es ging.

„Verhaften? Mich, einen Peer und Gentleman aus Altengland? Hier auf Ceylon in diesem Eidechsennest? Mensch, du bist wahnsinnig, du bist vollständig übergeschnappt! Mach, daß du fortkommst! Kaladi gehört mir, und ich tue mit ihm, was mir beliebt."

„Er gehört Euch? Wieso?"

„Er ist mein Diener und tut alles, was er tut auf meinen Befehl. Ohne meinen Willen darf ihm kein Mensch auch nur ein Haar krümmen, selbst der Mudellier nicht."

„Wenn er Euer Diener ist, warum blieb er nicht bei Euch stehen, warum ging er da fort?"

„Ich schickte ihn fort, weil es mir so gefiel. Du aber gehst zum Mudellier und sagtst ihm, daß ich mit ihm sprechen werde!"

„Ich werdet nicht mit ihm sprechen, sondern er mit Euch!"

„Ah? Inwiefern?"

„Weil ich Euch verhaften und zu ihm führen werde. Den aber, welchen Ihr Euren Diener nennt, lasse ich verfolgen und werde ihn sicher fangen. Vorwärts, kommt mit mir!"

„Begone; mach, daß du fortkommst!"

„Wenn Ihr nicht gutwillig mitgeht, so werde ich Euch zwingen müssen!"

„Versuche es einmal, ob du es fertigbringst!"

Er zog, im höchsten Grad belustigt, ein Paar riesige Drehpistolen hervor. Ich folgte seinem Beispiel und griff zu meinem Revolver.

„Ihr wollt Euch wehren?“ fragte der Ceylonese erschrocken.

„Nein, mein lieber Sohn. Wir wollen uns nicht wehren, sondern werden dich nur ein wenig erschießen, wenn es dir einfallen sollte, uns noch länger zu belästigen.“

Der Mann befand sich sichtlich in einer schauderhaften Verlegenheit. Die Pflicht stritt in ihm mit der Furcht, welche ihm unsere Waffen einflößten, doch schien die Furcht zu siegen.

„Wie sagtet Ihr, woher Ihr seid, Sihdi?“

„Aus England.“

„Aus Anglistan, wo die große Königin wohnt? Ist das wirklich wahr?“

„Wirklich!“

„Und Ihr werdet auch gewiß zum Mudellier gehen?“

„Gewiß.“

„Und Ihr werdet mich nicht betrügen?“

Rassleys Gesicht leuchtete förmlich vor Vergnügen. Er liebkoste seinen Bart in einer Weise, welche auf die beste Laune schließen ließ, und antwortete:

„Ich bin ein Maharadscha aus Anglistan, und dieser Sihdi hier ist ein noch viel größerer Maharadscha aus Germanistan. Wenn du es nicht glaubst, so werde ich es dir beweisen. Kannst du lesen?“

„Ja!“ versicherte der Gefragte, obgleich er sicher keinen Buchstaben kannte. Er gab diese Antwort jedenfalls nur, um sich bei seinen Untergebenen in den gehörigen Respekt zu setzen.

Sir John griff in die Tasche und brachte ein zusammengefaltetes Papier hervor. Es war die Speisekarte, welcher er vorher im Hotel Madras zu sich gesteckt hatte.

„Hier lies!“

Der Mann ergriff das Blatt, führte es respektvoll an die Stirne, betrachtete es dann mit ernster, wichtiger Kennermiene und bewegte dabei die Lippen, als ob er lese. Dann schlug er es höchst sorgfältig wieder zusammen, drückte es an die Brust und gab es zurück.

„Ihr habt die Wahrheit gesagt, Sihdi. Ihr seid zwei Maharadscha vom Sonnenuntergang; hier steht es geschrieben. Ich darf Euch freilassen, denn ich weiß nun, daß Ihr zum Mudellier gehen werden, um mich zu entschuldigen und ihm zu sagen, daß ich den Gefangenen nur deshalb entlaufen ließ, weil er Euer Diener war und also Euch gehörte.“

Er legte, ehrerbietig grüßend, unter einer tiefen Verneigung die Hände an die Brust, wandte sich dann zu seinen Kriegshelden und marschierte mit ihnen die Plattform hinab der Stadt entgegen. Hinter ihm verlief sich der versammelte Haufen des neugierigen Volkes.

Vom Hafen herauf ließ sich ein eigentümlicher, monotoner Gesang vernehmen. Er ertönte auf einem ungewöhnlich großen chinesischen Schiff, dessen Gangspill von fünf Männern gedreht wurde, um den großen Anker aufzuziehen. Sie ließen dabei nach dem Takt ihrer Schritte den bei diesen Seeleuten gebräuchlichen Kanon ‚tien omma omma tien woosing' hören.

Rassley schob sich den Klemmer näher an die Augen und betrachtete das Fahrzeug mit aufmerksamen Blick.

„Charley!" sagte er.

„Sir John!"

„Wollen wir wetten?"

„Wetten? Worüber?

„Daß der Kapitän dieser Dschunke entweder den Verstand verloren hat oder unter einer zweideutigen und schmutzigen Flagge segelt."

„Warum glaubt Ihr dies?"

„Well, Ihr seid kein Seemann und habt also infolgedessen kein Auge für solche Dinge. Habt Ihr jemals eine Dschunke mit drei Masten gesehen?"

„Nein."

„Und von einer so wunderbaren Takelage?"

„Was ist so wunderbares an ihr?"

„Die Vereinigung des chinesischen mit dem amerikanischen System und die Verhältnisse der Mastenhöhen. Wie kommt es, daß der Besan höher ist, als der Haupt- und der Fockmast? Und was soll das lange Spriet mit einer Doppelpardune?"

„Allerdings auffällig! Aus der Pardune läßt sich schließen, daß das Fahrzeug Pflugsegel trägt, um den Wind scharf zu schneiden, und mir scheint, die Masten haben die erwähnte Höhe erhalten, weil das nach hinten aufsteigende und voller werdende Segelwerk auf eine Vergrößerung der Schnelligkeit berechnet ist, wozu allerdings der tonnenförmige Bau des Rumpfes nicht paßt."

„Charley, ich habe Euch für keinen Seemann gehalten, aber Ihr habt wirklich einen ganz guten Blick für Dinge, welche dem Auge der Landratte sonst zu entgehen pflegen. Diese Dschunke ist eine höchst ungeschickte Nachahmung amerikanischer Klipperschiffe, und ich möchte mich ihr bei einer Bö um keinen Preis der Erde anvertrauen."

„Diese auffällige Ausrüstung muß einen Zweck haben, den ich nicht verstehe."

„Natürlich! Rechnet nun einmal dazu, daß dieses Fahrzeug jetzt, wo die Flut noch nicht einmal umgesprungen ist, die Anker lichtet, um in die See zu stechen. Der Kapitän muß andere als seemännische Gründe haben, dies zu tun. Ich setze hundert Sovereigns, daß es entweder in seinem Kopf oder zwischen seinen Planken etwas Unsauberes gibt. Ihr halte doch die Wette!"

„Ich wette nie."

„So setzt wenigstens zehn Pfund gegen meine hundert!"

„Auch das nicht, Sir."

„Wirklich nicht? For shame, Charley, schämt Euch! Es ist ein wirkliches Unglück, daß Ihr so ein netter Kerl seid und Euch doch niemals verstehen wollt, einen Einsatz anzunehmen. Ihr werdet es in Eurem ganzen Leben nicht dazu bringen, ein wahrhaftiger Gentleman zu sein, und da mich dies ganz bedeutend ärgert, so werde ich Euch schon einmal zu zwingen wissen, eine Wette zu parieren. Seht Ihr den spanischen Dampfer? Will auch der in See gehen?"

„Wohl nicht. Er wird wohl den Chinesen in das Schlepptau nehmen sollen, um ihn gegen die Flut aus dem Hafen zu bugsieren."

„All right! Er legt sich vor, und der Chinese zeigt seinen Stern. Könnt Ihr vielleicht sehen, welchen Namen er führt?"

„Nein."

„Dann muß ich meine Chair-and-umbrella-pipe zu Hilfe nehmen."

Er nahm den Schirm auf, stellte die Gläser und visierte nach der Dschunke hinüber.

„Haiang-dze. Der Kuckuck hole die albernen Namen, welche diese Zopfmänner führen! Kommt, Charley. Da Ihr einmal nicht wetten wollt, so geht uns das Schiff auch nichts mehr an!"

Wir schritten der Stadt zu und schlugen die Richtung nach dem hotel Madras ein. Dort angekommen, begaben wir uns in das luftige Gemach des Engländers, um hierKaladi zu erwarten.

Die diesem gesetzte Frist verstrich, ohne daß er erschien.

„Charley!"

„Was?"

„Wollen wir wetten?"

„Nein."

„So hört doch erst, was ich meine! Ich behaupte nämlich, daß dem armen Teufel etwas Widerliches passiert ist, und setze auf diese Meinung fünfzig Pfund. Ihr seid natürlich anderen Ansicht und werdet also diesmal meine Wette parieren."

„Leider kann ich dies nicht tun, weil ich ganz dieselbe Ansicht hege, wie Ihr, Sir John. Wäre alles in Ordnung, so müßte er ja schon längst erschienen sein."

„Well! Ihr seid einmal, was das Wetten betrifft, ein vollständiger und unverbesserlicher Ignorant. Ein wahrer Gentleman würde auf meinen Vorschlag eingehen, selbst wenn seine Ansicht ganz mit der meinigen übereinstimmte. Ich warte noch fünf Minuten. Kommt er auch während dieser Zeit nicht, so brechen wir auf — hush, was geht da draußen vor?"

Draußen auf der Straße, wo jetzt die Dunkelheit des hereinbrechenden Abends mit dem Schein der zahlreich in den offenen Veranden aufgehängten Lampen stritt, ließ sich ein ungewöhnlicher Lärm vernehmen. Laute, durchdringende Rufe ertönten und der Sturmschritt einer schnell dahineilenden Menge erscholl.

Wir traten hinaus vor den Eingang. Die Hauptmasse war bereits vorüber, doch kamen wir immerhin noch zeitig genug, um einen windschnell dahinschießenden Menschen zu erkennen, welche in eben solcher Hast verfolgt wurde.

Rassley hatte in der Eile den Klemmer von der Nase verlores; er hing ihm an der schwarzseidenen Schnur über die Weste herab.

„Charley!"

„Sir John!"

„Wißt Ihr, wer der Mann war?"

„Nein."

„So bin ich scharfsinniger als Ihr."

„Nun?"

„Kaladi!"

„Ah!"

„Ja, er war es sicher. Man hat ihn attrapiert und ihn wieder festnehmen wollen."

„Er kann es nicht gewesen sein!"

„Warum nicht?"

„Weil er sicher bei uns Zuflucht gesucht hätte."

„Pshaw; der gute Kerl hat uns nicht mit seinen Verfolgern belästigen wollen."

„Das hieße die Zartheit zu weit triben, da Ihr Euch seiner einmal angenommen habt. Er weiß ja, daß sein Leben auf dem Spiel steht."

„Sein Leben? Wo denkt Ihr hin? Laßt Euch doch nichts weißmachen, Charley! Kaladi ist nicht nur der beste Schwimmer, sondern auch der ausdauernste Läufer, den ich kenne. Er wird sich diesesmal nicht fassen lassen. Dennoch aber bedarf er meiner Hilfe, und ich werde deshalb jetzt zum Mudellier gehen. Ihr begleitet mich doch?“

„Das versteht sich!“

Wir kehrten in das Zimmer zurück, um unsere Hüte und Sir Johns Chair-and-umbrella-pipe zu holen, hatten aber diese Gegenstände noch nicht ergriffen, als sich hinter uns die Tür öffnete, um Kaladi einzulassen, welcher mit fliegendem Atem und rinnendem Schweiß in das Zimmer trat.

„Verzeiht, Sihdi,“ keuchte er, „daß ich nicht eher gekommen bin.“

„Du bist bemerkt worden?“

„Ja, Sidhi. Ich mußte, um zu Euch zu gelangen, durch die Straßen der Stadt, durch welche man mich vorhin geführt hatte. Man erkannte mich daher und wollte mich fangen.“

„Well, mein Junge. Aber man hat dich nicht bekommen.“

„Nein. Ich sprang bis an das Wasser und bog dann hinter der Stadt herum, um durch den Garten in das Hotel zu kommen. Sie haben mich aus dem Auge verloren und werden mich hier nicht finden.“

„All right. Setze dich nieder und sieh, daß du wieder zu Atem kommst! Seht Ihr es, Charley, daß ich recht hatte? Sie haben ihn nicht eingeholt. Er ist ein tüchtiger Kerl, gewandt und mutig, welch letzteres man von dem feigen, singhalesischen Pack hier nicht zu sagen hat. Und grad deshalb gefällt er mir.“

„Sihdi, Ihr seid ein zu gütiger Maharadscha!“ fiel Kaladi ein.

„Pshaw, sei still! Die Haie hätten mich ja längst verschlungen, wenn du mich nicht gerettet hättest. Ihr müßt nämlich wissen, Charley, daß ich einmal mit meiner Dampfjacht eine Fahrt um diese langweilige Insel unternahm. Ich kam an die Bänke von Negombo, und da ich die Perlfischerei sehen wollte, so hielt ich nahe an sie heran, stellte mich auf die Reeling und hielt mich an den Wanten fest. Wir aber kannten das Fahrwasser nicht, streiften an ein Riff, und ich wurde von dem Stoß, welcher dabei erfolgte, über Bord geworfen.“

„Man stoppte doch sofort die Maschine, Sir?“

„Hat sich fein stoppen, Charley! Da ich die Jacht stets selbst kammandiere und der Steuermann ganz verteufelt beschäftigt war, vom Felsen abzuhalten, war gar niemand da, der dem Maschinisten den Befehl hätte erteilen können. Übrigens hatte, wie sich später herausstellte, kein Mensch den Unfall bemerkt. Hist, ich sage, kein Mensch, und das ist nicht wahr, denn dieser brave Brusch hier hatte es doch gesehen. Er war drei Minuten lang unter Wasser gewesen und kam ermattet und mit einer schweren Ladung Muscheln zur Oberfläche empor. In diesem Augenblick sah er mich fallen, ließ die Muscheln wieder zur Tiefe, kam auf mich zu und faßte mich. Es dauerte allerdings eine gute Weile, bis er mich hatte, denn die Strecke von ihm bis zu mir war ganz bedeutend, und obgleich ich kein übler Schwimmer bin, fühlte ich mich vollständig ermattet, so daß er grad zur rechten Zeit kam, mich über Wasser zu halten. Auf der Jacht hatten sie endlich doch bemerkt, was vorging; man setzte schleunigst ein Boot aus und holte uns an Bord. — Du bleibst jetzt hier, Kaladi, und wartest auf uns. Ihr aber, Charley, begleitet mich zum Mudellier!"

Wir schlossen den Singhalesen ein und gingen.

Vor der Wohnung des Beamten lungerte eine Menge seiner Untergebenen herum. In diesen Länderstrichen hat jeder besser situierte Mann für fast jede besondere Handreichung auch einen besonderen Bedienten. Das ist bedingt durch das Kastenwesen und wird ermöglicht durch die überaus große Billigkeit von allem, was die Notdurft des Leibes und des Lebens erfordert.

„Wollt ihr zum großen Mudellier?" fragte einer von ihnen.

„Allerdings."

„Da müßt ihr morgen kommen. Jetzt ist es zu spät!"

Rassley nahm den Mann und schob ihn zur Seite.

„Sheep, Schaf, mache dich beiseite!"

Im Nu waren wir umringt. Einige hatten sogar die Verwegenheit, uns anzufassen. Sir John ließ durch eine ihm bei guter Laune eigentümliche Bewegung der Gesichtsmuskeln den Klemmer auf die Nasenspitze avancieren, erhob den Schirm und zog mit demselben dem ihm zunächst Stehenden einen Hieb über das Gesicht, daß er weit zurücktaumelte.

Dies setzte uns sofort in den beabsichtigten Respekt, so daß wir nun ungehindert eintreten konnten.

„Seht Ihr es, Charley, was so eine Chair-and-umbrella-pipe zu bedeuten hat? Es ist ein Universalreisegerät, wie es sicher kein zweites gibt," lachte höchst befriedigt der Engländer. „Vielleicht kann ich Euch dies gleich zum zweitenmal beweisen."

Wir waren durch die Veranda in ein Vorzimmer gelangt, dessen Wände die Decke nicht erreichten, sondern nur bis etwas über Mannshöhe emporgingen, um der Luft freien Zustrich zu gestatten. Man findet diese dem Klima höchst angemessene Bauart fast an jedem Haus von Point de Galle. Hier saßen auf Bastmatten zwei Diener, welche sich erhoben und die schon vorher an uns gerichtete Frage wiederholten.

„Ihr wollt zum großen Mudellier?“
„Ja.“
„Er ist am Abend nicht zu sprechen. Wer hat euch eingelassen?“
„Wir selbst, wenn's euch beliebt!“
„Geht, und kommt morgen wieder!“
„Das wird sich nicht gut machen, meine Jungens!“
Rassley schritt ohne Umstände auf den Eingang des nächsten Zimmers zu, doch stellten die beiden Männer sich sofort ihm entgegen.
„Halt! Der Eintritt ist verboten. Geht zurück!“
„Well! Und dann wieder vorwärts. Kommt her, Jungens!“
Er faßte den einen mit dem rechten und den andern mit dem linken Arm, trug sie zum Eingang zurück und schleuderte sie hinaus unter andre, denen ihre bereits erschütterte Fassung jetzt vollends ganz verloren ging. Ein fürchterliches Geschrei war die Folge des ungewöhnlichen Attentates; Rassley aber blieb von dem Lärm völlig unberührt. Er schob seinen Klemmer zurück und faßte mich am Arm:
„Kommt, Charley, sonst verkriecht sich dieser Mudellier und denkt, daß er auch exmittiert werden soll!“
Wir traten in das nächste Gemach. Es war aus Bambuswänden gefertigt, welche eine Bekleidung von Bananenblättern trugen. Von der Mitte des deckenlosen Raumes hing an einer Kreuzschnur eine Lampe hernieder, die ihren matten Schein über einen kostbaren persischen Teppich breitete, auf welchem der Mann, welchen wir suchten, mit untergeschlagenen Beinen in der Stellung saß, welche der Türke Rahat otturmak, d. i. Ruhe der Glieder, nennt. Der kleine schmächtige Beamte war ganz in gelbe Seide gehüllt, und seine groß auf uns gerichteten Augen, seine halb geöffneten Lippen und der halb erstaunte, halb ängstliche Ausdruck seines Gesichtes bewiesen, daß er den von uns verursachten Lärm vernommen habe und unsern Eintritt keineswegs als ien gleichgültiges Ereignis betrachtete.
„Good day, Sir!“ grüßte John Rassley englisch, obgleich er wußte, hier einen Eingeborenen vor sich zu haben. Dieser erwiderete den lauten Gruß und auch meine stumme Verneigung mit einem leisen Nicken seines Hauptes und fragte dann:
„Was wollt ihr?“
„Uns setzen!“ bemerkte der Englishman einfach, indem er sich sofort und ohne alles Zeremoniell zur rechten Seite des Mudellier niederließ und mir einen Wink gab, dasselbe auch auf der linken zu tun. Ich folgte seinem Beispiel; dann fuhr er fort: „Du bist der

weise Mudellier, welcher Gericht hält über die Sünden der Standt Point de Galle?"
„Ja."
„Wie ist dein Name?"
„Mein Name ist Oriwana ono Javombo."
„Well, du hast eine stolzen und wohlklingenden Namen; aber ich sage dir, Oriwana ono Javombo, daß du nicht lange mehr der Mudellier sein wirst!"
Der Beamte horchte auf.
„Was sagst du? Ich verstehe dich nicht."
„Sage, wem gehört diese Insel?"
„Der großen Königin in Anglistan."
„Und wer hat dir dein Amt gegeben?"
„Der Gouverneur, welcher ein Diener unserer mächtigen Herrscherin ist."
„Er kann es dir auch wieder nehmen?"
„Ja, wenn es ihm beliebt."
„Nun wohl, es wird ihm belieben."
„Warum?"
„Weil du dich versündigst an dem Eigentum derer, welche über dich zu gebieten haben."
„Hüte dich, Franke! Dein Mund redet die Unwahrheit von einem treuen Sohn der großen Königin."
„Kennst du den Namen Kaladi?"
„Ich kenne ihn. Kaladi ist zweimal entsprungen, um dem Tod zu entgehen, doch meine Leute sind hinter ihm und werden ihn wiederbringen."
„Welches Recht hast du, ihn zu verfolgen?"
„Er hat einen Menschen getötet."
„Er hat bloß einen nichtswürdigen Chinesen getötet. Kanntest du den Toten?"
„Es war en Mann von der Dschunke ‚Haiang-Dze'. Er hatte die Verlobte Kaladis angerührt und dieser stach ihn nieder. Der Kapitän der Dschunke kam zu mir und verlangte Gerechtigkeit."
„Hast du sie ihm gegeben?"
„Ich werde sie ihm geben, sobald Kaladi wieder vor mir steht."
„Well, daß ist es ja, was ich meine: Du versündigst dich an meinem Eigentum. Kaladi gehört nicht dir, denn er ist mein Diener."
„Ah! So bist du der Engländer, welcher ihm behilflich war, zu entkommen?"

„Der bin ich."

„So habe ich auf dich gewartet. Ich muß dich bestrafen, wenn du mir nicht beweisen kannst, daß Kaladi wirklich dein Diener gewesen ist in dem Augenblick, als er vom Felsen floh."

„Rassley lächelte. Der Klemmer rutschte ihm auf die Nasenspitze. Er griff in die Tasche und zog seine Drehpistolen hervor.

„Ich sage, Kaladi war mein Diener. Glaubst du es?"

„Beweise es!"

„Du glaubst es also nicht! Well, so werde ich als Gentleman mit dir reden! Weißt du, was ein Gentleman ist?"

„Sage es mir!"

„Ein Mann, der sich mit jedem schießt, der ihm keinen Glauben schenkt. Hier, nimm diese Pistole. Ich zähle bis drei, dann schieße ich und du tust es natürlich auch. Vorwärts! Eins — zwei — dr..."

„Halt! Ich weiß ja gar nicht, wie ich dieses fürchterliche Ding anzufassen habe!" reif der Mudellier, vor Angst kerzengrad emporspringend. „Was habe ich dir getan, daß du mich morden willst?"

„Du hast nicht geglaubt, was ich dir sagte, und darum muß einer von uns beiden sterben; dann bin ich befriedigt und werde ruhig nach Hause gehen."

„Ich glaube ja, was du sagtest! Hier hast du die Waffe zurück!"

„Du glaubst, daß Kaladi mein Diener ist?"

„Ich glaube es: ich weiß es ganz gewiß."

„Well, warum verfolgst du ihn dann?"

„Ich werde sofort Boten aussenden, die Verfolger zurückzurüfen, damit ihm kein Leid geschehe."

„Das hast du nicht nötig. Er befindet sich bereits bei mir in Sicherheit."

„Wo wohnst du?"

„Im Hotel Madras."

„Und wie ist dein Name?"

„John Rassley."

„John Rassley, der Neffe des General-Gouverneurs?" reif der Mudellier höchst überrascht.

„All right: der bin ich."

„Ich habe dich erwartet und gesucht, doch nicht gefunden."

„Warum?"

„Ich habe eine Brief abzugeben von dem Gouverneur von Kandy. Er schrieb mir, daß du kommen werdest."

„Ich bin leider im Hotel und nicht im Gouvernement abgestiegen; dies ist der Grund, warum du mich nicht fandest."

Er öffnete das Schreiben und überflog es. Am Schluß desselben ging ein so vergnügtes Lächeln über sein Gesicht, daß der dünne Mund von einem Ohr bis zum anderen gezogen wurde und der Klemmer in die höchste Gefahr kam, von der Nasenspitze herabzuspringen.

„Charley!"

„Sir Rassley!"

„Habt Ihr einmal einen Elefanten gesehen?"

„Einen wievielbeinigen?"

Er lachte vergnügt über meine Zurechtweisung.

„Aber noch keinen gejagt."

„O doch; im Norden der Kalahari und auch anderswo, wenn es Euch gefällig ist, Sir John."

„Damn! Ich dachte, Euch eine Freude zu machen, und fällt sie nun mir in den Brunnen! Ihr habt Elefanten mit der Büchse erlegt?"

„Allerdings."

„Dann wird Euch eine Korraljagd kein Vergnügen bereiten!"

„O doch; ich bin noch nie bei einer solchen zugegen gewesen."

„Well; ich habe hier zu einer Korral-Chasse die Einladung vom Gouverneur. Ich seid doch dabei?"

„Versteht sich!"

„Und auch du wirst mich begleiten?" wandte er sich zum Mudellier.

Dieser verbeugte sich beinahe bis zum Boden herab und antwortete:

„Du gibts mir große Ehre, o Maharadscha. Laß mir die Stunde sagen, und ich werden zu deinem Gefolge gehören."

„Und Kaladi?"

„Ist frei."

„So lebe wohl!"

„Lebe wohl!"

Der hohe Beamte begleitete uns bis vor die Tür, und auf seinen Wink kamen sechs Läufer herbei, welche uns mit Fackeln heimleuchten mußten. Die Dienerschaft, welche uns den Eingang verweigert hatte, war sicher sehr erstaunt über den ehrenvollen Abschied, der uns gegeben wurde.

Daheim erwartete uns Kaladi mit leicht zu erklärender Besorgnis.

„Wie ist es, Sidhi?" fragte er. „Habt Ihr mit dem Mudellier gesprochen?"

„Ja. Du bist frei."

Der brave Singhalese tat vor Freude einen Satz, welcher einem Tiger Ehre gemacht haben würde.

„Sidhi, ich danke Euch! Ihr seid..."

„Still! Leben um Leben. Du hast mir das meinige gerettet, und ich gebe dir das deinige zurück. Wirst du bei mir bleiben, solange ich auf Ceylon bin?"

„Ich werde nicht von dir weichen, bis du selbst mich verjagest."

„Well, so mache dich fertig, mit nach Kornegalle zu gehen, wo wir Elefanten fangen werden!"

„Elefanten? Da ist viel Volk vonnöten, Männer, Frauen und Kinder. Darf ich mitnehmen Molama, die Blume meiner Seele?"

„Nimm sie mit!"

„Habt Dank! Ihr sein voll Güte wie der Tau der Wolken und voll Liebe wie die Sterne der Nacht. Wischnu segne Euch, Euch und den Maharadscha aus Germanistan. Ich werde Euch mein Leben schenken, wenn Ihr es begehrt.

2. EINE ELEFANTENJAGD

Ceylon, von den Engländern Silon genannt, hieß bei den alten Indiern Silandiv, bei den Griechen Taprobane. Die Eingeborenen nennen die Insel Singhala. Sie ist vom dem hindustanischen Festland durch einen sechzig englische Meilen breiten Kanal betrennt und steigt von der Küste bis zum Pedrotallagalla höher als achttausend Fuß empor. Daß man Ceylon das Malta des indischen Ozeans genannt hat, geschah wohl seiner strategisch bedeutenden Lage wegen.

Die Insel ist bekanntlich britisches Kronland und steht unter einem eigenen Gouverneur. Alle höheren Ämter werden von Engländern bekleidet, doch beträgt die Zahl der Weißen kaum sieben Tausend. Die Eingebornen, Singhalesen, bekennen sich zur buddhistischen Religion; sie sind zum Teil mit später zugewanderten Hindus, Malayen, Javanern, mit maurischen und portugiesischen Elementen und mit Mozambik- und Madagaskar-Negern vermischt. Auch ein chinesisches Gesicht findet man hier oder da, doch verschwindet es schnell wieder, nachdem der Besitzer desselben die nicht oft lobenswerte Absicht erreicht hat, welche ihn zu den „Leuten mit graden Nasen" herüberführte.

Der Chinese ist nämlich in jenen Strichen nicht sehr beliebt. Er verdient vollständig, der Jude des Ostens genannt zu werden. Den kleinsten Gewinn nicht verschmähend, opfert er einem größeren Vorteil alles, was er zu opfern hat, findet sich im Lande leicht in jede Lage und scheut auch die Wogen der See nicht, wenn es gilt, einen verhältnismäßigen Nutzen zu ziehen. Dann ist er ebenso schlau wie kühn, ebenso energisch wie gewissenlos, und es gehört ein tüchtiger Gegner dazu, ihm durch List oder Gewalt den Weg zu verlegen.

Schon längst hatte eine Verbindung von malyischen Seeräubern von sich reden gemacht, welche auf ihren schnellsegelnden, schlank gebauten Prauen sogar bis herüber zu den Adamanen- und Nikobareninseln gekommen waren und selbst gut bemannten europäischen Schiffen Trotz geboten hatte. Ihr Anführer sollte ein chinesischer Seekapitän sein, welcher, von seiner Regierung verfolgt, landesflüchtig geworden war und, wie man erzählte, auf einer einsamen Insel des indischen Meeres eine Flibustierbande um sich gesammelt hatte, mit welcher er besonders kleinen Fahrzeugen gefährlich wurde. „Yang-dzeu", d.i. Meerteufel, wurden diese Korsaren von den Anwohnern der chinesischen See genannt, und allen Gerüchten nach war diese Name auch vollständig gerechtfertigt, da sie sich ihren Gefangenen gegenüber vollständig als Teufel betrugen.

Das alles ging mir durch den Kopf, als ich am anderen Morgen erwachte und unwillkürlich an den Chinesen dachte, welcher unter so verdächtigen Umständen den Hafen verlassen hatte. Ein Mann der Dschunke hatte sich an der Verlobten Kaladis vergriffen — das Fahrzeug mußte gewalttätige Leute an Bord haben. Wir standen in der Zeit des nun sechs Monate lang unaufhörlich wehenden Nordost-Monsums, eine Zeit, in welches es einem Segelschiff höchst schwer und bei gewisser Bauart und Takelung sogar unmöglich ist, auf Nordost zuzuhalten. Konnte die Dschunke bei ihrer eigentümlichen Masten- und Segelstellung diesen Kurs einhalten? Es schien mir sehr wahrscheinlich, daß sie die Absicht gehabt habe, den Westen der Insel zwischen sich un den Monsum zu nehmen. Aber was konnte sie dort wollen, wohin sicher noch niemals ein chinesisches Schiff gekommen war?

„Tschik, tschik, tschik!" klang es hell und rasch hinter dem Spiegel hervor. Da kleine, kaum drei Zoll lange Tierchen, welches mich durch diesen Ruf aus meinem Nachdenken störte, war ein Gecko von der Spezies, wie sie in jedem Haus Ceylons zu treffen sind. Es war des Nachts über auf der Jagd gewesen, schickte sich jetzt an, sein Quartier hinter dem Spiegel wieder aufzusuchen, und hielt es für seine Pflicht, mir dies durch seinen zutraulichen Ruf anzuzeigen.

Der Gecko ist für den Neuling eine überraschende und anfangs sogar unheimliche Erscheinung. Diese kleine, niedliche Eidechse kommt in jeder Wohnung zahlreich vor, hält sich während des Tages über in den Spalten der Wände, in den Ecken und Lücken der Möbel verborgen und kommt erst zur Zeit des Lichtanzündens hervor, um Jagd auf schlafende Insekten zu machen. Da der Gekko ein nächtliches Tier ist, so hat er gleich den Katzen schmale, vertikale Pupillenöffnungen, welche sich in der Dunkelheit erweitern. Durch die an seinen Zehen befindlichen Saugscheiben ist er imstande, behend an den Wänden auf und ab, und an der Decke hin und her zu laufen. Er wird sehr zahm und zutraulich und gewöhnt sich sogar, während der Tafel seine Visite zu machen, um die abfallenden Brocken zu verspeisen.

Ich erhob mich, um mich anzukleiden. Kaum war ich damit fertig, so ließ Rassley mich rufen. Als ich in sein Zimmer trat, fand ich ihn beim Tee, aber bereits in voller Toilette.

„Goor morning, Charley," sagte er. „Macht Euch fertig, abzureisen. Ich habe dem Mudellier bereits sagen lassen, daß es fortgeht, und auch meinem Steuermann das Zeichen gegeben, welches ihn herbeiruft!"

Er deutete dabei auf einen Shawl, welcher als Flagge aus dem Fenster hing und von der Dampfjacht aus gesehen werden konnte. Das Zeichen mußte sofort bemerkt worden sein, denn noch hatten wir unser Frühstück nicht beendet, so trat ein Mann ein, dessen Äußeres ihn sofort als Seefahrer kennzeichnete. Er war lang und hager, hatte die ganze Haltung und den schleppenden Gang, welcher diese Leute stets auszeichnet, und besaß zwei wunderbar kluge Äuglein, die höchst scharf und selbstbewußt über die große, scharf geschnittene Nase hinwegblickten.

„Welcome, Tom!" grüßte ihn Rassley. „Wie steht es auf der Jacht?"

„All right, Sir. An Deck ist alles korrekt und in Ordnung, wie es sich ziemt und gehört."

„Kohlen genug?"

„Yes, Sir. Genug, um bis hinauf nach Japan zu dampfen."

„Proviant und Munition?"

„Kein Mangel. Was den Proviant betrifft, so wird er verbraucht, die Munition aber, mit der scheint es gute Wege zu haben. Seit unserer Affäre auf der Höhe von Bahia, wo wir einen Ebenholzfahrer heiß machten, haben wir nicht einen einzigen Schuß getan. Unsere ‚lange Harriet' trifft so vorzüglich und steht dennoch auf dem Deck wie die Frau des Lot, welche damals, ich weiß nicht mehr bei welcher Gelegenheit, zur Salzsäule geworden ist. Das halte der Teufel aus! Ich bin ein guter Artillerist, Sir; schafft mir bald einmal Gelegenheit, meine ‚Harriet' brummen zu hören, sonst fahre ich vor Langeweile aus der Haut!"

Rassley lächelte.

„Nur Geduld, alter Seebär, es wird sich schon noch Gelegenheit bieten, eine scharfe Ladung an den Mann zu bringen."

„Hier auf keinen Fall, Sir. Ich habe ganz gewaltigen Appetit, so bald als möglich wieder in See zu gehen. Gehörte diese brave Jacht, mit der es wahrhaftig kein zweites Fahrzeug aufnimmt mir, so hätte ich schon längst wieder die Anker gezogen und die weite See gesucht."

„Well, Tom; so lichte die Anker!"

„Ist's möglich, Sir?"

„Freilich. Ich reise heute per Wagen nach Kolombo und habe nicht die Absicht, mein Schiff hier zurückzulassen. Macht Euch daher so bald wie möglich in See, damit ich Euch im Hafen von Kolombo wiederfinde."

„Schön, Sir Rassley. Wie weit ist es zu Lande bis dorthin?"

„Siebzig Meilen."

„Dann liege ich bereits vor Anker, wenn Ihr dort ankommt. Das wird heute abend sein?"

„Ich denke es!"

Der Steuermann verabschiedete sich.

Nach seiner Entfernung kam ein Bote des Mudellier. Der Beamte ließ uns bitten, uns seiner Wagen zu bedienen, was natürlich angenommen wurde. Dann kam Kaladi, um uns seinen Morgengruß zu bringen.

„Hast du mit Molama gesprochen?" fragte ihn der Engländer.

„Ja, Sihdi."

„Geht sie mit?"

„Ich habe ihr erzählt von den beiden Maharadschas aus dem Abendland, die so mächtig sind und so gütig, und sie wird mitgehen, Euch zu dienen."

„Was sagt ihr Vater dazu?"

„Molama hat weder Vater noch Mutter, weder Bruder noch Schwester; sie hat nur mich."

„So gehe zu ihr. In einer Stunde reisen wir ab und erwarten euch an der Wohnung des Mudellier."

„Wird der Mudellier mich nicht ergreifen?"

„Das wollte ich ihm nicht raten. Gehe jetzt, und komme getrost wieder!"

Bald zeigte uns ein Blick hinaus in den Hafen, daß die Jacht zu heizen begann. Ein Streifen dicken, schwarzen Dampfes entströmte ihrem Schornstein; die Segel wurden gelichtet, der Anker emporgewunden, und in demselben Augenblick, in welchem wir das Hotel verließen, setzte sich auch das kleine, scharf auf den Kiel gebaute Fahrzeug in Bewegung, um die hohe See zu gewinnen und in der Richtung von Bentotte und Kaltura die Hauptstadt Kolombo zu erreichen.

Auch wir hatten, allerdings zu Lande diese Richtung einzuhalten. Es war eine Reise, wie ich sie in dieser Weise und durch eine Gegend von so paradiesischer Schönheit noch nicht gemacht hatte.

Bei dem Mudellier angekommen, fanden wir die köstlichsten Erfrischungen, welche das Land zu bieten vermochte. Dann fuhren zwei in England gakaufte Equipagen vor, jede mit sechs Pferden von der feingebauten indischen Rasse bespannt. Die erste war für Rassley und mich, die andere für den Muddelier bestimmt. Auch Kaladi und Molama bekamen einen Wagen, deren eine ganze Reihe auf unseren Aufbruch wartete. Nach echt indischer Sitte stand vor dem Haus ein ganzes Hundert von Kulis, Läufern, Dienern, Köchen und anderen Begleitern: die Läufer zu Fuß, die andern zu Pferd oder Wagen, so daß jeder uns Begegnende die Überzeugung erhaltn mußte, er habe die Ehre, sehr hochgestellten Herrschaften auszuweichen.

Endlich ging es vorwärts. Wir verließen Point de Galle und hatten nun bis Kolombo eine wohlgepflegte Straße zu passieren, zu deren Seiten sich eine ununterbrochene Reihe von Dörfern hinzog; wie Schmuckkästchen blickten Gebäude derselben aus der reichen südländischen Vegetation hervor.

Kein Ort der Welt darf sich in Beziehung der Pflanzenwelt mit Point de Galle messen; der charakteristische Baum dieser Gegend ist der Papawbaum (Carica papaya), welcher einen schlanken, hohen und sich sehr regelmäßig verjüngenden Stamm hat, an dessen Spitze sich die langen, glänzenden Blätter wie ein Fallschirm ausbreiten und eine Menge hellglänzender Früchte einschließen, welche die Gestalt einer Melone besitzen.

Es war noch am frühen Morgen, und man muß in jenen Breiten gewesen sein, um die wonnige Schönheit der ersten Tagesstunden in der Tropenzone zu kennen. Wie rein und balsamisch umhaucht da die Luft die Wangen! Die vollkommen azurne Bläue des Himmels spiegelt sich in kristallenen Wassern. Die uns umkosenden Zephire tragen uns die trunken machenden Düfte von Millionen

Blumen und Blüten entgegen. Welch ungekanntes Entzücken hebt das Herz, welch ungläubiges Staunen wagt sich an die Betrachtung der fremdartigen Erscheinungen, auf welche man bei jedem Schritt stößt! Es liegt etwas so Großartiges und Mächtiges in dem Eindruck, welchen die Tropenwelt auf das empfängliche Gemüt äußert, daß man nach einem Aufenthalt von wenigen Monaten die Empfindung hat, als befinde man sich bereits eine lange Reihe von Jahren dort. Es erscheint hier alles neu und wunderbar. Inmitten dieser Ortschaften, Dörfer und Felder, in der Dichtigkeit dieser Wälder verwischen sich fast alle Erinnerungen an unsere abendländischen Formen und Erscheinungen, denn es ist ja hauptsächlich die Vegetation, welche, allerdings in Verbindung mit der Bodengestaltung, den Charakter der Landschaft ausmacht; sie ist es, die durch ihre Massenhaftigkeit, den Kontrast ihrer Formen und den Glanz ihrer Farben auf unsere Einbildungskraft die tiefste Wirkung äußert. Je kräftiger und neuer ein Eindruck ist, desto mehr schwächt er frühere Vorstellungen; die Kraft derselben gibt ihnen den Anschein der Dauer. Das Licht und das Magische der Atmosphäre verherrlichen unter dem zauberhaften Himmel des Südens selbst den schmucklosesten Teil der Erdenwelt. Die Sonne spendet nicht nur Helle, sondern sie färbt zugleich jeden Gegenstand und umgibt ihn mit einem leichten Duft, welcher, ohne der Durchsichtigkeit der Luft zu schaden, die Töne harmonischer macht, die Wirkungen des grellen, intensiven Strahles mildert und über die ganze Natur eine Ruhe verbreitet, welche auch in unsere Seele einzieht.

Kein anderer kann die Szenierie von Ceylon besser würdigen, als der Jäger. Die Verfolgung des wilden Elefanten oder Bären bringt ihn in Situationen, deren unübertreffliche szenische Schönheit nicht leicht einem andern vor das Auge gerückt wird, außer vielleicht einem Soldaten im Kampf gegen aufständische Eingeborene. In einem Dampfer oder auf der Lustjacht um die Insel reisen und während einer solchen Fahrt alle größeren und kleineren Häfen besuchen, würde den Freund des Malerischen in den Stand setzen, viel von der herrlichen Natur Ceylons zu sehen. Alle, welche es besuchen, müssen anerkennen, daß es das gerühmte Elysium des Orientes wirklich ist.

Die Straße von Point de Galle nach Kolombo windet sich längs der Meeresküste hin. Zwischen ihr und der See liegt ein dünnes Gehölz von Kokosnußbäumen, in deren Schatten die dicht zusammenhängenden Dörfer liegen. Man darf hier nicht an die niedrigen, breiten Kronen unserer Obstwälder denken; die Kokospalmen, welche sich mit Vorliebe dem Meer zuneigen, ragen achtzig bis hundert und mehr Fuß empor und tragen erst in dieser Höhe auf schlanken Säulen ihre herrlichen Fächerkronen. Es benimmt dies den Umrissen des landschaftlichen Bildes die Eintönigkeit, welche unvermeidlich wäre, wenn der Wuchs der Kokospalme die gleichen, regelmäßig aufsteigenden Linien zeigte, welche die Arekapalme so reizend, schlank und fein in ihrem Bau erscheinen lassen.

Unsere Reise ging sehr schnell und glücklich vonstatten. Schon in geraumer Entfernung von Kolombo zeigten die dichteren Reihen von besser gebauten Wohnungen, vermischt mit einzelnen europäischen Häusern, daß wir uns der Hauptstadt näherten. Die Kokoswälder wechselten in angenehmer Weise mit den Zimtgärten der Regierung ab. Dieses Gesträuch, welches im Handel so großen Nutzen abwirft, wächst bis zu einer Höhe von vier bis fünf Fuß und gleicht, was sowohl die Farbe als auch die Gestalt des Blattes betrifft, der Syringe. Die Straße belebte sich bei jedem Schritt mehr mit malerischen Gestalten; wir waren gewissermaßen bereits in der Vorstadt Kolombos, die aber wegen des Fort durch einen breiten, freien und nicht von Wohnungen bedeckten Raum von der eigentlichen Stadt getrennt ist.

Endlich passierten wir auch den berühmten, von den Singhalesen heilig gehaltenen Banianen-Baum, dessen Hauptwurzel auf der einen Seite der Straße in die Erde greift und der von der herrlich geästeten Riesenkrone aus eine seiner Luftwurzeln auf der andern Seite des breiten Fahrweges zu Boden gesandt hat, so daß sie nun einen zweiten kräftigen Stamm bildete. Diese Baniane ist eine großartige Erscheinung der tropischen Pflanzenwelt, ein wahrhaft königlicher Sproß des mütterlichen Schoßes dieser so reich gesegneten Insel.

Gegen Sonnenuntergang langten wir in Kolombo an. Wir wurden da von einem Abgesandten des Gouverneurs empfangen, welcher den Auftrag hatte, uns nach dem Queens-house zu geleiten. Dort wurde uns alles geboten, was nach einer Tagesfahrt in diesem Klima erwünscht ist; kühle Zimmer, ein prachtvolles Bad, Ruhe und Speise. Nach dem Essen ging ich mit Rassley vor die Zitadelle hinaus an das Meeresufer, den Sammelplatz der schönen Welt von Kolombo, welche teils zu Wagen und teils zu Pferde, vielleicht auch promenierend sich der kühlen Seebrise erfreute.

Neben dem Wege auf einer weiten Esplanade machte ein Teil der Garnison, welche aus Eingeborenen von Vorderindien unter englischen Offizieren besteht, seine Exerzitien, denn die Rücksicht auf das Klima erfordert, daß solche Übungen nur in den kühlen Morgen- und Abendstunden vorgenommen werden.

Wir ließen uns auf eine Bank nieder. In dem kurzen Zwielicht der tropischen Breite drang das brandende Rauschen des Meeres wie eine vernehmliche Sprache an mein Ohr. Wie wunderbar drängten und kreuzten sich die Gedanken! Ich ließ den Blick bald auf dem Treiben der kleinen Schaltierchen zu meinen Füßen haften, bald über die blaue See in endlose Ferne schweifen; zur Rechten die Stadt und ihre Forts, zur Linken ein großes, englisches Monstre-Hotel, dicht von Kokospalmen umgeben, deren Federkronen sich rauschend im Nachtwinde bewegten, und es war mir alles wie ein Traum; ich mußte mich besinnen, daß ich mich wirklich hier auf Ceylon befand. Vergangenes, Erlebtes, Kommendes und die Gebilde der Phantasie fließen mit dem Gegenwärtigen in ein seltsames, halbbewußtes Dasein zusammen; man erinnert sich nur undeutlich, wohin in solchen Momenten die Gedanken eilten, so wird man von der Seltsamkeit der neuen Eindrücke und der fremden Umgebung verwirrt, und dennoch zählen solche Stunden zu den reichsten und liebsten Erinnerungen, welche man mit zur Heimat bringt.

Es war mittlerweile Nacht geworden und die Truppen hatten längst mit klingendem Spiel den Rückweg nach der Stadt angetreten, als wir uns nach dem Queens-house zurückbegaben. An der Tür desselben stand Tom, der Steuermann, welcher uns nicht zu Hause getroffen und also hier auf uns gewartet hatte.

„Eingetroffen, Sir!“ sagte er nach kurzer Seemannsart.

„Well, mein Junge; doch wo ist die Jacht? Ich habe sie trotz allen Suchens nicht bemerkt.“

„Hinter dem Felsen seitwärts vom Hafen, Sir. Der Hafen ist dem Wind ausgesetzt und eine stramme Bö, welche einen Dreimaster umklappt wie einen Gartenstuhl, ist in diesen Gegenden nichts Seltenes.“

„Well done! Gibt's etwas Neues an Bord?“

„Nein. Aber außer Bord habe ich eine Bemerkung gemacht, die ich Euch melden muß, Sir.“

„Welche?“

„Habt Ihr den Chinesen bemerkt, welcher gestern den Hafen verließ?“

„Yes.“

„Sein Bau und seine Takelung nahmen mich wunder, auch konnte ich mir nicht recht gut denken, wohin der Kerl eigentlich wollte, da der Nordost-Monsum ihm ja den Kurs verlegt. Dann fiel mir auf, daß heut morgen in der ‚schwarzen Stadt' von Point de Galle, wo nur Eingeborene wohnen, mehrere Mädchen verschwunden waren. Ich hatte neben dem Chinesen gelegen und einige Singhalesinnen bei ihm an Bord gesehen."

„Ein Girl-Robber? Pshaw!"

„O doch, es gibt einen Girl-Robber, Sir, einen Mädchenräuber. Es wurde mir im Wirtshaus viel von ihm erzählt. Er ist ein chinesischer Seeräuber und besucht die Küsten, um Mädchen zu holen, welche die Frauen seiner Leute werden müssen, die auf einer verborgenen Insel wohnen."

„Möglich, geht mich aber nichts an."

„Mich auch nicht; aber dieser Pirat fiel mir doch bei der heutigen Nachricht unwillkürlich ein. Ich hatte die Singhalesinnen an Bord des ‚Haiang-dze' gesehen und wußte sehr genau, daß sie nicht wieder an das Land gebracht worden waren. Dann dachte ich an Euren Kaladi, dessen Herzenskleinod ein Mann der Dschunke angefallen hatten und heute…"

„Nun, heute?" fragte Rassley, neugierig werdend.

„Es war um Mittag herum; die See ging ein wenig hoch, und ich fuhr beinahe ohne Rauch; dazu hatte ich die Leinwand in Reffs gelegt, so daß es nicht leicht war, uns von weitem zu bemerken. Da sah ich den Chinesen vor mir durch das Wasser gehen. Er hatte alle Segel beigesetzt und ging durch die Wogen ventre-a-terre, wie ein gutes Pferd bei Fuchshetze. Der Jacht aber war er nicht gewachsen; ich holte ihn ein, und er bemerkte mich erst, als ich bereits bis höchstens auf eine Viertelmeile an ihn heran war. Sofort ließ er die Maske vorlegen, aber ich hatte durch das Rohr bereits genug gesehen."

„Was?"

„Er ließ den Raum lüften und hatte außer den Luken auch acht Löcher geöffnet, welche mir nur geschnitten zu sein schienen, um Kanonenkugeln hindurchzulassen. Und auf dem Deck saßen, an den Händen gebunden, vier Frauenzimmer, welche beim Nahen der Jacht sofort in den Raum geschafft wurden."

„Hast du ihn angesprochen?"

„Natürlich."

„Was antwortete er?"

„Dschunke Haiang-dze, bestimmt nach Tschilah."

„Das war eine Lüge. Was will der Chinese in Tschilah? Er bewegte sich gestern so leicht aus dem Hafen, daß er sicher keine Ladung hat, und in Tschilah ist nichts zu finden, was man stauen könnte. Der Kerl wird mir verdächtig, und es macht mir Vergnügen, ihn zu beobachten."

„Durch die Jacht?"

„Natürlich. Wir gehen von hier über Kandy nach Kornegalle bis an die Ufer des Alligatorflußes, den die Singhalesen Kimbu-Oya nennen. Den Rückweg werde ich nicht zu Lande, sondern per Kahn auf dem Fluß machen, welcher uns nach Tschilah führt. Dort soll die Jacht auf uns warten, und bis wir kommen, hast du ja Zeit, dich nach dem umzusehen, was der Chinese treibt."

„Wann werdt Ihr in Tschilah sein, Sir?"

„Weiß es nicht genau."

„Well. Habt Ihr sonst noch einen Befehl?"

„Nein, du kannst gehen!" —

Am anderen Morgen setzten wir unsere Fahrt nach Kandy fort, welches die ehemalige Hauptstadt der Insel und der Sitz der einheimischen Könige ist. Die Entfernung zwischen Kolombo und Kandy beträgt achtzehn Stunden. Die Straße, welche von Point de Galle aus nordwärts geführt hatte, drehte sich hinter Kolombo nach Osten. Die Haine der Kokospalmen verschwanden bald, und junge Reisplantagen gewährten mit ihrem zarten, glänzenden Grün einen sehr angenehmen Anblick. Dann kamen Pflanzungen des Areka- und Surivabaumes mit ihrem reichen Laubwerk, zwischen welchem die schönen gelben Blüten verheißungsvoll hindurchschimmerten. Namentlich wurden wir ergötzt durch den Kontrast, welchen die gewaltigen, schwarzen Gneißmassen, aus denen hier die Berge bestehen, mit den zarten und vielfarbigen, sich an ihnen emporrankenden Schlingpflanzen gewähren. Einzelne Djackholz- und Brotfruchtbäume wechselten mit Kaffee-, Zucker- und Indigopflanzungen; dann kam die Dschungel, eine undurchdringliche Verwickelung von üppigen Rankengewächsen, Schlingpflanzen und Sträuchern, mit leuchtenden Blütenkelchen durchwebt, bis die Straße immer belebter wurde.

Zahlreiche Ochsenkarren begegneten uns; zahme Elefanten trugen ihre Reiter oder arbeiteten zur Seite der Straße, welche sich rund um den Berg Kadagawana zur Höhe wand, um dem Auge stets neue Szenerieherrlichkeiten darzubieten. Dann öffnete sich auf der Spitze des Berges ein Panorama, wie man es schwerlich in den europäischen Alpengegenden findet. Mächtige Felsen, Bergspitzen, die einen Kranz von Baumblüten trugen, als ob Feen ihre Haine auf den Höhen ringsum aufgeschlagen hätten, parkähnliche Abhänge mit Sturzbächen, Wasserfällen und sanft dahinrieselnden Quellen — die wellenförmige Ebene im Vordergrund, dies alles, gebadet in einem weichen, goldenen Licht, bildete ein Panorama, wie es ein menschliches Genie niemals in Farben dazustellen vermöchte und keine Feder entsprechend schildern könnte.

Die Gegend von Kandy gleicht einem großen Garten; Laubwerk, Frucht und Blumen bieten eine Abwechslung, wie man sie sonst kaum findet. Die Aufmerksamkeit des Fremden wird meistens durch den Taliputbaum gefesselt; die Myrte und der Lorbeer sind zahlreich und schön: prachtvolle, goldig glühende Sonnenblumen und üppige Balsaminen bilden eine Farbenzusammenstellung, welche der geschickteste Maler nicht auf die Leinwand zu tragen vermöchte. Und mitten in den Pflanzenwundern bewegt sich eine ebenso malerische wie interessante Tierwelt. Affen schwingen sich kreischend von einem Ast zum andern; Papageien und noch andere Vögel von zarterem Bau und prachtvolleren Farben erscheinen auch in zahlreichen Schwärmen oder sitzen in dem dichten Laubwerk, als seien sie selbst glänzende Blüten, die dort wachsen. Nirgends in der Welt gibt es Schmetterlinge von schönerer Zeichnung und Farbe als auf Ceylon. Man sieht hier den Baumfrosch in die offenen Blütenkelche schleichen und dort die gestreifte oder gefelckte Eidechse metallisch an dem Baumstamm glänzen. Zuzeiten läßt eine ungeheure Schlange ihre marmorierte, schillernde Haut sehen, indem sie sich aus dem schattigen Sumpf hervorwindet, um sich in die wärmenden Strahlen der Sonne zu begeben. Hier kommt ein Elefant marschiert und spielt mit dem langen muskulösen Rüssel, und dort schnellt ein Leopard durch das Dunkel der Bäume; er hat eine Beute geäugt, die ihm sicher nicht entgehen wird.

Wir kamen des Abends in Kandy an. Eine zahlreiche Gesellschaft erwartete uns bereits: der Gouverneur, der Governements-Agent, die Spitzen der Verwaltung und das zahlreiche Offizierkorps vom kommandierenden Obersten bis herab zu dem jüngsten Leutnant. Es wurde gespeist und getrunken, gescherzt und gelacht, gespielt, getanzt und musiziert, so daß die Stunden des Abends wie Minuten entschwanden.

Am anderen Morgen setzte sich die ganze Gesellschaft in der Richtung nach Kornegalle, welches die Singhalesen Kurunai-Galle nennen, in Bewegung. Die Stadt war eine der alten Hauptstädte der Insel und von 1319 bis 1347 der Sitz und die Residenz ihrer Könige. Die Wohnung des obersten Distriktsbeamten nimmt jetzt die Stelle des vormaligen Palastes ein, und der Boden ist mit Bruchstücken von Säulen und Trümmern aller Art, den Überresten des königlichen Baues, übersät. Die neue Stadt besteht aus den Bungalos der europäischen Beamten, deren jedes von einem

Garten umgeben ist, aus zwei oder drei Straßen, welche von den Nachkommen der Holländer und von den Arabern bewohnt werden, und endlich aus einem Eingeborenen-Bazar mit den üblichen Reihen von Reis und Kurristoffen und anderen Waren, wie sie hierzulande gebraucht und verwertet werden.

Der Reiz des Ortes beruht auf der ungewöhnlichen Schönheit seiner Lage. Kornegalle liegt unter dem Schatten eines ungeheuren Gneißfelsens, welcher fast von allem Grün entblößt und von der Zeit so abgerundet und ausgewaschen ist, daß er fast ganz genau die Figur eines liegenden Elephanten darstellt. Daher nennt man diesen Stein Aëtagalla d. i. den Felsen des Hauers. Hauer oder (englisch) Tusker ist ein mit Fangzähnen versehener männlicher Elefant. Aber Aëtagalla ist nur das letzte Glied in einer ganzen Kette ähnlich gestalteter Felsenhügel, welche hier plötzlich enden und wegen der phantastischen Formen, die durch den Einfluß der Atmosphäre ihren gigantischen Umrissen gegeben worden sind, die Namen des ‚Schildkröten-', des ‚Schlangen-', des ‚Tiger-', des ‚Fisch-' und des ‚Adlerfelsen' erhalten haben. Der Eindruck dieser staunenerregenden Felsenmassen äußert sich so mächtig auf die Singhalesen, daß z. B. in alten Urkunden Ländereien verliehen werden, ‚solange Sonne und Mond scheinen und solange Aetagalla und Andagalla dauern werden', was soviel heißt, wie auf ewige Zeiten.

Kornegalle ist ein Versammlungsort der Buddhisten; von den entferntesten Teilen der Insel kommen sie dahin, um einen alten, auf dem Gipfel des Felsens stehenden Tempel zu besuchen, zu welchem man vom Tal aus mittels steiler Pfade und in Stein gehauener Stufen gelangt. Hier ist Hauptgegenstand der Verehrung der in dem Granit ausgehöhlte Abdruck eines Fußes, ähnlich dem heiligen Fußstapfen auf dem Adamspik, dessen steiler Gipfel den Pilgern auf Aëtagalla in einer Entfernung von etwa vierzig Meilen deutlich sichtbar ist.

Zu gewissen Zeiten ist die Hitze in Kornegalle höchst intensiv infolge der Glut, welche die Granitfelsen fortwährend wiederstrahlen. Die Wärme wird deshalb gegen Abend hin fast unerträglich, und die schwüle Nacht ist zu kurz, als daß bis Sonnenaufgang eine Kühlung eintreten könnte.

Aus ähnlichen Gründen kommt es vor, daß Flüsse versiechen und Teiche austrocknen: dann steigen die Leiden der wilden Tiere in einem solchen Grad, daß zahlreiche Krokodile und Bären in der Stadt erscheinen, um aus den dortigen Brunnen zu trinken. Der Boden des Distriktes ist außerordentlich fruchtbar; Reis,

Baumwolle und trockene Früchte werden in Menge gebaut. Jede Hütte ist von einem Garten umgeben, welcher mit Kokos- und Arekaplamen, mit Dschackbäumen und Kaffeesträuchern bestanden ist. Die Hügel sind, soweit der Pflug geht, mit üppiger Vegetation bedeckt, und nach allen Seiten hin dehnen sich, soweit das Auge reicht, von Strömen durchschnittene Wälder aus, in deren Schatten Elefanten und anderes Wild in Überfluß sich aufhalten.

Es ist hinlänglich bekannt, daß der Elefant zu allerlei Arbeiten verwendet wird, bei denen physische Kraft mit Überlegung gepaart sein muß. Tritt einmal Mangel an gezähmten Tieren ein, so wird eine Jagd veranstaltet, zu welcher nicht nur die Beteiligten sich einstellen, sondern auch die Bevölkerung aus einer meilenweiten Entfernung herbeiströmt, um an dem aufregenden Vergnügen teilzunehmen, welches mit einer solchen Jagd verbunden ist. Eben jetzt war der Bedarf an Elefanten ein dringender geworden, und der Vorsteher des Zivil-Ingenieur-Departements hatte sich von dem Gouvrneur die Erlaubnis zu einer Elefantenhetze erbeten. Derselbe hatte natürlich seine Genehmigung erteilt und zugleich diese Gelegenheit ergriffen, Sir John Rassley seine Aufmerksamkeit durch eine Einladung zu beweisen.

Es war alles zu unserm Empfang bereit, und am Tag nach unserer Ankunft in Kornegalle begaben wir uns nach dem etwa zwanzig Meilen von der Stadt entfernten Ort, wo der Corral aufgerichtet worden war. Der Boden, über welchen wir dem Schauplatz des bevorstehenden Fanges zuritten, zeigte Spuren der tiefsten Trockenheit; die Felder lagen wegen Mangels an Wasser größtenteils unbebaut, und die fast ausgetrockneten Teiche waren mit den Blättern der rosenfarbenen Lotosblume bedeckt.

Unsere Gesellschaft sah so orientalisch aus wie die Gegend, durch welche wir vorrückten. Der Gouverneur bildete mit seinem Stab und Haushalt einen langen Zug, dem die eingeborene Dienerschaft, die Pferdeknechte und Schnellläufer als Eskorte dienten. Die Damen wurden in Palankins und die jugendlichen Mitglieder der Gesellschaft mittels Stangen auf Stühlen getragen, über welche man ein grünes, kühlendes Sommerzelt aus frischen Blättern der Taliputpalme gebreitet hatte.

Nachdem das bebaute Land zu Ende war, führte der Pfad über offene Blößen und trat schließlich in den Wald, in den Schatten uralter Bäume ein, welche bis zur Krone mit Kletterpflanzen umwunden und mit natürlichen Girlanden von Convolvulvus und Orchideen geschmückt waren. Das hier herrschende Schweigen wurde nur von dem leisen Summen der Insekten und hier oder da von dem gellenden Ruf eines flaumenköpfigen Papageis oder dem Flöten des goldenen Pfingstvogels unterbrochen. Wir überschritten die breiten, sandigen Betten zweier ausgetrockneter Flüsse; über sie ragten mächtige Bäume, unter denen der ansehnlichste Kombuk (Pentaptera paniculata) war, aus dessen kalkiger Rinde die Eingeborenen eine Art Leim für ihren Betel bereiten, und von den Zweigen hingen über die wasserlosen Rinnen hin die riesigen Hülsen der kolossalen Pusnoaël-Bohne(Entada pursaetha), deren Schote bei einer Breite von sechs Zoll drei Ellen in der Länge mißt.

Nachdem wir die steilen Ufer des zweiten Stromes erstiegen hatten, befanden wir uns in Front der Gebäude, welche in unmittelbarer Nähe des Corrals für unsere Gesellschaft zeitweilig errichtet worden waren. Diese kühlen und angenehmen Wohnungen bestanden aus Zweigen mit einem Dach aus Palmblättern und duftenden Zitronenlaub, außer einem Speisesaal und Reihen von Schlafzimmern, welche zeltartige Einrichtung hatte, enthielten sie Küchen, Vorratsräume und Ställe - alles dies von den Eingeborenen im Laufe weniger Tage hergestellt.

Was die Wahl des Jagdgrundes betrifft, so nimmt man stets eine Position an irgend einer der Straßen, welche die Tiere bei ihren jährlichen Wanderungen nach Wasser und Futter einzuhalten pflegen. Unumgänglich ist ferner die Nähe des Stromes, nicht nur für den Bedarf der Elefanten während der Zeit, welche über dem Zusammentreiben nach der Umzäunung vergeht, sondern auch um ihnen die Möglichkeit zu gewähren, sich nach der Gefangennahem während des Verlaufes des Zähmung baden und abkühlen zu können.

Bei dem Baue des Corrals hütet man sich sorgfältig vor Zerstörung der Bäume und des Gebüsches innerhalb des eingeschlossenen Raumes, zumal auf der Seite, von welcher die Elefanten herbeikommen, damit die Umzäunung so viel wie möglich durch das dichte Laub maskiert wird. Die Bäume, welche man zum Bau verwendet, haben bis zwölf Zoll im Durchmesser; sie werden ungefähr drei Fuß tief in die Erde eingesenkt und haben dann über der Erde noch eine Länge von zwölf bis fünfzehn Fuß; die Räume zwischen den Pfählen sind so weit, daß ein Mensch hindurchgleiten kann. Diese senkrechten Pfähle werden durch Querbalken zusammengehalten, welche mit Rohr und biegsamen Schlingpflanzen oder, wie man sie nennt, „Dschungel-Seilen“ angebunden werden, und das Ganze wird mittels gabelförmiger Stützen befestig, welche die Bindepfähle umfassen und den Zaun bei einem etwaigen Andringen der wilden Elefanten gegen das Zusammenbrechen nach außen hin schützen. An dem einen Ende des Corrals wird ein Eingang offen gelassen, welcher durch Vorschieben von Querbalken augenblicklich geschlossen werden kann, und von jeder Ecke derjenigen Seite, wo die Elefanten herkommen sollen, setzt sich eine Linie desselben starken Zaunes fort, ebenfalls durch Bäume versteckt, so daß, wenn die Herde, statt durch den Eingang einzutreten, nach rechts oder links ausbrechen will, sie sich plötzlich aufgehalten und gezwungen sieht, die Pforte doch zu passieren. Auf einer Gruppe starker und nahe an der Umzäunung stehender Bäume hatte man für die Gesellschaft eine Tribüne angebracht, von welcher aus man den ganzen Vorgang vom Eintritt der Herde an bis zur Abführung der gezähmten Elefanten beobachten konnte. So massiv der beschriebene Bau auch ist, so fehlt ihm dennoch die Festigkeit, dem mit voller Kraft unternommenen Angriff eines in Wut gebrachten Elefanten zu widerstehen, und wirklich hat man Beispiele von Unglücksfällen, welche sich bei dem Durchbrechen einer ganzen Herde ereignet haben. Indessen verläßt man sich nicht so sehr auf den Widerstand der Umzäunung als auf die Furchtsamkeit der Gefangenen, die allerdings ihre eigene Stärke nicht kennen, sowie auf die Kühnheit der Jäger und auf die List, mit welcher sie die Unterjochung der gewaltigen Tiere ausführen.

Der Verlauf einer solchen Jagd ist nun gewöhnlich folgender:

Sobald der Corral fertig ist, beginnen die Treiber die Elefanten zusammenzutreiben. Zu diesem Zweck müssen sie oft einen Kreis von vielen Meilen Peripherielänge bilden, um eine genügende Anzahl der Tiere zu umringen. Die dabei zubeobachtenden Vorsichtsmaßregeln erfordern viel Geduld; man muß alles vermeiden, die Elefanten unruhig und mißtrauisch zu machen, weil sie sonst entwischen würden. Da das Naturell dieser Tiere im ganzen friedfertig ist und sie nur darauf bedacht sind, ungestört und in Sicherheit zu weiden, so ziehen sie sich instinktmäßig vor dem leisesten Andrängen zurück, und man benützt diese Schüchternheit, indem man nur grad so viel Geräusch verursacht, als nötig ist, sie in der gewünschten Richtung vorwärts zu treiben.

Durch dieses Verfahren werden mehrere Herden auf einem Areal konzentriert, welches noch vollständig von den Wächtern umringt werden kann, und Tag für Tag ist man unbeflissen, sie nach der Umzäunung des Corrals zu drängen. Wenn ihr Verdacht rege wird und sie Unruhe zeigen sollten, so greift man zu stärkeren Maßregeln, um ihre Flucht zu verhindern. Man errichtet in einer Entfernung von zehn zu zehn Schritten auf der ganzen Treiberlinie Feuer, welche Tag und Nacht brennen; die Zahl der Treiber wird vermehrt, so daß deren oft vier bis fünf Tausend anwesend sind, und durch die Dschungel werden sorgfältig Fußwege gehauen, um die so notwendige Kommunikation zu ermöglichen. Dabei unterhalten die Anführer eine beständige Patrouille, um sich zu überzeugen, daß jeder sich auf seinem Posten befindet und wachsam ist, da eine Nachlässigkeit auf einer einzigen Stelle das Entkommen der Herde zur Folge haben und dadurch in einem Augenblick die Arbeit von Wochen zunicht machen kann. Durch solche Aufmerksamkeit wird jeder Versuch der Elefanten, durchzubrechen, in der Regel vereitelt, und es kann auf jedem bedrohten Punkt sofort eine genügende Macht versammelt werden, um sie zurückzuwerfen. Endlich werden die Elefanten so nahe zur Einzäunung hingedrängt, daß der Kordon der Treiber sich zu beiden Seiten des Corrals an die Arme desselben anschließt und nun das Ganze eine Kreis von etwa zwei englischen Meilen bildet, innerhalb dessen die Herde eingeschlossen gehalten wird bis zum Signal für das Schlußtreiben.

Über diesen Vorbereitungen vergehen oft Monate, um im entscheidenden Augenblick sind dann Tausende anwesend, das seltene Schauspiel zu genießen.

Als wir auf dem Schauplatz desselben anlangten, wurde zunächst jedem sein Schlafraum angewiesen; sodann versammelte sich die Gesellschaft im Speisezimmer, und nach beendigter Tafel begab man sich zur Tribüne. Als dies geschehen war, gab der Gouverneur das Zeichen, den Schlußakt zu beginnen.

Von den Tempeln und Häuptlingen war eine Anzahl zahmer Elefanten gesandt worden, um bei dem Einfangen der wilden zu helfen. Diese unentbehrlichen Tiere standen dicht unter uns und fächelten sich behaglich mit Blättern. Es waren vier verschiedene Herden, deren Gesamtzahl bis auf siebzig Stück angegeben wurde, eingeschlossen und in diesem Augenblick nicht weit von uns im Dschungel verborgen. Es durfte sich kein Laut hören lassen; jeder durfte sich mit dem Nachbar nur flüsternd unterhalten, und auch von der ungeheuren Menge der Wächter wurde ein solches Schweigen beobachtet, daß man gelegentlich das Knistern der Zweige vernahm, wenn einer der Elefanten ein Blatt abknickte.

Als der durchdringende Pfiff des Gouverneurs ertönte, änderte sich die Szene wie mit einem Schlag; ein tausenstimmiges Geschrei erscholl, Schüsse krachten, Trommeln wirbelten und die gellenden Schläge der Tam-Tams ließen sich vernehmen. Man begann mit diesem Spektakel auf der entlegensten Seite des Terrains, so daß die Elefanten im eiligen Lauf nach dem Eingang des Corrals getrieben wurden. Die Wächter längs der Seitenlinie verhielten sich ruhig, bis die Tiere an ihnen vorrüber waren; dann fielen sie in ihrem Rücken auch in das Rufen ein und trieben sie mit verdoppeltem Geschrei und Lärmen vorwärts. Der Tumult wuchs, je näher die erschreckte Rotte kam, und wuchs bald auf dieser, bald auf jener Seite, je nachdem die Herde in panischer Verwirrung von einem Punkt zum andern eilte, um die Linie zu druchbrechen, was indessen nicht gelang.

Da endlich knisterten die Zweige und krachte das Buschwerk in unserer unmittelbaren Nähe. Der vorderste der Elefanten brach aus dem Gehölz hervor und stürzte wild heran, gefolgt von der ganzen Herde. Er bemerkte den Eingang, doch schien er Verdacht zu schöpfen. Er drehte sich wieder um und stürzte an der Spitze der Truppe in den Wald zurück. Der Lärm erhob sich von neuem und wieder brachen die aufgescheuchten Elefanten hervor, doch hüteten sie sich wohl, in den Corral zu dringen; sie sichten ihr Versteck immer von neuem auf.

Dies veranlaßte den eingeborenen Beamten, welcher die Treiberlinie befehligte, heranzukommen, um sich bei dem Gouverneur zu entschuldigen. Der Leitelefant war jedenfalls schon einmal in einer ähnlichen Lage gewesen und hatte sich durch das Ausbrechen gerettet. Da die Herde sich auf das höchste gereizt zeigte und der Fang bei Tag viel schwerer zu bewerkstelligen ist als bei Nacht, wo Feuer und Fackeln doppelte Wirkung tun, so war es der Wunsch der Jäger, ihre letzte Anstrengung bis auf den Abend zu verschieben, wo die Dunkelheit ihnen wesentlich zur Hilfe kommen mußte. Der Gouverneur billigte diesen Wunsch und gab den Befehl, für die nötigen Fackeln Sorge zu tragen.

„Charley," sagte Rassley, als die Sache diesen Lauf nahm.

„Sir John?"

„Wir haben bis zum Abend eine Menge Zeit."

„Das ist sehr richtig. Wie bringen wir sie hin?"

„Ich meine, wir nehmen unsere Gewehre und gehen ein wenig in den Wald."

„Ganz meine Ansicht!"

„Kaladi!"

„Sidhi!"

„Du gehst mit. Du bist ein guter Schütze und kannst meine Büchse nehmen. Wo ist Molama?"

„In der Küche."

„Sie soll heraufkommen und unsere Zimmer bewachen. Ich lasse meine Chair-and-umbrella-pipe zurück, auf welche sie ganz besonders Obacht geben soll."

Kaladi richtete diese Botschaft aus, dann verabschiedeten wir uns von dem Gouverneur und schritten dem Urwald zu, gefolgt von dem treuen Singhalesen, welcher die Rifle mit einer Miene trug, in welcher sich höchst deutlich das Verlangen aussprach, einen Meisterschuß tun zu können.

Das meiste Wild war natürlich am Wasser zu finden; daher folgten wir abwärts dem Lauf des beinahe ausgetrockneten Flußbettes, bis dieses in den Kimbu-Oya mündete. Dieser hielt Wasser genug, und infolgedessen herrschte an seinen Ufern ein reicheres Tierleben als an den von uns bisher berührten Stellen.

Wir hätten von Minute zu Minute schießen können, doch zogen wir vor, zu warten, bis uns ein Wild begegne, welches eine gute Kugel wirklich verdiente. So waren wir wohl bereits zwei Stunden in das immer tiefer werdende Dunkel des Waldes vorgedrungen, als wir plötzlich seitwärts den hellen Trompetenton einer Elefantenstimme vernahmen.

„Charley, ein Tusker, vielleicht gar ein Einsiedler!" meinte Rassley.

Einsiedler werden diejenigen Exemplare genannt, welche wegen Bösartigkeit ihres Charakters von den andern Tieren gemieden werden und darum zu einem einsamen Leben verurteilt sind.

„Nehmen wir ihn?"

„Natürlich! Go on!"

Wir drangen leise zwischen den Bäumen der Gegend zu, aus welcher die Stimme auch noch jetzt ohne Aufhören erschallte. Das Tier mußte sich in einer ganz außerordentlichen Aufregung befinden, daß es solche anhaltende Töne vernehmen ließ. Endlich langten wir in seiner Nähe an und erblickten nun auch die Ursache dieser Aufregung. Auf einem waagerecht aus dem Stamme einer Baniane hervorstrebenden Ast saß ein Leopard, niedergeduckt und eng an den Ast geschmiegt, und unter ihm stand ein alter, männlicher Elefant, welcher unter fortwährenden Trompetentönen bemüht war, das Raubtier mit seinem Rüssel zu erreichen.

„Charley, nehmt ihr die Katze und ich nehme den Elefanten!" meinte Rassley leise. Ihn bewegten jedenfalls die prächtigen Hauer, welcher der Tusker zeigte, zu diesem Entschluß.

Ich legte an; der Schuß krachte. Der Leopard zuckte zusammen, schlug die Tatzen fester um den Ast, so daß man deutlich hörte, wie sich die Krallen in die Rinde gruben; dann ließ er wieder loß, zuckte einigemal konvulsivisch zusammen und stürzte zur Erde.

Zu gleicher Zeit hatte auch der Schuß des Engländers gekracht. Der Elefant wandte sich überrascht gegen uns; die Kugel war ihm unterhalb des Ohres in den Kopf gedrungen.

„So schießt man keinen Elefanten, Sir John," meinte ich. „Zurück, sonst sind wir verloren!"

Rassley hatte nur eine einläufige Büchse; der zweite Lauf war mit Schrot geladen, und auf Kaladi konnte ich mich nicht verlassen. Ich sprang also, als ich den Trusker mit hoch erhobenen Rüssel auf uns zukommen sah, in das Gebüsch zurück. Sir John tat das Gleiche; dennoch aber wäre wenigstens einer von uns beiden verloren gewesen, wenn der treue Singhalese weniger Mut besessen hätte. Er war ruhig stehengeblieben und drückte, als der Elefant beinahe zum Erfassen nahe war, ab. Die Kugel traf allerdings ganz genau die Gegend des Herzens, drang aber natürlich nicht tief genug ein.

Jetzt kannte die Wut des zweimal verwundeten Tieres keine Grenzen. Es stürzte sich auf Kaladi, um ihn zu zertreten und dann mittels der Hauer in die Luft zu schleudern; doch der gewandte Singhalese warf seine Rifle weg, zog das Messer, entschlüpfte dem nach ihm fassenden Rüssel, schnellte sich an den Hinterbeinen des Tieres vorüber und zog dabei seine scharfe Klinge so tief durch das eine derselben, daß er dir Flechte durchschnitt.

„Ha-ia!" klang sein triumphierender Ruf.

Ich hatte hinter einem Baum Schutz gesucht und wieder geladen. Als ich den Ruf vernahm, trat ich vor und sah das Tier sich unter schmerzlichem Stöhnen auf drei Beinen bewegen, um den Singhalesen doch zu erfassen. Ich legte an und zielte auf die Stelle, an welcher der Rüssel aus dem Kopfe tritt. Eine leise Berührung des Drückers — das gewaltige Tier blieb, wie vom Schlag gerührt, halten, stand einige Sekunden vollständig bewegungslos, begann dann zu zittern zu wanken und stürzte mit einem weithin vernehmbaren Ächzen zusammen.

„O strange, war das ein Schuß! rief Rassley. „Man merkt es, daß Ihr desgleichen Wild schon geschossen habt. Well, ich wollte mir das Elfenbein verdienen; nun aber gehört es Euch, und die Katze dazu!"

„Was tue ich mit den Zähnen? Nehmt sie in Gottes Namen!"

„Fällt mir nicht ein! Die Beute, welche ich von der Jagd heimbringe, muß von meiner eingenen Kugel getroffen sein Zieht der

Katze die Haut ab; den Elefanten bedecken wir mit Zweigen und senden morgen unsere Leute her. Vorwärts; ich muß unbedingt noch einen Schuß haben!"

Es geschah, wie er vorgeschlagen hatte, dann nahmen wir, obgleich es nicht mehr zeitig am Tag war, unsern Pirschgang wieder auf.

Wir mochten so ziemlich eine Viertelstunde dem Wasser entlang gegangen sein, als ich, da ich voranschritt, die Spuren mehrerer Füße bemerkte, welche vom Ufer her in den Wald gingen.

„Stop! Hier sind Leute gegangen."

„Hier?" fragte Rassley.

„Ja. Bleibt stehen, damit Ihr mir die Fährte nicht zerstört!"

„Zählt einmal, wie viele es ihrer sind!"

„Zwei — drei — fünf — sechs..."

„Zounds! Sechs schon? Was tun sechs Leute hier an diesem Ort? Das kommt mir verdächtig vor!"

„Sieben" fuhr ich fort; „neun — zehn — zwölf — dreizehn sind es gewesen."

„Dreizehn, also eine ganze Kompanie! Was meint Ihr dazu, Charley?"

Der Klemmer war ihm vor Erstaunen nach der Nasenspitze gerutscht; der Mund stand ihm erwartungsvoll offen, und die Augen blickten mich durch die Gläser an, als ob von mir die Enthüllung eines höchst wichtigen Staatsgeheimnisses zu erwarten sei.

„Sagt zuvor Eure Meinung, Sir John!"

„Pshaw! Ich mag Euch zur See ein wenig überlegen sein, Charley, aber zu Land seid Ihr doch der Meister. Wer sich in so vielen Winkeln der Erde herumgetrieben hat, wir Ihr, der weiß sehr genau, wie wichtig eine solche Spur ist, und hat auch gelernt, sie zu lesen und zu beurteilen."

Ich bog mich nieder, um die Eindrücke genau zu untersuchen.

„Es sind lauter Männer. Ein Chinese und zwölf Singhalesen oder vielleicht gar Malayen."

„Bless me! Woraus seht Ihr das?"

„Zwölf sind barfuß, und der Umstand, daß die große Zehe weit absteht, läßt mich auf Malayen schließen. Der dreizehnte trägt, wie ich aus dem Eindruck sehe, lederne Ha-prong, eine Fußbekleidung, für welche sich eben nur ein Chinese entscheiden kann."

„Wo kommen sie her, und was wollen sie hier?"

„Was sie wollen, könnten wir erfahren, wenn wir ihnen folgten. Woher sie kommen, werden wir wohl sehen."

Ich stieg, den Spuren entgegen, das etwas steile und tiefe Ufer hinab. Die Fährte kam längs des Wassers herauf; wir verfolgten sie, ich unten am Fluß und die beiden andern oben auf der Höhe des Ufers. So mochten wir wohl zehn Minuten fortgeschritten sein, als ich auf ein Boot stieß, welches aus dem Wasser gezogen und mit Zweigen sorgfältig verdeckt worden war.

„Halt! Hier sind sie gelandet. Jedenfalls kamen sie stromauf. Sie haben das Boot versteckt und — wahrhaftig, hier ist noch ein zweites!"

„Versteckt? Zwei Boote? Und keine Wache dabei? Das ist verdächtig," meinte der Engländer. „Wer auf ehrlichen Wegen geht, braucht seine Fahrzeuge nicht zu verbergen,sondern läßt eine Wache dabei. Ich komme hinunter, Charley!"

„Ja, kommt! Auch mir verursacht die Sache Bedenken, allerdings weniger weil die Boote versteckt sind, sondern weil die dreizehn Männer nicht direkt das Ufer erstiegen haben, sondern erst eine so bedeutende Strecke am Wasser hinaufgegangen sind. Das geschah jedenfalls in der Absicht, ihre Spuren zu verbergen. Wer weiß, welch einem schlechten Werk diese Boote dienen sollen."

„Untersuchen wir sie!"

Die Boote waren, außer den in ihnen befindlichen Rudern, leer, und nicht das geringste Zeichen war zu entdecken, das uns Gelegenheit und Veranlssung zu irgend einem Schluß gegeben hätte.

„Was tun wir, Charley?"

„Hm! Die Fahrzeuge gehören nicht uns!"

„Aber wenn sie einem bösen Zweck dienen?"

„Haben wir darüber Gewißheit?"

„Allerdings nicht, aber ich habe ganz gewaltige Lust, diese Dinger leck zu machen, denn ich sage mir, daß diese dreizehn Halunken irgend eine Niederträchtigkeit vorhaben."

„Was würdet Ihr sagen, wenn die Boote uns gehörten und wir fänden sie bei unserer Rückkunft zerstört?"

„Ich würde mich allerdings ärgern und jagte dem Kerl, der es getan hätte, sobald ich ihn erwischte, ganz einfach eine Kugel in den Kopf."

„Seht Ihr's? Also!"

„Well, so lassen wir die Kähne, wie sie sind! Aber das Ding hat uns Zeit gekostet, und es dunkelt bereits. Machen wir uns auf den Rückweg, damit der Gouverneur nicht auf uns zu warten braucht!"

Wir kehrten um. Der Abend brach herein, und es war nicht ganz leicht, uns zurechtzufinden; dennoch langten wir nach einigen Stunden wohlbehalten bei dem Corral an, wo man an uns bereits mit Besorgnis gedacht hatte.

Natürlich zogen wir uns zunächst in unsere Räume zurück, um unsere äußerste Erscheinung ein wenig zu restaurieren. Ich hatte kaum damit begonnen, so hörte ich den Ruf des Engländers, dessen Zimmer neben dem meinigen lag:

„Kaladi!"

Der Gerufene trat ein.

„Sidhi?"

„Wo ist Molama?"

„Ich weiß es nicht; ich habe sie noch nicht gesehen, seit wir zurückkehrten."

„Und wo ist meine Chair-and-umbrella-pipe?"

„Was?"

„Meine Chair-and-umbrella-pipe. Sie ist weg; ich sehe sie nicht und habe sie ihr doch extra auf die Seele gebunden!"

„Ich werde suchen nach Molama und die Pipe bringen, Sihdi!"

Nach einigen Minuten trat ich bei Rassley ein.

„Gehen wir?"

„Nein. Meine Umbrella-pipe ist fort. Ich muß wissen, wo sie sich befindet!"

„Aber der Gouverneur ließ uns sagen, daß wir schleunigst eintreffen sollten, da er die Treiber nicht länger zu halten vermöge!"

„Ist mir egal! Ich will meine Umbrella-pipe haben. Was sind alle Treiber und Elefanten gegen meinen Patent-Regenschirm! Kaladi, Kaladi, beim Henker, wo steckt doch nur dieser Mensch?"

Der Ruf mußte doch gehört worden sein, denn der Singhalese trat ein, erhitzt und den rinnenden Schweiß im Gesicht.

„Sihdi, du riefst schon wieder?"

„Wo hast du sie?"

„Molama?"

„Molama? Was geht mich Molama an? Wer ist Molama, und was habe ich mit dieser leichtfertigen Molama zu schaffen? Ich meine natürlich meine Chair-and-umbrella-pipe!"

„Die hat Molama."

„So? Wo denn?"

„Das weiß ich nicht, Sihdi."

"du weißt es nicht? Kerl, wenn meine Umbrella-pipe weg ist, so sollst du sehen, was mit dir passiert! Wo ist das Mädchen hin mit ihr?"

„Ich weiß es nicht, aber ich werde es noch erfahren. Ich fragte und hörte, daß eine Schar von Jungfrauen gekommen ist, um Molama ein wenig mit in den Wald zu nehmen. Sie ist mitgegangen und hat den Schirm mitgenommen, weil ihr derselbe von Euch anvertraut worden war."

Das Gespräch wurde von einem zweiten Boten des Gouverneurs unterbrochen, welcher uns bitte ließ, schleunigst nach der Tribüne zu kommen. Rassley sagte zu und wandte sich dann wieder zu Kaladi:

„Nicht aus Respekt gegen meinen Befehl hat sie ihn mitgenommen, sondern aus Eitelkeit; sie hat sich mit ihm zeigen wollen. Geh, schaffe mir meine Umbrella-pipe, sonst passiert etwas, was dir und dieser Molama höchst unangenehm ist!"

Der Singhalese entfernte sich schleunigst. Er mochte schon genug Sorge um das Schicksal seiner Erkorenen haben, welche sich so leichtsinnigerweise mit ihren Genossinnen in den gefährlichen Urwald gewagt hatte; die Drohung des Engländers mußte seine Angst verdoppeln.

Wir suchten die Gesellschaft auf und erreichten die Tribüne gerade noch zur rechten Zeit, um den Verlauf des Fanges von Anfang an zu verfolgen.

Die Szene war außerordentlich interessant. Die niedrigen Feuer, von welchen man beim Sonnenlicht nur den Qualm gesehen hatte, traten jetzt mit rötlicher Glut aus der Dunkelkheit hervor und verbreiteten ihren Schein über die um sie versammelten Gruppen, während der Rauch durch das reiche Laub der Bäume emporwirbelte. Die Menge der Zuschauer beobachtete das tiefste Stillschweigen, und außer etwa dem Summen eines Insektes war nicht der leiseste Laut zu vernehmen.

Da auf einmal wurde die Stille unterbrochen durch fernen Trommelschlag und eine Flintensalve, welche demselben folgte. Dies war das Signal für die Erneuerung des Angriffes. Die Jäger traten mit Schreien und Rufen in den Kreis ein; trockene Blätter und Reisig wurden auf die Wachtfeuer geworfen, bis sie hoch emporflackerten und auf drei Seiten eine flammende Linie bildeten, während der Eingang zum Corrall vollständig im Dunkel gehalten wurde: Dahin wandten sich die erschreckten Elefanten, verfolgt von dem gellenden Rufen und dem Getöse der Jäger. Das Gebüsch niederstampfend, Zweige und Äste zerknickend, nahten sie sich. Der Leiter der Herde tauchte Angesichts des Corrals auf, stutzte einen Augenblick, stierte wild umher und stürzte sich dann durch das offene Tor, die ganze Herde ihm nach.

Plötzlich flammte wir auf einen Zauberschlag der ganze Umfang des Corrals, welcher bis dahin in tiefster Finsternis gehalten worden war, mit Tausenden von Lichtern auf, indem jeder Jäger in dem Moment, in welchem der letzte Elefant eingetreten war, mit einer am nächsten Wachtfeuer angezündeten Fackel nach der Umzäunung eilte. Die gefangenen Tiere rannten zunächst nach dem äußersten Ende des Verhaues; durch den Zaun aufgehalten, kehrten sie wieder um, fanden jedoch den Eingang jetzt verschlossen. Ihr Schrecken war mächtig. In reißender Schnelligkeit durchrannten sie den Corral, fanden ihn aber jetzt von allen Seiten von Feuer umgeben; sie versuchten den Zaun zu forcieren, wurden jedoch durch die Spieße und Fackeln der Wachen wieder zurückgetrieben, und wenn sie diese nicht achteten, so krachten ihnen Musketensalven entgegen, denen sie nicht standzuhalten vermochten.

Sie traten jetzt in eine Gruppe zusammen, wie um Rat zu halten, dann brachen sie plötzlich alle nach einer Richtung auf. Es sah aus, als müsse alles unter ihrem Tritt zerbersten und zermalmen; aber die Feuer loderten höher, geschlossene Salven krachten und blitzten ihnen entgegen — sie kehrten enttäuscht und langsam nach ihrem vorigen Ruheplatz in der Mitte des Corrals zurück.

Der Eindruck, welchen diese Szene hervorbrachte, beschränkte sich nicht auf die menschlichen Zuschauer, er erstreckte sich auch auf die zahmen Elefanten, welche außen aufgestellt waren. Bei der ersten Annäherung der fliehenden Herde gaben sie die regste Teilnahme kund. Namentlich zwei, welche in der Nähe der Front standen, zeigten sich gewaltig aufgeregt, stießen die Köpfe gegeneinander, scharrten den Boden und fuhren auf, als der Lärm näher kam. Schließlich, als die Herde in den Corral stürzte, riß der eine sich wirklich von den Zügeln los, rannte der Herde zu und entwurzelte dabei einen ansehnlichen Baum, welcher im Weg stand.

So fuhren die gefangenen Tiere über eine Stunde lang fort, den Corral zu durchkreuzen und die Palissaden immer von neuem mit ungebeugter Energie anzugreifen, nach jedem verfehlten Versuche vor Wut trompetend und schreiend. Wieder und wieder suchten sie das Tor zu forcieren, als wüßten sie genau, daß es ihnen ebenso einen Ausweg gewähren müsse, wie es ihnen vorher als Eingang gedient hatte; immer aber wurde ihr Angriff zurückgeschlagen. Nach und nach wurden ihre Befreiungsversuche seltener. Nur einzelne noch liefen hierhin und dorthin, kehrten aber immer wieder zurück, und zuletzt versammelte sich die ganze Herde zu einer Gruppe und stand, einen mitleidigen Kreis um die Jungen bildend, bewegungslos im dunklen Schatten der Bäume im Zentrum des Corrals.

Jetzt traf man auch die Vorbereitung für die Bewachung während der Nacht. Die an der Umzäumung stehenden Mannschaften wurden verstärkt, und man häufte Holz auf die Feuer, um eine hohe Flamme bis zum Sonnenaufgang zu erzielen. Da bis zum Morgen ein weiteres nicht vorgenommen werden konnte, so kehrten wir nach unsern Zimmern zurück.

Die erste Frage des Engländers beim Eintritt in das Gebäude war nach Kaladi. Niemand hatte den Singalesen gesehen, und die Laune Raffleys war infolgedessen eine geradezu unbeschreibliche.

„Charley!"

„Sir!"

Wollen wir wetten?"

„Worüber?"

„Daß die dreizehn Halunken bei der Geschichte mit meiner Chair-and-umbrella-pipe beteiligt sind."

„Das könnte ich nicht begreifen. Wie sollte das möglich sein?"

„Wollen wir wetten?"

„Ihr wißt ja, daß ich nie wette!"

„Allerdings. Ihr seid ein ganz wackerer Kumpan und überhaupt ein recht brauchbarer Kerl, aber als Gentleman könnte ich Euch keinem echten Englishman vorstellen. Ihr werdet es noch bitter bereuen, daß Ihr jede Wette verschmäht. Inwiefern die zwei versteckten Boote mit meiner Umbrella-pipe in Verbindung stehen, kann ich allerdings nicht sagen, aber eine Ahnung sagt mir, daß es so ist, und was ich ahne, das pflegt stets einzutreffen."

„Ihr rechnet hier mit höchst zweifelhaften Größen, Sir, und ich denke, daß ich ah, da kommt Kaladi!"

Wirklich trat der Genannte ein. Die Haare hingen ihm wirr um den Kopf, die Kleider waren ihm zerfetzt, und der Schweiß rann ihm aus allen Poren.

„Sihdi!" rief er, indem er mit dem Ausdruck der größten Angst auf Raffley zutrat und sich vor demselben auf das Knie niederließ.

„Was ist's?"

„Ihr seid ein Maharadscha, dem niemand widerstehen kann; Ihr allein könnt mir helfen!"

„Welche Hilfe verlangst du?"

„Molama ist geraubt, Molama, das Licht meiner Augen, der Trost meiner Seele und der Stern meines Lebens."

„Molama geraubt? Tod und Verderben über die Schurken! Und meine Umbrella-pipe, wo ist die?"
„Auch fort."
„Wohin?"
„Ich weiß es nicht!"
„Was? Du weißt es nicht? Wer sagt denn, daß sie geraubt ist?"
„Die Jungfrauen, welche entflohen sind."
„Die Jungfrauen ah, es ist doch wahr: wo irgend eine Teufelei los ist, da sind stets die Frauenzimmer im Spiel!" Der Klemmer war ihm entfallen, er sah aus als hätte er sein ganzes Vermögen und sein halbes Leben samt Raffley-Castle verloren. „Wem sind sie denn entflohen?"
„Den Räubern."
„Nun ja, das versteht sich ja von selbst; aber wer waren diese Räuber?"
„Ein Chinese und zwölf Malayen."
„Alle Wetter! Charley!"
„Sir John!"
„Seht Ihr's, daß ich meine Wette gewonnen hätte?"
„Allerdings, wie es scheint."
„Es scheint nicht so, sondern es ist wirklich so, und nun geht mir eine ganz eigentümliche Ahnung auf. Erzähle ausführlich, Kaladi!"
„Ich lief", berichtete dieser, „um den Corral und fragte nach Molama, bis ich hörte, daß sie mit vielen Mädchen in den Wald gegangen sei, um Blumen zu suchen. Weiter konnte ich nichts erfahren, bis ich vorhin an eine Stelle kam, wo viele Männer und Frauen klagend beieinander standen. Ihnen war es gelungen, zu entfliehen, die andern sind von den Räubern fortgeschleppt worden. Molama war bei ihnen und hatte auch den Schirm bei sich. Sihdi, bringt sie mir wieder, und ich will Euch danken, so lang als ich lebe!"
„Charley", meinte der Engländer, ohne auf die letzte Bitte des Singalesen zu antworten.
„Sir John."
„Ihr habt gehört, was mir der Steuermann erzählte?"
„Allerdings."
„Wißt Ihr, wer die Räuber sind?"
„Die Piraten, welche für sich Weiber suchen und auf einer einsamen Insel hausen."
„So denke ich. Kann ich ihnen meine Umbrella-pipe lassen?"
„Ganz, wie Ihr wollt!"

„Fällt mir nicht ein! Es war von Anfang bestimmt, daß wir den Kimbu-Oya hinabfahren wollten, und darum ist ein tragbares Boot zur Stelle. Kaladi, du sollst deine Molama wiedersehen!"

„Sihdi, Ihr seid..."

„Schon gut! Charley, verabschiedet Euch vom Gouverneur; in einer Stunde geht es fort! Mögen sie mit ihren Elefanten machen, was sie wollen, mir ist es gleich; aber meine Chair-and-umbrella-pipe muß ich wieder haben, und wenn ich den Halunken nachsegeln sollte — dreimal rund um die Erde herum!"

3. EINE PIRATENJAGD

Wenn die gefangenen Elefanten die erste Nacht im Corral verbracht haben, so ist ihr Widerstand gebrochen; sie sind erschöpft und still und voll Furcht und Staunen über alles, was sich um sie her zuträgt.

Die Feuer sind ausgegangen, und die Umzäunung ist eng umgeben von Knaben und Männern, welche mit Spießen und langen, weißgeschälten Ruten bewaffnet sind. Jetzt werden Vorbereitungen getroffen, die zahmen Elefanten in den Corral zu führen, um die gefangenen in Sicherheit zu bringen. Seile und Schlingen befinden sich in Bereitschaft, und weit getrennt von allen andern steht ein Trupp von dem verachteten Stamm, dessen Angehörige kein totes Tier anrühren dürfen und welchem daher das Geschäft zugewiesen wird, die dünnen, aber sehr festen und elastischen Seile für die Schlingen aus frischen Wild- und Büffelhäuten zu fertigen.

Wenn alles so weit ist, so werden die Pfosten, welche den Eingang verschließen, behutsam hinweggezogen und zwei gezähmte Elefanten geräuschlos hineingelassen, geritten von ihren Mahouts (Wärtern), die auf Ceylon Ponnekalla genannt werden. Jeder von ihnen trägt ein breites und starkes Halsband aus Geflecht von Kokosnußfaser, an welchem an beiden Seiten Seile von Elentierhaut mit fertigen Schlingen angebracht sind. Hinter diesen Elefanten schleichen sich die Kuruwi (Schlingenfänger) in die Umzäunung, begierig, den ersten Elefanten zu fesseln. Dies ist eine Ehre, welche mit einer besonderen Belohnung bedacht wird.

Ist der zahme Elefant ein guter Lockelefant, so geht er, mit dem Mahout auf den Schultern und dem Schlingenfänger hinter sich, mit dem angenommenen Schein der größten Gleichgültigkeit vorwärts; wie müßig schlendert er in der Richtung nach den

Gefangenen hin und macht dann und wann Halt, um ein Büschel Gras oder eine Handvoll Blätter abzurupfen. Wenn er sich der Herde nähert, so tritt der Leiter derselben näher und läßt seinen Rüssel ihm in sanfter Untersuchung über den Kopf gleiten. Merkwürdig ist, daß dabei und während des ganzen nun folgenden Vorganges dem Mahout nicht das geringste Leid zugefügt wird. Ist der Leiter zu seinen niedergeschlagenen Genossen zurückgekehrt, so folgt ihm der Lockelefant und stellt sich neben ihn. Der Schlingenfänger hält die Schlinge bereit. und sobald das wilde Tier den Fuß nur ein wenig hebt, befestigt er sie an demselben. Natürlich springt der Mann sofort zurück; ein oder zwei zahme Elefanten kommen herbei, teils um den in der Schlinge steckenden zu isolieren, teils um ihn mit sich nach einem Baum zu ziehen, an welchen er mit der Schlinge gefesselt wird. Eine zweite Schlinge wird nun um den anderen Hinterfuß gelegt, dann fesselt man die Vorderfüße ebenso, welche an einen gegenüberstehenden Baum gebunden werden, und die Gefangennahme ist vollendet.

Auf diese Weise wird jeder einzelne der wilden Elefanten überwältigt. So lange die zahmen Genossen neben ihm stehen, bleibt der Gefangene gewöhnlich ruhig und passiv; sobald sie aber fortgehen und er sich allein sieht, macht er die erstaunlichsten Anstrengungen, sich zu befreien. Er betastet die Seile mit dem Rüssel und versucht, die zahlreichen Knoten aufzuknüpfen; er zieht rückwärts, um die Vorderfüße zu befreien, und lehnt sich dann wieder nach vorn, um die Hinterfüße los zu bekommen, bis jeder Zweig des mächtigen Baumes, an den er gefesselt ist, von seinen Anstrengungen zittert. Er heult wütend, den Rüssel hoch in die Luft streckend; dann legt er, auf die Seite fallend, den Kopf zur Erde, erst die Wange, darauf die Stirn, und drückt den zusammengerollten Rüssel nieder, als wolle er ihn in den Boden zwängen, und jetzt erhebt er sich plötzlich und balanciert auf Stirn und Vorderfüßen, die Hinterbeine frei von sich streckend.

Dieses wechselnde Schauspiel dauert mehrere Stunden mit gelgentlichen Pausen augenscheinlicher Betäubung, nach denen sich der Kampf von Zeit zu Zeit krampfhaft und wie auf plötzlichen Antrieb erneuert; endlich aber legt sich das eitle Bemühen, und das arme Tier bleibt vollkommen regungslos, ein Bild der Erschöpfung und Verzweiflung.

Bei diesen Vorgängen tritt die Verschiedenheit des Temperamentes in augenfälliger Weise zu Tage. Einige Tiere unterwerfen sich mit verhältnismäßig geringem Widerstand, während andere sich in ihrer Wut mit einer Gewalt zu Boden stürzen, die jedem schwächeren Geschöpfe verderblich werden müßte. Sie lassen ihren Ingrimm an jedem Baum und jeder Pflanze in ihrem Bereiche aus; ist die Pflanze klein, so reißen sie dieselbe mit dem Rüssel nieder, streifen Blätter und Zweige ab und werfen sie in wilder Unordnung über ihren Kopf nach allen Seiten von sich, während andere wütend brüllen und trompeten, dann kurzes, krampfhaftes Geschrei ausstoßen und zuletzt erschöpft und hoffnungslos ihrem Kummer in einem leisen, kläglichen Geheul Luft machen. Einige liegen nach ein paar heftigen Anläufen regungslos am Boden, ohne ein anderes Schmerzenszeichen als das der Tränen, welche ihren Augen unaufhörlich entquellen. Andere zeigen in der ganzen Macht ihres Zornes die seltsamsten und wunderbarsten Verdrehungen. Eine Manipulation kehrt fast bei allen wieder: in den Zwischenräumen zwischen den Kämpfen schlagen sie den Boden mit ihren Vorderfüßen, und indem sie die trockene Erde mit einer Windung des Rüssels packen, schleudern sie dieselbe geschickt über alle Teile des Körpers; dann stecken sie die Spitze des Rüssels in das Maul und ziehen daraus eine Quantität Wassers, das sie über den Rücken hin entladen. Diese Operation wiederholen sie immer von neuem, bis des Staub vollständig durchnäßt ist.

Ich hatte mich darauf vorbereitet, alle diese Vorgänge in Augenschein nehmen zu können, und war daher keineswegs gleichgültig bei der plötzlichen Abreise, zu welcher wir uns durch den geheimnisvollen Raub der Mädchen veranlaßt sahen.

Das transportable Kanu, welches uns zur Verfügung stand, wurde auf die Schultern von sechs Männern geladen; eine Reihe von Kulis trug unsere Effekten, den Proviant und die Munition, und den Schluß des Zuges bildeten Raffley, ich und Kaladi.

Der erstere folgte seiner Ahnung und war vollständig überzeugt, daß die Räuber identisch mit der Besatzung des Haiangdze seien; ja, er ging noch weiter und nahm als sicher an, daß der Kapitän der Dschunke jener Pirat sei, von welchem das Gerücht so viel Schlimmes erzählte.

Der Gouverneur sah uns nur ungern scheiden und bot uns seine so zahlreiche Begleitung und Bedeckung an, als wir uns wünschen konnten. Wir wiesen sie zurück und baten ihn, die Verfolgung der Verbrecher nur uns zu überlassen.

„Nehmt Fackeln mit, und sucht den Ort auf, an welchem der Überfall stattgefunden hat“, meinte er. „Dann wird es euch leicht sein, ihren Spuren zu folgen.“

„Ist nicht notwendig, Sir!“ antwortete Raffley. „Wo sie hingehen, das wissen wir bereits, und daß wir sie trefen, ist so sicher, als ich hier stehe. Oder wollen wir wetten, Sir?“

Der Gouverneuer lächelte.

„Ich setze hundert Pfund auf die Behauptung, daß Ihr sie nicht fangt, wenn Ihr meinen Rat nicht befolgt.“

„Und ich wette fünfhundert Pfund dagegen, Sir. Dieser Herr ist Zeuge unseres Übereinkommens, obgleich er selbst niemals zu einer Wette zu bewegen ist. Ich muß sie finden, denn wie könnte ich mich im Traveller-Club, Rear-Street 47, London, sehen lassen, ohne meine Chair-and umbrella-pipe, welche mir die Halunken mitgenommen haben. Go on, Charley, vorwärts!“

Die Nacht war dunkel, aber mit Hilfe der Fackeln überwanden wir alle Schwierigkeiten und kamen wohlbehalten an dem Ort an, wo wir die zwei Boote entdeckt hatten.

„Seht Ihr’s, daß ich recht hatte?“ meinte Raffley.

„Hätten wir die Kähne leck gemacht, so wäre es ein wahrer Spaß, des Mädchens und meiner Pipe wieder habhaft zu werden!“

„Laßt es gut sein, Sir! Vielleicht glückt es uns auch so noch, Euren Schirm wieder zu erlangen“, beruhigte ich ihn.

Das Kanu wurde in das Wasser gesetzt und nahm alle Effekten auf. Dann stiegen wir ein, Raffley, ich Kaladi und zwei Ruderer, welche den Lauf des Flusses so genau kannten, daß wir uns ihnen getrost anvertrauen durften. Die übrigen wurden zurückgeschickt; hierauf befestigten wir Fackeln an das Spriet und den Stern des Bootes, dann wurde die nächtliche Fahrt begonnen.

Das Wasser des Flusses war nicht sehr tief, aber reißend. Das kleine Fahrzeug schoß mit der Geschwindigkeit des Dampfes dahin, während wir so genau wie möglich die Ufer beobachteten. So verfloß die Nacht, der Tag brach an, und die Fackeln erloschen. Der Fluß war durch zahlreiche Zuflüsse breiter geworden; die Fahrzeuge wurden zahlreicher, und als es fast Mittag war, befanden wir uns in Tschilah; ohne eine Spur der Räuber gefunden zu haben.

Draußen im Hafen lag unsere Dampfjacht. Ohne anzuhalten, ruderten wir ihr zu und stiegen an Bord. Der Steuremann stand am Fallreep, uns willkommen zu heißen, und ein leises Zischen, welches unten im Maschinenraum ertönte, bewies, daß der umsichtige Maat die Maschine zu sofortiger Aktion bereit gehalten habe.

„Feuer unter dem Kessel?“ war Raffleys erste Frage.

„Yes, Sir!“

„Den Haiang-dze gesehen?“

„Yes.“

„Wo?“

„Bin seit Kolombo hinter ihm her bis hinauf nach der Kalpetti-Insel. Dann aber mußte ich zurück hierher, um Euch aufnehmen zu können, sobald Ihr kamt. Da warf der Chinese auch hier die Anker und schickte zwei Boote stromauf.“

„Ah! Sind sie zurück?“

„Schon mit Sonnenaufgang.“

„Was hatten sie geladen?“

„Weiß nicht. Hatten Bastdecken über die Bords gelegt.“

„Die Dschunke lichtete dann sofort die Anker?“

„So ist es.“

„Nach welcher Richtung ging sie?“

„Grad nach Nord. Ich bin ihr mehr als über eine Stunde nachgedampft und habe die Überzeugung, daß sie die Palkstraße gewinnen will. Wäre sie nach Süden gegangen, so hätte ich einen Verdacht, der... der... “

„Nun, der...?“

„Der wohl einiges für sich gehabt hätte. Kaum war ich nämlich zurückgekehrt, so brachte eine Kohlenbarke die Nachricht, daß auf der Insel Karetiwu vorgestern abend ein ganz außerordentlicher Perlenraub verübt worden ist. Ein Schiff hat am dunklen Abend in der Nähe der Küste beigedreht und drei Boote ausgesandt, welche voll wilder Gestalten gewesen sind, die über die Office herfielen und alle Vorräte nebst dem vorhandenen Gelde mit sich nahmen.“

„Was waren es für Leute?“

„Malayen, angeführt von einem Chinesen.“

„Und das Schiff?“

„War in der Dunkelheit nicht genau zu erkennen, doch stimmt die ungefähre Beschreibung ganz genau mit dem Haiang-dze.“

„Er ist es!“

„Würde er wohl dann wieder nach Nord gegangen sein?“

„Maske! Er wird wenden und nach Süden einhalten, darauf kannst du dich verlassen, Tom. Der Chinese ist ein kühner Kerl, das hat er gezeigt, indem er da oben bei Karetiwu, wo es konträre Winde gibt und die Strömung reißend ist, bloß beidrehte, statt die Anker zu werfen. Ein solches Manöver darf man eigentlich bloß einem Yankee zutrauen, dem es nicht darauf ankommt, ob das Fahrzeug vor einer Bö kentert oder durch die Strömung wrack gemacht wird. Nimm die Sachen aus dem Kanu und mach, daß wir aus dem Hafen kommen. Wir gehen grad nach Westen.“

„Nach West! Warum?“ fragte Tom erstaunt.

„Darum“, antwortete Raffley kurz. Er konnte es nicht leiden, wenn seine Absichten nicht verstanden wurden.

Unsere in dem Kanu befindlichen Sachen wurden an Bord gebracht, und die beiden Ruderer ruderten, nachdem sie ihr Bezahlung in Empfang genommen hatten, der Stadt wieder zu. Dann dauerte es nicht lange, so knarrte die Ankerwinde, die Schraube bohrte sich in die Widerstrebende Flut und das kleine, schmucke Fahrzeug strebte zwischen den im Hafen liegenden Schiffen in graziösen Windungen dem Ausgang zu. Wir stachen in See.

Als wir das offene Meer erreicht hatten, trat Raffley zu mir.

„Wißt Ihr, Charley, warum ich nach West halten lasse?“

„Ich denke es.“

„Nun?“

„Ihr wollt den Kurs des Chinesen schneiden, welcher sicher von Nord nach Süd wenden wird.“

„So seid Ihr auch meiner Ansicht?“

„Vollständig. Erst wollte ich zweifeln; nach allem aber, was wir bisher gehört und beobachtet haben, halte auch ich den Chinesen für eine Piraten. Daß wir ihm folgen, versteht sich von selbst, aber ob wir dies allein tun wollen oder uns nach Hilfe umsehen, muß wohl erst noch beantwortet werden.“

„Fürchtet Ihr Euch, Charley?“

Pshaw!“

„Nun also! Wir nehmen die Dschunke für uns allein. Gehen wir sechzig Knoten nach West, ohne sie gesehen zu haben, so ist sie bereits vorüber, nach meiner Rechnung. Dann sind wir gezwungen, nach Süd umzulegen.“

„Selbst in diesem Fall hat sie einen Vorsprung von vielleicht fünf Stunden, welche, da sie mit dem Wind segelt, nur schwer einzuholen sind.“

„Glaubt Ihr wirklich, daß ich mich dadurch irre machen lasse? Der Haiang-dze darf nicht nahe am Lande segeln, und über seinen Kurs herrscht nicht der mindeste Zweifel.“

„Er wird die Insel nach Osten umsegeln...“

„Und zwar im Süden, da er im Norden wegen des Nord-Ostmonsums nicht gut durch die Palkstraße gelangen kann.“

„Und dann Kurs grad auf Ost nehmen“, fuhr ich in meiner Expektoration fort.

„Grad auf Ost? Das glaube ich nicht. Er wird nach Nordost halten, in welcher Richtung sich jedenfalls sein Schlupfwinkel befindet.“

„Ihr vergeßt den Passat, Sir, welcher ihm dann grad in die Zähne streichen würde. Er wird nach Ost gehen und dann einen rechten Winkel nach Nord herumschlagen."

„Very well, Charley, ich sehe, daß Ihr auch zur See nicht ganz unbeholfen seid."

„Denkt Ihr? So geht mein Rat dahin, nicht weiter nach West zu gehen, sondern ihm seinen Vorsprung dadurch abzugewinnen, daß wir in gerader Linie auf Point de Galle, welches er im weiten Bogen umfahren muß, schneiden, hart an der Küste Kap Thunder-Head, Tangalle und Hambantotte umsegeln und dann auf dem achtzigsten Längengrad kreuzen, um ihn zu erwarten."

„Good lack, seid Ihr ein scharfsinniger Kopf, Charley! Ich beginn zu begreifen, daß Ihr recht gute Anlagen zu einem Marineoffizier besitzt. Ihr habt vollständig recht, und ich werde Euern Rat auch befolgen. Kommt!"

Wir schritten zum Hinterdeck, wo Tom im Häuschen am Rade stand.

„Leg um nach Ost-Süd-Ost, Tom!"

„Well, Sir; aber das hieße ja, Point de Galle anrennen!"

„Nicht anrennen sondern nur hart vorüberstreichen wollen wir. Wie steht es mit der ‚langen Harriet', Tom?"

„Wie soll es stehen, Sir?" antwortete der Gefragte.

„Blank geputzt ist sie, das seht Ihr ja selbst", meinte er, auf den schimmernden Lauf der Drehkanone deutend, welch auf dem Mitteldeck der Jacht angebracht war; „aber was nützt der Staat, der Putz und Plunder, wenn die rechte Arbeit fehlt? Wenn nicht bald eine Gelegenheit kommt, eine Kugel auf den Wogen tanzen zu lassen, so verwende ich für keinen Penny Hammerschlag mehr auf die Harriet; sie mag verrosten!"

„Dir kann geholfen werden, mein Junge! Lade sie einmal, aber blind einstweilen!"

„Wirklich, Sir?"

„Wirklich!" nickte Raffley.

Der Steuermann fixierte das Rad und eilte zu seiner Kanone. Es war wirklich eine Luft, die Andacht und Hingebung zu beobachten, mit welcher er sie gleich einer Braut bediente, deren Lächeln beglückt.

„Erwartet Ihr einen Kampf?" fragte er dabei.

„Möglich!"

„Prächtig, Sir! Ich denke, es soll kein Schuß daneben gehen, wenn meine Harriet zu reden beginnt."

„Aber wie steht es dann mit dem Steuern? Steuern und Feuern zugleich ist unmöglich."

„O, da gibt es Abhilfe. Der Bill ist nicht auf den Kopf gefallen und steuert nach Kommando ganz prachtvoll. Ihr könnt Euch auf ihn verlassen."

„Auch im Kampf, wo es auf Schnelligkeit und Genauigkeit sehr ankommt?"

„Auch dann."

„So mag es sein!"

Der Nachmittag verging, und der Abend brach herein mit den leuchtenden Sternen des Südens. Wir legten uns zur Ruhe, und als wir uns am andern Morgen erhoben hatten und das Deck betraten, fand es sich, daß wir Tangalle bereits hinter uns hatten. Seitwärts im Lee kam hinter uns ein französischer Steamer herangedampft. Wir ließen der Maschine nur halbe Kraft, und auch er legte an zur langsameren Fahrt, als er uns bemerkte. Sein Kapitän stand an der Reiling des Quarterdeckes und fragte, da es stille Luft hier gab, ohne Sprachrohr, nur durch die vorgelegten Hände:

„Holla! Was ist das für ein Dampfer?"

„Dampfjacht Swallow aus London."

„Welcher Kapitän?"

„Eigenes Schiff. Lord John Raffley, wenn es Euch beliebt!"

„Ah, danke!"

„Und Euer Schiff?"

„Dampfer ‚la bouteuse' aus Brest, Kapitän Jardin, geht über Battikalva und Trinkomali nach Kalkutta. Und ihr?"

„Küstenfahrt. Ist Euch nicht ein Chinese begegnet?"

„O doch. Dschunke Haiang-dze, Kapitän Ri-fong, bestimmt nach den Baniackinseln."

„Habt Ihr ihn untersucht?"

„Nein; wir sind nicht im Orlogdienst. Adieu und gute Fahrt!"

Der Franzose gab wieder vollen Dampf und schoß rauschend an uns vorüber. Wir aber brauchten unsere Maschine nicht anzustrengen, da wir den Chinesen nun hinter uns wußten, vielmehr setzten wir mit mittlerer Geschwindigkeit unsern Kurs fort, befanden uns sehr bald auf der Höhe von Hambanotte und begannen dann nach Verlauf von ungefähr zwei Stunden zu kreuzen.

Zahlreiche Segel belebten den Gesichtskreis; sie gehörten Fahrzeugen an, welche entweder von Trinkomali und Battikalva oder aus Indien, China und Japan kamen, um vor dem günstigen Passat nach West zu steuern. Wir kümmerten uns nicht um sie;

der Haiang-dze war jedenfalls nicht unter ihnen. Die brave Jacht schnitt, leicht zur See geneigt, mit reißender Schnelligkeit fast vor dem Winde südwärts durch die Fluten und legte erst nach Mittag wieder herum. Raffley ließ jetzt alle Segel setzen, und es war zum Erstaunen, mit welcher Schnelligkeit wir nun trotz des widrigen Passates genau der geographischen Länge folgten.

Jetzt winkte Raffley Kaladi herbei.

„Du willst Molama wiederhaben?"

„Sihdi, wenn ich sie verliere, so sterbe ich!"

„Well! Hast du gute Augen?"

„Meine Augen sind scharf wie die des Falken."

„So klettere hinauf zum Mast-Head und halte scharfen Ausguck nach den Fahrzeugen, deren Kurs wir durchschneiden. Der Chinese wird unter ihnen sein, wenn ich mich nicht irre."

Wie eine Katze kletterte der gewandte Singalese am Mast empor und machte es sich droben so bequem wie möglich. Das Verhalten Raffleys schien mir nicht tadellos zu sein; ich mußte ihn warnen:

„Wie wollt Ihr kreuzen, Sir John?"

„Ich verstehe Euch nicht."

„Ich meine, auf welcher Linie Ihr den Chinesen erwarten wollt?"

„Auf dem achtzigsten Längengrad, ganz wie Ihr selbst es mir vorschlugt."

„Aber nur südlich vom sechsten Breitengrad?"

„Natürlich!"

„So wird er Euch entgehen."

„Oho! Warum?"

„Ich glaube nicht, daß er sich bei Tage nach dem, was wir ihm zumuten, so nahe an die Küste wagen wird. Hat er das letztere vor, um vielleicht noch einen Fang zu machen, so wird er die Nacht abwarten. Sodann hat er dem Franzosen gesagt, daß er nach den Baniacksinseln bestimmt sei; diese Richtung ist aber jedenfalls eine Finte; er wird weiter nordwärts gehen. Habe ich in diesen Vermutungen recht, so wird er uns entwischen."

„Charley, das versteht Ihr nicht, Ihr dürft Euch nun nicht auf einmal für klug und weise halten, weil ich Euch vorhin gelobt habe. Der Haiang-dze kommt ganz genau den Kurs des Franzosen und wird uns grad in die Arme laufen."

Auch er konnte recht haben, wenn auch seine Ausdrucksweise keine für mich schmeichelhafte war; ich ließ daher meinen Widerspruch fallen.

Jetzt stand der Matrose Bill am Steuer, und Tom war beschäftigt, alles herbeizuschaffen, was zur Bedienung seiner Harriet erforderlich war. Leider aber verging der Nachmittag, ohne daß wir nur einen Segelsetzen von der Dschunke zu sehen bekamen. Auch die Dämmerung brach ein, und nun mußte Raffley doch erkennen, daß ich recht gehabt hatte.

„Charley, ich glaube, der Kerl ist uns entgangen!"

„Ich glaube es nicht."

„Ihr denkt, er ist noch hinter uns?"

„Nein, er ist sicher bereits längst vor uns."

„Wie — wo — waa —as?" fragte er erstaunt, indem der Klemmer einen Sprung von der Wurzel der Nase bis auf deren Spitze machte. „Das ist ja eben meine Meinung; er ist längst vor uns und uns also entgangen."

„Er ist längst vor uns, weil wir ihn durchließen, aber er wird an die Küste zurückkehren, sobald es dunkel geworden ist."

„Woraus schließt Ihr dies?"

„Der Kurs nach den Baniacksinseln hätte den Chinesen viel weiter im Süden mit dem Franzosen zusammengeführt; daß der Pirat sich weiter nördlich hielt, ist ein sicherer Beweis, daß er ein anderes Ziel hat. Ist dies wirklich eine Insel im Osten, so will er sie auf der Route, welche ich Euch bereits erklärte, nicht erreichen, da er uns sonst begegnet wäre; folglich hat er die Absicht, längs der Küste des bengalischen Meeres hinzugehen, wo der Monsum nicht so kraftvoll pfeift, wie draußen auf der See. Er ist einfach zwischen uns und der Küste hindurchgeschlüpft und ostwärts gesegelt, wird aber umkehren und dann im Schutz des Landes und der Nacht nach Norden gehen, wenn es ihm nicht etwa einfällt, eine kurze Landung zu bewerkstelligen, um noch einiges mitgehen zu heißen."

„Charley, es ist möglich, daß Ihr das Richtige trefft. Aber was wollen wir tun?"

„Längs der Küste streichen bis hinauf nach Kap Palmyra; auf dem Rückweg werden wir dann den Chinesen treffen."

„Denkt Ihr wirklich?"

„Ich meine es."

„So habe ich heute doch wohl einen Fehler begangen und werde ihn dadurch wieder gutmachen, daß ich Euch folge."

Jetzt gingen wir nach Norden, und da nun ein Ereignis nicht zu erwarten war, so suchten wir die Kajüte auf, um einige Stunden zu ruhen. Mitternacht war bereits vorüber, als wir geweckt wurden. Der Steuermann stand vor uns.

„Wir befinden uns auf der Höhe von Palmyra, Sir“, meldete er.
„Welche Länge?“
„Einundachtzig; ich hielt etwas mehr Ost bei Nord, weil uns das rückwärts zugute kommt.“
„Ist richtig. Wende! Ich komme gleich hinauf.“
Als wir das Deck erreichten, standen die Leute an den Brassen; das Schiff beschrieb einen Bogen von Nord über Ost und legte dann auf Südwest ein. Jetzt drängte sich der Passat straff in die Leinen; die Maschine arbeitete mit voller Kraft, und wir flogen vor dem Wind dahin, daß der Schaum vorn am Bug empor und auf das Deck hereinspritzte.
Noch immer saß Kaladi auf dem Mast; die Sehnsucht nach der Verlorenen ließ ihn nicht ermüden, und nur für einen kurzen Augenblick war er unten gewesen, um sich das Nachtrohr des Steuermannes zu holen.
Raffley hatte auf dem Hinterdeck zwei Hängematten befestigen lassen. Da saßen wir und blickten in die milde Nacht hinaus. Eine Nacht wie diese war bei dem jetzt wehenden Monsum, welcher stets gewaltige Regengüsse mit sich bringt, eine große Seltenheit; daher genossen wir sie mit innigem Behagen und hatten dazu nur den einen Wunsch, daß wir den Chinesen bemerken möchten.
„Charley!“
„Sir John!“
„Wollen wir wetten?“
„Hm! Worüber?“
„Daß meine Chair-and-umbrella-pipe verloren ist. Dieser heillose Schurke ist uns total auf und davon gegangen.“
„Ich wette nicht, obgleich ich meine, daß ich diese Wette gewinnen würde.“
„So habt Ihr also noch immer Hoffnung?“
„Noch immer. Wir erreichen jetzt die Höhe von Batticalva. Bis jetzt haben wir gar nicht erwarten können, den Piraten zu treffen; er wird sich hüten, sich in die belebten Gewässer zwischen hier und Trinkomali zu wagen. Wartet nur noch eine halbe Stunde, dann durchschneiden wir stillere Fluten!“
„Charley, wenn Ihr recht habt, so will ich Euch für einen ganzen Mann halten, trotzdem Ihr niemals zu einer Wette zu bringen seid. Es liegt mir ganz außerordentlich viel daran, meine Umbrella-pipe wieder zu bekommen; ich kann mich ohne sie ja gar nicht in Altengland sehen lassen!“
„Ich denke, daß Ihr sie in einigen Stunden wieder haben werdet.“

„Well! Aber diese Molama soll, wenn ich sie vornehme, an den Schirm denken, solange diese fatale Insel unter ihren Füßen ist!" zankte er ingrimmig vor sich hin, indem er mit dem Arm eine Bewegung macht, deren Bedeutung leicht zu erraten war.

Und kaum war die erwähnte halbe Stunde vergangen, so ertönte vom Ausguck der Ruf:

„Feuer, grad im West!"

„Wie weit von hier?" fragte Raffley hinauf.

„Wohl nicht drei Meilen."

„Was für Feuer?"

„Es muß Land sein."

Während dieser Frage und Antworten hatte ich in die Wanten gegriffen und schwang mich hinauf zu Kaladi.

„Zeig her das Rohr!"

Ich blickte hindurch. Das Rohr war ausgezeichnet; ich erkannte eine ganze Reihe brennender Hütten und eine Menge Menschen, welche wirr durcheinander wogten. Da — ich zog das Rohr etwas weiter aus — wirklich, dort schleppten einige Männer mehrere Frauenzimmer mit sich fort.

„Hoi — ho!" rief ich hinunter auf das Deck. „Ein Dorf ist überfallen und angezündet worden."

„Vom Chinesen?"

„Vielleicht. Wir sind zu fern, um deutlich sehen zu können."

„Schnell an die Reffs; zieht alle ein!" kommandierte Raffley. „Maschinist, halbe Kraft; Mann am Steuer, dreh um auf Ost nach West!"

Im Nu waren sämtliche Segel eingezogen und die Jacht ging langsam und geräuschlos der Küst zu. Je näher wir derselben kamen, desto mehr wurde das Feuer auch denen sichtbar, welche sich unten auf dem Deck befanden. Der Himmel rötete sich immer stärker, und endlich waren die Flammen mit bloßen Augen zu erkennen.

Mit dem Rohr konnte ich deutlich sehen, was am Land vorging; doch kümmerte mich das jetzt nicht; ich mußte suchen, das Schiff zu finden, dem diejenigen anghörten, welche den Überfall unternommen hatten. Ich suchte daher sorgfältig den dunklen Vordergrund des Wasser ab, und richtig — da lag ein Fahrzeug, und zwar nicht anders als grad in der Linie, welche wir durch die See zogen.

„Hoi — ho! Ein Schiff in Sicht!" signalisierte ich.

„Wo?" fragte Raffley.

„Grad vor unserm Bug."

„Geht es vorüber? Welche Richtung dabei?“

Ich sah schärfer hin.

„Es liegt fest.“

„Vor Anker oder beigedreht?“

„Vor Anker, scheint es mir.“

„Well, dann entgeht es uns nicht. Was ist es für eine Nation?“

„Kann es nicht erkennen, doch es scheint wahrhaftig der Haiandze zu sein!“

„Alle Wetter! Fahr es an, Mann am Steuer, fahr es an und dreh bei an seinem Luv!“

Als wir dem Fahrzeug näher kamen, erkannten wir es als eine chinesische Dschunke und sahen zugleich an der uns wohlbekannten Takelung, daß es der Haiang-dze war.

„Tom, leg Kartätschen ein!“ kommandierte Raffley.

Er hatte also die Absicht, den Chinesen nicht durch den gewöhnlichen blinden Schuß zum Flaggenziehen zu bewegen, sondern sofort zum Angriff überzugehen. Ich glitt so schnell wie möglich auf das Deck nieder und trat zu ihm.

„Sir John Raffley!“

„Charley!“

„Wollt Ihr den Chinesen wirklich anfahren?“

„Natürlich! Die Besatzung ist an Land, und ich will meine Chair-and-umbrella-pipe so bald wie möglich haben. Die paar Mann, welche sich an Bord befinden, werden überrumpelt.“

„Allerdings, aber sie werden Zeit haben, sich vorzubereiten und ein Alarmsignal zu geben.“

„Das können wir nicht vermeiden.“

„O doch! Noch sind wir von der Dschunke aus nicht bemerkt worden, weil die Jacht keine bedeutende Bordhöhe hat. Wir können beidrehen und den Chinesen unbemerkt besteigen.“

„Egad, Ihr habt wieder recht, Charley. Stop, Maschinist! Mann am Steuer, dreh bei im Augenblick!“

Die Jacht gehorchte dem Steuer und beschrieb, immer langsamer werdend, einen engen Kreis, bis sie, auf dem Ausgangspunkte desselben angekommen, still lag. Raffley wandte sich zu mir. „Ich lasse ein Boot ausetzen!“

„Nein, Sir John. Seht durch das Glas! Es befinden sich bloß zwei Mann an Bord, grad so viel, als zu Vermeidung der Abtrift nötig sind. Ich werde mit Kaladi sofort hinüberschwimmen und sie schweigsam machen.“

„Das ginge; aber seid Ihr denn solch ein guter Schwimmer, Charley?“

„Bis da hinüber komme ich sicher. Kaladi!"
„Sihdi!" rief der Genannte vom Mast herab.
„Komm nieder!"
Er folgte dem Rufe und trat zu uns.
„Du willst deine Molama so bald als möglich wiedersehen?"
„Sihdi, laß mich hinüber! Ich gebe allen, die auf dem Deck sind, den Dolch!"
„Wir gehen miteinander."
„Aber was dann?" fragte Raffley.
„Geschehen kann uns nichts; ein solcher Fall braucht also gar nicht vorgesehen zu sein. Sobald wir Herren des Schiffes sind, geben wir Euch mit einer Signallaterne, deren Licht nur von hier aus bemerkt werden kann, ein Zeichen, und dann legt Ihr eiligst bei uns an. Das übrige versteht sich dann ganz von selbst."
„Wohl. So macht also los!"
„Bringt auch meine Waffen mit herüber!" bat ich noch; dann legte ich die Oberkleider ab, steckte das Messer zu mir und ließ mich in die Fluten hinab.

Kaladi folgte mir augenblicklich. Er war ein ausgezeichneter Schwimmer und blieb mir immer an der Seite. Je näher wir dem Feind kamen, desto vorsichtiger wurden wir. Die Wellentäler möglichst benutzend, ließen wir uns, auf den Wogenkämmen angelangt, mehr treiben als daß wir arbeiteten; so vermieden wir allen verräterischen Schaum und Gischt und gelangten glücklich an die Seite des Chinesen.

Die beiden Männer, welche sich auf dem Deck befanden, standen auf der dem Land zugekehrten Seite des Deckes und hatten uns also nicht bemerkt. Ein Tau, an welchem ein Eimer befestigt war, hing in das Wasser nieder; dieser Umstand kam uns trefflich zustatten. Ich nahm das Messer zwischen die Zähne, ergriff das Tau und schwang mich empor. Als ich über die Reiling stieg, befand sich der Kaladi bereits hart hinter mir. Wir erreichten das Deck und hielten vorsichtig Umschau.

Wirklich befanden sich nur die beiden Männer an Bord, wenn nicht noch einer unten im Raum war. Wir konnten beginnen.
„Vorwärts, Kaladi!"
Wie ein Schatten glitt der Singalese dahin, unsichtbar und unhörbar für jeden andern außer mir. In der nächsten Minute tauchte er hinter den beiden Räubern auf, faßte den einen beim Genick und stieß ihm den Kris so tief zwischen die Schultern, daß der scharfe, spitze Stahl das Herz durchbohrte. Der Getroffene brach mit einem Seufzer zusammen.

Der andere wand sich unter meiner Faust; ich hatte guten Grund, ihn nicht zu töten.

„Fesseln!" befahl ich Kaladi.

Dieser hielt schnelle Umschau und brachte im Augenblick das Passende herbei, den Gefangenen zu binden. Ich hielt demselben das Messer auf die Brust.

„Verstehst du das hiesige Malayisch, Kaladi?"

„Ein wenig, Sihdi."

„Frage ihn, ob jemand unter Deck ist!"

„Nein", antwortete der Gefangene.

„Wie viele Männer sind an Land?"

„Dreiundzwanzig."

„Gut. Schaffe ihn zum Mast, und binde ihn dort fest!"

Ich ging zum Signal- und Flaggenkasten, zog eine gelbe Laterne hervor, umhüllte sie von drei Seiten, brannte die Lampe an und hißte sie dann am Flaggenstock empor.

Das Zeichen wurde bemerkt, und die Jacht kam heran, um sich Seite an Seite mit dem Haiang-dze zu legen.

„All right?" fragte Raffley herüber.

„Alles wohl, Sir. Kommt herauf, und laßt die Jacht abstoßen, damit sie nicht vorzeitig bemerkt wird."

Ich vernahm die Befehle Raffleys. Er ließ bloß zwei Mann auf der Jacht, welche von dem Chinesen abstieß und sich in das nächtliche Dunkel zurückzog. Wir waren jetzt allerdings nur sechs Mann, während der Feind dreiundzwanzig zählte, doch schien uns allen der Gedanke, daß wir überwältigt werden könnten, eine Unmöglichkeit.

„Wo ist Molama? Darf ich sie jetzt suchen?" fragte Kaladi.

„Bleib!" gebot ihm der Engländer. „Dort stößt das erste Boot vom Land; wir brauchen alle Hände an Deck. Schafft Stricke genug herbei, zu fesseln, was nicht stirbt!"

Das Boot, welches Raffley meint, war mit Frauen und Mädchen beladen und wurde von sechs Matrosen gerudert. Es kam näher und rief das Schiff an. Kaladi antwortete kurz, und das Fallreep wurde niedergelassen. Während ein Mann zur Sicherheit im Kahn blieb, stiegen die andern fünf nach oben. Ihr Erstaunen und die Schnelligkeit unserer Bewegung ermöglichten es, ihrer Herr zu werden, ohne daß sie Lärm zu machen vermochten. Einen Augenblick, nachdem sie das Deck betreten hatten, lagen fünf Leichen an Bord.

Kaladi stieg, ohne einen Befehl dazu erhalten zu haben, in das Boot hinab, um sich auch des sechsten zu versichern. Es gelang, und nun wurden die Frauen auf das Deck befördert. Ihr Klagegeschrei war gräßlich, doch wurden sie durch die ernste Stimme Raffleys bald zur Ruhe gebracht, ohne daß sie seine Worte verstanden.

Der zweite Kahn, welcher sich jetzt dem Schiff nahte, hatte das gleiche Schicksal, nur mit dem Unterschied, daß wir jetzt die Malayen nicht töteten, sondern fesselten. Wir konnten dies, da das dritte und letzte Boot noch zu fern war, als daß die Insassen desselben das Getümmel des Kampfes hätten bemerken können. Die zwei Boote wurden, um unten freien Raum zu bekommen, an die andere Seite des Schiffes gelegt.

Endlich nahte das dritte; es mußte den Anführer enthalten. Er kam als der erste zum Fallreep herauf und war eine beinahe herkulische Gestalt, welche bis unter die Zähne in Waffen stak. Es wurde mit ihm ebenso wenig Federlesens gemacht wie mit den andern: Raffley legte ihm die beiden Hände um den Hals und Kaladi wand ihm die Stricke um Arme und Beine. Den andern ging es ebenso; dann waren wir vollständig Herren des Schiffes.

„Laternen an!“ gebot Raffley, und bald wurde es hell auf dem Deck.

Die Gefangenen wurden im Vorderraum untergebracht und scharf bewacht, dann ging es an eine Untersuchung des Raumes. Er enthielt eine reichliche und jedenfalls zusammengeraubte Ladung von Zimt, Reis, Tabak, Kaffee, Ebenholz und — geraubten Frauen. Unter den letztern befanden sich die in Point de Galle Vermißten, und auch Molama, die ‚Blume des Lebens‘, war unter ihnen. Die Freude des Wiedersehens zwischen ihr und Kaladi läßt sich nicht beschreiben, und ebenso unbeschreiblich klangen die Ausdrücke, in denen sie den großen Maharadschas aus Anglistan und Germanistan ihren Dank ausdrückte.

Die heute nacht überfallenen und nach dem Schiff geführten Frauen merkten bald, woran sie waren, und ihr früheres Verzweiflungsgeheul verwandelte sich daher in ein helles Jubelgeschrei. Sie erzählten uns das Ereignis. Die Männer waren bei dem Überfall einfach davongelaufen. Die Räuber aber hatten nun die Frauen, so vieler sie habhaft wurden, zusammengebunden und mitgenommen, nachdem die primitiven Hütten des Ortes in Brand gesteckt worden waren.

Raffley machte den ohrenzerreißenden Freudenbezeugungen ein schnelles Ende. Nachdem wir die Fesseln der Frauen zerschnitten hatten, gebot er ihnen, an das Land zurückkehren. Sie gehorchten diesem Befehl schleunigst, denn auf diese Weise kamen die drei Boote des Chinesen in ihren Besitz, und diese waren ihnen jedenfalls mehr wert als die sämtlichen Schilf- und Basthütten ihres niedergebrannten Dorfes.

Als nun der Morgen anbrach, war alle notwendige Arbeit vollbracht, und wir gingen in die Kajüte des gefangenen Kapitäns. Der erste Gegenstand, welcher uns hier in die Augen fiel, war Raffleys Schirm, nach dem sein Besitzer, überhäuft von Beschäftigung, Molama gar nicht gefragt hatte.

„O wonderful, meine Chair-and-umbrella-pipe!" rief der Engländer, indem er wie ein Stößer auf das Kabinettstück zufuhr, um es aufzuspannen und zu prüfen, ob es keinen Schaden genommen habe. Dann blickte er mir über den Klemmer hinweg in die Augen und erhob die drei Finger der Rechten.

„Charley!"

„Sir John Raffley!"

„Ich schwöre bei allen chinesischen Banditen und Seeräubern, daß ich diese prachtvolle Umbrella-pipe nicht wieder aus den Augen lasse, bis ich zurückgekehrt bin zum Traveler-Club, London, Near-Street 47!"

Ich nahm die ernsthafteste Miene an, die mir möglich war, und erwiderte:

„Und ich verspreche, Euch beizustehen Tag und Nacht in der Bewachung dieser kostbaren Pipe, die ihresgleichen sucht, soweit die Erde reicht und die Wolken gehen!"

„Well! Jetzt aber wollen wir uns hier ein wenig genauer umsehen!"

Der kleine Raum war mit orientalischer Pracht eingerichtet, doch wandte sich unsere Neugier ganz besonders einer aus blankem Kupferblech gefertigten Kassette zu, welche wir mit dem Dolch aufsprengten. Sie enthielt außer einer nicht unbedeutenden Summe an Geld eine Menge Perlen, welche jedenfalls keine andern waren, als die auf der Insel Karetiwu gestohlenen.

Jetzt wurden die Gefangenen nach dem Schiffsraum gebracht; die Dschunke zog einiges Segelwerk auf und wurde von der Jacht ins Schlepptau genommen; dann steuerten wir West bei Süd, umschifften Hambantotte, Tangalle un Kap Thunder-Head mit seinen berühmten Tempelruinen zum zweitenmal und langten nachmittags in Point de Galle an, wo unser Erscheinen das größte Aufsehen erregte. Es war ja ganz beispiellos, daß sich ein kleiner Privatdampfer an den berüchtigten Girl-robber gemacht und diesen gekapert hatte, ohne nur einen Schuß zu tun.

Der Mudellier war soeben erst von der Elefantenjagd zurückgekehrt; er konnte vor Erstaunen über unsere Erlebnisse fast keine Worte finden und mußte sich die Vorwürfe gefallen lassen, welche Raffley nicht zurückhielt darüber, daß sein treuer Kaladi dieses Räubers wegen beinahe ersäuft worden war. Der Engländer überantwortete ihm die Gefangenen zur Bestrafung und das Schiff zur Bewahrung, bis der Gouverneur selbst es besichtigen und seinen Spruch über das Recht des Besitzes fällen werde.

Der beschämte Beamte benahm sich außerordentlich freundlich gegen uns und bat Raffley, der mächtigen Königin von Anglistan von seiner Güte, Weisheit und Gerechtigkeit zu erzählen. Dieser versprach es ihm lächelnd, warf ihm aber dabei über den auf die Nasenspitze vorgerutschten Klemmer einen Blick zu, in welchem etwas ganz anderes als die Anerkennung der gerühmten Weisheit und Gerechtigkeit lag.

Kaladi und Molama erhielten so verhältnismäßig reiche Geschenke von dem über den Wiederbesitz seiner Umbrella-pipe glücklichen Engländer, daß sie nun die Mittel besaßen, Mann und Frau zu werden. Wir waren bei ihrer Hochzeit zugegen.

Später kam der Gouverneur von Kolombo herüber, um den Haiang-dze zu besichtigen. Er suchte uns im Hotel Madras auf, welches wir noch bewohnten, und sprach seine Anerkennung aus über die Energie, welche die kleine Jacht bei der abenteuerlichen Affäre gezeigt hatte. Dann griff er in die Tasche und zog ein wohlgefülltes Portefeuille hervor.

„Und hier sind die hundert Pfund, welche Ihr gewonnen habt, Sir; ich habe meine Wette verloren."

Raffley griff zu, schob die Banknoten gleichmütig in seine Tasche und fragte mich:

„Seht Ihr nun, Charley, wie gut es ist, wenn man zuweilen eine kleine Wette pariert?"

„Ich sehe es, werde aber dennoch nie wetten."

„Ja, das ist es ja eben! Ihr seid ein ganz prächtiger Kerl, Charley, aber wenn Ihr es nie..."

„Stop! Sagtet Ihr mir gestern nicht, daß Ihr mich für einen ganzen Mann halten wolltet, wenn meine Meinung richtig sei? Nun wohl, ich hatte recht, und Ihr habt Eure Umbrella-pipe wieder! Also?"

„Yes, ein ganzer Mann seid Ihr, das ist wahr; aber immer noch kein richtiger Gentleman, denn Ihr fürchtet Euch vor dem Wetten, was keinem richtigen Sportsman einfallen wird. Ich habe Euch lieb und muß euch daher von ganzem Herzen bedauern. Gebt Euch doch Mühe; es kann ja nicht so sehr schwer sein, so zu werden, wie es sich eigentlich für Euch schickt, nämlich noble und gentlemanlike. Ihr habt das Zeug dazu, wenn Ihr nur wollt!"

An der Tigerbrücke

QUIMBO

Eine der sonderbarsten Gestalten, die ich auf meinen Wanderungen getroffen habe, ist ohne Zweifel der Basuto-Kaffer Quimbo, welcher in ähnlicher Weise wie Hadschi Halef Omar durch verschiedene Länder des Orientes mein Begleiter in Südafrika war. So himmelweit verschieden diese beiden braven Menschen voneinander waren, eine große, für mich erfreuliche Ähnlichkeit hatten sie doch, und diese bestand in der großen Liebe und Anhänglichkeit, die sie für mich hegten.

Quimbo bildete, besonders wenn er neben mir ritt, eine höchst seltsame, ja lächerliche Figur. Außer einem kattunenen Schurz, den er um seine Lenden geschlungen hatte, war er völlig nackt und hatte seinen dunkeln, mit starker, eckiger Muskulatur versehenen Körper mit Fett eingerieben, welches seine Haut zwar vor den lästigen Stichen der Insekten schützte, leider aber einen so penetranten Geruch oder vielmehr Gestank verbreitete, daß es mich eine wirkliche Überwindung kostete, mit ihm in größter Nähe als fünfzig Schritte zu verkehren.

Das Merkwürdigste an ihm war die Art und Weise, sein Haar zu tragen. Er hatte es nämlich durch tägliche Anwendung von Akaziengummi und jahrelange, sorgsame Pflege in eine kompakte Masse gekleistert, welche seiner Frisur das Aussehen von zwei mit den Sohlen gegeneinander geneigten Pantoffeln gab, deren Absätze die Spitze bildeten, während die Fußhöhlungen nach oben gerichtet waren und von ihm als Aufbewahrungsort von allerlei höchst wertlosen, für ihn aber außerordentlich wichtigen Kleinigkeiten dienten. Die Ohrläppchen waren in seiner Jugend durch angehängte und jedenfalls schwere Schmuckgegenstände so ausgedehnt und abwärts gezogen worden, daß sie an Größe so ziemlich den Ohrlappen eines Neufundländers gleichkamen. Um die so seltenen Schaustücke praktisch zu verwerten, pflegte er sie des Morgens aufzuwickeln und in die Höhlung jeder der beiden Rollen eine von seinen zwei Schnupfdosen zu stecken.

Außerdem trug er an jedem Nasenflügel einen starken, messingenen Ring und hatte, jedenfalls eine Erfindung seines eigenen ästhetischen Genies, um den Hals einen breiten Riemen von Sohlenleder geschnallt, an welchem zwei sehr umfangreiche Kuhglokken befestigt waren, die er täglich einmal abzumehmen und blankzuputzen pflegte. Diese Glocken ließen bei jeder seiner Bewegungen ein Gebimmel hören, welches mir nicht nur lästig wurde, sondern uns beiden gefährlich werden konnte, denn das immerwährende Getöne unsere Annäherung schon von weitem verraten mußte; darum drang ich in ihn, wenn auch nicht die Glokken ganz zu entfernen, so doch wenigstens die Klöppel herauszunehmen, und daß er mir diesen Wunsch, allerdings nach langem und schwerem Kampf mit sich selbst, erfüllte, war ein großer und unumstößlicher Beweis von der Zuneigung, mit welcher er an mir hing.

So sonderbar, wie er selbst, war auch seine Ausdrucksweise. Er radebrechte das Holländische ganz leidlich, spickte es aber so mit den in seiner Muttersprache vorkommenden Schnalz- und Klatschlauten, daß alle seine Sätze wie von Spechten zerhackt aus seinem Mund kamen. Und dieser Mund, wie groß und breit war er doch! Wenn Quimbo im Eifer sprach oder gar dazu lachte, dann reichten seine weißen Zahnreihen von einem Ohr bis zum andern, und sein Gesicht glich weit eher demjenigen eines Vierhänders als dem eines Menschen.

Das aber ihm zu sagen, hätte niemand wagen dürfen, denn er war ungeheuer eitel und hielt sich nicht nur für schön, sondern für eine Schönheit allerersten Ranges. Wenn er von sich sprach, pflegte er sich als den, schön ‚gut, tapfer Quimbo‘ zu bezeichnen. In Beziehung auf die Schönheit irrte er sich; aber gut war er, seelengut; ob auch tapfer, das wollte ich erst nicht glauben, sah aber später ein, daß ich ihn da falsch beurteilt hatte; Quimbo war mutig, und wenn es sich um eine Gefahr für mich handelte, so wagte er unbedenklich sein Leben. Ich gewann ihn herzlich lieb und wünschte ihm alles Gute, konnte aber leider nicht verhindern, daß dieser Wunsch grad in dem Fall, der für ihn der wichtigste war, nicht in Erfüllung ging.

Quimbo hatte nämlich sein Herz verloren; es gehörte einem schönen Kaffermädchen, welches ein Boer in der Kalahari gefunden, als Kind angenommen und Mietje genannt hatte. Wie oft hörte ich aus seinem Mund die selig klingenden Worte: „Mietje werd' sein' Frau von schön', gut', tapfer Quimbo, denn Quimbo werd heirat' schön', jung', reich' Mietje!“ Er mußte aber erfahren, daß auch ein schön', gut', tapfer Mensch, selbst wenn er ein Kaffer ist, nicht alles haben kann, was er will; Mietje wurde die Frau eines jungen Boers, und Quimbo mußte verzichten. Ob sein Herz darüber brechen würde, das konnte ich nicht abwarten, denn ich mußte fort. Als ich Abschied von ihm nahm, stand er weinend, oder vielmehr grinsend, vor mir, als ob er vor Liebe und Herzeleid nicht wisse, wo aus oder ein. Da aber schien ihm plötzlich ein guter Gedanke zu kommen: er langte nach seinem rechten, aufgerollten Ohrläppchen, riß die in demselben steckende Schnupfdose heraus, gab sie mir mit einem unendlich wohlwollenden Zähnefletschen und sagte dabei:

„Lieb' gut' Mynheer will gehn nach heim; Quimbo wein' viel' groß' Trän', weil Quimbo nich darf geh' mit Mynheer; aber Quimbo geb' hier Dos' an Mynheer, damit Mynheer denk viel an arm', gut', schön', tapfer Quimbo!"

Natürlich nahm ich, um ihn nicht zu betrüben, die Dose an. Ich war überzeugt, daß ich den Ohrlappen, in dem sie gesteckt hatte, niemals wiedersehen würde. Trotzdem wurde mir der Vorzug zuteil, nicht nur diesem rechten, sondern auch dem linken Ohrlappen mitsamt dem ganzen Quimbo wiederzubegegnen, und zwar nicht etwa hier im Land der Boers, Kaffern und Hottentotten, sondern... wo?...

Indem ich erzählte, daß wir den Haiang-dze nach Point de Galle brachten und mit den Gefangenen dem Mudellier übergaben, daß wir da den Besuch des Gouverneurs von Kolombo erhielten und dann der Hochzeit Kaladis mit Molama beiwohnten, habe ich, allerdings mit Absicht, eine Episode übergangen, welche jetzt Erwähnung finden soll.

Es verstand sich ganz von selbst, daß die Besatzung des Haiang-dze, und zwar auf das allerstrengste, bestraft werden mußte; aber die Frage war, nach welchem Recht dies zu geschehen hatte. Auf Ceylon ist nämlich im allgemeinen für Europäer und Eingeborene herrschendes Recht das altholländische, doch ist für die Tamulen ein eigener Kodex vorhanden, welcher Thesawalamy heißt, und für Candy gilt außerdem noch ein besonderes, lokales Recht. Nach englischem Recht wird nur bei Schiffahrts- und Handelsfragen geurteilt. Waren die Girl-Robbers nun nach englischem oder altholländischem Recht zu verurteilen? Diese Frage war für die Beamten aber nicht für Raffley oder mich wichtig; wir bekümmerten uns nicht darum. Der Mudellier konnte keine Entscheidung treffen; er mußte die Ankunft des Gouverneurs abwarten und bis dahin dafür sorgen, daß die Gefangenen ja nicht zu entfliehen vermochten. Er suchte uns, noch bevor es ganz dunkelte, im Hotel auf, um Raffley zu fragen, welchen Gewahrsam er für den sichersten für sie halte; er glaube, es sei am besten, sie auf der Dschunke zu lassen und dort gut zu bewachen. Raffley hatte eigentlich gar nichts dabei zu sagen, nahm es aber als ganz selbstverständlich hin, daß der Beamte sich an ihn gewendet hatte, drehte sich zu mir herum und sagte:

„Charley!"

„Sir!" antwortete ich in seiner Weise.

„Was meint Ihr dazu?"

„Nichts."

„Hm! Ihr müßt aber doch eine Ansicht haben!"

„Dann müßte ich die hiesigen Gefängnisse kennen."

„Die werden nicht viel taugen!"

„Dann ist es allerdings geraten, die Kerls auf dem Schiff zu lassen, natürlich unter der aufmerksamsten Bewachung."

„Well, denke es auch. Das ist also entschieden, und dabei mag es bleiben."

Der Mudellier stand auf, machte eine tiefe Verbeugung, lud uns für den Abend zu sich ein und ging. Der Engländer zog eins seiner ironischen Gesichter und fragte:

„Was sagt Ihr zu diesem Mann, Charley?"

„Er hält Euch für einen bedeutenderen Kerl, als er selber ist."

„Das will ich ihm auch geraten haben! Oder seid Ihr etwa einer andern Ansicht?"

„Ich denke über Euch grad so, wie Ihr von mir denkt."

„Gut gesagt, sehr gut! Hoffentlich redet Ihr ebenso klug, wenn Ihr gehört habt, was ich Euch jetzt vorzuschlagen habe."

„So laßt mich's hören, Sir!"

„Ihr wollt von hier aus nach Suez und nach Hause?"

„Nein, sondern nach Bombay."

„Daraus wird nichts!"

„Ah?"

„Absolut nichts! Ich komme von dort und will nicht so schnell wieder hin. Was habt Ihr denn dort ohne mich zu suchen?"

„Das, was ich überall zu suchen habe."

„Richtig! Es kann Euch also gleich sein, ob Ihr Bombay seht oder nicht."

„Mein Reiseplan weist mich hin!"

„Reiseplan! Überhaupt Plan! Welcher gescheite Kerl wird Pläne machen! Und noch dazu solche! Nehmt doch die Feste, wie sie kommen! Ihr seid ein ganz eigentümlicher Kumpan, wie mir noch keiner vorgekommen ist. Ihr steckt voller Mucken und Fehler wie ein Sieb voller Löcher, und doch muß man Euch gut sein, man mag wollen oder nicht. Ich laß Euch noch nicht fort von mir."

„Glaubt Ihr, mich halten zu können?"
„Yes."
„Womit?"
„Hm! Wollen wir wetten?"
„Nein; ich wette nicht."
„Unsinn! Wartet doch erst ab, bis ich Euch gesagt habe, welche Wette ich meine! Ich setze hundert Pfund darauf, daß Ihr bei mir bleibt. Nun sagt einmal, was Ihr dagegen setzen wollt!"
„Nichts."
„Schandbarer Mensch! Diese Wette hätte ich sicher gewonnen! Wollt Ihr mit, Charley?"
„Wohin?"
Er senkte schnell den Kopf, so daß ihm der Klemmer vor auf die Nasenspitze rutschte, sah mir über die Gläser hinweg mit einem verlockenden Blick in das Gesicht und sprach nur das eine Wort, aber mit schwerer Betonung aus:
„Jabadiu!"
Dieses Wort verfehlte den beabsichtigten Eindruck nicht auf mich; aber ich ließ ihn dies nicht merken und fragte in gleichgültigem Ton:
„Was ist's damit?"
„Was es damit ist? Welche Frage! Wißt Ihr denn nicht, was Jabadiu bedeutet?"
„Es ist der alte Name für Java. Zu Ptolemäus' Zeiten ungefähr wurde die Insel so genannt."
„Richtig! Also Java! Nun, was sagt Ihr dazu?"
„Wollt Ihr hin, Sir?"
„Ob ich will? Wüßte nicht, wer es mir verbieten könnte! Gibt es vielleicht einen Menschen, der das Recht hätte, es Euch zu untersagen?"
„Nein."
„Also abgemacht! Wir dampfen nach Java!"
„Sachte, sachte, Sir John! Wenn mir auch kein anderer dreinzureden hat, so gibt es doch einen, der seine Einwilligung dazu geben muß."
„Wer ist das?"
„Ich selbst bin es."
„Pshaw! Ihr werdet gar nicht gefragt. Möchte doch wissen, was Ihr dagegen vorbringen könntet! Habt Ihr etwa keine Luft?"
„Luft mehr als genug; aber die Zeit, die Zeit!"
„Redet doch nicht von der Zeit! So ein Globetrotter, wie Ihr seid, hat immer Zeit. Und was das andere betrifft, wenn Ihr

vielleicht denkt, so könnt Ihr Euch doch denken, daß Ihr bis auf das allerkleinste, bis auf die Stecknadel, mein Gast sein sollt."

„Daran dachte ich jetzt nicht."

„Woran denn?"

„Daran, daß die Fahrt nach Java mich für diesmal zu weit von der Heimat entfernen würde."

„Auf diesen Gedanken braucht Ihr gar nicht stolz zu sein, Charley. Es führen alle Wege nach Rom, und es kann Euch sehr gleichgültig sein, ob Ihr von Westen oder von Osten, über Amerika oder über Afrika in Euer heimatliches Nest zurückkehrt. Ich wundere mich sehr über Euch, daß..."

Er wurde unterbrochen. Draußen war jetzt Musik und Gesang zu hören, und einer der Oberbediensteten des Hotels trat ein, welcher Licht brachte, denn es dunkelte schon, und bat, in die Veranda zu treten, weil man uns beide zu sehen wünsche.

„Wer will uns sehen?" fragte der Englishman verwundert.

„Die Volksmenge, welche Euretwegen gekommen ist, um Euch zu ehren und Euch zu danken."

„Wofür?"

„Die Jungfrauen, welche Ihr errettet habt, werden festlich durch die Stadt geführt; dann sollen diejenigen, welche während der Elefantenjagd geraubt worden sind, von dem Boten, den der Mudellier nach Kolombo zu dem Gouverneur sendet, dorthin begleitet werden."

Raffley zog eins seiner sonderbaren Gesichter, ließ den Klemmer auf die Nasenspitze rutschen und fragte:

„Sollen wir etwa auch mit festlich durch die Stadt laufen, he?"

„Ew. Lordschaft, wer sollte daran denken!"

Mit diesen Worten fuhr der erschrockene Mann zur Tür hinaus. Raffley nickte mir lachend zu:

„Well; so wollen wir uns angucken lassen! Vorher aber sage ich Euch, daß ich wegen Java auf Eure Begleitung rechne. Drei Tage brauche ich zur Vorbereitung zu dieser Reise; so lange gebe ich Euch Zeit, darüber nachzusinnen, ob Ihr wollt oder nicht. Aber wehe Euch, wenn Ihr dann nicht mitkommen wollt!"

Draußen standen beim Schein vieler Fackeln an der Spitze des Festzuges die mit Blumen reich geschmückten Jungfrauen. Als man uns erblickte, erbrausten Rufe aus hundert und aber hundert Kehlen, und die Musikanten stimmten ein. Das ging ohne Unterbrechung mehrere Minuten fort und hörte nicht eher auf, als bis wir in das Zimmer zurückgetreten waren.

Kurz darauf folgten wir der Einladung des Mudelliers. Dort erfuhren wir, daß ein Leutnant von den Eingebornen mit zehn Mann auf die Dschunke beordert worden war, die Gefangenen zu bewachen. Ich fragte, ob diese elf Mann genügend seien, beruhigte mich aber auf die Bemerkung des Mudelliers, daß nicht mehr Wächter gebraucht würden, weil die Gefangenen alle gefesselt und außerdem noch angebunden seien.

Da wir die vorige Nacht durchwacht hatten, blieben wir nur so lange bei diesem Beamten, wie der Anstand erforderte, und legten uns dann gleich nieder. Dieses Schlafbedürfnis hatte zu Folge, daß wir am nächsten Morgen nicht eher aufwachten, bis wir geweckt wurden.

Der Mudellier wollte wieder mit uns sprechen. Das mußte etwas Wichtiges sein. Wenn ich bedachte, wie stolz und unnahbar sonst ein solcher Gebieter zu sein pflegt, konnte ich mir Glück zu meiner Bekanntschaft mit Raffley wünschen, denn nur dessen Verwandschaft mit dem Generalgouverneur war das entgegenkommende Verhalten des Mudelliers zu verdanken.

Er sah sehr ernst und feierlich aus, als er in Raffleys Zimmer trat, in welches ich mich schnell begeben hatte, und sonderbar klang die einleitende Frage, welche er an den englishman richtete, sobald er uns begrüßt und sich niedergesetzt hatte:

„Sir, wo leben die Geister?“

Raffley machte vor Erstaunen ein so langes Gesicht, daß der Klemmer in die bekannte Bewegung kam, sah den Frager eine Weile wortlos an, schüttelte den Kopf und antwortete dann:

„Die Geister...? Hm! Die Geister...?“

„Ja, die Geister!“ nickte der Mudellier.

„Was für welche? Es gibt verschiedene Geister.“

„Verschiedene?“

„Ja. Ja, zum Beispiel Lebensgeister, Weingeister, Quälgeister und so weiter.“

„Sir, ich scherze nicht. Ich meine die richtigen Geister.“

„Die richtigen? Hm! Etwa Gespenster?“

„Das ist wohl gleich, Geist oder Gespenst.“

Da nahm Raffleys Gesicht einen leise ironischen Ausdruck an; er schob den Klemmer wieder dahin, wohin er gehörte, und sagte:

„Das ist gar nicht gleich. Der Mensch kann seinen Geist aufgeben; aber sein Gespenst aufgeben, das kann er nicht. Hat es vielleicht in der vergangenen Nacht ein Gespenst gegeben?“

„Ja.“

„Wo?“
„Auf der Dschunke.“
„Auf dem chinesischen Schiff?“
„Ja.“
„Das glaubt Ihr, Sir?“
„Ja, ich glaube es.“
„Ich nicht. Gespenster gibt es überhaupt nicht, und wenn einer Eurer Soldaten ein solches Ding gesehen haben will oder wirklich gesehen hat, so wette ich um tausend oder fünftausend Pfund Sterlin, daß dieses Gespenst Fleisch und Blut besitzt und irgend eine Teufelei bezweckt. Es hat sich doch nicht etwa um die Befreiung der Gefangenen gehandelt?“
„Nein.“
„Nicht? Es kann aber doch nur einer der Gefangenen gewesen sein, denn außer ihnen und den Soldaten befindet sich kein Mensch an Bord.“
„Es war keiner von ihnen; sie sind alle so gefesselt und fest angebunden, daß keiner los kann; es war ein ganz anderes Wesen; es war ein Geist!“
Er sagte das in so überzeugtem Ton, daß Raffley abermals den Kopf schüttelte und sich zu mir wendete:
„Charley!“
„Sir!“
„Gibt es Geister?“
„Ja.“
„Gespenster?“
„Nein. Wer ist es, der heute nacht eines gesehen haben will?“
Ich richtete diese Frage an den Mudellier.
„Die Wächter“, antwortete er.
„Einer oder einige von ihnen?“
„Alle. Der Leutnant hat es mir vorhin gemeldet; ich habe ihn mitgebracht. Er wartet draußen, und wenn es euch beliebt, mag er es erzählen.“
Ich stand auf und holte den Mann herein. Er sah gar nicht wie ein Hasenfuß aus, doch Leute seiner Abstammung sind von Haus aus dem krassesten Aberglauben ergeben. Er mußte erzählen.“
Mitternacht ist bekanntlich in allen Erdteilen und bei allen Völkern die Stunde der Geister, und um Mitternacht war es auch gewesen, als sich auf der Dschunke plötzlich ein großer Wind erhoben hatte und der Geist erschienen war.
„Wo kam er her?“ fragte ich.
„Das sah man nicht; er war da.“

„Wie lange sah man ihn?"
„Nur wenige Minuten."
„Wo ging er hin?"
„Das sah man nicht, er war fort."
Wie sah er aus?"
„Schrecklich! Unsere Herzen bebten."
„Schrecklich! Wie meinst du das? Beschreibe ihn näher, ausführlicher."
„Das kann ich nicht. Wer kann Geister beschreiben!"
„Sah er aus wie ein Tier?"
„Nein."
„Wie ein Mensch?"
„Nein."
„Welchem Wesen oder Gegenstand sah er ähnlich?"
„Keinem."
Das war die ganze Auskunft, die ich erhielt; mehr konnte ich nicht erfahren. Vorsichtigerweise erkundigte ich mich noch:
„Fehlt heute ein Gefangener?"
„Nein."
„Sind alle noch fest angebunden?"
„Ja."
„Es ist also keiner los gewesen und etwa von euch wieder angebunden worden?"
„Nein, Sir."
Ich sah Raffley an und er mich; dann brachen wir in ein lautes Lachen aus.
„Lacht nicht, Mylords!" warnte der Mudellier ängstlich. „Die Geister rächen jeden Scherz, den man mit ihnen treibt."
„Die Art von Geistern, um die es sich hier handelt, rächen sich nicht, sondern sie sind sehr froh, wenn man ihnen nichts tut", antwortete Raffley. „Eigentlich geht uns dieser Spuk gar nichts an; aber da wir es sind, die das Schiff genommen haben, dürfen wir wohl einmal nachschauen, von welcher Art seine überirdischen Bewohner sind. Charley, geht Ihr mit?"
„Ja", antwortete ich.
„Habt Ihr eine Ahnung, wer der Geist ist?"
„Jetzt noch nicht."
„Wollen wir wetten?"
„Nein."
„Aber Ihr könnt gewinnen! Ich setze..."
„Setzt nicht, Sir", unterbrach ich ihn; „ich wette doch nicht mit."

„Ja, es ist ein Elend, ein wirkliches Elend mit Euch. Ihr seid wirklich zu keinem Einsatz zu bewegen, nicht einmal dann, wenn es sich um Geister handelt!"

Es wurde erst kurz gefrühstückt, und dann begaben wir uns nach dem Hafen und auf die Dschunke. Die gestrige Wachtmannschaft war noch nicht abgelöst worden; wir fanden also die Soldaten vor, welche den „Geist" gesehen hatten. Leider war von ihnen auch nicht mehr zu erfahren, als was wir schon wußten; wir merkten nur so viel, daß sie den Spuk mehr gehört als gesehen hatten.

Natürlich stiegen wir in den Raum hinab, um die Gefangenen in Augenschein zu nehmen. Ihre Fesseln waren in dem gewünschten Zustand; es konnte keiner loskommen, der nicht von den Wächtern losgebunden wurde, und daß so etwas nicht geschehen war, konnte keinem Zweifel unterworfen sein. Als wir die Dschunke wieder verließen, waren wir grad so klug, wie vorher. Wer weiß, durch was diese abergläubischen Singhalesen sich die Köpfe hatten verdrehen lassen!

Aber am nächsten Morgen ließ der Mudellier uns zu sich bitten, um uns mitzuteilen, daß der Geist abermals um Mitternacht erschienen sei. Er war ihm von dem diesmaligen Offizier der Wache gemeldet worden, und der Mann stand noch da, um uns Auskunft zu erteilen. Der Vorgang war genau so wie gestern verlaufen. Erst hatte sich ein Wind erhoben, und dann war der Geist erschienen, dessen Gestalt aber nicht zu erkennen gewesen war und also auch nicht beschrieben werden konnte.

„War es denn wirklich ein Wind?" fragte ich.

„O, ein sehr plötzlicher", antwortete der Leutnant.

„Habt Ihr ihn gefühlt?"

„Sehr."

„Woher kam der Geist?"

„Das weiß ich nicht; er war da."

„Und wohin ging er?"

„Das kann ich nicht sagen; er war fort."

„Saht ihr denn, daß er sich bewegte?"

„Ja."

„So müßt ihr doch auch wissen, an welcher Stelle oder an welchen Stellen des Schiffes er sich befunden hat!"

„Er kam bis zum Mittelmast."

„Aus welcher Richtung?"

„Das habe ich nicht gesehen."

„Ihr habt die Augen nicht offen gehabt, oder die Angst hat sie euch verdunkelt. Wir werden mit dir gehen, um diese Gespenstergeschichte noch einmal zu untersuchen."

Wir taten es, aber die Untersuchung führte zu keinem Resultat. Wir fanden alles genauso wie gestern. Am Mittelmast, bis wohin der „Geist" gekommen sein sollte, standen mehrere Körbe mit Melonen und sonstigen Früchten, welchen bestimmt gewesen waren, von den Girl-Robbers gegessen zu werden. Ich betrachtete diese Körbe und fand keinen Grund, sie mit dem Spuk in Beziehung zu bringen. Ich ärgerte mich, nicht etwa über das Gespenst oder über die Dummheit der Singhalesen, sondern über mich selbst. Was für schwierige Fragen hatte ich schon beantwortet, welche Spuren gefunden und verfolgt! Und hier wollte mir kein einziger Gedanke kommen! O, Kara Ben Nemsi, o, Old Shatterhand, wo ist dein Scharfsinn, wo ist dein Scharfblick hin!

Als wir und von dem Mudellier getrennt hatten und wieder allein beisammensaßen, sah Raffley mich pfiffig lächelnd an und sagte:

„Charley, ich bemitleide Euch."

„Warum?"

„Das Gespenst ist vom Schiff fort und geht nun in Euerm Kopf um. Ich denke, Ihr werdet bald den großen, plötzlichen Wind verspüren."

„Spottet immer! Es ist wirklich ärgerlich, einer solchen Albernheit nicht auf die Spur kommen zu können."

„Nicht? Hm! Wirklich nicht?"

„Na, habt Ihr vielleicht einen Gedanken, Sir?"

„Yes, und was für einen!"

„Nun, welchen?"

„Das Gespenst kommt vom Land her."

„Und ich behaupte, daß es sich im Innern der Dschunke befindet."

„Unsinn! Wollen wir wetten?"

„Nein."

„Ich setze hundert Guineen, daß ich recht habe. Man will die Chinesen befreien, und man spielt zu diesem Zweck Gespenst, um den Wächtern Furcht einzujagen. Meint Ihr nicht auch?"

„Nein."

„So setzt zehn Goldstücke gegen meine hundert!"

„Ich habe keine Goldstücke zum Wetten."

„Ich borge sie Euch!"

„Danke. Das Gespenst ist nicht wert, daß man seinetwegen auch nur einen Schilling riskiert. Heut abend wird es gefangen."

„Wa — wa — wa — was?“ fuhr der Englishman auf. „Wer will es fangen?“
„Ich.“
„Ihr wollt auf die Dschunke?“
„Ja.“
„Doch nicht allein?“
„Wollt Ihr mit, Sir?“
„Natürlich, natürlich! Mit geküßten Fingerspitzen! Ein Gespenst fangen! Charley, Ihr seid wirklich kein unebener Kerl. Schade, daß Ihr niemals wetten wollt! Ich wollte, Ihr wäret auf Raffley-Castle geboren worden!“
„Als Euer ältester Bruder? Wie stände es da mit Eurem Titel und Erbe?“
„Ich brauchte beides nicht. Ich lebte von der Gespensterjagd.“
„Das läßt sich hören; es soll zuweilen sehr fette und sehr nahrhafte Gespenster geben. Bin neugierig, wie schwer das heutige wiegen wird.“
„Wind, Luft — kein Gewicht!“
„Wind? Nicht die Spur davon, Sir. Der Wind existiert nur in der Einbildung dieser furchtsamen Singhalesen. Dieses Gespenst ist entweder irgendein Tier oder ein ...“
„Oder“, fiel er mir in die Rede, „oder ein Mensch, der die Wächter ins Bockshorn jagen und dann die Dschunke besteigen will, um die Chinesen zu befreien.“
„Das glaube ich nicht. Derjenige, welcher die Rolle des Gespenstes spielt, befindet sich an Bord.“
„Beweis!“
„Den Beweis werde ich heute abend liefern. Der Spuk ist am Mittelmast gesehen worden. Wäre er von außen an Bord gestiegen, würde er sich nicht damit begnügen, nur bis an diese Stelle zu gehen.“
„Das ist allerdings wahr. Aber, Charley, da kommt mir ein Gedanke! Vielleicht ist die ganze Geschichte nur ein dummer Witz.“
„Wieso?“
„Es hat sich unter den Soldaten ein Witzbold befunden, welcher die andern fürchten macht.“
„Zwei Abende hintereinander?“
„Ja.“
„Es ist keiner zweimal auf Wache gewesen.“
„So sind zwei Witzlinge da!“

„Schwerlich! Diese Singhalesen haben einen Heidenrespekt vor ihren Vorgesetzten und sind außerdem von Natur nicht zu solchen Schusterjungenstreichen angelegt.

Das Gespenst ist kein Witz, und darum werden auch wir Ernst mit ihm machen."

„Sagen wir dem Mudellier davon?"

„Ja. Ohne seine Erlaubnis dürfen wir nicht auf die Dschunke."

„Pshaw! Wenn es mir gefällt, gehe ich auch ohne sie an Bord! Doch, wie Ihr wollt, Charley. Nehmen wir Waffen mit?"

„Ist nicht der Rede wert."

„Höchstens einen tüchtigen Prügel?"

„Mit den Fäusten hat man's bequemer."

„Well! Der Kerl kann sich gratulieren, wenn er zwischen die meinigen kommt; wenn er es da nicht fertig bringt, sofort zu verschwinden, bearbeite ich ihn so lange, bis er nicht den Geist, sondern als Geist den Körper aufgibt!"

Als wir dem Mudellier gelegentlich unsere Absicht meldeten, war er hinsichtlich seiner zwar ganz einverstanden mit derselben, hielt es aber doch für seine Pflicht, uns vor dieser Verwegenheit zu warnen. Er war überzeugt, daß es sich um ein überirdisches Wesen handle.

„Es wurde mir vorhin gemeldet", sagte er, „daß die Mannschaften, welche für heut abend auf die Dschunke bestimmt sind, sich weigern wollten, sie zu betreten. Wenn sie hören, daß Ihr auch hinkommt, werden sie leichter gehorchen. Aber hütet Euch, den Geist anzurufen oder ihn anzufassen! Begnügt Euch lieber damit, zu sehen, woher er kommt und wohin er geht."

„Dann fliegen wir ihm nach!" sagte Raffley ironisch.

„Spottet nicht, Mylord! Es gibt gute Geister und böse Geister; dieser scheint ein böser zu sein, weil er sich eines so schlimmen Fahrzeuges bemächtigt hat."

„Dann sind wir beide hier ebenso böse Geister, weil wir die Dschunke erobert haben. Wollen sehen, wer sie nächste Mitternacht räumen wird, er oder wir."

Es war abends elf Uhr, als wir an Bord stiegen. Wir hatten keine Waffen mitnehmen wollen, aber doch die Revolver zu uns gesteckt, weniger des Gespenstes wegen, als weil man dort gewohnt ist, nie unbewaffnet auszugehen. Die Soldaten saßen auf dem Hinterdeck eng zusammen wie Schafe, die sich vor dem Angriff eines Raubtieres fürchten, der Leutnant in ihrer Mitte; so war er sicher, von dem Geist wenigstens nicht zu allererst aufgefressen zu werden. Ich fragte ihn, ob er etwas Ungewöhnliches zu melden habe, und bekam eine verneinende Antwort. Schon zuckten mir die Lippen, den Leuten ihre Angst vorzuwerfen, doch drängte ich die Worte zurück; was konnten mir diese Feiglinge nützen?

Nun fragte es sich, wo wir uns postieren sollten. Raffley war noch immer der Ansicht, daß der Spuk von außen, also an der Ankerkette heraufkomme, und setzte sich dort nieder. Ich hingegen wollte meine Aufmerksamkeit auf drei Punkte zugleich richten, nämlich auf die Vor- und Hinterluke und auf den Mittelmast, bis zu dem das Gespenst gestern gekommen war. Meiner Ansicht nach mußte der Geist aus einer der beiden Luken erscheinen; leider konnte ich nicht wissen, aus welcher. Darum kauerte ich mich mittschiffs an der Reiling nieder, wo ich nach beiden Luken zugleich sehen konnte, wenn sie auch nicht so deutlich zu erkennen waren, wie ich gewünscht hätte.

Die Nacht war ziemlich hell. Zwar schien der Mond nicht. und am Himmel standen Wolken; zwischen diesen aber leuchtete hier und da ein Stern hindurch, so daß man von einem Ende des Schiffes aus das andere noch mit dem Blick erreichen konnte. Die Luft „stand", wie der Seemann sich auszudrücken pflegt; es war kein Hauch zu spüren; folglich mußte der Gespensterwind, wenn er plötzlich zu wehen begann, um so besser und leichter bemerkt werden. Ich freute mich darauf, und wenn ich eine Sorge hatte, so war es nur die, daß es dem Gespenst heut in den Sinn kommen könne, nicht zu erscheinen.

Da schlug es, ich weiß nicht ob auf der holländischen oder wesleyanischen Kirche, zwölf — die Geisterstunde war da, und ich lauschte angestrengter als bisher. Fünf Minuten vergingen, noch fünf! Sollte er doch nicht kommen wollen? Geister pflegen alles zu wissen, und so konnte der unserige nicht darüber in Zweifel sein, was ihn heut erwartete. Wer läßt sich gern erwischen — selbst Gespenster nicht!

Jetzt endlich, jetzt gab es an der Vorluke ein Geräusch, einen Knall. Ich blickte scharf hin und sah die Gestalt, welche sich dort aufrichtete. Mit raschen, weiten Sätzen sprang ich hin, warf mich auf den Kerl, riß ihn nieder und hielt ihn fest. Das war so schnell geschehen, daß ich gar nicht Zeit gefunden hatte, den Geist genau zu betrachten.

„Da hab ich dich; du bist zum letztenmal hier erschienen!" zürnte ich ihn an, indem ich ihm die Arme fest zusammenpreßte und das Knie auf den Rücken setzte, mit dem er nach oben lag. „Wo bleibt der Wind, mit dem du stets zu kommen pflegst?"

„Da stöhnte das überirdische Wesen unter mir in sehr irdischem Ton:

„Heig-ho! Seid Ihr des Teufels, Charley? Gebt mir Luft, sonst ersticke ich!“

Alle Wetter, das war ja mein Englishman! Ich ließ ihn los und sah ihn nun erst an. Ja, er war es wirklich! Er stand auf, holte tief, tief Atem und stieß dann hervor:

„Wo habt Ihr denn Eure Augen, daß Ihr Sir John Raffley für ein Gespenst haltet!“

„Ich hielt Euch wirklich für den Spuk, und da mußte es so schnell gehen, daß ich mich nicht erst lange herstellen konnte, um Euch mit Hilfe eines Hydrooxygengas-Mikroskopes zu betrachten. Ich wußte Euch doch am Buganker. Was hattet Ihr denn hier zu suchen?“

„Es kam mir doch ein Zweifel, ob mein Platz dort der richtige sei. Da ging ich her, um einmal hier hinabzulauschen; dabei stützte ich mich auf dem angelehnten Deckel und warf ihn um. Einige Augenblicke später lag ich grad so da wie der Deckel, und mein Rückrat krachte unter Euerm Knie wie ein Holzast, der zerbrochen werden soll. Liebster Charley, der Teufel mag Euch holen! Ihr habt mir ein halbes Dutzend Wirbel und Knochen zuschanden gedrückt!“

„Also der umstürzende Deckel, das war der Knall, den ich hörte! Ihr seid selbst schuld an der Verwechslung. Wäret Ihr vorn im Bug geblieben! Von dort mitschiffs her konnte ich unmöglich sehen, wer es war.“

„Aber nach meinem Geburts- und Taufzeugnis konntet Ihr mich fragen, ehe Ihr Euch auf mich setztet wie ein Chimborasso auf einen Bisammuff! Alle meine Glieder sind mir ausgerenkt, und ich habe…“

Er hielt inne und lauschte. Von der hintern Luke her ertönte ein lautes, schrilles und dabei doch dumpfes, brummendes Pfeifen, grad so, wie wenn ein starker Wind um eine scharfe Ecke streicht; eine Luftbewegung aber war nicht zu bemerken. Bei dem Aberglauben und der Furchtsamkeit der Singhalesen jedoch konnte es nicht groß wunder nehmen, wenn sie bei diesem plötzlichen, mitternächtlichen Pfeifen auch den Wind zu spüren meinten. Schon duckte ich mich nieder, um ebenso schnell wie leise hinzuschleichen, da aber schrie Raffley unvorsichtigerweise mit so lauter Stimme, daß es über das ganze Deck schallte:

„Das ist das Gespenst; das ist der Halunke! Schnell, Charley, drauf, schnell drauf!“

Er rannte fort, stürzte aber schon nach wenigen Sprüngen über ein zusammengerolltes Tau, welches ihm im Weg lag, ohne daß er es beachtet hatte. Das mußte natürlich jeden, auch den zahmen Geist verscheuchen! Ich war gezwungen, das Schleichen aufzugeben, und sprang, obgleich ich in der Eile das Gespenst nicht sah, auf die Hinterluke zu. Wenn ich diese, aus der er jedenfalls gekommen war, besetzte, konnte er uns nicht entgehen. Ich erreichte sie und blieb stehen, um mich nach dem Spuk umzusehen. Ich erblickte ihn; er rannte soeben an dem Mittelmast vorüber nach vorn, grad auf die Stelle zu, wo Raffley gestürzt war und sich soeben wieder aufraffte. Da er am Boden gelegen hatte, war er von dem Geist bis jetzt nicht gesehen worden. Da ich zu entfernt stand, diesen letzteren zu ereilen, rief ich dem Lord zu:

„Haltet ihn! Greift schnell zu, Sir; er kommt!“

„Hab ihn schon!“ antwortete der Englishman, indem er seine Arme nach dem Flüchtling austreckte. „All devils, haut der zu! Da geht er hin!“

Ich sah trotz des unzureichenden Sternenlichtes, daß der Lord aus irgeneinem Grund — er hatte wohl einen Schlag erhalten, dachte ich — weit zurückprallte; der Geist eilte auf die Vorluke zu, riß den zugefallenen Deckel derselben auf und verschwand in der Öffnung, doch nicht ohne vorher triumphierend in gebrochenen Holländisch auszurufen:

„Fang doch schön', gut', tapfer Quimbo, wenn du kann, fang tapfer Quimbo!“

Schön', gut', tapfer Quimbo! Ich stand starr! Befand ich mich denn auf einer Boerensiedelung am Witteroomberge in Südafrika oder auf einer chinesischen Dschunke im Hafen von Point de Galle? Das war nicht nur die Ausdrucksweise, sondern auch die Stimme meines braven Basuto-Kaffers gewesen; ich hatte sie erkannt trotz der Reihe von Jahren, die zwischen heut und damals lag, wo er mir zum Abschied seine Schnupfdose schenkte, die jetzt daheim bei meinen sonstigen Raritäten und Reiseerinnerungen lag. Er war es; ja, er war es unbedingt! Aber wie war er auf die Dschunke und in die Gesellschaft der See- und Mädchenräuber gekommen?

Mein Erstaunen war groß, aber es konnte mir doch nur für einen Augenblick die Bewegung rauben. Ich eilte nach vorn, wo der Lord stand, sein Gesicht mit beiden Händen bedeckend.

„Was steht Ihr so?“ fragte ich ihn. „Was ist's mit Eurem Kopf, Sir?“

„Er brummt wie eine Pauke!“ antwortete er. „Mir scheint, dieses verteufelte Gespenst hat sich vor Wut den Kopf abgerissen und mir grad in das Gesicht geschleudert.“

„Dann hätte es nicht mehr reden können. Ihr habt doch gehört, was er rief?"

„Gehört? Wie konnte ich etwas hören, wenn mir der Kopf kracht, daß ich denke, er will zerplatzen!"

„Ihr habt heut Pech, Sir, großes Pech!"

„Das ist schon mehr als Pech, teurer Charley. Erst brecht Ihr mir den ganzen Körper und alle meine sämtlichen Extremitäten in Stükke, und dann, wo ich froh bin, daß wenigstens der Kopf ganz geblieben ist, wirft mir dieser schändliche Geist den seinigen an die Nase! War das ein Krach! Ich glaube, ich werde ihn ewig verspüren!"

„Sein Kopf ist's nicht gewesen!"

„Das weiß ich auch, ohne daß Ihr mir's groß zu versichern und zu beteuern braucht! Diese vermeintlich abgeschiedene Seele war ein unvermeintlich lebender Mensch — und was für einer! Er scheint sogar ein sehr kräftiger Mensch zu sein; wengistens fühle ich den Beweis dafür in meinem Haupt, welches in allen Tonarten brummt und summt. Was mag es nur sein, was er mir in der Hitze des Gefechtes an den Kopf geschleudert hat? Mir scheint, es war entweder die östliche oder die westliche Halbkugel unserer lieben Mutter Erde, vielleicht auch die ganze Kugel auf einmal; die Empfindung, welche ich habe, läßt das letztere vermuten."

„Wollen einmal suchen."

Ich blickte umher und sah nicht weit von ihm einen runden, kugelförmigen Gegenstand liegen; ich hob ihn auf und reichte ihn dem Englishman mit den Worten:

„Hier habt Ihr den Geisterkopf! Sagt selbst, ob es in jenem transendenten Leben solche substantiöse Köpfe geben kann!"

„Eine Melone, acht Pfund schwer wenigstens! Und so eine Frucht bekommt grad um Mitternacht ein Lord von alt England an den Kopf geworfen! Wollen wir wetten, Charley?"

„Worüber?"

„Daß ich sie nachher dem Geist wieder an seinen Kopf werfe?"

„Ich wette nicht mit."

„Warum? Tut mir doch wenigstens jetzt einmal den Gefallen! Nicht?"

„Nein, denn Ihr würdet die Wette verlieren."

„Verlieren? Fällt mir gar nicht ein! Er bekommt diese Melone so sicher an den Kopf, wie..."

„Wie es noch sicherer ist, daß er sie nicht bekommt", fiel ich ihm in die Rede.

„Meint Ihr denn wirklich, daß ich auf diese süße Rache verzichten werde?"

„Ich bin überzeugt davon."

„Aus welchem Grund?"

„Weil ich weiß, daß Ihr den Kopf eines guten Freundes von mir nicht mit acht Pfund schweren Melonen bombardieren werdet."

„Bin ich nicht auch ein guter Freund von Euch?"

„Allerdings."

„Hat er nicht trotzdem den meinigen bombardiert?"

„Leider, doch ohne Euch zu kennen!"

„Ich kenne ihn auch nicht. Aber sagt einmal, seit wann sind denn Eure guten Freunde in der Gespensterwelt zu suchen?"

„Seit heute. Doch ohne Scherz: dieses Gespenst ist wirklich ein Bekannter von mir."

„Was Ihr sagt!"

„Ein treuer Diener, ein Basuto-Kaffer, der mich monatelang auf einem Ritt durch das Boerenland begleitet hat. Er heißt Quimbo und ist ein Kerlchen, über das Ihr Eure helle Freude haben werdet."

„Charley, Euer Wort in Ehren, aber wenn ich Euch nicht besser kennengelernt hätte, würde ich jetzt darauf schwören, daß Ihr flunkert. Dieser Mann muß doch schon mit den Girl-Robbers an Bord gewesen sein?"

„Allerdings."

„Und dennoch nennt Ihr ihn einen braven Kerl?"

„Das war er unbedingt."

„Kann es aber unmöglich mehr sein!"

„Ist es noch! Mein Quimbo wird nie ein Räuber, ein Verbrecher werden."

„So irrt Ihr Euch; Ihr habt den Geist verkannt."

„Ich weiß ganz gewiß, daß er es ist."

„Aber bedenkt, Charley, wie soll ein Kaffer aus dem Innern von Südafrika unter ostasiatische Seeräuber geraten!"

„Das werden wir von ihm erfahren. Übrigens gehören die Basuto eigentlich zur Familie der Betschuanen; da diese aber mit den Kaffern verwandt sind, bediene ich mich wie viele andere dieser letzteren Bezeichnung. Quimbo hat sich gut versteckt gehalten, wahrscheinlich ganz unten im Ballastraum, an den ich nicht gedacht habe, als wir heut und gestern suchten. Er hätte die Chinesen heimlich losbinden können; dann wären sie sicher ausgebrochen und entkommen. Daß er dies nicht getan hat, ist ein Beweis, daß er sich nicht als den Ihrigen betrachtet. Wir wollen hinab, um ihn zu suchen."

„Da brauchen wir Licht."

„Das finden wir in der Kapitänskajüte, die ja beinahe pompös eingerichtet ist. Kommt!"

„Müssen wir nicht vorher mit diesen singhalesischen Gardegrenadieren sprechen und uns für den Mut bedanken, den sie entwickelt haben?"

„Ja, das wollen wir, damit sie dann wenigstens wissen, woran sie sind."

Diese fapfern Helden saßen noch immer eng und ängstlich zusammengedrängt da, wo sie vorher gesessen hatten. Als wir zu ihnen kamen, fragte der Leutnant:

„Mylords, ist er fort, der Geist? O, das war schrecklich, sehr schrecklich!"

„Nein, er ist nicht fort", antwortete ich.

„Er ist aber doch nicht mehr zu sehen!"

„Er befindet sich noch im Schiff; er ist hinunter in den Raum gestiegen."

„Nicht in der Luft davongeflogen? Noch immer da? Wie können wir da hierbleiben!"

„Ihr seid Memmen, feige Memmen! Es war kein Geist, kein Gespenst, sondern ein Mensch, ein armer Mensch, den die Girl-Robber gezwungen haben, auf ihrem Schiff zu leben. Wir werden jetzt hinuntergehen und ihn heraufholen, um ihn euch zu zeigen. Dem Mudellier aber werde ich sagen, was für mutige Männer er auf diese Dschunke geschickt hat, um die gefangenen Räuber zu bewachen!"

Er sank mit einem Seufzer wieder zusammen. Ob es ein Seufzer der Erleichterung oder der Angst vor dem Mudellier war, das konnte ich nicht sagen; jedenfalls aber hatte dieser hohe Beamte kein Recht, seine Untergebenen zu schelten, denn er war ebenso abergläubisch wie sie.

Wir beide gingen nun zunächst in die Kapitänskajüte, wo wir Licht anbrannten; dann stiegen wir in den Raum, welcher den Chinesen als Gefängnis diente. Wir untersuchten ihre Fesseln und hatten nichts daran auszusetzen. Dann forschten wir nach Quimbo, welcher in keiner Abteilung des eigentlichen Schiffsraumes zu finden war. Hierauf ging es durch eine kleine Öffnung noch tiefer, wo der Ballast lag, um das Gleichgewicht des Schiffes herzustellen. Schon an der auf dem Kielschwein errichteten Gebelung*) erkannte ich, daß der Ballast aus Sand bestand, dessen Übergehen sie verhindern sollte. Ich leuchtete mit dem Lichte rundum — Quimbo war nicht zu sehen. Dafür aber sah ich etwas anderes, was auf seine Anwesenheit schließen ließ. Raffley aber schien dies nicht zu bemerken, denn er sagte im Ton der Enttäuschung:

* Ballastschott.

„Hier auch nichts! Wenn ich abergläubisch wäre, so würde ich jetzt sagen, daß wir es doch mit einem Gespenst und nicht mit einem Menschen zu tun haben. Euer sogenannter Quimbo ist spurlos verschwunden."

„Spurlos? Wirklich?"

„Yes. Wir haben oben alles durchsucht, ohne ihn zu finden, und hier ist er erst recht nicht. Oder sind die Basuto-Kaffern imstande, sich unsichtbar zu machen?"

„Gar nicht. Sie können ebensowenig verschwinden wie andere Menschen."

„Dieser Quimbo aber ist fort, absolut fort, ohne das geringste Zeichen von seinem Dasein zu hinterlassen!"

„Da dürftet Ihr Euch irren."

„Nein!"

„Doch!"

„So? Wollen wir wetten?"

„Worüber?"

„Daß Euer berühmter Kaffer auch nicht hier in diesem Ballastraum ist."

„Nein, ich wette nicht mit."

„Aber warum denn nicht?"

„Weil ich die Wette gewinnen und Euch das Geld abnehmen würde, Sir John Raffley."

„Unsinn! Wenn Ihr das so genau wißt, so solltet Ihr erst recht wetten. Ich denke aber, daß es mit dieser Genauigkeit nicht sehr weit her sein wird."

„Oho! Ich habe die Spur des Verschwundenen, und Ihr wißt, daß, wenn ich einmal die Spur einer Person habe, ich diese Person auch ganz gewiß finde."

„Ja, das weiß ich; aber wo ist diese Spur?"

„Hier im Sande."

„Wo denn? Ich sehe sie nicht."

„Da vor uns und rechts ist der Sand oben glatt, dort links aber, was seht Ihr dort?"

„Eine Erhöhung, weiter nichts."

„Weiter nichts? Ich denke, das ist genug!"

„Wieso?"

„Unter dieser Erhöhung steckt der, den wir suchen; er hat sich dort eingewühlt."

„Da müßte er ersticken!"

„Nein. Bemerkt Ihr denn nicht, daß die Erhöhung hinten eine Vertiefung, ein Loch hat?"

„Ja, das sehe ich wohl."
„Nun, dieses Loch führt ganz gewiß zum Kopf, zum Mund des Kaffers, damit er Atem holen kann. Und was liegt dort in der linken Ecke am Boden?"
„Hm! Melonenschalen."
„Schön! Hoffentlich könnt Ihr Euch erklären, wie die dorthin gekommen sind?"
„Verlangt Ihr etwa, daß ich mir wegen dieser Melonenschalen den Kopf zerbrechen soll?"
„Nein. Man kann das erraten, auch ohne den Kopf dabei in Gefahr zu bringen. Quimbo hat doch essen und trinken müssen. Er ist darum mitternächtlich an Deck gestiegen und hat den Geist gespielt, um sich Melonen zu holen, während die Wachen vor Angst bis an das äußerste Ende des Schiffes liefen."
„Hm! Dann wäre dieser Quimbo ein recht pfiffiger Kerl, was man von einem Kaffer nicht erwartet."
„Er ist nicht dumm. Ich werde ihn gleich zitieren. Quimbo bist du da?"
Es erfolgte keine Antwort.
„Quimbo, ich weiß, daß du dort im Sand steckst. Komm hervor! Es wird dir nichts geschehen."
Wieder keine Antwort. Seit wir uns zum letztenmal gesehen hatten, waren Jahre vergangen; er kannte meine Stimme wohl nicht mehr; übrigens hatte dieselbe in diesem niedrigen feuchten Raum einen dumpfen Klang. Da ging ich näher hin und sagte:
„Kennst du mich nicht mehr? Ich bin das gut', lieb' Deutschland, mit dem du damals bei dem Boer van het Roer gewesen bist. Komm heraus!"
Es war nämlich seine Gewohnheit gewesen, statt Engländer England, statt Franzose Frankreich, statt Deutscher Deutschland zu sagen. Diese meine letzten Worte hatten Erfolg, der Sand bewegte sich, und eine Stimme fragte aus demselben hervor:
„Gut' lieb' Deutschland, was hab' bekomm' Dose von schön', gut', tapfer Quimbo?"
„Ja."
„Was ha' reit' mit schö Quimbo bis hinauf nach Groote-Kloos und kämpf mit viel Zulukaffer?"
„Ja."
„Mijn tijd, mijn tijd! Wenn lieb', gut' Deutschland da, dann bin Quimbo auch da! Schön', gut', tapfer Quimbo gleich schnell komm' aus Sand heraus!"
Der Sand wurde auseinandergetieben, und der ‚schöne' Quimbo erschien in all der Glorie, die ihm eigen war. Zunächst kam die

hohe Frisur, welche genau die Gestalt und Höhe wie früher hatte; heirauf folgte das bartlose Basuto-Gesicht mit der Stumpfnase, dem breiten Mund und den kleinen Äuglein, welche sich mit einem forschenden Blick auf mich richteten. Er erkannte mich, öffnete, um einen Jubellaut heraus zu lassen, den Mund von einem Ohr bis zum andern und fuhr so schnell vollends aus dem Sand, daß er mit dem Kopf an die niedrige Decke stieß. Die zärtlich geliebte Frisur wurde dadurch zusammengedrückt; er achtete aber vor Entzücken, mich zu sehen, gar nicht darauf, sprang über die Gebelung herüber, ergriff meine beiden Hände und rief:

„O Deutschland, o lieb', gut' Deutschland! Wie freu sich schön', tapfer Quimbo, daß seh' wieder sein Deutschland! Quimbo muß geb' Kuß auf alle Hände von Mynheer Deutschland!"

Er küßte mir „alle" Hände mit einer Innigkeit, durch die sie in die größte Gefahr gekommen wären, wenn sie aus Schokolade oder Marzipan bestanden hätten; glücklicherweise waren sie aus einem weniger vergänglichen Stoff und hielten die feurige Liebkosung leidlich aus. Seine Freude schien eher zu wachsen anstatt sich zu beruhigen, denn er ließ plötzlich meine Hände los, warf mir seine Arme um den Hals, drückte mich an sich, oder vielmehr sich an mich, spitzt die Lippen und machte mit ihnen eine so schnelle und unvorhergesehenen Bewegung nach meinem Mund, daß ich kaum genügend Zeit fand, mit dem Gesicht eine solche Wendung zu machen, daß die Zärtlichkeit des Attentäters auf meiner Wange anstatt auf der von ihm aufs Korn genommenen Stelle explodierte. Er schien auf diesen Fehlschuß einen besser gezielten tun zu wollen, aber ich drängte ihn von mir ab und sagte:

„Laß das, Quimbo! Ich weiß, daß du dich über dieses Wiedersehen ebenso freust wie ich; das mag für jetzt genüben. Ich bin natürlich außerordentlich erstaunt, dich hier zu sehen, so fern von deiner Heimat und auf einem Räuberschiff!"

„O, Mynheer Deutschland, schön', gut', tapfer Quimbo bin nicht Dieb und bin auch nicht Räuber, sondern bin nur Diener auf Schiff von Girl-Robber."

„Du hast dich also an den Missetaten dieser Menschen nicht beteiligt, Quimbo?"

Er zog seine schrecklichste Grimasse, was der Ausdruck der heiligsten Beteuerung sein sollte, schlug sich mit beiden Fäusten an die Brust und rief:

„Quimbo nicht mach' mit, was sie hab' mach; Quimbo bin fangen von Räuber und muß mach' rein das Schiff und bedien' Kapitän."

„So! Du wirst mir alles erzählen, doch nicht hier, sondern oben, wo wir es bequemer haben. Komm mit herauf!"

„Hinauf? Wo bin viel Soldat?"

„Ja."

„Was mach' Soldat, wenn seh' schön', tapfer Quimbo? Werd' Soldat nehm' fangen arm' unschuldig Quimbo?"

„Nein, du stehst unter meinem Schutz."

„Gut' Quimbo bin frei?"

„Ja."

„Quimbo darf geh' nach Basutoland?"

„Ja."

„Oder darf geh' und fahr' nach Tjelatjap?"

„Tjelatjap? Was ist das?"

„Schön' Stadt, wo wohn Mynheer Bontwerker."

„Wer und was ist dieser Mynheer?"

„Das bin Mynheer Bontwerker in Tjelatjap."

„Tjelatjap! Wo liegt diese Stadt?"

„Auf weit', groß', schön' Insel."

„Wie heißt diese Insel?"

„Heiß' Seraju."

„Seraju? Tjelatjap? Sir John, ist vielleicht Euch einer von diesen zwei Namen bekannt?"

„Nein", antwortete der Englishman kopfschüttelnd.

„Mir auch nicht — oder doch! Mich macht der Name der Insel irre. Seraju ist ein Fluß."

„Ja, Seraju bin Fluß, hab' viel Wasser", stimmte Quimbo bei.

„Du sagtest aber doch, es sei eine Insel! Du scheinst dich da zu irren?"

„Ja, schön', gut', tapfer Quimbo bin irre."

„Seraju ist ein Fluß auf der Insel Java."

Da spreizte der Kaffer vor Vergnügen seine zehn Finger weit auseinander und schrie:

„Java! Java! Mynheer Deutschland hab' treff' richtig Namen von groß Insel; Mynheer bin viel, groß, klug, gescheit Mynheer!"

„Und nun kann ich mich auch auf Tjelatjap besinnen.

Das ist ein Hafenort an der Südküste von Java, in dessen Nähe der Seraju in das Meer mündet."

„Ja, Seraju lauf in Wasser von Meer."

„Kennst du denn diese Stadt und diesen Fluß?" fragte ich erstaunt.

„Schön', klug' Quimbo kenn Stadt und kenn Fluß; Quimbo bin fahr' auf Fluß und hab wohn' in Stadt."

„Merkwürdig, wirklich höchst merkwürdig, Sir John! Denkt Euch nur: dieser Basutomann ist bis nach Java gekommen! Das ist ja kaum zu glauben! Wer sollte das für möglich halten! Er muß es uns oben erzählen. Kommt jetzt herauf!“

„Oben an Deck?“ fragte der Lord. „Ist es nicht besser, gleich das Hotel aufzusuchen? Dort haben wir es viel bequemer.“

„Ich bleibe lieber hier an Bord. Es ist sehr wahrscheinlich, daß wir durch das, was wir von Quimbo erfahren, Veranlassung bekommen, die Gefangenen ins Gebet zu nehmen.“

„Well. In der Kapitänskajüte ist es auch nicht übel. Gehen wir also hinauf!“

Als wir das Zwischendeck passierten, wo die Räuber angebunden waren, stieß der Kapitän einen leichten Fluch aus, jedenfalls vor Grimm darüber, daß wir Quimbo gefunden hatten, von dem wahrscheinlich vieles zu erfahren war, was verschwiegen bleiben sollte. In der Kajüte angekommen, sagte der Kaffer:

„Schön’, gut’, tapfer Quimbo werd’ erzähl’, werd’ aber vorher ess’, hab groß’, viel Hunger, weil nicht hab bekomm’ Melon’ für ess’!“

Zu essen gab es genug. Er aß mit einem wahren Heißhunger. Als er sich gesättigt hatte, forderte ich ihn auf, seine Erlebnisse von der Zeit unsers damaligen Abschieds an zu erzählen. Er war sehr gern bereit dazu, setzte sich mit wichtiger Miene in Positur und begann seinen Bericht — aber was für einen! Das ging schnell, ohne Betonung und Unterbrechung in einem fort, wie bei einer Windmühle, deren Flügel in den Wind gestellt worden sind. Wer konnte alle diese unmöglichen Ausdrücke verstehen und sich in diesen Orts- und Namensverwechslungen zurechtfinden! Die Grimassen, welche wir dabei zu sehen bekamen, waren wahrhaft großartig; er sprach mit einem Eifer, als ob sein Leben davon abhänge, ja nicht die geringste Pause zu machen; er brachte in einer halben Minute mehr Ausdrücke aus seiner Muttersprache, aus der holländischen, englischen und malayischen, als man an einem ganzen Tage auseinanderklauben konnte. Raffley sah mich erst ganz erstaunt an, dann schüttelte er den Kopf; hierauf ließ er seinen Klemmer auf die Nasenspitze springen, um den Erzähler über die Gläser hinweg anzustarren, und endlich, als er es nicht länger aushalten konnte, sprang er auf, streckte beide Hände abwehrend gegen Quimbo aus und schrie ihn an:

„Stop! Mensch, willst du uns um unsern Verstand bringen! Welches vernünftige Wesen kann das anhören, ohne eine vollständige Zerrütung seiner Nerven davonzutragen! Sprich langsamer; man kann ja kein einziges Wort verstehen!“

Quimbo klappte den Mund zu, ließ seine rollenden Augen zwischen Raffley und mir hin und her wandern und fragte dann ganz erstaunt:

„Schön', gut', tapfer Quimbo sprech' nicht richtig. Er sprech doch mit Mund! Mit was anders soll denn Quimbo sprech'?"

„Natürlich nicht mit den Ohren!" antwortete Raffley. „Langsamer sollst du reden, langsamer, damit man dich verstehen kann!"

„Warum kann Mynheer nicht versteh' Quimbo? Quimbo sich versteh' doch auch!"

Da stieß Sir John ein schallendes Gelächter aus und rief mir zu:

„Ihr habt sehr recht gehabt, Charley, sehr recht: dieser schön', gut', tapfer Quimbo ist ein Prachtkerl! Good god! mir ahnt schon jetzt, was wir alles mit ihm und an ihm erleben werden. Er mag weiter erzählen; aber seid so gut und legt vorher seiner Zunge einen tüchtigen Hemmschuh an!"

Ich kam dieser Aufforderung zwar nach, konnte mich aber nicht des geringsten Erfolges rühmen, denn als Quimbo von neuem begonnen hatte, ging die Mühle womöglich noch schneller als vorher; ich schnitt ihm darum die Rede ab und sagte:

„Hör auf! Wir verstehen wirklich nicht, was du erzählst. Ich werde lieber fragen, und du antwortest mir; das wird besser sein."

„Ja!" nickte er, mit mir einverstanden. „Quimbo bin dann auch besser, denn Quimbo dann weiß, was red'; wenn aber arm' Quimbo allein red', er nicht weiß, was soll red'."

„So sag mir also zunächst, wohin du damals gegangen bist, nachdem wir uns getrennt hatten."

„Arm', unglücklich Quimbo bin geh' nach Cape-town."

„Nach der Kapstadt? Warum nicht zu den Basuto, in deine Heimat?"

„Quimbo nicht will hin; Quimbo will fort, weit fort, damit Quimbo nicht mehr seh' Gegend, wo bin gewesen, und nicht mehr seh' Menschen, die hab' kenn Mietje."

„Ah, Mietje! Du warst traurig darüber, daß dieses Mädchen sich verheiratete?"

„Ja, schön' Quimbo bin sehr traurig. Quimbo will sein Gemahl von Mietje; warum Mietje nicht will hab Quimbo Gemahl? Quimbo bin darum geh' weit fort bis Cape-town, wo sind Mynheer Bontwerker, welcher hab' sehr gern Quimbo, und Quimbo werd' Diener von Mynheer Bontwerker."

„Er engagierte dich als Diener? So mußt du doch auch wissen, was dieser Mynheer war?"

Ehe Quimbo antworten konnte, fiel Raffley ein:

„Ich habe in Cape-town einen Mr. Bontwerker kennen gelernt. Er war ein reicher, unverheirateter Diamantenhändler, der mir beim Leutnant-Gouverneur vorgestellt wurde. Er hatte, wie er mir erzählte, einen auch unverheirateten, älteren Bruder auf einer der Sunda-Inseln und…"

Er hielt mitten in seiner Rede inne.

„Weiter! Warum unterbrecht Ihr Euch?"

„Weil… ah, sollte Quimbo denselben Gentleman meinen?"

„Werden es gleich erfahren. Quimbo, womit beschäftigte sich dieser Mynheer Bontwerker?"

„Kauf' Edelstein und Diamant", antwortete der Kaffer.

„Hatte er eine Frau?"

„Hab nicht Frau; Quimbo hab auch nicht Mietje; darum er und Quimbo allein beisammen."

„Aber er hatte einen Bruder?"

„Hab Bruder in Tjelatjap, welcher plötzlich sterben. Mein Herr fahr hin mit Schiff, um erben, und Quimbo fahr mit."

„Also doch! So, so ist es gewesen! Dein Mynheer beerbte seinen Bruder und ging darum per Schiff nach Java. Weiter! Blieb er dort wohnen?"

„Nein. Fahr wieder heim nach Cape-town."

„Wann?"

„Bin bleib vier Monat in Tjelatjap, steck dann ein groß', viel Geld von tot Bruder und geh mit Quimbo auf Schiff, um fahr heim."

„Weiter! Es kommt mir eine Ahnung, aber keine gute. Die Fahrt war keine glückliche?"

„Nein. Quimbo und Mynheer komm nicht heim."

„Warum nicht?"

„Weil plötzlich bin da auf Wasser viel, sehr viel Praue*) mit Räuber, welche steig auf Schiff und mach tot Kapitän und all Matros'."

„Dachte es mir! Die Schiffsbesatzung wurde ermordet. Was geschah mit den Passagieren? Waren ihrer viele da?"

„Nur schön', gut' Quimbo mit Mynheer. Räuber schaff' all' ganz' Sach' von Schiff auf Malayische Kähne und verbrenn dann Schiff. Schaff' Quimbo und Mynheer auch mit auf Kahn."

„Wo geschah das? In welcher Gegend?"

„Quimbo nicht weiß. Quimbo und Mynheer bald komm auf Land, wo bin fangen bei Räuber."

* Malayische Kähne.

„Wie lange?"
„Viel, viel Tag, viel Woche; Quimbo hab nicht zähl'; aber es bin sehr viel lang Zeit."
„Weißt du auch nicht, an welchem Ort ihr gefangen gehalten wurdet?"
„Heiß' Hu-Niao."
„Hu-Niao? Das wird wohl wieder eine Verwechslung sein. Hast du diesen Namen richtig gemerkt?"
„Schön', gut', tapfer Quimbo bin richtig."
„Hm! Hu-Niao ist ein chinesischer Name und heißt Tiger-Vogel; es kommt mir sehr unwahrscheinlich vor, daß dies der Name eines Ortes sein soll. War es eine Insel?"
„Bin nicht Insel."
„Also Festland?"
„Bin nicht Festland."
„Weder Insel noch Festland? Was meinst du da? Wahrscheinlich Halbinsel. Es war eine Insel, die mit dem Land zusammenhing?"
„Hu-Niao bin eine Insel mit Weg nach Land."
„Also richtig, eine Halbinsel. Weißt du, zu welcher größern Insel sie gehört, oder zu welchem Land?"
„Quimbo nicht wissen."
„Hast du denn nicht mit deinem Mynheer darüber gesprochen? Der hat es wahrscheinlich gewußt."
„Quimbo nicht darf red' mit Mynheer."
„So warst du von ihm getrennt?"
„Nicht ihn hab mehr seh'."
„So weißt du also auch nicht, ob er noch lebt?"
„Mynheer bin nicht tot; Mynheer leb' in Hu-Niao; Räuber ihm geb' ess' und trink'."
„Ist das kein Irrtum? Du bist ja getrennt von ihm gewesen und weißt also nichts Sicheres."
„Quimbo weiß sicher, denn Mynheer es sag, noch ehe trenn' von ihm. Mynheer muß schreib' Brief, weil Räuber will hab' noch mehr Geld."
„Ach! Wohin ist der Brief gegangen?"
„Tjelatjap."
„Weißt du das genau? Besinne dich! Dieser Punkt ist außerordentlich wichtig."
„Mynheer hat es sag' schön' Quimbo."
„Dann muß es wahr sein. Er hat es dir also schon gesagt, ehe ihr an das Land geschafft wurdet, denn dann trennte man euch. Was hast du während deiner Gefangenschaft getan?"

„Quimbo bin faulenz, bis muß mit auf Schiff."

„Hast du von dem Mynheer erfahren, an wen in Tjelatjap der Brief geschrieben worden war?"

„Mynheer nicht sag."

Hast du die Halbinsel Hu-Niao gut kennengelernt?"

„Quimbo nicht lern' kenn'. Arm Quimbo bin eingesperrt, sehr ganz eingesperrt."

Ich hatte noch mehr Fragen auf der Zunge; aber Raffley, der zuletzt mit sichtbarer Aufregung zugehört hatte, fiel jetzt ein:

„Laßt Euern Quimbo jetzt in Ruhe, Charley; er kann Euch doch keine Auskunft erteilen; er ist eben... ein richtiger, echter Quimbo."

„Aber, Sir es handelt sich hier um höchst wichtige Dinge! Ich muß unbedingt wissen, wo..."

„Wo Mr. Bontwerker steckt?" unterbrach er mich abermals.

„Ja."

„Das werdet Ihr von Quimbo niemals erfahren."

„Von wem sonst? Wißt Ihr jemand, an den man sich da wenden könnte?"

„Ja."

„Wer ist's?"

„Die Girl-Robber sind's."

„Pshaw! Die verraten nichts."

„Das kommt ganz darauf an, wie man mit ihnen spricht. Wollen einmal hinunter zu ihnen steigen und sie ins Verhör nehmen. Nur möchte ich Euch bitten, dieses Verhör mir zu überlassen."

„Mit größtem Vergnügen, Sir! Ich verzichte sehr gern auf etwas, was ich für vergeblich halte."

„Ihr meint also, daß ich von diesen Kerls nichts hören und nichts erfahren werde?"

„Ja, das meine ich."

„Bedenkt, daß sie jedenfalls dem Tod geweiht sind!"

„Eben weil ich dies bedenke, bin ich überzeugt, daß Ihr ihnen nichts entlocken werdet."

„Vielleicht erleichtern sie ihr Gewissen!"

„Das könntet Ihr nur von Leuten erwarten, welche Christen sind. Hier aber habt Ihr es mit Leuten zu tun, welche weder Religion noch Gefühl, weder Furcht noch Hoffnung haben. Ihnen ist alles gleichgültig, selbst auch der Tod."

„Aber ich muß unbedingt von diesem Bontwerker erfahren; ich bin überzeugt, daß er derselbe ist, den ich kennengelernt habe."

„Natürlich ist er es."

„Ausgeraubt von diesen Schuften, sitzt er nun in irgendeinem verborgenen Winkel gefangen. Wißt Ihr, was ich mir vorgenommen habe?“

„Ich errate es.“

„Nun? Was?“

„Ihr wollt ihn befreien.“

„Richtig! Da muß ich aber vor allen Dingen erfahren, wo er steckt. Nicht?“

„Allerdings.“

„Das sollen mir jetzt die Gefangenen sagen.“

„Sie sollen, aber sie werden es nicht; das sage ich Euch im voraus; doch, versucht immerhin Euer Heil!“

Wir stiegen wieder in das Zwischendeck hinab, nahmen aber Quimbo nicht mit. Der Lord wendete sich natürlich zunächst an den Kapitän, erhielt aber keine Antwort. Mochte er mahnend oder zornig drohend reden, der Chinese öffnete den Mund nicht ein einziges Mal. Hierauf versuchte es Raffley mit den übrigen; er hatte ganz denselben Erfolg oder vielmehr Mißerfolg: es wurde ihm keine einzige seiner Fragen beantwortet. Darüber ergrimmt, warf er mir die Frage zu:

„Soll ich diese Hunde peitschen lassen?“

„Habt Ihr das Recht dazu, Sir?“

„Pshaw! Ob ich es habe oder nicht, das ist mir höchst gleichgültig; ich tue, was ich will.“

„Nutzlos!“

„Wollen doch sehen!“

„Meinetwegen! Eine tüchtige Tracht Prügel ist jedem hier zu gönnen; aber Ihr würdet ihnen dadurch nur ein Vergnügen machen?“

„Ein Vergnügen? Sonderbarer Geschmack! Wem kann eine Tracht Prügel Vergnügen bereiten?“

„Diesen verstockten Barbaren hier. Sie wissen ganz genau, daß der sichere Tod ihrer wartet, daß es keine Hoffnung, keine Gnade für sie gibt, und da werden sie sich hüten, Euch ihre Geheimnisse zu verraten. Je dringlicher Ihr Euch zeigt, desto größer wird ihre Schadenfreude sein. Leuten, denen Gott und Teufel, Himmel und Hölle, Seligkeit und Verdammnis ganz gleichgültige Dinge und Begriffe sind, ist selbst in der Todesstunde nichts zu entlocken.“

„Aber ich muß unbedingt erfahren, wo dieser Mr. Bontwerker zu suchen ist.“

„Von diesen Schurken hier erfahrt Ihr es sicher nicht. Es gibt da andere Wege.“

„Welche?“

„Ihr wolltet ja überhaupt nach Java. Dampft hin, nach Tjelatjap, wohin er seinen Brief hat richten müssen!“

„Aber an wen hat er geschrieben? Das weiß man nicht.“

„Man kann es dort erfahren.“

„Schwerlich. So ein Brief wird geheim gehalten.“

„Und ich mache mich dennoch anheischig, es innerhalb des ersten Tages zu erfahren.“

„Das soll ein Wort sein! Wollt Ihr mit?“

„Ja. Ich war schon vorher so ziemlich entschlossen dazu, nun gehe ich bestimmt mit. Wir müssen erfahren, wohin die Antwort auf Bontwerkers Brief verlangt worden ist.“

„Und wenn wir das nicht erfahren? Sollte sein Aufenthalt nicht noch in anderer Weise zu entdecken sein?“

„Will einmal versuchen. Beobachtet die Augen des Kapitäns genau, wenn ich jetzt mit ihm spreche, ich denke, er wird erst höhnisch lächeln, dann aber erschrecken.“

„Was wollt Ihr ihm sagen?“

„Werdet es gleich hören. Ich bin überzeugt, daß Quimbo den chinesischen Namen nicht richig gemerkt hat.“

Es versteht sich von selbst, daß wir jetzt englisch gesprochen hatten und von den Chinesen entweder gar nicht oder nur schlecht verstanden worden waren. Jetzt hielt ich das Licht so, daß das Gesicht des Kapitäns hell beleuchtet war, und sagte in seiner Muttersprache:

„Willst du mir wohl deinen Namen nennen?“

Er antwortete nicht; kein Zug seines Gesichtes verriet, daß er meine Worte gehört hatte.

„Auch möchte ich gern wissen, wo Mynheer Bontwerker, euer Gefangener, steckt“, fuhr ich fort.

Ganz dieselbe Starrheit und Schweigsamkeit.

„Dein Schweigen nützt nichts“, sprach ich weiter.

„Wir finden ihn doch, denn wir werden nach dem Hu-Niao fahren.“

Ich betonte diesen chinesischen Namen, von dem Quimbo behauptet hatte, daß es der richtige sei. Der Kapitän horchte einen Augenblick überrascht auf; dann ging ganz so, wie ich es erwartet hatte, ein Zug höhnischer Befriedigung über sein Gesicht. Ich tat, als ob ich das nicht bemerkte, und fügte schnell hinzu:

„Da habe ich mich versprochen, ich meinte die Hu-Kiao, nach der wir fahren werden.“

Ich nahm ihn bei diesem Wort, welches sich nur durch das K anstatt des N von dem vorherigen unterschied, scharf in das Auge und bemerkte mit innerer Freude, daß er erschrak, sich aber Mühe gab, dies nicht sehen zu lassen. Ich war zufriedengestellt, wendete mich ab und verließ, von Raffley gefolgt, das Zwischendeck. Oben angekommen, fragte er mich:

„Was hatten diese Fragen für einen Zweck? Ihr sagtet, Ihr hättet Euch versprochen; ich habe aber nichts davon bemerkt."

„Nicht? Aber sein Gesicht habt Ihr beobachtet?

„Yes."

„Sahet Ihr etwas?"

„Yes. Erst lachte er heimlich und schadenfroh; dann aber schien er zu erschrecken."

„Ganz richtig! Ihr wißt, daß ich schon vorher nicht glaubte, daß Hu-Niao, Tigervogel, der Name des Ortes sein könne. Quimbo mußte sich entweder verhört oder das Wort schlecht gemerkt haben. Ich suchte nach ähnlichen Wörtern und fand Kiao anstatt Niao. Hu-Kiao heißt Tigerbrücke, und so kann ein Ort recht wohl heißen. Es handelt sich um eine Halbinsel oder, wie Quimbo sich in seiner Weise auszudrücken beliebt, um eine Insel, von der aus ein Weg an das Land führt. Unter diesem Weg, diesem schmalen Landstreifen, welcher die Insel mit dem Festland verbindet, ist sehr wahrscheinlich die ‚Tigerbrücke' zu verstehen."

„Möglich. Aber wo mag diese Halbinsel liegen?"

„Kaum anderswo als an der Küste von Sumatra. Wir werden nach ihr suchen."

„Nach ihr suchen? In welcher Weise? Etwa so, daß wir ganz Sumatra umfahren und bei jeder Halbinsel fragen, wie sie heißt?"

„Nein; ich meine, daß wir auf den Karten nach ihr forschen werden, Sir John."

„Well; das lasse ich mir eher gefallen; aber dazu ist wohl morgen auch noch Zeit."

„Natürlich. Wir haben hier unsern Zweck und noch viel mehr erreicht und wollen die Angelegenheit zunächst einmal beschlafen."

Wir verließen das Schiff, nachdem wir den Soldaten die größte Wachsamkeit anbefohlen hatten. Natürlich nahmen wir Quimbo mit, der im Hotel einen besseren und bequemeren Platz fand, als sein Versteck unten im Ballastraum der Dschunke gewesen war.

Am darauffolgenden Morgen saßen wir noch beim ersten Frühstück, als der Mudellier schon zu uns kam, um sich nach dem Ergebnis unserer Gespensterjagd zu erkundigen. Raffley erzählte es ihm und knüpfte hieran einige scharfe Bemerkungen in Beziehung auf den Aberglauben, den nicht nur die Wächter, sondern auch deren oberster Vorgesetzter gezeigt hatten. Dies brachte den Mudellier in eine Verlegenheit, aus der er sich dadurch zu helfen suchte, daß er eine wichtige Amtsmiene annahm und von uns verlangte, ihm Quimbo auszuliefern, weil sich dieser in doppelter Weise straffällig gemacht habe. Ich lachte einfach darüber; Sir John aber sah ihn erstaunt an und fragte:

„Doppelt straffällig? Wieso?"

„Er hat die Soldaten in Schreck gejagt; schon das muß streng bestraft werden, und sodann..."

„Und sodann? Was noch?" fiel ihm der Englishman in die Rede.

„Und sodann die Hauptsache: dieser Mensch ist auf der Dschunke betroffen worden und also ebensogut ein Seeräuber wie die Chinesen. Er muß grad so streng bestraft werden wie sie, und es ist meine Pflicht, ihn arretieren und einsperren zu lassen.

Da rutschte der Klemmer schnell vor auf die Nasenspitze, und der Besitzer dieser beiden Gegenstände fuhr den Mudellier an:

„Was fällt Euch ein, Sir! Habt Ihr vielleicht vergessen, was ich bin?"

„Nein."

„Nun, was? Ich meine nämlich mein Verhältnis zu seiner Herrlichkeit, dem General-Gouverneur."

„Ihr seid ein Verwandter dieses hohen Herrn."

„Schön! Und wer ist der Gentleman, den Ihr hier neben mir sitzen seht?"

„Euer Freund."

„Ebenso schön! Und was ist dieser Quimbo, den Ihr einen Seeräuber zu nennen beliebt?"

„Er ist ein... ein... ein..."

Er stockte; da fuhr Raffley an seiner Stelle fort:

„Quimbo ist der Diener dieses Gentleman. Was folgt daraus? Könnt Ihr mir das sagen?"

„Nein", gestand der Mudellier, dem es bei dem herrischen Ton des Engländers bang wurde.

„Das ist aber doch so kinderleicht zu sagen! Hier ein Verwandter des General-Gouverneurs, dann ein Freund dieses Verwandten und dann ein Diener dieses Freundes; daraus folgt doch augenfällig, daß Quimbo ein Diener des General-Gouverneurs ist. Seht Ihr das nicht ein, Sir?"

Der Mudellier antwortete nicht, sondern schüttelte langsam und zweifelnd den Kopf.

„Wie? Ihr seht es nicht ein? Wißt Ihr, was das heißt? Wenn ich etwas behaupte und Ihr schüttelt den Kopf dazu, so ist das eine

Beleidigung, welche unter Gentlemen nur durch Blut abgewaschen werden kann. Ich hoffe doch, daß Ihr Euch für einen Gentleman haltet. Charley, bitte, holt einmal meine Pistolen her!"

Da rief der Mudellier schnell und ängstlich aus:

„Halt! Wartet doch! Es ist mir nicht eingefallen, Euch zu beleidigen, und also ist kein Blutvergießen nötig. Ich schenke Euch vollständig Glauben, Sir!"

„Ihr gebt also zu, daß unser guter Quimbo kein Räuber, sondern ein Gentleman ist?"

„Ja."

„Der völlig unangetastet bleiben muß?"

„Ja."

„Well", nickte Sir John da befriedigt, indem er den Klemmer wieder an die Augen schob. „Wir sind also einig. Übrigens würde ich Euch auch ohnedies raten, ganz so zu tun, als ob gar kein Mensch vorhanden wäre, der Kaffer ist und Quimbo heißt."

„Warum?"

„Weil Ihr ihn für ein Gespenst gehalten habt. Ich müßte das dem Gouverneur erzählen, wenn er kommt. Sagt selbst, ob Euch das lieb sein kann!"

„Wir werden ihm nichts sagen, kein Wort. Es hat gar kein Gespenst auf der Dschunke gegeben. Ist Eure Lordschaft damit einverstanden?"

„Yes, will einverstanden sein."

„Ihr müßt nämlich wissen, daß der Gouverneur heut kommt. Er hat mich durch einen Eilboten davon benachrichtigt. Er kommt, um Gericht zu halten."

Es ist bereits erzählt worden, daß der Gouverneur uns nach seiner Ankunft im Hotel Madras aufsuchte und dem Lord den Betrag der verlorenen Wette auszahlte. Ebenso wurde erwähnt, daß wir vor unserer Abfahrt der Hochzeit Kaladis beiwohnten.

Was die Dschunke und ihre gefangene Bemannung betrift, so begab sich der Gouverneur selbst an Bord, um alles und alle in Augenschein zu nehmen. Wir erzählten diesem Herrn von Bontwerker und der Tigerbrücke, wo er gefangengehalten wurde. Der Gouverneur nahm die Girl-Robbers selbst ins Verhör, um die genaue Lage dieses Ortes zu erfahren, erhielt aber nicht die geringste Auskunft von ihnen. Selbst als er sie der Reihe nach durchpeitschen ließ, behaupteten sie, keinen Ort zu kennen, dessen Name Hu-Kiao sei. Ich war überzeugt, daß sie logen und die Tigerbrükke vielmehr von großer Bedeutung für sie sein müsse, weil sie sich selbst durch solche Schmerzen nicht zwingen ließen, sie zu verraten. Sie schwiegen sogar dann, als sie ihr Urteil hörten: Sie seien als Seeräuber heut noch aufzuknüpfen, doch solle derjenige begnadigt werden, welcher sage, wo die Hu-Kiao liege. Es meldete sich keiner, und am Abend hingen sie alle nebeneinander an der Raae.

Wir waren also auf uns selbst, auf unsern Scharfsinn, angewiesen und nahmen die Karten vor, um die Halbinsel zu entdecken. Die Mühe war vergeblich; wir konnten den Namen Hu-Kiao nicht finden. Wir übersetzten das Wort in alle am indischen und südchinesischen Meere gebräuchliche Sprachen und Idiome, doch auch das war ohne Erfolg.

Nun nahm ich Quimbo noch einmal vor und examinierte ihn nach allen Richtungen hin, konnte aber nicht mehr erfahren, als was ich jetzt schon wußte. Da kam ich endlich auf den sehr naheliegenden Gedanken, den ich eigentlich gleich anfangs hätte haben sollen, noch einmal an Bord der Dschunke zu gehen; ich hatte dort in der Kapitänskajüte Karten liegen sehen. Raffley ging mit. Er wunderte sich ebenso sehr wie ich darüber, daß uns diese Karten nicht eher eingefallen waren.

Wir gingen die betreffenden Blätter sehr sorgfältig durch, konnten aber nichts entdecken, was uns als Wegweiser hätte dienen können. Schon wollten wir uns unmutig in diesen Mißerfolg ergeben, da fiel mir eine nicht gedruckte, sondern mit der Hand gezeichnete Pilotkarte der Nikobaren-Inseln auf. Die Zeichnung war außerordentlich sorgfältig ausgeführt, und ich sagte mir, daß diese Genauigkeit einen Grund haben müsse. Hatte diese Inselgruppe für die Girl-Robbers vielleicht eine besondere Wichtigkeit gehabt? Vielleicht hätte ich die Antwort auf diese Frage einem von ihnen entlocken können; aber sie lebten nicht mehr. Ich mußte mich an Quimbo wenden, obgleich sein Gedächtnis einem völlig leeren Blatt geglichen hatte, auf dem kein Buchstabe mehr zu lesen war.

Es war ihm auch heut unmöglich, mir den Weg zu beschreiben, den die Dschunke, seit er sich auf ihr befunden hatte, gesegelt war. Ich fragte ihn nach den Nikobaren-Inseln; er antwortete kopfschüttelnd:

„Nikobar? Quimbo nicht weiß Nikobar."

Da fiel mir ein, daß die Bewohner der Nikobaren Malayen sind, und so fragte ich ihn, indem ich den malayischen Namen der Inseln anwendete:

„Hast du denn auch nicht die Inseln gesehen, welche Pulo-Sembilang genannt werden?"

Da ging ein Grinsen der Erinnerung über sein Gesicht, und er antwortete, eifrig nickend:

„... bilang... bilang hab schon Quimbo sehen;... bilang bin viel Insel in groß Wasser."

„Irrst du dich nicht? Weißt du den Namen genau?"

„Gut', tapfer Quimbo bin nicht irre; Schiff bin bleib stehen bei Inseln... bilang."

„Bei welcher von diesen Inseln?"

„Quimbo nicht das wissen."

„Hast du nicht die Namen der einzelnen Inseln gehört?"

„Quimbo nicht kann sprech wie Räuber; Quimbo nicht versteh alles, was werd' reden."

„So paß einmal auf, ob du vielleicht eines von den Worten gehört hast, die ich jetzt sagen werde!"

Ich zählte die Namen der Inseln langsam auf und ließ nach jedem eine Pause eintreten, damit er Zeit zum Nachdenken finde. Es war seinem gespannten Gesicht höchst deutlich anzusehen, daß er sein Gedächtnis sehr anstrengte, und als ich den Namen Tillangdschong nannte, schlug er die Hände zusammen, daß es knallte, tat einen Freudenspung und rief aus:

„Till... till... langdschong... langdschong...oh, oh, das bin Insel, was hab sehen Quimbo."

„Wirklich?"

„Ja. Till... dschong bin Insel, wo Schiff halt an und bleib in groß Wasser stehen."

„Erinnere dich recht! Es kommt sehr viel darauf an, daß du dich nicht irrst, Quimbo."

Da erhob er die rechte Hand wie zum Schwur, machte ein sehr energisches Gesicht und versicherte:

„Schön', gut', tapfer Quimbo weiß genau. Schiff bleib stehen, und Räuber immer sag:... langdschong — langdschong — langdschong. Quimbo hab hören gut."

„Ahnst du vielleicht, was das Schiff bei dieser Insel gewollt hat, warum es dort hielt?"

„Ta-ki wohn' da."

„Ta-ki? Wer ist das?"

„Ta-ki bin Räuber, groß', stark', breit' Riese, so groß, daß stoß überall an mit Kopf."

Er unterstützte diese Worte mit Hand- und Armbewegungen, welche erkennen ließen, daß dieser Ta-ki ein wahrer Goliath an Gestalt sein müsse.

„Dieser Ta-ki war mit auf der Dschunke?“ forschte ich weiter.
„Ja“, nickte er, froh, mir Auskunft erteilen zu können.
„Gleich von dem Tag an, an welchem man dich auf das Seeräuberschiff brachte?“
„Ta-ki bin schon da, als Quimbo komm auf Schiff.“
„Er hat die ganze Fahrt bis nach den Inseln Pulo-Sembilang mitgemacht?“
„Ta-ki bin fahr immer mit.“
„Woraus vermutest du denn, daß er auf der Insel Tillangdschong wohnt?“
„Weil Ta-ki da aussteig bin.“
„Ah, so! Er stieg nicht wieder ein?“
„Nein. Ta-ki bleib auf Insel.“
„Er allein?“
„Ja.“
„Weißt du, warum? Was er da treibt?“
„Quimbo nicht weiß.“
„Befand er sich allein auf der Insel, als er ausgestiegen war, oder gab es noch andere Menschen dort?“
„Als Ta-ki aussteig, steh Männer am Ufer.“
„Wieviele?“
„Zwei — fünf und noch zwei — fünf; Quimbo nicht zählen.“
„Nahm dieser Ta-ki Gepäck von dem Schiff mit an das Land?“
„Nehm mit ein Faß — zwei Faß — viel Faß.“
„Weißt du, was sich in diesen Fässern befand?“
„Steck Pulver in Faß.“
„Ah! Sollten die Seeräuber etwa ein heimliches Magazin auf dieser Insel angelegt haben?“
„Tapfer Quimbo das nicht weiß.“
„Wurden Sachen vom Land auf das Schiff gebracht?“
„Viel Melon’ und Kokos und Frucht, was alles soll werd’ essen auf Schiff.“
„Schön! Jetzt aber paß einmal ganz besonders auf, was ich dich fragen werde, denn das ist das Wichtigste, worauf alles ankommt! Dieser Ta-ki befand sich auf dem Schiff, als du von der Tigerbrükke an Bord genommen wurdest. Er muß also wissen, wo die Halbinsel liegt, welche diesen Namen trägt?“
„Ta-ki bin steh’ da; er es wissen.“
„Gut! Was für eine Rolle spielte er auf dem Schiff? Gehörte er zu den gewöhnlichen, niedrigen Leuten, oder galt er vielleicht mehr? Hatte er einen Titel?“
„Wenn Kapitän ihn ruf, so sag er Tsu.“

„Tsu? Dann war er Offizier. Er weiß also ganz sicher wenigstens das, was wir erfahren wollen. Kannst du mir vielleicht wenigstens sagen, ob er auch mit auf der Tigerbrücke gewesen ist?"

„Er stieg von Schiff und geh auf Tigerbrücke."

„Hat er deinen Herrn, Mynheer Bontwerker, gesehen?"

„Hab sogar sprech mit Mynheer Bontwerker."

„Was?"

„Quimbo hab' nicht hör', steh weit davon."

„Das ist schade! Es käme viel darauf an, zu wissen, was er mit ihm gesprochen hat. Doch, es gibt eine noch wichtigere Frage: War der Kapitän zugleich der Befehlshaber auf der Halbinsel?"

„Kapitän nein, sondern ein anderer Mann."

„Wie hieß dieser?"

„Heiß Ling-tao."

„Das mag stimmen, denn dieser Name bedeutet soviel wie ‚befehlendes Schwert', während Ta-ki so viel wie ‚großer Mut' bedeutet. Der Offizier, welcher auf der Nikobaren-Insel Tillangdschong ausgestiegen ist, dürfte also seinem Namen nach nicht nur als körperlicher Riese, sondern auch in Beziehung auf seine Tapferkeit zu fürchten sein. Wir werden ihn mit Vorsicht zu behandeln haben."

Diese Worte richtete ich nicht an Quimbo, sondern an den Lord, welcher bei uns gestanden und unsern Fragen und Antworten schweigend, aber mit großer Spannung zugehört hatte. Er machte eine geringschätzige Armbewegung und meinte:

„Körperliche Hünen haben oft gar keinen Mut, während ein Knirps zehn solche Riesen vor sich hertreibt. Ich fürchte mich nicht vor ihm. Ihr vielleicht, Charley?"

„Überflüssige Frage!"

Ich versuchte, von Quimbo noch mehr zu erfahren, doch war es jetzt mit dem, was er wußte, zu Ende. Er hatte mir überhaupt mehr gesagt, als was von ihm zu erwarten gewesen war, und so wendete ich mich wieder an den Englishman:

„Ich glaube, daß wir jetzt die notwendige Grundlage zum Handeln gefunden haben. Wahrscheinlich ist Ling-tao der oberste Kommandant der saubern Gesellschaft und residiert auf der Tigerbrücke. Es ist möglich, daß er mehrere Raubschiffe besitzt. Taki ist, um mich so auszudrücken, Magazinmeister auf Tillangdschong, wohin wir zunächst und vor allen Dingen müssen, um ihm das Geständnis zu erpressen, wo die berüchtigte Halbinsel liegt."

„Hm! Wollen wir wetten?"

„Nein.“

„So wartet doch erst, was ich meine, ehe Ihr nein sagt! Ich wette nämlich um fünfzig oder auch um hundert Pfund, daß wir von ihm nichts erfahren.“

„Wettet mit Quimbo, Sir; ich tue nicht mit.“

„Hört, Ihr seid wirklich ein schauderhafter Kerl, mir zuzumuten, mit einem Kaffern zu wetten! Ihr seid also entschlossen, mit mir zu fahren, um diesen Mr. Bontwerker zu befreien?“

„Ja.“

„Well, so sagt, ob Ihr ein gutes Gelingen erwartet!“

„Ich hoffe, daß wir ihn herausholen.“

„Schön! Wann dampfen wir ab?“

„Mit der Ebbe morgen früh.“

„Die Jacht ist schon heut bereit.“

„Das wäre zu früh. Auf ein solches Unternehmen darf man nicht eingehen, ohne vorher alles reiflich zu überlegen. Es eilt ja nicht so sehr. Von hier bis nach den Nikobaren brauchen wir vier Tage, während welcher Zeit wohl nicht zu befürchten ist, daß der liebe Ta-ki uns davonläuft. Es gibt wohl wenig Tage im Jahre, an denen ein Schiff die Insel Tillangdschong anlaufen wird.“

„Stimme bei. Euer Quimbo geht natürlich mit?“

Ich brauchte diese Frage nicht zu beantworten, denn der Kaffer tat dies eiligst an meiner Stelle:

„O, schön’, gut’, tapfer Quimbo mitfahren! Will bleiben bei lieb’, gut’, Deutschland, um mach’ frei Mynheer Bontwerker und schlag tot all’ Chines’, Malay’ und Räubervolk!“

2. TA-KI

Die Eilandsgruppe der Nikobaren liegt ungefähr auf dem 112. Längengrad östlich von Ferro, südlich von den Andamaninseln und nordwestlich von Sumatra. Ihr Klima ist ein tropisches, wird aber durch die Seewinde und häufigen Regen abgekühlt; dennoch ist der Aufenthalt dort ein höchst ungesunder, weil die während der Ebbe bloßgelegten Strandmoräste und Mangrovendickichte ein Fieber ausbrüten, von welchem selbst auch die Eingeborenen nicht verschont werden. Ja, das Nikobarenfieber ergreift sogar die Tierwelt, und es ist nichts Seltenes, daß man Schweine und Hühner unter starken Fieberanfällen hin und her taumeln sieht.

Aus diesem Grund hat man mit den wiederholten Versuchen, diesen Archipel zu kolonisieren, keine Erfolge gehabt, und zuletzt nahmen die Engländer im Jahre 1869 von den Inseln nur zu dem Zwecke Besitz, hier eine Verbrecherkolonie anzulegen, welche unter der Verwaltung des Gouverneurs der Andamangruppe steht.

Die hierher deportierten Verbrecher sind meist indische Sepoys und gehören allen Völkerschaften an, welche in Hindostan und dem Dekan wohnen.

Wenn ich früher von der Pflanzenpracht Ceylons mit Bewunderung gesprochen habe, so muß diese doch zurückstehen vor der unvergleichlichen Vegetation der Nikobaren. Während auf Ceylon die Kokospalme dominiert, streitet diese auf den Nikobaren mit der Arekapalme und dem prächtigen Pandanus um den Vorrang, wozu sich eine Menge anderer, tropischer Baumarten gesellt, bei deren Anblick man sich in eine Märchenwelt versetzt fühlen möchte. Auf Ceylon läßt sich trotz der ausgedehnten Tropenwälder der Einfluß der Menschenhand nicht verkennen; die Nikobaren aber bieten den unberührten, jungfräulichen Urwald des Südens, dessen grandiose Herrlichkeit jeder Beschreibung spottet. Da gibt es Dschungel, welche noch nie der Fuß eines Europäers betreten hat; da entsprossen dem Boden Millionen fruchtbarer Keime, welche sich zu den phantastischesten Pflanzenformen entwickeln, und über diesem Gewimmel anstaunenswerter Bäume und Gewächse ragen, einen Wald über dem Walde bildend, die unvergleichlichen Kronen der Palmen hoch empor. Kein Mensch, und sei er ein noch so großer Meister der Feder oder des Pinsels, vermag es, dieses Bild nur annähernd wiederzugeben. Die Großartigkeit dieser Schöpfung läßt sich weder auf das Papier noch auf die Leinwand bringen.

Von den unzähligen Pflanzenindividuen ist der Pandanus wohl das sonderbarste zu nennen; er gehört nächst den Palmen zu den imposantesten Formen der monokotylen Gewächse. Fast möchte man annehmen, daß er aus einer frühern Schöpfungsperiode stamme. Auf einem Gerüste von Stütz- oder Luftwurzeln, welches einem komisch zusammengestellten Bau von dicken Pfählen gleicht, erheben sich ein oder mehrere schlanke Schäfte, welche hoch oben ein höchst seltsames Zweigwerk mit eigentümlichen, lanzettförmigen Blättern und großen, tannenzapfenartigen Früchten tragen. Die Stützwurzeln sind oft über zwanzig Fuß hoch, und der Baum gewährt einen so fremdartigen Anblick, daß man ihn einen wunderlichen, närrischen Einfall der Natur nennen möchte.

Dieser Tropenwald ist an der Küste von einem Gürtel von Mangroven umgeben, welche nur da gedeihen, wo das Meer während der Flut ihre Wurzeln bespült, um sie bei der Ebbe wieder bloßzulegen. Zwischen diesen Wurzeln brütet, wenn das Wasser sich von ihnen zurückgezogen hat, die glühende Sonne die Fieber aus, welche den Eingeborenen und den Fremden gleich gefährlich werden.

Und draußen, im Wasser, zieht sich um diese Inseln noch ein weiterer Kranz von pflanzenähnlichen Gebilden, nämlich Korallen, welche in allen Formen und Farben aus der Tiefe schimmern und das Auge des Europäers stundenlang beschäftigen.

Da in die dichten Dschungel nur sehr schwer einzudringen ist und jede gelichtete Stelle im Innern der Inseln sich schnell wieder mit einem üppigen Pflanzenwuchs bedecken würde, befinden sich die Wohnungen der Eingeborenen, gleichviel, ob sie einzeln stehen oder zusammenhängende Dörfer bilden, meist in der unmittelbaren Nähe der Küste. Sie sind auf Pfählen errichtet, was nicht nur Schutz gegen die Überraschungen des Meeres und etwaige feindliche Angriffe bietet, sondern auch den freien Zutritt der Luft zum Podium des Hauses bietet und also die Schädlichkeit der Fieberdünste mildert.

Die Verbrecherkolonie der Nikobaren besteht aus einigen hundert Individuen und ist auf der Insel Kamorta untergebracht. Die meisten von ihnen sind für lebenslänglich, die übrigen ausnahmslos zu langen Freiheitsstrafen verurteilt, denn es werden nur schwere Verbrecher hierhergeschickt. Aber die einen haben vor den andern nicht viel voraus, denn die mörderischen Fieber machen jede längere Detention zu einer lebenslänglichen; sie raffen nach verhältnismäßig kurzer Zeit den stärksten Mann dahin. Es ist darum kein Wunder, daß das Sinnen und Trachten dieser Gefangenen fortwährend auf die Flucht gerichtet ist.

Bei der Entfernung der Inselgruppe von dem Festland und bei dem Umstand, daß nur selten ein Schiff hier anlegt, sollte man ein Entkommen fast für unmöglich halten, aber es hat doch Fälle gegeben, in denen die Flucht gelungen ist. –

Wie schon erwähnt, hatte Mynheer Bontwerker den ihm abgezwungenen Brief nach Tjelatjap auf der Insel Java adressieren müssen, und ich hielt es für gar nicht schwer, den Adressaten dort zu ermitteln und von ihm zu erfahren, wohin die Antwort verlangt worden sei. Von dem betreffenden Ort aus mußte dann der Weg nach der Tigerbrücke zu finden sein. Seit uns aber Quimbo von Ta-ki erzählt hatte und daß dieser an der Insel Tillangdschong das Raubschiff verlassen hatte, hielten wir es für besser, nach diesem Eiland zu dampfen anstatt nach Tjelatjap. Ta-ki kannte die Tigerbrücke, und wir konnten also von ihm erfahren, wo sie lag. Wie aber war es anzufangen, ihn zu bewegen, es uns zu verraten? Selbstverständlich hatte List viel mehr Aussicht auf Erfolg als Gewalt; aber welche List war anzuwenden? Wir sannen und sannen und kamen zu keinem Plan. Schon näherten wir uns dem Zehn-Grad-Kanal, welcher die Nikobaren von den Andamanen trennt, und noch waren wir auf keinen Gedanken gekommen, dessen Ausführung ein Gelingen verhieß.

„Hab es gewußt“, meinte der Lord. „Wollte ja gleich mit Euch wetten, daß wir von diesem Kerl auf Tillangdschong nichts erfahren werden. Keiner von uns imstande, eine pfiffige Idee zu finden. Und mit Prügeln holen wir auch nichts aus ihm heraus.“

„Allerdings nicht, nämlich wenn er ebenso verschwiegen ist wie seine Genossen, welche sich aufknüpfen ließen, ohne ein Wort zu sagen“, antwortete ich.

„Was also tun? Es wird nämlich Zeit. Es ist jetzt fast Mittag, und gegen Abend liegen wir vor Tillangdschong.“

„Es bleibt nichts übrig, als es dem Zufall zu überlassen. Mir fällt nichts ein.“

„Mir auch nicht. Mein Kopf ist so gedankenleer wie ein ausgetrunkener Flaschenkürbis. Und wenn ich bedenke, welche Schwierigkeiten uns die Sprache verursachen kann, so will die Hoffnung immer...“

„Die Sprache? Wieso?“ fiel ich ihm in die Rede. „Ta-ki ist Chinese.“

„Ihr wollt sagen, daß Ihr in seiner Muttersprache mit ihm reden könnt? Das weiß ich wohl! Aber denkt Ihr etwa, daß Ihr ihn nur aufzusuchen und vor ihn hinzutreten braucht, um ihn aushorchen zu können? Das bildet Euch ja nicht ein!“

„Diese Einbildung habe ich nicht. Er kann sich doch nicht allein auf der Insel befinden. Die Leute, welche dort wohnen, sind...“

„Wahrscheinlich Nikobaresen“, unterbrach er mich. „Versteht Ihr deren Sprache?“

„Hm! Sie sind ein Mischvolk von Malayen und Burmesen, und es ist möglich, daß ich da mit meinem bißchen Malayisch und Hindustani auskommen werde.“

„Das wäre gut, denn ich verstehe davon ebenso viel wie Ihr; aber vielleicht können wir uns da auf unsern Mahaba verlassen. Werde ihn einmal fragen.“

Mahaba war nämlich ein Bekannter unseres früheren Genossen Kaladi, auf dessen Hochzeit wir ihn kennengelernt hatten. Lange Jahre Matrose gewesen, hatte er das indische und chinesische Meer nach allen Richtungen befahren, kannte sämtliche indische Inseln und hatte sich einen Sprachschatz angeeignet, der uns allerdings zustatten kommen konnte. Der Lord hatte ihn kurz vor unserer Abfahrt von Ceylon an Kaladis Stelle engagiert und, ganz so wie ich, in ihm einen ebenso brauchbaren wie zuverlässigen Menschen kennengelernt, dem wir unser Vertrauen schenken konnten. Von Raffley befragt, erklärte der Singhalese, daß er die Insel Tillangdschong ziemlich genau kenne; mit etwas Malayisch und ebensoviel Hindustani komme man bei den wenigen Leuten, welche dort wohnten, recht gut aus.

Noch sprachen wir mit ihm, da richtete er sein Auge über Backbord hinüber auf einen Punkt der See, stieß einen Ruf des Erstaunens aus und sagte:

„Sahib, dort schwimmt etwas. Wenn ich mich nicht irre, so ist es ein Boot."

„Was für eins?" fragte der Lord.

„Ein Andamanenboot."

„Wird sich an einer Insel losgerissen haben."

„Nein. Der Bug steht südwärts auf uns; das wäre bei einem leeren Fahrzeug und dem jetzigen Wind nicht möglich. Es wird gerudert."

„Hm! Wollen einmal sehen!"

Raffley holte sein Fernrohr, sah nur kurze Zeit hindurch und erklärte dann:

„Es sind zwei schmale Boote, längsseits aneinander gebunden; drin sitzen Männer, welche rudern."

„Zwei Boote? Aneinander gebunden, Sahib?" fragte Mahaba in einem auffallenden Ton.

„Ja. Jetzt wenden sie. Sie scheinen von uns abkommen zu wollen."

„Laßt sie abkommen, laßt sie abkommen, Sahib! Sie gehen uns nichts an!"

„Warum nicht? Zwei zusammengebundene Boote auf hoher See, das ist auffällig. Habe große Lust, sie anzudampfen und anzureden."

„Laßt sie, Sahib, laßt sie!"

„Hm! Du scheinst dich ungeheuer für sie zu interessieren. Welchen Grund hat das?"

„Es sind arme Teufel, die um ihre Freiheit rudern."

„Verstehe dich nicht."

Ich verstand, was Mahaba meinte, und erklärte dem Englishman:

„Wahrscheinlich sind es flüchtige Deportierte."

„Ah! Wie? Was? Fliehende Verbrecher? Die kommen doch von den Andamanen!"

„Allerdings."

„Und scheinen nach den Nikobaren zu wollen!"

„Denke es auch."

„Dann sind es keine Flüchtlinge."

„Wieso?"

„Weil sie da aus dem Regen in die Traufe kämen. Auf den Nikobaren würde man sie ergreifen. Wer von den Andamanen flieht, der flieht nordwärts, dem Festland zu; das müßt Ihr doch auch sagen, Charley?"

„Nein."

„Nicht? Warum nicht?"

„Nordwärts durch die so belebten Preparis-Kanäle, das wäre für flüchtige Verbrecher ein höchst gefährlicher Weg. Günstiger ist es für solche Leute, über die Nikobaren hin die Nordspitze von Sumatra zu ereichen."

„Da werden sie auf den Nikobaren ergriffen!"

„Nein, wenn sie klug und vorsichtig sind. Beamte gibt es doch nur auf Kamorta. Wenn die Flüchtlinge diese Insel vermeiden, ist ihr Entkommen fast gewiß."

„Denkt Ihr? Hm! Ja, Ihr könnt recht haben. Flüchtige Verbrecher! Ich bin Englishman, und es ist meine Pflicht, auf diese Kerls zu fahnden. Meint Ihr nicht?"

„Ich habe kein persönliches Interesse dabei, meine aber auch, daß die Strafen für begangene Verbrechen nicht verhängt werden, um unausgeführt zu bleiben."

„Well; nehmen wir die Kerls also an Bord, wenn sie wirklich das sind, wofür wir sie halten!"

Auf seinen Befehl ließ der Steuermann die Jacht nach Backbord abfallen und hielt grad auf die Boote zu, deren Insassen die Ruder einzogen, als sie sahen, daß sie unmöglich entkommen konnten. In ihrer Nähe wurde gestoppt. Die Jacht ging noch zwei Schiffslängen bis ganz an die Boote heran und wurde dann nur noch von dem Wellengang bewegt. Wir sahen von oben in die Boote. Die zwei Ruderer saßen in dem einen und hatten, nur daß dasselbe nicht kentern könne, ein zweites daran gebunden. Ihre ganze Bekleidung bestand aus einer Art von Hemd, welches bis auf die Knöchel herabreichte und an den Ärmeln einige mir unbekannte Zeichen hatte.

„Ach, Verbrecherhemden!“ sagte der Lord. „Sogar Abteilung Viperinsel, wohin nur ganz gefährliche Kerle kommen. Werde mich ihrer freundlich annehmen.“

Er bog sich über die Reiling hinab und fragte die beiden, welche in ängstlicher Erwartung zu uns emporblickten, in englischer Sprache:

„Woher Kinder, heh?“

„Von Klein-Andaman“, antwortete der eine in derselben Sprache.

„Und wohin?“

„Nach Kamorta.“

„Welcher Zweck?“

„Besuch.“

„Bei wem?“

„Bei Verwandten, zu einem Begräbnis.“

„Schön, meine Kinder! Habt tüchtig arbeiten müssen bei diesem Seegang; sollt mit uns fahren. Wir gehen nämlich auch nach Kamorta. Steigt an Bord!“

„Das können wir nicht, Sahib.“

„Warum nicht?“

„Wir sind geringe Leute, die nicht zu so großen und vornehmen Maharadschas passen.“

„Tut nichts; das wird passend gemacht. Kommt nur, Kinder, kommt getrost herauf!“

Er sagte das in väterlich freundlicher Weise, und sein Gesicht strahlte dabei so vor Vergnügen, als ob es ihn ganz glücklich mache, zwei arme Menschen bei sich aufzunehmen. Trotzdem lautete die Antwort von unten herauf:

„Verzeiht, Sahib! Wir rudern gern und befürchten, Euch durch unsere einfache Gegenwart zu beleidigen.“

„Das befürchtet ja nicht, Kinder! Ihr würdet mich vielmehr beleidigen, wenn ihr nicht kämt. Ich bin ein Englishman, der für jede abgeschlagene Einladung eine Kugel gibt.“

Das klang schon etwas ernster. Sie sahen einander fragend an, und dann erklärte der bisherige Sprecher:

„Wir dürfen nicht, Sahib. Schont unsere Kaste!“

Da ließ der Lord seinen Klemmer auf die Nasenspitze vorrutschen und donnerte hinab:

„Eure Kaste schonen? Soll ich euch etwa für Braminen halten, denen mein Schiff nicht gut genug ist? Wenn ihr nicht augenblicklich an Bord kommt, gebe ich wieder Dampf und fahre euch und eure Nußschalen mitten auseinander! Also herauf mit euch!“

Sie wechselten einige leise Worte miteinander und dann hörten wir die Ausrede:

„Wir wollen ja gar nicht nach Kamorta; ich habe mich vorhin versprochen."

„Wohin denn?"

„Nach Tillangdschong."

Als ich diesen Namen hörte, rief ich an des Lords Stelle hinab:

„Zu wem? Wenn wir euch glauben sollen, so sagt die Wahrheit! Wir sind dort bekannt."

Erst nach einigem Zögern und Überlegen erhielt ich die Auskunft:

„Zu Ta-ki, dem Chinesen, dem vornehmsten Mann auf der ganzen Insel."

„Und der soll euer Verwandter sein? Ist er es etwa, der begraben werden soll?"

„Nein. Wir werden bei ihm wohnen, um uns nicht bei unsern toten Verwandten zu verunreinigen."

„Gut, so bringen wir euch nach Tillangdschong. Ihr seid nun einmal eingeladen; da ist nichts zu ändern. Also herauf mit euch, wenn ihr nicht überfahren sein wollt!"

Da die Jacht kein Kriegsschiff war, hatten sie wahrscheinlich geglaubt, die Sträflingskleidung sei uns unbekannt und wir würden sie fortlassen; jetzt aber sahen sie ein, daß sie sich fügen mußten, zumal unsere Leute ihre Gewehre geholt hatten und damit drohten. Sie verließen also ihre Boote, in denen wir einen Vorrat von Kokosnüssen erblickten, die auf der Flucht ihren einzigen Proviant gebildet hatten. Da sahen wir, daß dem einen eine eiserne Kette an den beiden Fußknöcheln hing; er war also jedenfalls ein renitenter Bösewicht. Angesichts dieses Schmuckstückes konnten sie nicht leugnen, wer und was sie waren. Waffen hatten sie nicht; sie ergaben sich ohne Widerstand in ihr Schicksal; ihre Boote wurden an das Schlepptau genommen, und dann dampften wir weiter.

„Sonderbar, daß sie nach Tillangdschong wollen!" meinte Raffley zu mir.

„Und zwar zu dem Chinesen!" stimmte ich bei.

„Das ist wirklich auffällig. Nicht?"

„Ja, es läßt sich daran ein Gedankengang knüpfen, den ich nicht von mir weisen möchte."

„Welcher, Charley?"

„Sie kennen ihn; er ist ein Verbrecher, und sie sind nichts anderes. Sie suchen bei ihm Unterstützung und Fortkommen; wahrscheinlich gehen sie unter die Seeräuber. Sollte es sein Geschäft sein, flüchtige Verbrecher für seine Dschunken zu engagieren?"

„Leicht möglich, denn diesen Kerls ist es ganz gleichgültig, was sie dann werden, wenn sie nur die verlorene Freiheit wiedererhalten."

„Wenn das so ist, dann muß der Chinese in der Verbrecherkolonie als derjenige bekannt sein, an den man sich im Fall einer Flucht zu wenden hat."

„Wahrscheinlich. Werde gleich einmal danach fragen."

„Halt! Wo wollt Ihr hin?" erkundigte ich mich, indem ich ihn zurückhielt, als er sich schnell entfernen wollte.

„Natürlich zu den Gefangenen", antwortete er.

„Um diese Frage an sie zu richten?"

„Ja."

„Das tun wir nicht!"

„Warum nicht?"

„Es würde ein Fehler sein, denn sie würden Euch doch keine Aufklärung geben."

„Oho! Ich laß sie hauen, bis sie sprechen!"

„Warum eine solche Grausamkeit, wenn wir auf eine leichtere und humanere Weise unsern Zweck erreichen können? Man prügelt doch selbst solche Leute nicht gern."

„Würde ihnen aber gar nichts schaden. Welche humanere Weise meint Ihr denn, Charley?"

„Ich belausche sie."

„Pshaw! Anschleichen und belauschen, das tut Ihr doch gar zu gern! Bedenkt doch, daß Ihr Euch hier weder im Urwald noch auf der Prärie befindet!"

„Was tut das? Kann man nicht auch hier lauschen?"

„Well; aber man erfährt nichts dabei."

„Man erfährt alles, was man will!"

„Möchte wissen, wie Ihr das anfangen wollt!"

„Sehr einfach. Seht die beiden Kerls dort beim Schornstein! Sie möchten natürlich herzlich gern über das, was jetzt geschehen ist und was ihnen bevorsteht, miteinander sprechen. Meint Ihr nicht, Sir?"

„Natürlich! Man sieht es ja deutlich, daß es ihnen das Herz abdrückt."

„Sie können aber nicht heimlich sprechen, weil Mahaba als Wache bei ihnen steht. Er hat zwar vorhin, als er die Boote sah, Mitleid verraten; nun sie aber unsere Gefangenen sind, gibt er sicher ganz genau acht auf sie. Laßt sie also hinunter in den Raum schaffen und dort anbinden; dort werden sie, wenn sie allein sind, sofort miteinander reden."

„Das steht allerdings zu erwarten. Und da, wenn sie sprechen, wollt Ihr sie belauschen?“

„Ja.“

„Würde es nicht besser sein, Mahada zu diesem Zweck hinunter zu schicken?“

„Ihr meint, er versteht sie besser als ich?“

„Das denke ich.“

„Ich zwar auch; aber dieser Vorteil würde wahrscheinlich mit einem Nachteil verbunden sein.“

„Mit welchem?“

„Es handelt sich nicht nur darum, sie richtig zu verstehen, sondern man muß auch kombinieren können; das heißt, man muß aus dem, was man hört, sofort die richtigen Schlüsse zu ziehen verstehen.“

„Hm! Yes! Und dazu wird Mahaba wohl das nötige Geschick nicht besitzen. Es ist also besser, Ihr steigt selbst hinunter. Aber wohin, Charley?“

„Laßt sie hinter den Tanks anbinden. Ich steige, ohne daß sie es bemerken, vorher hinab und verstecke mich zwischen den Behältern. Es versteht sich da ganz von selbst, daß kein Licht bei ihnen gelassen wird.“

„Well, so mag es geschehen. Macht Euch also hinunter; wir werden gleich nachkommen. Bin wirklich neugierig, ob es Euch gelingt, etwas zu erfahren.“

Die beiden Gefangenen standen in der Nähe des Schornsteins und beobachteten uns. Der Lord ging zu ihnen und unterzog sie einem scheinbaren Verhör, wodurch er ihre Aufmerksamkeit von mir ab- und auf sich lenkte. Dabei stellte er sich so, daß sie ihre Stellung ändern und mir den Rücken zukehren mußten. Dadurch bekam ich die Gelegenheit, in der nächsten Luke zu verschwinden, ohne daß dies von ihnen bemerkt wurde.

Ich stieg zu den Tanks hinab, wie die großen Trinkwasserbehälter genannt werden, legte mich da nieder und schob mich zwischen zwei derselben so hinein, daß mich die Flüchtlinge, wenn sie gebracht wurden, nicht sehen konnten. Nach wenigen Minuten kamen sie, von einigen Matrosen geführt; der Lord war dabei. Bei den Tanks angekommen, ließ er sie streng fesseln und anbinden und kehrte dann mit den Matrosen nach oben zurück. Es war völlig dunkel um mich her. Noch während die Treppenstufen unter den Schweren Schritten der Matrosen knarrten, und ich also nicht gehört werden konnte, schob ich mich weiter und weiter vor, bis mein Kopf den Gefangenen so nahe lag, daß ich sie selbst für den Fall, daß sie leise sprachen, verstehen konnte. Die Hauptfrage war freilich, welcher Sprache sie sich bedienen würden.

In dieser Beziehung war mir das Glück günstig, denn sie unterhielten sich in jenem Kaskarenmischmasch, den dort jeder Seemann kennt und der mit der Lingua franca der Mittelmeerhäfen zu vergleichen ist. Ich verstand fast jedes Wort, welches ich hörte.

„Ob wir wohl allein hier sind?" fragte der eine leise.

„Es ist niemand da", antwortete der andere lauter.

„Weißt du das gewiß?"

„Ja. Ich habe in alle Ecken geschaut, während das Licht hier brannte."

„Ich auch, und niemand war zu sehen außer denen, die uns herunterbrachten und wieder hinaufgegangen sind."

„Wir können also reden; es hört uns kein Mensch."

„Was nützt uns das? Vom Reden werden wir nicht frei."

„Nein; aber wir können doch darüber sprechen, ob es nicht einen Weg zur Freiheit gibt."

„Es gibt keinen; wir sind verloren."

„Ich habe noch Hoffnung!"

„Wirklich?" erklang die schnelle Frage.

„Ja. Diese englischen Hunde schaffen uns sicher nach Kamorta, um uns dort abzuliefern. Wahrscheinlich kommen wir dort an, wenn es schon dunkel geworden ist; da springen wir über Bord und retten uns durch Schwimmen."

„Schwimmen? In diesen Fesseln?"

„Fesseln!" sagte der vorige mit einem verächtlich zischenden Lachen. „Ja, wenn sie von Eisen wären! Aber es sind Riemen, und du kennst meine Zähne. Ich zernage die deinigen, und dann knüpfest du micht los."

„Ja, das geht, das geht, das geht! Wir springen dann über Bord! Aber… ", fügte er in viel weniger zuversichtlichem Ton zu „wir haben die Kette an meinen Füßen vergessen; die hindert mich im Schwimmen."

„Ich helfe dir. Wir kommen in der Dunkelheit ganz gewiß an das Ufer, wo wir Kähne finden, soviel wir wollen; dann rudern wir in der Nacht nach Tillangdschong. Erreichen wir diese Insel glücklich, so sind wir geborgen, denn Ta-ki wird uns so gut verstecken, daß und kein Verfolger finden kann."

„Hat er wirklich so gute Verstecke?"

„Ja. Es ist noch nie ein Flüchtling auf Tillangdschong entdeckt worden."

„Und dann. Was geschieht dann mit uns?"

„Das habe ich dir ja bereits gesagt. Wir gehen unter die Seeräuber."

„Wird man uns aufnehmen?"

„Unbedingt."

„Aber ich verstehe vom Seewesen nichts."

„Das schadet nichts; das lernt sich alles. Ta-ki rettet überhaupt keinen Flüchtling, als nur unter der Bedingung, daß er unter die Räuber geht. Oder graut es dir etwa davor?"

„Unsinn! Meine Freiheit will ich haben; für sie tue ich alles, was von mir verlangt wird. Aber weißt du auch gewiß, wo man Ta-ki auf der Insel trifft?"

„Ja, bei den drei verschiedenen Masten. Die Bewohner der Nikobaren pflegen nämlich jede Stelle, wo gelandet werden kann, mit hohen Bambusmasten zu bezeichnen, an deren Spitzen Büschel von getrockneten Kokospalmenwedeln angebracht sind. Diese Masten sind wohl an Zahl, selten aber in Beziehung auf die Höhe verschieden. Davon hat Ta-ki eine Ausnahme gemacht, damit seine Landstelle leichter erkannt werden möge. Sie liegt auf der Ostseite von Tillangdschong, rudert man an derselben hin und sieht drei Masten von verschiedener Höhe zwischen den Korallen stehen, so ist das der Ort, an dem man landen muß. Jetzt aber wollen wir nicht mehr sprechen, sondern handeln. Die Riemen sind fest, und ehe man sie durchbeißen kann, müssen Stunden vergehen."

Aus diesen Worten schloß ich, daß nun nichts mehr zu erfahren war, und zog mich langsam und leise zwischen den Tanks zurück. Dann schlich ich mich zur Treppe und kroch diese so vorsichtig hinauf, daß auch nicht das geringste Knarren zu hören war. Als Raffley mich sah, kam er mir schnell und neugierig entgegen und fragte:

„Nun, wie ist's gegangen? Habt Ihr Glück gehabt und etwas gehört?"

„Ja."

„Was?"

„Sagt vorerst einmal, Sir John; habt Ihr eiserne Fesseln?"

„Yes. Man ist unterwegs zuweilen gezwungen, mit dem Personal zu wechseln, und die Kerls, welche man hier in diesen Gegenden bekommt, taugen meist nichts. Jeder Kapitän, der sich mit Laskaren abgeben muß, hat eisernes Schließzeug bei sich."

„So fesselt die beiden Gefangenen mit Eisen. Sie wollen ihre Riemen zerbeißen."

„Ah! Diese Sorte hat allerdings die richtigen Dolchzähne. Werde ihnen aber etwas umbinden, was sie wohl nicht zerbeißen können."

Als die eisernen Hand- und Fußringe gebracht wurden, nahm Quimbo sie schnell an sich und sagte mit einem Lachen, welches von dem rechten Ohre bis zum linken ging:

„Geb' Eisen an gut', schön', tapfer Quimbo! Quimbo will mach' so fest Eisen, daß Räuber beiß aus all' Zähne und doch nicht werd frei."

Als wir ankamen, um die ledernen Rilemen mit den metallenen Fesseln zu vertauschen, blitzten uns die beiden Kerls aus glühenden Augen wütend an. Ich hielt ihnen den schon halb durchnagten Riemen hin und sagte zu dem, der sich seiner Zähne gerühmt hatte:

„Ich kenne deine Zähne, und ich kenne auch eure Gedanken und Absichten. Ihr wolltet heut abend in die See springen."

„Das ist Lüge! Das kann uns nicht einfallen!" rief der eine mir zornig zu.

„O, es ist euch sogar noch mehr eingefallen. Ihr wolltet in Kamorta an das Land schwimmen und ein Boot stehlen, um nach Tillangdschong zu fahren."

„Zu wem?" hohnlachte er.

„Zu Ta-ki."

„Das sagst du, weil du weißt, daß wir von ihm gesprochen haben!"

„Nein, sondern weil ich weiß, daß er euch helfen soll, unter die Seeräuber zu gehen. Wir werden euch in Kamorta abliefern; vorher aber werdet ihr die Güte haben, mir eure Hemden zu borgen."

Sie schwiegen; dafür fragte mich der Lord erstaunt:

„Diese Hemden borgen? Redet Ihr im Ernst?"

„Ja."

„Für wen denn?"

„Für mich und Mahaba."

„Wollt Ihr sie etwa anziehen?"

„Ja."

„Ihr redet irre, Charley!"

„O, ich habe im Gegenteil alle meine Sinne und Gedanken sehr gut beisammen."

„Das muß ich außerordentlich bezweifeln. Welcher Gentleman zieht solche Hemden... brrrrrr!"

„Derjenige Gentleman, welcher die Absicht hegt, einen gewissen Ta-ki zu fangen."

Da ließ er den Klemmer vor auf die Nasenspitze rutschen, starrte mir über die Gläser hinweg in das Gesicht und wiederholte langsam:

„Einen... gewissen... Ta-ki... zu... fangen! Es ist wirklich Euer Ernst?“

„Yes!“

„So sagt mir um des Himmels willen, was diese vor Schmutz und Ungeziefer starrenden Hemden dabei zu tun haben? Es ist ja geradezu ein Selbstmord...“

„Abwarten!“ fiel ich ihm in die Rede. „Hier ist nicht der Ort, davon zu sprechen. Gehen wir aufs Deck oder in Eure Kajüte, Sir!“

„Well! Soll mich verlangen, was Ihr wieder einmal für eine bunte Raupe im Kopfe habt!“

Wir stiegen nach der Kajüte empor. Natürlich durfte ich die Hemden da nicht mit hineinnehmen; ich überließ sie vielmehr Quimbo, indem ich ihm erklärte, wie er sie zu reinigen hatte. Der Lord warf sich auf einen Stuhl, legte die Beine übereinander und fragte mich:

„Charley. wollen wir wetten?“

„Worüber?“

„Daß das, was Ihr jetzt vorhabt, eine riesenhafte Dummheit ist.“

„Ich wette nicht mit.“

„Warum nicht?“

„Weil ich die Überzeugung habe, daß Ihr verlieren würdet, und wo diese Überzeugung da ist, da hört die Wette auf, Wette zu sein.“

„Unsinn! Wette hört nie auf, Wette zu sein. Ihr seid aber einmal so ein unverbesserlicher Querkopf, der sich nie dazu verstehen will, völlig gentlemanlike zu sein. Sagt mir doch einmal um aller Welt willen, was habt Ihr denn eigentlich mit diesen Hemden vor?“

„Anziehen wollen wir sie.“

„Also wirklich — wirklich?“

„Yes.“

„Da hört aber doch alles auf! Und diese Tollheit soll auf Ta-ki Bezug haben?“

„Yes.“

„Inwiefern denn?“

„Sagt mir vorher, Sir, ob Ihr vielleicht alte Korkstöpsel habt?“

Er machte eins seiner dümmsten Gesichter und fragte:

„Korkstöpsel? Habe ich recht gehört?“

„Sehr richtig!“

„Aber wozu wollt Ihr sie? Korkstöpsel und alte Züchtlingshemden! Ich werde ganz irr an Euch!“

„Es handelt sich um eine Art von Maskerade. Die Korkstöpsel sollen angebrannt oder vielmehr angeräuchert werden, damit ich mir mit ihnen die Haut einreiben kann."

„Die Haut einreiben? Haut einreiben! Mit angeräucherten Korkstöpseln! Es wird wirklich immer toller! Seid Ihr denn so unzufrieden mit Eurer bisherigen Haut?"

„Das nicht; aber wenn ich nichts trage als das Züchtlingshemd, so kommen doch zuweilen die Arme, die Unterschenkel, auch die Brust zum Vorscheine, und da versteht es sich ganz von selbst, daß ich diese Körperteile dunkel färben muß."

„Dunkel färben! Wozu denn aber?"

„Damit Ta-ki nicht sieht, daß ich ein Europäer bin. Meine weiße Haut würde das verraten."

„Hm! Die Finsternis beginnt, sich zu lichten. Ihr wollt zu Ta-ki?"

„Ja."

„Nach Tillangdschong?"

„Ja."

„An Stelle der beiden Gefangenen?"

„Ja."

„Euch für einen entflohenen Verbrecher ausgeben?"

„Ja."

„Um ihn auszuhorchen?"

„Ja."

Da stampfte er wütend mit dem Fuß und schrie mich an:

„Ja, ja, ja, und immer wieder nur ja! Sprecht Euch doch deutlicher und ausführlicher aus! Wie kommt Ihr denn auf die sonderbare und dabei höchst gefähliche Idee, diesen Ta-ki in der Gestalt eines flüchtigen Deportierten aufzusuchen?"

Ich erzählte ihm, was ich unten erlauscht hatte.

„Hm!" brummte er. „Daraus folgt noch gar nicht, daß Ihr Euch in eine so augenscheinliche Lebensgefahr begeben müßt."

„Es ist gar keine Gefahr dabei."

„Das versteht Ihr nicht!"

„Ah! Wirklich?"

„Oder Ihr achtet es nicht", lenkte er ein. „Ihr seid ebenso ein Hallodri, dem es gar nicht gefällt, wenn es nicht so ein bißchen um die Gesundheit und um das Leben geht. Ich begreife nicht, warum grad dieses Wagnis notwendig sein soll."

„Desto besser begreife ich es."

„Das ist Einbildung. Ich will Euch sagen, wie es gemacht wird, und wenn Ihr micht angehört habt, werdet Ihr mir recht geben."

„Nun, wie?"
„Wir dampfen nach Tillangdschong..."
„Well!"
„Ankern da, wo drei veschiedene Bambusmasten zu sehen sind..."
„Well!"
„Gehen da an Land..."
„Well!"
„Suchen diesen Ta-ki auf..."
„Well!"
„Schweigt mit Eurem impertinenten Well! Ihr wollt Euch über mich lustig machen, und das dulde ich nicht!"
„Fällt mir gar nicht ein", lächelte ich.
„O, Euch kennt man schon! Also wir suchen diesen Ta-ki auf und zwingen ihn, uns zu sagen, wo die Tigerbrücke zu suchen ist."
„Wie wollt Ihr ihn zwingen?"
„Erst versuche ich es in Güte, und wenn das nicht hilft, so bekommt er Prügel."
„Hm! hm!"
„Was sind das für zwei Hms? Soll das heißen, daß Ihr nicht einverstanden seid?"
„Ja!"
„Warum nicht?"
„Habt Ihr nicht schon wiederholt gesagt, selbst heut noch, daß aus diesem Chinesen nichts herauszubringen sein wird? Habt Ihr nicht sogar wetten wollen?"
„Hm! Das ist richtig. Hm!"
„Ja, nun hmt Ihr selber, Sir John. Wenn wir es so machen, wie Ihr wollt, erfahren wir nicht das Geringste von diesem Menschen."
„Wenn Ihr aber Euern Plan ausführt, so...?"
„So bin ich überzeugt, daß er sich auf das glanzvollste übertölpeln läßt."
„Wäre freilich nicht übel, gar nicht übel!"
„Denke es auch."
„Aber die Gefahr?"
„Ich sage ja, daß gar keine Gefahr dabei ist."
„Oho! Wenn er Euch nun durchschaut?"
„Da müßte ich die Sache sehr dumm anfangen."
„Das ist nichts gesagt; man kann so klug sein wie nur möglich und doch von dem geringsten Zufall über den Haufen geworfen werden."

„Wenn man sich werfen läßt! Wer eben klug handelt, der zieht den Zufall auch mit in Berechnung."

„Mag sein. Ihr habt in solchen Pfiffigkeiten mehr Erfahrung und Übung als ich. Aber ich bleibe dennoch bei meiner Warnung: Wenn er Euch durchschaut, so seid Ihr verloren."

„Oho!"

„Ihr habt ja gehört, was für ein Riese er ist!"

„Und Ihr habt darauf selbst gesagt, daß körperliche Hünen oft gar keinen Mut haben."

„Da kommt Ihr mir schon wieder in die Quere! Wenn Ihr Euch etwas eingebildet habt, so bringen Euch zehn Pferde nicht von der Stelle. Ich werde Euch sehr wahrscheinlich noch einmal als Leiche kennenlernen. Dann nehmt es mir aber nicht übel, wenn ich meine Hände in Unschuld wasche. Jetzt gehe ich. Ich will mir die Sache noch überlegen."

Er entfernte sich ärgerlich, und ich konnte ihm nicht bös darüber sein; es war ja doch dur die Zuneigung, die Liebe zu mir, die aus ihm sprach. Er war besorgt um mich und wollte nicht haben, daß ich mich in Gefahr begab.

Als ich an Deck kam, sah ich ihn da mit langen Schritten hin und her gehen. Das tat er wohl eine Stunde lang, ohne mich zu beachten; dann stand er plötzlich vor mir, legte mir die Hand auf die Schulter und sagte:

„Charley!"

„Sir John!"

„Glaubt Ihr wirklich, daß Ihr's übersteht?"

„Was?"

„Die Maskerade mit dem Gefängnishemd?"

„Ja."

„Quimbo hat die Gewänder erst übers Feuer gehalten und dann in kochendes Wasser gesteckt; anziehen also könntet Ihr sie; aber der Chinese — der Chinese!"

„Der macht mir gar nicht bange."

„Und Mahaba soll mit?"

„Ja."

„Das macht mir das Herz leichter, denn er ist ein zuverlässiger Kerl. So folgt also Eurem Kopf; ich will nichts dagegen haben. Aber wehe dem Chinesen, wenn er Euch nur ein einziges Haar krümmt! Ich reiß ihn in Stücke! Welche Gelegenheit wollt Ihr denn benutzen?"

„Die beiden Boote der Flüchtlinge."

„Well; das ist das beste. Wann?"

„Morgen früh, sobald es Tag wird."
„Wo bleiben wir da heut?"
„Auf Kamorta."
„Wo wir die Flüchtlinge abgeben?"
„Ja."
„Da müssen wir auch ihre Hemden hergeben."
„Der Beamte wird sie uns lassen, wenn er erfährt, wozu wir sie brauchen."
„Hm! Da befürchte ich noch etwas anderes."
„Was?"
„Daß dieser Mann Euch einen Strich durch die Rechnung macht."
„Wieso?"
„Er geht vor uns und selbst nach Tillangdschong, um Ta-ki wegen Beihilfe zur Flucht zu verhaften."
„Wenn er das je wollt, würde ich es ihm sehr leicht ausreden. Er wird es viel lieber sehen, daß wir den Chinesen festnehmen und er sich also gar nicht in Gefahr zu begeben braucht."
„Wie? Ihr meint, daß wir Ta-ki festnehmen?"
„Ja."
„Das ist ja gar nicht nötig, wenn Ihr ihn mit List ausholen wollt!"
„Aber wir müssen ihn doch unschädlich machen!"
„Warum? Wenn er uns gesagt hat, wo die Tigerbrücke zu finden ist, kann er uns doch nicht mehr schaden."
„Sogar sehr!"
„Wieso?"
„Nehmen wir an, er sagt mir alles; dann plötzlich verschwinde ich auf Euer Schiff; muß er da nicht einsehen, daß ich ihn betrogen habe?"
„Natürlich."
„Wird er da nicht alles mögliche tun, unsere Absichten zu vereiteln?"
„Das kann er nicht."
„Wirklich nicht?"
„Nein. Was will er tun, was will er anfangen? Kann er uns nachsegeln oder gar nachdampfen? Kann er uns überholen, um die Bewohner der Tigerbrücke zu warnen?"
„Das wohl schwerlich; aber wir kennen die Verhältnisse nicht. Diese Bande hat sich jedenfalls mit Vorsichtsmaßregeln und Heimlichkeiten so umgeben, daß man niemals sagen kann, ob irgend etwas möglich sei oder nicht. Nein, Ta-ki muß unschädlich gemacht werden."
„Wodurch?"

„Dadurch, daß wir ihn entweder als Gefangenen hier an Bord behalten oder ihn dem Verwalter von Kamorta übergeben."

„Was haltet Ihr für besser?"

„Das letzter."

„Well, so werden wir es tun. Also braucht Ihr wohl meine Jacht gar nicht?"

„Sogar sehr. Ich rudere mit Mahaba früh nach Tillangdschong hinüber, und Ihr kommt nach einigen Stunden nach."

„Wohin?"

„Nach der Ostküste, wo Ihr drei veschiedenen hohe Bambusmasten stehen seht."

„Sollen wir Anker werfen?"

„Ja."

„Und an Land kommen?"

„Nein."

„Aber ich denke, wir wollen den Chinesen fangen!"

„Allerdings."

„Wie sollen wir das fertigbringen, wenn wir an Bord bleiben?"

„Nichts leichter als das, denn ich bringe ihn an Bord."

„Was? Wie? Ihr wollt ihn bringen?"

„Ja."

„Das ist ja unmöglich!"

„Ich mache es!"

„So wäre es ein Meisterstück!"

„Wenn jedes Meisterstück so wenig erforderte wie dies, so wäre es außerordentlich leicht, Meister zu werden. Kurz und gut, ich bringe ihn an bord, und wir dampfen mit ihm ab, um ihn in Kamorta der strafenden Hand zu übergeben."

„Wenn alles so glatt und so gut geht, wie Ihr es jetzt denkt, so will ich es loben. Also alte Flaschenkorke gibt es. Wann soll die Malerei beginnen?"

„Das hat Zeit bis gegen Abend; die Kette lege ich erst morgen früh an."

„Welche Kette?"

„Die der eine Gefangene an den Füßen trägt."

„All devils! Die wollt Ihr Euch doch nicht etwa an die Beine hängen?"

„Warum nicht?"

„Ihr seid doch kein Spitzbube, Dieb und Einbrecher?"

„Man soll mich aber für einen halten. Ihr könnt Euch darauf verlassen, daß der Chinese mir leichter Vertrauen schenkt, wenn ich mit dieser Kette vor ihn hintrete."

„Will's glauben. Macht, was Ihr wollt; ich habe nichts dagegen, wenn man Euch für einen Hauptzuchthäusler hält."

Damit war die Sache für ihn abgemacht. Nun nahm ich Mahaba vor und freute mich über die Bereitwilligkeit, mit welcher er auf meinen Wunsch, mich zu begleiten, einging. Ich instruierte ihn, soweit dies möglich war, da ich ja selbst noch nicht wußte, wie alles kommen werde, und war überzeugt, in ihm einen Kameraden zu haben, auf den ich mich verlassen konnte.

Es war noch nicht Abend, als wir Kamorta vor uns liegen sahen, eine hügelige Insel, welche mit der üppigsten Vegetation bedeckt und von Korallenriffen umgeben war, durch welche die Annäherung sehr erschwert wurde. Als wir in den Hafen dampften, umgab uns tiefe Stille, ganz im Gegensatz zu dem regen, südlichen Leben, welches in den anderen Häfen des indischen Ozeans herrscht. Am Land sahen wir einige runde, kugelförmig bedachte Pfahlhütten der Nikobaresen liegen, und dann erblickten wir einige Häuser der Strafkolonie. Einige Gruppen von Neugierigen standen fern am Ufer, dem wir uns nicht nähern konnten, denn es war die Zeit der Ebbe, und die See hatte ihre Wasser so weit zurückgezogen, daß uns ein breiter Schlick- und Schlammgürtel von der Küste trennte.

Wir warfen Anker und sahen Leute, welche durch den tiefen Schlick gestiegen kamen, indem sie ein leichtes Boot und einen Mann trugen. Als sie das Wasser erreichten, ließen sie das Boot nieder, setzten den Mann hinein, stiegen ihm nach und kamen auf uns zugerudert. Dieser Mann kam an Bord; er war ein Europäer, ein Engländer, der Kommandant der hiesigen Strafkolonie, welcher sich nach unserm Gesundheitszustand erkundigen und erfahren wollte, wie lange wir hierzubleiben beabsichtigten. Seine Ruderer waren Strafkolonisten. Als er hörte, daß sich kein Kranker unter uns befand, erteilte er uns die Erlaubnis, an das Land zu gehen, und war enttäuscht, als wir darauf verzichteten. Er hätte uns sehr gern gastlich bei sich aufgenommen; wir aber wußten, daß uns eine einzige Nacht am Land das Nikobarenfieber bringen konnte, und so zogen wir vor, an Bord zu bleiben.

Natürlich aber erfuhr er, welcher Zweck uns hergeführt hatte, und war augenblicklich bereit, die beiden Gefangenen von Bord holen zu lassen. Als wir uns erkundigten, ob er einen Chinesen Namens Ta-ki kenne, antwortete er:

„Natürlich kenne ich ihn. Er wohnt auf Tillangdschong und ist der einzige Händler, der sich auf den Nikobaren niedergelassen hat. Indem er uns mit Gegenständen versorgt, welche wir hier sonst nicht bekommen würden. haben wir ihm manche Erleichterung zu verdanken."

„Ist er ein ehrlicher Mann?" fragte ich.

Unbedingt, soweit man nämlich bei einem chinesischen Händler von Ehrlichkeit sprechen kann."

„An welcher Stelle der Insel wohnt er?"

„An der Nordwestspitze. Wenn man sich dieser Spitze nähert, sieht man seine Hütten schon von fern."

„An der Ostküste hat er keine Hütte?"

„Nein. Da gibt es nur einen einzigen, kleinen Pfahlbau, der einem alten Eingeborenen gehört."

„Stehen drei Masten von verschiedener Größe da?"

„Ja. Ich höre, daß Ihr diese Hütte kennt?"

„Allerdings."

„So seid Ihr früher schon einmal hiergewesen?"

„Nein. Ich kenne die Örtlichkeit durch die Beschreibung, welche mir die beiden Gefangenen ohne ihre Absicht geliefert haben. Euer Chinese ist nämlich kein ehrlicher Mann, wie Ihr meint, Sir, sondern ein Schuft, der Euch an der Nase führt."

„Das ist ein Irrtum, Sir!"

„Nein. Ich kann es Euch beweisen."

Erst jetzt teilte ich ihm mit, welches Gewerbe Ta-ki eigentlich trieb. Der Beamte hörte mir erstaunt zu, schenkte mir aber Glauben und wollte in übermäßigem Eifer sofort mit einigen Booten voll Sepoys*) nach Tillangdschong rudern, um den Chinesen festzunehmen. Wir rieten natürlich ab, indem wir erklärten, daß wir diese Arbeit für ihn unternehmen und ihm Ta-ki ausliefern würden. Er war sofort damit einverstanden, denn das Ergreifen eines kühnen Seeräubers ist immerhin eine gefähliche Sache, bei der man leicht zu Schaden kommen kann und die man daher gern anderern überläßt, die sich dazu melden.

Er ließ sich wieder nach dem Land zurückrudern und schickte dann ein größeres Boot, welches uns köstliche Früchte brachte und dafür die Gefangenen von uns ausgeliefert bekam. Von diesen Früchten waren uns die Kokusnüsse wegen ihrer Milch am liebsten, doch gehört eine gewisse Geschicklichkeit dazu, sie zu öffnen, ohne die Milch zu verschütten. Man bedient sich hier dazu eines schweren, aus Birma stammenden Eisenmessers, Tahu genannt. Der Ungübte zerschälgt die Nuß gar zu leicht und ver-

* Soldaten.

spritzt den köstlichen Saft dabei; der Geschickte aber entfernt mit kecken Schlägen die Spitze ohne die Hülle der Innenhöhle. Ist diese Höhle, das ölhaltige Mark der Nüsse, freigelegt, dann macht er darin ein Loch und ist nun leicht imstande, die Nuß auszutrinken.

Als es Abend geworden war, ging ich daran, mich an Armen, Beinen und der Brust mit angeräuchertem Kork färben zu lassen; ich hatte mich für diesen Farbstoff entschieden, weil jeder andere nicht so leicht wieder weggegangen wäre. Dieses Geschäft besorgte mein tapferer Quimbo mit großem Vergnügen und noch größerer Hingebung. Es war wirklich eine Wonne, zuzuschauen, wie er im Schweiße seines Angesichts rieb und arbeitete, und welch außerordentliche Gesichter er dabei schnitt.

Seine Züge wurden verklärter und immer verklärter; schließlich bearbeitete er mir auch noch das Gesicht, obgleich dies sonnenverbrannt genug war, sprang dann auf, trat einige Schritte zurück, um mich, wie ein maler sein Meisterwerk, zu betrachten, und rief dann wonnevoll jubilierend:

„O, wie schön bin gut', brav Deutschland worden, wie schön, wie schön! Bin worden beinah so schön wie Quimbo und Basutokaffer!"

„Wirklich so schön?" fragte ich, über diese großartige Schmeichelei entzückt.

„Ja, so schön! Gut', tapfer Quimbo bin nur ein ganz klein wenig mehr schön, weil Farbe fest auf Haut; bei Mynheer Deutschland aber nicht so fest; Quimbo kann nicht wisch' wieder fort. O, wenn gut' Deutschland jetzt bin wär in Land, wo wohn' Basutokaffer!"

„Warum?"

„Mynheer Deutschland bin so schön, daß bekomm gleich ein, zwei, fünf, zehn Basutofrau! Und wer hab Deutschland mach so schön?"

„Du, nur du allein hast das gekonnt, lieber Quimbo."

„Ja", rief er stolz aus, „schön', gut', tapfer Quimbo bin es wesen, der mach aus Mynheer Deutschland ein so wunderbar Basutokaffer. O, Quimbo bin klug; Quimbo hab Geschick und Talent; Quimbo sein eben Quimbo, und nichts geh über Quimbo!"

Die Wonne, welche er empfand, erlitt nur eine Einbuße durch den Gedanken, daß er es nicht war, der mich begleiten sollte; er wäre gar zu gern mit mir nach Tillangdschong gefahren, aber einesteils war Mahaba überhaupt geeigneter dazu, und andernteils durfte ich gar nicht daran denken, den Kaffer mitzunehmen, weil der Chinese ihn ja kannte, da sie sich beide auf der Seeräuberdschunke befunden hatten.

Der nächste Morgen begann zu grauen, als die Jacht die Anker lichtete, um den Hafen von Kamorta zu verlassen und die hohe See zu gewinnen. Mit den beiden zusammengebundenen Andamanbooten von dem Hafen aus den Weg nach der Ostküste von Tillangdschong zu machen, wäre für mich und Mahaba zu beschwerlich gewesen. Wozu diese unnötige Anstrengung, wenn wir es leichter haben konnten? Wir dampften also nach Nordwesten, und erst als wir in die Strömung von Batti Malve kamen, sprangen wir in die Boote hinab, deren Tau gelöst wurde.

„Good result!" rief der Lord uns zu; dann ruderten wir mit der Strömung südöstlich davon.

Da wir von dem Beamten gehört hatten, daß die eigentliche Besitzung des Chinesen auf der Nordwestspitze von Tillangdschong lag, war unser ursprünglicher Plan geändert worden. Die Jacht sollte uns nämlich nicht direkt nach der Ostküste folgen und dort bei den drei Masten Anker werfen; das hätte Ta-ki auffallen müssen, sondern sie sollte an der erwähnten Spitze anlegen, scheinbar um mit dem Chinesen ein Geschäft zu machen, vorher jedoch einmal rund um die Insel dampfen und nach mir und Mahaba ausschauen. Nur in dem Fall, daß wir durch die Fernrohre bei den drei Masten erblickt würden, sollte der Lord dort beidrehen oder Anker werfen.

Die Strömung führte uns so schnell in der beabsichtigten Richtung fort, daß wir fast gar nicht zu rudern brauchten. Ich verwendete meinen Riemen als Steuer. Mahaba betrachtete mich dabei lächelnd und sagte:

„Sahib, Ihr seid ein echter Singhalese geworden; dazu die Kette an den Füßen, der Chinese wird keinen Augengblick daran zweifeln, daß wir flüchtige Verbrecher sind."

„Kein Singhalese, sondern ein arabischer Seemann bin ich, wie wir besprochen haben; das vergiß ja nicht!"

Nach kaum einer Stunde kam uns die Nordwestspitze von Tillangdschong zu Gesicht; wir sahen die Hütten liegen und trieben vorüber. Am Ufer standen einige Menschen, welche uns bemerkten; sie beobachteten uns kurze Zeit, und dann rannte einer fort; er schien ein Mensch von ungewöhnlicher Höhe und Stärke zu sein.

„Ob das vielleicht der Chinese ist?“ fragte Mahaba.
„Sehr wahrscheinlich“, antwortete ich. „Er hat bemerkt, daß wir nach der Ostküste wollen, und muß annehmen, daß wir Flüchtlinge sind. Nun eilt er fort, um uns bei den drei Masten zu empfangen.“
„Man sieht, daß er ein Riese ist. Werden wir vielleicht mit ihm kämpfen müssen?“
„Wahrscheinlich nicht, wenigstens du nicht. Sei ohne Sorge!“
Für den Fall eines Kampfes besaß ich keine Waffe als nur mein Bowiemesser, welches in dem Baststricke steckte, der mir als Gürtel diente; eine andere Wehr hatte ich natürlich nicht mitnehmen dürfen.
Bald kamen wir aus der günstigen Stömung heraus, und wir mußten rudern; das verlangsamte die Fahrt bedeutend, so daß Ta-ki uns wohl zu Lande vorauskommen konnte. Wir hatten das Ostufer jetzt zu unserer Rechten und paßten scharf auf. Endlich erblickten wir drei Masten von verschiedener Höhe, welche in der Nähe der Küste aus dem Wasser ragten. An Land lag ein Pfahlbauhütte, bei welcher zwei Männer standen, die uns entgegenblickten; der eine hatte gewöhnliche Größe, der andere war hoch und breit gebaut.
„Der Chinese und der alte Nikobarese, dem die Hütte gehören soll“, sagte ich; „halten wir auf sie zu!“
Dies hatte keine Schwierigkeiten, denn es war die Zeit der Flut, welche uns der Küste entgegentrieb. Die beiden Männer kamen nicht nur nahe an das Wasse heran, sondern wateten uns sogar in demselben entgegen, um unser Boot festzuhalten, als dieselben auf den Grund stießen. Mahaba sprang schnell heraus; bei mir ging es wegen der Kette und auch absichtlich langsamer.
Der Chinese war wirklich ein Goliath mit roh zugehackten Gesichtszügen und einem Schnurrbart, der hüben und drüben fadendünn bis auf die Brust herunterhing. Wir grüßten ihn wie in banger Ungewißheit; er musterte uns einige Augenblicke, nahm uns dann hüben und drüben bei den Händen, zog uns an das trockene Land und sagte dann:
„Ich bin Ta-ki. Ihr wollt zu mir?“
„Ja. Schütze uns!“ antwortete ich.
„Gern, denn ich sehe, ihr seid von der Viperinsel entflohen, von woher unsere besten Leute kommen. Wann seid ihr dort fort?“
„Gestern früh.“
„Habt ihr Verfolger hinter euch?“
„Nein.“

„Seid ihr von wem gesehen worden?“
„Auch nicht.“
„Das ist gut; da brauche ich euch nicht gleich zu verstecken. Kommt mit!“

Der alte Eingeborene ging in seine Hütte; Ta-ki aber führte uns an derselben vorüber zum hohen Ufer hinauf und dann eine Strecke in die Dschungel hinein. Vor einem Passiflorendickichit, welches den Boden wie ein Teppich bedeckte, blieb er stehen, hob den Rand desselben in die Höhe und gebot uns, ihm zu folgen. Wir sahen Stufen, welche wir hinunterstiegen. Wir befanden uns in einer großen, viereckigen, tiefen Grube, welche durch Bambuswände in mehrere Abteilungen geteilt wurde. An den Stellen, wo es über uns keine Decke gab, drang durch die Passifloren ein Dämmerschein herab, welcher uns erkennen ließ, daß die Wände aus Muschelschalen aufgemauert waren; infolgedessen besaßen die Räume eine vielgrößere Trockenheit, als bei dem hiesigen Klima sonst der Fall gewesen wäre.

Ta-ki verschwand in einem hinteren Raum und brachte und Kleidungsstücke, welche wir an Stelle der Hemden anlegen mußten. Dann holte er einen eisernen Schraubenschlüssel, mit Hilfe dessen er mich von der Kette befreite; er schien auf alles vorbereitet zu sein. Nun erst fragte er nach unsern Namen und unserer Vergangenheit.

Mahaba gab sich für einen Sepoy aus, der wegen Totschlages deportiert worden sei. Ich war der Besitzer einer arabischen Dhau*), hatte Sklavenhandel getrieben und war bei demselben erwischt und nah den Andamanen geschafft worden. Der Chinese glaubte uns aufs Wort, gab uns zu essen und brachte sogar eine Flasche Rum, bei dessen Genuß er uns die Freuden des Seeräuberlebens beschrieb. Er fragte uns gar nicht nach unsern Absichten und unserm Willen, sondern er schien es als unumstößlich sicher anzumehmen, daß wir uns mit seiner Hilfe diesem schönen Beruf widmen werden.

„Besonders du kannst es weit dabei bringen“, sagte er zu mir. „Du hast ein Segelschiff kommandiert, bist also Seemann und verstehst ein Schiff selbständig zu führen. Es wird nicht lange dauern, so wird Ling-tao dir eine Dschunke übergeben.“

„Ling-tao? Wer ist das?“ fragte ich.

„Unser Admiral und oberster Gebieter.“

„Kommandiert er selbst auch Schiffe?“

* Segelschiff.

„Jetzt nicht mehr. Er residiert an der Hu-Kiao.“

„Ah! Da hatte ich ja den Namen: Hu-Kiao, die Tigerbrücke! Jetzt schnell ein weitere Frage; ich mußte mir Mühe geben, Gleichgültigkeit zu heucheln, als ich sie aussprach:

„Hu-Kiao? Was ist das für ein Ort? Wo liegt diese Tigerbrükke?“

Ich senkte den Blick erwartungsvoll. Würde ich die für uns so wichtige Antwort bekommen?

„Sie liegt gegenüber der Insel Mansillar in der Tapanuli-Bai.“

Gott sei Dank, es war gelungen! Trotz meiner großen Freude erkundigte ich mich ruhig weiter:

„Die Tapanuli-Bai? Liegt die nicht an der Südwestküste von Sumatra?“

„Ja. Ich sehe, daß du ein guter Seemann bist. Dich hat dein Glück zu uns geführt. Wenn der Haiang-dze auf seiner Rückfahrt hier anlegt, wird er euch mit nach der Tigerbrücke nehmen, wo ihr von dem großen Ling-tao eure Anstellung bekommen werdet.“

„Der Haiang-dze?“ fragte ich, indem ich mich sehr überrascht stellte.

„Ja.“

„Die chinesische Dschunke, welche man den Girl-Robber nannte? Meinst du die?“

„Ja.“

„Die wird nicht zurückkommen.“

„Nicht? Warum?“

„Die ist von einem Engländer genommen worden, und alle ihre Mannen samt dem Kapitän sind an den Raaen aufgeknüpft worden.“

„Wo?“ fragte Ta-ki, mich vor Schreck anstarrend.

„In Point de Galle auf Ceylon.“

„Dahin wollte er, ja dahin! Ist es wahr, was du sagst, ist es wahr?“

Er war aufgesprungen und schien mich mit seinen vor Entsetzen funkelnden Augeng veschlingen zu wollen.

„Es ist wahr; ich habe es mit diesen meinen eigenen Augen gesehen“, antwortete ich.

„Du? Du? Ich denke, du bist auf den Andamanen, auf der Viperinsel gewesen!“

„Nur zwei Tage; dann entflohen wir gestern. Ich wurde von Point de Galle aus nach den Andamanen transportiert; dort habe ich alles gesehen und gehört!“

„Es waren große Kriegsschiffe, welche den Haiang-dze kaperten?"

„Nein, sondern es war eine kleine Dampfjacht, welche einem englischen Lord gehört."

Ich erzählte den Hergang genau so, wie er sich ereignet hatte; die Wut des Chinesen wuchs von Minute zu Minute; er fluchte und schlug um sich wie ein Verrückter. Sein Grimm war besonders deshalb so groß, weil es ein so kleines Privatschiff gewesen war, welches den großen Gril-Robber bewältigt hatte.

„Und sie sind alle getötet worden, alle?" fragte er, vor Aufregung zitternd.

„Alle, einen Kaffer ausgenommen, welcher Quimbo heißt; dem schenkte man das Leben."

„Quimbo, der verrückte Schwarze! Das stimmt, nun gibt es keinen Zweifel mehr, daß es unser Haiang-dze wirklich gewesen ist. Hätte ich diesen Hund, diesen englischen Lord, hier! Wollte diese Jacht doch einmal hier ankern!"

„Was würdest du tun?"

„Uns rächen, uns fürchterlich, entsetzlich rächen!"

„Könntest du das? Du bist allein. Was könntest du gegen die Bemannung eines Schiffes unternehmen?"

„Allein?" hohnlachte er. „Sei nur noch einen Tag hier, dann wirst du bemerken, daß ich nicht so allein bin, wie du denkst. Ich brauche nur..."

Er wurde unterbrochen. Der alte Nikobarese, dessen Hütte am Strand stand, war gekommen, hob die Passiflorendecke empor und rief herab:

„Ta-ki, komm herauf! Es ist ein kleiner Dampfer zu sehen, der um die Insel fährt."

Der Chinese eilte hinauf und hatte nichts dagegen, daß wir ihm folgten. Wir liefen durch die Dschungel nach der Küste zurück. Am Rande des Dickichtes blieb ich stehen, stieß einen Ruf der Überraschung aus und sagte, nach der Jacht zeigend:

„Sieh das Schiff, Ta-ki! Ich kenne es. Es ist der Engländer, welcher den Haiang-dze genommen hat."

Er blieb stehen, funkelte mich mit den Augen an und fragte:

„Ist das wahr? Irrst du dich nicht?"

„Ich weiß es genau. Diese Jacht werde ich nie vergessen."

Er richtete den Blick auf den Dampfer und beobachtete schweigend eine ganze Weile den Lauf desselben; dann kam es knirschend zwischen seinen Zähnen hervor:

„Hätte ich einen Mann, der dieses Schiff regieren kann! O, dann, dann, dann!“

„Was würdest du da tun?“ fragte ich.

„Ich erwürge alle Menschen, welche sich darauf befinden, und brächte den Dampfer zum Ling-tao nach der Tigerbrücke. Wie könnten wir ein solches Fahrzeug gebrauchen!“

„So nimm den Dampfer weg, wenn du kannst! Ich verstehe es, mit solchen Maschinen umzugehen.“

„Du, du, wirklich?“ fragte er fast jauchzend.

„Ja.“

„Könntest du diesen Dampfer nach der Tigerbrücke bringen?“

„Mit Leichtigkeit.“

„So kommt, kommt, kommt! Er geht um die Insel, und ich denke, er wird da oben an meiner Spitze halten. Ich werde ihn durch List so weit bringen, während der Nacht vor Anker zu bleiben. Wenn es dunkel geworden ist, hole ich alle meine Leute, und wir steigen an Bord.“

Er eilte fort, der Nordwestspitze zu, und wir folgten ihm. Die Hütten, welche dort standen, enthielten große Vorräte von Früchten und allerlei Handel- und Tauschartikel. Nach einiger Zeit kam die Jacht an der Westküste herauf und ließ an der Spitze den Anker fallen.

„Das Schiff bleibt; es bleibt!“ jubelte der Chinese.

„Ich werde hinausrudern und ihm Früchte anbieten.“

„So nimm mich mit!“ forderte ich ihn auf.

„Dich? Was willst du dabei?“

„Ich muß das Schiff betrachten; ich muß auch die Maschine sehen, um zu erfahren, ob es eine solche ist, die ich regieren kann.“

„So komm mit! Dieser Hund von Engländer wird uns wohl erlauben, an Bord zu gehen.“

Es wurden zwei Körbe mit Früchten in ein Boot geschafft; dann stiegen wir ein und ruderten gegen die Flut der Jacht entgegen. Als wir ihr zum Anrufen nahe gekommen waren, bog sich der Lord über die Reiling herüber und fragte:

„Boot ahoi! Was bringt ihr?“

„Früchte“, antwortete Ta-ki, „Früchte, frische Früchte gegen das Fieber.“

„Kommt damit an Bord!“

Das Gesicht Raffleys strahlte vor Vergnügen. Der Chinese bemerkte dies nicht. Er freute sich über die Aufforderung, an Bord zu kommen, und fing die zugeworfene Leine auf, um das Boot daran festzubinden. Die Körbe wurden an Tauen emporgezogen, und wir gingen nach.

Der Lord war bedachtsamerweise von dem Schiffsrand nach der Mitte des Deckes zurückgetreten; der Chinese folgte ihm, um ihn höflichst zu begrüßen und ihm seine Früchte anzubieten. Wie staunte er aber, als Raffley den Gruß gar nicht erwiderte, sondern ihn in strengem Ton frug:

„Du heißt Ta-ki?"

„Ja", antwortete der Gefragte befremdet.

„Und wirst Tsu genannt?"

„Tsu?" wiederholte der Chinese, dessen Befremdung sich in Betroffenheit verwandelte.

„Ja, Tsu. So wurdest du doch auf dem Haiang-dze genannt. Oder nicht?"

„Ich weiß nicht, was du mit Haiang-dze meinst!"

„Nicht? Hm! So weißt du wohl auch nicht, wer euer Ling-tao ist?"

„Nein."

„Und wo sich die Tigerbrücke befindet?"

„Auch nicht. Ich verstehe Euch nicht. Was wollt Ihr von mir? Warum bringt Ihr Worte und Namen die ich gar nicht kenne? Oh... oh... Quimbo!!!"

Der gut', schön', tapfere Basutokaffer war unten im Raume gewesen und kam jetzt durch die Luke gestiegen. Er hörte seinen Namen rufen, sah den Chinesen, sprang auf ihn zu und schrie in an:

„Da bin ja Ta-ki, der groß mächtig Räuber von China! Und hier bin tapfer Quimbo. Kenn' du noch Quimbo, he, he?"

Der Chinese sah sich verraten; seine Geistesgegenwart verließ ihn; er starrte den Kaffer mit großen Augen und offenem Mund an.

„Kenn' du noch schön', gut', tapfer Quimbo?" wiederholte der Kaffer, indem er eine Handspeiche aufhob, die zufälligerweise neben ihm lag.

Der Gefragte antwortete noch immer nicht.

„Warum du sperr Maul auf und doch nicht reden? Quimbo dir geb Klapps auf Kopf, daß Maul fall wieder zu."

Ein gewaltiger Hieb mit der Speiche auf den Kopf des Chinesen und dieser brach wie ein lebloser Klotz zusammen. Er, der die Bemannung der Jacht hatte ermorden wollen, war von der Hand des verachteten Basuto niedergestreckt worden.

Der riesige Chinese lag besinnungslos zu unsern Füßen. Ich war auf einen Faustkampf mit ihm gefaßt gewesen, und wenn ich mich auch nicht im mindesten vor ihm gefürchtet hatte, so kam es doch wie eine Art von Erleichterung über mich, als ich ihn auf diese Weise unschädlich gemacht sah.

„Thunder-storm, war das ein Hieb!" rief der Lord aus. „Wer hätte das dem kleinen Quimbo zugetraut!"

Der Kaffer hörte das und fragte stolz:

„Warum das nicht trau zu Quimbo? Quimbo bin schön', groß', tapfer Held; Quimbo sich nicht fürcht, wenn auch nicht bin so groß und lang und breit wie Chines'. Quimbo hat lieb gut' brav' Deutschland und schlag tot für ihn all' Chines' und ander Feind. Hab' Quimbo mach' gut sein Sach?"

„Ja, du hast sie gut gemacht, doch will ich hoffen, daß du den Kerl nicht ganz erschlagen hast."

Ich bückte mich nieder, untersuchte Ta-ki und konnte die Versicherung geben:

„Er ist nicht tot und wird bald wieder erwachen, aber eine tüchtige Geschwulst wird er einige Wochen lang am Kopf herumtragen."

„Das schadet ihm nichts. Wer eine solche Handspeiche an den Schädel bekommt, der darf sich gar nicht wundern, daß ihm der Kopf einige Zeitlang brummt. Wollen ihn binden, damit er keine Dummheiten machen kann, wenn er erwacht."

Der Chinese wurde an den Mast geschafft und dort so fest angebunden, daß er sich später nicht bewegen konnte; dann gebot der Lord dem Steuermann:

„Und nun auf mit dem Anker, damit wir wieder nach Kamorta kommen!"

„Ich möchte vorschlagen, lieber noch einige Zeit vor Anker liegen zu bleiben", widersprach ich ihm.

„Warum?"

„Es gibt für uns hier noch zu tun."

„Was?"

„Der Chinese hat Verbündete hier,mit denen er die Jacht überfallen und die Bemannung töten wollte", erklärte ich ihm.

„Was geht das uns jetzt an?"

„Sehr viel, denke ich. Ich weiß nich, wo diese Leute sich versteckt haben."

„Ich auch nicht."

„Wir müsssen sie suchen."
„Wozu?"
„Um sie unschädlich zu machen."
„Das sind sie ja schon!"
„Denkt Ihr?"
„Natürlich! Oder meint Ihr, daß diese Kerls uns jetzt noch überfallenl und ermorden können?"
„Alldings nicht."
„So gehen sie uns nichts mehr an. Ich bin kein Polizist und auch nicht ein Beamter der hiesigen Verbrecherkolonie. Sir John Raffley hat keine Lust, diesen Herren ihre Spitzbuben zusammenzufangen."
„Meinetwegen! Aber es gibt hier auf der Insel Vorräte, welche uns sehr nützlich sein können.
„Habt Ihr sie gesehen? Wißt Ihr, wo sie stecken?"
„Ja."
„So sagt das dem Verwalter auf Kamorta; ich aber habe, was ich bedarf, bezahle, was ich brauche, und bereichere mich nicht an Dingen, die sich in den Händen von Spitzbuben befunden haben. Wenn nur unser Zweck erreicht ist, so mag ich weiter nichts wissen und weiter nichts haben. Und erreicht ist er doch? Oder etwa nicht?"

Ich sah ihn lächelnd an, ohne zu antworten; da näherte er sein Gesicht dem meinigen, ließ den Klemmer auf die Nasenspitze vorrutschen und fragte:
„Was schaut Ihr mich so an, Charley? Sollte ich micht etwa getäuscht haben?"
„Ihr meint, daß ich erfolgreich gewesen bin?"
„Yes. Wenigstens glaubte ich das aus den Worten schließen zu können, die Ihr zu dem Chinesen sagtet."
„Well! Ihr seht also nun wohl ein, daß Ihr Eure Wette verloren hättet?"
„Laßt mich mit der Wette in Ruh, und sagt mir lieber, wie es steht!"
„Schön! Ich weiß, wo die Tigerbrücke zu suchen ist, Sir."
„Ach! Wo?"
„An der Südwestküste von Sumatra, bei der Mansillar-Insel in der Tapanuli-Bai."
„Das ist ja wohl gegenüber der großen Insel Pulo Niha oder auch Nias genannt?"
„Nordöstlich davon, zwischen ihr und dem Festland."
„Ihr irrt Euch nicht?"

„Nein.“
„Habt Euch nicht etwas weismachen lassen?“
„Ist mir nicht eingefallen!“
„So seid Ihr ein tüchtiger Kerl und habt Eure Sache gut gemacht. Hätte wirklich fast nicht geglaubt, daß es Euch gelingen würde., diesem Chinesen sein Geheimnis zu entlocken! Nun Ihr dies aber fertiggebracht habt, wollen wir unsere kostbare Zeit ja nicht hier auf Tillangdschong versäumen. Wir schaffen den Chinesen nach Kamorta und liefern ihn aus. Was dann hier geschehen soll, das ist Sache der Kolonieverwaltung. Wir warten nicht, sondern dampfen nach Sumatra.“
„Hm! Wird das möglich sein?“
„Warum nicht?“
„Habt Ihr genug Kohlen?“
„Nein; habe aber schon daran gedacht. Werde auf Kamorta einen tüchtigen Vorrat Holz einnehmen; es sind ja genug Gefangene dort, welche diese Arbeit verrichten können.“
Jetzt kam der Anker in die Höhe, und die Jacht wendete sich um die Nordwestrecke der Insel nach Süd, wobei wir bemerkten, daß Ta-ki wieder zu sich kam. Sein Kopf schmerzte ihn, und er wollte mit den Händen nach demselben greifen, was er aber nicht konnte, weil er gefesselt war. Das brachte ihn ganz zur Besinnung. Er stieß einen Ruf des Grimmes aus und ließ seine Augen zwischen mir und dem Lord hin und her rollen.
„Schuft! Verräter!“ knirschte er mich an. „Ich nahm dich in Schutz, und du hast mich dafür so elend verraten!“
„Du irrst dich“, antwortete ich ihm lächelnd. „Ich kam nicht zu dir, um Schutz bei dir zu suchen, denn ich war kein entflohener Verbrecher.“
„Was dann?“
„Ich gehöre zu dieser Jacht und war dabei, als wir den Haiangdze erwischten. Der Kapitän ist bestraft mit allen seinen Leuten, du wirst deinen Lohn ebenso finden, und so war nur noch Lingtao auf der Tigerbrücke zu suchen. Wo diese liegt, daß wußten wir nicht, und so kamen wir zu dir, um dir dieses Geheimnis zu entlocken.“
Er stieß einen Fluch aus und schloß die Augen, ob aus Scham oder um uns seine Verachtung zu zeigen, das war mir sehr gleichgültig.
Mahaba war, als ich mit Ta-ki nach der Jacht ruderte, am Ufer zurückgeblieben, aber sogleich auf einem zweiten Boot nachgekommen, als er sah, daß der Chinese niedergeschlagen wurde.

Diese beiden Boote wurden auf meinen Vorschlag an Bord gehißt, denn es kam mir der Gedanke, daß wir sie später wohl gebrauchen könnten.

Als wir dann wieder vor Kamorta Anker warfen, gab der Lord das Zeichen, daß wir den Kommandanten zu sprechen wünschten. Er kam und zeigte sich über unsern Erfolg erfreut. Nachdem er meine ganze Unterredung mit Ta-ki zu Protokoll genommen hatte, versprach er uns, uns so viel Holz, wie wir nur fassen konnten, zu senden, und ruderte mit dem Gefangenen nach dem Land zurück. Bald darauf wurde uns das versprochene Feuermaterial gebracht, und zwar so viel, daß es bis zur halben Nacht dauerte, ehe es an Bord geschafft worden war. Es war mehr als zureichend, den Kessel bis Sumatra zu speisen. Als der Tag zu grauen begann, dampften wir aus dem Hafen von Kamorta hinaus und der rätselhaften Tigerbrücke entgegen.

Also in der Tapanuli-Bai sollte die Hu-Kiao zu suchen sein! Wäre ich nicht fest überzeugt gewesen, daß der Chinese mir die Wahrheit gesagt hatte, so hätte ich irre werden können oder vielmehr irre werden müssen, denn diese Bai bietet die geräumigsten und sichersten Ankerplätze der ganzen Insel, und darum herrscht hier ein so reger Verkehr, daß das Vorhandensein eines Schlupfwinkels für Seeräuber eingentlich unglaublich erscheinen müßte. Trotzdem hielt ich an meiner Überzeugung fest; dagegen waren die Zweifel des Lords erwacht; sie wuchsen immer mehr, je näher wir dem Ziel kamen, und als wir endlich Pulo si Malu zur Linken hatten und bald über Back nach der Tapanuli-Bai wenden konnten, musterte er die Fahrzeuge verschiedener Größe, welche die Szene belebten, und fragte mich in bedenklichem Ton:

„Charley wollen wir wetten?“

„Worüber?“

„Daß wir unverrichteter Sache von hier fortdampfen werden? Ich bin nämlich überzeugt davon.“

„Und ich sage, daß wir unsern Zweck ganz gewiß erreichen werden.“

„Well! Wollen wir wetten?“

„Ja.“

Das war das erste Mal, daß ich Ja sagte. Er tat beinahe einen Luftsprung, starrte mich höchst erstaunt an, ließ den Klemmer auf die Nasenspitze avancieren und rief aus:

„Wirklich? Ihr wollt wirklich wetten?“

„Ja.“

„Das ist ein Wunder, ein ungeheuer großes Wunder! Aber ich freue mich darüber, denn nun kann ich Hoffnung haben, daß mir der Zeit doch noch ein wirklicher Gentleman aus Euch wird. Also ich behaupte, daß wir umsonst hierhergekommen sind. Und Ihr?"

„Ich behaupte, daß wir unsere Absichten erreichen und ausführen werden."

„So wollen wir setzen?"

„Ja."

„Wieviel?"

„Hundert Pfund?"

„Das ist zu wenig."

„Was? Wie? Zu wenig? wie hoch denn?"

„Tausend Pfund."

„Tau... tau... tau..."

Er brachte bloß diese eine Silbe über die Lippen und riß die Augen fast noch weiter auf als den Mund. So etwas Unbegreifliches war ihm in seinem ganzen Leben noch nicht vorgekommen.

„Ja, tausend Pfund", nickte ich mit einer Miene, als ob es sich um ein Drei- oder Fünfmarkstück handle.

„Aber, seid Ihr denn des Teufels, Charley?!"

„Nein; ich weiß ganz genau, was ich sage."

„Tausend Pfund! Tausend Pfund! Das ist doch für Euch kein Pappenstiel!"

„Allerdings nicht."

„Dieser sonst so sparsame uns vorsichtige Mensch will tausend Pfund setzen! Geradezu unbegreiflich! Habt Ihr denn soviel bei Euch?"

„Nein."

„Nicht? Good god! Und wollt doch dieses Summe setzen?"

„Versteht sich!"

„Wie ist das möglich?"

„Ihr borgt mir die tausend Pfund."

„Ich borge... borge... borge Euch..."

Er blieb wieder mitten in der Rede stecken und betrachtete mich wie ein Geheimnis, welches nicht zu ergründen ist. Ich erklärte ihm in leichtem Ton:

„Ihr habt mich so oft vergeblich zum Wetten aufgefordert und mir so oft dabei gesagt, daß Ihr mir den Betrag leihen wollt. Könnt Ihr Euch da wundern, daß ich endlich einmal von diesem Anderbieten Gebrauch mache?"

Da lachte er lustig auf und rief:

„Ah so! Ich soll gefangen werden; aber das wird Euch nicht gelingen, denn ich weiß, daß ich diese Wette gewinnen muß. Also gut, ich leihe Euch die tausend Pfund, und zwar gern, und von Herzen gern, und damit Ihr seht, daß ich meiner Sache völlig sicher bin, setze ich das Doppelte, also zweitausend Pfund, dagegen. Einverstanden?"

„Nein."

„Nicht? All devils! Ihr werdet mir immer rätselhafter! Was könnt Ihr denn dagegen haben, daß ich das Doppelte setze?"

„Eigentlich nichts; aber ich will kein Geld gewinnen."

„Was denn?"

„Einen Gegenstand, den ich gern haben möchte. Wollt Ihr ihn gegen meine tausend Pfund setzen?"

„Welcher Gegenstand soll das sein?"

„Eure Chair-and-umbrella-pipe, Sir."

Ich sagte das in einem so gleichgültigen Ton, als ob es sich um etwas ganz Geringfügiges, Wertloses handle; Raffley aber machte jetzt wirklich einen Luftsprung, spreizte alle zehn Finger abwehrend gegen mich aus und schrie:

„Meine Chair-and-umbrella-pipe! Zounds! Seid Ihr verrückt, Charley? Was fällt Euch denn plötzlich ein. Die soll ich setzen und riskieren, die?"

„Warum denn nicht?"

„Warum nicht? Welch eine Frage! So einen Unverstand habe ich Euch nie zugetraut, nie!"

„Sehr aufrichtig, Sir, sehr!"

„Ja, was wollt Ihr denn sonst hören? Was soll ich Euch denn anderes sagen? Ich gebe Euch hiermit mein heiliges Wort, daß mir in meinem ganzen Leben noch niemals eine so starke Zumutung gestellt worden ist!"

„Das ist Eure Ansicht, Sir, aber nicht die meinige. Ihr tatet ja, als ob Ihr völlig überzeugt wäret, die Wette zu gewinnen."

„Das war ich, und das bin ich auch noch jetzt."

„Aber warum entsetzt Ihr Euch da so? Warum regt Ihr Euch da in so hohem Grade auf? Wenn Ihr gewinnen müßt, gibt's ja gar kein Risiko!"

„Unsinn! Risiko oder nicht Risiko, meine Chair-and-umbrella-pipe setze ich keiner Chance aus."

„Aber Ihr seid ja überzeugt, alle Chancen für Euch zu haben, Sir John Raffley!"

„Wenn auch! Dieses großartige Unikum ist mir vom Traveller-Club, London, Near-Street 47, als Souvenir verehrt worden. Was würde man dort sagen, wenn man erführe, daß ich die Rücksichtslosigkeit gehabt habe, die Pipe auf das Spiel zu setzen! Nein, nein, darauf gehe ich nicht ein. Ich setze zweitausend Pfund."

„Und ich setze nur gegen Eure Pipe."

„Dann kann aus der Wette nichts werden."

„Wirklich nicht? Ist das Euer Ernst?"

„Ja, mein vollster Ernst."

„O weh! Das tut mir leid, sehr leid um Euch!"

„Leid? Warum denn?" horchte er auf."

„Weil ich Euch bisher für einen echten, wahren Gentleman gehalten habe."

„Bisher? Nur bisher, Charley?"

„Ja."

„Zweifelt Ihr etwa daran, daß ich es noch bin?"

„Ich muß ja."

„Thunder-storm! Das ist viel gesagt; das ist sogar eine Beleidigung!"

„Wenn es eine ist, so habe ich sie aus Eurem Mund oft hören müssen. Ihr habt mir wiederholt gesagt, daß derjenige, der eine angebotene Wette zurückweist, kein wahrer Gentleman sei."

„Aber ich weise diese Wette ja gar nicht zurück; nur will ich meine Chair-and-umbrella-pipe nicht setzen; das kann und darf ich nicht."

„Das ist Wortklauberei. Ihr wollt sie nicht setzen, folglich wetten wir nicht, und daran seid Ihr schuld. So ist die Sache. Oder ist sie etwa anders?"

Er zog ein außerordentlich verlegenes Gesicht, rieb sich ratlos die Hände und murmelte:

„Verteufelt fatale Angelegenheit, ganz und gar fatal! Weiß mir wirklich keinen Rat!"

Damit drehte er sich scharf um und ging. Er lief eine Zeitlang an der Steuerbordreiling hin und her, nickte vor sich hin, schüttelte den Kopf, gestikulierte mit den Händen und machte allerhand andere sonderbare Bewegungen; dann kehrte er wieder zu mir zurück, legte mir die beiden Hände auf die Achseln und fragte:

„Charley, Ihr wollt mit mir wetten?"

„Ja."

„Tausend Pfund gegen meine zweitausend?"

„Nein."

„Aber Eure tausend Pfund gegen meine kostbare Chair-and-umbrella-pipe?"

„Ja."

„So sei mir der Himmel gnädig! Es ist richtig, und Ihr habt recht: Als Gentleman muß ich die Wette annehmen; aber wenn ich sie verliere, so muß ich aus dem Klub treten und darf mich nie wieder bei meinen Freunden sehen lassen. Ihr seid ein schauderhafter Kerl!"

„Aber doch endlich ein vollständiger Gentleman, der weiß, was ein Wette zu bedeuten hat!"

„Hm, ja! Aber ich will Euch aufrichtig sagen, daß Ihr mir vorher als halber Gentleman lieber waret, viel, viel lieber; darauf könnt Ihr Euch verlassen!"

Er ging betrübt nach dem Hinterteil des Schiffes. Natürlich war es nicht im mindesten meine Absicht, ihn um seine gliebte Pipe zu bringen; die Verlegenheit, in der er sich jetzt befand, sollte ihm eine Lehre und die Veranlassung werden, nicht wieder so absprechend über jemanden zu urteilen, dessen Grundsatz es nicht ist, auf jede Wette einzugehen."

Inzwischen hatten wir die Insel Pulo si Malu hinter uns gelegt und einen südöstlichen Kurs genommen. Links, weit vor uns, erschienen die Baniakinseln, und zu unserer Rechten tauchten in der Ferne die kleinen Eilande auf, welche der Nordküste von Pulo Niha vorliegen: Wir dampften der Tapanuli-Bai entgegen.

Für einen Fremden ist es nicht leicht, zwischen den Inseln Baniak und Pulo Niha hindurchzukommen, denn von der einen zur andern ziehen sich eine Menge kleiner Eilande, welche das Fahrwasser unsicher machen; man tut daher gut, sich einen Piloten zu nehmen, obgleich es hier keinen Lotsenzwang gibt. Wir kamen da freilich nicht in Verlegenheit, denn wir hatten noch nicht Pulo Tupach doubliert, so schossen mehrere Boote auf uns zu, welche die Lotsenflagge führten. Demjenigen, welches uns zuerst erreichte, wurde ein Tau zugeworfen, und der Insasse kletterte an Bord.

Es war ein Vollblutmalaye, doch zeigte es sich, daß es sowohl niederländisch als auch englisch verstand; er wurde mit dem Lord schnell über das Pilotengeld einig und übernahm dann den Befehl über die Jacht; das heißt, er stieg mit Raffley hinauf zum Steuermann und zeigte diesem, wie er das Rad zu handhaben sei.

Ich ging ganz vor an den Bug, weil sich mir von dort aus die beste Aussicht bot. Diese war geradezu prächtig, ja einzig in ihrer Art. Je mehr wir uns der Bai näherten, desto deutlicher stieg die hohe Küste von Sumatra vor uns auf. Welche Vegetation war da zu sehen! Die Pflanzenwelt von Sumatra bietet schon an und für sich die großartigste Fülle, Schönheit und Mannigfaltigkeit; wir kamen von der hohen See und dampften zwischen malerischen Inseln einem Land entgegen, welches wie eine grünschillernde, duftende Fee in den saphirglänzenden Fluten lag; da fühlte sich das entzückte Auge so beschäftigt und gefangen, daß es wirklich kein Wunder war, wenn ich nur Sinn für diesen Anblick hatte und für das, was hinter mir auf dem Deck geschah, keine Aufmerksamkeit besaß.

Es kam mir alles in den Sinn, was ich über Sumatra gelesen hatte, und besonders dachte ich an die jagdbaren Tiere, welche es auf dieser Insel in Menge gibt: den Orang-Utang, den Elefanten, die zwei Nahshornarten, den Tapir, den Nebelpanter und besonders an den Königstiger, der hier ebenso stark, gefährlich und gefürchtet ist, wie sein indischer Anverwandter. Ob ich wohl hier Gelgengheit zu einem Jagdausflug finden würde?

Jetzt befanden wir uns in der Bai, in welcher zufälligerweise kein einziges europäisches Fahrzeug ankerte; desto mehr aber wurde sie von malayischen Prauen und Booten belebt. Die Jacht beschrieb einen Bogen und ging nicht an dem Festland, sondern an der der Bai vorliegenden Mansillarinsel vor Anker, worüber ich mich nicht wunderte, weil ich die hiesigen Verhältnisse nicht kannte.

Es wurde Abend; die Sonne wollte grad verschwinden, als der Lotse sich in sein Boot hinabließ und davonruderte. Der Lord kam vom Steuredeck herabgestiegen und zu mir. Seit er die Wette mit mir hatte eingehen müssen, war es sehr ernst, ja fast niedergeschlagen gewesen, jetzt aber hatte sich sein Gesicht erheitert, als er mit wichtiger Miene zu mir sagte:

„Wollen wir wetten, Charley?“

„Worüber?“

„Daß Ihr Eure Wette und die tausend Pfund verliert.“

„Fällt mir nicht ein. Es ist genug, daß ich Euch die Pipe abnehme; mehr will ich nicht haben.“

„Unsinn! Ihr bekommt sie nicht.“

„Sie wird mein!“

„Nein; ich weiß es genau.“

„Ach? — Woher?“

„Es gibt hier gar keine Hu-Kiao, also keine Tigerbrücke. Verstanden?“

„Hm!“

„Brummt nur immer! Es gibt nämlich auch keinen Chinesen, der hier wohnt und Ling-tao heißt.“

„Wie könnt Ihr das wissen, Sir?“

„Ich habe mich erkundigt."

„Bei wem?" fragte ich schnell und fast bestürzt.

„Bei dem Lotsen."

Ich fuhr um zwei Schritte zurück, und es entfuhr mir in einem Ton, als ob ich einen Schulknaben zur Rede zu stellen hätte:

„Den habt Ihr gefragt, den?!"

„Ja, natürlich den! Er kennt ja die ganze Gegend und alle hiesigen Verhältnisse. Was macht Ihr denn für ein Gesicht? Habt Ihr vielleicht etwas dagegen?"

„Ob ich etwas dagegen habe! Und auch noch vielleicht! Ich sage Euch, Sir, Ihr habt da einen Pudel geschossen, der gar nicht größer sein kann!"

„Einen Pudel?"

„Ja, einen Pudel! Meintewegen auch einen Affenpintscher, wenn Euch das geläufiger ist!"

„Hört, werdet nicht grob, Charley! Ihr wißt, ich bin ein seelenguter Kerl, aber wenn..."

„Aber wenn Euch ein Pudel in den Weg kommt, so müßt Ihr ihn schießen", fiel ich ihm in die Rede. „Wenn mein Ton ein rascherer und lauterer als gewöhnlich ist, so müßt Ihr schon verzeihen, denn es ist sehr leicht möglich, daß Ihr, noch ehe wir hier Anker warfen, schon alles, alles verdorben habt."

„Beweise!"

„Ach Beweise! Wie soll ich das jetzt beweisen können! Wollen es aber abwarten! Wir suchen hier einen Verbrecher, der kein gewöhnlicher Mensch ist und nach allem, was wir über ihn wissen, weite Verbindungen und großen Einfluß besitzt. Sein ganzes Tun und Treiben ist ein heimliches, und wer ihn fassen und packen will, darf auch nur heimlich handeln. Wir haben allen unsern Scharfsinn und alle unsere List zusammenzunehmen; niemand darf ahnen, was wir hier wollen, und noch hat unser Anker nicht den Grund erreicht, da plaudert Ihr diesem Piloten unser Geheimnis aus!"

„Ich habe nicht geplaudert und nichts gesagt, sondern bloß nach den beiden Namen gefragt."

„Das ist aber genug, völlig genug!"

„Wieso?"

„Wenn Ling-tao wirklich hier wohnt und die Fahrten seiner Dschunken von hier aus leitet, so muß er hier eine Menge Verbündete, ja Vertraute besitzen, und vor allen Dingen sind es da ganz selbstverstänlicherweise die Lotsen, die mit ihm unter einer Decke stecken. Seht Ihr das nicht ein, Sir John?"

„Hrrrmmm!“ räusperte er sich, indem er die Hand an den Mund legte und hustete.

„Antwortet deutlicher, Sir! Gebt Ihr mir recht, oder meint Ihr, daß ich mich irre?“

Er kratzte sich hinter dem rechten Ohr und meinte, indem ihm der Klemmer ganz von der Nase fiel:

„Verteufelte Geschichte!“

„Nicht wahr!“

„Habe es aber gut gemeint!“

„Daran zweifle ich gar nicht; nur wäre es mir sehr lieb, wenn Ihr in dieser so wichtigen Angelegenheit nichts tätet, ohne mich vorher zu fragen.“

„Ihr habt recht, Charley, völlig recht; es ist ein Puder, den ich geschossen habe.“

„Nehmen wir an, daß der Lotse ein Vertrauter des Chinesen ist, so geht er jetzt eilig zu ihm, um ihm zu sagen, daß eine Dampfjacht angekommen ist, deren Besitzer die beiden Namen Hu-Kiao und Ling-tao kennt und nach ihnen gefragt hat; dieser Besitzer aber ist ein Engländer. Was wird der Chinese tun?“

„Hm! Das weiß ich nicht.“

„Aber ich weiß es.“

„Nun, was?“

„Mag er ahnen oder nicht ahnen, was wir eigentlich wollen, so wird er uns auf alle Fälle einen großen Strich durch unsere Rechnung machen.“

„Vielleicht uns gar nach dem Leben trachten?“

„Das ist sehr wahrscheinlich. Darum wollen wir für heut abend und die Nacht ja an Bord bleiben. Morgen früh machen wir dann eine Rundfahrt um die Bai.“

„Wozu?“

„Um die Tigerbrücke zu entdecken. Quimbo ist ja da gewesen; er muß sie kennen.“

„Mag sein. Aber das ist auch ein gefährliches Ding.“

„Warum?“

„Weil wir die Bai nicht kennen und also zu der Rundfahrt auch wieder einen Lotsen brauchen, der ebensogut ein Vertrauter des Chinesen sein kann.“

„Wir nehmen keinen Lotsen, sonder irgendeinen anderen Menschen, der das Fahrwasser kennt. Dafür laßt mich sorgen.“

Es wurde sehr schnell Abend, doch stand der Mond am Himmel, und die Sterne spiegelten im Wasser. Wir konnten weit sehen und bemerkten nichts Auffälliges. Obgleich der Tag vorüber war, kamen Handesboote an die Jacht. Es wurden uns Früchte, andere Nahrungsmittel und allerlei Kaufgegenstände angeboten. Wir kauften einige Eßwaren, ließen aber niemanden an Bord, sondern zogen das Gekaufte in Körben herauf, in welche wir vorher die Bezahlung legten.

Während der Nacht wurde ein Wache ausgestellt, welche jede Annäherung zu melden hatte; es wurde aber Tag, ohne daß eine solche Meldung nötig gewesen war. Bevor wir die Rundfahrt antreten konnten, wollte der Lord an das Land gehen, um in Beziehung auf unsere Legitimation den nötigen Formalitäten zu genügen; sonderbarer oder vielmehr eingentümlicher Weise aber kam schon kurz nach Tagesanbruch der betreffende niederländische Hafenbeamte an Bord, um sich unsere Papiere vorlegen zu lassen. Seine Ruderer blieben im Boot unten, und er brachte nur einen Mann mit sich, dessen Gesichtszüge chinesische waren, was gar nicht auffallen konnte, weil es auf den Sunda-Inseln Chinesen in Menge gibt. Dieser Sohn der Mitte war, wie wir gleich hörten, der Schreiber des Beamten.

Gewohnt, stets, und besonders in Lagen, wie die gegenwärtige war, aufmerksam und vorsichtig zu sein, beobachtete ich jede Bewegung und jeden Bick der Beiden Männer; ich konnte nichts Auffälliges bemerken. Nur einmal schien es mir, als ob über das Gesicht des Chinesen ein plötzliches Zucken ging; das war in dem Augenblick, als er Quimbo sah, der aus der Vorderluke kam; dieses Zucken war aber sehr leicht durch das auffällige Aussehen des Kaffers zu erklären, und so machte ich mir keine Gedanken darüber.

Die revidierenden Personen fanden alles in Ordung und verließen nach erfüllten Formalitäten das Schiff. Hierauf wurde auf meinen Wunsch eine der Andamanenboote niedergelassen, in welches ich stieg, um einen Führer zu suchen. Von allen, die mir in ihren kleinen Fahrzeugen begegneten, hatte ich das reinste Zutrauen zu einem alten Fischer, den ich nach seinem Tagewerk fragte. Er versicherte, die ganze Küste von Kap Riah bis nach Padang genau zu kennen, und sein Gesicht strahlte vor Freude, als ich ihm nach unsern Verhältnissen eine Kleinigkeit bot, wenn er für den Vormittag unser Pilot sein wolle. Er ging mit an Bord, und die Rundfahrt, auf die ich so große Hoffnung setzen mußt, begann.

Ich saß mit dem Lord im Vorderteil des Schiffes, und Quimbo stand bei uns; er sollte die Küste genau und scharf beobachten, um die Tigerbrücke zu entdecken. Leider erwies sich der „schön', gut, tapfer Basuto" als ein höchst unzuverlässiger Patron. Wohl hundertmal rief er, auf einen Punkt, dem wir uns näherten, deutend:

„Das bin Tigerbrücke, ja das bin sie; Quimbo weiß genau!" Aber sobald wir näher kamen, widerrief er seine Worte. Wir beschränkten uns nicht auf die Bai, sondern dampften bis hinauf nach Tapus und bis hinab nach Batu Mundan, doch vergeblich; Quimbo konnte die gesucht Örtlichkeit nicht entdecken, und auch wir sahen keine Stelle, welche auch nur annähernd ein Recht besessen hätte, den Namen Tigerbrücke zu tragen.

„Glaubt Ihr nun bald daran, daß ich die Wette gewinnen werde?" fragte mich der Lord. „Ta-ki hat Euch belogen."

„Das glaube ich nicht; eher nehme ich an, daß Quimbos Gedächtnis nicht stark genug ist, einen Punkt so lange festzuhalten."

„Mag sein. Aber auch, wenn dies der Fall wäre, liegt es auf der Hand, daß wir vergeblich nach dieser schönen Insel gekommen sind. Wir haben ja die ganze Küste abgesucht, ohne etwas zu entdecken. Wo soll die Tigerbrücke stecken?"

„Ihr irrt Euch. Alles haben wir noch nicht abgesucht."

„Was denn noch nicht?"

„Die Flußufer."

„Hm!" brummte er wegwerfend.

„Bis jetzt sind wir nur der Meeresküste gefolgt. Habt Ihr nicht gesehen, wie breit der Fluß in die Bai mündet?"

„Ziemlich breit; aber was soll das nützen?"

„Quimbo macht vielleicht keinen Unterschied zwischen Fluß- und Meeresufer; sein Ortsgedächtnis scheint überhaupt sehr schwach zu sein. Wie leicht kann die Halbinsel, die wir suchen, im Fluß liegen."

„Ihr meint also, daß wir diesen aufwärts dampfen?"

„Nein, das meine ich nicht, denn dies wäre eine große Unvorsichtigkeit. Unsere Jacht im Fluß, wie müßte das auffallen! Und wir müssen doch so heimlich wie möglich tun. Nein, ich mach' diese Fahrt in einem Boot und nehme Quimbo mit, der sich allerdings möglichst wenig sehen lassen darf, weil er dem Chinesen und seinen Leuten bekannt ist."

„Ich soll nicht mit?"

„Nein."

„Warum nicht? Soll aller Ruhm auf Euch allein fallen, Charley? Soll es heißen, daß Ihr alle Gefahr auf Euch allein genommen habt?"

„Unsinn! Was frage ich nach solchem Ruhm! Es handelt sich darum, ein Geheimnis auszukundschaften, und ich glaube, da geübter zu sein als Ihr. Und Ihr seid auf der Jacht nötig. Bedenkt, daß sie jedenfalls sehr scharf beobachtet wird! Ja, es ist sogar möglich, daß man einen Angriff auf sie richtet."

„Well, muß mich zufrieden geben. macht was Ihr wollt!"

Er sagte das in verdrießlichem Ton; er war unternehmend und ohne Furcht, ja sogar kühn; er besaß zu viel Stolz, Selbstlosigkeit und Edelmut, um neidisch zu sein; aber bei allem, was wir bisher getan und erlebt hatten, war mir das Glück günstiger gewesen als ihm, und so verstand und begriff ich es gar wohl, daß es ihn drängte, um auch einmal „in Vorhand zu sein", wie man sich auszudrükken pflegt. Hier jedoch handelte es sich um ein Unternehmen, von dem alles abhing, und da traut ich mir nun einmal mehr als jedem andern; ich konnte auf seinen Mißmut keine Rücksicht nehmen.

Wir hatten die Bai noch nicht ganz ereicht, da dampften wir an einer Praue vorüber, welche nach dortiger Weise einen ambulanten Kram- und Kleiderladen bildete. Ich ließ sofort beidrehen und die Praue bei uns anlegen, um mir ein Sarong*) zu kaufen und einen malayischen, trichterförmigen Hut aus Strohgeflecht. Ich tat das, um, wenigstens von weitem, für einen Eingeborenen gehalten zu werden. Die Praue fuhr dann weiter; wir aber blieben beigedreht, denn ich wollte lieber hier die Jacht mit Quimbo verlassen als später in der Bai, wo dies beobachtet werden konnte.

Der alte Fischer, unser Pilot, ließ sich bereitfinden, mir sein Boot abzutreten, und als ich den Sarong angezogen und den Hut aufgesetzt hatte, bestiegen wir es und stießen von dem Dampfer ab, welcher nun die Fahrt fortsetzte, um seinen Ankerplatz wieder aufzusuchen. Die in dem Boot befindlichen Netze wurden so gelegt und arrangiert, daß sich Quimbo unter oder hinter ihnen verbergen konnte. Ich ruderte.

Diese mit uns vorgenommene Veränderung hatte keinen fremden Zeugen gehabt, und so hoffte ich, während unserer Rekognoszierung unerkannt und ungestört zu bleiben.

Als wir die Bai erreichten, war dieselbe außerordentlich belebt, doch glitten wir zwischen all diesen Kähnen und Booten dahin, ohne beachtet zu werden. In der Mündung des Flusses angekommen, wollte ich Quimbo auffordern, nun ja recht aufmerksam zu sein; aber er kam mir zuvor und sagte in erregtem Ton, indem er nach dem linken Ufer zeigte:

* Langes, hemdartiges Gewand.

„O, Mynheer, lieb, gut Mynheer, hier bin bald bei Tigerbrücke. Hier hab liegen Dschunke vor Anker, wo muß Quimbo mit fahr nach Ceyloninsel!“

Wie freute ich mich! Ich mußte mich zwingen, ruhig zu fragen: „Wie weit von hier liegt die Brücke aufwärts?“

„Schön', tapfer' Quimbo das nicht wissen; lieb' Deutschland ruder weiter; Quimbo werd sagen.“

Natürlich folgte ich dieser Aufforderung. Die Ufer waren rechts und links mit Bauwerken und Hütten von den sonderbarsten Formen besetzt. Es verging eine halbe Stunde; die Hütten verschwanden; die Ufer waren nun unbewacht und mit Gebüsch und Bambus besetzt. Noch eine Viertelstunde. Schon wollte mir die Zeit zu lang werden, da sah ich eine Insel mitten im Fluß liegen. Der Strom zwischen ihr und dem rechten Ufer war frei nicht aber auf der andern Seite, denn dort war sie durch eine Brücke mit dem linken Ufer verbunden.

Ob es eine steinerne oder hölzerne Brücke war, das konnte ich nicht sehen, denn sie war ganz mit grüner, üppiger Vegetation bedeckt. Dieser Pflanzenwuchs war auf chinesischse Weise beschnitten und bildetet zwei mächtige Tigergestalten, welche einander mit den Köpfen gegenüberlagen. Quimbo streckte beide Hände aus und rief erregt:

„Hier, hier bin Tigerbrücke! Hier bin Wohnung von Räuber, wo fangen bin Quimbo und wo...“

„Leise, leise, still!“ unterbrach ich ihn. „Kein Mensch darf hören, was wir miteinander sprechen. Bist du auf der Insel gewesen?“

„Ja, Quimbo bin wesen.“

„Steht ein Haus, eine Hütte dort?“

„Nein, bin bloß Baum und Strauch und Bambus.“

„Wo liegt die Wohnung des Chinesen?“

„Wohnung bin am Ufer.“

„Man sieht ja nichts davon! Es gibt nur dichten Wald und noch dichteres Bambusgestrüpp.“

„Von Insel geh Weg über Brück' nach Haus.“

„In das Dickicht hinein?“

„Ja.“

„Aus was ist das Haus gebaut?“

„Bin baut aus Bambus.“

„Führt kein anderer Weg dorthin als nur der über die Brücke von der Insel aus?“

„Quimbo nicht weiß ander Weg.“

„Jetzt still! Leg dich unter die Netze!"

Wir waren jetzt nämlich der Insel nahegekommen.

Ich wollte und mußte das Haus sehen und also an der Insel vorüber. Ich fuhr nicht unter der Brücke hindurch, sondern wählte die andere Seite, wo der Fluß offen war. Als ich dort an der Insel vorüberruderte, sah ich eine lichte Stelle im Inselgestrüpp mit einigen in das Wasser führenden Stufen, dort war ein Boot angebunden. Das war der Landeplatz für die Bewohner dieses Ortes; sie landeten nicht am Ufer, sondern an der Insel und gingen von dieser über die Brücke nach ihrem Hause; warum, das konnte ich nicht wissen.

Ich ruderte uns noch eine Strecke aufwärts, bis der Fluß eine Krümmung machte und wir von der Insel und der Brücke aus nicht gesehen werden konnten; dann legte ich am linken Ufer an. Wir zogen das leichte Boot auf dasselbe hinauf, versteckten es unter den Schlingpflanzen, und ich forderte Quimbo auf, hier auf mich zu warten.

„Nein, schön', gut Quimbo nicht hier warten, denn hier werd fressen von Tiger."

„Gibt's hier Tiger?"

„O, hier bin viel, viel Tiger. Quimbo hab für brüllen all' ganz' Nacht bis früh."

„So komm mit; aber sprich kein Wort!"

Tiger hier, das war gefährlich, denn ich hatte nur die Revolver und das Messer bei mir; aber es mußte gewagt werden. Wir mußten den Weg, den wir von der Insel an flußaufwärts gerudert waren, am Ufer wieder abwärts machen. Ich ging voran und drängte milch, so gut es ging, durch das Dickicht; das war nicht leicht, weil meine Kleidung nur aus dem Sarong bestand; Quimbo hatte es hinter mir besser, weil ich ihm Bahn brach.

Doch schon nach kurzer Zeit stieß ich auf einen zwar schmalen, aber doch ausgetretenen, von Menschen ausgetretenen Weg, dem wir folgten, weil er genau in unserer Richtung lag. Zuweilen ging ein ähnlicher Pfad von ihm aus nach der Seite ab. Das Dikkicht war also nicht so ungangbar, wie ich gedacht hatte.

Wir gingen natürlich nur langsam und höchst vorsichtig weiter, und als ich glaubt, die Nähe der Brücke erreicht zu haben, verdoppelte ich die Vorsicht. Plötzlich blieb ich stehen, denn vor mir lag ein großer Platz, auf welchem ich die gesuchte Wohnung des Chinesen vor mir hatte. Ich sah sie Tigerbrücke, welche rechts, vom Fluß her, auf den Platz mündete. Jenseits stand ein ziemlich großes, nur aus Bambus errichtetes Haus, neben dem es drei kleinere Gebäude gab. Links erblickte ich eine Palissadenartige, runde Umzäunung, welche aus sehr starken und wohl sechs Ellen hohen Bambuspfählen bestand, die eng nebeneinander in die Erde gerammt waren. Im Mittelpunkt dieser gab es ein zweite Umzäunung, welche noch höher war. Welchen Zweck mochte es haben?

Ich war hinter das Dickicht zurückgetreten, um nicht gesehen zu werden. Quimbo stand neben mir, deutete auf eines der keineren Gebäude und flüsterte mir zu:

„Dort bin wesen fang' schön', tapfer Quimbo. Hab steh und lieg anbinden so fest, daß kann nicht fliehen."

In diesem Augenblick hörten wir das Schmerzgeheul eines Menschen. Es erscholl aus dem großen Haus.

„Das bin Wärter, der paß auf und gab Essen arm' Quimbo", erklärte der Kaffer.

„Warum schreit er?" fragte ich.

„Weil er bekomm Prügel von Ling-tao."

Ich wollte weiter fragen, tat dies aber nicht, denn aus der uns gegenüberliegenden Tür kamen drei Männer. Der eine von ihnen war — unser Lotse von gestern, der zweite auch ein Malaye; sie blieben stehen. Der dritte war ein Chinese. Er ging auf die erwähnten Palissaden zu und öffnete ein in demselben befindliches schmales Tor. Sofort erscholl Gebrüll eine Raubtieres. Der Chinese trat in die äußere Umzäunung und machte die Tür hinter sich zu; aber ehe er dies vollständig tun konnte, sah ich das Raubtier, welches gebrüllt hatte, einen Nebelpanther von ungewöhnlicher Größe, welcher jedenfalls gezähmt war, wenigstens so weit, daß er dem Chinesen nichts tat.

Zehn Minuten später kam dieser wieder aus den Palissaden heraus und ging zu den beiden Malayen.

„Das bin Ling-tao", flüsterte Quimbo fast zitternd.

„Weißt du, warum der Panther dort steckt?"

„Quimbo nicht weiß, aber ihn hör brüllen stets ganz' Nacht bis früh.

Es kam mir ein Gedanke, dem ich aber nicht folgen konnte, denn von der Insel her erklangen die Töne eines Gong, worauf der Chinese mit den beiden Malayen über die Brücke eilten. Als sie nach einiger Zeit zurückkehrten, war ein Vierter bei ihnen, nämlich der Schreiber des Hafenbeamten. Sie brachten einen gefesselten und höchstwahrscheinlich auch geknebelten Menschen getragen, welcher malayisch gekleidet war. Er wurde nach der Palissade geschafft, deren Tür Ling-tao wieder öffnete. Wieder sah und hörte ich den Panther, welcher brüllend herbeigesprungen kam, aber auf einen Befehl seines Herrn zurückwich. Dieser nahm mit Hilfe des Lotsen den Gesesselten wieder auf und trug ihn hinenin. Die Tür wurde nur zu drei Vierteilen zugemacht; der Schreiber und der Malaye standen bei derselben, um den andern nachzuschauen; daher kam es, daß auch wir durch die Lücke sehen konnten. Der Panther lag fauchend zur Seite; der Chinese erreichte mit dem Lotsen die innere Umzäunung; sie öffneten dieselbe, schafften den Gefangenen hinein und zogen die Tür hinter sich zu. Sie blieben wohl eine Viertelstunde darin; dann kehrten sie zurück. Nachdem sie die innere und dann die äußere Palissade wieder verschlossen hatten, gingen sie zu vieren über die Brücke nach der Insel.

Wer war der Gefangene? Warum hatte man ihn gebunden und in die Umzäunung geschleppt? Wurden diese Palissaden überhaupt als Gefängnis gebraucht? Und war der Panther da, um die Gefangenen zu bewachen? Steckte Bontwerker, den wir suchten, etwa auch da drin?

Dies Fragen legte ich mir vor; ich konnte sie nicht beantworten, aber der heutige Abend mußte Aufklärung bringen, denn in mir stand es fest, nach eingetretener Dunkelheit hierher zurückzukehren und das ganze Nest zu beschleichen. Jetzt mußte ich fort, denn es gab hier jedenfalls mehr Menschen, als sich sehen ließen, und ich hatte erreicht, was ich hatte erreichen wollen — die Entdeckung der Tigerbrücke.

Dennoch blieb ich noch eine Weile liegen, denn ich hätte doch gar zu gern erfahern, ob noch mehr Leute sich hier befanden; es wollte sich aber keiner sehen lassen. Nun dachte ich, daß es mir für heut abend sehr nützlich sein würde, die Insel und die Brücke zu kennen; darum schickte ich Quimbo eine Strecke zurück und schlich mich unter dem Schutz der Pflanzen über die Brücke hinüber. Kaum war ich auf der Insel angekommen, so hörte ich Stimmen hinter mir. Ich fand gerade noch Zeit, hinter ein Zweiggewirr zu kriechen, da kam Ling-tao mit dem Lotsen. Sie gingen nach dem erwähnten Landeplatz und blieben dort stehen. Ich hörte deutlich, daß Ling-tao fragte:

„Wirst du es fertigbringen?“

„Ich hoffe es“, antwortete der andere.

„Du hast ja Zeit, dir etwas Gutes auszusinnen.

Die Jacht muß unser werden. Wie gut können wir sie brauchen! Wir könnten es hier machen, wenn wir mehr Leute wären. Ich habe aber nur euch drei und den Wärter, den ich wieder einmal prügeln mußte, weil er dem Hollände zuviel Essen gibt. Die andern sind auf hoher See und kommen erst nach Wochen wieder. Wenn es dir gelingt, die Jacht nach Padang zu schaffen, so wird sie unser. Du brauchst dich dort nur an meinen Bruder Hi-ßen zu wenden."

„Ich hoffe, daß es mir gelingen wird; es muß mir unterwegs ein Grund einfallen."

„So benachrichtige mich, ehe die Fahrt beginnt!"

Er ging über die Brücke in das Haus zurück; der Lotse stieg in ein Boot und ruderte davon.

Nun wußte ich, wer da war, nämlich Ling-tao, der Schreiber, der Malaye und der gezüchtigte Wärter. Vor diesen vieren fürchtete ich mich nicht. Sollte ich die Gefangenen gleich jetzt befreien? Aber der Panther! Was war ein Revolver gegen so ein Tier! Und die Hauptsache: Man hatte einen Streich gegen unsere Jacht verabredet; der Lotse sollte ihn ausführen, und ich mußte mich sehr beeilen, dies zu verhindern. Ich schlich mich also wieder über die Brücke hinüber, suchte Quimbo auf, welcher mit Schmerzen auf micht gewartet hatte, und ging mit ihm mach unserm Boot. Wir schafften es wieder in das Wasser und stiegen ein. Quimbo versteckte sich unter die Netze, und ich ruderte aus Leibeskräften stromaufwärts. Es ging sehr schnell; trotzdem bekamen wir den Lotsen nicht eher zu sehen, als bis wir uns in der Flußmündung befanden. Er ruderte sich an der Küste hin, jedenfalls um sein Lotsenboot zu holen, und wir hielten auf unsere Jacht zu. Kaum war ich an Bord gesprungen. so rief mir der Steuermann zu:

„Ihr kommt allein, Sir! Bringt Ihr nicht seine Lordschaft mit?"

„Ist Sir John denn nicht hier?" gegenfragte ich.

„Nein; er ist längst fort, mit dem chinesischen Schreiber."

„Ah! Wohin?"

„Euch nach."

„Welch eine...!"

Fast hätte ich Dummheit gesagt! Ich erfuhr nun folgendes: Es war dem Lord doch nicht gleichgültig gewesen, daß ich mich ohne ihn auf die Suche begeben hatte. Darum hatte er es nicht ungern gesehen, daß der Hafenschreiber wiedergekommen war, um einer Differenz wegen des Ankergeldes willen. Er hatte ihn gefragt, ob er Zeit habe und die Flußufter genau kenne; es handle sich nämlich darum, einen Ort ausfindig zu machen, welcher die Tigerbrücke heiße. Er hatte diesen Namen trotz meiner Warnung ausgesprochen, weil er den Schreiber für einen Beamten und also für vertrauenswürdig hielt. Dieser aber, im Gegenteil ein Vertrauter des Chinesen, ging auf den Vorschlag sofort ein, um den Lord in die Hände Ling-taos zu führen.

Jetzt wußte ich, wer der Gefesselte gewesen war, denn der Schreiber hatte dem Lord auch einen Sarong und einen Hut besorgen müssen. Sie ganze Schiffsbemannung stand dabei, als ich mit dem Steuermann sprach. Ich sagte ihnen, was ich gesehen und gehört hatte, da wollten sie alle augenblicklich fort, um ihren Lord zu holen; ich mußte Einhalt tun:

„Nicht so schnell! Wir können die Jacht doch nicht ohne Wache lassen, und es sind überhaupt nicht so viele Leute nötig. Übrigens schaut, dort kommt der Lotse angesegelt. Wollen doch hören, was er vorbringen wird!"

Als der Kerl sein Segel fallen ließ, warfen wir ihm ein Tau zu, und er stieg an Bord. Er grüßte, kam auf mich zu und sagte:

„Sahib, ich habe dir eine wichtige Botschaft zu überbringen. Der Herr dieses Schiffes ist fort, um die Tigerbrücke zu suchen?"

„Ja."

„Die befindet sich nicht hier, sondern in Padang. Er ist mit dem Schreiber nach dort unterwegs und läßt euch durch mich sagen, daß ihr schnell nachkommen und ihn an Bord holen sollt."

„Schön! Zunächst aber haben wir dich an Bord und werden dich nach Padang bringen, nachdem wir den Lord von der Tigerinsel geholt haben. Bindet ihn!"

Er wurde von zehn kräftigen Fäusten niedergerissen, gebunden und hinunter in den Raum geschafft. Dann befahl ich unsere Gig in das Wasser, bemannte sie außer mir mit vier wohlbewaffneten Ruderern und nahm, als ich einstieg, den Bärentöter für den Panther mit. Wie mit Dampf ging es über die Bai hinüber und in die Flußmündung hinein.

Ich hatte mit Quimbo über drei Viertelstunden gebraucht, um die Tigerbrücke zu erreichen; jetzt war kaum halbsoviel Zeit dazu nötig. Die Jungens legten sich wie die Teufel in die Riemen, um ihren Lord möglichst schnell herauszuholen. Wir fuhren natürlich nicht weiter als bis zur Insel und legten am Landeplatz an. Die Matrosen versteckten sich und ich suchte nach dem Gong. Er hing an einem Baumstamm, und ich schlug dreimal sehr laut an. Ling-tao kam schnell aus dem Haus und nach der Insel. Er war höchst betroffen, als er mich erblickte.

„Wer bist du und was willst du hier?" fragte er mich in strengem Ton.

„Ich will mit Mynheer Bontwerker und dem englischen Lord sprechen, den du hier eingesperrt hast."

Er schluckte und schluckte vor Schreck und antwortete dann: „Ich verstehe dich nicht."

„Wie ist dein Name?"

„Ich heiße Hing-ßen."

„Schön! Hier aber wirst du Ling-tao genannt. Ich gehöre zur Jacht, deren Besitzer du eingesperrt hast. Wir haben deinen Hai-ang-dze erobert und die Bemannung aufgehängt, dann haben wir Ta-ki auf Tillangdschong gefangen, und jetzt sind wir gekommen, um mit dir und deinem Bruder Hi-ßeng in Padang abzurechnen."

„Ich verstehe dich noch immer nich", stammelte er.

„So will ich es dir deutlicher sagen. Hier!"

Ich gab ihm einen Jagdhieb gegen die Schläfe, daß er niederstürzte. Die Matrosen verließen ihre Verstecke, um ihn zu binden. Da sah ich den Schreiber, den Malayen und einen kleinen, krummbeinigen Chinesen, welcher der Wärter sein mußte, aus dem Haus kommen. Sie wollten auch wissen, wer geläutet hatte. Was waren diese Kerls gegen uns! Eine Minute später waren auch sie gefesselt. Diese Halunken wurden über die Brücke nach dem freien Platz geschleift und dort niedergeworfen. Dann begaben wir uns nach der Tür der äußeren Palissaden.

Ich nahm den Bärentöter zur Hand, und einer der Matrosen öffnete leise, leise. Aber die Bestie hatte uns doch gehört. Ich sah durch die schmale Lücke der Tür, daß sie, die Lichter auf uns gerichtet, sprungfertig an der Erde lag. Ich legte an, zielte kurz und schoß; das Tier wurde durch den Schuß ins Auge fast kerzengerade emporgerissen und fiel dann fast genau auf dieselbe Stelle nieder, wo es vorher gelegen hatte. Die Matrosen wollten schnell hinein; ich hielt sie aber zurück, denn es konnten auch zwei Panther dagewesen sein, obgleich ich vorhin nur einen gesehen hatte. Ich lud also den abgeschossenen Lauf wieder und trat in die Umzäunung. Es war kein zweiter da. Nun wollten meine Begleiter jubilierend nach der Innenpalissade rennen, die einen kleinen, runden Raum abschloß; ich winkte sie aber zurück und schlich mich vor ihnen leise hin. Ich sah die Tür und horchte an derselben. Zwei Männer sprachen drin.

„Dieser Schuß war von ihm", hörte ich den Lord sagen. „So kann nur seine alte, fürchterliche Büchse knallen."

„Ihr glaubt wirklich, Mylord, daß dieser Deutsche kommen wird?"

„Der kommt; der läßt mich ganz gewiß nicht stecken; ich kenne ihn genau."

„Wenn er aber selbst auch gefangen ist?“

„Der! O, der ist nicht so dumm wie ich, daß er sich an der eigenen Nase hierher ziehen läßt. Den fängt so ein Chinese nicht, denn er ist…“

Er hielt inne und horcht, denn ich hatte geklopft.

„Ist jemand draußen?“ fragte er dann laut.

„Ja“, antwortete ich.

„Wer?“

„Einer, der mit Euch wetten möchte.“

„Um was?“

„Um Eure Chair-and-umbrella-pipe.“

„Charley, Charley, Ihr seid es, Ihr wirklich! Macht auf, macht schnell auf!“

Ich öffnete; er konnte nicht heraus, denn er lag gefesselt an der Erde, neben ihm, auch gefesselt, ein anderer, dem man er ansah, daß er sich lange Zeit an diesem traurigen Ort befunden hatte.

„Macht mich los, Charley, nur schnell los, damit ich Euch umarmen und die Hände drücken kann!“

„Ist das Mynheer Bontwerker?“ fragte ich.

„Yes, yes! Doch redet nicht ewig, sondern schneidet uns die Stricke entzwei, damit wir loskommen!“

Das geschah natürlich auf das schnellste. Der Lord sprang auf, riß mich an sein Herz und drückte mich, daß ich hätte schreien mögen. Dabei nannte er sich wohl zehnmal den dümmsten Menschen, den es nur geben könne, und forderte mich auf, zu erzählen, wie es mir gelungen war, in sein Gefängnis zu gelangen.

Was ihn selbst betraf, so war er ganz einfach von dem Schreiber nach der Insel gerudert und nach dem Aussteigen dort hinterrücks niedergeschlagen, gebunden und dem Chinesen überliefert worden.

Dem Niederländer brauchte ich nichts zu erklären, denn er hatte schon von dem Lord, seinem früheren Bekannten von der Kapstadt her, erfahren, wie und wo wir von ihm gehört hatten und daß wir dann auf den Gedanken gekommen waren, ihn aus seiner mißlichen Lage zu befreien. Um alles zu wissen, bedurfte er nur noch des Berichtes über meine heutige Rekognoszierung, den ich ihm denn auch in kurzen Worten lieferte.

Mit welcher Freude begrüßten die Matrosen ihren lieben Lord! Sie verlangten stürmisch die Erlaubnis, Ling-tao die neunschwänzige Katze geben zu dürfen, was ihnen allerdings verweigert wurde. Wir nahmen unsere Gefangenen ins Verhör, konnten ihnen aber kein Wort entlocken; sie antworteten nicht.

Als wir die Gebäude untersuchten, fanden wir die Räume von einer solchen Einfachheit, daß wir uns darüber wunderten. Der Seeraub mußte doch Unsummen eingebracht haben! Wo steckten diese? Bontwerker hatte einen Brief um Geld nach Tjelatjap schreiben müssen, war aber so klug gewesen, eine fingierte Adresse anzugeben. War doch schon die Summe, die ihm bei dem Überfall abgenommen worden war, mehr als groß genug! Wo war dieses Geld? Auch darüber erhielten wir keine Auskunft. War es verteilt worden? In diesem wie in allen andern Fällen hatte Lingtao als Anführer jedenfalls den Löwenanteil erhalten. Wir durchsuchten alle Räume und die ganze Umgebung der Gebäude, fanden aber nichts als einige kleine Münze.

Da aber erhielten wir über diesen Punkt ganz unerwartet Aufschluß. Es erschien nämlich der alte Fischer, unser heutiger Pilot, mit Quimbo am Platz. Bei meiner Rückkehr nach der Jacht hatte ich nicht Zeit gefunden, an den Alten zu denken und war wieder fortgerudert, ohne mit ihm zu sprechen, der mir doch sein Boot geborgt hatte. Da kam er mit Quimbo zu sprechen, welcher wußte, daß ich fort war, um außer dem Lord auch seinen früheren Herrn, Mynheer Bontwerker, zu befreien. Wie gern wäre er dabeigewesen! Indem sie dies einander sagten, kamen sie zu dem Entschluß, nach der Tigerbrücke zu rudern. Nun waren sie da.

Als der alte Fischer hörte, daß wir vergeblich nach Geld und Wertsachen suchten, sagte er zu mir:

„Sahib, hier wirst du auch nichts finden, denn der Reichtum dieses Hing-ßen liegt nicht hier, sondern anderswo."

„Weißt du wo?"

„Ja, nämlich in Padang. Hier ist seine eigentliche Wohnung gar nicht. Er kommt nur zu gewissen Zeiten hierher, weshalb, das habe ich nicht gewußt, weiß es aber jetzt. Er wohnt in der Hauptstadt Padang."

„Was treibt er dort?"

„Er hat mit seinem Bruder ein großes Geldgeschäft in Compagnie."

„Ah, Bankier also! Da kann sich Mynheer Bontwerker freuen, denn wenn es so steht, wird ihm sein Verlust völlig vergütet werden."

Als der Chinese dies hörte, sprach er sein erstes Wort; es war ein Fluch, den er mir entgegenknirschte. Aber dies war nicht sein letztes Wort; er sprach noch einmal, nämlich als der Kaffer vor ihn hintrat, ihm einen Fußtritt versetzte und ihn anfuhr:

„Hab du Augen? Seh du hier schön', gut', tapfer Quimbo? Du hab nehm fangen Quimbo, und arm Quimbo muß hab viel schlecht Hunger bei dir. Nun du selbst bin fangen unld werd hab Hunger. Du bin schlecht Mensch, schlecht Kerl und miserabel Halunk!"

„Pack dich fort, Kröte!" schrie der Chinese. „Ich sehe, daß du an allem schuld bist. Hätte ich das geahnt, so ständest du jetzt nicht lebendig hier!"

Ich ging hinter die Palissaden, um dem Panther das Fell zu nehmen; es sollte eine Erinnerung an das heutige Abenteuer sein. Ob ich das Recht hatte, es als mein Eigentum zu betrachten, danach fragte ich nicht. Quimbo erklärte sich bereit, es für mich auf kaffische Art zu gerben und zuzurichten.

Nun galt es, zu besprechen, was mit den Gefangenen geschehen sollte. Der hiesigen Behörde war nicht zu trauen. Wenigstens stand sehr wahrscheinlich ein großer Teil der Einwohner mit Ling-tao im Bund. Darum schlug ich vor, ihn und seine Spießgesellen nach der Hauptstadt zu schaffen und dort dem Gouverneur zu übergeben; dieser würde gewiß eine sehr strenge Untersuchung verfügen und ein Exempel statuieren. Die andern erklärten sich einverstanden.

Was mit den Gebäuden an der Tigerbrücke und ihrem Inhalt geschah, das konnte uns gleichgültig sein. Wir vergriffen uns nicht daran und ruderten bald mit unsern Gefangenen von dieser Stätte des Verbrechens fort. Von uns allen der froheste war Mynheer Bontwerker, der seinen treuen Quimbo kaum aus den Augen ließ, denn diesem hatte er es ja doch zu verdanken, daß sein Schicksal heut einen so glücklichen Umschwung genommen hatte.

Als wir auf dem Schiff ankamen, wurde sofort Feuer unter dem Kessel gemacht. Aber noch ehe wir den Anker lichten konnten, waren wir von einer Unzahl von Booten umgeben, deren Insassen an Bord wollten, um Näheres von uns zu erfahren. Am lautesten waren die Organe der hiesigen Behörde, welche, zuletzt gar unter Drohungen, die Auslieferung der Gefangenen verlangten.

Wir hörten nicht darauf, und als sie gar mit Gewalt das Schiff ersteigen wollten, hatten wir gerade Dampf genug, uns in Bewegung zu setzen; da mußten sie von uns ablassen.

Padang, die Hauptstadt des Gouvernements der Westküste, ist ein wohlgebauter, hübscher Ort mit reger Schiffahrt und bedeutendem Handel, da die Ausfuhr der reichen Produkte der westlichen Hälfte von Sumatra hauptsächlich über diese Stadt erfolgt.

Sie hatte damals schon über zwanzigtausend Einwohner und dabei so geordnete Rechtsverhältnisse, daß wir über die gerechte Bestrafung des Chinesen und seiner Rotte nicht im Zweifel sein konnten.

Man hatte von dort aus schon lange Zeit auf die Seeräuger gefahndet, doch war alle Mühe vergeblich gewesen, und es läßt sich also denken, wie willkommen wir waren, als wir kamen, um unsere saubern Unterdecksgäste abzuliefern. Die gerichtliche Untersuchung wurde schon am nächsten Morgen eröffnet, wo wir als Zeugen vernommen wurden. Man behandelte uns außerordentlich entggenkommen, und als Mynheer Bontwerker die Summe angab, die ihm geraubt worden war, zeigte man sich sofort bereit, das zu konfiszierende Vermögen der beiden Brüder zum Ersatz heranzuziehen, denn Hi-ßen, der Bruder des Chinesen, war natürlich auch arretiert worden, und eine ganze Anzahl von Bewohnern von Padang erlitt das gleicht Schicksal.

Glücklicherweise war die Summe, die dem Mynheer bei dem Überfall abegenommen worden war, nur ein kleiner Teil dessen gewesen, was er von seinem Bruder in Tjelatjap geerbt hatte; der größere Teil war einen andern, sicheren Weg gegangen.

Wir blieben zwei Wochen in Padang und brachten den Mynheer dann nach Colombo, von wo aus er mit einer andern Gelgenheit nach der Kapstadt gehen wollte. Da er sich entschlossen hatte, seinen treuen Quimbo für immer bei sich zu behalten, so sah dieser sich gezwungen, von uns Abschied zu nehmen. Er tat dies in seiner drastischen Weise, die aber diesmal nicht von uns belächelt wurde. Mir reichte er zuletzt seine Hand.

„Weiß lieb', gut' Deutschland noch, wie sind schön', tapfer Quimbo unten in Sand von Schiff?“ fragte er mich.

„Ich weiß es gar wohl“, antwortete ich, „du warst für ein Gespenst gehalten worden.“

„O, Quimbo bin nicht Gespenst, sondern Quimbo bin schön', tapfer' Quimbo. Aber wenn gut Deutschland nicht find Quimbo in Dschunke, so werd Quimbo auch aufhangen als Seeräuber, obgleich bin sehr unschuldig. Darum Quimbo niemals vergess' sein Mynheer Deutschland und sprech aus jetzt eine Frag.“

„Nun, was willst du fragen?“

„Wenn Quimbo einmal komm fahr' auf Reis' nach Deutschland, er darf besuch' sein gut Mynheer dort?“

„Natürlich, natürlich! Ich würde mich außerordentlich freuen, wenn du einmal kämst.“

„So komm schön', tapfer' Quimbo ganz gewiß; aber er erst mach' vorher ein viel mehr schön Frisur in Haar. Bin in Deutschland auch jung, schön Fräulein, was Mietje heißt?"

„Ja, es gibt dort viel junge Mädchen, welche diesen Namen haben."

„O, dann mach Quimbo sein' Frisur so wundervoll, daß zusammenlauf' um ihn viel hundert Mietje auf einmal!"

Sein Mund öffnete sich vor Entzücken von einem Ohr bis zum andern, und er schüttelte mir die Hände noch einmal unter der sehr ernst gemeinten Versicherung:

„Wenn Mynheer Deutschland ihm heb dort viel Mietje auf, so komm schön', tapfer Quimbo ganz gewiß, ja ganz gewiß!"

Leider aber ist der wackere Kaffer bis heute noch nicht gekommen, und so hat also der „Zusammenlauf" der vielen 'jung", 'schön" Fräulein Mietje noch nicht stattfinden können. Ich weiß nicht recht, ob ich das bedauern soll oder nicht.

Wohl ein ganzes Jahr später schickte der Lord mir zwei Zeitungen von altem Datum, nämlich ein Exemplar des in Soerabaya erscheinenden „Bin-tang timor" und ein Exemplar des in Padang gedruckten „Sumatra-Courant". Beide Blätter erzählten die Gefangennahme des Chinesen Ling-tao an der Tigerbrücke und fügten dann das Weitere hinzu. Man hatte herausbekommen, daß es außer dem Haiang-dze noch zwei Dschunken gab, die auf Rechnung dieses schlauen Mannes und seiner Genossen Seeraub trieben, und ihnen eifrig nachgestellt. Beide waren nach der Bai von Tapanuli gekommen und dort so empfangen worden, daß es keinem einzigen Mann gelungen war zu entkommen. Hierauf sind soviele Piraten an den Raaen emporgezogen worden, daß man dort selten mehr über die Unsicherheit der Schiffahrt noch zu klagen hat...